万葉集歌人事典

編集顧問――犬養 孝・五味 智英・小島 憲之
編集――大久間 喜一郎・森 淳司・針原 孝之

雄山閣

緒　言

近頃の万葉集研究というものは、これを昭和三十年以前と較べると、まさに隔世の感がある。研究はいよいよ細分化され、微細な点まで掘り下げられている。戦前におけるおおらかな研究などは跡を断ったといってよい。通説であったものも見直されることが多くなった。文学研究の基本的態度である方法も、その多様性がむしろ融合化へと進んでいるものと判断されるような状況である。

万葉歌人の研究も、近時は新たな追究がなされているのをみる。在来、伝未詳の一語で片付けられてきた歌人についても、その伝記に何程かの知見が加えられるようになった。作者の伝記が明白になればなるほど、その作品に対する読み方や考え方も、おのずから異なることもあろう。そうした観点から、万葉歌人についての現時点における知識を基準として、それぞれの項目は執筆された。しかし、内容についての繁簡は、当該歌人と万葉集という歌集との関わり合いによって、おのずから決まってくることは勿論であるが、その他に、知り得る閲歴の多寡にも関係があることは止むを得ない。だが、事典としての性格上、歌人を幾通りかの等級に分けて、それぞれに執筆量を制限せざるを得なかった。なお、その内容の簡略とある種の偏りを補う意味もあって、主要な歌人には参考文献を選んで付け加えることにした。

万葉集に関する総合辞典ともいうべき大正八年に刊行された折口信夫博士の『萬葉集辞典』は、近代における嚆矢的な存在であって、一般語句・地名・歌人名などを収めているが完全なものではない。また、昭和三十一年刊の佐佐木信綱博士による『萬葉集事典』は、歌語・人名・地名・動植物その他に分類された類別の事典であり、その後今日まで、いくつかの事典や必携類の刊行をみている。しかしながら、万葉歌人のみで一巻をなす事典というのは、本書をもって最初とするのではないかと思う。なお、その上本書の場合は、題詞・歌詞・左註にみえる作者以外の人名も余さず採録し項目に加えた。それ故、万葉歌人事典というより万葉人物事典と名付けるのが至当であるかも知れないが、かえってその編纂意図への誤解を恐れて『万葉集歌人事典』の名称を用いることにした。

本書の編纂にあたっては、編集顧問として、犬養孝・五味智英・小島憲之の諸権威を推戴することができたのは、編者にとって望外の幸せであった。さらに各項目の執筆については、現在万葉研究の第一線に在る方々に、かなりのご無理をお願いして時間を割いていただいたことと、その他には真摯な若手研究家に協力を願ったことを特に記して感謝申し上げる次第である。

また、索引・系図・年表等の作製については、斎藤静隆・滝口泰行・居駒永幸・多田元・飯島一彦の諸氏の努力によるところが大きい。さらに参考文献の蒐集については、梶川信行・古家立治・関本みや子その他の方々のお世話になった。

なお、終りにあたって全般の構想をわれわれに一任された編集長の芳賀章内氏に感謝したい。

昭和五十七年二月十一日

編　者　識

凡　例

一、万葉集にみられる人名・神名・伝承上の人物などを掲げ、見出し語とした。ただし藤原氏関係は姓を補ったものがある。
一、見出し語の配列は現代かなづかいによる五十音順とした。
一、見出し語は、その人物の代表的呼称を掲げ、〔表記〕に見出し語以外の呼称、および呼称一般について記した。
一、各人物ごとに〔表記〕〔系譜〕〔閲歴〕〔歌風〕〔影響〕〔歌数〕の順で解説した。
一、〔歌数〕〔所在〕の巻数は算用数字で、『国歌大観』による歌番号は漢数字で示した。
一、その人物の作品である場合は歌番号を記し、標目、題詞、題詞の細注、序文、左注である場合は歌番号の後に記した。
一、歌には旧かな、解説文には現代かなづかいで読みがなをつけた箇所もある。
一、出典に対してつぎのような略称を用いた。

万葉集注釈（沢瀉久孝）→注釈
万葉集全註釈（武田祐吉）→全註釈
万葉集私注（土屋文明）→私注
日本書紀→書紀
続日本紀→続紀

目　次

緒　言……一
凡　例……三
作者・作中人物……三

あ

阿氏奥島（あうじのおきしま）……三
県犬養娘子（あがたのいぬかいのおとめ）……三
県犬養宿禰浄人（あがたのいぬかいのすくねきよひと）……三
県犬養宿禰人上（あがたのいぬかいのすくねひとかみ）……三
県犬養宿禰三千代（あがたのいぬかいのすくねみちよ）……四
県犬養宿禰持男（あがたのいぬかいのすくねもちお）……四
県犬養宿禰吉男（あがたのいぬかいのすくねよしお）……四
安貴王（あきのおおきみ）……四
商長首麻呂（あきのおさのおびとまろ）……五
安積皇子（あさかのみこ）……五
朝倉益人（あさくらのますひと）……六
麻田連陽春（あさたのむらじやす）……六
葦屋処女（あしのやのおとめ）……六
飛鳥壮士（あすかおとこ）……七
明日香皇女（あすかのひめみこ）……七
安宿王（あすかべのおおきみ）……七
安宿奈杼麻呂（あすかべのなどまろ）……九

阿須波乃可美（あすはのかみ）……九
安曇外命婦（あずみのげみょうぶ）……九
安曇宿禰三国（あずみのすくねみくに）……九
厚見王（あつみのおおきみ）……九
安都宿禰年足（あとのすくねとしたり）……一〇
安都扉娘子（あとのとびらのおとめ）……一〇
安努君広島（あののきみひろしま）……一〇
阿倍朝臣（あべのあそみ）……一一
阿倍朝臣老人（あべのあそみおきな）……一一
阿倍朝臣老人母（あべのあそみおきなのはは）……一一
安倍朝臣奥道（あべのあそみおきみち）……一一
安倍朝臣子祖父（あべのあそみこおおじ）……一一
安倍朝臣沙彌麻呂（あべのあそみさみまろ）……一二
阿倍朝臣継麻呂（あべのあそみつぎまろ）……一二
安倍朝臣豊継（あべのあそみとよつぐ）……一三
安倍朝臣広庭（あべのあそみひろにわ）……一三
安倍朝臣虫麻呂（あべのあそみむしまろ）……一四
阿部女郎（あべのいらつめ）……一四
阿倍大夫（あべのまえつきみ）……一五
天照日女之命（あまてらすひるめのみこと）……一五
海犬養宿禰岡麻呂（あまのいぬかいのすくねおかまろ）……一七
天之探女（あまのさぐめ）……一七
尼某（あまのそれがし）……一七
荒氏稲布（あらうじのいなしき）……一七
荒雄（あらお）……一八
有間皇子（ありまのみこ）……一八
粟田女王（あわたのおおきみ）……二三
粟田女娘子（あわためのおとめ）……二三
粟田大夫（あわたのまえつきみ）……二三

い

奄君諸立（いおりのきみもろたち）……二三
軍王（いくさのおおきみ）……二三
生玉部足国（いくたまべのたり（る）くに）……二四
池田朝臣某（いけだのあそみそれがし）……二四
池辺王（いけべのおおきみ）……二五
石井手児（いしいのてこ）……二五
石川朝臣老夫（いしかわのあそみおきな）……二五
石川朝臣君子（いしかわのあそみきみこ）……二五
石川朝臣足人（いしかわのあそみたるひと）……二六
石川朝臣年足（いしかわのあそみとしたり）……二六
石川朝臣広成（いしかわのあそみひろなり）……二六
石川朝臣水通（いしかわのあそみみみち）……二六
石川郎女（いしかわのいらつめ）……二七
石川女郎（いしかわのいらつめ）……二七

石川邑婆（いしかわのおおば）……二八
石川賀係女郎（いしかわのかけのいらつめ）……二九
石川夫人（いしかわのぶにん）……二九
石川大夫（いしかわのまえつきみ）……二九
石川卿（いしかわのまえつきみ）……二九
磯氏法麻呂（いそうじののりまろ）……三〇
石上朝臣乙麻呂（いそのかみのあそみおとまろ）……三〇
石上朝臣堅魚（いそのかみのあそみかつお）……三一
石上朝臣麻呂（いそのかみのあそみまろ）……三一
石上卿（いそのかみのまえつきみ）……三二
石上大夫（いそのかみのまえつきみ）……三二
石上朝臣宅嗣（いそのかみのあそみやかつぐ）……三三
板氏安麻呂（いたうじのやすまろ）……三四
市原王（いちはらのおおきみ）……三四
出雲娘子（いづものおとめ）……三五
稲寸丁女（いなきおとめ）……三五
因幡八上采女（いなばのやかみのうねめ）……三五
井戸王（いのへのおおきみ）……三五
伊保麻呂（いほまろ）……三五
今奉部与曾布（いままつりべのよそふ）……三六
忌部首（いみべのおびと）……三六
忌部首黒麻呂（いみべのおびとくろまろ）……三六
伊夜彦（いやひこ）……三七
石田王（いわたのおおきみ）……三七
磐姫皇后（いわのひめのおおきさき）……三七
磐余忌寸諸君（いわれのいみきもろきみ）……四一
允恭天皇（いんぎょうてんのう）……四一

う

宇治若郎子（うじのわきいらつこ）……四二
宇遅部黒女（うじべのくろめ）……四二
有度部牛麻呂（うとべのうしまろ）……四二
菟原壮士（うないおとこ）……四二
菟原処女（うないおとめ）……四三
海上女王（うなかみのおおきみ）……四三
宇努首黒人（うののおびとおひと）……四三
右兵衛（うひょうえ）……四三
味稲（うましね）……四四
馬史国人（うまのふひとくにひと）……四四
茨田王（うまらだのおおきみ）……四四
茨田連沙彌麻呂（うまらだのむらじさみまろ）……四五
占部小龍（うらべのおたつ）……四五
占部広方（うらべのひろかた）……四五
占部虫麻呂（うらべのむしまろ）……四五

え

恵行（えぎょう）……四六
役民（えだちのたみ）……四六
縁達（えにたち）……四六
榎井王（えのいのおおきみ）……四七
榎氏鉢麻呂（えのうじのはちまろ）……四七
槐本（えのもと）……四七

お

生石村主真人（おいしのすぐりまひと）……四七
生部道麻呂（おうしべのみちまろ）……四八
淡海真人三船（おうみのまひとみふね）……四八
大網公人主（おおあみのきみひとぬし）……四八
大石莪麻呂（おおいしのみのまろ）……四九
大使之第二男（おおきつかいのおとご）……四九
大伯皇女（おおくのひめみこ）……四九
大来目主（おおくめぬし）……五二
大蔵忌寸麻呂（おおくらのいみきまろ）……五二
大田部荒耳（おおたべのあらみみ）……五二
大田部足人（おおたべのたりひと）……五二
大田部三成（おおたべのみなり）……五三
邑知王（おおちのおおきみ）……五三
大津皇子（おおつのみこ）……五三
大舎人部千文（おおとねりべのちふみ）……五六
大舎人部禰麻呂（おおとねりべのねまろ）……五六
大伴女郎（おおとものいらつめ）……五六
大伴郎女（おおとものいらつめ）……五七
大伴君熊凝（おおとものきみくまこり）……五七
大伴清縄（おおとものきよなわ）……五七
大伴坂上郎女（おおとものさかのうえのいらつめ）……五七
大伴坂上大嬢（おおとものさかのうえのおおいらつめ）……六三
大伴佐堤比古郎子（おおとものさでひこのいらつこ）……六四
大伴宿禰東人（おおとものすくねあずまひと）……六四
大伴宿禰池主（おおとものすくねいけぬし）……六五
大伴宿禰稲君（おおとものすくねいなきみ）……六八
大伴宿禰牛養（おおとものすくねうしかい）……六八
大伴宿禰像見（おおとものすくねかたみ）……六八
大伴宿禰清継（おおとものすくねきよつぐ）……六八
大伴宿禰黒麻呂（おおとものすくねくろまろ）……六九
大伴宿禰古慈悲（おおとものすくねこじひ）……六九
大伴宿禰胡麻呂（おおとものすくねこまろ）……六九
大伴宿禰宿奈麻呂（おおとものすくねすくなまろ）…七〇

大伴宿禰駿河麻呂（おおとものすくねするがまろ）……七〇
大伴宿禰田主（おおとものすくねたぬし）……七一
大伴宿禰旅人（おおとものすくねたびと）……七二
大伴宿禰千室（おおとものすくねちむろ）……七八
大伴宿禰書持（おおとものすくねふみもち）……七八
大伴宿禰道足（おおとものすくねみちたり）……七九
大伴宿禰三中（おおとものすくねみなか）……七九
大伴宿禰三林（おおとものすくねみはやし）……八〇
大伴宿禰御行（おおとものすくねみゆき）……八〇
大伴宿禰三依（おおとものすくねみより）……八〇
大伴宿禰村上（おおとものすくねむらかみ）……八一
大伴宿禰百代（おおとものすくねももよ）……八一
大伴宿禰家持（おおとものすくねやかもち）……八三
大伴宿禰家持妹（おおとものすくねやかもちのいろと）……八八
大伴宿禰家持亡妾（おおとものすくねやかもちのみまかりしおみなめ）……八八
大伴田村大嬢（おおとものたむらのおおいらつめ）……八八
大伴利上（おおとものとしかみ）……八九
大伴連長徳（おおとものむらじながとこ）……八九
大伴安麻呂（おおとものやすまろ）……八九
大伴四綱（おおとものよつな）……九一
大伴大夫（おおとものまえつきみ）……九一
大伴部少歳（おおともべのおとし）……九二
大伴部小羊（おおともべのこひつじ）……九二
大伴部広成（おおともべのひろなり）……九二
大伴部節麻呂（おおともべのふしまろ）……九二
大伴部真足女（おおともべのまたりめ）……九三
大伴部麻与佐（おおともべのまよさ）……九三
大汝（おおなむち）……九三
太朝臣徳太理（おおのあそみとこたり）……九四
大原真人今城（おおはらのまひといまき）……九四
大原真人桜井（おおはらのまひとさくらい）……九五
大原真人高安（おおはらのまひとたかやす）……九五
大神朝臣奥守（おおみわのあそみおきもり）……九六
大神女郎（おおみわのいらつめ）……九六
大宅女（おおやけめ）……九七
岡本天皇（おかもとのすめらみこと）……九七
置始東人（おきそめのあずまひと）……九八
置始連長谷（おきそめのむらじはつせ）……九九
息長足日女命（おきながたらしひめのみこと）……一〇〇
乎久佐乎（おくさお）……一〇〇
乎具佐受家乎（おぐさすけお）……一〇〇
息長真人国嶋（おきながのまひとくにしま）……一〇一
憶良大夫之男（おくらのまえつきみのこ）……一〇一
忍坂王（おさかのおおきみ）……一〇一

麻績王（おみのおおきみ）……一一一
小治田朝臣東麻呂（おわりだのあそみあずままろ）……一一二
小治田朝臣広耳（おわりだのあそみひろみみ）……一一三
小治田朝臣諸人（おわりだのあそみもろひと）……一一三
小治田広瀬王（おわりだのひろせのおおきみ）……一一三
尾張少咋（おわりのおくい）……一一三
尾張連（おわりのむらじ）……一一四

か

鏡王女（かがみのおおきみ）……一一四
柿本朝臣人麻呂（かきのもとのあそみひとまろ）……一一七
柿本人麻呂妻（かきのもとのひとまろのつま）……一二三
楽広（がくこう）……一二三
笠縫女王（かさぬいのおおきみ）……一二三
笠朝臣金村（かさのあそみかなむら）……一二三
笠朝臣子君（かさのあそみこきみ）……一二六
笠女郎（かさのいらつめ）……一二七
鹿島神（かしまのかみ）……一二九
膳王（かしわでのおおきみ）……一三〇
奉膳（かしわでのかみ）……一三〇
春日王(1)（かすがのおおきみ）……一三〇
春日王(2)（かすがのおおきみ）……一三〇
春日蔵首老（かすがのくらのおびとおゆ）……一三〇
春日部麻呂（かすがべのまろ）……一三一
縵児（かずらこ）……一三一
華他（かた）……一三三
葛稚川（かっちせん）……一三三
葛城王（かつらぎのおおきみ）……一三三
葛木之其津彦（かつらぎのそつひこ）……一三三
門部王(1)（かどべのおおきみ）……一三四
門部王(2)（かどべのおおきみ）……一三四
門部連石足（かどべのむらじいそたり）……一三五
可刀利乎登女（かとりおとめ）……一三五
鎌麻呂（かままろ）……一三五
神社忌寸老麻呂（かみこそのいみきおゆまろ）……一三五
上毛野牛甘（かみつけののうしかい）……一三六
上毛野君駿河（かみつけののきみするが）……一三六
上道王（かみつみちのおおきみ）……一三六
上古麻呂（かみのふるまろ）……一三六
神麻績部嶋麻呂（かむおみべのしままろ）……一三六
神人部子忍男（かむとべのこおしお）……一三七
巫部麻蘇娘子（かむなぎべのまそおとめ）……一三七
甘奈備伊香真人（かむなびのいかごのまひと）……一三七
蒲生娘子（がもうのおとめ）……一三七
賀茂女王（かものおおきみ）……一三七
鴨君足人（かものきみたるひと）……一三八

き

く

椋椅部弟女（くらはしべのおとめ）……………一五三
椋椅部刀自売（くらはしべのとじめ）……………一五三
車持朝臣千年（くるまもちのあそみちとせ）……………一五三
車持氏娘子（くるまもちのうじのおとめ）……………一五五

け

景公（けいこう）……………一五五
玄勝（げんしょう）……………一五五
元正天皇（げんしょうてんのう）……………一五五
元明天皇（げんめいてんのう）……………一五六

こ

皇極天皇（こうぎょくてんのう）……………一五七
孝謙天皇（こうけんてんのう）……………一五八
孔子（こうし）……………一五九
光明皇后（こうみょうこうごう）……………一五九
古歌集（こかしゅう）……………一六〇
碁師（ごし）……………一六四
児島（こじま）……………一六五
巨勢朝臣宿奈麻呂（こせのあそみすくなまろ）……………一六五
巨勢朝臣豊人（こせのあそみとよひと）……………一六五
巨勢朝臣奈氏麻呂（こせのあそみなでまろ）……………一六六
巨勢郎女（こせのいらつめ）……………一六六
巨勢斐太朝臣（こせのひだのあそみ）……………一六六
巨勢人卿（こせのひとのまえつきみ）……………一六六
巨曾倍朝臣対馬（こそべのあそみつしま）……………一六六
琴娘子（ことのおとめ）……………一六七
碁檀越（ごのだにおち）……………一六七
碁檀越妻（ごのだにおちのつま）……………一六七
子部王（こべのおおきみ）……………一六七
児部女王（こべのおおきみ）……………一六七
高麗朝臣福信（こまのあそみふくしん）……………一六八

さ

佐為王（さいのおおきみ）……………一六八
佐為王婢（さいのおおきみのまかたち）……………一六八
佐伯宿禰赤麻呂（さえきのすくねあかまろ）……………一六八
佐伯宿禰東人（さえきのすくねあずまひと）……………一六九
佐伯宿禰東人妻（さえきのすくねあずまひとのつま）……………一六九
境部王（さかいべのおおきみ）……………一六九
境部宿禰老麻呂（さかいべのすくねおゆまろ）……………一六九
坂田部首麻呂（さかたべのおびとまろ）……………一七〇
尺度氏（さかとうじ）……………一七〇
坂門人足（さかとのひとたり）……………一七〇
坂上家二嬢（さかのうえのいえのおといらつめ）……………一七〇

坂上忌寸人長（さかのうえのいみきひとおさ）……一七〇
酒人女王（さかひとのおおきみ）……一七一
坂本朝臣人上（さかもとのあそみひとがみ）……一七一
前采女（さきのうねめ）……一七一
防人歌（さきもりのうた）……一七一
桜児（さくらこ）……一七七
佐佐貴山君（ささきのやまのきみ）……一七七
雀部広島（さざきべのひろしま）……一七七
薛妙観（さつのみょうかん）……一七八
佐氏子首（さのうじのこびと）……一七八
狭野茅上娘子（さののちがみのおとめ）……一七九
左夫流児（さぶるこ）……一八二
沙彌（さみ）……一八二
沙彌尼等（さみにら）……一八二
沙彌女王（さみのおおきみ）……一八二
左和多里の手児（さわたりのてご）……一八二

し

慈（じ）……一八三
志斐嫗（しいのおみな）……一八三
椎野連長年（しいのむらじながとし）……一八三
志賀皇神（しかのすめかみ）……一八三
志賀津の子（しがつのこ）……一八四
志貴皇子（しきのみこ）……一八四
持統天皇（じとうてんのう）……一八六
倭文部可良麻呂（しとりべのからまろ）……一八九
信濃国防人部領使（しなののくにのさきもりことりづかい）……一八九
志氏大道（しのうじのおおみち）……一八九
小竹田丁子（しのだおとこ）……一八九
島足（しまたり）……一九〇
島津（しまつ）……一九〇
島村大夫（しまむらのまえつきみ）……一九〇
釈迦能仁（しゃかのうにん）……一九〇
周（しゅう）……一九〇
松（しょう）……一九〇
淳仁天皇（じゅんにんてんのう）……一九一
聖徳太子（しょうとこのみこ）……一九一
小弁（しょうべん）……一九二
聖武天皇（しょうむてんのう）……一九三
徐玄方（じょげんぼう）……一九五
徐玄方之女（じょげんぼうのむすめ）……一九五
舒明天皇（じょめいてんのう）……一九六
任徴君（じんちょうくん）……一九九
神農（しんのう）……一九九

す

推古天皇（すいこてんのう）……一九九
周淮珠名娘子（すえのたまなのおとめ）……二〇〇
少彦名（すくなひこな）……二〇〇
清江娘子（すみのえのおとめ）……二〇一
駿河采女（するがのうねめ）……三〇一

せ

清見（せいけん）……二〇一
消奈行文大夫（せなのぎょうもんのまえつきみ）……二〇一

そ

曾子（そうし）……二〇一
衣通王（そとおしのおおきみ）……二〇二
園臣生羽（そののおみいくは）……二〇二
園臣生羽女（そののおみいくはのむすめ）……二〇二
某（それがし）……二〇三

た

泰初（たいしょ）……二〇三
大唐大使卿（だいとうたいしきょう）……二〇三
高丘連河内（たかおかのむらじかわち）……二〇三
高田女王（たかだのおおきみ）……二〇四
田形皇女（たがたのひめみこ）……二〇四
高氏海人（たかのうじのあま）……二〇四
高氏老（たかのうじのおゆ）……二〇四
高氏義通（たかのうじのぎつう）……二〇五
高橋朝臣（たかはしのあそみ）……二〇五
高橋朝臣国足（たかはしのあそみくにたり）……二〇五
高橋連虫麻呂（たかはしのむらじむしまろ）……二〇五
高橋朝臣安麻呂（たかはしのあそみやすまろ）……二一一
高宮王（たかみやのおおきみ）……二一一
高安大島（たかやすのおおしま）……二一一
高安倉人種麻呂（たかやすのくらひとたねまろ）……二一一
多紀皇女（たきのひめみこ）……二一二
当麻真人麻呂（たぎまのまひとまろ）……二一二
当麻真人麻呂妻（たぎまのまひとまろのつま）……二一二
田口朝臣馬長（たぐちのあそみうまおさ）……二一二
田口朝臣大戸（たぐちのあそみおおと）……二一三
田口朝臣家守（たぐちのあそみやかもり）……二一三
田口広麻呂（たぐちのひろまろ）……二一三
田口益人（たぐちのますひと）……二一三
高市皇子（たけちのみこ）……二一四
高市連黒人（たけちのむらじくろひと）……二一五
高市黒人妻（たけちのくろひとのめ〈つま〉）……二一九

竹取翁（たけとりのおきな）……二一九
建部牛麻呂（たけべのうしまろ）……二一九
丹比（たじひ）……二二〇
丹比県守（たじひのあがたもり）……二二〇
丹比真人（たじひのまひと）……二二〇
丹比真人乙麻呂（たじひのまひとおとまろ）……二二〇
丹比真人笠麻呂（たじひのまひとかさまろ）……二二〇
丹比真人国人（たじひのまひとくにひと）……二二一
多治比真人鷹主（たじひのまひとたかぬし）……二二一
多治比真人土作（たじひのまひとはにし）……二二二
丹比大夫（たじひのまえつきみ）……二二二
丹比屋主真人（たじひのやぬしのまひと）……二二二
多治比部北里（たじひべのきたさと）……二二三
丹比部国人（たじひべのくにひと）……二二三
但馬皇女（たじまのひめみこ）……二二三
田道間守（たじまもり）……二二六
橘宿禰奈良麻呂（たちばなのすくねならまろ）……二二六
橘宿禰文成（たちばなのすくねふみなり）……二二八
龍田彦（たつたひこ）……二二八
織女（たなばたつめ）……二二八
田辺秋庭（たなべのあきにわ）……二二九
田辺史福麻呂（たなべのふひとさきまろ）……二二九
田部忌寸櫟子（たべのいみきいちいこ）……二三一
丹波大女娘子（たにはのおおめおとめ）……二三一
田氏肥人（たのうじのうまひと）……二三二
田氏真上（たのうじのまかみ）……二三二
玉槻（たまつき）……二三二
玉作部国忍（たまつくりべのくにおし）……二三二
玉作部広目（たまつくりべのひろめ）……二三二
手持女王（たもちのおおきみ）……二三二
丹氏麻呂（たんじのまろ）……二三二

ち

血沼壮士（ちぬおとこ）……二三三
智努女王（ちぬのおおきみ）……二三四
張（ちょう）……二三四
趙（ちょう）……二三四
張仲景（ちょうちゅうけい）……二三四
張氏福子（ちょうのうじのふくし）……二三四

つ

通観（つうかん）……二三五
調使首（つきのおびと　つきのおみおびと）……二三五
調首淡海（つきのおびとおうみ）……二三五
月人壮士（つきひとおとこ）……二三六
月読壮士（つくよみおとこ）……二三六

角朝臣広弁（つののあそみひろべ）……………………二三六
角麻呂（つののまろ）……………………………………二三六
柘枝仙媛（つみのえのやまひめ）………………………二三七
津守宿禰小黒栖（つもりのすくねおぐるす）…………二三七
津守連通（つもりのむらじとおる）……………………二三七

て

照左豆（てるさず）………………………………………二三七
天智天皇（てんちてんのう）……………………………二三七
天武天皇（てんむてんのう）……………………………二四一

と

陶隠居（とういんきょ）…………………………………二四三
土氏百村（とうじのももむら）…………………………二四四
十市皇女（とおちのひめみこ）…………………………二四四
蓬萊仙媛（とこよのやまひめ）…………………………二四四
豊島采女（としまのうねめ）……………………………二四五
舎人壮士（とねりおとこ）………………………………二四五
舎人娘子（とねりのおとめ）……………………………二四五
舎人吉年（とねりのよしとし）…………………………二四六
舎人皇子（とねりのみこ）………………………………二四六
刀理宣令（とりのみのり）………………………………二四七

な

長田王(1)（ながたのおおきみ）…………………………二四八
長田王(2)（ながたのおおきみ）…………………………二四八
中皇命（なかつすめらみこと）…………………………二四八
中臣朝臣東人（なかとみのあそみあずまひと）………二五一
中臣朝臣清麻呂（なかとみのあそみきよまろ）………二五三
中臣朝臣武良自（なかとみのあそみむらじ）…………二五三
中臣朝臣宅守（なかとみのあそみやかもり）…………二五三
中臣女郎（なかとみのいらつめ）………………………二五五
中臣部足国（なかとみべのたるくに）…………………二五六
長忌寸意吉麻呂（ながのいみきおきまろ）……………二五六
長忌寸娘（ながのいみきのおとめ）……………………二五九
長皇子（ながのみこ）……………………………………二五九
長屋王（ながやのおおきみ）……………………………二六〇
難波天皇妹（なにわのすめらみことのいも）…………二六一
楢原造東人（ならはらのみやつこあずまひと）………二六二
嗚波多嬬嬬（なりはたおとめ）…………………………二六二
難達（なんだつ）…………………………………………二六二

に

新田部親王（にいたべのみこ）…………………………二六二
丹生女王（にうのおおきみ）……………………………二六三

仁敬（にんきょう）……二六四
仁徳天皇（にんとくてんのう）……二六四

ぬ

額田王（ぬかたのおおきみ）……二六四
抜気大首（ぬきけのおおびと）……二六九

の

能登臣乙美（のとのおみおとみ）……二六九
野氏宿奈麻呂（ののうじのすくなまろ）……二七〇

は

倍俗先生（ばいぞくせんせい）……二七〇
帛公（はくこう）……二七〇
博通法師（はくつうほうし）……二七〇
羽栗（はぐり）……二七〇
間人宿禰（はしひとのすくね）……二七一
間人宿禰大浦（はしひとのすくねおおうら）……二七一
間人連老（はしひとのむらじおゆ）……二七一
丈部直大麻呂（はせつかべのあたいおおまろ）……二七三
丈部稲麻呂（はせつかべのいなまろ）……二七三
丈部川相（はせつかべのかわあい）……二七三
丈部黒当（はせつかべのくろまさ）……二七三
丈部龍麻呂（はせつかべのたつまろ）……二七三
丈部足人（はせつかべのたりひと）……二七四
丈部足麻呂（はせつかべのたりまろ）……二七四
丈部鳥（はせつかべのとり）……二七四
丈部真麻呂（はせつかべのままろ）……二七四
丈部造人麻呂（はせつかべのみやつこひとまろ）……二七四
丈部山代（はせつかべのやましろ）……二七五
丈部与呂麻呂（はせつかべのよろまろ）……二七五
波多朝臣小足（はたのあそみおたり）……二七五
秦忌寸石竹（はたのいみきいわたけ）……二七五
秦忌寸朝元（はたのいみきちょうがん）……二七五
秦忌寸八千嶋（はたのいみきやちしま）……二七六
秦許遍麻呂（はたのこえまろ）……二七六
秦田麻呂（はたのたまろ）……二七六
秦間満（はたのはしまろ）……二七六
泊瀬部皇女（はつせべのひめみこ）……二七七
波豆麻（はづま）……二七七
服部呰女（はとりべのあさめ）……二七七
服部於田（はとりべのうえだ）……二七七
土師（はにし）……二七七
土師稲足（はにしのいなたり）……二七八
土師宿禰道良（はにしのすくねみちよし）……二七八
土師宿禰水通（はにしのすくねみみち）……二七八

母（はは）……二七九
林王（はやしのおおきみ）……二七九
婆羅門（ばらもん）……二七九
播磨娘子（はりまのおとめ）……二八〇

ひ

彦星（ひこほし）……二八〇
土形娘子（ひじかたのおとめ）……二八〇
常陸娘子（ひたちのおとめ）……二八〇
斐太乃大黒（ひだのおおぐろ）……二八〇
鄙人（ひなひと）……二八一
日並皇子（ひなみしのみこ）……二八一
日並皇子宮舎人（ひなみしのみこのみやのとねり）……二八二
檜隈女王（ひのくまのおおきみ）……二八三
檜前舎人石前（ひのくまのとねりいわさき）……二八三
紐児（ひものこ）……二八三
馮馬子（ひょうまし）……二八三
広河女王（ひろかわのおおきみ）……二八四

ふ

藤井連（ふじいのむらじ）……二八四
葛井連大成（ふじいのむらじおおなり）……二八四
葛井連子老（ふじいのむらじこおゆ）……二八五
葛井連広成（ふじいのむらじひろなり）……二八五
葛井連諸会（ふじいのむらじもろあい）……二八五
藤原朝臣宇合（ふじわらのあそみうまかい）……二八五
藤原朝臣鎌足（ふじわらのあそみかまたり）……二八七
藤原朝臣清河（ふじわらのあそみきよかわ）……二八八
藤原朝臣久須麻呂（ふじわらのあそみくすまろ）……二八九
藤原朝臣宿奈麻呂（ふじわらのあそみすくなまろ）……二九〇
藤原朝臣継縄（ふじわらのあそみつぐなわ）……二九〇
藤原朝臣執弓（ふじわらのあそみとりゆみ）……二九一
藤原朝臣広嗣（ふじわらのあそみひろつぐ）……二九一
藤原朝臣房前（ふじわらのあそみふささき）……二九一
藤原朝臣不比等（ふじわらのあそみふひと）……二九二
藤原朝臣麻呂（ふじわらのあそみまろ）……二九三
藤原朝臣八束（ふじわらのあそみやつか）……二九四
藤原郎女（ふじわらのいらつめ）……二九五
藤原豊成朝臣（ふじわらのとよなりあそみ）……二九五
藤原二郎母（ふじわらのなかちこのはは）……二九五
藤原永手朝臣（ふじわらのながてあそみ）……二九五
藤原仲麻呂朝臣（ふじわらのなかまろあそみ）……二九六
藤原夫人（ふじわらのぶにん）……二九七
藤原卿（ふじわらのまえつきみ）……二九八
藤原部等母麻呂（ふじわらべのともまろ）……二九九
婦人（ふじん）……二九九

布勢朝臣人主（ふせのあそみひとぬし）……三〇〇
道祖王（ふなどのおおきみ）……三〇〇
船王（ふねのおおきみ）……三〇〇
史氏大原（ふひとうじのおおはら）……三〇一
吹芡刀自（ふふきのとじ　ふきのとじ）……三〇一
文忌寸馬養（ふみのいみきうまかい）……三〇一
古老（ふるおきな）……三〇二
振田向宿禰（ふるのたむけのすくね）……三〇二
古日（ふるひ）……三〇二
文室智奴真人（ふんやのちぬのまひと）……三〇二

へ

平栄（へいえい　ひょうえい）……三〇三
日置少老（へきのおおゆ）……三〇三
日置長枝娘子（へきのながえのおとめ）……三〇三
平群氏女郎（へぐりうじのいらつめ）……三〇三
平群朝臣（へぐりのあそみ）……三〇四
平群文屋朝臣益人（へぐりのふみやのあそみますひと）……三〇四
扁鵲（へんじゃく）……三〇四

ほ

法師（ほうし）……三〇四
乞食者（ほかいびと）……三〇四
穂積朝臣（ほずみのあそみ）……三〇六
穂積朝臣老（ほずみのあそみおゆ）……三〇六
穂積皇子（ほずみのみこ）……三〇六

ま

松浦佐用媛（まつらさよひめ）……三〇八
松浦仙媛（まつらのやまひめ）……三〇八
円方女王（まとかたのおおきみ）……三〇八
真間娘子（ままのおとめ）……三〇八
麻呂（まろ）……三〇九
丸子連大歳（まろこのむらじおおとし）……三〇九
丸子連多麻呂（まろこのむらじおおまろ）……三〇九
丸子部佐壮（まろこべのすけお）……三一〇
麻呂妻（まろのつま）……三一〇
満誓（まんせい）……三一〇

み

三形王（みかたのおおきみ）……三一一
三方沙彌（みかたのさみ）……三一一
三国真人五百国（みくにのまひといおくに）……三一二
三国真人人足（みくにのまひとひとたり）……三一二
三島王（みしまのおおきみ）……三一二

水江浦島子（みずのえのうらのしまこ）……三一三
三手代人名（みてしろのひとな）……三一三
御名部皇女（みなべのひめみこ）……三一三
三野王（みののおおきみ）……三一四
三野連（みののむらじ）……三一四
三野連石守（みののむらじいそもり）……三一四
三原王（みはらのおおきみ）……三一四
壬生使主宇太麻呂（みぶのおみうだまろ）……三一五
三諸神（みもろのかみ）……三一五
命婦（みょうぶ）……三一五
三輪朝臣高市麻呂（みわのあそみたけちまろ）……三一五

む

六鯖（むさば）……三一六
身人部王（むとべのおおきみ）……三一六
宗形部津麻呂（むなかたべのつまろ）……三一六
村氏彼方（むらのうじのおちかた）……三一六

も

物部秋持（もののべのあきもち）……三一六
物部乎刀良（もののべのおとら）……三一七
物部古麻呂（もののべのこまろ）……三一七
物部龍（もののべのたつ）……三一七
物部歳徳（もののべのとしとこ）……三一七
物部刀自売（もののべのとじめ）……三一七
物部広足（もののべのひろたり）……三一七
物部真島（もののべのましま）……三一七
物部真根（もののべのまね）……三一八
物部道足（もののべのみちたり）……三一八
水主内親王（もひとりのひめみこ）……三一八
守部王（もりべのおおきみ）……三一八
諸弟等（もろとら）……三一八
文武天皇（もんむてんのう）……三一八

や

八代女王（やしろのおおきみ）……三一九
安見児（やすみこ）……三一九
八田皇女（やたのひめみこ）……三一九
八千桙之神（やちほこのかみ）……三一九
矢作部真長（やはぎべのまなが）……三二〇
山口忌寸若麻呂（やまぐちのいみきわかまろ）……三二〇
山口女王（やまぐちのおおきみ）……三二〇
山前王（やまくまのおおきみ）……三二〇
山背王（やましろのおおきみ）……三二一
山田史君麻呂（やまだのふひときみまろ）……三二一
山田史土麻呂（やまだのふひとつちまろ）……三二一

山田史御母（やまだのふひとみおも）……三二一
大倭（やまと）……三二一
倭大后（やまとのおおきさき）……三二二
山上臣（やまのうえのおみ）……三二二
山上臣憶良（やまのうえのおみおくら）……三二三
仙柘枝（やまひとつみのえ）……三二九
山部王（やまべのおおきみ）……三二九
山部宿禰赤人（やまべのすくねあかひと）……三二九

ゆ

維摩大士（ゆいまたいし）……三三六
雄略天皇（ゆうりゃくてんのう）……三三六
雪連宅麻呂（ゆきのむらじやかまろ）……三四〇
弓削皇子（ゆげのみこ）……三四一
湯原王（ゆはらのおおきみ）……三四二
楡柎（ゆふ）……三四三

よ

誉謝女王（よさのおおきみ）……三四三
依羅娘子（よさみのおとめ）……三四三
吉田連老（よしだのむらじおゆ）……三四四
吉田連宜（よしだのむらじよろし）……三四五
余明軍（よのみょうぐん）……三四五

ら

羅睺羅（らごら）……三四六

り

理願（りがん）……三四六

わ

和（わ）……三四六
若麻績部羊（わかおみべのひつじ）……三四六
若麻績部諸人（わかおみべのもろひと）……三四七
若桜部朝臣君足（わかさくらべのあそみきみたり）……三四七
若舎人部広足（わかとねりべのひろたり）……三四七
若宮年魚麻呂（わかみやのあゆまろ）……三四七
若倭部身麻呂（わかやまとべのみまろ）……三四七
若湯座王（わかゆえのおおきみ）……三四八

装幀 内田克巳

万葉集歌人事典

作者・作中人物

阿氏奥島（あうじのおきしま）

〔系譜〕寧楽遺文下の「調庸綾絁布墨書」（正倉院御物）にみえる「（上野国）国司正六位上行介阿倍朝臣息嶋」が同一人物ではないかと推測されている。阿倍息道とは血縁関係にあって、奥島のほうが年長者に相当するのだろう。

〔閲歴〕天平二年正月には大宰小監であったから従六位上相当であったろう。天平勝宝四年正六位上上野介（正倉院御物）。生没未詳。

〔歌風〕竹林の鶯を基底にして「梅花の宴」の趣旨にそうように梅の花を冠して、主体を明確にした技巧的な歌で、表現に依存した歌であるといえよう。

〔影響〕同宴席歌群の作者のうち、志氏大道、榎氏鉢麻呂、高氏老、高氏海人の歌などに影響を与えている。

〔歌数〕短歌一首。5・八二四　〔町方〕

県犬養娘子（あがたのいぬかいのおとめ）

〔系譜〕歌の配置から考えると、大伴坂上郎女と交際のあった女性であり、県犬養吉男の血縁筋の女性ではないだろうか。

〔歌風〕集中一首のみ。寄物陳思型であることは題詞「梅に寄せて思を発す歌」で明白だが、表現に鮮明さを欠く。

〔歌数〕短歌一首。8・一六五三

〔参考文献〕＊「県犬養娘子依梅発思の歌―地に将落やも」藤原芳男（国語と国文学48―5）　〔町方〕

県犬養宿禰浄人（あがたのいぬかいのすくねきよひと）

〔閲歴〕万葉集に、天平勝宝七年二月、防人部領使となり、筑紫国に赴くとき、防人らの作った歌を兵部少輔大伴宿禰家持に進《たてまつ》ったことが記されている。ときに下総国少目、従七位下であった（20・四三九四左注）。また、類聚国史に、弘仁十四年正月、正六位上より従五位下に叙せられたことがみえる。

〔所在〕20・四三九四左注　〔近藤(健)〕

県犬養宿禰人上（あがたのいぬかいのすくねひとかみ）

〔系譜〕姓氏録の左京神別に、県犬養宿禰は「神魂命八世孫阿居太都命之後也」という。天武十三年十二月連から宿禰に改姓。父祖については不明。大伴旅人・大伴坂上郎女と親密な関係にあったのだろう。それで、旅人の検護にあたったのだろう。

〔閲歴〕天平三年七月には宮中の礼儀および非違を検察する内礼正で正六位相当であった。

〔歌風〕「黄葉の過ぎにし」の慣用句を形式的にやや変改して使用した歌であって迫真感、痛哭感に欠ける。

〔歌数〕短歌一首。3・四五九　〔町方〕

県犬養宿禰三千代（あがたのいぬかいのすくねみちよ）

〔系譜〕東人の女（新撰姓氏録、尊卑分脈）。葛城王（橘諸兄）、佐為王（橘佐為）、牟漏女王、光明皇后の母。

〔閲歴〕養老元年正月従四位上から従三位、五年正月正三位。五月出家して食封・資人を辞退したが許されなかった。神亀四年十二月、県犬養五百依、小山守大麻呂らのために宿禰姓を請うて許された。天平五年正月に薨じ、葬儀は散一位に准じた。五年十二月贈従一位。

〔歌風〕集中一首あるが、儀礼的性格の濃いものである。

〔歌数〕短歌一首。19・四二三五　〔東野〕

県犬養宿禰持男（あがたのいぬかいのすくねもちお）

〔系譜〕未詳ではあるが、直前の歌（8・一五八五）の作者は内舎人県犬養宿禰吉男である。吉男は天平勝宝二年正六位上但馬国の掾、天平宝字三年五月肥前守、同五年上野介、同八年十月伊予介となっている。その弟であろう。大伴書持と交流があったか。

〔歌風〕若年者のロマンチックな気負いがみられ、集宴の場に侍ってやや緊張気味が感じられる。

〔歌数〕短歌一首。8・一五八六　〔町方〕

県犬養宿禰吉男（あがたのいぬかいのすくねよしお）

〔表記〕県犬甘とも（正倉院文書）。

〔閲歴〕天平十年十月頃内舎人（万葉集）、天平勝宝二年には但馬掾、正六位上でみえ（東南院文書）、四年四月に玄蕃頭で大仏開眼会に奉仕した（東大寺要録）。天平宝字二年八月従五位下、三年五月肥前守（続紀）となる。五年頃上野介（正倉院文書）、八年十月伊予介（続紀）。

〔歌風〕集中、天平十年十月橘奈良麻呂の催した宴での歌があるだけで、とりたてて特色はない。

〔歌数〕短歌一首。8・一五八五　〔東野〕

安貴王（あきのおおきみ）

〔表記〕万葉は安貴王（3・三〇六題詞など）、続紀には阿紀王（天平元年三月）、阿貴王(天平十七年正月)。

〔系譜〕本朝皇胤紹運録によれば、志貴皇子の孫、春日王の子、市原王の父。妻は紀女郎。すなわち「紀女郎の怨恨《うらみ》の歌三首（鹿人《かひと》大夫の女、名を小鹿《おしか》といふ。安貴王の妻なり）」（4・六四三題詞）とある。また因幡《いなば》の八上采女《やがみのうねめ》を娶っていたこともありその間の事情を物語風に記している。すなわち「右、安貴王、因幡の八上采女を娶《めと》る。係念《おもひ》極まりて甚しく、愛情尤も盛りなり。時に、勅して不敬の罪に断《さだ》め、本郷《もとつくに》に退却《まか》らしむ。ここに、王の心悼《いた》み怛《かなし》びて、いささかこの歌を作る」（4・五三五左注）とある。また市原王に関しては「市原王の宴に父の安貴王を禱《ことほ》ける歌一首」

（6・九八八）とある。

〔閲歴〕続紀によれば天平元年三月、無位より従五位下、同十七年正月従五位上、位階の記事二項のみ。皇親としては不遇な扱いといえるが、あるいは昇進の遅れは釆女とのかかわりによる不敬の罪（おおよそ養老の末頃）の影響によるか。万葉では養老二年、元正帝の美濃行幸に従っての作歌がある。すなわち「伊勢国に幸しし時に、安貴王の作れる歌一首」（3・三〇六題詞）。

〔歌風〕行幸歌一首の他は八上釆女との別離を悲しむ長短歌一首ずつおよび一人寝のさびしさを歌う個的な作品。

　敷栲《しきたへ》の手枕《たまくら》まかず間《あひだ》置きて年そ経にける逢はなく思へば　（6・五三五）

　秋立ちて幾日《いくか》もあらねばこの寝《ね》ぬる朝明《あさけ》の風は手本《たもと》寒しも　（8・一五五五）

　前の歌は罪に断ぜられて八上釆女は因幡に退き、その後年改まっての作歌かと思われる。両歌は制作時期が接近しているわけではないが連続感がある。手本から愛すべき女性を奪われてしまった時の流れの中で、無聊の生活の味気なさと孤独感を漂わせている。とくに「朝明の風は手本寒しも」の句は非凡な語感覚。

〔歌数〕長歌一首、短歌三首。3・三〇六　4・五三四、五三五　8・一五五五　〔近藤(信)〕

商長首麻呂（あきのおさのおびとまろ）

〔系譜〕商長姓は崇峻天皇代、呉に使して権《ハカリ》を齎した久比の男宗麻呂が舒明の代に負うたといい（新撰姓氏録左京皇別）、東大寺写経所校生に智麻呂の名がみえる（正倉院文書）が、三者の関係は不明。

〔閲歴〕天平勝宝七歳二月筑紫に遣わされた駿河国防人（20・四三四六左注）。

〔歌風〕同語をくり返えしたり（1・二〇額田王作にもみられ中国古詩「行々重行々」との関係も考えられている）、頭韻を四つまで踏んでいたりして調べがよい。訛音（「忘らむと」）もみられる。

〔歌数〕短歌一首。20・四三四四　〔野田〕

安積皇子（あさかのみこ）

〔表記〕万葉集中は安積皇子（3・四七五題詞）、安積親王（6・一〇四〇題詞）と記される。

〔系譜〕聖武天皇の皇子。母は県犬養広刀自。皇胤紹運録に、浅香皇子と安積親王とが併記されているが、誤りであろう。

〔閲歴〕続紀に天平十六年閏正月十一日、難波行幸に従ったが、脚病により桜井頓宮より還るとある。十三日薨去。年十七。この突然の死は藤原仲麻呂による暗殺と考える説もある（横田健一「安積親王の死とその前後」）。万葉集には、同年二月三日、三月二十四日に詠まれた大伴家持の挽歌があり（3・四七五〜四八〇）、安積親王が藤原八束の家に宴したときの家持の歌（6・一〇四〇）がある。
〔所在〕3・四七五題詞　6・一〇四〇題詞
〔参考文献〕＊「安積皇子挽歌の論」尾崎暢殃（和洋国文研究9）＊「安積皇子挽歌試論」身崎寿（万葉90）＊「安積皇子挽歌私見―家持の氏族意識投影を中心に―」岩井亮次（同志社大国文学会院生部会研究会報8）＊「安積皇子挽歌」神堀忍（『万葉集を学ぶ』3）＊「安積親王（影に立つ万葉びと㈤～㈦）」若浜汐子（白路33―6～8）
〔吉村〕

朝倉益人（あさくらのますひと）

〔系譜〕日本書紀大化二年三月の項にみえる朝倉君麻利著施臣は東国人と思われるが益人との関係は不明。

〔閲歴〕天平勝宝七歳二月上野国防人として筑紫に遣わされた（20・四四〇五左注）。

〔歌風〕「わが妹子がしぬひにせよと著けし紐糸になるとも我は解かじとよ」の一首で、妹に逢うまで紐を解かないという類想の多い歌であるが、「糸になるとも」という点が特色。

〔歌数〕短歌一首。20・四四〇五
〔野田〕

麻田連陽春（あさたのむらじやす）

〔表記〕麻田連陽春（4・五七〇左注）、麻田陽春（5・八八四題詞）。

〔系譜〕続紀神亀元年五月十三日に「正八位上答本《たほ》陽春に麻田連を賜ふ」とある。この日の記事はほとんどが帰化系の人々の賜姓であり麻田連も新撰姓氏録右京諸蕃によれば「百済国朝鮮王淮之後也」とある。

〔閲歴〕神亀元年五月、正八位上（続紀）。この後任官叙位の記録はみえないが万葉集によれば天平二年十二月に、大宰府の長官大伴旅人が大納言に任ぜられて筑前国を離れるときの送別の歌の中に「大典麻田連陽春」（4・五七〇左注）とあって、大宰の大典（正七位上相当）であったことがわかる。天平三年三月には同じく大宰大典で従六位上（東大寺文書巻五、三三六頁）。ついでこの年の六月以後のことと思われるが「大伴君熊凝《くまこり》歌二首」（5・八八四題詞）を詠んでいる。天平十一年正月、外従五位下（続紀）。その後、同位階で石見《いわみ》守（懐風藻）に任ぜられていることがわかるが任官年月等未詳。行年五十六歳（懐風藻）。

〔影響〕陽春はこの時代の知的階層を代表する一人と思われ、詩歌ともに残る。とくに大宰府にあっては筑前守山上憶良とも親交があったらしく、憶良も陽春作の大伴君熊凝歌に触発されて六首の歌を作しているが、その題詞に下位の陽春歌に対して「敬和」（5・八八六題詞）ということばを用いて尊敬の念を示している。

〔歌数〕短歌四首。4・五六九、五七〇　5・八八四、八八五
〔近藤(信)〕

葦屋処女（あしのやのおとめ）

〔表記〕葦屋乃菟名日処女（9・一八〇一）、葦屋之菟名負処女（9・一八〇九）、葦屋之宇奈比処女（9・一八一〇）とも。あしやおとめ。

〔名義〕高橋虫麻呂歌集、田辺福麻呂歌集などに歌われる、いわゆる二男一女型伝説の女主人公。巻十六に歌われる桜児や鬘児も同様の性格をもった伝説の主人公である。葦屋は摂津国の地名で、この処女は菟原処女ともよばれる。処女の名は記さないが大伴家持にも追和歌がある。菟原処女の項参照。

〔内容〕菟原壮士と血沼壮士（小竹田壮士とも）との二人の男性に愛され、二人の間で悩んだ末に自ら死を選んだという。歌はその墓を見て詠まれている。

〔所在〕9・一八〇一〜一八〇三、一八〇九〜一八一一　19・四二一一、四二一二　〔三浦〕

飛鳥壮士（あすかおとこ）
〔名義〕飛鳥壮士は奈良県の飛鳥地方に住んだ若者の一般的呼称で、「小竹田丁子《しのだをとこ》」（9・一八〇二）、「難波《なには》壮士」（4・五七七）、「知奴乎登古《ちぬをとこ》」（19・四二一二等）、「安豆麻《あづま》乎等故《をとこ》」等の類の称。飛鳥壮士については、竹取翁関係の伝説歌謡で触れられており、沓《くつ》を作るに名を得ていたようである。私注には帰化人の技術を伝える部族であるとし、職員令集解に、大蔵省の狛戸の条に「飛鳥沓縫十二戸」「飛鳥縫沓」とあるのを引く。万葉集中に作歌はない。
〔所在〕16・三七九一　〔尾崎〕

明日香皇女（あすかのひめみこ）
〔系譜〕天智天皇皇女。母は阿部倉梯麻呂の女橘娘で新田部皇女と同母姉妹。忍壁皇子の妃。
〔閲歴〕紀によると、持統六年八月天皇、飛鳥（明日香に同じ）皇女の田荘《なりどころ》に行幸。同八年八月飛鳥皇女のために沙門一百四口《たり》を度《いえで》せしむ。続紀によると文武四年四月薨。その死に対する挽歌が人麻呂によって作られた（2・一九六、一九七、一九八）。渡瀬昌忠は、皇女がその地位（薨時浄広肆）にしては異例の扱いを受けていることを指摘し、皇女の特殊性を説いている。また、皇女の挽歌が文武四年薨にもかかわらず、持統十年薨の高市皇子挽歌の前に配列されていることについて、巻二編者が前記持統八年八月の記事を誤解したためであろうとされている。
〔所在〕2・一九六題詞
〔参考文献〕＊「明日香皇女挽歌」渡瀬昌忠（『万葉集を学ぶ』2）＊「明日香皇女（影に立つ万葉びと㈡〜㈣）」若浜汐子（白路33—3〜5）＊「明日香皇女殯宮歌の発想—永却への庶幾—」大久間喜一郎（古代文学12）　〔多田〕

安宿王（あすかべのおおきみ）
〔表記〕宝亀四年十月高階真人《たかなしのまひと》の姓を賜る。
〔系譜〕天武天皇の曽孫。高市皇子の孫。長屋王の第五子。母は藤原不比等の女。安宿は、倭名鈔の河内の郡名に

「安宿、安須加倍《アスカベ》」とあり、これによるか。

〔閲歴〕天平元年父の長屋王が罪せられて自尽したとき、その息、膳夫王以下異腹の四兄は皆自殺したが、安宿王・黄文王・山背王、女教勝は、連坐しても、母が藤原太政大臣（不比等）の女であったので、とくに不死を賜った（続紀天平宝字七年十月藤原弟貞薨去の条）。天平九年九月無位より従五位下、同九年十月従四位下となり、同十年閏七月玄蕃頭に任ぜられた。同十二年十一月従四位上、同十八年四月治部卿。天平勝宝元年八月中務大輔。同五年四月播磨守。同六年二月唐僧鑑真を迎える勅使となる（唐大和上東征伝）。同六年七月太皇太后の葬送の御装束司となり、八月誅人をひきい誅を奉った。同九月内匠頭兼播磨守。さらに同八年讃岐守となる。天平宝字元年七月橘奈良麻呂の反逆に連座、捕えられて妻子とともに佐渡に配流となる。この変では、同母弟の黄文王は捕えられ杖下に死し、安宿王は勘問に対して「黄文王の仲介で奈良麻呂の謀に加わったが、よく情を知らず、欺かれて往ったのである」と陳述するが、聴き入れられず流罪となる。一方、末弟の山背王はひそかに奈良麻呂の陰謀を告げ、その変を未然に防いだ功により従四位上より従三位に昇進し、同四年には藤原の姓を賜い、名を弟貞と改名した。安宿王は逆賊の汚名を受け遠島となったが、のち許され十六年後の宝亀四年十月に高階真人の姓を賜った。かなり長命であったらしい。

〔歌風〕巻二十に二首の短歌を収める。

稲見野のあから柏は時はあれど君を吾が思ふ時は実無し　（20・四三〇一）

少女等が玉裳裾びく此の庭に秋風吹きて花は散りつつ　（20・四四五二）

二首とも肆宴の応詔歌である。前の歌は、その題詞に「七日に、天皇・太上天皇・皇大后、東の常宮の南大殿に在して肆宴したまふ歌一首」とある。天平勝宝六年正月、孝謙天皇・聖武上皇・光明皇太后列席の肆宴における詠歌で、当時、安宿王は播磨守であった。「柏」は現在も端午の節句の柏餅に使うブナ科の落葉喬木。延喜式（造酒式）によれば、大嘗祭、鎮魂祭などのほか各節日に播磨柏が使用された。古典文学全集の頭注は（14・三四二二、15・三六七〇）など類似表現があることから、この歌は、「本来、相聞的内容の民謡であろう」とする。民謡的発想の影響を受けていることは否めないにしても、任国の風物を踏まえて忠誠を誓うという趣向をもって場に応じたところに新味がある。ちなみに孝謙天皇と王とはいとこどうしにあたる。後の歌は天平勝宝七歳八月の肆宴での奉上歌。女帝の近侍の女官たちが長い裳を引いて歩く優美な姿を上三句で詠じ、下句では萩の花の散る宮廷の庭の美しい情景を歌っている。自然な気品ある歌である。ちなみに女性の「裳」を詠じた歌（5・八五五、八六一　7・一二七四　9・一七〇、一七四二）には女性の動的で色彩感豊かな官能美を示すものが多い。

〔歌数〕短歌二首。20・四三〇一、四四五二　〔林田〕

安宿奈杼麻呂（あすかべのなどまろ）

〔表記〕百済安宿公奈登麻呂（続紀）とも記されている。

〔系譜〕河内国安宿郡出身の人で、百済渡来系の人であろう。一門には経師が多い。

〔閲歴〕天平勝宝八歳十一月朝集使として上京、ときに出雲掾（20・四四七二題、四四七三左注）。天平神護元年正月正六位上から外従五位下になる（続紀）。享年未詳。

〔歌数〕短歌一首。20・四四七二　〔広岡〕

阿須波乃可美（あすはのかみ）
〔系譜〕古来記上巻（8大年神の神裔）に、大年神が天智《あめち》迦流美豆比売《かるみづひめ》を娶《めと》って生んだ九神の中に阿須波乃神がみえる。宅神とも庭の守護神とも竈の神ともいわれるが詳細は不明。祈年祭祝詞の中に、座摩（ヰカスリ）の御巫の祭る皇神等として、生井・栄井・津長井・阿須波・婆比支の名がみえる。万葉集に「庭中の阿須波の神に木柴さし吾は斎《いは》はむ帰り来までに」（20・四三五〇）の歌がある。原文の可美の美は違例。帰りの倍も違例。
〔所在〕20・四三五〇の歌中　〔松原〕

安曇外命婦（あずみのげみょうぶ）
〔系譜〕万葉集の、安倍朝臣虫麻呂と贈答した大伴坂上郎女の歌（4・六六七）の左注によると、安倍朝臣虫麻呂の母。大伴坂上郎女の母石川内命婦とは姉妹である。
〔所在〕4・六六七左注　〔近藤(健)〕

安曇宿禰三国（あずみのすくねみくに）
〔閲歴〕万葉集に、天平勝宝七年二月防人部領使となり筑紫国に赴くとき、防人らが作った歌を兵部少輔大伴宿禰家持に進《たてまつ》ったと記されている。ときに武蔵国掾、正六位上であった（20・四四二四左注）。また、続紀に天平宝字八年十月、藤原仲麻呂の追討の功により従五位下に叙せられたことがみえる。
〔所在〕20・四四二四左注　〔近藤(健)〕

厚見王（あつみのおおきみ）

〔表記〕集中すべて厚見王と記されている。

〔系譜〕系統不明。集中に久米女郎との贈答歌（8・一四五八、一四五九）がある。久米女郎についても、万葉集古義に「久米連若売にてもあるべきか」とあるが不明である。

〔閲歴〕続紀によれば、天平勝宝元年四月、従五位下、天平宝字元年五月、従五位上に昇せられる。天平勝宝六年七月、大皇太后葬送の御装束司、同七年十一月、伊勢大神宮の奉幣使となっているが、このとき少納言であった。享年未詳。

〔歌風〕集中三首の短歌を収める。

朝にけに色づく山の白雲の思ひ過ぐべき君にあらなく

に

（4・六六八）

の相聞一首における「君」は不明。下句「思ひ過ぐべき君にあらなくに」は、「明日香河川淀去らず立つ霧の思ひ過ぐべき恋にあらなくに」（3・三二五　山部赤人）や「石の上布留の山なる杉群の思ひ過ぐべき君にあらなくに」（3・四二二　丹生王）の先蹤を追った表現であり、あるいは宴席などでの誦詠歌かと思われる。

屋戸にある桜の花は今もかも松風疾み土に散るらむ

（8・一四五八）

の春相聞一首は、久米女郎に贈ったもの。それに対して女郎の答えた一首は、「世の中も常にしあらねば屋戸にある桜の花の散れる頃かも」（8・一四五九）であり、ともに即興的な軽妙な作である。

かはづ鳴く甘南備河に影見えて今か咲くらむ山吹の花

（8・一四三五）

の春雑歌一首は、もっとも知られた代表作で、その平明穏和な歌風をよく示している。

〔歌数〕短歌三首。4・六六八　8・一四三五、一四五八

〔扇畑〕

安都宿禰年足（あとのすくねとしたり）

〔表記〕安都年足（安都年足状、大日本古文書二五巻・一二四）元暦校本・類聚古集以外の万葉古写本は安部宿禰年足としているが、安部の姓は朝臣であるので、安都が正しい。

〔系譜〕阿刀人足の子、安都真足の父か（代匠記）。

〔閲歴〕大日本古文書、宝亀年間に頻出する経師、阿刀年足と同一人か否か不明。大和、佐保川近くに住んでいた。

〔歌数〕短歌一首。4・六六三

〔参考〕全註釈は年足の自筆書状（天平十七年四月二十六日付、安都年足状）を指摘している（大日本古文書参照）。

〔広岡〕

安都扉娘子（あとのとびらのおとめ）

〔表記〕万葉考（十三）は安都扉《アツミ》（安積）娘子《ノイラツメ》とよむとする。

〔閲歴〕大伴家持をとりまく女性群中の一人という以外は不明。（家持の答歌は4・七一六である）

〔歌数〕短歌一首。4・七一〇

〔広岡〕

安努君広島（あののきみひろしま）

〔系譜〕かつて越中を支配していた伊彌豆国造《いみづのくにのみやつこ》の子孫で、安努の氏は射水郡阿努郷の出身なのでいうとする説がある。

〔閲歴〕万葉集によると、天平勝宝三年八月五日、越中国守大伴宿禰家持が少納言に任ぜられて上京するとき、国府の役人らが見送った。そのとき、広島の門前の林中に餞饌《せんせん》の宴を設けたとある（20・四二五一題詞）。ときに越中国射水郡の大領であった。

〔所在〕19・四二五一題詞　〔近藤(健)〕

阿倍朝臣（あべのあそみ）
〔系譜〕賀茂女王の母。長屋王の妃。
〔所在〕8・一六一三題詞注　〔縄田〕

阿倍朝臣老人（あべのあそみおきな）

〔閲歴〕直前の長歌ならびに短歌（19・四二四五、四二四六）の詞書に「天平五年に入唐使に贈る歌一首」とあり、ともに越中大目の伝承歌である。ときの遣唐使は従四位上多治比真人広成である。おそらく少録以下の随員の一人だろう。

〔歌風〕広成が遣唐使を拝命して進発するまで七箇月半の期間があった。彼も数箇月の待機期間を費したであろう。その間の母を憶う悲別の切情を時間と空間の次元でとらえ、逆比例式に交錯させた構成をもつ技巧歌である。

〔影響〕直前に収録の入唐大使藤原朝臣清河に関する歌群中の19・四二四二（仲麻呂作）、19・四二四四（清河作）に遠隔悲別、時間の影響を与えている。

〔歌数〕短歌一首。19・四二四七　〔町方〕

阿倍朝臣老人母（あべのあそみおきなのはは）
〔系譜〕遣唐使の一員となった阿倍朝臣老人の母。阿倍朝臣老人が別離の歌を送った相手である。
〔所在〕19・四二四七題詞　〔大久間〕

安倍朝臣奥道（あべのあそみおきみち）

〔表記〕阿倍朝臣息道（続紀）、息部息道（続紀、宝亀三年八月）ともいう。

〔系譜〕天平二年、大宰帥大伴旅人の宅で梅花の歌を作った小監阿氏奥嶋（天平勝宝四年正六位上上野介阿倍朝臣息嶋と同一人物であろう。調庸綾絁布墨書）は血縁関係にあり、奥道より年長者であろう。

〔閲歴〕天平宝字六年従五位下若狭守、同七年従五位下大和介、押勝反逆の年天平宝字八年九月正五位上、同年十月摂津大夫、天平神護元年勲六等、左衛士督、同二年従四位下、神護景雲元年中務大輔、侍従、同二年十一月左兵衛督、宝亀年代にはいって、宝亀二年閏三月无位から従四位下に復し、宝亀二年九月内蔵頭、同三年四月但馬守、同五年三月但馬守従四位下安倍朝臣息道卒。享年未詳。

〔歌風〕血縁者の大宰小監阿氏奥嶋の歌をはじめ、大伴旅人宅における「梅花の歌」二十二首の宴席歌群をみて、とくに大伴旅人の歌（5・八二二）、大伴百代の歌（5・八二三）を念頭において、追和の意識でもって作歌したのであろう。旅人が「天より雪」、百代が現実的に「城の山」の雪をよんだのに対して、奥道は霧の中から降る雪を想定して梅花になぞらえた技巧歌である。

〔歌数〕短歌一首。8・一六四二　〔町方〕

安倍朝臣子祖父（あべのあそみこおおじ）
〔閲歴〕生没年時不詳。舎人親王の大舎人であったか。あるとき、舎人親王が侍座の者に命じて、由る所無き歌を作った者には銭帛を与えよう、と仰せられた。それに応じて、大舎人の子祖父が「心に着く所無き歌」二首（16・三八三八、三八三九）を献上したところ、銭二千文を給せられた、という（同上左注）。なお、続紀によれば、養老三年十月に、舎人親王は新田部親王と同時に、宗室の年長のゆえをもって内舎人二人・大舎人四人・衛士三十人を賜っている。子祖父も侍座のその一人であった、と思われる。

〔歌風〕巻十六には、子祖父の作品二首の前後に「数種の物を詠む歌」やいわゆる戯笑歌の類を多く収める。これらは「戯歌」（三八三五左注）とも総称し得ようが、後者の多くがその付注によってユーモラスな小物語的場面を再構成し得るのに対し、前者はときに滑稽を超えてナンセンスでさえある。子祖父の作は、等類の長忌寸意吉麻呂の八首（三八二四〜三八三一）等の優なるに比して、曲に乏しく不気味でさえある。

〔歌数〕短歌二首。16・三八三八、三八三九　〔神堀〕

安倍朝臣沙彌麻呂（あべのあそみさみまろ）

〔閲歴〕続紀によれば、天平九年九月、阿倍朝臣佐美麻呂に従五位下を授けたとある。以後、同十年閏七月に少納言、同十二年十一月に従五位上、同十四年八月には紫香楽行幸の前次第司に任ぜられた。このとき左中弁であった。さらに天平十五年五月に正五位下、同十七年正月に正五位上、同十八年四月に従四位下、天平勝宝元年四月に従四位上、天平宝字元年五月には正四位下へと昇進、同元年八月には参議に任ぜられた。同二年四月卒。卒したときは中務卿であった。万葉集中、天平勝宝七年「三月三日、防人を検校する勅使と兵部の使人等と、同に集ふ飲宴に作る歌三首」中に「右の一首は、勅使紫微大弼安倍沙彌麻呂朝臣のなり」（20・四四三三左注）とみえる。

〔歌数〕短歌一首。20・四四三三　〔青木(周)〕

阿倍朝臣継麻呂（あべのあそみつぎまろ）

〔表記〕すべて大使。続日本紀によれば阿倍朝臣継麻呂。

〔閲歴〕天平七年四月正六位上から従五位下に叙せられ、同八年二月、遣新羅大使となり、同八年四月拝朝。同八年六月に難波を出港したらしく、筑紫館で「七夕に天漢を仰ぎ観て、各《おのもおのも》　所思《おもひ》を陳べて作る歌三首」中の三六五六番歌「右一首大使」と左注のあるものは継麻呂の歌と思われる。筑前国志麻郡の韓亭に着き、「舟泊まりして三日を経ぬ。ここに夜月の光、皎皎《けうけう》に流照す。奄《たちまち》にこの華に対し、旅情悽噎《せいいつ》す。各　心緒《おもひ》を陳べ、聊《いささ》かに裁《つく》る歌六首」とある中の三六六八番歌「大君の」も「右一首大使」とある。また「竹敷《たかしき》の浦に舟泊まりする時に、各　心緒《おもひ》を陳べて作る歌十八首」中に「右一首大使」として掲出してある三首は継麻呂の歌と考えられている。継麻呂は新羅へ渡った帰途、対馬で卒した。「遣新羅使大判官従六位上壬生使主宇

太麻呂。少判官正七位上大蔵忌寸麻呂等入京す。大使従五位下阿倍朝臣継麻呂津嶋に泊りて卒す」(続紀天平九年正月二十七日)。

〔歌風〕遣新羅使歌群の作家たちは、天平八年（七三六）の夏難波から航海の旅に上り、翌九年正月京に帰り着くまで作歌しつづけたのであろうが、その間これらの歌によって彼らが独自の個性を描き分けたとは考えられない。また、新羅へという共通の目標を持ちながら、共通の生活や生命を歌っているのでもない。「一行はなんら積極的な新羅への関心も持たず、結局は、一日も早く彼らの郷土へ走り帰ろうとする意志しか示していない」と高木市之助はいう。このような遣新羅使歌群全体の特徴を最もよく象徴的に示しているのは、大使継麻呂の五首ではないだろうか。前出の「大君の」の歌にしても、「物思ふと」（三七〇八）にしても、心は家郷に向かっているのである。風雅への逃避もまた、その別なあらわれとみてよいのではなかろうか。

〔歌数〕短歌五首。15・三六五六、三六六八、三七〇〇、三七〇六、三七〇八　〔中村〕

安倍朝臣豊継（あべのあそみとよつぐ）

〔表記〕安倍朝臣豊継（6・一〇〇二）、阿倍朝臣豊継（続紀）とも記される。

〔閲歴〕天平九年二月に、外従五位下から従五位下に叙せられた記事を有するのみである。

〔歌風〕天平六年三月十日から十九日頃までの難波行幸の従駕歌。先行の車持朝臣千年の歌（6・九三一）の「白波の千重に来寄する」の動的な海上叙景を陸路静止の点景描写にうつして埴占による旅中の安泰を希求した歌である。

〔歌数〕短歌一首。6・一〇〇二　〔町方〕

安倍朝臣広庭（あべのあそみひろにわ）

〔表記〕中納言安倍広庭卿または官位を記さない（3・三七〇）。また阿倍朝臣広庭（続紀）、阿部（本朝月令）とも記されている。

〔系譜〕大宝三年閏四月に六十九歳で薨去した右大臣従二位御主人《みうし》（公卿補任）の子である。慶雲元年七月に「右大臣従二位阿倍朝臣御主人功封百戸四分之一、伝子従五位上広庭」とある。父の死に伴い、政界入りを引き継ぐかのように正史に名をつらねる。天平宝字五年三月に卒去した安倍朝臣嶋麻呂は広庭の子である。

〔閲歴〕慶雲元年七月従五位上、和銅二年十一月正五位下伊予守、和銅四年四月正五位上、同六年正月従四位下、霊亀元年五月従四位上宮内卿、養老二年正月従四位上、同五年正月正四位下（公卿補任）、同年六月左大弁、同六年二月参議、同六年三月知河内和泉事兼任、同七年正四位上、神亀元年七月従三位（ただし公卿補任では神亀四年十月従三位、中納言）、夫人正三位石川朝臣大蕤比売の葬事の監

護にあたっている。天平元年八月藤原夫人（光明皇后）立后の宣勅にあたり、同四年二月中納言従三位兼催造宮長官知河内和泉事の官職で薨去。享年七十四歳。懐風藻に詩二篇が収録されている。逆算して、斎明天皇四年有間皇子の反逆の頃生まれたことになる。

〔歌風〕いずれの歌も第五句の行為・状態を説明する構成である。つまり、第五句に限定した対象表現の句を配して、それを感動の究極とするように形を整えていったものだろう。歌人的素質によるものではなく、理知のまさった傾向の歌である。

〔歌数〕短歌四首。3・三〇二、三七〇　6・九七五　8・一四二三　〔町方〕

安倍朝臣虫麻呂（あべのあそみむしまろ）

〔表記〕安倍朝臣虫麿、阿倍朝臣虫麻呂（続紀）、または安陪朝臣虫満（万葉集）、安倍大夫（続紀）とも記される。

〔系譜〕未詳。ただし、4・六六七の左注に「右、大伴坂上郎女の母石川内命婦と、安倍朝臣虫満の母安曇外命婦とは同居の姉妹、同気の親」とあり、私注は異父同母、安倍広庭を父に想定する。

〔閲歴〕天平九年九月正七位上から外従五位下。同年十二月皇后宮亮、まもなく従五位下、同十年閏七月中務少輔、同十二年九月勅使となって藤原広嗣討伐に加わる。このとき、式部少輔。同年十一月従五位上、同十三年閏三月正五位下、同年八月播磨守、同十五年五月正五位上、同十七年九月天皇不予のため八幡神社へ奉幣使となる。同二十年十月左中弁にあり、天平勝宝元年八月兼紫微大忠、同三年正月従四位下、同四年三月中務大輔にて卒去。享年未詳。

〔歌風〕相聞歌二首（4・六六五、六七二）、宴席歌二首（8・一五七七、一五七八）、雑歌一首（6・九八〇）、ただし、この雑歌一首は坂上郎女の歌と贈答体をなす。熱情を率直に歌いあげる作風ではなく、自己の心情を抑えた理知的な、かつ平明な表現で心情のしみとおるやわらかみがある。

〔歌数〕短歌五首。4・六六五、六七二　6・九八〇　8・一五七七、一五七八　〔町方〕

阿部女郎（あべのいらつめ）

〔表記〕安部女郎（4・五〇五、五〇六）にもつくる。家持が歌（8・一六三一題詞）を贈った安部女郎は、時代が遅れ、年代的に別人であろう。

〔歌風〕集中五首の短歌を収める。「人見ずは我が袖もちて隠さむを」（3・二六九）と、女性らしい思いやりを示した歌。「うちなびき心は君に寄りにしものを」（4・五〇五）の歌のように民謡的発想を踏まえて、男性に献身的な女心を示した歌。さらに、

我か背子は物な思ひそ事しあらば火にも水にも我が無

けなくに　　　（4・五〇六）

のように、ひたむきな女性心理を力強く情熱的に詠じた歌がある。前述の三首は女郎の初期の歌と思われるが、土屋文明の万葉集年表（第二版）では文武末年とする。

我が持てる三つあひに搓《よ》れる糸もちて付けてましもの今ぞ悔しき　　　（4・五一六）

この歌は、中臣朝臣東人が女郎に贈った「ひとり寝て絶えにし紐をゆゆしみとせむすべ知らに音のみしぞ泣く」（4・五一五）に答えたもの。前掲年表は養老末年の作とする。だとすれば前歌とは年代的に相当な開きがあり、女郎の晩年の作ということになる。女郎の答え歌は、女らしい真情とも、また贈歌に対するほどよい挨拶歌ともとれる。しかし、ここは後者とみるべきであろう。つまり、「ゆゆしみと」と不吉感を誇大に取りなしたおどけ歌を承けて、「その切れた紐を、著けて上げたいものですが、今では残念ながら、さうは出来ません。お生憎様」（折口信夫・口訳万葉集）と、これも同じく軽い諧謔《かいぎゃく》をもって応じたものである。つまり男女の恋の駆引きの間に醸し出される機智、諧謔の類を楽しんだ応酬歌である。このたぐいの贈答歌は初期万葉歌に例が多い（2・九三～九四、九六～一〇〇、一〇一～一〇二、一〇三～一〇四、一〇七～一〇八）。女郎の五首中、三首の歌は衣・袖・糸・針など女性らしい素材と発想のもとに、それを具体的技巧的に詠じている。以上、五首の歌の風趣からみるかぎりでは、阿部女郎は才情の豊かな女流歌人であったといえる。

〔歌数〕短歌五首。3・二六九　4・五〇五、五〇六、五一四、五一六　　　〔林田〕

阿倍大夫（あべのまえつきみ）

〔系譜〕阿倍朝臣広庭に擬定する説がある。

〔閲歴〕広庭説にしたがうならば、広庭の項を参照のこと。

〔歌風〕直前の歌「後れ居てわれはや恋ひむ春霞たなびく山を君が越えいなば」（9・一七七一）の異伝歌であったものを、伝誦書写の過程で作者も大神大夫から阿倍大夫に変改し、歌も第三句から「稲見野の秋萩見つつ去なむ子ゆえ」と変貌している。

〔歌数〕短歌一首。9・一七七二　　　〔町方〕

天照日女之命（あまてらすひるめのみこと）

〔系譜〕万葉集巻二の人麻呂長歌に「……天照日女の尊（一云、指上日女之命）……」（2・一六七）とみえ、同巻十八の家持長歌に「……天照らす　神……」（18・四一二五）とみえる。古事記（上）には、天照大御神とあり、神代紀（上）には「生㆓日神㆒、号㆓大日孁《ひるめ》㆒」とあり、注して「大日孁貴《ひるめのむち》　此云　於保比屢咩能武智」また「一書ニ云　天照大神、一書ニ云　天照大日孁尊《ひるめのみこと》」とみえる。天照日女之命は書紀の注にみえる一書の呼び名によったものである。

天照大御神は、女性神、太陽神、皇祖神である三重の性格をもち、神代説話の中心的存在として記述されているとともに、伊勢神宮の祭神として、現実の祭祀の対象となっていた神のことである。

イザナギ・イザナミが三貴子を生んだ。第一子が高天ヶ原を知らすアマテラスで、第二子が夜の食す国を知らすツクヨミで、第三子が海原を知らすスサノヲである。これらの神に性別をあてるとすれば、天は父性原理であるからアマテラスは太陽神として男性であるし、太陽に対比できる太陰が月であるからツクヨミは女性であるとするのが自然である（スサノヲが男性であることは論議の余地はない）。ところがアマテラスはヒルメとよぶ女性神である。ヒルメはヒノメすなわち「日の妻《め》」であった。日神に仕えこれを祭る女のことである。のちに祭るものから祭られるものに昇化したのである。スサノヲが高天原にのぼりあばれた折、「我が那勢の命の上り来る由《よし》は、必ず善き心ならじ。我が国を奪はむと欲ふにこそあれ」（記上・書紀には「吾弟」とある）と天照大神がいったとみえるが、その中における「那勢」は女性が男性をさしていう語であることによっても、天照大神は女性であったことがわかる。

天照大神は皇祖神であるとともに、神を祭る巫女としての性格を帯びているのは、天皇が政治的君主であると同時に最高の巫祝でもあったという現実を反映していたといえる。以上のしだいで天照大神が、男性であるはずのものが女性であったということができるとすれば、ツクヨミについても同じことが考えられる。月神は本来女性であって「月読命」とよばれていた。のちにこれを祭っていた男性が祭られるものに昇化し、ツクヨミノミコトは男性とせられるようになった。万葉集の巻六に、「天に坐《ま》す月読壮子《つくよみをとこ》幣《まひ》は為《せ》む今宵の長さ五百夜継ぎこそ」（6・九八五）という湯原王の月の歌のあることによっても知られよう。「月を読む壮士」というのは、月の満ち欠けによる太陰暦をつかさどる男性ということである。魏志・倭人伝に邪馬台国の女王卑弥呼が「事㆓鬼道㆒能惑㆑衆」と記されていること、景行紀に、神夏磯媛らの女酋の説話があること、神功皇后説話に巫女としての役割がつよくでていること等に徴しても、古代日本では、巫祝たることが同時に、政治的君主たりうる条件であり、巫女的女王の実在した形迹が顕著である。神代の説話中、天照大神に以上のべたような性格が存することは理解できよう。当時における女性の社会的地位の高さなどを考えても、皇祖神が女性であることは不自然でない。インド・中国南部・インドネシア方面につらなる南方系の稲作＝母権社会文化に由来する古代において、農耕社会である日本の列島に、太陽神に関する祭祀があちこちで行われていたことは想察に難くない。太陽神としての天照大神の側面がどのようなプロセスで皇祖神とむすびついたかは、伊勢神宮が最初から皇祖神を祭る神社であったかどうかの問題とあわせて研究を要する。津田左右吉は、天照大神という神名は、その抽象的な点から、比較的に新しい時期に成立したものとなしている。

〔所在〕2・一六七　18・四一二五

〔参考文献〕＊「天照大神神号考」藪田嘉一郎（古代文化4—1）＊「天照大神の起源」（上・下）角林文雄（続日本紀研究180・181）　〔松原〕

海犬養宿禰岡麻呂（あまのいぬかいのすくねおかまろ）

〔系譜〕海犬養氏は安曇《あずみ》氏と同族、綿積命《わたつみのみこと》の後裔。氏の本貫は筑前国那珂郡海部郷である。

〔閲歴〕天平六年に応詔歌を残す（6・九九六題詞）。享年未詳。

〔歌数〕短歌一首。6・九九六　〔広岡〕

天之探女（あまのさぐめ）

〔表記〕天之探女（3・二九二）のみ。記紀では「天探女」。

〔閲歴〕万葉集では角麻呂の歌中に登場するのみである。天稚彦が天降るときに共に降った天探女が難波高津に磐船で泊りついたという伝説を背景にした歌とされる。記紀では、葦原中国を平定しに天降った天稚彦が復命しないのを怪しんだ天つ神が雉子を遣したところ、その雉子を射殺すよう示唆したという説話（記紀で多少の相違がある）を載せる。後世アマノジャクまたはアマノザコとよばれるものが天探女の転であるという説もある。

〔所在〕3・二九二　〔飯島〕

尼某（あまのそれがし）

〔表記〕尼（8・一六三三題詞、8・一六三五題詞）。

〔閲歴〕新羅尼僧、理願かとする説（全註釈3・四六〇項）は年代が合わない（理願は天平七年没）。私注は「理願の後に大伴家に残ったその法類などであらう」とするが、不明。

〔影響〕日本武尊の新治筑波歌（古事記）とともに連歌の嚆矢とされるが、尼の片歌と家持の補詠とみるべきもの（鴻巣・全釈）であろう。なお、島津忠夫「連歌源流の考」（万葉三三号）参照。

〔歌数〕片歌一首。8・一六三五上句　〔広岡〕

荒氏稲布（あらうじのいなしき）

〔系譜〕荒氏は、荒木・荒木田・荒城・荒田・荒田井、いずれの氏か不明。

〔閲歴〕天平二年（七三〇）正月十三日、大宰帥大伴旅人の宅で行われた梅花の宴に列席し、「神司　荒氏稲布」として一首を詠じている。神司は職員令にいう主神のことで、正七位下相当官。

〔歌数〕短歌一首。5・八三二　〔比護〕

荒雄（あらお）

〔系譜〕16・三八六〇〜三八六九左注に「滓屋郡志賀村白水郎荒雄」とあるによれば、志賀海神社と関連があり、安曇氏の管轄下にあった海人出身と考えられる。志賀白水郎は沿海漁業に従事しながらも、大和朝廷の外征・外交にその航海術をもって奉仕した。海人の中には農耕にたずさわる者もいた。肥前国風土記の値嘉島の条に「彼の白水郎は、馬、牛に富めり」とあり牛馬を飼うこともあった。また海人族の連中は海上交通における長年の経験から、海洋や天文の知識もあり、卜占の術もかなり発達していた。つまり、荒雄もこのような生活を送っていた人物と考えられる。ただし、宗形部津麻呂との関係を考えると当時（神亀年中）は宗像氏の所轄にあった可能性もある。

〔閲歴〕同左注によれば、神亀年中に、宗形部津麻呂の替りに、対馬に糧を送る船の柁師となり、肥前国松浦県美禰良久埼より出航したが暴風雨で遭難、死亡した。この荒雄に関した歌の成立については、妻子説、山上憶良説がある。

〔所在〕16・三八六〇〜三八六九

〔参考文献〕＊「志賀白水郎の風俗楽と憶良―文学以前―」渡瀬昌忠（上代文学37）＊「海部の民」尾畑喜一郎（『古代の日本』2）　〔滝口〕

有間皇子（ありまのみこ）

〔系譜〕父は孝徳天皇。母は小足媛。日本書紀の大化元年秋七月の記載に、「左大臣阿倍倉梯麻呂（内麻呂）の女小足媛を第一の妃に立て、有間皇子を生む」とある。父の姉にあたる宝皇女（皇極・斉明天皇）の息子中大兄（のちの天智天皇）・大海人（のちの天武天皇）とは従兄弟の関係にあたる。

〔閲歴〕史料は日本書紀のみである。以下日本書紀に拠る。斉明三年九月、「有間皇子、性《ひととなり》黠《さと》くして陽狂《うほりくるひ》すと、云云。牟婁温湯に往きて、病を療《をさ》む偽《まね》して来、国の体勢を讃めて曰はく、『纔《ひただ》彼の地を観るに、病自づからに蠲《のぞこ》消りぬ』と、云云。天皇、聞《きこ》しめし悦びたまひて、往《おは》しまして観《みそなは》さむと思欲す」とあり、翌四年冬十月、紀の温湯行幸が行われ、その留守中に皇子は留守官蘇我赤兄と謀反を企てた。日本書紀の書きぶりは、紀の温湯行幸が、有間皇子のすすめによったように綴られているが、はたしてどうであったのだろうか。行幸までは一年有余の時の流れがある。記事の途中に「云云」と省略の記事のあること、有間皇子は紀の温湯行幸をすすめたと明記されているわけではないこと、などを考えてどこまで事実としてとらえていいのか疑いは残る。紀の温湯行幸の直接の動機は、斉明四年五月、愛孫建王の早世にあろう。日本書紀には「皇孫建王、年八歳にして薨《う》せましぬ。今城の谷の上に、殯《もがり》を起てて収む。天皇、本より皇孫の有順《みさをか》なるを以て、器重《ことにあが》めたまふ。故、不忍哀《あからしび》したまひ、傷み慟《まど》ひたまふこと極めて甚《にへさ》なり。群臣に詔して曰はく『万歳千秋の後に、要《かなら》ず朕《わ》が陵に合せ葬れ』」とあり、三首の歌を伝える。

今城なる小丘《をむれ》が上に雲だにも著くし立たば何か嘆かむ
（斉明紀・一一六）

射ゆ鹿猪《しし》を認《つな》ぐ川上《かはへ》の若草の若くありきと吾が思はなくに
（斉明紀・一一七）

飛鳥川漲《みなぎら》ひつつ行く水の間も無くも思ほゆるかも
（斉明紀・一一八）

この歌を天皇は「時々に唱ひて悲哭《みね》す」という。たいへんな悲しみようであった。しかし、この天皇に有間皇子の再三にわたる紀の温湯行幸のすすめがあったとは書き記されてはいない。日本書紀には、「冬十月庚戌朔甲子（十五日）に、紀温湯に幸す。天皇、皇孫建王を憶《おもほしい》でて、愴爾《いた》み悲泣《かなし》びたまふ」とあり、行幸の動機や目的は記されていない。そして続けて「口号《くつうた》して曰はく」として三首の歌を載せる。

山越えて海渡るともおもしろき今城の中は忘らゆましじ
（斉明紀・一一九）

水門《みなと》の潮のくだり海くだりうしろも暗《くれ》に置きてか行かむ
（斉明紀・一二〇）

愛《うつく》しき吾が若き子を置きてか行かむ
（斉明紀・一二一）

天皇は秦大蔵造万里に詔して「斯の歌を伝へて、世に忘らしむること勿《なか》れ」といったと伝える。この天皇に、有間皇子の再三にわたる紀の温湯行幸のすすめがあったとすれば、すでに有間皇子には確固たる謀反の計画がめぐらされていたことになろう。それは、斉明三年九月の牟婁温湯の旅の前後の頃であったろうか。日本書紀には、謀反のことをそそのかしたのは蘇我赤兄だとし、その赤兄が皇子を裏切ったとしている。

（斉明四年）十一月庚辰朔壬午（三日）、留守官蘇我赤兄臣、有間皇子に語りて曰はく「天皇の治《し》らす政事、三つの失有り。大《とほ》きに倉庫を起てて、民財《おほみたからのたから》を積み聚《あつ》むること、一つ。長く渠水《みぞ》を穿《ほ》りて、公粮を損費すること、二つ。舟に石を載《つ》みて、運び積《つ》みて丘にすること、三つ。」有間皇子、乃《すなは》ち赤兄が己に善《うるは》しきことを知りて、欣然《よろこ》びて報答《こた》へて曰はく、「吾が年始めて兵《いくさ》を用ゐるべき時なり。」

赤兄の天皇批判は世情を代弁したものであったが、赤兄の真情でもあったか。斉明二年には、すでにつぎのように書かれている。

是歳（斉明二年）、飛鳥の岡本に、更に宮地を定む。時に、高麗・百済・新羅、並に使を遣して調進《みつぎたてまつ》る。為に紺の幕を此の宮地に張りて、饗《あへ》たまふ。遂に宮室を起つ。天皇、乃ち遷りたまふ。号《なつ》けて後飛鳥岡本宮と曰ふ。田身嶺（多武峰）に、冠《かうぶ》らしむるに周《めぐ》れる垣を以てす。復《また》、嶺の上の両《ふた》つの槻の樹の辺に、観《たかどの》を起《た》つ。号《なつ》けて両槻宮《ふたつきのみや》とす。亦は天宮と曰ふ。時に興し事《つくること》を好む。廼《すなは》ち水工をして渠《みぞ》穿《ほ》らしむ。香《かぐ》山の西より、石上山に至る。舟二百隻を以て、石上山の石を載《つ》みて、流の順《まま》に控《ひ》き、宮の東の山に石を累《かさ》ねて垣とす。時の人の謗《そし》りて曰はく、「狂心《たはぶれごころ》の渠。功夫を損費すこと三万余。垣造る功夫を損費すこと七万余。宮材爛《ただ》れ、山椒埋《やまのすゑうづも》れたり。」といふ。又、謗りて曰はく、「石の山丘を作る。作る随に自づからに破《こほ》れなむ。」又、吉野宮を作る。

赤兄の誘いに、皇子は赤兄の家に赴き陰謀を企てた。「甲申（十一月五日）、有間皇子、赤兄が家に向きて、楼に登りて謀る。夾膝《おしまつぎ》自づからに断《お》れぬ。是に、相《しるまし》の不祥を知りて、俱《とも》に盟ひて止《や》む」、夾膝は折れ計画は中断された。脇息の折れたのは、故意によるか偶然か。「皇子帰りて宿る。是の夜半に、赤兄、物部朴井連鮪《えのゐのむらじしび》を遣して、宮造る丁《よぼろ》を率ゐて、有間皇子を市経《いちぶ》の家に囲む。便《すなは》ち駅使を遣して、天皇の所に奏す」。赤兄の裏切りは、はじめから予定されていたことなのであろうか。赤兄に、謀反の志ははじめからなかったのであろうか。早馬は紀伊の牟婁温湯の天皇のもとに送られ、有間謀反のことが伝えられた。「戊子（九日）に、有間皇子と、守君大石、坂合部連薬、塩屋連鯯魚《このしろ》とを捉《とら》へて、紀温湯に送りたてまつりき。舎人新田部米麻呂、従なり」。早馬は、市経・牟婁温湯を往復して還り、有間皇子は拘束されて馬上の人となり牟婁へ護送されたに違いなかろう。生駒谷の市経（現在の一分町）の家から紀の温湯まで護送された皇子は、母斉明天皇に従駕、その地に滞在していた皇太子中大兄皇子の尋問を受けた。「是に、皇太子、親ら有間皇子に問ひて曰はく、『何の故か謀反けむとする』と。答へて曰はく、『天と赤兄と知らむ。吾全《もは》ら解《し》らず』と」。有間皇子は、赤兄の裏切りに運命の尽きるところと観念し覚悟を決めていたことであろう。「天」とは「上天の神」（斉明紀七年五月）の意で、通説のように、天皇の意ととることも中大兄を指す意ととることも無理があろう。謀反は、中大兄と赤兄とのしめしあわせたワナにはめられたと考えるのは正しくないであろう。「庚寅（五日）に、丹比小沢連国襲を遣して、有間皇子を藤白坂に絞《くび》らしむ」──捕えられてから五日目のことであった。皇子とともに捕えられた仲間の処置についても書きとめられているが、鯯魚の遺言の意味は解けない。「是の日に、塩屋連鯯魚、舎人新田部連米麻呂を藤白坂に斬る。塩屋連鯯魚、誅されむとして言はく、『願はくは右手をして、国の宝器作らしめよ』と。守君大石を上毛野国に、坂合部薬を尾張国に流す」。日本書紀は以上の後に異伝を載せているが、その中に、有間皇子の謀反計画の一半が示されていて注目される。

或本に云はく、有間皇子、蘇我臣赤兄・塩屋連小戈・守君大石・坂合部連薬と、短籍を取りて、謀反けむ事をトふ。或本に云はく、有間皇子曰はく、「先づ宮室を燔《た》きて、五百人を以て、一日両夜、牟婁津を邀へて、疾く船師を以て、淡路国を断らむ。牢圄《ひとやにこも》るがごとくならしめば、其事成し易けむ」と。或人諫めて曰はく、「可《よ》からじ。計る所は既に然れども、徳無し。方に今皇子、年始めて十九。未だ成人に及《いた》らず。成人に至りて、其の徳を得べし」といふ。他日に、有間皇子、一の判事と、謀反る時に、皇子の案机《おしまづき》の脚、故無くして自づからに断《を》れぬ。其の謨《はかりごと》止まずして、遂に誅戮されぬといふ。

有間皇子が、宮を焼いたあと船師を用いて封じこめ作戦をとろうとしたことがわかる。牟婁津は、今の田辺市の港をさすか。主謀者塩屋連鯯魚（小戈）の存在が注目される。塩屋は、今でも有力な漁港で、鯯魚と無関係ではないと推測されるからである。さらに、この計画に対して、諫めた「或人」を守大石・坂合部薬を考えて誤りないとするならば、斬罪に科せられた鯯魚に対して、二人が流罪ですんでいるところに注目しなくてはならない。しかも、後に大石は百済救援の将軍となり遣唐大使ともなって天智に重んじられ、薬も、壬申の乱の折に近江朝方の将として横河で戦っている。この事件の遠因の一つに、父孝徳天皇の即位があげられよう。孝徳即位にいたる経緯は日本書紀に詳しい。結局は、孝徳の死にいたる経緯や、中大兄の粛正が、有間皇子を死の恐怖に陥れ、墓穴を掘らせたことになろう。時勢も加担して、徳（いきおい）なき皇子をして千載一遇の機をうかがわせたことになろう。赤兄を、はじめから皇子を陥れる目的で三失を説いた悪人と理解する通説には考慮の余地を残しているが、赤兄の裏切りは、皇子への同情を高める結果ともなっている。享年十九歳（六四〇〜六五八）。

〔歌風〕巻二挽歌の冒頭に位置する二首で、「後岡本宮御宇天皇代（斉明）」の歌として配されている。続く長忌寸意吉麻呂の二首と山上憶良の一首のあとに「大宝元年辛丑、紀伊国に幸しし時、結松を見る歌一首」として柿本朝臣人麻呂歌集中の歌を載せる。大宝元年は、斉明四年から数えて四十余年も後のことになる。意吉麻呂の二首および憶良の一首も同じ頃の作と考えて誤りなかろう。意吉麻呂の作等が、有間皇子の二首を承けて歌われていると考えることは誤りないと思われる。しかし、歌が、斉明四年に有間皇子自身によって歌われたと考えるには疑いが残る。やはり、有間皇子の自作歌とは思われず、後人によって仮託された作、伝承歌と考えた方が適しいであろう。しかし、万葉集の題詞には「有間皇子、自ら傷《いた》みて松が枝を結ぶ歌二首」とある。この題詞を信ずれば、斉明四年赤兄の裏切りにより捕えられ牟婁の温湯に護送される途中、岩代の地で詠まれたことになる。自らの運命を諦念した中に、なお生への未練、延命祈念の心情が吐露された作とみることができる。「磐代の浜松が枝を引き結びま幸くあらばまた還り見む」(2・一四一)の下の句は、旅の歌には例の多い語法で、二首目「家にあれば笥《け》に盛る飯を草枕旅にしあれば椎の葉に盛る」(2・一四二)の「家にあれば……草枕旅にしあれば」も、聖徳太子の歌(3・四一五)などにみられ、旅の歌の共通のパターンでもある。

〔歌数〕短歌二首。2・一四一、一四二

〔参考文献〕*「有間皇子」田辺幸雄(国語と国文学29—1)*「有間皇子の歌をめぐって」境田四郎(女子大文学14)*「有間皇子」稲岡耕二(『万葉集講座』5)*「有間皇子の悲劇」露木悟義(『古代史を彩る万葉の人々』)*「真幸くあらばまたかへり見む—有間皇子の歌について—」阪下圭八(日本文学24—9)*「有間皇子」尾崎暢殃(『万葉歌の形成』)　〔露木〕

粟田女王(あわたのおおきみ)

〔閲歴〕養老七年正月従四位下、天平十一年正月従四位上、同二十年三月正四位下から正四位上へ。天平宝字五年六月従三位粟田女王、正四位上小長谷女王、並進一階。同八年五月正三位にて薨去。

〔歌風〕天平二十年三月末頃、元正天皇、難波宮行幸のとき、橘諸兄宅における宴席歌であるために、表面上は風流な歌いぶりであるが、橘諸兄に対する賛揚歌である。

〔歌数〕短歌一首。18・四〇六〇　〔町方〕

粟田女娘子(あわためのおとめ)

〔系譜〕粟田氏は和珥《わに》氏と同族。攷証は続紀にみえる粟田朝臣諸妹、広刀自などの女がこれにあたるかとする。

〔歌風〕「土垸《つちもひ》の中に注せる」とする歌(4・七〇七)はかたもひ(片思・片垸)の掛詞を巧みに使うことによって表裏の情をしみじみと詠みこみ、すでに掛詞の平安朝的洗練がみられる。なお、4・七〇八番歌には家持の答歌がある(4・七一四)。七〇七番歌の答歌は七一九番歌か。

〔歌数〕短歌二首。4・七〇七、七〇八　〔広岡〕

粟田大夫(あわたのまえつきみ)

〔系譜〕粟田朝臣人上とする説、粟田朝臣人(必登)とする説がある。

〔閲歴〕天平二年正月には、小弐の地位にあった。従五位下であったと思われる。

〔歌風〕梅の花よりも青柳を主体にしており、柳の呪性を蘰にして帰郷の念いをのべたもの。

〔影響〕同宴席の筑後守葛井大夫の歌をはじめ、土氏百村、丹氏麻呂、磯氏法麻呂、村氏彼方の歌などに影響。

〔歌数〕短歌一首。5・八一七　〔町方〕

奄君諸立（いおりのきみもろたち）
〔表記〕奄（奄）は庵の省文であり、「いほりの」とよむ。「あむの」とよむ説もある。
〔閲歴〕家持と交流のあった第四期の人物。詳細未詳。
〔歌数〕短歌一首。8・一四八三
〔参考〕全註釈は紀の阿牟君にあて、日本古典文学全集本では、景行紀四年の条に阿牟君の始祖日向襲津彦皇子《ひむかのそつびこのみこ》の名がみえるとする。〔広岡〕

軍王（いくさのおおきみ）
〔系譜〕青木和夫は、百済国王の呼称であるコンキシ（コニキシ＝コンは大、キシは君主の意）とよみ、百済王子の豊璋であるとし、日本古典文学全集本は、百済系のもと王族の帰化人かとし、稲岡耕二は豊璋の子孫かとする。
〔歌風〕古く、反歌具備の近代性が説かれ（柿村重松、昭和十四年）、窪田空穂は文芸評論の立場から、長歌に山と海との対照技巧をみ、また「気分を主にした、細かく柔かい風」、「春の夕暮の風物にそそられ」た感傷という作風を指摘し、反歌において、長歌の夕から夜の心に展開する余情に言及する（昭和十八年）。武田祐吉は、枕詞の多用と序の使用および定型長歌形式の整備を指摘し、また知識者による文筆的内容（全篇一文の叙述法・対句の不使用・副詞の隔句修飾）をもつものという（昭和二十三年、ただしその多くは同氏の『新解』で指摘済）。また語彙の面からも、その新しさがいわれている。「遠つ神」（武田祐吉、昭和三十一年　稲岡耕二、昭和四十八年）、「大夫」（中西進、昭和三十八年　稲岡耕二、同前）、「霞立つ長き春日」（中西進、同前）、「珠だすき懸け」の枕・被枕、「ぬえこ鳥うらなけ居れば」の句（稲岡耕二、同前）等である。以上本歌の近代性から、人麻呂期ないしは人麻呂以後の後代の作とする説が多いが、舒明朝の作とし、苦吟の結果生まれた配列の技巧的な美しさに後代長歌の頽廃の危険がすでに含まれている（石母田正・万葉集大成五巻、昭和二十九年）とするものや、また舒明朝から多少降らせるにしても、帰化人の述作故の表現の新しさである（伊藤博、昭和四十七年）とみるものなどがある。
〔歌数〕長歌一首、短歌一首。1・五、六
〔諸説〕武田祐吉は新解（上巻、昭和五年）以来、氏の諸著で軍王は名でなく「大将軍の意味」かとし、後の豊璋説その他の基となっている。柿村重松は、反歌の発達は詩文盛行の産物で、天智代以降となり、軍王反歌は後人の追付（上代日本漢文学史　昭和十四年）としている。窪田空穂は文芸性の面から、また修辞技巧から、舒明御代の作を疑い、藤原宮時代の歌に通うものとする（評釈　昭和十八年）。武田祐吉は「遠つ神」の語、形式、内容から、後代（藤原宮時代以後）の作り歌であろうとする（増訂全註釈　昭和三十一年　初版本にはその言明がない）。翌年刊の沢瀉久孝・注釈もこれに拠る。中西進は歌の型、表現等から、ほぼ人麻呂期のもの（万葉集の比較文学的研究　昭和三十八年）とみる。ついであらわれたのが渡来人説で、青木和夫は、舒明朝に入侍した百済王族、余《よ》豊璋《ほうしょう》（義慈王の息）とする（「軍王小考」上代文学論叢所収　昭和四十三年）。吉永登はこれを受け、百済復興のための斉明西征の折に、王子豊璋がみずから国を救う戦いの大将軍《いくさのきみ》として出征し、途次安益郡《あやのこおり》に寄港して詠んだもので、斉明七年の作（「軍王について」関西大学国文学四七号　昭和四十七年）とし、伊藤博もこれをほぼ追認し論及する（「帰化人の述作」昭和四十七年稿　古代和歌史研究三所収　昭和五十年）。稲岡耕二は「遠神」、「大夫」その他の表現から、人麻呂以後の作とし（「軍王作歌の論」国語と国文学五〇巻五号　昭和四十八年）、ついで軍王は百済王かもしれないが、豊璋とは断定しかねる。あるいは豊璋の子孫か（万葉集を学ぶ第一集　昭和五十二年）としている。なお、原田大六は、舒明朝の将軍《いくさのきみ》、山背大兄王と推量している（万葉集点睛巻第一・上　昭和四十九年）。

〔参考文献〕＊「万葉集巻一軍王歌について」桂孝二（香川大教学芸学部研究報告第一部4）＊「題詞の権威」伊藤博（万葉50）＊「万葉集軍王の歌について」今井優（大阪大学語文31）　〔広岡〕

生玉部足国（いくたまべのたり(る)くに）

〔系譜〕天平勝宝七歳三月、越前国加賀郡司解に生玉部石工の名が、続紀慶雲四年五月、陸奥国信太郡の人生玉五百足の名がみえるが、いずれも足国との関係は不明である。〔閲歴〕天平勝宝七歳二月遠江国佐野郡から防人として筑紫に遣わされる折の歌がある（20・四三二六左注）。〔歌風〕同音利用の序を使った技巧的な歌で、民謡によって会得された技巧（私注）とも、慣用句を用いていて全体祝いの歌として伝えられたものを改作した（全注釈）ともいわれる。母の寿を歌う点で四三四二番の防人歌と類想。〔歌数〕短歌一首。20・四三二六　〔野田〕

池田朝臣某（いけだのあそみそれがし）

〔表記〕大神朝臣奥守の報歌に池田乃阿曾（16・三八四一）。〔閲歴〕16・三八四〇題詞に「池田朝臣嗤ニ大神朝臣奥守一歌一首」とあり、その下に割注で「池田朝臣名忘失也」とある。大神朝臣奥守は天平宝字八年正月に従五位下に叙せられており（続日本紀）、それと年代的に一致する池田朝臣真枚（天平宝字八年十月従五位下に叙せられ、のち少納言、長門守などを歴任した）のこととみる説（古義）や天平宝字元年正月従五位下に叙せられた池田朝臣足継かとみる説（古典大系本）などあるが未詳。奥守の報歌（16・三八四一）によれば、この人物は赤い大きな鼻をしていたらしい。
〔歌風〕巻十六に多い戯歌の一首で、天平期頃の官人たちの知的ことば遊び歌。
〔歌数〕短歌一首。16・三八四〇　〔三浦〕

池辺王（いけのべのおおきみ）
〔系譜〕天智天皇の曾孫。大友皇子の孫。葛野《かどの》王の子。淡海三船（御船王）の父（続紀、延暦四年七月、三船卒伝）。
〔閲歴〕神亀四年正月、無位より従五位下に。天平九年十二月内匠頭（続紀）。享年未詳。卒時従五位上（続紀、三船卒伝）。
〔歌数〕短歌一首。4・六二三
〔参考〕4・六二三題詞の「池辺王宴誦歌」に「誦」とあり、池辺王の詠作歌か伝誦歌かが不明である。　〔広岡〕

石井手児（いしいのてこ）
〔表記〕伊思井乃手児（14・三三九八）。
〔名義〕長野県埴科郡に住んだ娘子。石井は地名であろうが、所在未詳。万葉集注釈には、今の戸倉町磯部のあたりかとする。石井が地名であれば、その地の駅路などに清水を湛えた井のあったのによるかも知れない。手児のテは労働を表わす体言、コ・ナは愛称の接尾語。「佐和多里《さわたり》の手児」（14・三五四〇）の類の称で、本来は石井の地の娘子の一般的呼称であったと思われるが、東歌では実在の美人になぞらえている。万葉集中に作歌はない。
〔所在〕14・三三九八　〔尾崎〕

石川朝臣老夫（いしかわのあそみおきな）
〔系譜〕代匠記では、文武三年七月美濃守となった石川朝臣小老の子かとするが未詳。
〔歌風〕集中の歌、

をみなへし秋萩折れれ玉桙の道行きづとと乞はむ児がため　（8・一五三四）

は、天平二年七月の作（8・一五二三～一五二六）と、大宰帥大伴卿の歌（8・一五四一～一五四二）の間に位置するところから、天平二年七月頃の作とみえる。山部赤人の「潮干なば玉藻刈りつめ家の妹が浜づと乞はば何を示さむ」（3・三六〇）と類想。

〔歌数〕短歌一首。8・一五三四　〔小野寺〕

石川朝臣君子（いしかわのあそみきみこ）
〔表記〕石川朝臣吉美侯（3・二四七左注）とも記され、号《な》を少郎子（3・二七八左注）という。
〔閲歴〕和銅六年正月従五位下、霊亀元年五月播磨守、養老十年兵部大輔、同五年六月侍従を経、神亀三年一月に従四位下（続紀）。神亀年中、大宰少弐であり（3・二四七左注）、風流侍従の一人にあげられる。生没年未詳。
〔歌風〕左に示す二首のほか、3・二四七番歌もこの人の作かと考えられる。3・二七八番歌は、激しい労働にたずさわる海女の姿を戯笑的に歌いあげたものであろう。

〔歌数〕短歌二首。3・二七八　11・二七四二（但し或云）〔小野寺〕

石川朝臣足人（いしかわのあそみたるひと）
〔閲歴〕続紀に、和銅四年四月正六位より従五位下、神亀元年二月従五位上を授けられた記事がみえるが、仕官のことはみえない。万葉集によれば、その後大宰少弐となり、神亀五年遷任している（4・五四九題詞）ことになる。生没年未詳。
〔歌風〕集中の歌「さすたけの大宮人の家と住む佐保の山をば思ふやも君」（6・九五五）は、大宰帥大伴旅人へのもの。佐保の家を遠く離れ、大宰府にある旅人に対する思いやりがうかがわれるが、一説に足人遷任の時の歌かという。
〔歌数〕短歌一首。6・九五五　〔小野寺〕

石川朝臣年足（いしかわのあそみとしたり）
〔系譜〕蘇我連の曾孫、石足の長子（墓誌、公卿補任）。
〔閲歴〕少判事等を経て、天平七年四月正六位上より従五位下、十一年六月出雲守として善政を賞せられた（続紀）。その後、東海道巡察使、陸奥守、春宮員外亮、左中弁、春宮大夫、国分寺地検定使、式部卿、紫微大弼、参議、宇佐八幡の迎神使、大宰帥、神祇伯、兵部卿、中納言、御史大夫等の要職を歴任(続紀)、終始藤原仲麻呂の腹心的立場にあった。宝字六年九月薨。ときに正三位勲十二等。享年七十五（続紀、墓誌）。天平年間に写経を発願しており（寧楽遺文）、宝字年間には別式を撰した（続紀）。
〔歌数〕勝宝四年十一月の新嘗会の肆宴における応詔短歌一首が伝えられている。19・四二七四　〔東野〕

石川朝臣広成（いしかわのあそみひろなり）

〔系譜〕新撰姓氏録の記載などから、文武天皇の皇子（母は石川刀自子娘）で、石川広世（高円広世）の兄弟と推定されている。

〔閲歴〕内舎人より出身し（万葉集）、宝字二年八月従六位上より従五位下（続紀）、四年二月高円朝臣の姓を賜った。同月文部少輔（続紀）。五年頃但馬介であった（正倉院文書）。

〔歌風〕集中短歌三首、一首は相聞、二首は秋の雑歌であるが、表現はいずれも常套的である。

〔歌数〕短歌三首。4・六九六　8・一六〇〇、一六〇一　〔東野〕

石川朝臣水通（いしかわのあそみみみち）
〔閲歴〕万葉集に一箇所みえるのみで、続紀など他のものにはみえない。水通の歌が、天平十九年四月の宴席で「古歌」として伝誦されていることから、このときすでに故人であった可能性が高い。生没年未詳。
〔歌風〕天平十九年四月、越中守税帳使大伴家持餞宴の折に、大伴池主がつぎの水通の橘の歌を伝誦している。
我がやどの花橘を花ごめに玉にそ我が貫く待たば苦し

み　（17・三九九八）

家持の帰越を待つ心を結句にこめ伝誦された。

〔歌数〕短歌一首。17・三九九八　〔小野寺〕

石川郎女（いしかわのいらつめ）

〔系譜・閲歴〕万葉集には、石川郎女、石川女郎は多くみえる。ここで扱う久米禅師と歌をかわした石川郎女なる女性は、それらの石川郎女、女郎と同人であるか、関係があるのか等は不明であるが、天智代の人で時代的に古く、いちおう別人とみなす。氏女として出仕していたか。

〔歌風〕「久米禅師、石川郎女を娉ふ時の歌」（2・九六〜一〇〇）中にみえる。禅師の求婚歌（2・九六）の序詞を比喩に用い転換させ（2・九七）、さらに展開させ（2・九八）、巧みな手法でうたい上げ五首全体が歌物語としての構成をもつ。

〔歌数〕短歌二首。2・九七、九八

〔参考文献〕＊「〈郎女〉と〈女郎〉—石川郎女の場合を中心として—」赤木佳代子（上代文学6）＊「万葉集特講㈡—石川郎女考—」市村宏（次元7—8）＊「石川郎女ノート—彼女をとりまく婚姻慣行をめぐって—」古庄ゆき子（日本文学13—6）＊「石川郎女」緒方惟章（和洋国文研究9・10）＊「石川郎女伝承像について—氏女・命婦の歌物語—」川上富吉（大妻国文6）＊「石川郎女」阿蘇瑞枝（『論集上代文学』7）　〔小野寺〕

石川女郎（いしかわのいらつめ）

〔表記〕石川郎女（2・一〇七題詞、一〇八題詞）ともある。字を大名児（2・一一〇題詞）、山田郎女（2・一二九題詞）といった。

〔系譜・閲歴〕⑴大津皇子より贈られた歌（2・一〇七）に和えた歌（2・一〇八）、日並皇子に贈られた歌（2・一一〇）があるところから、天武末から持統代にかけて宮廷に出仕した石川氏の女かと考えられる。また、「大津皇子、竊かに石川女郎に婚ふ時に、津守連通、その事を占へ露はすに、皇子の作らす歌」（2・一〇九）というのがみえ、日並皇子が心を寄せていた石川女郎と大津皇子が密通したことを語る。⑵文武朝頃の歌として、大伴宿禰田主への歌（2・一二六、一二八）がある。⑶文武朝、大伴宿禰宿奈麻呂への贈歌（2・一二九）があり、これには「大津皇子の宮の侍《まかたち》」（題詞）とある。大津皇子の宮の侍女ということになるが、これは文字通り侍女であったのか、過去に大津皇子の庇護を受けたことを意味するのか不明である。石川女郎という女性については以上の⑴⑵⑶に大別して考えることができるのであるが、⑴⑵⑶同一人物、それぞれ別人、⑴⑶同一人物など（⑴をさらに複数と考える説もある）の説があり、また日本書紀や続日本紀等に記すところなく、系譜・閲歴については未詳。時代的には⑴⑵⑶同一人であってもかまわないのであるが、歌風の上からはとくに(1)と(2)に違いが認められよう。

〔歌風〕(1)の石川女郎の歌は、

我を待つと君が濡れけむあしひきの山のしづくにならましものを　（2・一〇八）

のみである。これは大津皇子の「あしひきの山のしづくに妹待つと我立ち濡れぬ山のしづくに」（2・一〇七）に和したものである。わたしを待つとてあなたが濡れたという山の雫になれたらよいのに、というのは大津皇子の歌によく唱した純情な心のあらわれている作ともいえようが、皇子の待ちわびる所に行きもせず――日並皇子から思いを寄せられている立場上行けなかったとしても――、雫になりたいという歌に皇子へのつのる恋情を抱いた者の心をよみとることができるであろうか。むしろ、この歌は皇子の歌に即座に和したところにその面白さがあるのではなかろうか。一〇九番の題詞の語り口――竊かにあう、占により発覚――には、軽皇子、大娘女に代表される密通物語に共通する形式化されたものがあり、歌語り的性格をもつ。

(2)の石川女郎の歌は二首あるがそのうちの一首、

みやびをと我は聞けるをやど貸さず我を帰せりおそのみやびを　（2・一二六）

には作歌事情について長い左注が付いている。それによれば容姿佳艶、風流秀絶なる大伴田主との同棲を望む思いを伝えるべく、みずから賤老となり火種を乞うたところ、田主は相手の心に気付かず、火を取らせ帰らせたことに対して作った戯れの歌という。さらに田主へ贈った歌（2・一二八）も、一二七番歌と同様、ずばりといい切った、直截な表現の中に、機智にとんだ老練な面白さを感じさせる歌である。

(3)の歌、

古りにし嫗にしてやかくばかり恋に沈まむ手童のごと
一に云ふ「恋をだに忍びかねてむ手童のごと」　（2・一二九）

も自嘲的に大仰な言い方をしたもので、(2)の石川女郎と相通ずるものがある。(2)と(3)は歌風の上から同一人物である可能性は高いが、(1)については上述のように歌語り的な面もあり、判断を下し難い。

〔歌数〕短歌四首。2・一〇八、一二六、一二八、一二九
〔参考文献〕＊伊藤博『万葉集の構造と成立』(上)塙書房　〔小野寺〕

石川邑婆（いしかわのおおば）

〔表記〕石川郎女（4・五一八題詞）、石川(内)命婦（3・四六一左注など、4・六六七左注）、内命婦石川朝臣（20・四四三九題詞）、大家石川命婦（3・四六一左注）、左保大伴大家（4・五一八題詞細注）とも。邑婆は諱。

〔系譜〕大伴安麻呂の妻。大伴坂上郎女の母。

〔閲歴〕不明だが、20・四四三九左注にみえる水主親王は

天平九年に没しているので、この頃まで生存したか。

〔歌風〕聖武天皇が、水主内親王への雪の賦を作るよう命じたが作る者なく、邑婆のみが作り奏したという（20・四四三九）。

〔歌数〕短歌二首。4・五一八　20・四四三九　〔小野寺〕

石川賀係女郎（いしかわのかけのいらつめ）
〔系譜〕賀係は氏か名か不明。万葉集に一箇所みえるのみで他にみえず未詳。
〔歌風〕秋相聞中に、
神さぶと否にはあらず秋草の結びし紐を解くは悲しも　（8・一六一二）
と、男性からの誘いを慎重に警戒した歌がみえる。この上二句は紀女郎が大伴家持に贈った歌（4・七六二）と全く同じである。いずれかが模倣したものであろう。
〔歌数〕短歌一首。8・一六一二　〔小野寺〕

石川夫人（いしかわのぶにん）
〔系譜〕天智紀には夫人とよばれる人なく、嬪であった蘇我石川麻呂の娘、遠智娘、姪娘のいずれかをさすか、あるいは天武紀朱鳥元年四月条に石川夫人とある、蘇我赤兄の娘、太蕤娘で天武夫人になり穂積皇子や紀皇女を生み、神亀元年没した、この太蕤娘のことかともされるが未詳。
〔歌風〕集中の歌は天智天皇崩御にあたってのもので、「楽浪の大山守は誰がためか山に標結ふ君もあらなくに」（2・一五四）と、大君亡き後の感慨を歌うが、割合に平板でもある。四句切は古雅である。
〔歌数〕短歌一首。2・一五四　〔小野寺〕

石川大夫（いしかわのまえつきみ）
〔閲歴〕「名欠けたり」（3・二四七題詞細注）とあり誰かわからない。左注には石川宮麻呂と石川吉美侯の二人をあげるがいずれであるかは不明とする。万葉集略解では石川足人とする。歌（3・二四七）は、長田王が筑紫に派遣され水島に渡るときの歌（3・二四五～二四六）に和えたもので、九州に行っていたことがわかる。その時期は、歌の配列順からいって和銅以前のことと思われるが不明。
〔歌風〕長田王の航路の平安を祈った儀礼的なものである。
〔歌数〕短歌一首。3・二四七　〔小野寺〕

石川卿（いしかわのまえつきみ）
〔閲歴〕石川卿とは、19・四二七四番歌の作者で、天平宝字六年九月、七十五歳で没した石川年足とも、また、和銅六年正月従三位、同年十二月没した石川宮麻呂とも考えられる。
〔歌風〕集中の歌「慰めて今夜は寝なむ明日よりは恋ひかも行かむこゆ別れなば」（9・一七二八）は、いかなる事情での作かは不明であるが、旅立ちにあたって女性との別れを嘆いたものである。

〔歌数〕短歌一首。9・一七二八　〔小野寺〕

磯氏法麻呂（いそうじののりまろ）

〔系譜〕磯氏は、磯上・磯部、いずれの氏か不明。

〔閲歴〕天平二年（七三〇）正月十三日、大宰帥大伴旅人の宅で行われた梅花の宴に列席し、「陰陽師　磯氏法麻呂」として一首を詠じている。大宰府の陰陽師は、正八位上相当官。

〔歌数〕短歌一首。5・八三六　〔比護〕

石上朝臣乙麻呂（いそのかみのあそみおとまろ）

〔表記〕石上乙麻呂朝臣（3・三七四題詞）、石上乙麻呂卿（6・一〇一九題詞）、石上布留尊（6・一〇一九）、石上卿？（3・二八七題詞）、石上大夫？（3・三六八題詞）、弟麻呂（続紀）。

〔系譜〕左大臣石上朝臣麻呂の第三子。宅嗣の父。

〔閲歴〕続紀によれば、神亀元年（七二四）二月従五位下、同年十一月大嘗会に内物部を率いて神楯を斎宮南北二門に立てる。天平四年（七三二）正月従五位上、同年九月丹波守。同八年正月正五位下。同九年九月正五位上。同十年正月従四位下、左大弁。同十一年三月、藤原宇合の未亡人久米連若売を姧した罪により土佐国配流。のち赦されて同十五年五月従四位上。同十六年九月西海道巡察使。同十八年三月治部卿、四月常陸守、九月右大弁。同二十年二月従三位、四月元正太上天皇大葬の御装束司。同二十一年四月中務卿。天平勝宝元年（七四九）七月中納言。同二年（七五〇）九月一日薨ず。ときに中納言従三位兼中務卿。万葉には越前守補任のことがみえる（3・三六八左注）が、史書にはない。懐風藻によると、才能すぐれ、風采よく、典籍詩文を好み、土佐配流中、漢詩集「銜悲藻」二巻を著したとある（現在伝わらない）。また天平年間に入唐大使に選任されたが往かずに終わった由がみえる。懐風藻には土佐配流時の五言詩四首を載せる。なお配流事件等に関しては、五味智英の周密な論文がある。

〔歌風〕集中の作は最大七首と考えられる。乙麻呂作の確実な歌は、「石上乙麻呂朝臣の歌」と題詞にある三七四番歌である。「笠の山」の名や形に興味を持って山によびかけた遊戯的な属目の即興歌とみられる。つぎに三六八番歌は、題詞に「石上大夫の歌」とあって、その作者石上大夫が不明であるが、左注に、乙麻呂が越前守に任ぜられているからその大夫かと推定している。天平四年丹波守になった頃の作か。「大君の命かしこみ」など慣用句もあって類型的ではあるが、堂々たる格調があり、当時の官人の感懐がうかがえる歌である。つぎに、題詞に「石上卿の作」とあって名を欠く二八七番歌は、元正天皇近江従駕の作とみる説もあるが、乙麻呂以外にも石上卿に擬する説があってはっきりしない。乙麻呂土佐配流事件に関する、作者未詳の歌群、「石上乙麻呂卿の土佐国に配せられし時の歌三首并短歌」(6・一〇一九〜一〇二三) については、まずその構造をめぐって諸説がある。折口信夫は、乙麻呂に関しては、当時、史実とは別に貴種流離の物語の主人公として文学化されていたと捉えて、この歌群を実人生とは次元を異にしたところでの考察を試みた。小島憲之は、一連の作を、第三者の説明歌、乙麻呂の妻の祈りの歌、乙麻呂自身の歌という構成のもとに、もともと別々の歌謡であったものを、万葉集巻六の編者が一箇所に収集し、最後に反歌を一首述作して加えた、すなわち戯曲的に配列・編輯したと捉える。伊藤博は、それを第三者的姿勢から当時者的姿勢へ転換する歌語りとみている。中西進は、一連を時人の立場、妻の立場、乙麻呂の立場と三段に分かち、それぞれの立場で同一人の手によってなったとし、題詞の「三首并短歌」は、「一連三首が一首の長歌で反歌が一首」と説く。これつまり一〇一九〜一〇二二番歌を一首の長歌とみて、これを中国詩に倣った情詩の体をとる複式構成と捉えた。同一人が乙麻呂自身かどうか定め難いが、万葉作者は、この三首を乙麻呂として伝誦していたとみる。最近、渡瀬昌忠は、土佐配流の時点において、乙麻呂の立場に立つ四人構成の歌い手の二座が、流人と残される親故との嘆きを題材として、流下型(隔歌順行)に互いに歌いかわした創作歌群であったとみて、そこに田辺福麻呂の存在を指摘している。この歌群の個々の歌については、まず一〇一九番歌は、乙麻呂自身の作ととれば、配流描写など自嘲気分に満ちているようにみえ、また自らを物語中の人物として客観性を与えた作ともみえる。一方、流人乙麻呂との別れを第三者が乙麻呂に同情して、京に残される親故の心を詠んだともとれる。つぎの歌(一〇二〇、一〇二一)は、第五句までを独立の短歌として国歌大観の歌番号が二つ施されているが、今は一首の長歌とみる。残された者が乙麻呂の道中の平安を祈る心を詠じた、この歌は、天平五年の遣唐使に贈る長歌(19・四二四五)と類似が多いので、その歌も同じく乙麻呂作とみる説もあるが、創作歌とみるよりはむしろ歌謡的な性質の作品とみた方がよいか。一〇二二番歌は、つぎの反歌(一〇二三)とともに、乙麻呂自身の作ととると、流人の身となって亡父母を思慕し、配流の旅の憂悶や嘆きを詠じたものとなるが、父の麻呂は当時すでに薨じていたので、この二首は、やはり乙麻呂自身の立場になって、その道行きを嘆いたととれよう。結局、乙麻呂本来の作は、三七四番の短歌一首で、二八七、三六八番の短歌は伝承付託によるもの、長歌一連は第三者の手によってなったものとなろう。もちろん乙麻呂の伝承像を捉えるには七首とも看過できない。

〔歌数〕長歌三首、短歌四首。3・二八七、三六八、三七四 6・一〇一九、一〇二〇、一〇二二、一〇二三

〔参考文献〕*「相聞の発達」折口信夫(『古代研究国文学

篇』）＊「小説戯曲文学における物語要素」折口信夫（『日本文学の発生序説』）＊「石上乙麿に関する作品について―その一つの解釈」八木毅（上代文学6）＊「〈文学はあるく〉と云ふことをめぐって」小島憲之（国語国文25―1）＊「詩人・文人」中西進（成城文芸30）＊『万葉集相聞の世界』伊藤博（塙書房）＊「石上乙麻呂考」市村宏（文学論藻32）＊「石上乙麿の年齢」他　五味智英（アララギ59―6～63―1に三五回にわたり断続的に連載）＊『万葉集の表現と方法』（上）伊藤博（塙書房）＊「石上乙麻呂配流地考覚え書き」榊原忠彦（日本文学研究14）＊「石上乙麻呂土佐国に配さるる時の歌」渡瀬昌忠（『万葉集を学ぶ』4）〔佐藤〕

石上朝臣堅魚（いそのかみのあそみかつお）
〔表記〕石上堅魚朝臣（8・一四七二題詞）、石上朝臣勝男・石上朝臣勝雄（続紀）とも。
〔閲歴〕養老三年正月、従五位下（続紀）。養老五年九月、伊勢奉幣使（政事要略二十四所引　官曹事類）。神亀元年十一月、伊勢斎宮神楯使（続紀）。神亀三年正月、従五位上（続紀）。神亀五年大伴旅人の妻弔問の大宰府勅使、ときに式部大輔（8・一四七二左注）。天平三年正月、正五位下（続紀）。天平八年正月、正五位上（続紀）。享年未詳。
〔歌数〕短歌一首。8・一四七二〔広岡〕

石上朝臣麻呂（いそのかみのあそみまろ）
〔表記〕石上大臣（1・四四題詞）、左大臣（懐風藻・石上乙麻呂伝）、石上卿（3・二八七題詞）、物部連麻呂（壬申紀）、物部連摩呂（天武五年紀）、物部麻呂朝臣（持統四年紀）、石上朝臣麻呂（天武朱鳥元年紀）など。
〔系譜〕石上一族は物部氏本宗を継ぐもので、本貫の石上による名。天武十三年の八色《やくさ》の姓《かばね》の制により、物部連《もののべのむらじ》から物部朝臣になり、ついで石上朝臣になる。大連物部目《め》の後裔、石上宇麻呂（宇麻乃）の子、乙麻呂の父、宅嗣《やかつぐ》の祖父。
〔閲歴〕壬申の乱のとき、近江朝側につき、大友皇子に最後まで忠誠を尽す（壬申紀）。天武五年十月、遣新羅大使、ときに大乙上。翌年二月帰朝。同十年十二月、小錦下。朱鳥元年九月、天武殯宮に際し、法官のことを誄している。ときに直広参。持統三年九月、大宰府へ位記給送使として下向。翌年正月、即位の大盾を立てる（以上、書紀）。持統四年春、近江行幸に従駕（北山茂夫説、3・二八七題詞）。同六年三月、伊勢行幸に従駕（紀、1・四四題詞左注）。同十年十月、舎人五十人を賜る、ときに直広壱（書紀）。文武四年十月、筑紫惣領、ときに直大壱。大宝元年三月、正正三位大納言。翌年八月、大宰帥を兼任。慶雲元年正月、右大臣、二千百七十戸を封ぜられている。ときに従二位。和銅元年正月、正二位。同三月、左大臣。養老元年三月三日薨。ときに廃朝。贈従一位（以上、続紀）。享年七十八歳（公卿補任）。

〔影響〕竹取物語の五貴公子の一人（中納言いそのかみのまろたり）に擬せられている。あるいは子の乙麻呂がそれか。

〔歌数〕短歌二首。1・四四、3・二八七　〔広岡〕

石上卿（いそのかみのまえつきみ）

〔閲歴〕持統四年春志賀行幸（北山茂夫　文学・昭和五十年四月号）に陪従（3・二八七題詞）。石上卿は麻呂とみてよいであろう。石上朝臣麻呂の項参照。

〔歌数〕短歌一首。3・二八七

〔参考〕石上卿を麻呂とするものに古く万葉考・槻落葉等があり、また古今和歌六帖・古義人物伝は乙麻呂とする。講義は豊庭とするが、極位従四位上として明確な豊庭を卿と称すかが問題である。行幸時についても大宝二年説（槻落葉）、養老元年九月説（古義人物伝）などがある。

〔広岡〕

石上大夫（いそのかみのまえつきみ）

〔閲歴〕3・三六八の左注の案によると、大夫は乙麻呂になる。石上乙麻呂の項参照。

〔歌数〕短歌一首。3・三六八

〔参考〕大夫《たいふ》は令制で五位以上の官人をさす語。「ますらを」とも読むが、その場合も、五位以上の称ないしは広く官僚貴族の意（川崎庸之・西郷信綱・上田正昭・稲岡耕二の論考による）であり、ここでは「まへつきみ」と読む。

〔広岡〕

石上朝臣宅嗣（いそのかみのあそみやかつぐ）

〔表記〕物部朝臣宅嗣（続紀）、石上大朝臣宅嗣（続紀）、芸亭居士・法号梵行（日本高僧伝要文抄所引、延暦僧録）。

〔系譜〕麻呂の孫、乙麻呂の子。

〔閲歴〕天平勝宝三年正月、従五位下（続紀）。同五年正月、ときに治部少輔（19・四二八二題詞）。天平宝字元年五月、従五位上、同六月相模守。同三年五月、三河守。同五年正月、上総守。同七年正月、文部大輔、このとき、侍従職も元のまま兼任。同八年正月、大宰少弐。同十月、正五位上、常陸守。天平神護元年正月、従四位下。同二月、中衛中将、常陸守は兼任のまま。翌年正月参議。同十月、正四位下。神護景雲二年正月、従三位。同十月、大宰綿（新羅との交易物を買うための綿、筑紫の綿）四千屯下賜。ときに式部卿。宝亀元年九月、大宰帥。同二年三月、式部卿。同十一月、大嘗会の神楯桙を立てる。同月、中納言。同六年十二月、物部朝臣の姓を願いにより賜る。同八年十月、中務卿（兼官）。同十年十一月、石上大朝臣を賜るという形で復姓させられている。翌年二月、大納言。天応元年四月、正三位。同六月二十四日薨。贈正二位。享年五十三歳（七二九〜七八一）（以上、続紀）。かつて藤原良継、佐伯今毛人、大伴家持らと共に仲麻呂（恵美押勝）を除く謀をし捕えられたが、良継がその責を負い罪を免れたことがあったという（藤原良継薨伝・続紀）。続紀の宅嗣薨伝には、「性朗悟にして姿儀あり」とし、以下その文人ぶりを余すなく伝え、晩年は屋敷内一隅の書庫を芸亭《うんてい》と名付け、希望者に縦覧せしめたという（日本高僧伝要文抄・三所引、延暦僧録参照）。本邦最古の公開図書館である。

〔歌数〕短歌一首。19・四二八二　〔広岡〕

板氏安麻呂（いたうじのやすまろ）

〔表記〕板茂連安麻呂（いたもちのむらじやすまろ）ともいう。

〔閲歴〕天平二年（七三〇）正月十三日、大宰帥大伴旅人の宅で行われた梅花の宴に列席し、「壱岐守　板氏安麻呂」として一首を詠じている。壱岐は下国で、その守は従六位下相当官である。また続日本紀天平七年（七三五）九月二十八日条には、「是ヨリ先」のこととして、美作守阿部朝臣帯麻呂らが四人を殺害し族人が訴え出た際、右大弁大伴宿禰道足他、安麻呂を加えた六人が訴人のことを受理しなかったとして罪に問われている。ときに右大史、従六位下。

〔歌数〕短歌一首。5・八三一　〔比護〕

市原王（いちはらのおおきみ）

〔表記〕治部大輔市原王（20・四五〇〇左注）とも記される。

〔系譜〕万葉集に「市原王宴に父安貴王を禱く歌一首」（6・九八八）とある。安貴王は春日王の子。いずれも万葉集に歌を残す。また同じく「独り子を悲しぶる歌」（6・一〇〇七題詞）とあって兄弟のなかったことがわかる。続紀天応元年二月十七日の条によれば、能登内親王を妻とし二子をもうけた。

〔閲歴〕万葉集（8・一五九四）の左注によれば、天平十一年十月、皇后宮の維摩講に大唐・高麗等の種々の音楽を供養し「しぐれの雨間なく降りそ紅に匂へる山の散らまく惜しも」を仏前で唱歌したとあるが、市原王はこのとき弾琴（ことひき）として参加している。この年王は東大寺写経司に仕えている。以後しばしば出仕し天平十九年には写経司長官となっている。天平十五年五月無位から従五位下に叙せられ、以後二十一年（感宝元年、勝宝元年）には二写経司長官で玄蕃頭、備中守を兼ねた。また同年四月には大仏殿行幸の日に大仏造営の功により従五位上に叙せられた。さらに同二年十二月に正五位下。天平宝字三年三月東大寺検財使、続いて同四年六月には光明皇大后葬送の山作司、同七年一月には摂津大夫となる。そして同年四月には造東大寺長官となった。享年未詳。

〔歌風〕集中八首の短歌を収める。譬喩歌一首、相聞歌一首、家持歌日記歌巻一首を除きあとの五首は巻六・八の雑歌の部に採られている。とくに家持との関係を思わせる歌が少なくない。歌は一体に素直で技巧を陋さず自然な流れをもっているが、その意味では家持の時代にあって地味であったといえよう。

〔歌数〕短歌八首。3・四一二　4・六六二　6・九八八、一〇〇七、一〇四二　8・一五四六、一五五一　20・四五〇〇

〔参考文献〕＊「市原王の系譜と作品」田辺爵（美夫君志15）〔米内〕

出雲娘子（いづものおとめ）

〔表記〕出雲娘子（3・四二九題詞）のみ。

〔系譜〕出雲氏の娘子であるか出雲出身の采女とするか説がわかれる。采女説が有力。

〔閲歴〕題詞に「溺れ死にし出雲娘子を吉野に火葬る時」とある柿本人麻呂の短歌二首（3・四二九、四三〇）に「出雲の児（子）ら」として歌われている。おそらく吉野行幸中の持統天皇に供奉していて事故または投身によって溺死したのであろう。

〔所在〕3・四二九、四三〇　〔飯島〕

稲寸丁女（いなきおとめ）

〔系譜〕天武朝に制定された八色の姓のうち最下級の稲置姓の女子。

〔閲歴〕竹取翁の歌（16・三七九一）にその名がみえる。

〔所在〕16・三七九一歌中　〔縄田〕

因幡八上采女（いなばのやかみのうねめ）

〔系譜〕一説に藤原麻呂の子、浜成（歌経標式の著者）の生母かといわれる。ちなみに、尊卑分脈によれば、浜成の母は、因幡国造気豆の娘とある。

〔閲歴〕因幡国八上郡出身の采女。安貴王と婚を通じ、王がこの采女に係念甚しく、愛情盛んであったために、不敬の罪と勅断され、本郷に追放された。

〔所在〕4・五三五左注　〔縄田〕

井戸王（いのへのおおきみ）

〔表記〕井戸王（1・一七題詞）のみ。

〔閲歴〕い(ゐ)どのおおきみと訓む説もあり決しがたい。題詞（1・一七）によれば天智天皇代に額田王が近江に下るとき作った歌に追和して歌ったとある短歌一首（1・一九）がある。男女の別も不明。ただし左注（1・一八）には額田王ではなく天智天皇の御製とする類聚歌林の説を引き、さらに「右一首の歌は今案ふるに和ふる歌に似ず」（1・一九左注）として井戸王の歌とする題詞に疑問を呈している。

〔歌数〕短歌一首。1・一九　〔飯島〕

伊保麻呂（いほまろ）

〔閲歴〕作者類別年代順万葉集は第二期に入れるが、第三

期の人物であろう。姓不詳。詳細未詳。
〔歌数〕短歌一首。9・一七三五
〔参考〕日本古典文学全集本万葉集では、養老戸籍に「孔《あな》王部《ほべのいほまろ》五百麻呂」の名がみえるほか、同名の人は多い、とする。〔広岡〕

今奉部与曾布（いままつりべのよそふ）
〔閲歴〕天平勝宝七歳二月下野国の防人（火長）として筑紫に遣わされ、その折の歌がある（20・四三七三左注）。
〔歌風〕「今日よりは顧みなくて大君の醜の御楯と出でたつわれは」の一首で、防人たちの歌の多くは父母妻子との別れの辛さ、家郷を遠く離れ行くことの頼りなさを歌い、兵士としての自覚を歌うものは少ない。その中でもこの一首は第二句に思い一切を振り払い兵士の心意気のみを表現する点で特異である。〔野田〕
〔歌数〕短歌一首。20・四三七三

忌部首（いみべのおびと）
〔表記〕忌部首名忘失也（16・三八三二題詞）。
〔歌風〕巻十六の戯笑歌中の一首として載せられているのであるが、「忌部首」の作はこれ一首残るのみであるので、所謂戯笑歌人であったか否かは不明である。
〔歌数〕短歌一首。16・三八三二
〔参考〕古義は「黒麻呂なるべし」とし（忌部首黒麻呂の項参照）、必携万葉集要覧（桜井満編）は忌部子首かとする。〔広岡〕

忌部首黒麻呂（いみべのおびとくろまろ）
〔表記〕忌部首とだけ記されて名を欠く一例（16・三八三二題詞）もあるが、黒麻呂と同一人とみるべきか疑問である。この忌部首について、万葉集古義は黒麻呂かとし、必携万葉集要覧では子首かと推測している。巻十六所収の忌部首作歌の前後に配列されている「数種の物を詠む歌」の作者は、長意吉麻呂・境部王であることから考えて、時代的には子首が妥当のようであるが、子首ははやく天武天皇九年正月に壬申の乱の功によって連姓を賜り、同十三年十二月には宿禰姓も賜っており、他方、同巻では、大神・平群・穂積・池田の諸氏は天武天皇十三年十一月に賜った朝臣姓、土師氏は同年十二月に賜った宿禰姓によって記載され、また、続紀には文武天皇四年以降の記事で例外なく認められる令制による親王の称が、ここでも例外なく用いられていることを考えると、忌部宿禰と記載されるべきなのに、なお首姓のままであるのは不審であろう。この忌部首は黒麻呂と推測するか、不明とするしかない。
〔系譜〕続紀に、天平宝字三年十二月「外従五位下忌部首黒麻呂等七十四人に姓を連と賜ふ」とみえる。天武天皇十三年十二月に連姓から宿禰姓を賜った忌部（後世斎部とも）とは別である。この忌部宿禰は神代紀や新撰姓氏録によると、高皇産霊尊の子天太玉命の子孫で、宮廷の祭祀の物資を貢納した品部の伴造であって、後代祭祀権をめぐって中臣氏に対抗する。忌部首はその支流であろう。

〔閲歴〕続紀によれば、天平宝字二年八月正六位上から外従五位下に昇進、翌三年十二月に連姓を賜り、同六年正月内史局（淳仁天皇の時代に図書寮を一時的に改称）の助となる。

〔歌風〕集中に収められる黒麻呂の作と明らかな短歌四首は、すべて雑歌の部に採られている。黒麻呂の歌（6・一〇〇八）は作者未詳歌（7・一〇七一）の本歌取りともいえる手法を用いているように、技巧家である。農村生活に素材を求め、生産から遊離していない生活の実感に立って、自然の微細や心情の機微を表現する面に特色がある。

秋田刈る仮廬もいまだ壊たねば雁が音寒し霜も置きぬがに　（8・一五五六）

は季節の推移の微妙な変化を聴覚的に把握し、印象的に表現したもので、古今集歌にも通ずる趣向が認められる。

〔歌数〕黒麻呂の短歌四首。6・一〇〇八　8・一五五六、一六四七　16・三八四八　なお、忌部首の短歌一首。16・三八三二　〔村山〕

伊夜彦（いやひこ）

〔名義〕山を擬人化した呼称。新潟県西蒲原郡弥彦村にある弥彦山のこと。延喜式神名帳、越後国蒲原郡に弥彦神社がみえる。ただし「越中国歌四首」の歌中にあらわれるので、能登郡にある伊夜比咩神社のことか、あるいはその対偶の神社が存在したのかとも考えられている。しかし、続紀大宝二年三月条に「越中国の四郡を分かちて、越後国に属す」とあることから、大宝二年以前に弥彦山が越中国に属していたとみることも可能であり、弥彦山が広い平野の中に孤立した山であることは、いかにも神山としての歌中の表現にふさわしいといえるであろう。

〔歌体〕伊夜彦を讃えた二首の中三八八四番歌は、集中唯一の仏足石歌体歌の確実例である。仏足石歌体は、短歌形式の唱詠法が仏教儀礼音楽と結びついて生まれた特殊な歌体であろうが、その様式が弥彦神社の儀礼歌に流れ込んだものかと思われる。

〔所在〕16・三八八三、三八八四　〔多田〕

石田王（いわたのおおきみ）

〔閲歴〕伝未詳であるが、石田王の卒るときに、丹生王の作る歌（3・四二〇〜四二二）、山前王の哀傷して作る歌（3・四二三）がある。

〔所在〕3・四二〇題詞、四二三題詞　〔縄田〕

磐姫皇后（いわのひめのおおきさき）

〔表記〕石之日売命（古事記）、磐之媛命（日本書紀）とも。

〔系譜〕建内宿禰の子葛城襲津彦の女。仁徳天皇の皇后。履中・反正・允恭の三天皇の母。

〔閲歴〕日本書紀仁徳天皇の巻によれば、仁徳二年三月立后。同七年八月皇后のために葛城部を設置。同十六年七月天皇は桑田玖賀媛を愛して召し入れようとしたが、皇后の嫉妬によって果たせず、臣下の速待に下賜する。同二十二年正月天皇は八田皇女を入内させようとして皇后と歌で問答するが、皇后はついに承知しなかった。しかし同三十年九月天皇は皇后が紀国へ行幸した不在をうかがって、八田皇女を入内させる。これを知った皇后は大いに恨んで難波宮に帰らず、そのまま山背河をさかのぼって筒城宮に入る。そこで天皇は舎人鳥山を使者として遣わし、同三十年十月には口持臣を派遣して皇后に帰ることを勧めるが、皇后は拒否する。同十一月天皇みずから筒城宮に皇后を尋ねるが、皇后は会おうともせず、天皇は皇后の怒りに恨みを抱きつつも恋慕する心を残したままついに難波宮に帰る。三十五年六月皇后筒城宮で薨去。古事記下巻、仁徳天皇の条にも、八田皇女をめぐる、日本書紀とほぼ同様の嫉妬物語がある。ただ口持臣とその妹の国依媛が古事記では口子臣と口比売となっていたり、八田皇女立后について全く記さない点など相違するところもある。古事記では仁徳天皇と磐姫皇后が歌い交した六首のうたに「志都歌の歌い返し」という歌曲名が記されており、歌謡を中心とした磐姫皇后の嫉妬物語としてより構成が整っている。また天平元年八月藤原不比等の女光明子が聖武天皇の皇后になるとき、臣下の女が立后した前例として磐姫皇后が顧みられたことは有名である。

〔歌風〕巻二・相聞の冒頭を飾る四首（八五〜八九）が磐姫の作とされる。その題詞に「磐姫皇后、天皇を思《しの》びたてまつれる御作歌《みうた》」とあるように、仁徳天皇への思慕の情を切々と綴ったものである。第一歌から第三歌まではそれぞれに類歌があり、第四歌も集中類似句をもつ歌が指摘できる。そこで、これをそのまま磐姫の実作と認めることができないことから、宮廷社会に流布していた伝誦歌を磐姫に結びつけた仮託の歌とみられてきた（沢瀉久孝「伝誦歌の成立」）。さらに最近では伝誦歌の改作とする見方が有力である。伝誦歌を基盤としているだけに、創造性は薄いが、恋の歌がもつ一つの共有の発想と表現がそれぞれに生かされ、古風で手ずれのした歌となっている。四首は、待つ女の典型として造型された磐姫の、仁徳天皇に対するひたすらな恋と嘆きをうたって巧みである。万葉相聞の規範的な歌として格調が高く、巻二巻頭に屹立する。

〔表現〕第一首の、

君が行き日長くなりぬ山たづね迎へか行かむ待ちにか待たむ　（2・八五）

は、すぐ後に掲げる、

君が行き日長くなりぬ山たづの迎へを行かむ待つには待たじ　（2・九〇）

という古事記の衣通王歌を原歌と仰いで改作したものであろう。古事記によれば、九〇は衣通王が伊予に流された太子を恋い慕う心抑えがたく、逢いに行くときにうたった歌という。古事記中珠玉の名編とよぶにふさわしい悲恋物語におかれたこの歌は、物語化の過程で流伝歌が転用されたものとみるべきであるが、結句の「待つには待たじ」には恋に生きる女の死を賭した強い意志が表出しており、磐姫歌の「待ちにか待たむ」という逡巡する女のしおらしさとは好対照を示す。第二首の、

かくばかり恋ひつつあらずは高山の磐根しまきて死なましものを　（2・八六）

も、恋をうたった伝誦歌、たとえば、

我妹子に恋ひつつあらずは刈薦の思ひ乱れて死なましものを　（11・二七六五）

のような歌を基盤とする改作歌であろう。この歌になると、死んだ方がましだという、狂おしいまでの恋情が興奮気味にうたわれ、第一歌では奥に潜んでいた死のかげりがあらわになってくる。折口信夫は八六はもとより八五も挽歌としてふさわしい表現とみる。八五は山中にさまよう死者の魂を「山たづねの方式」で探し求める古い習俗を背景とした歌、八六は山中の巌屋に魂去った人に対する「魂ごひ」の歌とするのである（「恋及び恋歌」折口全集第八巻所収）。この民俗学的見地から発せられた新説は、磐姫歌群が相聞に属することを編纂以来不動の事実としてきたために、世に広く支持されることはなかったが、歌の表現に見え隠れする死の習俗や観念を示すことによって、紛れもない相聞歌という立脚点を揺がす結果になった。折口信夫のいうように、この二首は死者への言葉を含みもっているとみるべきであろう。内部に死者への嘆きを刻んで、なおかつ相聞の歌になっている。挽歌と相聞の親近性は、允恭記の読歌や孝徳紀・斉明紀の歌謡をみても明らかであって、別離の情は再会可能か不可能かによって、挽歌にも相聞にもなる。この二首においては、表現に内在する死の陰影が磐姫の恋情の深さに巧みにおきかえられているのである。第三首の、

在りつつも君をば待たむうち靡くわが黒髪に霜のおくまでに　（2・八七）

も、古歌集所載の伝誦歌、

居明かして君をば待たむぬばたまのわが黒髪に霜はふるとも　（2・八九）

のような歌の改作歌と考えられ、第一首に呼応する表現がとられている。他にも二六八八や三〇四四などの類歌が指摘できるが、類歌のすべてが実際に「黒髪に霜が置く」という表現であるのに対し、八七は「黒髪が白くなるまで」と解するのが妥当であって、磐姫のいつまでも変わらぬ恋情の深さを表現した歌である。伝誦歌を踏まえながらも、

内容にずれをみせて新たな抒情表現となっているところに改作の手がうかがわれる。第四首の、

秋の田の穂の上に霧らふ朝霞いつへの方にわが恋ひ止まむ　（2・八八）

は、類似句をもつ歌に二二四六などがあって古歌の趣を留めているが、集中類歌とする歌がない。田の面に沈んで動かない朝霞の叙景を喩として、落ちつくあてのない恋を嘆く歌である。下句の「いつへの方」は、「いつ」という時間的な意味と解するよりも、「どちらの方向」と空間的な意味ととる方が朝霞の実体に即した正しい解釈と考えられる。この歌は古歌らしく装った創作歌とする見方が有力である（窪田空穂・万葉集評釈、伊藤博・古代和歌史研究三）。四首の表現には、類歌の存在から伝誦歌の性格がうかがわれ、古歌の趣を感じとることができる。しかし、それは必ずしも伝誦歌そのものを意味するのではなく、待つ女の典型として受容された万葉の磐姫を造型するために、伝誦歌を踏まえて改作したり、古歌を装って創作された歌とみるところに妥当性がある。

〔構成〕この四首は、伝誦歌のたんなる寄せ集めではない。「迎へか」「待ちにか」と逡巡する心の動揺から、「死なましものを」と心の高潮をうたい、一転していつまでも「君をば待たむ」としんみりとした落ちつきをみせ、最後に行くあてのない恋の苦悩と嘆きをうたって結ぶ。磐姫の恋情の起伏をうたって首尾一貫しているのである。山田孝雄・万葉集講義は、この点に着目して「四首連続して一の想をなせること甚だ巧なり」と述べ、漢詩の起承転結に相応する意図的な構成を指摘した。さらに窪田空穂・万葉集評釈は、「時間的推移を追って展開し、一つの物語の趣きをもつもの」と述べて、この歌群のとらえ方に一つの方向を与えた。やはり、磐姫歌群は磐姫物語を背負って構成されているとみるのが正しいであろう。その物語として想定されるのは、記紀の嫉妬譚とは異質の待つ女の物語であって、土居光知が「安万侶の古事記に於ける磐姫の取扱ひ方を不当と感じた寧楽朝の歌人が磐姫に同情して、この歌を作ったのであらうか」と想像するような事情が存したとも考えられる（「万葉集に於ける詩的形象の流転」万葉集大成二〇）。磐姫歌群はそのような物語を背景において微妙な恋情の推移を描き、磐姫の情念の世界を個性的に形象することに成功している。この連作的構成は、物語性を内在しつつ、高度な文学意識に支えられて創造されたといえるであろう。

〔成立〕沢瀉久孝が第二・三首について藤原朝前後の歌と推定したところが出発点となった。この見解は、中西進が磐姫物語のもてはやされた場を近江朝後宮とし、その頃から磐姫歌群が物語歌として整えられ、漢詩文の影響下に持統・文武朝に連作として完成されたと述べる見方（万葉集

の比較文学的研究）や、伊藤博が連作形成の場を持統後宮の歌語りとし、その提供者を柿本人麻呂に擬する論（古代和歌史研究三）へと発展した。しかし、その反論として、光明子立后と関連させて考える成立説もある。直木孝次郎の和銅末から霊亀・養老の間の成立とする見解である（「磐姫皇后と光明皇后」赤松俊秀教授退官記念論文集）。さらに稲岡耕二は類聚歌林の編纂すなわち養老五年以後と推定している（「磐姫皇后歌群の新しさ」東京大学・人文科学科紀要六〇）。持統・文武朝と養老年間にわかれて、定見を得るにいたっていない。この歌群が巻二巻頭におかれて相聞の規範的な歌となっているところをみると、巻二編纂と深くかかわっていることが考えられ、形成の時期は持統・文武朝に想定し得ても、定着の時期は奈良期に入ってからとするのが妥当であろう。

〔歌数〕短歌四首。2・八五、八六、八七、八八

〔参考文献〕＊「磐姫皇后」鴻巣隼雄（上代文学8）＊「磐姫皇后の歌―万葉集巻二の性格―」伊藤博（国語国文28―2）＊「イワノヒメ伝説の発展」曾倉岑（『五味智英先生還暦記念上代文学論叢』）＊「磐姫皇后伝承像について―記紀と万葉における相違―」川上富吉（大妻国文1）＊「磐姫皇后と雄略天皇」三谷栄一（『万葉集講座』5）＊「磐之媛皇后と光明皇后」直木孝次郎（『赤松俊秀教授退官記念国史論集』）＊「磐姫皇后の歌の史的意義―氏族伝承に関連して―」久米常民（説林23）＊「磐姫皇后歌群の新しさ」稲岡耕二（東京大学・人文科学科紀要60）＊「巻二巻頭歌の意義―磐姫皇后歌成立の背景―」尾崎富義（常葉国文2）＊「磐姫皇后の伝承―聖帝と嫉妬の権化―」桜井満（歴史公論4―1）〔居駒〕

磐余忌寸諸君（いわれのいみきもろきみ）

〔表記〕磐余伊美吉諸君（20・四四三二左注）と記される。

〔閲歴〕天平勝宝七歳二月、昔年の防人歌八首を抄写し、大伴宿禰家持に贈る。このとき、主典刑部少録正七位上。

〔所在〕20・四四三二左注 〔縄田〕

允恭天皇（いんぎょうてんのう）

〔系譜〕仁徳天皇と磐之媛の子。反正天皇の弟。木梨軽太子・安康天皇・雄略天皇らの父。諱を雄朝嬬稚子宿禰天皇という。

〔閲歴〕反正天皇の崩後、皇位を辞退したが、大后忍坂大中津比売らの強い勧めで即位し、氏姓を制定した。日本書紀には、大后の弟姫との忍ぶ恋の物語と歌がある。享年七十八歳。

〔所在〕2・九〇左注

〔参考文献〕＊「允恭天皇記」小野田光雄（古事記年報6）＊「允恭記の伝承的機構」（上・下）尾畑喜一郎（国学院雑誌65―6・7）＊「允恭の出自」森幸一（専修史学

7）　〔居駒〕

宇治若郎子（うじのわきいらつこ）

〔系譜〕応神天皇と宮主矢河枝比売の子。八田若郎子・女鳥王の兄。

〔閲歴〕父応神天皇の命で即位が約束されていたが、夭逝した。記紀にその皇位を奪おうとした大山守命の反乱と大雀命（仁徳天皇）との皇位の譲り合いの話がある。

〔所在〕9・一七九五題詞

〔参考文献〕＊「宇遅の和紀郎子物語考―末子相続譚を通して」板橋隆司（国学院大栃木短大紀要2）　〔居駒〕

宇遅部黒女（うじべのくろめ）

〔系譜〕武蔵国豊島郡の防人上丁椋椅部荒虫の妻（20・四四一七左注）。宇遅部姓は同郡に里栖・白岐太・真咲・結女なるものの名が国分寺址出土古瓦に見えるという。

〔閲歴〕天平勝宝七歳二月夫が筑紫に遣わされる折の歌一首がある（20・四四一七左注）。

〔歌風〕旅行く夫を馬に乗せてやりたいという点は13・三三一四番歌と同想であるが、田園生活が歌われ、訛音（放《はか》し、とりかにて、かしゆ）もみられる。民謡などに頼った作か（私注）ともいう。

〔歌数〕短歌一首。20・四四一七　〔野田〕

有度部牛麻呂（うとべのうしまろ）

〔系譜〕有度部姓は黒背の名が天平十年駿河国正税帳に安倍軍団少毅従八位上・浮因部領としてみえ（寧楽遺文）、牛麻呂と同国人であるが関係はわからない。

〔閲歴〕天平勝宝七歳二月駿河国防人（上丁）として筑紫に遣わされた（20・四三三七左注）。

〔歌風〕東歌（14・三五二八）に類歌があり、これはその改作か（全註釈）という。歌中訛音（来《け》）あり。防人の出発の急なることのうかがえる類想歌は他に四三六四・四三七六番歌がある。

〔歌数〕短歌一首。20・四三三七　〔野田〕

菟原壮士（うないおとこ）

〔表記〕宇奈比壮士（9・一八〇九、19・四二一一）とも。「うはらおとこ」の訓もある。

〔名義〕高橋虫麻呂歌集、大伴家持らによって歌われる伝説歌の主人公。いわゆる二男一女型伝説で一人の女を争う一方の男で菟原処女と同じ土地に住む男。ウナヒは原文にも「菟原壮士」（9・一八〇九）とあるところから、本来ウハラ壮士とよばれていたとの考え方もある。菟原は和名抄巻五、摂津国の郡名に記す「兎原〈宇波良〉」であろう。

〔内容〕血沼壮士とともに菟原処女を争った末に、処女の後を追って二人の男も死んだという。虫麻呂歌集によれば血沼壮士がいちはやく処女の死を知って後を追ったので、「天仰ぎ叫びおらび足ずりし」（9・一八〇九）て後を追って死んだと歌う。

〔所在〕9・一八〇一〜一八〇三、一八〇九〜一八一一

19・四二一一、四二一二　〔三浦〕

菟原処女（うないおとめ）

〔表記〕菟名日処女（9・一八〇二）、菟会処女（9・一八〇二）、菟名負処女（9・一八〇九）、宇奈比処女（9・一八一〇）とも、「うはらおとめ」の訓もある。

〔名義〕いわゆる二男一女型伝説の女主人公。ウナヒはウナキ（髪型で年若い男女を示す語）のこととも、地名ウハラのもとの名ともいう。菟原処女(9・一八〇九題詞)の菟原は地名で、和名抄巻五、摂津国の郡名に「兎原〈宇波良〉」とある。地名を冠したウハラ処女という名が愛称としての伝説は大和物語に伝えられているほか、謡曲「求塚」もウナキ処女と混じてウナヒ処女となったものか。菟原処女の二男一女型伝説を主題とするし、同様の女性として巻十六の桜児や鬘児などがおり、原型的には、人間の男を拒む、神に仕える女に対する幻想があったものといえよう。葦屋処女・菟原壮士・血沼壮士の項参照。

〔内容〕二人の男に同時に愛され、その間に立って悩みついには自ら死を選んだため、二人の男も後を追い、後に処女の墓を中にして両側に二人の男の墓を造ったという。歌はその墓をみて歌われている。

〔所在〕9・一八〇一〜一八〇三、一八〇九〜一八一一

19・四二一一、四二一二　〔三浦〕

海上女王（うなかみのおおきみ）

〔表記〕海上王（4・五三一題詞、続紀、紹運録）とも。

〔系譜〕志貴皇子の娘（4・五三一題詞、本朝皇胤紹運録）。

〔閲歴〕養老七年正月、従四位下に、神亀元年二月、従三位に叙されている（続紀）。享年未詳。

〔歌数〕短歌一首。4・五三一　〔広岡〕

宇努首黒人（うののおびとおひと）

〔表記〕宇奴首男人（政事要略）。新撰姓氏録も宇奴首とする。

〔系譜〕百済国君の男《むすこ》、彌奈曾富意彌《みなそほおみ》の後裔（姓氏録・大和諸蕃）。

〔閲歴〕養老四年、豊前守・征夷将軍（政事要略廿三所引旧記）。豊前国守正六位（宇佐託宣集）。6・九五九題詞にある神亀五年十一月当時まで豊前守であったかどうかは確かではない（日本古典文学全集本・人名一覧参照）。享年未詳。

〔歌数〕短歌一首。6・九五九　〔広岡〕

右兵衛（うひょうえ）

〔表記〕兵衛（16・三八三七左注）とも記す。

〔閲歴〕万葉集（16・三八三七左注）に「右の歌一首は、伝へて云はく、右兵衛姓名詳らかならずあり」とみえる。姓氏は未詳

であるが、同じ左注に「歌作の芸に多能なりき」とあり、当時は歌人として評価を得ていた人物と思われる。

〔歌風〕饗宴の折、荷葉《はちすのは》に懸けて作った歌

ひさかたの雨も降らぬか蓮葉に渟れる水の玉に似たる見む　（16・三八三七）

には、下句によくわからぬ点があるが、即興歌としてのおもしろみが感じられる。

〔歌数〕短歌一首。16・三八三七　〔青木(周)〕

味稲（うましね）

〔表記〕美稲（懐風藻、紀男人・丹墀広成の詩）、熊志禰（続日本後紀、嘉祥二年三月、天皇四十算賀長歌の条）。

〔閲歴〕吉野人味稲（3・三八五）とあるが説話上の人物。

〔歌数〕その左注によると、短歌一首（3・三八五）となるが、左注で疑っているように、杵島曲《きしまぶり》民謡に属するものだろう。関連歌（3・三八六、三八七）。

〔参考〕3・三八五左注にいう柘枝伝は今伝わらない。丹塗矢説話に神仙説話を加味して成ったもの（武田祐吉「柘枝伝」奈良文化一〇号　万葉集論考所収）とされる。なお、「仙柘枝の歌」尾崎暢殃（萬葉考説）、「失はれた柘枝伝」小島憲之（上代日本文学と中国文学）参照。　〔広岡〕

馬史国人（うまのふひとくにひと）
〔表記〕たんに、馬国人（20・四四五七題詞）とも、また馬毘登国人（続紀）ともある。
〔閲歴〕天平十年頃、少初位下、東史生（大日本古文書二四巻）。天平勝宝八歳二月、ときに散位（20・四四五八左注）。河内国伎人郷《くれのさと》の人（20・四四五七題詞）。天平宝字八年十月、従六位上から外従五位下に（続紀）。天平神護元年十二月、武生連《たけふのむらじ》の姓を賜る。ときに右京の人（続紀）。享年未詳。
〔歌数〕短歌一首。20・四四五八　〔広岡〕

茨田王（うまらだのおおきみ）
〔閲歴〕天平十一年一月、無位から従五位下。翌年十一月、従五位上。天平十六年二月、ときに少納言。天平十八年九月、宮内大輔。翌年十一月、越前守（以上、続紀）。天平勝宝五年正月、ときに中務大輔（19・四二八三左注）。天平宝字元年十二月、越中守、ときに従五位上（大日本史料一～四289）。享年未詳。
〔歌数〕短歌一首。19・四二八三
〔参考〕茨田王の読み方について、最近は「まんだのおおきみ」と読むのが一般的である。倭名類聚鈔河内国郡名（巻五）では「茨田」に「萬牟多《まむだ》」と仮名書きしている。「まんだ」は「うまらだ」の語頭音う脱落および語中音ら撥音化（「り」「る」音の転が一般であるが、他段音もまま撥音化する）としか考えようがないが、上代においては撥音が存したか疑問とされている（有坂秀世「カムカゼ（神風）のムについて」国語音韻史の研究増補新版所収、「奈良朝以前の国語に於ける撥音の存否」）。ただし、蔵中進は

古代日本語にも撥音は音韻として固有に存在していたとする（上代日本語音韻の一研究）。〔広岡〕

茨田連沙彌麻呂（うまらだのむらじさみまろ）

〔表記〕上総国防人部領使少目従七位下茨田連沙彌麻呂と記される。茨田はマムダとも。

〔閲歴〕天平勝宝七歳二月、上総国防人部領使少目従七位下であり、そのとき、防人の歌十九首を進《たてまつ》っているが、沙彌麻呂自身には作歌はない。沙彌麻呂の進った十九首の防人歌のうち、拙劣歌を除いた十三首が集中に採録されていることになる。

〔所在〕20・四三五九左注　〔大室〕

占部小龍（うらべのおたつ）

〔系譜〕常陸国茨城郡の人。常陸風土記香島郡の条に香島神宮の周囲は卜氏の住む所、四月十日に祭を設けて卜氏の種属が集会うとある。戸籍には筑前は卜部、常陸・武蔵・上総・下総等東国は占部と区別され、天平勝宝四年の調布端銘に鹿嶋郡高家郷の占部手子・鳥麻呂の名がみえる（寧楽遺文下）から、風土記の卜氏は占部と同じとみてよい。他に同国内占部姓は小龍と同期の防人広方、続紀に宝亀元年七月白鳥を献じた小足が那賀郡、続紀霊亀元年十二月三つ児を生んだ御蔭女が久慈郡の人であるが、相互の関係は明らかでない。

〔閲歴〕天平勝宝七歳二月防人として筑紫に赴く（20・四三六七左注）。

〔歌風〕顔を見忘れたときは山または雲を見て偲べ（14・三三一五、三三二〇）、偲ぼう（三三一六）という類歌が東歌にみえ、防人歌にも四四二一番歌があり、東国にかなり流布したものによった作と思われる。歌中訛音（しぬはね）あり。

〔歌数〕短歌一首。20・四三六七　〔野田〕

占部広方（うらべのひろかた）

〔系譜〕未詳。占部小龍の項参照。

〔閲歴〕天平勝宝七歳二月、常陸国那賀郡より防人（助丁）として筑紫に遣わされた（20・四三七一左注）。

〔歌風〕「橘の下吹く風の香ぐはしき筑波の山を恋ひずあらめかも」の一首で、三句までの序詞は美しいが家持に類句（19・四一六九）がある。「あらめかも」は東歌にもみられる東国の特殊語形。

〔歌数〕短歌一首。20・四三七一　〔野田〕

占部虫麻呂（うらべのむしまろ）

〔系譜〕下総国千葉郡の人。同国内占部姓は相馬郡に宮麻呂、埴生郡に国万呂・小足の名が戸籍にみえるが相互の関係は不明。占部小龍の項参照。

〔閲歴〕天平勝宝七歳二月本郷より防人として筑紫に遣わされた（20・四三八八左注）。

〔歌風〕垢づく衣に長旅を思う類歌は遣新羅使の作（15・

三六七七）がある。旅に出て衣服によって妻を思う歌は多いが、この歌の表現は素朴。防人の妻の作四四二〇や7・一二六五などとともに防人の姿を偲ばせる。歌中訛音（かり）あり。

〔歌数〕短歌一首。20・四三八八　〔野田〕

恵行（えぎょう）

〔表記〕講師僧恵行（19・四二〇四左注）。

〔閲歴〕天平勝宝二年（七五〇）四月、大伴家持が越中守の折、その国の講師（諸国の国分寺におかれた主位の僧官か。もと国師といった）の職にあった。

〔歌風〕閲歴の項で述べたと同じ四月、十二日家持の布勢水海遊覧に同席したときのものらしい短歌一首がある。

わが背子が捧げて持てるほほがしはあたかも似るか青き蓋《きぬがさ》　（19・四二〇四）

ほほがしは（厚朴）を蓋（絹などで作った長柄の傘で、貴人の後からさしかけるもの）に見立て、守に対する挨拶とした。技巧的な作風。なお、「青蓋」は一位相当か（注釈）。それなら誇張にすぎる。

〔歌数〕短歌一首。19・四二〇四　〔稲垣〕

役民（えだちのたみ）

〔閲歴〕「役」は税としての労働奉仕。古くは臨時に造宮・造寺等の朝廷の土木工事に従事させたエダチは、浄御原令で「役」として制度化された（律令・日本思想大系補注）。藤原宮造営関係の記事は持統紀四年十二月条「天皇、藤原に幸《いでま》して宮地を観《みそなは》す」にはじまるが、同八年正月条に「藤原宮に幸《いでま》す」と初めて「宮地」の字がなくなることからこの頃にほぼでき上がったものと思われ、同年十二月に遷都された。

〔歌風〕天皇を神として讃え、天地と人々とが奉仕する様を高らかに歌い上げる寿歌であるが、その声調、詞章の共通性から人麻呂作かとも考えられている。題詞の「藤原宮の役民の作る歌」という額面通りには受けとれないが、人麻呂作と決定するには疑問が残る。役民の心に擬えて、宮廷儀礼歌作製に携っていた有識者が創作したものであろう。

〔歌数〕長歌一首。1・五〇　〔多田〕

縁達（えにたち）

〔表記〕縁達師（8・一五三六の題詞）。

〔系譜・閲歴〕ともに不詳。代匠記説のとおり、縁達は僧名、師は法師の師であろう。

〔歌風〕集に収めるのはつぎの短歌一首のみ。

暮《よひ》に逢ひて朝面無み名張野の萩は散りにき黄葉《もみち》はや続《つ》げ　（8・一五三六）

一、二句は長皇子の作（1・六〇）と同一の序詞。同時か別時の作かは不明だが、両首の間には影響関係があろう。この作、序詞と主想部との間には巧みな飛躍があり、主想部また弾むがごとき作者の心の律動を感じさせる。技巧的な詠風というべきだろう。

〔歌数〕短歌一首。8・一五三六　〔稲垣〕

榎井王（えのいのおおきみ）
〔系譜〕天智天皇の孫、志貴皇子（春日宮天皇）の御子。
〔閲歴〕天平宝字六年（七六二）正月四日無位より従四位下を授けられた（続紀）。同書同年六月二十一日没の榎本王も同人であろう。
〔歌風〕天平九年（七三七）正月、橘佐為ほか諸大夫が門部王家で集宴の折の門部王作（6・一〇一三）に追和したつぎの短歌一首がある。

玉敷きて待たましよりはたけそかに来たる今宵し楽しく思ほゆ　（6・一〇一五）

「たけそかに」の語は他に用例がなく解し難いが、諸説のうち中西進説の「仰々しくなく」（講談社文庫・万葉集(一)）によるのが意が通るようだ。それなら、主人の率直な気持を代弁し得ている。

〔歌数〕短歌一首。6・一〇一五　〔稲垣〕

榎氏鉢麻呂（えのうじのはちまろ）
〔系譜〕不詳。榎氏は、榎井・榎室・榎本、いずれの氏か不明。
〔閲歴〕未詳。天平二年（七三〇）正月十三日、大宰帥大伴旅人の宅で行われた梅花の宴に列席し、「大隅目　榎氏鉢麻呂」として一首を詠じている。大隅は中国で、目はその四等官、大初位下に相当する。
〔歌数〕短歌一首。5・八三八　〔比護〕

槐本（えのもと）
〔系譜〕氏の名、伝不明。槐が　と通用することから「ツキモト」と読み、槻本連あるいは槻本公と同族とみる説や、槐本を柿本に通じるとして柿本人麻呂のこととする説がある。
〔歌風〕「ささなみの比良山風の海吹けば釣する海人の袖かへる見ゆ」（9・一七一五）。人麻呂の羈旅歌「淡路の野島が崎の浜風に妹が結びし紐吹きかへす」（3・二五一）との関連が指摘されているが、前者には、人麻呂の作にはない海人の形象の美化が認められる。
〔歌数〕短歌一首。9・一七一五　〔阿蘇〕

生石村主真人（おいしのすぐりまひと）

〔表記〕大石村主（続紀）とも。

〔系譜〕帰化人系の人らしい。

〔閲歴〕天平十年頃、美濃少目となり、天平勝宝二年、外従五位下を授けられた（続紀）。

〔歌風〕志都の石室（島根県邑智郡瑞穂町岩屋の岩窟説ほか三説あり）を詠んだつぎの短歌一首のみ。


大汝《おほなむち》小彦名《すくなひこな》のいましけむ志都の石室は幾代経にけむ　（3・三五五）

「幾代経にけむ」は類型的だが、「石室」を詠んだところに特異性がみられる。なお「石室」を詠んだ歌は、他に「三穂の石室」をみての3・三〇七以下三首がある。

〔歌数〕短歌一首。3・三五五　〔稲垣〕

生部道麻呂（おうしべのみちまろ）

〔表記〕みぶべのみちまろ、ともよむ。

〔系譜〕生部姓は常陸・伊豆・御野・越前・讃岐・出雲・筑前各国の戸籍等にみえるが、駿河国内では駿河郡大領下正六位下理の名が平城宮出土木簡にみえる。関係不明。

〔閲歴〕天平勝宝七歳二月駿河国防人（助丁）として筑紫に遣わされた（20・四三三八左注）。

〔歌風〕枕詞・序詞（三句）を用いて調子よく巧みに整った歌。歌中訛音（たたみけめ）あり。防人歌の同音利用の序詞は四三二六・四三八六番歌などにもみられる。

〔歌数〕短歌一首。20・四三三八　〔野田〕

淡海真人三船（おうみのまひとみふね）
〔系譜〕大友皇子曾孫。葛野王孫。池辺王の子。
〔閲歴〕かつて御船王とあり、天平勝宝三年正月、姓淡海真人を賜った。ときに無位。同八年五月、朝廷を誹謗し人臣の礼を欠く罪に坐し、出雲守大伴古慈斐と共に左右衛士府に禁固された。ときに内豎。ついで許されたが、三船は古慈斐を讒し、古慈斐は出雲守を解任された（20・四四六七左注）。天平宝字四年正月、山陰道巡察使。ときに尾張介正六位上。同五年正月、従五位下参河守。同六年正月、文部少輔。同八年八月、美作守。九月、正五位上。天平神護二年九月、東山道巡察使。神護景雲元年三月、兵部大輔。六月、東山道巡察使正五位上行兵部大輔兼侍従勲三等の地位にあるとき、独断の罪を得て巡察使解任。八月、大宰少弐。宝亀二年七月、刑部大輔。同三年四月、大学頭兼文章博士。同八年正月、大判事。同十一年二月、従四位下。天応元年六月、石上宅嗣薨去の条に、宝字より後、宅嗣と三船は文人の首と称せられたとある。同十月、大学頭。同十二月、光仁天皇崩御の際、御装束司。延暦元年八月、大学頭兼因幡守兼文章博士。同三年四月、刑部卿。同四年七月十七日、年六十四で卒した。ときに刑部卿従四位下兼因幡守であった。卒時の記事に、性識聡敏にして群書を渉覧し、もっとも筆札を好んだとある。経国集に詩五首を載す。
〔所在〕20・四四六七左注　〔縄田〕

大網公人主（おおあみのきみひとぬし）
〔系譜〕公は、主として地方の皇別氏族に与えられた姓だが、系譜、官歴等すべて不明。
〔歌風〕唯一の歌の題詞には「宴吟」とあり、宴席で吟じたものであることが知られる。その「須磨の海人の塩焼衣の藤衣ま遠にしあればいまだ著なれず」は、属目の景を利用しつつ、宴に侍った土地の女に、まだなじみは浅いが近づきうちとけたいという思いを歌いかけたものか。

〔歌数〕短歌一首。3・四一三　〔梶川〕

大石蓑麻呂（おおいしのみのまろ）
〔閲歴〕天平八年遣新羅使の一員として瀬戸内海から筑紫・壱岐・対馬を経て新羅へ向かう途中、安芸国の長門島で詠んだ短歌一首が15・三六一七にみえる。歌意や配列からみて七月から八月のことであろう。天平十八年のものと推定される正倉院文書に写経生として大石蓑万呂の名がみえるが、同一人か。
〔歌風〕前記の短歌一首は、停泊地の景物をとりいれて都に対する思慕の情をやや類型的に表出している。
〔歌数〕短歌一首。15・三六一七　〔東野〕

大使之第二男（おおきつかいのおとご）

〔系譜〕従五位下遣新羅大使阿倍朝臣継麻呂の次男であるが、位階、官職、名すべて未詳。天平宝字元年八月従五位下阿倍朝臣継人を継麻呂の次男とする説（古義）がある。父継麻呂は天平九年正月津嶋の泊で客死。

〔閲歴〕父継麻呂老齢のため介添人として随行したかと推測される。

〔歌風〕作歌経験は浅いのだろう。慣用句を駆使して、夫の無事な帰国を祈願して、家で潔斎して待つ妻への恋情をうたっている。

〔歌数〕短歌一首。15・三六五九　〔町方〕

大伯皇女（おおくのひめみこ）
〔表記〕大来皇女とも書く。
〔系譜〕天武天皇の皇女。母は大田皇女。斉明天皇七年（六六一）正月、天皇の西征に従い船が備前の国大伯の海に到ったときに誕生したので、この名がつけられた。二歳下の同母弟に大津皇子がある。
〔閲歴〕日本書紀天武天皇二年（六七三）四月の条に「大来皇女を天照太神宮に遣侍せむとして、泊瀬斎宮に居らしむ。ここは先づ身を潔めて、稍に神に近づく所なり」との記事がある。大和宮廷の祖先神と伝えられ、また女性的な性格を伝えながら太陽神的要素も併せ持つ伊勢神宮の神霊を奉斎するのに、未婚の皇女があたる例は、崇神紀の豊鍬入姫、垂仁紀の倭姫以来の先例があり、それがこの頃から恒例化することになっていった。後の延喜式の定めによれば、斎宮は卜定された後は野宮にあって一年間精進潔斎することになっているが、この大伯皇女の泊瀬ごもりは、その前形にあたるものと考えられよう。さきに天武天皇は壬申の乱を起こすに際して、伊勢国朝明郡から神宮を遥拝して祈願をこめたが、やがて勝利を得て即位したのち、皇女を斎宮として奉仕せしめるのは、その加護への感謝の心を示すものであろう。十三歳の皇女はこののち、十四年間も都に帰ることなくきびしい斎宮の任にあたるのだが、幼少のうちに母を失くした境遇の少女にこの役割が与えられたのは、当時の宮廷の後宮の勢力関係にあっては止むを得ないことであったのだろう。翌年の十月、皇女は初瀬の斎宮から、伊勢神宮に向かった。その翌年の二月には、十市皇女と阿閇皇女が伊勢神宮に参拝している。また天武天皇十五年（六八六）四月には、多紀皇女・山背姫王・石川夫人が、伊勢神宮に派遣されてくる。これは、天武天皇の病気平癒を願ってのことであろう。九月九日、天皇は崩御する。そして天武天皇崩御の後になって、日本書紀には記録されることのない、「大津皇子、竊《ひそ》かに伊勢の神宮に下りて……」（一〇五題詞）という事件が起こったのであろうと思われる。皇女がこの弟の時ならぬ来訪を迎えて、深い肉親の情愛をこめて歌った二首の短歌が、万葉集には収められている。十月三日、大津皇子は世を去る。そして、その年の十一月十六日、「伊勢神祠につかへ奉れる皇女大来、還りて京師に至る」の記事が日本書紀にみえる。万葉集巻二の挽歌二首（一六三、一六四）はその途次で歌われ、つぎの二首（一六五、一六六）は帰京後に歌われたものであろう。大宝元年十二月二十七日没。四十一歳であった。

〔歌風〕集中には、弟の大津皇子にかかわる思いを歌ったわずか六首の作を残すのみであるが、珠玉のようなその六首によって、皇女と皇子の名は深く人々の心に刻まれている。

　　大津皇子、竊かに伊勢の神宮に下りて上り来まし時の大伯皇女の御作歌二首

わが背子を大和へ遣《や》るとさ夜ふけて暁《あかとき》露にわが立ちぬれし　（2・一〇五）

二人行けど行き過ぎがたき秋山をいかにか君がひとり越ゆらむ　（2・一〇六）

自分のところをたずねて来た愛する男と夜を共にして、暁闇のうちに帰してやる女の心のあわれは、古代の人々の胸に広い共感をよびおこしたにちがいない。これらの歌はそういう点で当時の人々の心の類型を踏みながら、しかも、悲劇的な運命をたどった高貴な姉と弟の歴史的事実を背景としているところに、他に類のない魅力を感じさせる。

　　大津皇子薨《かむあが》りましし後、大来皇女伊勢の斎宮より京に上る時の御作歌二首

神風の伊勢の国にもあらましをなにしか来けむ君もあらなくに　（2・一六三）

見まく欲りわがする君もあらなくになにしか来けむ馬疲るるに　（2・一六四）

　　大津皇子の屍を葛城の二上山に移し葬る時、大来皇女の哀しみ傷む御作歌二首

うつそみの人にあるわれや明日よりは二上山を弟世《いろせ》とわが見む　（2・一六五）

磯のうへに生ふる馬酔木を手折らめど見すべき君があ

りと言はなくに　（2・一六六）

いずれの歌もしらべが美しくて、朗誦性に富んでいる。そして、叙事と抒情とが見事に合体した歌の姿をみせている。伊勢で弟を送る二首を合わせて、大伯皇女の六首の歌は、一連の組歌のような内容の一つづきの物語的展開と、それぞれの場にからまった哀切な抒情表現のこまやかさをみせている。それは、有馬皇子亡きのちに「結び松」のほとりを旅した後の歌人たちが、「結び枝」にちなんで皇子の死を悼み記念する歌を次々に和して歌い残していったのとはやや形を別にして、一人の肉親の姉の手になる一連のなげき歌の形で、非業の死をとげた大津皇子の死を記念し、魂をなごめる歌となっている。さし迫った悲しみの動機が、皇女の歌の抒情の深さをいよいよあわれ深いものにしているのだが、それにしてもこの皇女の歌のしらべの哀切な美しさと、心のきめのこまやかさは見事である。幼くて母に死別し、最も多感な年齢を伊勢の斎宮として過ごした彼女の境遇が、その性格の上に美しい深さをあたえ、弟をかなしむ歌の上のひたすらな心動きとなって示されたといえるであろうか。

ただ、私は皇女の六首の歌に関して、幾つかの疑問を感じる。その一つは、はたして大津皇子は「竊《ひそか》に」伊勢へ下ったのだろうか、ということである。古くから宮廷に大きな影響力を持つ威霊である伊勢神宮の神を、天武はとくに尊んで、壬申の乱の日に祈り、大伯皇女を斎宮とし、病を得るに及んでは多紀皇女らを派遣した。そういう伊勢神宮へ、大津皇子が「竊に」近づいたとすれば、高巫の地位にある姉を通して、宮廷の威霊をひそかに皇位継承の資格ある者が自分の身につけようとした、と判断せられても申し開きのできない条件のそろうことは明らかである。豪放さのみならず、聡明さも充分に備えていたはずの大津皇子が、天武崩御前後の不安定な時期に、そういう不用意なことをあえてするであろうかという疑問である。皇女の弟を送る美しい心をこめた歌と、そのいわくありげな題詞は、政治的にみれば大津皇子が謀反を企てたという裏づけになっているわけである。最後に私の思い切った推測を一つ加えるならば、すぐれた叙事と叙情の表現力を持つ詩人があって、大津皇子も大伯皇女も亡き後に、二人の魂の鎮めとしてのあわれと、大津皇子処断を広く世人に納得させる理由とを、一連の組歌の中に自然に歌いこめて世に流布したとすれば、文学の力が同時に大きな政治的効用をも合せて果たしたことになるであろう。持統太上天皇の死は、大伯皇女の死の満一年後であり、文武天皇の死は六年後である。それは同時に柿本人麻呂の晩年期であったろうと思われる。

〔歌数〕短歌六首。2・一〇五、一〇六、一六三～一六六

〔参考文献〕＊「大伯皇女の作品と環境」藤森朋夫（東京女

子大学論集12―2）＊「大伯皇女と大津皇子」神堀忍（万葉54）＊「大伯皇女の歌について」石田公道（北海道教育大学紀要25―2）＊「大伯皇女の〈秋山〉歌考」辻信（野州国文学20）〔岡野〕

大来目主（おおくめぬし）

〔系譜〕大伴氏の神祖。来目直の祖とも考えられる。

〔閲歴〕大伴家持の「陸奥国より金を出せる詔書を賀く歌」に「大伴の遠つ神祖のその名をば大来目主と負ひ持ちて」（18・四〇九四）とあって、軍事的伴造であった大伴氏の神祖とされるが、元来久米直の祖であったものが大伴氏の抬頭で始祖伝承に混乱が生じたとの説もある。これを大久米命と考えてよいならば、天孫降臨や神武東征において活躍する神ということになる。

〔所在〕18・四〇九四〔居駒〕

大蔵忌寸麻呂（おおくらのいみきまろ）

〔表記〕万里（正倉院文書・東大寺要録）、万呂（正倉院文書）とも記される。

〔閲歴〕天平八年遣新羅使となり（万葉集）、翌九年正月帰朝、ときに少判官正六位上（続紀）。勝宝三年十一月から六年閏十月にかけて、正倉院文書に造東大寺司判官、正六位上勲十二等としてしばしばあらわれ、七歳以降次官・外従五位下とある。続紀によれば、その後聖武太上天皇送葬の造方相司、丹波守、光明皇太后送葬の養民司、玄蕃頭などを歴任、宝亀三年正月正五位下になったのを最後にみえない。

〔歌数〕遣新羅使が対馬の竹敷の浦に泊したとき、大使以下とともに歌一首（15・三七〇三）を詠じている。〔東野〕

大田部荒耳（おおたべのあらみみ）

〔系譜〕下野国の人。同国に同期の防人大田部三成がおり、河内郡神主廃寺出土の古瓦銘に大田部禾戸の名がみえ、芳賀郡・塩谷郡に太田の地名があるというが関係不明。

〔閲歴〕天平勝宝七歳二月防人火長として筑紫に赴いた（20・四三二七左注）。

〔歌風〕防人歌の中で数少ない出兵の意気を歌うが、神を祈りて軍に行くというのは大舎人部千文の歌（四三七〇）と二首のみである。

〔歌数〕短歌一首。20・四三七四〔野田〕

大田部足人（おおたべのたりひと）

〔系譜〕下総国の人。大田部姓は陸奥（寧楽遺文上）・下野（大田部荒耳の項参照）・常陸にみえ、相模国御浦郡司代に大田部直圀成の名がみえる（寧楽遺文下）が関係不明。

〔閲歴〕天平勝宝七歳二月下総国千葉郡より防人として筑紫に赴いた（20・四三八七左注）。

〔歌風〕「千葉の野の児の手柏の含まれどあやにかなしみ置きてたが来ぬ」の一首で、所のものをとった適切な序詞、素朴で感銘のこもった作。三・四句の適切で美しい表現によって末句の解釈に諸説あっても損われない。歌中訛音（ほほまれ）あり。

〔歌数〕短歌一首。20・四三八七　〔野田〕

大田部三成（おおたべのみなり）

〔系譜〕大田部荒耳・大田部足人の項参照。

〔閲歴〕天平勝宝七歳二月下野国梁田郡より防人（上丁）として筑紫に赴いた（20・四三八〇左注）。

〔歌風〕「難波門を榜ぎ出て見れば神さぶる生駒高嶺に雲ぞたなびく」の一首で、第二句など国見歌の型で「かみさぶる」は特殊な接続のしかただが、ほかに防人歌の特色のみられない整いすぎたもの。

〔歌数〕短歌一首。20・四三八〇　〔野田〕

邑知王（おおちのおおきみ）

〔表記〕文屋真人邑珍・文屋真人大市・大市王（続紀）。

〔系譜〕二品長親王の第七子（続紀宝亀十一年一月）。

〔閲歴〕天平十一年正月无位より従四位下、同十五年六月刑部卿、同十六年閏正月紀朝臣飯麻呂らとともに、安積皇子の喪事を監護、同十八年四月内匠頭、同二十年四月元正天皇崩御に際し装束司となる。天平勝宝三年正月従四位上、同六年七月皇太后宮子の崩御に際し造山司、同六年九月大蔵卿、天平宝字元年五月正四位下、同年六月弾正尹、同三年十一月節部卿、同五年六月正四位上、同年十月出雲守、同八年九月民部卿、天平神護元年正月従三位、同二年七月参議、神護景雲二年十月には中務卿であった。宝亀元年八月称徳天皇崩御により装束司、同年十月正三位、同二年二月には中納言兼中務卿であった。同年三月藤原魚名とともに大納言となり、七月弾正尹を兼務、十一月従二位、十二月大納言で治部卿を兼ねる。同五年三月大納言兼中務卿、十一月正二位、同十一年十一月薨ず。ときに七十七歳（続紀）。公卿補任等にも記事がある。集中では、天平十八年正月、元正御在所での肆宴に侍し、応詔歌を奏したが、漏失したという。

〔所在〕17・三九二六左注　〔斎藤〕

大津皇子（おおつのみこ）
〔系譜〕天武天皇の第三皇子（持統紀）。懐風藻には天皇の長子としている。母は天智天皇の皇女、大田皇女で、母方からいえば天智天皇の孫にあたる。二歳上の同母の姉が大伯皇女である。大津の名は六六三年に娜大津《なのおおつ》（博多）にあって生まれたことによるものと思われる。母の大田皇女は日本書紀天智六年（六六七）二月の条に、葬送の記事があるから、皇子は幼年にして母を亡くしたわけである。この点おなじく天武天皇の皇子でも、大田皇女の妹の鸕野讃良皇女（持統天皇）を母とする草壁皇子とくらべると、条件が異なる。妻は天智天皇の皇女の山辺皇女。
〔閲歴〕壬申の乱には、父の大海人皇子挙兵の報によって近江を脱出し、鈴鹿で父の一行に合した。天武十二年（六八三）二月一日、はじめて朝政を聴き、十四年正月には浄大弐位を授けられた。皇太子草壁皇子に次いで、重い地位にあったことが知れる。日本書紀朱鳥元年八月の条には、天武天皇聖体不予のため神祇に祈ったことが記され、さらに皇太子・大津皇子・高市皇子の三人に、それぞれ封四百戸を増加したことが記されている。ところが、九月九日、天皇崩御、二十四日には「是の時にあたりて、大津皇子、皇太子を謀反《かたぶ》けんとす」の記事があり、十月二日の条には「皇子大津、謀反発覚……」とあって、大津皇子をはじめ皇子にあざむかれて謀反に加わった三十余人の者がとらえられたとある。翌三日に大津皇子は訳語田《おさだ》の家で死を賜うた。ときに二十四歳であった。妃の山辺皇女は髪をみだし素足になって奔りおもむいて、殉死した。見る人たちは皆、歔欷《なげ》いたという。なお、日本書紀には右の記事の後に、皇子に関してつぎのように記している。「皇子大津は、天渟中原瀛真人天皇の第三子なり。容止墻《たか》く岸《さが》しくして、音辞俊朗なり。天命開別天皇の為に愛《めぐ》まれたてまつりたまふ。長ずるに及びて辨《わきわき》しくして才学有り。もっとも文筆を愛《この》みたまふ。詩賦の興《おこ》りは大津より始れり」。また二十九日には、「皇子大津、謀反けむとす。詿誤《あざむ》かれたる吏民・帳内はやむことを得ず。いま皇子大津すでに滅びぬ。従者、當《まさ》に皇子大津に坐《かか》れらば、皆赦《ゆる》せ。但し礪杵《とき》道作は伊豆に流せ」、また「新羅の沙門行心、皇子大津の謀反に與せれども、朕加法するにしのびず。飛騨の国の伽藍《てら》に徒《うつ》せ」との詔が発せられている。

懐風藻には大津皇子に関してつぎのように記している。「皇子は、浄御原帝の長子なり。状貌魁梧、器宇峻遠。幼年にして学を好み、博覧にして能く文を属《つづ》る。壮に及びて武を愛し、多力にして能く剣を撃つ。性頗《すこぶ》る放蕩にして、法度に拘《かかは》らず。節を降して士を礼したまふ。是によりて人多く附《し》記す。時に新羅の僧行心といふもの有り。天文卜筮を解る。皇子につげて曰はく、『太子の骨法、是れ人臣の相にあらず。これをもちて久しく下位に在らば、恐らくは身を全くせざらむ』といふ。因りて逆謀を進む。此の詿誤《くわいご》に迷ひ、遂に不軌を図る。嗚呼惜しき哉……」。また、懐風藻の河島皇子に関する伝の中につぎのような一節がある。「始め大津皇子と莫逆の契を為しつ。津の逆を謀るに及びて、島すなはち変を告ぐ。朝廷その忠正を嘉《よ》みすれども、朋友その方情を薄みす。議する人はいまだ厚薄を詳《つば》らかにせず……」。また、万葉集巻二の大伯皇女作の一〇五・一〇六番歌の題詞には「大津皇子の、竊《ひそ》かに伊勢の神宮に下りて上り来まし時の、大伯皇女の御作歌二首」と記されている。

大津皇子の謀反に関してこれ以上のことは、当時の記録にはない。懐風藻の記事をみると、皇子の性格は豪放で人心を集める魅力に富み、しかも聡明であったと察せられるから、本気で叛をくわだてるとすればかなり大きな力を持ち得る可能性はあったはずである。だが、記録に残る限りでは、その行動はきわめて唐突で不用意の感がある。また、これだけの事件でありながら、連座して処罰を受けた者がわずかに二人で、その処罰も比較的軽い。大津皇子ひとりを捕えて早々に処断したという感が深い。天武天皇亡きのち、第一に皇位継承の資格を持つのは皇太子草壁皇子である。それに次ぐ大津皇子が、文武にすぐれ、世人の人気を得る魅力に富んでいたことを危ぶんだ、皇太子の母、のちの持統天皇の意志が、この事件の背後で動いていたのではないかという推測は、充分あり得ることである。草壁皇子と大津皇子は年齢にほとんど開きはなかったであろうし、大津皇子の母の方が、持統天皇の姉であった点を考えると、草壁か大津かという問題に関する世人の心の動きは、微妙なものがあったに相違ない。さらにこの問題を考える場合に心にかかるのは、さきにあげた万葉集の題詞の「竊かに伊勢の神宮に下りて……」という言葉である。大和宮廷にとって重大な意味を持つ伊勢の神霊に、姉が斎宮となって奉仕しているという特殊な境遇にある皇位継承資格者の皇子が、もし、ある意図をもって近づいたとすれば、当時の宮廷信仰の上でそれは皇位をねらう野望を持つしるしだと考えられても仕方のない理由にはなり得たろう。「竊かに」伊勢の神宮に下ったという万葉の題詞の書き方は、そういうことを暗示しているものかと考えられる。そうだとすれば、下った時期は、天皇崩御の九月九日以後、捕えられる十月二日までの間である。日本書紀の九月二十四日の条の「是の時に當りて、大津皇子、皇太子を謀反けむとす」の記事の具体的内容は、この伊勢下向をさすものと考えられぬこともない。(この点については、大伯皇女の項参照のこと)

〔歌風〕集中に四首の短歌を収め、懐風藻には詩四編を収める。ことに「大津皇子、被死《みまか》らしめらゆる時、磐余の池の陂《つつみ》にして涕を涙して作りまし御歌一首」と題詞のある、

ももづたふ磐余の池に鳴く鴨を今日のみ見てや雲隠りなむ　(3・四一六)

の一首は、哀切であるばかりか、この世の最後の目にとどめる水鳥の鴨に託した執着の思いが、読む者に深い印象を残す。懐風藻の「臨終」の詩篇とともに、死を眼前にした文学として長く人々の心を悲しませるものである。また、石川郎女に贈った、

あしひきの山のしづくに妹待つとわれ立ち濡れぬ山のしづくに　(2・一〇七)

さらに、石川女郎と婚《あ》ったことが占《うら》に出て露見したときに詠んだという、

大船の津守の占にのらむとはまさしに知りてわが二人
宿《ね》し　（2・一〇九）

の二首も、それぞれに皇子の才能や性格をにじみ出させた、生活の中の力ある歌である。「あしひきの」の歌には相聞歌らしい心のこまやかさと、しらべの上のねばりがある。「大船の」の歌には、いさぎよい力強さがあって、大津皇子その人のさわやかな面影をしのばせる。

〔影響〕残した作品の数は少ないが、その悲劇的な生涯、遺詠の持つ感銘深さ、姉の大伯皇女の挽歌の哀切さがあいまって、後世の人々の心に深い印象を残した。古代学者折口信夫（釈迢空）の小説『死者の書』は、皇子の屍を移し葬ったと伝える二上山を舞台にして、その魂のよみがえりを描いている。

〔歌数〕短歌四首。2・一〇七、一〇九　3・四一六・一五一二　〔岡野〕

大舎人部千文（おおとねりべのちふみ）

〔系譜〕常陸国那賀郡の人。同期の防人に下野国足利郡の大舎人部禰麻呂の名がみえるが、関係は不明。大舎人部姓は他の記録にみえない。

〔閲歴〕天平勝宝七歳二月防人（上丁）として筑紫に赴いた（20・四三七〇左注）。

〔歌風〕一首は筑波山のユリを同音利用の序に用いて妹のいとしさを歌う。「かなし」の繰り返しは14・三四〇三にもあって民謡風の風格をもつ。一首は神を祈って防人としてきたという感激を歌う（大田部荒耳の項参照）が、いずれも歌調整い達者である。

〔歌数〕短歌二首。20・四三六九、四三七〇　〔野田〕

大舎人部禰麻呂（おおとねりべのねまろ）

〔系譜〕未詳。大舎人部千文の項参照。

〔閲歴〕天平勝宝七歳二月下野国足利郡より防人（上丁）として筑紫に赴く（20・四三七九）。

〔歌風〕「白浪の寄そる浜辺に別れなばいともすべなみ八《や》遍《たび》袖振る」の一首で、感覚的かつ具象性の的確な巧みな歌である。訛言（寄そる）もあるが、一首の整っているところ、予想の作という点で四三八〇番歌とともに防人歌の中では特異である。

〔歌数〕短歌一首。20・四三七九　〔野田〕

大伴女郎（おおとものいらつめ）

〔系譜・閲歴〕元暦本、西本願寺本などには4・五一九の題詞の下に小字で「今城王之母也。今城王後賜大原真人氏也」とあり、大伴郎女とも表記される（4・五二二題詞）大伴坂上郎女とは別人であろうが、旅人の妻大伴郎女と同人であるか否か不明である。

〔歌風〕集中「大伴女郎」と表記のある作は、

雨つつみ（ざはり・全註釈）常する君はひさかたの昨《きそ》
夜《よ》の雨に懲《こ》りにけむかも　（4・五一九）

の短歌一首のみだが、後人追同の短歌一首をともなう。表向きは男の身を案じている趣だが、まことは、不実な男に嫌味をいい、その気持を挑発しようとする技巧的な作かもしれない。

〔歌数〕短歌一首。4・五一九　〔稲垣〕

大伴郎女（おおとものいらつめ）

〔系譜〕8・一四七二の左注によると、大伴旅人の妻となっている。

〔閲歴〕同じく左注に、神亀五年病に遇いて長逝すとあり、旅人の任地大宰府で亡くなったことがわかる。左注には、このとき聖武天皇が石上堅魚を勅使として遣わし喪を弔い物を賜ったことがみえている。

〔所在〕8・一四七三左注。ただし、大伴坂上郎女にも、大伴郎女と記されている（4・五二五題詞、五二八左注）。

〔吉村〕

大伴君熊凝（おおとものきみくまこり）
〔表記〕たんに熊凝（5・八八六題詞）とも記される。
〔閲歴〕肥後国益城郡の人。天平三年六月、年十八歳にして、相撲使の従人として京都へ参向の途中、病を得て死ぬ。その折、歌を詠んだというが、熊凝の志に替り、大典麻田陽春（5・八八四、八八五）と山上憶良（5・八八六～八九一）が詠んだものである。
〔所在〕5・八八四題詞、八八六題詞、八八六序
〔参考文献〕＊「〈熊凝歌〉の位置」村上出（帯広大谷短期大学紀要10）＊「大伴君熊凝ノ歌」藤原芳男（国語と国文学51―2）
〔縄田〕

大伴清縄（おおとものきよなわ）
〔系譜・閲歴〕ともに未詳。家持などと同期。古義は、19・四二六三の左注に、「右件歌伝誦、大伴宿禰村上、同清継等是也」とある「清継」と同一人かとする。
〔歌風〕
皆人《みなひと》の待ちし卯の花散りぬとも（散りぬれど・全註釈）鳴くほととぎす我忘れめや　（8・一四八二）
「卯の花」を詠んだ作は集中に二十四首、うち十七首が「ほととぎす」を配合している。その点この作は類型を出ず、表現もたどたどしい。
〔歌数〕短歌一首。8・一四八二　〔稲垣〕

大伴坂上郎女（おおとものさかのうえのいらつめ）
〔表記〕大伴坂上郎女（3・三七九題詞など）、大伴郎女（4・五二二題詞など）、坂上郎女（4・五二八左注など）、郎女（4・五二八左注）、大伴宿禰坂上郎女（8・一四五〇題詞）、大伴氏坂上郎女（17・三九二七題詞など）とも記される。
〔系譜〕集中の京職藤原大夫との贈答歌（4・五二二～五二八）の左注に「右、郎女は佐保大納言卿の女そ。云々」とある。坂上郎女の父は佐保大納言といわれた安万呂であ

る。また母についても同じ巻の安倍虫麻呂との問答歌（4・六六五〜六六七）の左注に「右、大伴坂上郎女の母石川内命婦と、安倍朝臣虫満の母安曇外命婦とは、同居の姉妹、同気の親そ。云々」とあり、石川内命婦とわかる。坂上郎女は旅人の異母妹であり稲公の姉である。また家持の叔母であり姑でもある。

〔閲歴〕生没年未詳。万葉集以外の文献に記されていないので、万葉集だけが頼りである。前にみた京職藤原大夫との贈答歌（4・五二二〜五二八）の左注に「……初め一品穂積皇子に嫁ぎ、寵びをうくること儔なし。皇子薨りましし後、藤原麻呂大夫この郎女を娉ふ。郎女は、坂上の里に家《す》む。よりて族氏号けて坂上郎女といふ」と記されているから、坂上郎女は、はじめ穂積皇子に嫁した。二人の結婚の時期ははっきりわからないが、穂積皇子との交渉が最初であるから、郎女は少なくとも十三歳以上（令により女性が結婚できるのは十三歳以上）である。一方、穂積皇子は元正天皇霊亀元年（七一五）秋七月に死去している（続紀）。皇子は但馬皇女という女性を愛したが、皇女は和銅元年六月死去しているから、皇子の死去した霊亀元年まで八年間ある。晩年の皇子が坂上郎女の二十歳ぐらいで結婚したと考えると、彼女の生誕を大宝元年頃と推定できる（屋敷頼雄、五味保義）。他に文武三年説（尾山篤二郎、五島美代子）や持統三年説（若山喜志子、久米常民）もある。穂積皇子の死後、坂上郎女は藤原麻呂と交渉があった。契仲は代匠記（精撰本）に麻呂と坂上郎女の贈答は麻呂が左京大夫となった「養老五年以後神亀五年以上」と皇子薨時から六年ほど後であるといっている。この皇子が死別した後、麻呂の娉いまでの空白期に坂上郎女は異母兄宿奈麻呂と結婚して坂上大嬢・二嬢を生んだと久米常民（万葉集の文学論的研究）は述べている。これに対し左注を重視する考えに従えば、「皇子薨りまし後」の通り、喪に服した後、藤原麻呂との交渉がはじまりやがて別れ、異母兄大伴宿奈麻呂の妻となり、坂上大嬢・二嬢を生んだということになる。このときの麻呂の官職の記載については「麻呂が京職大夫になったのは養老五年六月辛丑の紀に〈従四位上藤原朝臣麻呂為左右京大夫〉とあるからこれ以降のこととすれば麻呂二十歳、郎女二十歳以降となる。京職大夫云々は必ずしも当職を意味せず、後に書き加へられたものとしてもいい」（大伴家持の研究〈上〉）と尾山篤二郎は述べている。のちに宿奈麻呂とも別れ、安倍虫麻呂と親密な関係になる。その後、神亀五年、旅人とともに下向していた妻、大伴郎女が死去している（8・一四七二左注）。この大伴郎女の死去により坂上郎女は大宰府に下向しているが、その理由として、(1)旅人の後妻となるため（武田祐吉、屋敷頼雄）(2)旅人や幼少の家持らの世話をするため（福田良輔、若山喜志子、五島美代子、五味保義、久米常民) (3)大伴一族の「妻の座」をつとめるため(尾山篤二郎、賀古明、青木生子) (4)「厳媛」的存在として大伴氏の最高巫女をつとめるため(山本健吉)、などの諸説があるがにわかに決定し難いのである。坂上郎女は天平二年(七三〇)十一月大宰府から帰京していることは、帰京の途上の歌(6・九六三、九六四)があるので推定できよう。都へ着いた彼女は作歌意欲旺盛で非常に活躍する。天平五年「大伴坂上郎女の、姪家持の佐保より西の宅に還るに与ふる歌一首」(6・九七九)をはじめとして、「大伴坂上郎女の月の歌三首」(6・九八一～九八三)、「同じ坂上郎女の初月の歌一首」(6・九九三) などの歌から、坂上郎女と家持の交情が理解されるし、「大伴坂上郎女の、神を祭る歌一首」(3・三七九、三八〇)、「大伴坂上郎女、親族と宴する歌一首」(6・九九五)、「七年乙亥、大伴坂上郎女、尼理願が死去《みまか》れるを悲しび嘆きて作る歌一首」(3・四六〇、四六一)、「夏四月、大伴坂上郎女の、賀茂神社を拝み奉りし時に、便ち相坂山を越え、近江の海を望み見て、晩頭に還り来て作る歌一首」(6・一〇一七)など坂上郎女の家刀自の立場として生きていくために詠んだ作品がある。

〔歌風〕坂上郎女の歌を「みやび」の概念の中で受けとめたのは青木生子(「大伴坂上郎女」上古の歌人所収)であった。坂上郎女の歌には「みやび」の意識が強くはたらいているものが多く、たとえば、天皇に献り宮廷に接する歌にもみられるし、「あしひきの山にしをれば」と極端に自分の住む家を山里に設定したのも「みやび」の意識の表われであるといえる。こうして「みやび」の精神を基盤として坂上郎女の歌についてその特質を述べていくことにする。まず坂上郎女の歌には、類歌が多いことである。すでにいままで多く指摘されているように、

佐保河の岸のつかさの柴な刈りそね在りつつも春し来らば立ち隠るがね (4・五二九)

は郎女の旋頭歌であるが、この歌の類歌として「人麻呂歌集」中に、

この岡に草刈る小子《わらは》然な刈りそね在りつつも君が来まさば御馬草《みまくさ》にせむ (7・一二九一)

とあり、一二七四・一二七六・二三六三番歌なども類歌として指摘されている。また佐佐木信綱の万葉集研究(第三集)を参考にして類歌を調べてみると、九八一と二九〇、一四八四と一四六七、一六五六と八二一などの関係がわかる。さらに郎女と作者未詳の巻における類歌については、六六六と二五八二、六八四と二三五五、六八六と二五三九、六八八と二七六二、九六四と一一四七、一四七四と一八六七などがある。これらは常に坂上郎女の方が模倣したということは決定しがたいのであって、逆の場合もある。すなわち坂上郎女の方が原形でありうるという可能性もあ

る。いままで坂上郎女と作者未詳の類似が指摘されるとき、五味保義（「大伴坂上郎女」万葉集大成一〇所収）などは、「個性的詠嘆は少く、むしろ環境に応じて、それに辻褄のあふ要領の良さが其時々人々に迎へられたやうに思へる。其時々の事件に適合する作品をなし得る技巧、即ち詞使聯合を得意とする手工的な興味の方が、情を湛へて、自己や対象の個性を彫り出す努力よりも常に先行したと考へてよいやうである」と述べている。類歌の吟味から導き出された坂上郎女の作風についての考えは首肯されるのである。この類歌を坂上郎女の歌と他の歌というふうに対照的にとりあげるだけでなく、その歌の中に新古今集にみられるような本歌取り的な手法という文学的な意図があったと久米常民（「大伴坂上郎女」万葉の歌人所収）はいっている。その例を坂上郎女と藤原麻呂の贈答歌群中に見い出すことができる。麻呂の歌った中に、

　よく渡る人は年にもありとふを何時の間にそもわが恋ひにける　（4・五二三）

がある。この歌は巻十三の、

　年わたるまでにも人は有りといふを何時の間にそもわが恋ひにける　（13・三二六四）

という歌の影響を受けている。この三二六四番歌には七夕の恋のイメージはないが、麻呂の歌には七夕が暗示されていることを坂上郎女は感じて、

　佐保河の小石ふみ渡りぬばたまの黒馬の来る夜は年にもあらぬか　（4・五二五）

と詠んだのである。この歌も巻十三の、

　川の瀬の石ふみ渡りぬばたまの黒馬の来る夜は常にあらぬかも　（13・三三一三）

とある歌の改作である。麻呂が古歌を七夕の歌に改作すると、自分も織女星に見立てて天上界の恋の世界に思いをはせてロマンチックな世界に身をおくのである。いかにも当を得た贈答歌であり、久米常民のいう「本歌取り」的手法による作品といえるのである。

　つぎに宴席においてしばしば作歌しているのでその歌をみていきたい。巻四に「大伴坂上郎女の親族と宴する日に吟ふ歌一首」と題詞があり、その歌には、

　山守のありける知らにその山に標結ひ立てて結ひの恥しつ　（3・四〇一）

とある。これに対して、

　大伴宿禰駿河麻呂、即ち和ふる歌一首

　山守はけだしありとも吾妹子が結ひけむ標を人解かめやも　（3・四〇二）

と歌われており、四〇一の題詞に「吟」という文字が使われており、四〇二の題詞に「即」とあるから「宴席の即席の吟詠歌であった」といえるし、坂上郎女は「単なる酒宴の主宰者又は、その席での作歌者であるだけでなく、実に

酒宴の席のすぐれた歌の誦詠者、即ち芸能人的歌人であったことが明らかであろう」と久米常民は述べている。この芸能人的歌人《うたびと》とする見解を採用すれば、酒宴の席の坂上郎女の立場も納得できるように思う。また、巻三にある祭神歌も理解されてくるのではないだろうか。いまその祭神歌を引用しておこう。

ひさかたの　天の原より　生れ来たる　神の命　奥山の　賢木の枝に　白香つけ　木綿とり付けて　斎瓮を斎ひほりすゑ　竹玉を　繁に貫き垂り　鹿猪じもの膝折り伏せて　手弱女の　おすひ取り懸け　かくだにも　われは祈ひけむ　君に逢はじかも（3・三七九）

これは坂上郎女が天平五年（七三三）十一月に大伴氏の氏神を祭ったときの歌だと左注は伝えている。歌の内容は氏神に呼びかけ、祈願の目的を表現している。氏神を祭る歌は集中にないのであるが、すでに指摘されているように、神に恋の成就を祈願した歌であろうと理解すると、巻十三の三二八四〜三二八八番歌と同じように個人的祈願の歌となる。ところがこの歌は左注にあるように大伴氏一族の氏神に対する祈願である。氏神の祈願はおごそかな儀式であり、伝統的なものであるから、その意味するものは重大なるものであることを考えねばならないだろう。もし久米常民のいう芸能人的歌人と理解するなら、この祭神歌はそうした儀式のあとのくつろいだ饗宴の場での歌として考え、一変して恋歌となりうる可能性もありうるのである。

恋の成就の祈願を歌いあげている坂上郎女の姿は問答歌、相聞歌の世界でいかなるものであったかをつぎにみていくことにする。巻四にある坂上郎女と安倍朝臣虫麻呂との贈答歌は、

向ひゐて見れども飽かぬ吾妹子に立ちわかれ行かむたづき知らずも（4・六六五）

大伴坂上郎女の歌

相見ぬはいく久《ひさ》さにもあらなくにここだくわれは恋ひつつもあるか（4・六六六）

恋ひ恋ひて逢ひたるものを月しあれば夜は隠るらむしましはあり待て（4・六六七）

である。この歌には、虫麻呂と坂上郎女の母が姉妹であるから相談らうことが密で「戯歌」として問答をしたという左注がついている。戯歌としてはさきにみた藤原麻呂の歌群中にも、

来むといふも来ぬ時あるを来じといふを来むとは待たじ来じといふものを（4・五二七）

とあって「来」ということばを各句の句頭に踏んでいるのである。また、問答歌の中で作者がはっきりわかっているのは、この六六五・六六六・六六七番歌だけである。作者不明の問答歌としては、

大伴坂上郎女の橘の歌一首

橘を屋前に植ゑ生し立ちてゐて後に悔ゆとも験あらめやも　（3・四一〇）

和ふる歌一首

吾妹子が屋前の橘いと近く植ゑてしゆゑに成らずは止まじ　（3・四一一）

があり、巻八には、

大伴坂上郎女の歌一首

酒坏に梅の花浮け思ふどち飲みての後は散りぬともよし　（8・一六五六）

和ふる歌一首

官にも許し給へり今夜のみ飲まむ酒かも散りこすなゆめ　（8・一六五七）

とある。「和ふる歌」の作者名が記されていないので誰か不明である。その他に、駿河麻呂や大伴百代などの歌が隣あっていることから川田順（『大伴家持』万葉集大成一〇所収）は坂上郎女を「多淫放縦」といっているが、この見方には疑問を持つのである。なぜなら坂上郎女の風流の文学を解さないことであり、贈答歌の中における恋の世界を少しも考えない見方であると思うからである。すべてを実生活の中における恋歌として虚構性を考えないのは作歌技法からして感心しないことである。

何しかもここだく恋ふる霍公鳥鳴く声聞けば恋こそまされ　（8・一四七五）

霍公鳥いたくな鳴きそ独り居て寝《い》の寝《ね》らえぬに聞けば苦しも　（8・一四八四）

の歌からも恋する姿は受けとめられるけれども、「多淫放縦」のイメージは出てこないのである。むしろ孤独感にひたっている坂上郎女の姿を思いおこすのである。

〔歌数〕長歌六首、短歌七十七首、旋頭歌一首。3・三七九、三八〇、四〇一、四一〇、四六〇、四六一　4・五二五～五二九、五六三、五六四、五八五、五八六、六一九、六二〇、六四七、六四九、六五一、六五二、六五六～六六一、六六六、六六七、六七三、六七四、六八三～六八九、七二一、七二三～七二六、七六〇、七六一　6・九六三、九六四、九七九、九八一～九八三、九九二、九九三、九九五、一〇一七、一〇二八　8・一四三二、一四三三・一四四五、一四四七、一四五〇、一四七四、一四七五、一四八四、一四九八、一五〇〇、一五〇二、一五四八、一五六〇、一五六一、一五九二、一五九三、一六二〇、一六五一、一六五四、一六五六　17・三九二七～三九三〇　18・四〇八〇、四〇八一　19・四二二〇、四二二一

〔参考文献〕＊「大伴坂上郎女」屋敷頼雄（『万葉集講座』1）＊「大伴坂上郎女」若山喜志子（『万葉集講座』1）＊「大伴坂上郎女の作品」五味保義（文学8―12）＊「大伴ノ坂上ノ郎女考」尾山篤二郎（『大伴家持の研究』）＊「大伴坂上郎女」五味保義（『万葉集大成』10）＊「大伴坂上

郎女の場合」吉野裕（日本文学5―1）*「坂上郎女」若浜汐子（上代文学9）*「ねもころに君が聞こして―大伴坂上郎女私攷―」藤原芳男（万葉26）*「家持圏初期の歌風の特色―大伴坂上郎女の歌、その時と場―」賀古明（『万葉集新論』）*「女歌―天平の女たち」中西進（『万葉史の研究』）*「大伴坂上郎女」久米常民（『和歌文学講座』5）*「大伴坂上郎女」小野寺静子（『万葉集講座』6）*「大伴坂上郎女の歌人としての特殊性」大橋千代子（文学論藻47）*「幼婦と言はくも著く―坂上郎女の怨恨歌考―」橋本達雄（万葉84）*「大伴坂上郎女」阿蘇瑞枝（『万葉の歌人たち』）*「天平の女歌人―坂上郎女の位置―」伊藤博（『上代の文学と言語』）　〔針原〕

大伴坂上大嬢（おおとものさかのうえのおおいらつめ）

〔表記〕大嬢（4・七二三題詞など）、坂上大嬢（4・七二九題詞など）、坂上大娘（8・一六二四題詞など）、坂上家之大嬢（3・四〇三題詞など）、大伴坂上家之大娘（4・五八一題詞）、家婦（19・四一六九題詞など）とも記される。

〔系譜〕父は宿奈麻呂、母は坂上郎女である。大伴田村大嬢の異母妹である。

〔閲歴〕生没年未詳。坂上の里に居住した坂上郎女の長女として坂上大嬢という。ふだんは奈良の西の宅に住んでいたらしい。家持と結婚したあと、夫の任地越中に下向している。

〔歌風〕坂上大嬢の歌は集中に短歌十一首あるが、すべて家持との贈答歌である。二人の相聞歌は巻四に収められている。「大伴宿禰家持、坂上家の大嬢に贈る歌二首」（七二七、七二八）「大伴坂上大嬢、大伴宿禰家持に贈る歌三首」（七二九、七三〇、七三一）「また、大伴宿禰家持の和ふる歌三首」（七三二、七三三、七三四）「同じ坂上大嬢、家持に贈る歌一首」（七三五）「また、家持、坂上大嬢に和ふる歌一首」（七三六）「同じ大嬢、家持に贈る歌二首」（七三七、七三八）「また家持、坂上大嬢に和ふる歌二首（七三九、七四〇）「さらに、大伴宿禰家持、坂上大嬢に贈る歌十五首（七四一〜七五五）　ここで最初に記した七二七番歌の題詞「大伴宿禰家持、坂上家の大嬢に贈る歌二首」の注記に「離り絶えたることあまた年にして、復会ひて相聞往来す」とあることから、家持と坂上大嬢の恋は、はじめは順調に進んでいたが、やがて数年の間離れ絶えていたのであろう。その理由は何であったか、またいつ頃かはっきりわからない。北山茂夫は、「家持が〈妾〉と同棲し、子をもうけた事実に反撥したのか、それとも、かれの目にあまる多くの女との関係を快くおもわなかったのであろうか」（大伴家持）と推測している。再会後の歌のやりとりをみると、家持はつぎのように詠んでいる。

忘れ草わが下紐に着けたれど醜の醜草言にしありけり
（4・七二七）

人も無き国もあらぬか吾妹子と携ひ行きて副ひてをらむ
（4・七二八）

これに対して、大嬢は、

玉ならば手にも巻かむをうつせみの世の人なれば手に巻きがたし
（4・七二九）

逢はむ夜は何時もあらむを何すとかかの夕あひて言の繁きも
（4・七三〇）

わが名はも千名の五百名に立ちぬとも君が名立たば惜しみこそ泣け
（4・七三一）

と詠み、あたかも再会の始まるのを待っているようである。作風は理智的・技巧的であるといえよう。さらに家持は七三二・七三三・七三四番歌と積極的態度に出て大嬢と交渉を持とうとしている。ここに二人の緊迫した気分がただよっていることが理解される。

〔歌数〕短歌十一首。4・五八一〜五八四、七二九〜七三一、七三五、七三七、七三八　8・一六二四

〔参考文献〕*「坂上大嬢の越中下向」大越寛文（万葉75）*「坂上大嬢の歌」瀬古確（フェリス女学院短大紀要8）*「大伴坂上大嬢と家持」小野寛（『論集上代文学』8）

〔針原〕

大伴佐堤比古郎子（おおとものさでひこのいらつこ）

〔系譜〕書紀によれば、父は大伴金村大連、兄弟に磐がおり（宣化二年十月条）、娘に尼善徳（崇峻三年是歳条）がいる。また三代実録貞観三年八月の伴宿禰善男らの奏言には「金村大連公第三男狭手彦之後也」とある。狭手彦は大伴氏の祖にも位置づけられ、新撰姓氏録左京神別中に「大伴連、道臣命十世孫佐弖彦之後也」ともみえる。さらに伴氏系図には「榎本氏先祖、以松浦佐与姫為妾」とある。妾松浦佐用比売は万葉集中にもみえ（5・八七一題詞）、その題詞は肥前国風土記松浦郡条にみえる弟日姫子の話と源を一つにするものであろう。

〔閲歴〕書紀によれば宣化二年十月、狭手彦は天皇の詔をうけ任那を鎮め、百済を救った。さらに欽明二十三年八月、大将軍として高麗を伐ち、珍宝《たからもの》賄賂・七織帳《ななへのおりもののとばり》・鐵屋《くろがねのいへ》を得、七織帳を天皇に奉献し、甲二領《き》・金飾刀二口《こがねづくりのたちふたから》・銅鏤鍾《あかがねのゑり》三口《たるかねみつ》・五色幡二竿・美女媛・其従女《そのまかだち》吾田子を蘇我稲目宿禰大臣に送った。また一本に、十一年、百済国とともに、高麗王陽香《こきしやうかう》を比津留都《ひしるつ》に却けたともある。万葉集中には、天平二年十二月六日山上憶良が謹上した歌の題詞に、「大伴佐提比古の郎子、特《ひと》り朝命を被り、使を藩国に奉《うけたまは》る。云々」とみえる。

〔所在〕5・八七一題詞

〔青木（周）〕

大伴宿禰東人（おおとものすくねあずまひと）

〔閲歴〕天平宝字二年（七五八）従五位下、五年武部（兵部）小輔。七年小納言を拝し、宝亀元年（七七一）散位助、周防守。五年に弾正弼となる（続紀）。生没年未詳。

〔歌風〕聖武天皇伊勢巡幸の折（七四〇）に従駕、美濃国多芸行宮（岐阜県養老町）での作歌

　古ゆ人の言ひ来《け》る老人の変若つといふ水ぞ名に負ふ滝の瀬　（6・一〇三四）

体言止に多少の感激もみられるが、概して説明的にすぎる。

〔歌数〕短歌一首。6・一〇三四　〔稲垣〕

大伴宿禰池主（おおとものすくねいけぬし）

〔閲歴〕生没年未詳。天平十年（七三八）春宮坊少属。従七位下であった。同十八年八月越中掾。家持が越中守として赴任した後親交を深める。同二十一年越前掾、天平勝宝五年（七五三）左京少進となり帰京した。八年三月聖武太上天皇の河内行幸に供奉。このとき式部少丞。続紀によれば天平宝字元年（七五七）七月橘奈良麻呂の変に際し、奈良麻呂に加担した人名中に池主の名が見えるが経過・末路は一切不明である。

〔歌風〕大伴池主の作品で最も古いのは、天平十年十月の作品である。その歌は巻八にあり、

　十月時雨に逢へる黄葉の吹かば散りなむ風のまにまに　（8・一五九〇）

と詠じている。題詞に「橘朝臣奈良麻呂の集宴を結ぶ歌十一首」とあって、一連の集宴の中で池主も詠んでいる。また池主最後の歌が天平勝宝六年正月四日の歌（20・四三〇〇）であるが、万葉集における池主の最後の登場は天平勝宝八歳（七五六）の難波行幸の際である。三月七日に河内国伎人郷の馬国人の家で宴が開かれたとき、大原今城が先日他所で誦詠した歌（20・四四五九）を池主が誦詠したと左注に記されている。こうして池主の作歌生活を知ることができるのであるが、その中心となるのは越中掾の時代であり、家持と池主とのかかわりの中で考えねばならない。天平十八年八月七日、家持が越中国守として赴任した後、家持館での宴において池主が主賓として出席している。いまそのときの作品（17・三九四三〜三九五五）の中から二、三首とりあげてみると、

　女郎花咲きたる野辺を行きめぐり君を思ひ出たもとほり来ぬ　（17・三九四四）

　秋の夜は暁寒し白栲の妹が衣手着む縁もがも　（17・三九四五）

　霍公鳥鳴きて過ぎにし岡傍から秋風吹きぬ縁もあらなくに　（17・三九四六）

である。三九四四番歌は前の家持歌（17・三九四三）に影響を受けて「女郎花」をもって歌い出している。そして家持は三九四六番歌をうけて「秋風」を歌えば、池主もまた家持の三九四八番歌の「天離る」をうけて三九四九番歌を歌う、というふうに「守大伴宿禰家持の館に集ひて宴する歌」と題詞には記されているが内実は贈答の形で詠まれて

いる。この家持館における宴歌は、越中歌壇を形成しようとする中心人物によって詠まれたとみてよいだろう。巻十七の作品の多くは、家持と池主との交流の中で詠作されている。天平十八年十一月には、家持が大帳使池主の帰りを歓んで詠んだ歌（17・三九六〇、三九六一）がある。また、天平十九年には、家持が重病におちいり悲しみの気持を詠んでいる（17・三九六二〜三九六四）。病が回復に向かいつつあるとき、病気を案じてくれた池主に病状を報告し短歌二首（17・三九六五、三九六六）をそえた。こうして二人の間に贈答が行われているが、それらを抜き出してみると、

二月二十日　家持　忽に枉疾に沈み、殆に泉路に臨む。よりて歌詞を作りて悲緒を申ぶる一首并短歌（17・三九六二〜三九六四）
二月二十九日　家持　掾大伴宿禰池主に贈る悲しびの歌二首（并序）（17・三九六五、三九六六）
三月二日　池主（17・三九六七、三九六八）
三月三日　家持　さらに贈る歌一首并短歌（并序）（17・三九六九〜三九七二）
三月四日　池主　七言晩春の遊覧一首并序（漢詩一首）
三月五日　池主（序・17・三九七三〜三九七五）
三月五日　家持（漢詩一首・17・三九七六、三九七七）

である。家持は病床から池主と贈答をしているが、書簡の内容は和歌や漢詩の他に序をそえているものもある。このようにして長歌・短歌の贈答、さらに漢詩文を使用していることに注目しなければならない。当然二人は漢文の教養を身につけていたことはうかがえるが、それを和歌の世界にとり入れているのである。こうした贈答の一群の中に家持と池主の作歌意欲がより積極的なものとして詠み出されている。家持と池主はやがて「賦」と「絶」を用いて越中の風景を詠むのである。家持にとって池主は必要欠くべからざる歌友であった。二人の歌も唱和という立場からみると、

一、家持　布勢の水海に遊覧する賦一首并短歌（17・三九九一、三九九二）
右は守大伴宿禰家持の作れり、四月二十四日
池主　布勢の水海に遊覧する賦に敬み和ふる一首并一絶（17・三九九三、三九九四）
二、家持　立山の賦一首并短歌(17・四〇〇〇〜四〇〇二)
四月二十七日に大伴宿禰家持作れり
池主　立山の賦に敬み和ふる一首并二絶（17・四〇〇三〜四〇〇五）
右は掾大伴宿禰池主の和へなり、四月二十八日
三、家持　京に入らむとき漸く近づき悲情撥き難く懐を述ぶる一首并一絶（17・四〇〇六、四〇〇七）

右は大伴宿禰家持掾大伴宿禰池主に贈れり、四月三十日

池主 忽に京に入らむとして懐を述ぶる作を見る。生別の悲しびの腸を断つこと万廻なり。怨緒禁め難し。聊かに所心を奉る一首幷二絶（17・四〇〇八～四〇一〇）

右は大伴宿禰池主の報へ贈り和ふる歌なり、五月二日

の三つの唱和があり一連の歌における三部作として注目される。家持の「越中三賦」の最初「二上山の賦」には池主の唱和がない。「布勢の水海を遊覧する賦」「立山の賦」については、家持と池主が唱和の形で詠んでいるのであるから、家持の「二上山の賦」は池主に対して習作的作品として呈示しなかったのではないか（神堀忍の見解）といえようか。池主は長歌を進んで詠もうとしなかったが、詩と短歌においては積極的な姿をみることができる。家持はこの池主の詩に触発されてみずからも詩を作るのである。これら池主の詩・短歌、そして長歌における作品の影響をみると、その多くは中国文学の影響が強いようである。岡田正之は文選所収の晋の劉琨・盧諶との贈答詩における往復の書に擬したといわれ、古沢未知男も賛成している。これに対して小島憲之はこの説に反対し、「語句は文選を中心とする六朝ものに、更に王勃などの初唐物を加へたところに中心がある」といっている。いわば万葉後期の詩文を考えるとき、文選などの六朝文学のほかに王勃・駱賓王などを中心とする詩序類を無視することはできないのである。中西進は具体的にその語句を調査（「詩人・文人」『万葉集の比較文学的研究』所収）し、《「翰苑雲を凌ぎ」「以は吟じ以は詠ず」「春楽しむべし……楽しむべきかな」「紅桃灼灼として」「戯蝶」「翠柳依依として」「嬌鶯」「淡交」「席を促して」「言を忘る」「幽襟」「蘭蕙」「琴罇」「物色」（三九六七の前）「寂を叩き」「章を含まずは」「袪服を縟にし」「桃源」「仙舟」「雲罍」「羽爵」（三九七二の後）「死罪々々」「英雲」「智水仁山」「既に……自ら」「琳瑯の光彩を韞み」「潘江陸海」「詩書」「廊廟」「思を非常に騁せ情を有理に託す」「七歩章を成し」「彫龍」「筆海」（三九七三の前）など、何れも詩経・荘子（礼記）・六朝詩・文選・詩品・初唐詩・遊仙窟・懐風藻の語たることは明瞭である》と述べている。このように多くの中国文学に影響を受けていることを理解しておきたい。また池主の作品には「うたがたも」（17・三九四九、三九六八）、「たなゆひ」（17・三九七三）、「脚帯手装り」（17・四〇〇八）などの特殊な用語があることも注意しておかなければならない。

〔歌数〕長歌四首、短歌二十四首。8・一五九〇　17・三九四四～三九四六、三九四九、三九六七、三九六八、三九七三前詩・序・三九七三～三九七五、三九九三、三九九

四、四〇〇三～四〇〇五、四〇〇八～四〇一〇、四〇七四、四〇七五、四一二八～四一三三　20・四二九五、四三〇〇

〔参考文献〕＊「家持と池主」阿部寛子（成城文芸46）＊「丹生の山と大伴池主の公館」黒川総三（万葉85）＊「家持と池主」神堀忍（『万葉集を学ぶ』8）　〔針原〕

大伴宿禰稲君（おおとものすくねいなきみ）

〔表記〕稲公とも（万葉集、続紀、正倉院文書）。

〔系譜〕旅人の庶弟（万葉集）。

〔閲歴〕天平二年六月、勅により旅人の病を大宰府に問う。ときに右兵衛助（4・五六六）。この後、衛門大尉（8・一五四九、一五五三）、因幡守、兵部大輔（続紀）、鎮裏右京使（東大寺要録）、上総守（続紀）を歴任、宝字元年八月には従四位下大和守となり、翌年二月に三輪山の藤の瑞字を奏上した（続紀）。

〔歌風〕素直な作風である。

〔歌数〕短歌一首。8・一五五三　〔東野〕

大伴宿禰牛養（おおとものすくねうしかい）

〔表記〕大伴牛養宿禰。元暦校本には「牛飼」と記される。

〔系譜〕続紀によると、咋子連の孫。小吹負の男となっている。

〔閲歴〕和銅二年正月従六位上より従五位下、同七年三月従五位上、養老四年正月正五位下、天平九年九月正五位上、同十年正月従四位下、同十一年四月参議、同十七年正月従三位、感宝元年四月正三位中納言に任ぜられた。同元年閏五月薨。

〔所在〕17・三九二六左注に名がみえるように、天平十八年正月、太上天皇御在所での雪の肆宴で詔に応じ歌を作る。　〔吉村〕

大伴宿禰像見（おおとものすくねかたみ）

〔表記〕形見とも（続紀、正倉院文書）。

〔閲歴〕天平勝宝二年四月摂津少進・正六位上とみえ（正倉院文書）、天平宝字八年十月、仲麻呂の乱における功により従五位下、景雲三年三月右大舎人助、宝亀三年正月従五位上となっている（続紀）。

〔歌風〕集中五首の短歌がある。いずれも恋歌で、数字を多用したり（「月二《つきに》日《ひ》二《に》異《け》二《に》」他）、「義之《てし》」の戯訓を用いるなど表記上に特色あるものが多い。

〔歌数〕短歌五首。4・六六四、六九七～六九九　8・一五九五　〔東野〕

大伴宿禰清継（おおとものすくねきよつぐ）

〔閲歴〕天平勝宝四年閏三月、衛門督大伴古慈悲の家で、入唐副使の大伴胡麻呂らを餞した歌二首（19・四二六二、四二六三）を伝誦した人物の一人として、大伴村上とともにその名を載せる（四二六三左注）。

〔所在〕19・四二六三左注 〔斎藤〕

大伴宿禰黒麻呂（おおとものすくねくろまろ）

〔閲歴〕万葉集によると天平勝宝四年十一月二十七日に、但馬の按察使となった橘奈良麻呂のための餞宴が林王邸で催された。その宴に黒麻呂も侍している。そのとき右京少進であったと記されている。右京職の判官で官位令によると正七位上相当官である。この宴には奈良麻呂の父橘諸兄がおり船王や大伴家持も同席しているので、そのような人びとと交流のあったことが想われる平凡な餞歌が一首残っている。

〔歌数〕短歌一首。19・四二八〇 〔犬飼〕

大伴宿禰古慈悲（おおとものすくねこじひ／若年では**こしび**）

〔表記〕大伴古慈悲宿禰（19・四二六二題詞）大伴古慈斐宿禰（20・四四六七左注）続紀に祜信備、祜志備、古慈備とも。

〔系譜〕大伴吹負の孫。父は祖父麻呂。弟麻呂の父。続紀の伝に、藤原不比等の女を娶ったとある。

〔閲歴〕天平九年九月従六位上より外従五位下。同十四年四月皇后宮の御宴に列し正五位下。ときに河内守。同十八年三月河内国より白亀を献上し、翌年正月従四位下となる。天平勝宝八歳五月出雲守在任中に淡海真人三船とともに朝廷誹謗の罪で衛士府に禁固され、三日後に赦免。これは三船の讒言によるもので、その事件に際し、家持は「族を喩す歌」（20・四四六五～四四六七）を作った。天平宝字元年七月土佐守在任中奈良麻呂の陰謀に連坐し任国土佐に配流され、同二年八月にも罪を糺弾されているが後に赦免され、宝亀元年十一月無位より本位に復し、同年十二月大和守に任ぜられた。以後累進し、同八年八月従三位大和守八十三歳で薨じた。また続紀の伝によると従四位上衛門督に昇った折、にわかに出雲守に左遷されたとあるが、19・四二六二番歌題詞から天平勝宝五年三月には衛門督であったことが確認できる。

〔所在〕19・四二六二題詞、20・四四六七左注 〔滝口〕

大伴宿禰胡麻呂（おおとものすくねこまろ）

〔系譜〕大伴宿奈麻呂あるいは大伴家持の子か。継人の父。

〔閲歴〕天平二年六月の山口忌寸《み》若麻呂の歌（4・五六七）の左注に、大宰帥旅人の病を省るため、稲公とともに派遣されたとある。このとき治部少丞。同十七年正月従五位下、天平勝宝元年左少弁、同二年九月遣唐副使、同四年三月従四位上となる。同月「衛門督大伴古慈悲宿禰の家にして、入唐の副使同じ胡麻呂宿禰等に餞する歌二首」があり、第一首は多治比真人鷹主の胡麻呂を言寿ぐ歌（19・四二六二）である。入唐後新羅の使と席を争い、主張を通して上席を得たという逸話がある。同五年十二月僧鑑真を伴って帰朝。同六年四月左大弁・正四位下に叙せられ、天平宝字元年六月陸奥鎮守将軍を兼任し、さらに陸奥按察使となる。この頃、橘奈良麻呂らと塩焼王を立て、藤原仲麻呂に対抗しようとしたが、同七月とらえられて杖刑をうけ、非業の死を遂げた。

〔所在〕4・五六七左注、19・四二六二題詞・左注

〔居駒〕

大伴宿禰宿奈麻呂（おおとものすくねすくなまろ）

〔表記〕大伴宿奈麻呂宿禰（4・五三二題詞）、大伴宿奈麻呂卿（4・七五九左注）、宿奈麻呂宿禰（2・一二九注）。

〔系譜〕集中一二九番歌題詞の注に「……宿奈麻呂宿禰は大納言兼大将軍卿の第三子そ」とある。大納言は大伴安麻呂。安麻呂の第三子であることがわかる。母は巨勢郎女。旅人・田主の弟で異母妹坂上郎女を妻とした。また、集中、七五九番歌の左注に「田村大嬢と坂上大嬢と、并に右大弁大伴宿奈麻呂卿の女そ。云々」とあるから田村大嬢や坂上大嬢の父である。坂上二嬢の父でもある。伴氏系図にも宿奈麻呂は安麻呂の子で右大弁とあり、田村大嬢の父とみえる。

〔閲歴〕生没年未詳。和銅元年、従六位上から従五位下に叙せられた。同五年従五位上となり、霊亀元年五月左衛士督となる。養老元年正五位上、養老三年七月備後守のとき按察使として安芸・周防国を管した。養老四年正五位上。神亀元年、従四位下となっている。また、集中に右大弁（4・七五九左注）だったことがみえる。

〔歌風〕集中二首の短歌は、巻四の相聞部に収められている。題詞は「大伴宿奈麻呂宿禰の歌二首」とあってつぎのように詠まれている。

うち日さす宮に行く児をまがなしみ留むれば苦しやればすべなし　（4・五三二）

難波潟潮干の波残《なごり》飽くまでに人の見る児をわれし羨しも　（4・五三三）

前者の歌は、作者が国司などをしているとき、美しい采女に対する感動をあらわして詠んだとも理解されるし、在京の折に宮中へ奉仕する女性に対しての感動とも考えられる。後者の歌は「難波潟潮干の波残」までが「飽く」をひきおこす序詞で、常套的表現である。

〔歌数〕短歌二首。4・五三二、五三三

〔針原〕

大伴宿禰駿河麻呂（おおとものすくねするがまろ）

〔表記〕たんに駿河麻呂（6・六四九左注）、駿河丸（8・一四三八題詞）とも記される。

〔系譜〕万葉集中の坂上郎女との贈答歌の左注に「右、坂上郎女は佐保大納言卿の女。駿河麻呂はこの高市大卿の孫。云々」（6・六四九）とあり、佐保大納言は安麻呂。高市大卿を御行とする説に従えば大伴御行の孫ということになる。また坂上郎女の娘、坂上二嬢を妻としたことが集中にみえる（3・四〇七題詞）。

〔閲歴〕続紀によれば天平十五年五月従五位下、同十八年九月越前守。宝字元年橘奈良麻呂の謀反に同族の古麻呂、

古慈斐らに組みし罪せられる。その後従五位上で宝亀元年五月出雲守として本位に復し、以後同年正五位下、十月肥後守。また任国より白亀を献じた功で正五位上。続いて同二年十一月従四位下、同三年九月陸奥按察使に任ぜられ正四位下に昇進、さらに同四年七月陸奥国鎮守府将軍に任ぜられ蝦夷を討伐、その勲功によって御服綵帛を賜り、さらに同六年九月には参議に列せられ、十一月正四位上に累進勲三等に叙せられる。同年七月卒す。正三位を追贈される。ただし公卿補任では「於任所壬辰日薨、或本八年七月壬辰卒、四月三日贈従三位」とあり、伴氏系図では「正四位下鎮守府将軍兼按察使、……宝亀五年七月薨、贈三品……」とあって位階勲等も卒年にも異説がある。奈良麻呂の反逆に連座後二十余年は昇進もなく不遇だったが、晩年は勲功の人として生涯を終えた。享年未詳。

〔歌風〕集中十一首の短歌を収める。一首の雑歌部の歌を除き譬喩歌、相聞の部に採られている。とくに坂上女郎との関係を考えさせる歌が多い。

雑歌の一首

霞立つ春日の里の梅の花花に問はむとわが思はなくに
（8・一四三八）

も、三句までは序詞で、恋の歌とみられる。駿河麻呂の歌は、当時の宴席歌の流行を反映していて、即興的もしくは遊戯的な贈答歌が多く、梅や霞などを材として恋の嘆きを誇張して表現するものが多い。

〔歌数〕短歌十一首。3・四〇〇、四〇二、四〇七、四〇九　4・六四六、六四八、六五三〜六五五　8・一四三八、一六六〇

〔森(淳)〕

大伴宿禰田主（おおとものすくねたぬし）

〔表記〕大伴田主（2・一二六左注）、仲郎（2・一二六左注）、中郎（2・一二八左注）、大伴田主中郎（2・一二八題詞）とも書かれる。

〔系譜〕安麻呂の第二子、母を巨勢朝臣とする（2・一二六題詞細注、ただし、元暦校本等による）。

〔閲歴〕石川女郎との報贈歌を残す（2・一二六〜一二八）。集中他には所見がなく、また正史にも登場しない。あるいは構想された人物か。

〔歌風〕2・一二六左注では、その人となりを「容姿佳艶にして風流秀絶なり。見る人聞く者嘆息せざることなし」としているが、この左注については、中国文芸の影響が指摘されている。宋玉「登徒子好色賦」には、「体望閑麗」たる宋玉に、「天下之佳人、莫レ若ニ臣東家之子一」とされる女子が「登レ牆闚レ臣三年」であったが、宋玉は「至今未許也」であったという。さらに、登徒子の妻について「蓬頭攣耳、齞脣歴歯、旁行踽僂、又疥且痔」とあるが、これは石川郎女の「哽音蹢足」のさまと似る（「登徒子好色賦」の引用は、芸文類聚十八、人部、美婦人の条による）。こ

れら「好色賦」や司馬相如「美人賦」などに述べられているところを翻案、脚色したものとされているわけである。小島憲之は、これを、「この一群の贈答歌は事実をよんだものかも知れないが、左注によって考えると、中国文学に暗示を得たフィクション的な構成をもつ。この左注は当時のものよりも、むしろ撰者の「あそび」による注かも知れず、贈答の構成順序なども撰者によって構成されたと思はれるふしもある」（上代日本文学と中国文学〈中〉）とする。田主の歌は、

遊士にわれはありけり宿貸さず帰ししわれぞ風流士にはある　（2・一二七）

の一首だけであるが、「詼戯を贈」（2・一二六左注）ってきた石川女郎の歌に対して、「風流士」の語義をずらすことによって応じる、一つの「詼戯」となっており、歌のあそびによる往来であるといえよう。石川女郎をめぐる相聞歌群は他にも数多いが、これらはその中でも特殊であり、歌自体もこの歌群の文芸的構成のために創作された可能性がないとはいえない。

〔歌数〕短歌一首。2・一二七

〔参考文献〕＊「〈郎女〉と〈女郎〉―石川郎女の場合を中心として―」赤木佳代子（上代文学6）＊「万葉集特講㈡―石川郎女考―」市村宏（次元7―8）＊「石川郎女ノート―彼女をとりまく婚姻慣行をめぐって―」古庄ゆき子（日本文学13―6）＊「石川郎女」緒方惟章（和洋国文研究9・10）＊「石川郎女伝承像について―氏女・命婦の歌物語―」川上富吉（大妻国文6）＊「石川郎女」阿蘇瑞枝（『論集上代文学』7）〔斎藤〕

大伴宿禰旅人（おおとものすくねたびと）

〔表記〕万葉集には、中納言大伴卿（3・三三一五題詞）、大宰帥大伴卿（3・三三八題詞など）、帥大伴卿（3・三三一題詞など）、大納言大伴卿（3・四五四題詞など）、大納言卿（4・五七九題詞）、大伴淡等（5・八一〇）、帥老（5・八一五注記など）、主人（5・八二二）などと記されている。懐風藻には、大伴宿禰旅人と記され、続紀もほとんどは同様の表記だが、神亀元年二月四日の条のみ、大伴宿禰多比等と記されている。また、東大寺献物帳の天平勝宝八歳六月二十一日の条には、大伴淡等とある。

〔系譜〕続紀に、長徳の孫、安麻呂の第一子と記してある。「佐保大納言大伴卿の第二子、母は巨勢郎女也」（2・一二六題詞注）とあるので、田主は同母弟である。母は未詳だが、宿奈麻呂は安麻呂の第三子（2・一二九題詞注）で旅人の弟である。稲公は旅人の異母弟である。坂上郎女も旅人の異母妹である。家持・書持・家持の妹（19・四一八四など）は旅人の子である。大伴郎女は旅人の妻で、旅人に従って大宰府へ下ったが、その地で没した。

〔閲歴〕和銅三年正月一日、左将軍正五位上として、隼人

蝦夷を率いて朱雀大路を分列行進する。同四年四月七日、従四位下。同七年十一月二十六日、左将軍。霊亀元年正月十日、従四位上。同年五月二十二日、中務卿。養老二年三月十日、中納言。同三年正月十三日、正四位下。同年九月八日、山背国摂官。同四年三月四日、征隼人持節大将軍。同年八月十二日、長期間にわたる隼人討伐の苦労をねぎらう詔がくだる。同年十月二十三日、長屋王とともに勅使として、故藤原不比等の第へ赴き、太政大臣正一位を贈る。同五年正月五日、従三位。同年三月二十五日、帯刀資人四人を給せられる。同年十二月八日、元明太上天皇崩御に際し、営陵の事に従事する。神亀元年二月四日、正三位。同年七月十三日、石川朝臣大蕤《おおぬ》比売《ひめ》の死に際し、勅使として弔問する。天平三年正月二十七日、従二位。同年七月二十五日、薨ず。以上、とくに注記のない記事は、すべて続紀による。万葉集によれば、神亀四年十二月中旬頃、大宰帥に任ぜられ、同年中に大宰府へ出発したようである。そして神亀五年三月中旬頃、妻が病死した。この時期推定に関しては、拙論「旅人の妻の死亡時期推定に関する再論」（立教大学日本文学四〇号）参照。同じく万葉集によれば、天平二年十二月上旬、大納言に任ぜられて上京したことがわかる。

〔歌風〕旅人の歌を通読すると、そこにつぎにのべるような紛れもない個性を感ずることができる。(1)自己の感慨をみずから納得しようとつとめながら、つぶやくように詠んでいること、(2)ある種の事柄にきわめて固着性のあること、(3)歌も含めて歌文による空想的創作を試みたこと、などである。各項について、以下に詳しくのべたい。

(1) 七十数首ばかりある旅人の歌の中に、十八箇所も字余りを見出すことができるのは、そのひとつの証拠である。そのうち十二箇所が讃酒歌十三首（3・三三八〜三五〇）に集中しているのだから、それは讃酒歌のもつ特色といわなければならないのかもしれない。「生ける者遂にも死ぬるものにあればこの世なる間は楽しくをあらな」（3・三四九）。この二箇所の字余りを、たとえば、「ものならば」「楽しくあらな」といいかえても、意味はほとんど変わらない。それを、右のようにわざとごつごつと詰屈に詠まずにはいられなかったというところに、旅人の歌の個性がある。旅人は「し」という強意の助詞が好みであったらしく、十六箇所に用いている。この「し」を用い、なおかつ字余りになっている歌が六首ある。「言はむすべせむすべ知らに極りて貴きものは酒にしあるらし」（3・三四二）がその一例である。この「……にしあるらし」という表現を四回ほど用いているが、集中でも珍しい言いまわしである。「し」という助詞は、そのあとでひと呼吸入れなければつぎの言葉へつづかない。そのひと呼吸が、歌のリズムを屈曲したものにし、その上字余りが重なってくると、ますますストレートにはよめない感じになる。旅人の歌が、どことなく鬱屈した感じをもっているのは、以上のような歌いぶりに特色があるからである。「……あにしかめやも」（3・三四六）のように、「あに……」という表現を好んだのも旅人の特徴といってよいだろう。この表現は、のちに笠女郎も用いているから、必ずしも武骨な表現というわけにもいかないが、少なくともやさしくなだらかな言葉遣いとはいえない。下を反語で受けるにしても否定で受けるにしても、要するに否定したいのが本心で、いわば遠まわしに、もってまわりながら、それでも結局は、これでもかこれでもかと念を押しているのがこの表現である。さきの「……にしあるらし」も、「……デアルダロウ」などと単純に訳してしまっては身も蓋もない。ややためらいつつ、口ごもりながら推定し、しかもあやふやな推測ではなく、最後には強い主張を籠めていると考えるべきなのである。こうした特色はつぎの特色とも深い関連をもっている。

(2)　旅人は、同じ言葉・同じ表現を二度三度とくりかえし飽きもせずに用いている。「昔見し象《きさ》の小河……」（3・三一六）と詠み、数年たってから、「……昔見し象の小河……」（3・三三二）と詠んでいる。前者は在京の旅人が吉野へ行って詠んだ歌であり、後者は大宰府の旅人が、過去の体験を二重うつしにした上で、さらに昔の、いつの日かに訪れた「象の小河」を希求している歌である。このように、同じ言葉を時を隔てて用いているということに、象徴的な深い意味が潜んでいる場合がある。讃酒歌十三首は同じテーマによる連作であるから、同じ言葉、同じ表現が何度もくりかえし用いられても不思議はない。ところが、「わが苑《その》に梅の 花散る ひさかたの 天《あめ》より雪の 流れくるかも」（5・八二二）のように、第一句目に「わが……」という言葉を詠みこんだ歌が十首もあることは、やはり特別な意味をもつといってよい。「わが……」の強調は旅人の自意識の強さを示している。とくに、六十数歳になった旅人が、二度も「わが盛」という言葉をくりかえして用いていることは、いかに旅人がわが身の衰えを痛切に感じていたかを鮮明に示している。どちらの歌（3・三三一　5・八四七）にも、「変若《を》ツ」という動詞――つまり、若がえりたいという旅人の気持が伴わせて詠みこまれていることを知ると、いっそう当時の旅人の焦躁感を理解できるような気がする。さらに、旅人には、大宰府赴任後間もなく妻を失うという不幸があった。奈良の家の庭（山斎《しま》）を、妻と相談しながら作るほど（3・四五二）仲のよかった夫婦である。かつての「二人」が「独り」になってしまった寂しさ、悲しみは、旅人の歌の最も重要なテーマである。「二人」が二回用いられ、「独り」が四回も歌にあらわれるのはそのためである。「行くさには二人わが見しこの埼を独り過ぐれば心悲しも」（3・四五〇）、この「二人」と「独り」の対照にこそ旅人の悲痛な真情が籠められている。

(3)　旅人は在京の藤原房前に琴を贈った。巻五には、その琴に添えて届けられた書簡が収録されている。ただ、書簡とはいっても、内容は一編の仮作物語といってよい。旅人は夢を見る。夢の中で琴は一人の「娘子」に化し、琴の由来を語る。「娘子」と旅人とは歌を詠みかわす（5・八一〇、八一一）。夢は覚めたのだが、とても黙してはいられないのでこの書簡を記したという構成になっている。物語の主な部分は、文選を代表とする中国詩文のつづりあわせらしいし、琴が娘子に化すという発想自体も、中国神仙譚などの模倣であるらしいと、今日までの研究者によって出典が考証されている。また、巻五には、「松浦河に遊ぶ序」と題する、かなり長文の漢文を冒頭におく十一首の贈答歌がある（5・八五三～八六三）。作者名を欠くが、序文も含めて、これも旅人による仮作物語であろう。「余」が松浦の県《あがた》へ行き玉島川のほとりを遊覧していると、魚を釣る女子たちに逢う。いずれも神仙かと思えるほど美しい。「余」が問いかけると、自分たちはただの漁夫の児で卑しい者である、しかし、たまたまあなた様のような貴客にお逢いしたのも何かの御縁と思いますので、偕老同穴の契りを結ばずにはいられません、という。「余」は、それは渡りに舟ですね、と答える。このあと、歌の贈答が続いてゆくのだが、歌の部分でのストーリーの展開はなく、物語的には尻つぼみに終わってしまう。旅人が下敷にしたと思われる遊仙窟では、冒頭に男の客と仙女（実は遊女）との出逢いがあってから、男は女たちの家に招かれる。山海の珍味と美酒を口にしながら、男と女たちは際どい会話を楽しみ、ついには偕老同穴の契りを結び、翌朝せつなくきぬぎぬの別れをかわすということになっている。このような唐代の小説に旅人が関心を抱いたというのは興味ぶかいことであるが、その冒頭部分のみの模倣に終わり、その後の独創的展開がなされなかったのは真に残念である。しかし、かりに、当時すでに平仮名が実用化の段階にあったならば、旅人は必ずやわが国最初期における仮作物語の作者のひとりとして、作品を残していたであろうと私は思うのである。「松浦河に遊ぶ序」につづく十一首の創作的贈答歌は、個々の和歌としては拙劣であろうが、以上のような意味において、わが国における仮作歌物語の試作品と考えるならば、もう少し高く評価してもよいのではないかと思われるのである。

〔影響〕「やすみししわが大王《おほきみ》の食《を》す国は大和もここも同じとぞ思ふ」（6・九五六）という旅人の歌の「やすみししわが大王」という言葉も、「食す国」という言葉も、ともに柿本人麻呂がしばしば用いたもので、天皇讃美の、まさに人麻呂的表現であった。しかし、「やすみししわが大王の食す国」と連続させた形の言葉は人麻呂には例がない。つまり、これは旅人が合成して作った人麻呂的表現のエッセンスなのである。この歌は部下の一人が、奈良のお家をなつかしく思いませんかと問いかけた歌(6・九五五)への返事である。旅人はここでは、いかにも平然と、望郷の心など一片もないといった口調で答えているが、それはうわべだけのことで、本心をさらけ出せば、どんなに奈良の都へ帰りたくてじりじりしていたかはほかの歌をよめば一目瞭然である。つまり、この歌は旅人の儀礼的な歌なのである。儀礼のために旅人は人麻呂的表現のエッセンスに皮肉をこめて部下への挨拶とした。このへんをとらえていうならば、旅人は人麻呂時代の晴の歌を批判的に継承したといえるだろう。巻十一、巻十二という作者未詳の巻がいつ頃の作品を集めたものであるか決定的なことをいえないのでむずかしいのだが、これらの巻と旅人の歌とが、さまざまな点で関係が深いことは事実である。最も極端な例を示すと、「うつつには逢ふよしもなし夢《ゆめ》にだに間《ま》なく見え君恋に死ぬべし」(11・二五四四)と「空蟬《うつせみ》の人目多くはぬば玉の夜の夢にを継ぎて見えこそ」(12・三一〇八)との各各の傍点部分を継ぎ合わせると、つぎの旅人の歌となるのである。「うつつには逢ふよしもなしぬば玉の夜の夢にを継ぎて見えこそ」(5・八〇七)。これほど露骨な例はほかにはみられないが、多くの点で旅人がこれら二巻から影響を受けていたらしいことは例証できるのである。そのことについて、かつて「巻十一、巻十二は旅人の愛誦歌集であったか」(「文学・語学」七〇)という論文に推測を述べたことがある。巻十一・十二は、全編相聞歌から成っており、人麻呂歌集を除けば全く作者のわからない無名の歌群である。しかし、これらの恋の歌は、いずれも率直に人の心に訴えかける親しみぶかいものばかりである。巻一・二に含まれる「やすみししわが大王」的ないかめしい歌には批判的で、むしろ巻十一・十二の歌のような、素直でプライベートな歌を旅人が愛誦していたと考えると、逆に旅人の歌の志向性も明らかになってくるのではないだろうか。たまたまある時期に上司と下僚であったという運命のいたずらのおかげで、旅人と憶良は互いに刺激しあうところがあり、二人の手になる多くの歌や文章が残されることとなった。人生観や性格や立場などの上で、おそらく正反対の方向を向いていたであろうこの二人が、文学を媒介として反撥しつつも共鳴しえたというのは、すばらしいことであった。この二人の個性のあり方を印象的に描いてみせたのが高木市之助の「二つの生」などの論文(吉野の鮎所収)であった。一方は現実逃避的であり一方は現実直視的であるというように、文学的な資質の上でも異なるが、二人に共通する言葉・表現に、「世の中」「この世」「道」「空し」「言はむすべせむすべ知らず」などがある。どちらも、現実というきびしい存在にぶつかったあとに体得した、どうしようもない遺り切れなさを噛みしめた上で、「空し」(5・七九三 6・九七八) といっている。まことに、「言はむすべせむすべ」(5・七九四) を知りえないのが「世の中」(5・七九三) である。このような共通の基盤があったからこそ、異質の二人でも理解しあえる余地があり、お互いに最も好ましい影響を授受しあうことが可能であったのである。家持が父旅人の影響を受けたということは当然考えられる。しかし、二人の間にそれほど密接な関係があったとも思われない。旅人は、あまり出来のよくない長歌を一首残しただけで、ほかには作っていない。ところが、家持は長歌制作に関しては復古調で、すでに長歌の文学的生命は衰えつつあったと思われる時代にもかかわらず、前々代の長歌をつとめて勤勉に模倣していくつも長歌を作った。しかし、それはいささか空しい行いであったようだ。旅人のもっていたフィクションの世界への志向は家持にはなかった。結局、一首の独立した短歌のもつ抒情性において、家持は一段と繊細に鋭敏になったというべきであろうか。

〔歌数〕長歌一首、短歌七十七首。3・三一五、三一六、三三一〜三三五、三三八〜三五〇、四三八〜四四〇、四四六〜四五三　4・五五五、五七四、五七五、五七七　5・七九三、八〇六〜八一一、八二二、八四七〜八五二、八五三〜八六三　6・九五六、九五七、九六〇、九六一、九六七〜九七〇　8・一四七三、一五四一、一五四二、一六三九、一六四〇　以上に、5・八七一〜八七五の五首を加える説もある。また以上より少なく見つもる説もある。

〔参考文献〕＊『大伴旅人・大伴家持』〔歴代歌人研究〕佐佐木信綱（厚生閣）＊『旅人と憶良』土屋文明（創元社）＊「大伴旅人の讃酒歌」久米常民（国語と国文学23―2）＊「無常観―旅人の歌をめぐって―」井手恒雄（万葉10）＊「大伴旅人序説」五味智英（『万葉集大成』10）＊「旅人の望郷歌」賀古明（上代文学8）＊「六朝風―旅人と憶良―」中西進（上代文学10）＊「旅人の宮廷儀礼歌」清水克彦（万葉37）＊「未逕奏上歌―旅人論序説―」伊藤博（国語国文39―12）＊「旅人と満誓―巻三を中心に―」林田正男（国語と国文学48―9）＊『大伴旅人・山上憶良』〔日本詩人選4〕高木市之助（筑摩書房）＊「大伴旅人〈報凶問歌〉をめぐって」原田貞義（国語国文研究50）＊「旅人文学の帰結亡妻挽歌の論」伊藤博（『万葉集―人間・歴史・風土―』）＊「巻十一、十二は旅人の愛誦歌集であったか」平山城児（文学・語学70）＊「賢良―大伴旅人論―」辰巳正明（上代文学34）＊「旅人と遠の朝廷」川上富吉（『万葉集の時代と文化』）＊「万葉集巻五の論―旅人の妻の死をめぐって―」佐藤美知子（国語国文44―5）＊「試論・旅人の時間」粂川光樹（『論集上代文学』6）＊「旅人―その〈いやし〉の意識―」大久保広行（佐伯梅友博士喜寿記念国語学論集）＊「大伴旅人と仙女」鴻巣隼雄（『万葉の女人像』）＊「大伴旅人の鞆の浦・敏馬の崎」清原和義（武庫川国文11）＊「旅人文学に対する一視点―梅樹の歌をめぐって―」米内幹夫（『万葉の発想』）＊「仙女への恋―大伴旅人―」森淳司（『万葉の虚構』）＊「大伴旅人の吉野讃歌」川口常孝（『万葉集を学ぶ』3）

〔平山〕

大伴宿禰千室（おおとものすくねちむろ）

〔閲歴〕万葉集によると天平勝宝六年（七五四）正月四日、大伴家持邸で賀宴が開かれた。家持に親交の深い大伴家の人びとが集まった内輪の宴であったらしいが、そのなかに千室も加わっている。千室はそのとき左兵衛府の督（長官）であったと記されている。従五位上相当官である。
〔歌風〕たなびく雲や霜上をたばしる霰といった序が恋情や祝賀の気分に重なって秀れた情感をかもしている。
〔歌数〕短歌二首。4・六九三　20・四二九八
〔参考文献〕＊「大伴宿禰千室」市村宏（次元21―12）

〔犬飼〕

大伴宿禰書持（おおとものすくねふみもち）

〔表記〕大伴書持（8・一四八〇題詞）、書持（8・三九一三）とも記す。

〔系譜〕旅人の子。家持の弟（3・四六三　17・三九一〇、三九一三）。

〔閲歴〕天平十年十月十七日橘諸兄旧宅での集宴で歌を詠む（8・一五八七）。同十一年六月家持の亡妾を悲傷して作る歌に和す（3・四六三）。同十三年四月二日「霍公鳥を詠む歌二首」を奈良の宅から家持に贈る（17・三九〇九、三九一〇）。これに対して四月三日家持が久邇京から書持に報送した（17・三九一一～三九一三）。天平十八年九月二十五日家持が書持の喪を聞き、感傷して作る歌があり（17・三九五七～三九五九）、この頃死んだことが知られる。その長歌の割注に、「佐保山に火葬せり」とある。なお、元暦校本によると、天平十二年十二月九日「大宰の時の梅花に追和する新しき歌六首」を作ったという（17・三九〇六左注）。他の諸本には家持の作とするが、書持の作とする説が近年では有力である。他に、作歌年代不明の歌二首（8・一四八〇、一四八一）で霍公鳥を詠ずる。

〔歌風〕書持については、17・三九五七の割注に「この人、人となり花草花樹を愛でて多く寝院の庭に植う。かれ花にほへる庭と言へり」とあり、花草花樹への嗜好は著しいものがあったようである。しかし、旅人や家持にもそうした傾向は存し、当時の貴族生活の一面を示すものともいえよう。四六三番歌では、家持の亡妾を悲傷する歌に和し、あるいは、書持が霍公鳥を詠じたのに対して家持が報えるなど、家持と作歌の世界をともにする例が多い。その意味では、女子への相聞歌も残さず夭折した書持である

が、在世中は互いの作歌に大きな影響を与えたにちがいない。その歌は、

あしひきの山のもみち葉今夜もか浮びゆくらむ山川の瀬に　（8・一五八七）

など、家持らに比して多少のたどたどしさを感じさせるものが多い。

〔歌数〕短歌十一首。3・四六三　8・一四八〇、一四八一、一五八七　17・三九〇一〜三九〇六、三九〇九、三九一〇（ただし、17・三九〇一〜三九〇六は家持歌ともされる）　〔斎藤〕

大伴宿禰道足（おおとものすくねみちたり）

〔表記〕大伴道足宿禰（6・九六二題詞・左注）。

〔系譜〕大伴馬来田の子。伯麻呂の父（続紀、延暦元年二月条）。別に、「大納言安麻呂一男」（大伴系図・伴氏系図）とある。

〔閲歴〕慶雲元年正月従六位上より従五位下。和銅元年三月讃岐守。同六年八月弾正尹。養老四年正月正五位上。同四年十月民部大輔。同七年正月従四位下。天平元年二月権参議。同年三月正四位下。天平二年擢駿馬使（万葉集）。天平三年八月参議。同年十一月南海道鎮撫使。同五年十二月橘三千代の贈位使、右大弁。同七年九月訴人の事を裁理せざるの罪を問わるるも、詔勅によって免罪。系図に「天平十三年薨」とある。

〔所在〕6・九六二題詞・左注　〔滝口〕

大伴宿禰三中（おおとものすくねみなか）

〔表記〕副使（15・三七〇一、三七〇七）とも記される。

〔閲歴〕万葉集に「天平元年己巳、摂津国の班田の史生文部龍麻呂自ら経きて死ぬる時に、判官大伴宿禰三中の作る歌一首并せて短歌」（3・四四三題詞）とあり、その頃、摂津国班田司判官であった。続紀によれば、天平八年二月に遣新羅副使になり、同八年四月に大使阿倍継麻呂らとともに拝朝したらしい。同九年正月に一行は帰朝、大判官、少判官は入京したが、大使は津嶋にて病死、自身も病によって入京できず、同九年三月になって拝朝した。ときに従六位下。その後、同十二年正月、正六位上から外従五位下に叙せられ、同十三年八月刑部少輔兼大判事に任ぜられる。続いて、同十五年六月兵部少輔、同十六年九月山陽道巡察使。さらに、同十七年六月大宰少弐、同十八年四月長門守と歴任し、従五位下に昇進する。そして、同十九年三月刑部大判事に任ぜられる。

〔歌風〕摂津国班田司判官のときの、班田司史生文部龍麻呂がみずから経きて死ぬるときの歌と、遣新羅副使のときの対馬《つ》嶋《しま》竹敷の浦で詠んだ歌に二分される。前者の歌は、「つつじ花」「いや遠長く」「露霜の」「いかさまに　思ひいませか」「なづ匝《さひ》」などの用語の共通性から人麻呂の歌（人麻呂歌集、或云人麻呂作を含む）や巻十三の歌との関

係を考えさせる。後者の、

竹敷の黄葉を見れば我妹子が待たむと言ひし時そ来にける　（15・三七〇一）

の歌は、おそらく国を離れる折の酒宴が催されて、そこで黄葉を材として順次誦詠したときの作であろう。ところがこの歌は、作者名を明記していない冒頭悲別贈答歌十一首の、

秋さらば相見むものをなにしかも霧に立つべく嘆きしまさむ　（15・三五八一）

我が故に思ひな痩せそ秋風の吹かむその月逢はむものゆゑ　（15・三五八六）

などの歌と呼応し、さらにはこの「秋」が「妹」とともに歌群全体を貫くテーマとなっていることから、百三首にものぼる作者無記名歌を大伴三中の作とする単数論者の論拠とされている。そしてまた、三中が大伴氏一門ということにより、遣新羅使歌群の筆録者や編纂者にあてる説もある。

〔歌数〕長歌一首、短歌四首。3・四四三、四四四、四四五　15・三七〇一、三七〇七

〔参考文献〕＊「大伴三中の歌」川崎庸之（文学15―1）＊「大伴三中と遣新羅使歌の主題」迫徹郎（国語と国文学32―9）＊「万葉歌人大伴三中―その人と歌風について―」瀬良益夫（就実論叢8）　〔近藤(健)〕

大伴宿禰三林（おおとものすくねみはやし）

〔表記〕大伴宿禰三依の誤字だろうともいわれている（万葉集略解）。

〔歌風〕霜雪も消えぬうちに梅の花をみたおどろきをうたった梅花一首がある。季節の折目にすなおな感動をみせる自然詠である。

〔歌数〕短歌一首。8・一四三四　〔犬飼〕

大伴宿禰御行（おおとものすくねみゆき）

〔表記〕大伴卿(19・四二六〇左注)とある。高市大卿(4・六四九)とあるのも御行のことと考えられてもいる。

〔系譜〕大伴長徳の子で安麻呂の兄にあたる。公卿補任に御行は長徳の五男であると伝える。

〔閲歴〕壬申の乱の功臣。兵部大輔を経て天武十三年（六八四）宿禰姓を賜る。持統二年（六八八）天武葬送にあたり誄す。大宝元年（七〇一）大納言正広参で没。正広弐右大臣を追贈（続紀）。万葉集に大将軍（19・四二六〇左注）とあるが不明。

〔歌風〕壬申の乱が平定された後に、その時代の昂りを反映して「大君」は神であるという讃歌を残している。

〔歌数〕短歌一首。19・四二六〇　〔犬飼〕

大伴宿禰三依（おおとものすくねみより）

〔表記〕続紀では御依と書記する例が多い。

〔系譜〕伴氏系図に御行の子とある。旅人のいとこ。

〔閲歴〕続紀によると天平二十年（七四八）二月従五位

下。宝亀五年（七七四）五月散位従四位下で没。主税頭、参河守、仁部（民部）少輔、遠江守、義部（刑部）大輔、出雲守を歴任。

〔歌風〕奇抜なほどにおおげさな形容をもって恋情を表現することが多い。孤独や歓喜が独自なことばのうちにうたわれるが、それは新しいあり方としての挨拶性やことば遊びの一つなのかもしれない。

〔歌数〕短歌四首。4・五五二、五七八、六五〇、六九〇（5・八一九）　〔犬飼〕

大伴宿禰村上（おおとものすくねむらかみ）

〔系譜〕大伴家持宅における正月の氏人らの賀宴に出席している（20・四二九九）ことから、佐保大納言家にかかわる系統とみられる。

〔閲歴〕生没年時不詳。天平勝宝四年閏三月、衛門督大伴宿禰古慈悲の家での入唐副使大伴宿禰胡麻呂らの餞宴において大伴宿禰清継らと19・四二六三歌を伝誦した。同六年正月、大伴家持宅に氏人が集まり年賀の宴を催し歌を詠じた。当時、彼は民部少丞であった（20・四二九九左注）。続紀によれば、宝亀二年四月、正六位上より従五位下に昇叙。同年十一月肥後介に補任。翌三年四月阿波守に遷任。その後不明。ところで、天平勝宝六年には民部少丞（従六位上相当官）で、十七年後の宝亀二年には正六位上と二階昇叙されている。ただし、勝宝末年より宝亀年間にかけては政情きわめて不安定な時代であり、かつ大伴氏にとっては不運な時代であった。にもかかわらず二階進んでいることは、橘奈良麻呂の変等、この頃大伴氏のかかわった政争に関係のなかったことを思わせる。あるいは、大伴宿禰稲公らの一派であったのかもしれない。

〔歌風〕快い諧調の平明な作を成している。自然詠にややたちまさっている。

〔歌数〕短歌四首。8・一四三六、一四三七、一四九三　20・四二九九　なお、8・一五七三の作者名大伴利上を村上の誤とする説（代匠記〈初稿本〉）もある。　〔神堀〕

大伴宿禰百代（おおとものすくねももよ）
〔表記〕百世（続紀）とも記される。集中には、漢風に伴氏百代（5・八二三）とも称し、役職名大宰大監《だいけん》を上略した大監（5・八一二左注）とだけ記し彼を指示している。
〔閲歴〕生没年時不詳。天平初年は大宰大監（3・三九二）。天平二年正月、大宰帥大伴旅人宅での大宰府の官人らの梅花宴において詠歌（5・八二三）、このときも大監。同年六月、病床の旅人の請《こい》を入れて、彼の庶弟右兵庫助大伴宿禰稲公、姪《おい》治部少丞大伴宿禰胡麻呂両人が公許を得て西下し見舞った。遺言をとまで考えた旅人の平復を見た稲公らの上京を、夷守《ひなもり》の駅家まで少年家持らとともに見送った（4・五六七左注）ときの悲別歌（4・五六六）の記録にも大宰大監とある。同じく相聞に部類し、これより前に配列する「恋歌四首」（4・五五九〜五六二）も大宰大監とする。これは旅人の妻大伴郎女亡き後に来府した大伴坂上郎女に対する挨拶の歌と思われる。続紀によれば、天平十年閏七月兵部少輔に任ぜられる。ときに外従五位下。同十三年八月美作守に遷任。同十五年十二月、筑紫に鎮西府新設のときには副将軍に任命。同十八年四月、従五位下に昇叙。同年九月豊前守補任。翌十九年正月、正五位下に昇叙された。その後不明。

〔歌風〕実務家が、ときに応じて、率《そつ》無く既習の詞句をほどよく按排した風の類型的なもの。

〔歌数〕短歌七首。3・三九二　4・五五九〜五六二、五六六　5・八二三　〔神堀〕

大伴宿禰家持（おおとものすくねやかもち）

〔表記〕大伴宿禰家持（3・三九五題詞など）、家持（3・四六四題詞など）、大伴家持（8・一四五一題詞など）、主人（18・四一一六題詞など）、長官（18・四一一六題詞）。

〔系譜〕大伴旅人の子。実母の名は未詳。書持の兄、妻は大伴坂上大嬢、叔母に大伴坂上郎女がいる。

〔閲歴〕養老二年（七一八）誕生か。生年には霊亀二年（尾山篤二郎）、養老元年（久松潜一）、養老三年（藤田寛海）、養老四年（山本健吉）などの異説がある。幼少時代旅人とともに大宰府に行ったことがある。天平三年七月、父を失い叔母坂上郎女に養育された。同十年十月、内舎人（8・一五九一左注）であったことが知られる。同十一年妾を失った（3・四六二題詞）ことが記されているが、その虚実について問題となっている。同十三年から十五年にかけて恭仁京にいる。十六年正月活道岡に登る。二月安積皇子の薨去にともない挽歌を詠む。十七年正月従五位下。十八年三月宮内少輔、六月越中守、九月弟書持の死を知る。十九年二月国守の館で病臥、四月正税帳を持って上京し九月に帰任。天平勝宝元年四月従五位上、五月東大寺の占墾地の使僧平栄を饗応、陸奥国から金を出だせる詔書を祝して作歌（18・四〇九四）。越中在任中に多くの作品を詠んでいる。五年間の任果てて、天平勝宝三年七月、少納言となって帰京。六年四月兵部少輔、十一月山陰道巡察使。七年二月兵部少輔として防人検校。このとき防人歌を集めて記録したのであろうか。天平宝字元年六月兵部大輔、十二月右中弁。同二年六月因幡守。三年正月因幡国庁で国郡の司らを饗応。集中最後の作品（20・四五一六）を詠む。この歌をもって万葉集は幕をおろす。六年正月信部大輔、九月石川朝臣年足の死にあたり弔賻使。八年正月薩摩守。神護景雲元年八月大宰少弐。宝亀元年六月民部少輔。九月左中弁兼中務大輔、十月五位下。二年十一月従四位下。三年二月左中弁兼式部員外輔。五年三月相模守、九月左京大夫兼上総守。六年十一月衛門督。七年三月伊勢守。八年正月従四位上。九年正月正四位下。十一年参議兼右大弁。天応元年四月右京大夫兼春宮大夫正四位上、五月左大弁兼春宮大夫、十一月従三位。延暦元年六月陸奥按察使兼鎮守将軍。二年七月中納言兼春宮大夫。三年二月時節征東将軍、四年八月中納言従三位をもって没。六十八歳か。死後二十余日にして藤原種継暗殺事件に関係があったとして除名。領地越前国加賀郡の百余町等も没収され、その子永主も流罪。大同元年三月許された。

〔歌風〕家持の最初の作品は、年代のわかるものでいえば巻六の天平五年の歌群中にみえる「大伴宿禰家持の初月の歌一首」である。

振仰けて若月見れば一目見し人の眉引思ほゆるかも　(6・九九四)

家持が養老二年の誕生とすれば十六歳のときの作品である。この歌が題詠的に作られたか、あるいは坂上郎女の歌(6・九九三)を手本として詠まれたかわからないが、「三日月」から女の眉を連想し、美しい女性を想像して詠んだ家持のういういしい恋の芽生えが感じられる。また二十歳頃の作品と思われる一五六六〜一五六九番歌によって、家持の歌人としての姿が表出されてきたとみてよいだろう。さらに天平十一年六月に家持は亡妾を悲傷して歌をつくっている。四六四番歌から四七四番歌にいたる十一首に家持の悲しみの情がくみとれる。なかでもつぎの歌によって妾との間に若子《みどりこ》がいたことがわかる。

時はしも何時もあらむを情いたく去にし吾妹か若子を置きて　(3・四六七)

その後二箇月経過した八月、家持は叔母坂上郎女の竹田庄を訪ねた。そのときの贈答歌に、

玉桙の道は遠けどはしきやし妹をあひ見に出でてそわが来し　(8・一六一九)

あらたまの月立つまでに来まさねば夢にし見つつ思ひそわがせし　(8・一六二〇)

がある。坂上郎女の歌には家持を迎えいれる気持が詠まれている。さらに同九月には坂上郎女の娘、坂上大嬢と家持の恋愛の贈答が行われている。

坂上大娘の、秋の稲の蘰を大伴宿禰家持に贈る歌一首

わが蒔ける早稲田の穂立ち造りたる蘰そ見つつ偲はせわが背　(8・一六二四)

大伴宿禰家持の報へ贈る歌一首

吾妹子が業と造れる秋の田の早穂の蘰見れど飽かぬかも　(8・一六二五)

又、身に着けたる衣を脱きて、家持に贈るに報ふる歌一首

秋風の寒きこの頃下に着む妹が形見とかつも偲はむ　(8・一六二六)

これら三首の歌によって坂上大嬢と家持の恋愛が成就し

て二人は結ばれるであろうことが想像される。家持の恋愛は、このような時期に盛んであるが、相聞の歌を贈答した女性は非常に多い。さきにみた坂上大嬢や亡妾の他に、笠女郎・山口女王・大神女郎・中臣女郎・河内百枝娘子・巫部麻蘇娘子・粟田女娘子・紀女郎・安倍女郎・平群氏女郎などの女性がおり、名のわからない童女や娘子もいた。こうした作品は巻四や巻八に主に収められている。越中時代の五年間は、家持の作歌生活において一大転機をもたらした。今まで住みなれた都での生活にくらべて、北国の生活に家持はどんなに戸惑ったことであろうか。家持の生涯からみればこの期間は短い。しかし、家持にとって大いに創作欲をわかせ、すぐれた歌を数多く越中時代に詠んでいる。そして大きく変化したのは、いままで恋愛を中心として詠んでいた家持は、この越中時代において自然を対象とした歌を詠みはじめたのである。着任後間もない八月七日の夜、国守の館で宴が開かれたがそのとき家持は、大目秦忌寸八千島、僧玄勝、史生土師宿禰道良らが出席して賑やかだったことが三九四二番歌から三九五六番歌の一連の歌によって理解できる。家持はこの宴において、

馬並めていざ打ち行かな渋谷の清き磯廻に寄する波見に　(17・三九五四)

と詠んだ。これはすでに家持は着任早々渋谷の景勝を聞き、ただならぬ憧憬と愛着を覚え、出かけて行ったのであろう。

越中万葉の中で山水の清らかさを歌いあげている「二上山の賦」(三九八五〜三九八七)、「布勢の水海に遊覧する賦」(三九九一〜三九九二)、「立山の賦」(四〇〇〇〜四〇〇二)のいわゆる「越中三賦」について注意しておきたい。「越中三賦」の中で「二上山の賦」が最もはやい時期に詠まれており、長短歌三首からなっている。この長歌の構成は二つに分かれ、前半部は二上山の春の花咲く頃、秋の黄葉するときのすばらしさを歌い、後半部で裾廻の渋谷の景色を歌って昔から今にいたるまで二上山を賞美することを述べている。第二の「布勢の水海を遊覧する賦」では、前半部は渋谷の崎から松田江の浜をめぐって景勝地布勢の水海を詠み、後半部で二上山を詠んでいる。第三の「立山の賦」では前半部は立山を忘れることができない山であると歌い、後半部では立山をまだみない人に告げようと述べている。この家持の「越中三賦」に共通していることは「山」と「川」の組み合わせであり、山水の清き流れに自然の美を見い出していることである。「越中三賦」の「立山の賦」を例にして歌語の類似を比較してみると、

天離る　鄙に名懸かす　越の中　国内ことごと　山はしも　繁にあれども　川はしも　多に行けども　すめ神の　領き坐す　新川の　その立山に……(20・四〇〇〇)

この句は、人麻呂の歌では、

　やすみしし　わご大君の　聞し食す　天の下に　国はしも　多にあれども　山川の　清き河内と　御心を吉野の国の……　（1・三六）

となっているし、赤人の表現は、

　皇神祖の　神の命の　敷きいます　国のことごと　湯はしも　多にあれども　島山の　宜しき国と　こごしかも　伊予の高嶺の……　（3・三二二）

となっている。家持歌の最後の「音のみも　名のみも聞きて　羨しぶるがね」という表現は、「音のみも　名のみも絶えず……」(2・一九六　人麻呂)、「言のみも　名のみもわれは　忘らゆましじ」(3・四三一　赤人)とあって、その類似表現は認められるのである。このように具体的に「越中三賦」の歌と他の歌と比較してみることによって、家持歌の形成過程を探ることができるようである。なかでも人麻呂の三六〜三八番歌に追随して、赤人は九二三番歌を詠み、さらに家持の歌が詠まれるという一つの流れがあるようだ。

　また、家持は珍しい属目に注目して歌いあげている作品がある。

　東風越の俗語、東風をあゆのかぜといへりいたく吹くらし奈呉の海人の釣する小舟漕き隠る見ゆ　（17・四〇一七）

　雄神川紅にほふ少女らし葦附水松の類採ると瀬に立たすらし　（17・四〇二一）

　物部の八十少女らが汲みまがふ寺井の上の堅香子の花　（19・四一四三）

　磯の上の都万麻を見れば根を延へて年深からし神さびにけり　（19・四一五九）

　これらの歌にある「東風」「葦附」「堅香子の花」「都万麻」など都人家持の目に驚きとして映ったのかも知れない。詩境を異郷の自然の風物に求めて心を躍らせたのではないだろうか。そしてそこには新鮮な視覚の世界が展開していると思われる。

　越中国守としての任期を終え、天平勝宝三年に少納言に任ぜられて帰京した家持は、やがて彼自身の芸術の最高作品と評価される歌を詠むのである。

　春の野に霞たなびきうら悲しこの夕かげに鶯鳴くも　（19・四二九〇）

　わが屋戸のいささ群竹吹く風の音のかそけきこの夕かも　（19・四二九一）

　うらうらに照れる春日に雲雀あがり情悲しも独りしおもへば　（19・四二九二）

この三首の作品は天平勝宝五年の作であり、四二九〇・四二九一番歌は二月二十三日興によって作った歌である。四二九〇番歌の上の句にある「春の野に霞たなびき」は佐保の宅のあたりかと推定できる。またその情景はおだやかなものとして映し出されているが、家持の気持は晴れやらず満たされていない。いわば孤独であり、なんともいえない哀愁を感じるのである。四二九〇番歌は視覚的な面で捉えたのであるが、四二九一番歌は聴覚的な面で捉えている。「わが屋戸の」と場所を限定し、「いささ群竹」と竹が生い茂っている所に夕風が吹いてかすかな音をたてると歌う。その音に家持は耳をすましているのである。四二九二番歌は前の二首（四二九〇、四二九一）が詠まれた二日後の二十五日の作である。この歌は四二九〇番歌と同じ構図である。「うらうらに照れる春日に雲雀あがり」は、前歌「春の野に霞たなびき」と同じく眼前の光景を詠んでいる。下二句の「情悲しも独りしおもへば」は家持自身の形式的でなく、現実的に鋭くはたらかせている感情であろう。雲雀の声の響く空に家持の憂愁はいっそう深められていったのであり、春愁を詠んだ作品としてすぐれている。

その他次の歌なども家持を歌人として高く評価させている。

　春の苑紅にほふ桃の花下照る道に出で立つ少女
　　　　　　　　　　　　　　　（19・四一三九）

　わが園の李の花か庭に降るはだれのいまだ残りたるかも
　　　　　　　　　　　　　　　（19・四一四〇）

四一三九番歌は巻十九の最初にある歌で、題詞に「天平勝宝二年三月一日の暮に、春の苑の桃李の花を眺矚めて作る二首」とあるから制作年代と作歌事情が理解できる。庭中の桃と李が同時に咲きほこってまことにあでやかな美しさがあり、家持の歌としては一風変わった表現といえる。第一句・三句・五句を名詞止めにして、万葉集の傾向である二句切れの歌とちがった意味合いを感じる。桃の花の咲きほこっている花かげの道に、美しい少女を登場させる艶麗な情景を客観的にとらえている構図は、新鮮なものとして受けとめられる。北国の遅い春がやっと訪れ、人々は憧れをもって迎えるのである。越中の中で春はすばらしく、美しい時期である。これは正倉院蔵の鳥毛立女の屏風の「樹下美人図」を思わせる。あたかも絵画的な世界に陶酔するようである。桃の花の美しい少女との配置は中国風であることは今まで述べられているし、曹子建の詩にも「南国に佳人あり、容華桃李の若し」とあることからも認められるであろう。後者の四一四〇番歌も中国文学の影響を受けていると思われる。庭中に散る花を残雪にたとえているのは、万葉集の常用で珍しくないが、越中の李の花の白さと雪を対象させているのが表現効果を出している。この歌に類似した作品として父旅人の、

　わが園に梅の花散るひさかたの天より雪の流れ来るかも
　　　　　　　　　　　　　　　（5・八二二）

がある。家持はこの歌を学んでいると考えられるが、家持なりにさらりと詠んでいるところに好感が持たれる。

天平宝字三年、家持は因幡国の国庁でつぎの歌を詠んだ。

新しき年の始の初春の今日降る雪のいや重け吉事
(20・四五一六)

この歌を新春の賀宴のときに家持は詠んだ。前年六月に因幡の国司となってはじめて迎えた新年である。雪は豊年のしるしとされていたから慶賀の意を表現している。降っている雪には、めでたさと願望の両方の意味があり、「いや重け吉事」というのも期待である。しかし、家持には希望のもてるものは考えられない。降りしきる雪はいっそう暗いものとして、その気持にのしかかるように感じられた。この歌をもって万葉集は幕を閉じるが、新年の歌をもって終わることに意義深いものを感じる。その後家持は歌わぬ歌人となった。家持のこの後の長い生涯は伝えられるが、作歌は伝えられていない。以後作歌したのか、全く歌を詠まなくなってしまったのか誰も知らないのである。

〔歌数〕長歌四十六首、短歌四百三十一首、旋頭歌一首、連歌一首。3・四〇三、四〇八、四一四、四六二、四六四〜四八〇 4・六一一、六一二、六八〇〜六八二、六九一、六九二、七〇〇、七〇五、七一四〜七二〇、七二二、七二七、七二八、七三二〜七三四、七三六、七三九〜七五五、七六四、七六五、七六七〜七七五、七七七〜七八一、七八三〜七九〇 6・九九四、一〇二九、一〇三二、一〇三三、一〇三五〜一〇三七、一〇四〇、一〇四三 8・一四四一、一四四六、一四四八、一四六二〜一四六四、一四七七〜一四七九、一四八五〜一四九一、一四九四〜一四九六、一五〇七〜一五一〇、一五五四、一五六三、一五六五〜一五六九、一五七二、一五九一、一五九六〜一五九九、一六〇二、一六〇三、一六〇五、一六一九、一六二五、一六二七〜一六三二、一六三五、一六四九、一六五七、一六六三 16・三八五三、三八五四 17・三九〇〇〜三九〇六、三九一一〜三九一三、三九一六〜三九二一、三九二六、三九四三、三九四七、三九四八、三九五〇、三九五三、三九五四、三九五七〜三九六六、三九六九〜三九七二、三九七六〜三九九二、三九九五、三九九七、三九九九〜四〇〇二、四〇〇六、四〇〇七、四〇一一〜四〇一五、四〇一七〜四〇三一 18・四〇三七、四〇四三〜四〇四五、四〇四八、四〇五一、四〇五四、四〇五五、四〇六三、四〇六四、四〇六六、四〇六八、四〇七〇〜四〇七二、四〇七六〜四〇七九、四〇八二〜四〇八六、四〇八八〜四一二七、四一三四〜四一三八 19・四一三九〜四一八三、四一八五〜四一九九、四二〇五〜四二〇八、四二一一〜四二一九、四二二三、四二二五、四二二六、四二二九、四二三〇、四二三四、四二三八、四二三九、四二四八〜四二五一、四二五三〜四二五六、四二五九、四二六六、四二六七、四二七二、四二七八、四二八一、四二八五〜四二九二 20・四二九七、四三〇三〜四三二〇、四三三一〜四三三六、四三六〇〜四三六二、四三九五〜四四〇〇、四四〇八〜四四一二、四四三四、四四三五、四四四三、四四四五、四四五〇、四四五一、四四五三、四四五七、四四六〇〜四四七一、四四七四、四四八一、四四八三〜四四八五、四四九〇、四四九二〜四四九五、四四九八、四五〇一、四五〇三、四五〇六、四五〇九、四五一二、四五一四〜四五一六、(三九〇一〜三九〇六書持か)

〔参考文献〕＊『万葉集の精神―その成立と大伴家持』保田与重郎（筑摩書房）＊『大伴家持の研究』尾山篤二郎（平凡社）＊『改訂増補大伴家持の研究』瀬古確（白帝社）＊『大伴家持』〔日本詩人選5〕山本健吉（筑摩書房）＊『大伴家持』北山茂夫（平凡社）＊『大伴家持』加倉井只志（短歌研究社）＊『大伴家持論攷』尾崎暢殃（笠間書院）＊『大伴家持』川口常孝（桜楓社）＊『大伴家持研究』小野寛（笠間書院）〔針原〕

大伴宿禰家持妹（おおとものすくねやかもちのいろと）

〔表記〕留女（京『類』）之女郎（19・四一八四、四一九八左注）。

〔系譜〕大伴旅人の子で、家持の妹（同母か）。

〔閲歴〕従姉妹で、家持の妻である大伴坂上大嬢が越中守在任中の夫のもとに赴いた後も京に留まっていた。「在京して先祖の祭りをする義務を負っていたか」（日本古典文学全集本）ともいう。

〔歌風〕天平勝宝二年四月五日、越中の大嬢に宛てた歌、

山吹きの花とり持ちてつれもなく離《か》れにし妹を偲ひつるかも　（19・四一八四）

「つれもなく」には軽い恨念もみられるが、山吹きの花に遠い同性を偲ぶところ、若い女性のものらしい清純な趣がある。

〔歌数〕短歌一首。19・四一八四　〔稲垣〕

大伴宿禰家持亡妾（おおとものすくねやかもちのみまかりしおみなめ）

〔表記〕亡妾（3・四六二題詞）。

〔参考〕天平十一年（七三九）六月に家持は長短歌十三首の亡妾悲傷歌を作った。この一連の歌によって家持に妾があり、その妾に若子《みどりこ》がいたことがわかる。「妾」については、従来、虚実の問題でいろいろ討議されている。

〔所在〕3・四六二題詞　〔針原〕

大伴田村大嬢（おおとものたむらのおおいらつめ）

〔表記〕田村大嬢（4・五八六題詞）、大伴田村家之大嬢（4・七五六題詞など）とも記されている。

〔系譜〕万葉集に「右、田村大嬢と坂上大嬢とはともにこれ右大弁大伴宿奈麻呂卿の女なり。卿、田村の里に居れば、名づけて田村大嬢といふ」（4・七五九左注）とある。大伴旅人の弟宿奈麻呂の娘であり、父の田村の里に住んでいた。大伴坂上大嬢は、宿奈麻呂と坂上郎女との間の娘であり、田村大嬢にとって異母妹にあたる。その生没年も**閲**

歴も不明。万葉集に、大伴稲公の田村大嬢に贈る恋の歌が一首ある（4・五八六）。その左注に「右の一首、姉坂上郎女の作なり」とあり、坂上郎女が自分の継娘に贈る弟の恋歌を代作してやったのである。田村大嬢からの歌はみえず、稲公の妻になったのかどうか、わからない。

〔歌風〕歌は集中に九首あり、すべて異母妹大伴坂上大嬢へ贈り与える歌である。巻四にまとまって四首と、巻八に春夏秋冬四季の代表的な景物を詠み込んだ五首がある。四季にわたって異母妹坂上大嬢を「恋ふる」思いを歌っているのは、二人の間の贈答（4・七五九の左注には「姉妹諮《とぶ》問《ら》ふに歌を以ちて贈答す」とあるが、坂上大嬢の歌はない）が幾年にもわたっていると思われる。巻四の一括四首も同時の作とはかぎらない。巻四の第一首は、

外に居て恋ふれば苦し吾妹子を継ぎて相見むことはかりせよ　（4・七五六）

と、二人が離れて暮し、ほとんど逢うことなく、何とかして逢う機会をもちたいと願う心が素直に歌われている。巻八の四季の歌はいかにも乙女さびて美しい。たとえば、春のつぼすみれの盛りのようにと自分の恋をたとえた比喩は美しく、つぼすみれを歌った歌は集中他に一首しかない。

わが屋前《やど》の秋の萩咲く夕影に今も見てしか妹が光儀《すがた》を　（8・一六二二）

は、夕日の光の中に浮かぶ萩の花房に妹のなよやかな優美な姿態を見事にとらえている。

〔歌数〕短歌九首。4・七五六～七五九　8・一四四九、一五〇六、一六二二、一六二三、一六六二　〔小野〕

大伴利上（おおとものとしかみ）

〔表記〕大伴村上の誤りだろうともいわれている（代匠記）。

〔系譜〕利上がとしかみか、とかみかもわからない。

〔歌風〕旅情と恋情が重なりあってうたわれる万葉集は少なくないが、利上の歌もそれである。秋雨にぬれながら妻のいる家を思う気持を率直にうたっている。報和歌か。

〔歌数〕短歌一首。8・一五七三　〔犬飼〕

大伴連長徳（おおとものむらじながとこ）

〔系譜〕咋子の子。御行・安麻呂の父。字を馬養（馬飼）という。

〔閲歴〕舒明四年十月唐国の使を江口に迎えた。また、皇極元年十二月舒明天皇の殯宮で、蘇我蝦夷の代りに誄を奏上。孝徳即位前紀には、践祚の日犬上健部君とともに金の靫を帯びて壇に立ったとある。大化五年四月大紫位に叙せられ、右大臣となる。

〔所在〕2・一〇一題詞細注　〔居駒〕

大伴安麻呂（おおとものやすまろ）

〔表記〕安丸（公卿補任、大宝元年条記事）にも作る。はじめ連、のち宿禰。なお、集中には、安麻呂の名を伴わぬ

以下の呼称もみえる。2・一〇一題詞細注の記すごとく、平城京時代のはじめ（文武・元明朝）に大納言兼大将軍に任ぜられた（〔閲歴〕の慶雲二年八月および和銅元年三月の両条を参照のこと）ので大納言（兼）大将軍（大伴）卿（2・一〇一題詞細注、2・一二九題詞細注、3・四六一左注、4・五一七題詞）と称され、その邸宅の所在する地名を冠して佐保大納言（大伴）卿（2・一二六題詞細注、4・五二八左注、五三二題詞細注、六四九左注）とよばれた。

〔系譜〕孝徳朝の右大臣大紫大伴連長徳の第六子（2・一〇一題詞細注、続紀薨伝）。旅人・田主・宿奈麻呂・坂上郎女らの父、家持・坂上大嬢らの祖父。

〔閲歴〕出生年時未詳。天武元年六月、壬申の乱に大和古京（明日香）を奪取した大伴連吹負のもとより、美濃国不破の軍営に使し軍況を奏上する。ときに安麻呂も連姓。同十三年二月、広瀬王と造都の適地を畿内に求め視占する。ときに位は小錦中。朱鳥元年正月、新羅使を饗応するため河内王らと筑紫に出向する。ときに位は直広参、姓は宿禰。同年九月、天武天皇の大葬に大蔵の事を誄《しのびごと》する。持統二年八月、殯宮に直会《なおらい》を奉ったとき、誄を奏した（以上、書紀）。大宝元年三月、直大壹より正従三位（「正」は大宝令により改制の位階表示によるもので、正・従の一位から三位までの六階を正冠とよぶ、そのことを示すもの、とみる説あり）に叙せられる。同二年正月式部卿補任、五月朝政に参議し、六月兵部卿補任。慶雲二年八月大納言（中納言の誤とみる説あり）補任、十一月大宰帥兼任。和銅元年三月には兼任なく大納言正三位（慶雲二年度の記事をそのままに、本条を「大納言」再任とは理解せず、2・一〇一題詞細注にみえる「大将軍」の誤とする説あり）。同年七月、穂積親王、左・右大臣らとともに優渥《ゆうあく》なる勅語を賜る。同七年五月一日薨ずる。従二位を追贈される（以上、続紀）。なお、養老二年に奈良坂阿古屋谷に永降寺（字《あざな》は伴寺《ともでら》）を建立し、同五年、奈良坂東谷般若山の佐保河東山に改遷建立したという（東大寺要録、六）が、年代上は死没後のこととなる。また、仏教にかかわることとしては、新羅国より渡来の尼理願という寄る辺のない者をわが家に引き取り寄住させていた（彼女は、天平七年の死没まで、引き続き同家に身を寄せる。3・四六一左注）ことがある。ところで、安麻呂兄弟の子孫らは、佐保邸・坂上邸・田村邸等に別れ住み、歌の贈答により相互に起居を問う（4・六四九左注、七五九左注）などし、とりわけ旅人・坂上郎女らは歌才に花開かせ、万葉集形成の中核的な力となった。安麻呂の経済力と政治力ならびに文化への理解が、その基盤を成したことはいうまでもない。

〔歌風〕安麻呂の作として確実なものは二首（2・一〇一、4・五一七）で、いずれも相聞である。歌数はわずかながら、巧まずして才情を備えた風があり、第三期の代表歌人の一人である旅人の父にふさわしく、豊かな資質を備えた人であったらしい。二九九番歌もまた、諸説ほぼ安麻呂の作とみなしている。これによって、対自然詠においてもすぐれた感性を発揮し得る人であることを知る。

〔歌数〕短歌三首。2・一〇一　3・二九九　4・五一七

〔神堀〕

大伴四綱（おおとものよつな）

〔表記〕四綱（絰）(3・三二九題詞)、あるいは四縄(8・一四九九題詞)とも記される。なお伝本により、「綱」「縄」に異同がある。

〔閲歴〕大伴旅人が大宰帥であった神亀から天平の初年、防人司佑の官で大宰府にいたことが知られる(3・三二九題詞　4・五七一左注)。また正倉院文書天平十年四月の上階官人歴名に「(大和)少掾大伴四綱」(大日本古文書二四巻)とあり、同じく正倉院文書、雅楽寮解に、天平十七年十月二十日の年紀のつぎに、「正六位上行助勲九等大伴宿禰四綱」(大日本古文書二巻)と記されている。

〔歌風〕短歌五首のうち三首は、防人佑時代のもので、大宰帥大伴旅人に歌いかけたものもあり、作歌の位置が旅人と関係深い。また、いずれも宴席歌で、即興的な歌が多い。しかし、

　藤波の花は盛りになりにけり平城の京を思ほすや君

（3・三三〇）

のように、率直に心をあらわして、相手の気持をうかがっている平明な作が一般的である。この歌でも知られるように、宴席歌として相手に歌いかけていく調子で、自分の感慨を表出していくという性格のものである。

　言繁み君は来まさず霍公鳥汝だに来鳴け朝戸開かむ

（8・一四九九）

題詞に宴吟歌となっているもので、夏相聞に分類されている。古い恋歌で四綱が吟唱したというのが一般の注釈の見方である。「朝戸開かむ」という句が、三輪の神宴の歌、

　味酒《うまさけ》三輪の殿の朝戸にも押し開かね三輪の殿戸を

（紀歌謡、一七）

と類似しているので、武田祐吉・全註釈には、正倉院文書雅楽寮解に四綱の名がみえるところから、「歌曲に通じていたであろう」として、この歌との関係を考えている。いずれにしても、宴席における一般的な主題を詠みこんだ軽快な歌風である。

〔歌数〕短歌五首。3・三二九、三三〇　4・五七一、六二九　8・一四九九

〔吉村〕

大伴大夫（おおとものまえつきみ）

〔閲歴〕「梅花の歌三十二首」(5・八一五題詞)の中に、「豊後守大伴大夫」(5・八一九細注)とある。序によれば、天平二年正月十三日に大伴旅人宅で開かれた宴会に出

席した一人である。代匠記では大伴三依のこととする。三依が九州に下ったことは4・五五六番歌より推察されるが、三依が国守を歴任した年と没年を勘案すれば、大伴大夫を三依に比すことは躊躇される。いまのところ不明とする他はない。　〔青木(周)〕

〔歌数〕短歌一首。5・八一九

大伴部少歳（おおともべのおとし）

〔系譜〕大伴部姓は同期の防人に、子羊・麻與佐（下総国）、節麻呂（上野国）、広成（下野国）の名がみえ武蔵国内では防人の妻真足女（那珂郡）の名がみえるが関係は不明。他にも相模（寧楽遺文下）、陸奥（寧楽遺文上）、御野（同上）、紀伊（寧楽遺文下）、讃岐（同上）、出雲（同上）、隠岐（同上）、筑紫（書紀持統四年九月）、薩摩（寧楽遺文下）の諸国にみえる。

〔閲歴〕天平勝宝七歳二月武蔵国秩父郡から防人（助丁）として筑紫に遣わされた（20・四四一四左注）。

〔歌風〕「大君の命《みこと》かしこみ愛《うつく》しけ妻子が手離《はな》り島伝ひ行く」の一首で、上二句官人の慣用句、絶対命令に従うことをいうが、下三句の平易な叙述に無限の情愛を感じさせてその落差に大きな効果をもつ歌である。

〔歌数〕短歌一首。20・四四一四　〔野田〕

大伴部小羊（おおともべのこひつじ）

〔系譜〕大伴部少歳の項参照。同国内の大伴部姓は埴生郡に防人麻與佐の他、匝沙郡に麻呂・足（寧楽遺文上）、葛飾郡に稲依売（寧楽遺文上）の名がみえ、また相馬郡内では意布郷に伎奴古売・佐加売の名が戸籍にみえるが関係不明。

〔閲歴〕天平勝宝七歳二月下総国相馬郡より防人として筑紫に赴く（20・四三九四）。

〔歌風〕「大君の命かしこみ弓の共さ寝か渡らむ長けこの夜を」の一首で、上二句で天皇の絶対命令をいい、下三句で実情をいう類型的な表現構造をもつ（大伴部少歳の項参照）。四三二一番歌は下句が同想。

〔歌数〕短歌一首。20・四三九四　〔野田〕

大伴部広成（おおともべのひろなり）

〔系譜〕大伴部少歳の項参照。

〔閲歴〕天平勝宝七歳二月下野国那須郡より防人（上丁）として筑紫に遣わされた（20・四三八二）。

〔歌風〕「ふたほがみ悪しけ人なりあたゆまひわがする時に防人にさす」の一首で、防人に徴用されることを率直に指弾した類のない珍しい歌。卒直、明解、湿り気のない点で特異である。

〔歌数〕短歌一首。20・四三八二　〔野田〕

大伴部節麻呂（おおともべのふしまろ）

〔系譜〕大伴部少歳の項参照。

〔閲歴〕天平勝宝七歳二月、上野国防人（上丁）として筑紫に赴く（20・四四〇六左注）。
〔歌風〕素朴な表現でよく情を写している。歌中訛言（家（いは）・行かも人）あり。
〔歌数〕短歌一首。20・四四〇六　〔野田〕

大伴部真足女（おおともべのまたりめ）
〔閲歴〕武蔵国那珂郡（現、埼玉県児玉郡および本庄市の一部）の上丁、檜前舎人《ひのくまのとねり》石前《いわさき》の妻。夫が防人として天平勝宝七歳二月に筑紫に遣わされたときに歌を詠じている。夫と妻との姓が異なっているのは当時子女は父の姓を名のるのが習わしとなっていたことによる。
〔歌風〕東国の語法がそのままあらわれている表現で夫を慕う防人の妻の心を詠じている。
〔歌数〕短歌一首。20・四四一三　〔近藤（信）〕

大伴部麻与佐（おおともべのまよさ）
〔閲歴〕下総国埴生郡（現、千葉県印旛郡および佐倉、成田両市の一部）の防人。勝宝七歳二月十六日に進歌した歌中の一人。
〔歌風〕防人という制度が個人にかかわってきたその時点で、いかに生活を（とくにそれまで支えていた精神生活の秩序を）破壊してしまうかを暗示する歌を詠んでいる。
〔歌数〕短歌一首。20・四三九二　〔近藤（信）〕

大汝（おおなむち）
〔系譜〕大穴持（出雲国風土記）、国作大己貴命（紀）、於保奈牟知（万葉）とも書く。神代紀訓注に「大己貴此云㆓於褒婀娜武智㆒」（オホアナムチ）とみえる。古語拾遺にもオホナムチとある。オホは尊称。ナは我の意、ムチは貴いものの意。書紀によると大国主神の一名で国土経営の神であるとなす。宣長はムチは「持」と解す。真淵の「古へ名の弘く長く聞ゆるを誉とす」るに意のあるとの説をうけて、大国主神は「天ノ下を作り治め知りたまへる御名の、世に勝れたれば、大名持と美称《たた》へ申」したと説く（記伝九）。万葉に「大汝《おほなむち》少彦名《すくなひこな》のいましけむ志都《しつ》の石室《いはや》は幾代経ぬらむ」（3・三五五）と「大汝《おほなむち》少彦名《すくなひこな》の　神こそは　名づけ始《そ》めけめ　名のみを　名児山と　負ひて　わが恋の　千重の一重も　慰めなくに」（6・九六三）の例歌がある。神代の出雲の国の主神。素戔鳴尊の子とも六世の孫ともいう。少彦名神と協力して天下を営《いと》なみ、禁厭（まじない）・医薬などの道を教えた。国土を天孫ニニギノミコトに譲り、杵築の地に隠退。今出雲大社に祀る。
〔所在〕3・三五五　6・九六三　7・一二四七　18・四一〇六
〔参考文献〕*「大穴牟遅神の神名考」中島悦次（神道学21）*「大穴牟遅神と海人族」次田真幸（国文32）*「オホナムチノ命の系譜」（上・下）井上実（神道学74・75）*「オホナムチ神話の成立」広畑輔雄（民族学研究39—3）*「オホナムチ神話—その文学性—」古橋信孝（国文学23

—14）〔松原〕

太朝臣徳太理（おおのあそみとこたり）

〔閲歴〕続紀によれば天平十七年正月、正六位上から外従五位下。同十八年四月、従五位下。なお、天平十八年正月積雪のとき、太上天皇（元正）の御在所で肆宴せる諸王卿らの応詔歌（17・三九二二〜三九二六）の左注に名がみえ、「右の件の王卿等は、詔に応へて歌を作り、次に依りて奏しき。登時その歌を記さずして、漏失せり」とある。

〔所在〕17・三九二六左注。〔縄田〕

大原真人今城（おおはらのまひといまき）

〔表記〕天平宝字元年以後の関係歌には、大原今城真人と記される。また、大原真人今木とも記される（続紀天平宝字元年五月）。天平十一年三月までは今城王と称する。四月三日以後大原真人姓である。

〔系譜〕大原真人桜井（桜井王）を今城の父とする説がある。そうだとすると、今城は長皇子の曾孫、川内王の孫にあたり、高安王・門部王（ともに天平十一年四月に大原真人の姓を賜っている）の甥にあたる。母は大伴女郎である（4・五一九）。攷証は大伴女郎と大伴郎女を同一人として、はじめ今城の父に嫁し、今城を生みてのち夫に先立たれ、のち旅人に嫁したという。さらに「御行の女にはあらざる歟」といい、「今城王は穂積皇子の男か」とまでいうが、疑問である。同一人物とすると、今城は家持と異父兄弟またはそれに近い関係になる。しかし、近接の歌群（4・五二五〜五二八）の左注から、両者の注記の意図を斟酌すると別人とすべきではなかろうか。女郎を族内の独身女性とみると、家持の叔母にあたることになり、今城と家持は従兄弟関係になろう。ともあれ、いまはいずれとも決めがたい。

〔閲歴〕奴婢帳の「一条令解　申売買奴婢立券事」に「部内三坊戸主正七位下」「證兵部省少丞正七位下」とあり、日付は天平二十年十月二十一日である。天平勝宝七歳二月頃正六位上で上総国大掾、同年三月上総国朝集使として在京、天平勝宝八歳二月兵部大丞、天平宝字元年五月従五位下、同年六月治部少輔、同七年正月左少弁、同年二月には新羅の使者に応接している。そして同年四月上野守、同八年正月従五位上、その後九月の押勝の乱に同情的立場を示す言動でもあったのだろうか。翌十月には上野守が交替しており、今城はいっさいの官位を剝奪されたのではないだろうか。七年後、宝亀二年閏三月に无位から従五位上に復し、同年七月兵部少輔、同三年九月駿河守に任ぜられている。その後の閲歴は未詳。

〔歌風〕「大原直人今城の寧楽の故郷を傷み惜しむ歌一首」（8・一六〇四）を、家持が久邇京から寧楽の坂上大嬢に贈った歌（8・一六三二）と同様の性格の古都痛惜の望郷歌とみなし、家持宅での宴席歌とすると、今城の歌はすべて宴席の場の作歌になる。愛別離苦的な傾向の惜別歌を、即興的に当意即妙かつ平易に歌うことを得意としたようだ。したがって、歌の内容は吟味されたものではなく、風趣とか姿とかに対する配慮に欠け、即興歌特有の類歌性が高い。「奈良の都の荒るらく惜しも」（8・一六〇四）は、「寧楽の京の荒れたる墟を傷み惜しみて作れる歌三首」（6・一〇四四）以下、「三香の原の荒れたる墟を悲傷みて作れる歌」（6・一〇六一）を念頭においたものであろう。また、家持宅における集飲歌「わが背子が屋戸の石竹花日並べて雨は降れども色も変らず」（20・四四四二）は家持の「十月時雨の常かわが背子が屋戸の黄葉散りぬべく見ゆ」（19・四二五九）を作歌の根底においたものだろう。朝集使として上京するとき、郡司の妻の餞の歌二首（20・四四四〇、四四四一）は池主宅での歌（20・四四七五、四四七六）と対比させてみると、ドンファン的な性格が郡司階級の妻女を想定して「誰をか君と」「世の限りにや」と誇大表現による戯笑性を表出したものと考えうるのではなかろうか。伝誦歌人の天性の一端ではないだろうか。今城の伝誦する歌は、前記上総国郡司の妻女の歌二首（従来通り伝誦歌とみなして）を含めて十二首である。

〔歌数〕短歌八首。8・一六〇四　20・四四四二、四四四四、四四七五、四四七六、四四九六、四五〇五、四五〇七。今城の伝誦する歌。20・四四三六、四四三七、四四三八、四四三九、四四四〇、四四四一、四四五九、四四七七、四四七八、四四七九、四四八〇、四四八二　〔町方〕

大原真人桜井（おおはらのまひとさくらい）

〔表記〕大原桜井真人（20・四四七八）のほか桜井王（8・六一四）とみえる。

〔系譜〕皇胤紹運録によると長皇子の孫。河内王の子。高安王の弟にあたる。大原真人今城の父か。

〔閲歴〕続紀によると和銅七年（七一四）正月従五位下。天平三年（七三一）正月従四位下。同十一年（七三九）四月高安王とともに臣籍に下り大原真人の姓を賜ったと思われる。万葉集に遠江守とあるが（8・一六一四）続紀にはみえない。天平十六年（七四四）二月久邇京の留守官。

〔歌風〕中国文学の知識や古歌に対する知識の豊かさがうかがわれ、風流侍従（武智麻呂伝）にふさわしい歌風。

〔歌数〕短歌二首。8・一六一四　20・四四七八

〔参考文献〕＊「遠江守桜井王」久曽神昇（愛知大学総合郷土研究所紀要21号）　〔犬飼〕

大原真人高安（おおはらのまひとたかやす）

〔表記〕大原高安真人。臣籍にくだる以前は、たんに高安王と記される。王称を記さないで高安とだけ記すのもある（8・一五〇四）。

〔系譜〕天武天皇の第四皇子である長皇子の孫、川内王の子とする（皇胤紹運録）。門部王、桜井王は弟にあたり、

桜井王を今城の父とすると今城王は高安王の甥にあたることになる。また、大原今城に贈った歌（4・五三七〜五四二）をもつ高田女王は8・一四四四の細注に「高安之女也」とある。天平十五年五月に従五位下を授けられた大原真人麻呂を高安王の子とする説もあるがさだかでない。大原真人の姓については新撰姓氏録の左京皇別には、「大原真人　謚敏達の孫百済王より出づ。続日本紀合」とあるが、高安王一統には関係なさそうである。

〔閲歴〕和銅六年正月の無位高安王に従五位下が授けられた記録が史書にあらわれた最初である。養老元年正月従五位上、養老元年ないし三年正月頃に多紀皇女との結婚問題で伊予国守に左降（12・三〇九八左注）されたと思われる。養老三年七月阿波讃岐土左三国の按察使、同五年正月正五位下、神亀元年二月正五位上、同四年正月従四位下、「大納言大伴卿、新しき袍を摂津大夫高安王に贈る歌一首」（4・五七七）から推測して天平二年摂津大夫、天平四年十月衛門督、同五年正月正三位県犬養宿禰三千代の喪事を監護、同七年九月には一品新田部親王の喪事を監護、同九年九月従四位上、同十一年四月高安王らに大原真人の姓を賜う。広嗣の乱後、天平十二年十一月正四位下、同十四年十二月卒去。

〔歌風〕天平十一年四月の大原真人の賜姓以前の歌は一首（4・六二五）だけであり、他の二首は賜姓後に収集したもの（17・三九五二　8・一五〇四）であろう。とにかく、三首とも伝誦歌を収集したものである。三首とも「妹」をうたいこんでいるが、饗宴の席上仮想設定した即興歌であろう。したがって、真摯な情愛はさておき、そつなく軽快に歌いあげており、戯笑性ないし揶揄性めいた傾向、大仰な表現、軽妙さは高安の磊落な性格を示しているといえる。4・六二五の「沖方行き辺に行き……」の歌は天平二年の摂津大夫時代、8・一五〇四は県犬養三千代の薨去後の作を後年入手、17・三九五二については高安が越中に赴任した記録はないが、越中大目高安倉人（19・四二四七左注）種麻呂なる人物も存在する。高安王の経済的基盤は越中国にあったのではなかろうか。大伴家持と親密であった大原真人一統を理解できそうである。

〔歌数〕短歌三首。4・六二五　8・一五〇四　17・三九五二　〔町方〕

大神朝臣奥守（おおみわのあそみおきもり）

〔閲歴〕続紀によると天平宝字八年（七六四）正月に正六位下から従五位下を授けられている。

〔歌風〕池田朝臣（真枚か）が奥守をあざ笑った歌（16・三八四〇）に応えた嗤咲歌《ししょうか》。

〔歌数〕短歌一首。16・三八四一　〔犬飼〕

大神女郎（おおみわのいらつめ）

〔系譜・閲歴〕万葉集に家持と歌の贈答が知られる他には

全くわからない。

〔歌風〕鳥に寄せた恋歌二首。千鳥の声の哀調によせてうたった歌とほととぎすにかこつけて戯れに贈ったと想われる歌である。ほととぎすの歌は機智の裏に寓意ありげである。

〔歌数〕短歌二首。4・六一八　8・一五〇五　〔犬飼〕

大宅女（おおやけめ）
〔表記〕諸本「大宅女」「娘子字《あざな》を大宅といふ」とする。
〔系譜・閲歴〕豊前国の娘子であることは作品の題詞によって知られる。巻六に載る歌は天平五年の作とみられ、巻四に載る歌も天平年間の作であることは動くまい。
〔歌風・影響〕巻六に載る歌は寓意があるらしく難解、

夕闇は路たづたづし月待ちて行かせわが背子その間にも見む　（4・七〇九）

は、愛する人とともにあるときを長くと望む純情を歌って、佳作というに足りる。良寛の歌に影響を及ぼしている。

〔歌数〕短歌二首。4・七〇九　6・九八四　〔山崎〕

岡本天皇（おかもとのすめらみこと）
〔表記〕岡本天皇（4・四八五題詞、4・四八七左注、8・一五一一題詞、9・一六六四左注）のほか、岡本宮御宇天皇（9・一六六五題詞）とも記される。
〔系譜・閲歴〕万葉集の岡本天皇・岡本宮御宇天皇は、高市岡本宮御宇天皇（1・二標）・飛鳥岡本宮御宇天皇（1・八左注）すなわち舒明天皇か、後岡本宮御宇天皇（1・八題詞、同左注）すなわち斉明（皇極）天皇か、そのいずれかである。それぞれの系譜・閲歴については、舒明天皇・斉明天皇の項参照。
〔歌風等〕集中に岡本天皇の作と記された歌は長歌一首、短歌三首を収める。

岡本天皇の御製一首幷に短歌

神代より　生れ継ぎ来れば　人多に　国には満ちて　あぢ群の　去来は行けど　わが恋ふる　君にしあらねば　昼は　日の暮るるまで　夜は　夜の明くる極み　思ひつつ　眠も寝がてにと　明しつらくも　長きこの夜を　（4・四八五）

反歌

山の端にあぢ群騒き行くなれどわれはさぶしゑ君にしあらねば　（4・四八六）
淡海路の鳥籠の山なる不知哉川日のころごろは恋ひつつもあらむ　（4・四八七）
右は、今案ふるに、高市岡本宮、後岡本宮、二代二帝、各々異なり。ただ岡本宮といふは、未だその指すところを審らかにせず。

左注の筆者は舒明天皇、斉明天皇のいずれか不審と記しているのであるが、歌自体に即してみれば、長歌および反歌の第一首目に「君にしあらねば」とあるのでこの作者は女性、両天皇の内から選べば斉明天皇ということになろう。しかし、「神代」「あれ」の用語や「人多に国には満ちて」という発想などから考えると、長歌は舒明・斉明期の歌ではなく、おそらく第三期以降の歌とみられる。内容の上からも一般的な恋の歌にすぎない。類歌が13・三二四八にあることをも考え併せて、恋の歌謡が伝承の間に手を加えられ、反歌も添えられ、岡本天皇の歌ということになったと思われる。この場合の岡本天皇は、歌意にもかかわらず、伝承者に漠然と舒明天皇と意識されていた可能性もある。

　　岡本天皇の御製歌一首
夕されば小倉の山に鳴く鹿は今夜は鳴かずい寝にけらしも　（8・一五一一）

この岡本天皇は普通舒明天皇と考えられているが、斉明天皇の可能性もないわけではない。この歌の小異歌が9・一六六四にあり、題詞に雄略天皇御製とし、左注に「右は、或る本に曰はく、岡本天皇の御製なりといへり。正指を審らかにせず。これに因りて以ちて累ねて載す」と記している。この点から一般的な伝承歌とみる説もある。しかし、鹿が歌にうたわれるのは天平以降に多く、しかも風流の対象としてであるのに対して、この歌の鹿は作者とともにあるいわば風流以前の存在であること、作者に明確な感覚の統一のあること、すなわち初期万葉の歌としての性格を持っていることから、舒明自作と認めてよいと思う。この歌が伝承の間に表現も一般化し、作者もより著名な雄略天皇を求めて定着したのが巻九の歌であると思われる。

　　岡本宮に天の下知らしめしし天皇の紀伊国に幸しし時の歌二首　（9・一六六五題詞）

書紀に紀伊行幸の記事があるという点からはこの天皇は斉明天皇ということになるが、伝承者あるいは題詞の筆者等が舒明天皇と考えていた可能性も残されている。

〔歌数〕長歌一首、短歌三首。4・四八五、四八六、四八七　8・一五一一

〔参考文献〕＊「万葉集巻四〈岡本天皇御製一首〉—長歌の成立時期について—」曾倉岑（青山語文8）　〔曾倉〕

置始東人（おきそめのあずまひと）

〔系譜〕壬申乱の功臣置始連菟（宇佐伎）、白雉五年二月遣唐判官になった置始連大伯、万葉歌人の置始連長谷（8・一五九四左注）などは「連」であるが、東人はいずれも姓を記していないので前の三名のように「連」ではなかったとみられる。

〔閲歴〕文武朝の宮廷歌人で弓削皇子に仕えた舎人か。

〔歌風〕巻一の六六番の歌には「太上天皇、難波宮に幸す時の歌」という題詞があり、左注に「右一首、置始東人」とある。太上天皇は持統天皇であるが、持統天皇の難波行幸の記録はない。したがって文武天皇と同行したか。同行ならば文武三年正月の行幸、そのときの従駕の作となる。

大伴の高師の浜の松が根を枕き寝れど家し偲はゆ
（1・六六）

松が根を枕にするというのは、旅寝の事実（私注）とみるより、美しい高師の松原の地に旅寝するという意、と解するのが一般的である。しかし日本古典文学全集本頭注は「作者がなぜ「家し偲はゆ」という気持になったか、不明」と疑問を提し、「第四句が枕キ寝レドという逆接句をとっていることから考えると、けっこうその仮宿を楽しんでいたようでもある」と説く。一方、新潮日本古典集成頭注は「以下六九まで一まとまりの宴歌。上四句は土地の女と共寝することをにおわせた表現」と説く。つまりこの歌を独立した一首とみるか、それとも連作的性格を有する歌とみるかによって歌意も異なることになる。ちなみに六六〜六八番歌、六七〜六九番歌には対応する語が用いられているので、ここは歌作の場ということが考慮さるべきか。

大君は神にしませば天雪の五百重の下に隠りたまひぬ
（2・二〇五）

右の歌は弓削皇子の薨去のときの東人の挽歌（反歌）である。前にある長歌は「やすみしし我が大君高光る日の御子……」と歌い越し「昼はも日のことごと夜はも夜のことごと伏し居嘆けど飽き足らぬかも」と詠じているが、額田王の挽歌（2・一五五）をはじめ先蹤の歌詞を綴って形式を整えた趣の歌である。ただし一五五番歌は夜・昼の順で歌われているが、ここでは・昼・夜となっているのが注目される（神野志隆光「古代時間表現の一問題」論集上代文学第六冊）。反歌も「大君は神にしませば」と人麻呂の歌（3・二三五）などに出る成句を踏まえて歌作し、これといった作者の特色を示さない。ただ天武・持統の両帝および天武の皇子に限って「大君は神」と表現されることは留意すべきである。つぎに「また、短歌一首」として、

楽浪の志賀さざれ波しくしくに常にと君が思ほせりける
（2・二〇六）

の歌を載せる。これは弓削皇子の「滝の上の三船の山に居る雪の常にあらむと我が思はなくに」（3・二四二）と、皇子自身短命を予感した趣の歌に対応させて詠じたもの。本心は「いつまでも永らえたいと思いつづけておられた」というのである。結句「思ほせりける」は強い感動をこめた語法であるが、上二句の序は人麻呂の近江荒都歌（1・二九〜三一）を意識的に踏まえたものか。以上、東人の歌は先蹤歌を踏襲して形式を整えたところが多く、したがって表面的で心情の籠らぬ歌作となっている。

〔歌数〕長歌一首、短歌三首。1・六六　2・二〇四、二〇五、二〇六
〔林田〕

置始連長谷（おきそめのむらじはつせ）

〔閲歴〕天平十一年（推定）十月、光明皇后の宮で維摩講が行われ、仏前唱謌が唱われた際の歌い手の一人として名

がみえる（8・一五九四左注）。天平勝宝六年三月十九日には、大伴家持の別荘の門の槻の木の下で宴飲し、一首を詠じている。また花を折り酒壺を提げて来た長谷に和えた家持の作もある（20・四三〇三）。

〔歌数〕短歌一首。20・四三〇二　〔比護〕

息長足日女命（おきながたらしひめのみこと）

〔表記〕多良志比咩（5・八一三）、多良志比売（5・八六九）、多良思比売（15・三六八五）、息長足日女命（5・八一三題詞）と記される。

〔系譜〕父は気長《おきなが》宿禰王、母は葛城高顙媛《かつらぎのたかぬかひめ》（紀の表記）。仲哀天皇の皇后で応神天皇の母。諡は神功皇后。

〔閲歴〕紀によれば、仲哀天皇二年立后。同九年天皇崩御の後、皇太后として六十九年間摂政した。この仲哀天皇崩御直後に新羅征討を行った。その新羅征討の出発にあたり臨月となり、石を以って鎮懐したというのがいわゆる「鎮懐石伝説」で、万葉集では5・八一三題詞にそれが記されており、歌にも詠まれている。同様の記事が記紀・風土記等にみえる。

〔所在〕5・八一三、八一四、八六九　15・三六八五

〔参考文献〕*『神功皇后』神功皇后論文集刊行会編（皇学館大学出版部）*「神功皇后伝説の成立」直木孝次郎（歴史評論104）*「神功皇后征韓伝説の伝承者」植松茂（国語と国文学37—8）*「神功皇后伝説の形成—八十島祭との関連において—」阪下圭八（文学37—4）*「大帯日売考—神功皇后伝承の史的分析—」塚口義信（日本書紀研究5）*「神功皇后の系譜と伝承—イヅシ族とオキナガ氏—」三品彰英（日本書紀研究5）*「神功皇后伝承定着の周辺—北九州を中心として—」喜多路（民族学研究36—1）*「神功皇后伝説と息長氏—生産民の芸能からみたその意義—」塚口義信（日本書紀研究6）*「オキナガタラシヒメの物語」（上・下）倉塚曄子（文学42—8・9）*「神功皇后伝承とその史的形成」滝口泰行（国学院雑誌76—12）　〔滝口〕

乎久佐乎（おくさお）

〔系譜〕乎具佐出身の男子の名で、乎具佐受家男と一人の女を争ったという伝説上の人物。東歌の雑歌に、

乎久佐乎と乎具佐受家乎と潮舟の並べて見れば乎具佐勝ちめり　（14・三四五〇）

の歌がある。

〔所在〕14・三四五〇　〔大室〕

乎具佐受家乎（おぐさすけお）

〔系譜〕乎具佐出身の男子の名。乎久佐乎と女を争った伝説上の人物。

〔所在〕14・三四五〇　〔大室〕

息長真人国嶋（おきながのまひとくにしま）
〔表記〕息長丹生真人国嶋（続紀）とも。
〔閲歴〕天平勝宝七歳二月十四日に、防人部領使として十七首の歌をたてまつる。ときに常陸国の大目で正七位上（20・四三七二左注）。天平宝字六年正月四日息長丹生真人国嶋の名で、従五位下に叙せられている（続紀）。
〔所在〕20・四三七二左注　〔斎藤〕

憶良大夫之男（おくらのまえつきみのこ）
〔系譜〕山上臣憶良の子か。
〔閲歴〕万葉集中、「射《い》水《みず》郡の駅館《うまや》の屋の柱に題著《しる》す歌一首」と題した歌（18・四〇六五）の左注に、「右の一首は、山上臣の作なり。名を審らかにせず。或ひとの云はく、憶良大夫の男なりといへり。但し其の正名は詳らかならず」とある。山上臣とは憶良のこととも考えられるが、彼が越中国へ行った記録はみえない。また、憶良の子息についても他に所見がなく、憶良大夫之男の実体は不明としかいいようがない。
〔歌数〕短歌一首。18・四〇六五　〔青木(周)〕

忍坂王（おさかのおおきみ）
〔表記〕大原真人赤麿と後に姓を賜ったとある（8・一五九四左注、割注）。
〔閲歴〕天平十一年十月、皇后宮の維摩講で唱せられた「仏前の唱歌」一の弾琴を市原王とともになす（8・一五九四左注）。天平宝字五年正月二日無位から従五位下に叙せられている忍坂王（続紀）は同一人と考えられている。
〔所在〕8・一五九四左注　〔斎藤〕

刑部直千国（おさかべのあたいちくに）
〔閲歴〕上総国市原郡（現、千葉県市原市の一部）の防人で上丁。天平勝宝七歳二月九日に進歌した歌中の一人。
〔歌風〕防人として出立の朝の光景を詠んで新鮮な情感を漂わせる。防人歌中屈指の歌を残している。
〔歌数〕短歌一首。20・四三五七　〔近藤(信)〕

刑部直三野（おさかべのあたいみの）
〔閲歴〕上総国の防人、助丁。天平勝宝七歳二月九日に進歌した歌中の一人。
〔歌風〕防人として任地に赴く困難な旅を歌っているが、歌いぶりはやゝ観念的になっている。あるいは防人の助丁（防人としては丁に次ぐ階級）としての指導的立場の意識からの発想による故か。
〔歌数〕短歌一首。20・四三四九　〔近藤(信)〕

忍坂部乙麻呂（おさかべのおとまろ）
〔閲歴〕未詳。巻一に大行天皇（文武天皇）が難波宮に行幸した際の歌一首がある。文武天皇の難波行幸は、文武三年（六九九）正月と慶雲三年（七〇六）九月の二回。
〔歌数〕短歌一首。1・七一　〔比護〕

刑部志加麻呂（おさかべのしかまろ）

〔系譜〕未詳。書紀によれば天武天皇第九皇子に刑部親王の名がみえる。この皇子の御名代に由来する氏名か。下総国には刑部姓が多くみられる。

〔閲歴〕下総国猨《さ》島《しま》郡（現、茨城県猿島郡および古河市の一部）の防人。天平勝宝七歳二月十六日に進歌した歌中の一人。

〔歌風〕序詞部分の比喩に巧みさを示す歌を残している。

〔歌数〕短歌一首。20・四三九〇　〔近藤(信)〕

刑部垂麻呂（おさかべのたりまろ）
〔閲歴〕「近江国より上り来し時」の歌（3・二六三）は柿本人麻呂の歌にはさまれてあり、また別の一首（3・四二七）は「田口広麻呂の死りし時」の歌で、広麻呂は慶雲二年十二月従五位下に叙せられている（続日本紀）。この二点から考えて、持統朝から景雲頃の官人か。
〔歌風〕一首（3・二六三）はそれと並ぶ「柿本朝臣人麻呂の近江国より上り来し時」の歌（3・二六四）と同じ作歌契機に立つ歌で、旅の帰りの都への急ぐ心を歌う。もう一首は挽歌。
〔歌数〕短歌二首。3・二六三、四二七　〔三浦〕

忍壁皇子（おさかべのみこ）
〔表記〕忍坂部皇子（2・一九四題詞）とも記す。
〔系譜〕天武天皇の第九子。母は宍人臣大麻呂の女櫰媛《かじひめの》娘《いらつめ》。磯城皇子・泊瀬部皇女・託基皇女の兄。子に山前王らがいる。
〔閲歴〕壬申の乱では最初から天皇と行動を共にし、天武八年五月草壁皇子以下吉野宮での六皇子の誓約に加わる。同十年三月帝紀および上古諸事の記定、文武四年六月律令撰定に参加。大宝元年十二月持統太上天皇の崩御のときに造大殿垣司に任ぜられ、同三年正月知太政官事を命ぜられ、慶雲元年正月三品で薨去。白鳳の皇親政治の重責を果たし、万葉集にも、川島皇子薨去（朱鳥五年九月）のとき、そして天武天皇が雷山に行幸したときに、柿本人麻呂が忍壁皇子に献呈した歌がある（2・一九四～一九五　3・二三五）。さらに皇子に献る、仙人の形を読んだ作者未詳歌（9・一六八二）もある。作歌はないが、万葉歌との関連が深い。
〔所在〕2・一九四題詞　3・二三五左注　9・一六八二題詞
〔参考文献〕＊「忍壁皇子」直木孝次郎（万葉集研究2）　〔居駒〕

刑部虫麻呂（おさかべのむしまろ）
〔閲歴〕駿河国の防人。天平勝宝七歳二月七日に進歌した歌中の一人。
〔歌風〕「国巡るあとりかまけり行き巡り帰り来までに斎《いは》ひて待たね」（20・四三三九）、第二句が難解ながら、防人として出て行く自分の身の安全を祈るようにと家族に言いおく気持の出ている歌。二句目を鳥に解するとユニークな喩といえる。

〔歌数〕短歌一首。20・四三三九　〔近藤(信)〕

他田舎人大島（おさだのとねりおおしま）

〔表記〕国造《くにのみやつこ》小県郡《ちいさがたのこおり》他田舎人大島（20・四四〇一左注）と記されている。

〔系譜〕他田舎人氏は敏達天皇（他田宮《おさたのみや》に坐《いま》す）の宮号から出た名代他田部の舎人であったことに由来するか。

〔閲歴〕信濃の国の防人。天平勝宝七歳二月二十二日に進歌した歌中の一人。筑紫に遣わされた。

〔歌風〕父母を失う子の不運を憐む集中唯一の歌を残している。

　韓衣裾に取りつき泣く子らを置きてそ来ぬや母《おも》なしにして　（20・四四〇一）

〔歌数〕短歌一首。20・四四〇一　〔近藤(信)〕

他田日奉直得大理（おさだのひまつりのあたいとこだり）

〔系譜〕正倉院文書に残された海上国造他田日奉部直神護の申し状によれば、下総国海上郡の国造（大化以後は郡司）として朝廷に代々仕えてきたことが述べられている。得大理もこの一族か、あるいは国造家に仕えた人物かと思われる。

〔閲歴〕下総国の防人。助丁。天平勝宝七歳二月十六日に進歌した歌中の一人。

〔歌風〕実景を視野に入れた表現に出立の朝の現実感がある。

〔歌数〕短歌一首。20・四三八四　〔近藤(信)〕

他田広津娘子（おさだのひろつのおとめ）

〔系譜・閲歴〕未詳。作品の位置からみて、大伴家にかかわりの深い人であったかと考えられる。あるいは家持の青春時代における愛人の一人であったのかもしれない。

〔歌風〕冬の夜の宴の歌、家持に贈った恋の歌か。平凡。

〔歌数〕短歌二首。8・一六五二、一六五九　〔山崎〕

他田部子磐前（おさたべのこいわさき）

〔系譜〕他田部氏は敏達天皇（他田宮《おさたのみや》に坐《いま》す）の宮号から出た名代に由来する氏か。

〔閲歴〕上野国の防人。天平勝宝七歳二月二十三日に進歌した歌中の一人。

〔歌風〕歌意は平明だが内容は古代人の旅の風俗、信仰をうかがわせる歌を詠んでいる。

〔歌数〕短歌一首。20・四四〇七　〔近藤(信)〕

忍海部五百麻呂（おしぬみべのいおまろ）

〔系譜〕顕宗天皇の姉は飯豊女王またの名を忍海部《おしぬみべの》女王という。また顕宗仁賢の両天皇の少年時代父の市辺押磐《いちべのおしはの》皇子が雄略天皇に殺され二皇子は播磨国赤石郡の縮見《しじみ》の屯倉《みやけ》に身をかくすが、この屯倉の首《おびと》の名は忍海部造細目《ほそめ》という。

この御子たちの養育にかかわる氏か、あるいは女王の名代に由来する氏か。

〔閲歴〕下総国の結城郡の防人。天平勝宝七歳二月十六日に進歌した歌中の一人。

〔歌風〕家郷に残した妻の様子を想像した歌を残している。

〔歌数〕短歌一首。20・四三九一　〔近藤(信)〕

小鯛王（おだいのおおきみ）

〔表記〕「その小鯛王は、更の名を置始多久美といへる、この人なり」（16・三八二〇左注）とある。

〔閲歴〕藤原武智麿伝に、神亀年間の人物を評して、六人部王等十余人とともに「風流侍従」とされる人物の一人に「置始工」がある。万葉集全註釈は、この人物と同一人かと考える。持統紀七年夏四月庚申朔丙子条に不当利得に問われて、位一階をおとされ、任官を解かれた「置始多久」があるが、井上通泰の万葉集新考では、これを「美」の脱字として置始多久美と同じ人物であるとする。この脱字説には、孝徳紀白雉五年二月条で遣唐判官となった「置始連大伯」と置始多久とを同一人として、疑問を提出する説がある。

〔歌風〕三八一九・三八二〇番歌は、ともに「小鯛王、宴居する日に、琴を取れば登時、必ずまづ此の歌を吟詠せり」（16・三九二〇左注）とされており、琴歌として伝誦されていたことが明らかである。古歌であるか、本人の創作であるか詳かにしないが、「此の歌を吟詠せり」とあるところから考えて、琴歌として歌唱されたというよりも、琴を伴奏に用いて朗吟に近い形で宴に誦ぜられたものであろう。三八一七・三八一八番歌、さらに、三八一六番の穂積親王の御歌も、伝誦歌としてほぼ同じような性質を有していると考えられている。三八一九番歌には、

　夕立の雨降るごとに（一に云はく、うち降れば）春日野の尾花が上の白露思ほゆ　（10・二一六九）

という類歌があり、落ちようとする白露を案ずる繊細な抒情を示している。「雨降るごとに」より「うち降れば」の方が、歌一首の緊張感を高める点ではすぐれた表現となろう。三八二〇番歌は、夕刻招ぜられたときの挨拶の歌であり、人の参集を喜ぶ家讃の歌となっている。女性の譬喩ととらえる説もあるが、いずれにせよ、晩方の宴席で誦するには好適な歌である。三八一九番歌と歌い出しを一致させ、組歌としたその配慮は心憎いばかりである。歌そのものは個性の乏しいものであるが、この二首を組みにして表現することによって、そこにさまざまの解釈を許しながら、しかも趣味のよさをしのばせるあたりには、「風流」人小鯛王の面目躍如たるものがある。

〔歌数〕短歌二首。16・三八一九、三八二〇　〔斎藤〕

小田朝臣諸人（おだのあそみもろひと）

〔閲歴〕万葉集に、天平十八年正月、雪の多く降った日、太上天皇（元正）の御在所にて左大臣橘諸兄、大納言藤原豊成朝臣らとともに酒を賜い肆宴したことがみられる（17・三九二六左注）。また、小治田朝臣諸人とする説がある。続紀によれば、かれは天平元年三月正六位下より外従五位下に叙せられ、同九年十二月散位頭に任ぜられた。さらに、同十年八月豊後守、同十八年五月内位従五位下に昇進、天平勝宝六年正月従五位上に叙せられた。

〔所在〕17・三九二六左注　〔近藤(健)〕

小田王（おだのおおきみ）

〔閲歴〕生没年未詳。天平六年正月無位より従五位下に叙せられ、同十年閏七月大蔵大輔に任ぜられた。同十六年二月木工頭の地位にあり、難波行幸に際して恭仁宮留守官となった。同十八年正月の雪の日に左大臣橘諸兄ら諸王臣が、太政天皇の在所に参入しての肆宴に列なり、詔に応じて歌を作ったが、そのとき編者が歌を記録しなかったので、歌を漏失したとある（17・三九二六左注）。同年四月因幡守に任ぜられ、同月従五位上に昇叙。天平勝宝元年十一月因幡を由機国として大嘗会が行われ、由岐須岐国司の叙位を行ったとき、正五位下に叙せられ、さらに正五位上に昇叙した。

〔所在〕17・三九二六左注　〔梶川〕

小田事（おだのつかう）

〔表記〕小田事（3・二九一題詞）とみえるが、名の読み方に確定的な根拠はない。古今六帖にはこの歌を載せて作者を「をだのことぬし」とし、代匠記精撰本はそれにもとづいて「事主ナリケルヲ後ノ本ニ主ノ字ヲ落セルカ」としている。なお未詳とすべきであろう。

〔系譜・閲歴〕未詳。作品の位置は和銅元年（七〇八）以前であり、万葉第二期の歌人と考えられる。

〔歌風〕紀路の旅を急ぐときの歌。真木の葉のしなふ勢の山賞《しの》はずてわが越えぬるは木の葉知りけむ（3・二九一）

〔歌数〕短歌一首。3・二九一　〔山崎〕

男（おとこ）

〔表記〕16・三七八八題詞中に、他に「雄」「壮士」と記す。

〔閲歴〕16・三七八八題詞にある、一人の娘子に求婚した三人の男子。三人の男は頑固に譲らなかったので、娘子は結局池に入水してしまったという。そのとき三人の男が悲しんで作った歌三首を載せる。妻争い伝承とともに伝えられた伝誦歌で、歌語りと考えられる。

〔歌風〕第一首は仮定条件、第二首は反実仮想の表現をとって、娘子の死を哀傷し、悔恨の情を歌う。第三首は娘子の死の道行をふりかえることによって悲しみの情を表現する。物語中の人物に仮託した虚構の歌である。

〔歌数〕短歌三首。16・三七八八、三七八九、三七九〇　〔居駒〕

壮士（おとこ）

〔閲歴〕16・三七八六題詞にある、桜児に求婚した二人の男子。骨肉相食む争いをしてともに譲らなかったので、桜児は自殺する。そのとき二人の男子は慟哭の思いを歌ったとある。題詞の話型は妻争いの伝承によくみられるもので、歌語りとして伝えられた伝誦歌と考えられる。

〔歌風〕二人の男の哀傷歌とみられるが、三七八六は「桜の花」が散るのを惜しむことによって、桜児の死を比喩的に悲しんでいる。三七八七は桜児の死はとり返しがつかないのに、桜の花が毎年咲くのを恋い慕おうという、題詞の物語に即した歌となっている。

〔歌数〕短歌二首。16・三七八六、三七八七　〔居駒〕

壮士（おとこ）

〔閲歴〕16・三八〇三の作者。題詞には、結婚後すぐに駅使となって遠国に赴いたとき、妻は別離の悲しみに病床に伏し、数年後男が任務を終えて帰宅したときには、妻は見る影もなくやつれ果てていたので、男は歔欷流涕して歌を詠んだとある。あわせて妻の和えた歌も載せている。

〔歌風〕歌語りとして伝えられた話と思われ、慣用句を用いた伝誦歌と認められる。妻への深い思いが歌われている。

〔歌数〕短歌一首。16・三八〇三　〔居駒〕

壮士（おとこ）

〔閲歴〕16・三八〇三題詞にある、両親に秘密で美女と結婚した男。女は親に隠すことができずに歌で知らせようとしたという。歌語りとして伝えられたものであろう。左注に、女の歌に答えた男の歌があるが、今は伝わっていない由書かれている。

〔所在〕16・三八〇三　〔居駒〕

壮士（おとこ）

〔閲歴〕16・三八〇六左注にある、ひそかに女と交情したものの、親に責められるのを恐れて一緒になるのをためらう男。女は弱気な男の態度に対して歌を贈り与える。歌語りとして伝えられた話であろう。その歌は常陸国風土記新治郡に類歌がみられる。

〔所在〕16・三八〇六　〔居駒〕

壮士（おとこ）

〔閲歴〕16・三八一五左注にある、夫に棄てられた娘子を娶ろうとした男。男は歌を贈って娘子の父母に結婚の意志を伝える。しかし娘子は別の男と結婚した後であったため、父母は歌で許諾できない旨を知らせたという。

〔歌風〕歌語りとして伝えられた歌であろう。伝誦歌とみられるが、歌は意志を伝える具として機能するところがおもしろい。真珠と緒を素材として用い、一首全体が比喩となっている。

〔歌数〕短歌一首。16・三八一四 〔居駒〕

弟日娘（おとひおとめ）

〔名義その他〕長《なが》の皇子の「霰うつ安良礼《あられ》松原住吉《すみのえ》の弟日娘と見れど飽かぬかも」（1・六五）の作によれば、今の大阪市の住吉に住んでいたようである。遊行女婦の類であったかも知れない。弟日はこの女性の名のようにみえるが、本来は若い人、弟妹などの意の、一般的呼称であったらしい。肥前国風土記に弟日姫子の名がみえ、日本書紀の顕宗天皇の条に弟日僕《やつこ》の語のみえるのは、その傍証になる。

〔所在〕1・六五 〔尾崎〕

娘子（おとめ）

〔歌風〕佐伯赤麻呂の歌に報《こた》えた歌三首を収める。

ちはやぶる神の社《やしろ》しなかりせば春日の野辺に粟蒔かましを （3・四〇四）

は、「神の社」に妻を譬え、「粟蒔か」に「逢はまく」をにおわせながら、妻ある男の誘いにからかい半分に答える。このように譬喩などを用いながら、いずれも歌で相手を遣り込めようとするもので、幇間歌人ともいわれる赤麻呂とともに、軽妙なやり取りで、宴席などに笑いを提供しようとするものであろう。

〔歌数〕短歌三首。3・四〇四、四〇六 4・六二七 〔梶川〕

娘子（おとめ）

〔閲歴〕門部王が出雲守に任ぜられたとき、その部内の娘子を娶ったが、いくらも経たないうちにすっかり通うことがなくなった。それから何箇月か後に、また愛情がよみがえって贈った恋の歌一首（4・五三六）がみえる。

〔所在〕4・五三六左注 〔梶川〕

娘子（おとめ）

〔閲歴〕神亀元年十月の紀伊国行幸のとき、笠金村が娘子に頼まれて、従駕の人に贈るための歌を作った（4・五四三〜五四五）。だが実際には、金村がそういう趣向で女性仮託の歌を作ったと考えるべきであり、架空の娘子であろう。

〔所在〕4・五四三題詞 〔梶川〕

娘子（おとめ）

〔閲歴〕神亀二年三月の三香原離宮への行幸のとき、娘子を得て作った歌が笠金村にみえる（4・五四六〜五四八）。おそらく遊女であろう。

〔所在〕4・五四六題詞 〔梶川〕

娘子（おとめ）

〔閲歴〕高安王が包める鮒に歌を一首（4・六二五）そえて贈っている。

〔所在〕4・六二五題詞 〔梶川〕

娘子（おとめ）

〔歌風〕湯原王の歌に報《こた》え贈る歌五首がある。かなり長期に及ぶ恋の展開を追って、二首または一首と、数度にわたって贈られ、それに報えている。たとえば湯原王が恋しくて「心惑ひぬ」と歌って、何とか娘子に取り入ろうとする。それに対して娘子は、

我が背子がかく恋ふれこそぬばたまの夢に見えつつ寝《い》ねらえずけれ　（4・六三九）

「夢に出て来るので眠りを妨げられて迷惑だ」と、悪態をつく。おおむねこうした悪態と皮肉で男をなじる歌だが、それは多分に王に惹かれているからであろうか。

〔歌数〕短歌五首。4・六三三、六三四、六三七、六三九、六四一　〔梶川〕

娘子（おとめ）

〔閲歴・所在〕家持に、二首（4・六九一、六九二）、「娘子の門に到りて」二首（4・七〇〇　8・一五九六）、七首（4・七一四～七二〇）、三首（4・七八三～七八五）と、しばしば情熱的な恋の歌を贈られているが、それらがすべて同一の娘子か複数の娘子かは不明。　〔梶川〕

童女（おとめ）

〔閲歴〕家持の贈った歌に報《こた》えている。

〔歌風〕「はねかづら今する妹を夢に見て心のうちに恋ひ渡るかも」という家持の歌に、その歌句をそのまま利用しつつ、「はねかづら今する妹はなかりしをいづれの妹そここだ恋ひたる」と軽くいなしている。童女らしい歌いぶりではなく、遊戯的な贈答だろう。

〔歌数〕短歌一首。4・七〇六　〔梶川〕

娘子（おとめ）

〔閲歴〕梧桐の日本琴が、大伴旅人の夢の中で娘子に化し、旅人に歌を贈っている（5・八一〇）。旅人が創造した虚構の娘子。

〔所在〕5・八一〇題詞　〔梶川〕

娘（おとめ）

〔閲歴〕大伴旅人が、文選の情賦群や唐代の小説遊仙窟などを模倣して、神仙の娘との邂逅を虚構した「松浦川に遊ぶ序」と贈答歌（5・八五三～八六〇）、「後人追和之詩三首」（5・八六一～八六三）に登場する想像上の娘。

〔歌数〕短歌四首。5・八五四、八五八～八六〇　実際の作者は旅人だろうといわれる。　〔梶川〕

娘子（おとめ）

〔歌風〕藤原広嗣の「この花の一枝《ひとよ》のうちに百種《ももくさ》の言そこもれるおほろかにすな」（8・一四五六）に和した、「この花の一枝のうちは百種の言持ちかねて折らえけらずや」（8・一四五七）のみがみられる。相手の歌の数句を巧みに利用して、軽く相手をいなしている。宴席などに侍った遊行女婦に、花とともに戯れの求愛の歌を贈ったのに対

し、巧みに答えて座興を増したものであろう。
〔歌数〕短歌一首。8・一四五七　〔梶川〕

娘子（おとめ）
〔閲歴〕高橋連虫麻呂歌集出の歌に、河内の大橋を独り行く娘子を見て、その娘子をひそやかな恋の対象に仕立てて歌った歌（9・一七四二、一七四三）がみえる。あるいは実在した娘子ではなく、伝説上の娘子を幻視して、虫麻呂が歌をなしたものか。
〔所在〕9・一七四二題詞　〔梶川〕

娘子（おとめ）
〔閲歴〕藤井連の豊後における現地妻か。あるいはその土地の遊女か。
〔歌風〕「明日よりは我は恋ひむな名欲山岩踏みならし君が越え去なば」の一首は藤井連に贈った歌で、都人の一行が大挙して上京して行く寂しさを歌ったものともいわれている。あるいは出発前日の別れの宴におけるものか。地名だけ入れ替えれば、どのような土地でも歌えるような歌である。
〔歌数〕短歌一首。9・一七七八　〔梶川〕

娘子（おとめ）
〔閲歴〕田辺福麻呂歌集出の歌に、「娘子を思ひて作れる歌一首并に短歌」（9・一七九二〜一七九四）がある。
〔所在〕9・一七九二の題詞　〔梶川〕

娘子（おとめ）
〔閲歴〕天平八年の遣新羅使人らが、肥前国松浦郡狛嶋亭に停泊した夜の宴席に侍り、歌を作った。おそらく土地の遊女であろう。
〔歌風〕「天地の神をこひつつ我待たむ早来ませ君待たば苦しも」が唯一残されている歌だが、旅立つ男を送るための残される女の歌としては、常套的な発想によるものである。だが、宴席の興を盛り上げるには充分なものだったのだろう。
〔歌数〕短歌一首。15・三六八二　〔梶川〕

娘子（おとめ）
〔閲歴〕巻十六「有由縁并雑歌」中にみえる竹取翁が出会った九人の娘子たち。唐代の小説遊仙窟の影響もうかがうことができ、作者不明だが虚構の娘子たちである。神仙に住む美女たちで、羹を煮る娘たちに偶々出会った翁がその招きで同座したが、それをからかい半分にとがめられたので、翁は若い頃は私もきれいだったがという長歌でそれを贖う。九人の娘子たちは、それに共感しそれぞれ歌をうたったというものである。
〔歌数〕短歌九首。16・三七九四、三七九五、三七九六、三七九七、三七九八、三七九九、三八〇〇、三八〇一、三八〇二　〔梶川〕

娘子（おとめ）

〔閲歴〕天平十九年九月二十六日、越中守大伴家持は射水郡旧江《ふるえ》村で蒼鷹《おおたか》を捕えた。ところが鷹番の山田史君麻呂が訓練の時期を失して、野狩には早過ぎた。鷹は翔り去って餌を設け呼び返そうとしたが効果がない。そこで、天神地祇に幣を捧げて祈ると、夢の中に娘子が現われて告げるには、その鷹は近いうちに捕えられるという。家持は目を覚まし心嬉しく、「放逸せる鷹を思ひ、夢に見て感悦して作る歌一首」（17・四〇一一〜四〇一五）という長大な長歌一首と反歌四首とを作った。

〔所在〕17・四〇一五左注　〔梶川〕

小野朝臣老（おののあそみおゆ）

〔系譜〕小野石根の父（続紀）。

〔閲歴〕養老三年正月従五位下、四年十月右少弁（続紀）、神亀から天平年間に大宰少弐、同大弐を歴任し（万葉集）、天平九年六月大宰大弐従四位下で卒した。死後骨送使によって遺骨が京へ送られ、翌十年七月、その使いが帰途周防国を通過している（正倉院文書）。

〔歌風〕いずれも官人としての公的な歌であるが、平城宮の繁栄を詠んだ三二八番歌は有名である。

〔歌数〕短歌三首。3・三二八　5・八一六　6・九五八

〔参考文献〕＊「小野老小考―咲く花の歌をめぐって―」林田正男（国語と国文学47―11）＊「小野朝臣老の卒年」松崎英一（古代文化27―8）　〔東野〕

小野朝臣綱手（おののあそみつなて）

〔閲歴〕天平十二年十一月正六位上より外従五位下に叙せられ、同十五年六月内蔵頭に任ぜられた。同十八年正月左大臣橘諸兄に率られ、諸王臣らが太政天皇の在所に参入し肆宴が催されたとき、詔に応じて雪の歌を作ったが、そのとき編者が記録しなかったので歌を漏失したとある（17・三九二六左注）。

〔所在〕17・三九二六左注　〔梶川〕

小野氏国堅（おのうじのくにかた）

〔表記〕国方、国賢とも（正倉院文書）。

〔閲歴〕天平二年正月大宰府における梅花宴に列したのが初見（万葉集）。府または その管内の 官人であったとみられる。天平九年から十八年まで正倉院文書に写経関係の史生・令史としてしばしばみえる。最初史生として写経司に属したが、改組に伴い福寿寺写一切経所、ついで金光明寺造物所所管の写一切経所に属した。この間無位の舎人から大初位上に昇っている。梅花宴における宴席歌がある。

〔歌数〕短歌一首。5・八四四　〔東野〕

小野氏淡理（おのうじのたもり）

〔表記〕5・八四六にみえる「小野淡理」は、旅人を「淡等」と記す例（東大寺献物帳）からみて小野朝臣田守と同一人であろう。

〔閲歴〕天平二年正月大宰府にあって梅花宴に列した（万葉集）。十九年正月従五位下、天平勝宝元年閏五月大宰少弐、五年二月遣新羅大使、六年四月大宰少弐（再任）、八歳五月聖武太上天皇送葬の山作司（続紀）、同年六月には左少弁ともみえる（東大寺四至図）。宝字元年七月刑部少輔（続紀）。二月には遣渤海大使とみえ（万葉集）、二年帰朝して唐国の消息を伝えた（続紀）。梅花宴における宴席歌がある。

〔歌数〕短歌一首。5・八四六　〔東野〕

小長谷部笠麻呂（おはつせべのかさまろ）

〔系譜〕小長谷部は武烈天皇（小長谷若雀＝おはつせわかさざきの天皇）の御子代にもとづく（武烈記）氏。

〔閲歴〕信濃の国の防人。天平勝宝七歳二月二十二日に進歌した歌中の一人。筑紫へ遣わされた。

〔歌風〕「大君の命《みこと》かしこみ青雲《あおくむ》のとのびく山を越《こよ》てきのかむ」（20・四四〇三）、信濃国の訛りをそのまま表記しているのが特徴的。上二句は勅命を帯びて出立していく場合の常套的詞句。

〔歌数〕短歌一首。20・四四〇三　〔近藤(信)〕

麻績王（おみのおおきみ）

〔表記〕麻績王（1・二三題詞など。西本願寺本などは、「績」の通用文字「続」を用いる）。

〔系譜・閲歴〕1・二三の題詞は、「麻績王の伊勢国伊良《いら》虞島《このしま》に流されし時……」とし、左注は、「右日本紀を案ふるに曰く、『天皇〈天武――以下〈　〉内筆者注〉の四年（六七五）乙亥の夏四月戊戌の朔にして乙卯（十八日）、三位麻績王罪あり、因幡に流す。一子は伊豆島に流し、一子は血鹿島に流す』といふ。ここに伊勢国伊良虞島に配すといふは、けだし後の人の歌辞によりて誤り記せるか」といい、天武紀のその条に同様の記事がある。そして、常陸風土記は、行方郡板来村の駅の西の榎木林をその配流地とする。すなわち、配流地に三説あったことになる。以上が麻績王の閲歴について古文献が示すすべてであるが、これについてつぎのような疑問が生ずる。第一、配流地に三説あるのをどう理解するか。第二、三位という高位の人物の、系譜、閲歴、その罪の実態などが一切不明なのは何故か。第一について、同一または類似の地名故の誤伝とみる人、たとえば吉永登は、二子の配流地に比して王のそれが伊勢国では近きに失するとし、「因幡即ち今日の鳥取県は裏日本に属し、その気候のよくないこと周知の事実であって、距離が示すほど生易しいところではない」から配流地にふさわしいとして、因幡説が正しいとした（「いらこ島考」万葉―その異伝発生をめぐって所収）が、近かった理由は、配流後断罪というような予定だったからではないかとも想像される（小著・万葉能・覚書参照）。また、吉永登よりはやく、故山田孝雄は、誤伝ではなく、しばしば流所を改められたか（万葉集講義）と説いた。第二の疑問については、麻績王が実在の人物ではなかったからではないかと疑ってみることができはしないか。大久間喜一郎の指摘のごとく（美夫君志会における講演など）、雄略紀などの正史に具体的に記されていながら実在と考えられない人に〈瑞の江の浦島子〉がいる。これは、丹後国与謝郡筒川あたりに定住し、付近の漁労民を一円支配していた日下部首一族伝承の氏祖伝説の人物だという（水野裕・浦島伝説の探究ほか）が、同様なことが麻績王にも考えられないか。和名抄に、伊勢国多気郡麻続、常陸国久慈郡倭、因幡国高草郡委文（「倭」、「委文」はシドリ、麻続族と同族または同業の一族らしい）の地名があるが、これは麻続族の居住地から起こった地名ではなかろうか。もしそうなら、麻績王も、その氏祖伝説の人物として麻績部の民がこれら各地を持ちあるいたがために配流地にも前記三種の異伝が生じたのだとも考えられ、山田説にも対置することができるのだが……。

〔歌風〕集中、麻績王の歌はつぎの一首のみである。

うつせみの命を惜しみ波に濡れ伊良虞の島の玉藻刈り食《は》む　（1・二四）

これは、王が配流されたとき、人が哀傷して歌った「打《うち》麻《そ》を麻績王白水郎《あま》なれや伊良虞の島の玉藻刈ります」（1・二三）に感傷して和した歌だという。沢瀉久孝は、哀傷歌について『打麻を麻続王』と歌ひ出されてゐるところ、王の生活を眼前に見てゐる土地の誰かの作といふよりも、口碑に伝はる民謡の趣きがある」と説いた（万葉集注釈巻第一）。あるいは、叙事脈の作といってよいだろう。王の歌には「人間性の自然が横溢している」といったのは高木市之助である（講演その他）。その説のとおりとして、この率直無比な惜命の一途さにも、叙情詩脈の感傷ならぬ、叙事脈の歌のみが持つある種の逞しさが読みとれると思う。

〔歌数〕短歌一首。1・二四

〔参考文献〕＊「麻続王の歌をめぐって」三塚貴（文芸研究89）　〔稲垣〕

小治田朝臣東麻呂（おわりだのあそみあずままろ）

〔表記〕神田本には「東丸」、西本願寺本には「東麿」。

〔系譜・閲歴〕小治田朝臣は新撰姓氏録右京皇別上に「武内宿禰五世孫稲目宿禰之後也」とする。作品の位置は天平十四年（七四二）の作と考えられる紀女郎の歌（8・一六四八）の直前にあって、ほぼその頃の天平時代の歌人といってよかろう。

〔歌風〕冬の雑歌にある歌で、夜の宴席における作か。

ぬばたまの今夜の雪にいざぬれな明けむ朝に消なば惜しけむ　（8・一六四六）

〔歌数〕短歌一首。8・一六四六　〔山崎〕

小治田朝臣広耳（おわりだのあそみひろみみ）

〔表記〕諸本「広耳」とするが、代匠記初稿本に「続日本紀を考ふるに、広耳といふ人見えず。小治田広千といふ人あり。これにやあらんとうたがはし」という。また、私注には広耳をヒロチと読む説がみえている。

〔系譜・閲歴〕天平時代の歌人か。もし広千ならば天平十三年従五位下にして尾張守、同十六年讃岐守。

〔歌風・影響〕「独《ひと》り居てもの思ふ夕《よひ》に」（8・一四七六）は恋についていうらしいが、やがて家持の孤独（19・四二九二）につながる表現の孤例として注意される。

〔歌数〕短歌二首。8・一四七六、一五〇一　〔山崎〕

小治田朝臣諸人（おわりだのあそみもろひと）

〔閲歴〕生没年未詳。天平元年三月正六位下から外従五位下に叙せられ、同九年十二月散位頭。同十年八月には豊後守に任ぜられる。天平十年の周防国正税帳に、「(十月）十四日下伝使豊後国守外従五位下小治田朝臣諸人将従九人、合十人、四日食稲十二束四把、酒八升、塩八合」とみえる。天平十八年正月の雪の日に左大臣橘諸兄ら諸王臣が、太政天皇の在所に参入しての肆宴に列なり、詔に応じて歌を作ったが、そのとき編者が歌を記録しなかったので、歌を漏失したとある（17・三九二六左注）。これは諸本に「小田朝臣」とあるが、代匠記にいうように「治」の字の落ちたものであろう。同年五月従五位下に昇叙し、天平勝宝六年正月には従五位上に叙せられた。

〔所在〕17・三九二六左注　〔梶川〕

小治田広瀬王（おわりだのひろせのおおきみ）

〔表記〕「広瀬王」（1・四四）、続日本紀には「広湍王」。

〔系譜〕小治田（明日香村）は居住の地による名。

〔閲歴〕詔を受けて帝紀および上古諸事を記定し（天武十年三月）、畿内に都を営むべき地を視察し（天武十三年二月）、持統六年三月には伊勢行幸の留守官となった（1・四四左注）。和銅元年三月大蔵卿、養老二年正月正四位下、同六年正月卒。

〔歌風〕藤原京期の作か、秋の到来を詠む歌一首がある。

〔歌数〕短歌一首。8・一四六八　〔山崎〕

尾張少咋（おわりのおくい）

〔閲歴〕越中国史生。天平感宝元年五月越中国守大伴家持は、「史生尾張少咋を教へ喩す歌一首」（18・四一〇六〜四一〇九）を詠んでいる。少咋が遊行女婦左夫流《さぶる》に深く惑い、奈良に残して来た妻のことを顧みないので、それを戒めたものである。家持はさらに、少咋の本妻が夫の召換を待たずに越中へ下って来たときの歌（18・四一一〇）をも作っている。天平勝宝三年六月越中国官倉納穀交替帳には、越中国史生従八位下とある。

〔所在〕18・四一〇六題詞　〔梶川〕

尾張連（おわりのむらじ）

〔表記〕尾張連歌二首の題詞に続けて「名闕」の注記あり。三野連名闕（1・六二）、丹比真人名闕（2・二二六）などと同じ表記である。

〔系譜〕続紀によれば天平宝字二年四月の条に、壬申の乱の功臣尾張連馬見の名があり、他にも尾張連某を散見する。

〔歌風〕8・一四二二は10・一八六五と一字違うのみの類同歌。8・一四二一もまた類句表現が多い。

〔歌数〕短歌二首。8・一四二一、一四二二　〔清原〕

鏡王女（かがみのおおきみ）

〔表記〕天武紀では「鏡姫王」、興福寺縁起・延喜式・歌経標式で「鏡女王」と記すが、万葉集では「鏡王女」（2・九一題詞など）。

〔系譜・閲歴〕ともに未詳といわざるを得ない。万葉集以外の例で「鏡姫王」「鏡女王」と表記されており、鏡王女は「鏡王ノ女」の意と考えられる。ところで額田王は、天武紀に「鏡王ノ女額田姫王」と記されており、鏡王女・額田王二人の関係が問題となる。宣長が鏡・額田姉妹説を提出し近江野洲郡鏡里に居住した鏡王を父とし、ともに天智妃として以来（玉勝間）、この説は長く支持されてきた。ところが、中島光風によって鏡王女の墓所が明らかにされ、額田王との姉妹説に疑問が投じられた。従来、鏡王女の問題はもっぱら額田王の解明に付随し、その影に隠れて捉えられてきた感がある。しかも、額田王それ自体に未だ謎めいた部分が多く、現時点で鏡王女の像を確立するのは困難な状況といわざるを得ない。鏡王女について今知ることのできるのはつぎの(1)〜(8)である。(1)興福寺縁起に「至於天命開別天皇即位二年歳次己巳冬十月、内大臣枕席不安嫡室鏡女王請日、敬造伽藍安置尊像、大臣不許、再三請、仍許」と記される鎌足の正室であったことと山階寺（後の興福寺）建立の件。(2)万葉集に鏡王女と鎌足との贈答歌があり（2・九三、九四）、題詞に「内大臣藤原卿娉鏡王女時」とみえ、(1)の鎌足室と結びつく。(3)天智天皇との贈答歌があり（2・九一、九二）、題詞に「鏡王女奉和御歌一首」と、鏡王女の歌を「御歌」と記している。(4)(3)にあげた天智の歌で「大和なる大島の嶺」の家が詠まれており、鏡王女の居住の地が考えられる。(5)「神奈備の伊波瀬の社」が歌われており（8・一四一九）、(4)と同様に鏡王女の居住地が考えられる。(6)天智をめぐっての額田王との唱和（4・四八八、四八九）があり、鏡と額田との近さが考えられ、天武紀の額田の記事とも合わせ姉妹説が起こり、歌の内容より鎌足薨去後の作歌と推定される。(7)天武紀十二年の条に「秋七月丙戌朔己丑、天皇幸鏡姫王之家、訊病。庚寅鏡姫王薨」と、天武の見舞いと「薨」と記される王女の死がみえ、王女の高い身分であったことが考えられる。(8)延喜式諸陵寮に押坂墓とし「鏡女王。大和国城上郡押坂陵域内東南に在り、守戸無し」とあり、王女の墓所が舒明天皇陵域内にあることがわかる。以上から確実に考えられるのは、鏡王女の結婚と、死と墓所との関連での王女の高い身分とであろう。さて、(1)(2)で明らかなごとく、鏡王女が鎌足の室であったことは動かないであろう。ただし、鎌足室にからみ(3)で示した天皇との関係が問題である。(2)(3)の歌の配列から天智が王女を鎌足に譲渡したと考え、さらには大鏡等の記述から王女を不比等の母（父は天智）と推論する説もあるが確証はない。天智との贈答歌も宮廷退出の挨拶歌とも考えられ（中西進・万葉集）、王女との婚姻関係はなかったといえる。(2)(3)は天智天皇代に配列されているが、歌の成立は天智の皇太子時代すなわち難波宮の頃と判断され、王女が鎌足に嫁したのもその頃かと推定される。この天智・鎌足との関連では王女の居住の地が考え合わされる。(4)で示した「大島の嶺」は信貴山近辺かと思われ、また、(5)の「伊波瀬の社」も生駒郡の斑鳩町の森に比定できるとすれば、王女は難波に近い信貴山周辺の地に居住していたことが推定できよう。では、鎌足室になる以前はすなわち王女の出自・身分はいかがであったろうか。現在、王女の出自に関しては、額田王の天武紀の記載と(6)から、額田の姉とし鏡王の女とする説と、額田との姉妹関係を否定し王女を舒明の系統に位置づける説とに大きく分かれている。折口信夫は玉勝間の説をうけ、鏡王家を皇族ではなく神を祠る家とし、鏡・額田姉妹を巫女とし、二人ともに宮廷に献げられたとした（「額田王」全集第九巻）。谷馨は、鏡王を父とした鏡・額田姉妹説をとり、さらに、平群郡額田郷の出雲系氏族の家に育った額田と王女はともに育ったのではと考え、天智皇太子時代の愛人との説を出した。折口・谷説ともに王女を天智と婚姻関係ありとする説で認め難く、額田との姉妹説も玉勝間の説を前提としたといえ、仮に二人を鏡王の女とする場合でも、その鏡王は明らかにされていないといえよう。鏡・額田を鏡王の姉妹とする立場にあって、鏡王を検討したのに尾山篤二郎、および市村宏の説がある。尾山は、金文「威名真人大村墓志」を資料とした加納諸平の「額田姫王考」を見出し、その考えをうけ墓志銘にある大村の父、宣化四世の威名鏡公（紀では猪名公高見）を鏡・額田の父鏡王であるとした（万葉集大成九）。市村は尾山説を補強し、鏡・額田を皇族でなければならぬとし、宣化―上殖葉皇子―多治比王―鏡王の系譜を考え、鏡王が公姓を賜って臣籍に下って鏡公となったのであろうと推論した（「額田王の父・姉・弟」続万葉集新論所収）。別に神田秀夫は、鏡王を皇極天皇の先夫高向王の父としている（初期万葉の女王たち）。鏡王を誰とするかの論は、王女を鏡王の女と捉える上で示唆に富むが確証はない。ただ、王女が(3)(7)(8)でわかるごとくきわめて高い身分、あるいは皇女、皇族ではないかとする論は正しいといえよう。ところで、以上の鏡王の二姉妹説を、(8)を重視して否定したのに中島・沢瀉の説がある。中島は、舒明陵域内に王女の墓があることから舒明と王女との近親関係を設定した。これを支持して沢瀉は、王女を舒明皇女、天智の異母妹かとし、鏡王女は鏡王の女ではなく、鏡の王女の意であると論じた（萬葉古径）。墓所の存在から導かれる沢瀉説は看過し難いが、王女の墓はあくまでも舒明陵域内であって、ただちに皇女と考えられるかは疑わしい。天智異母妹としても、その母は明らかにはされていない。舒明との何らかの近親関係は認められるが、王女はやはり鏡王の女とみてよかろう。神田秀夫は、この墓所のありようを考慮し、しかも額田との姉妹説を守り、姉妹の母を舒明の皇妹山背王とし舒明姪説を展開している。この説は山背王の確証はないものの、王女に関してはじめて母の存在に光をあてた点で注目されよう。以上、王女を誰の女とするかで諸説あるが、王女がきわめて身分の高い皇裔・皇族の女ではないかとすることについてはほぼ一致しているといえよう。鏡王女を鏡王の女とするとき、問題は王女と額田王との関係であろう。万葉集でみるかぎり、王女と額田王のあらわれ方はきわめて異質であり、父を同じくするものの、あるいは母は別人ではないかと考えられるのである。その母を誰と比定できぬながら、墓所から舒明の近親と推定して誤りがないかと思われる。以上の出自・身分で鎌足室となり、それ故にこそ王女の死に際し、天武が訊《と》い押坂に葬られたのであろう。ほかに、歌経標式に鏡女王諷去春歌がみえる。薨年天武十二年、生年未詳。

〔歌風〕集中五首（うち重出一首）の短歌を収める。春雑歌の一首があるが（8・一四一九）恋歌ともみられ、残りすべて相聞であり相聞歌人といえる。しかも相聞のすべては贈答、唱和であり、万葉集最初の贈答歌人の位置を与えられる。歌は多く外界の景物を比喩とする序を用い、相手の気持を理解し、自己を一歩退けたところで内面の激しい思いを、巧みに贈答する即興性と機智の才能豊かなものが多い。万葉の相聞贈答歌の一つの典型を作り出したといえる。

秋山の樹の下隠《がく》り逝く水のわれこそ益《ま》さめ御思《みおもひ》よりは
（2・九二）

は、天智の「妹が家も継ぎて見ましを大和なる大島の嶺に家もあらましを」（2・九一）に和したもので、見えぬこと故の天智の嘆きの歌に対して、上三句迄の序で樹の下に隠れる水を、己れの思いのつつましさと激しさとの比喩として巧みに歌い返した作といえる。天智の思いを充分に理解した上で、己れのつのる思いを「樹の下隠り」の水に譬え表現した。万葉の贈答歌の最初のものといえよう。額田

王の「君待つと」の歌に和した、

風をだに恋ふるは羨《とも》し風をだに来むとし待たば何か嘆かむ　（4・四八九）

は、中国詩の影響を受けている面もあり、王女の教養が考えられる。相手を思い待って、風の動きにすら敏感に反応する額田王の心情を感じとって、その詞句を巧みにとり入れ、自分には風のおとづれさえないと、自分を一歩下げることで額田の気持をやさしく包みこんで歌っている。常に相手の思いを自己の内面にとり入れて、巧みに歌い返す初期万葉の代表的歌人の一人である。

〔歌数〕短歌五首。2・九二、九四　4・四八九（8・一六〇七重出）　8・一四一九

〔参考文献〕＊「鏡王女について」中島光風（文学11—10）＊『額田王』谷馨（早稲田大学出版部）＊『額田姫王』谷馨（紀伊国屋書店）＊「鏡王女の出自について」菅野雅雄（上代文学31）＊「鏡王女と忍坂一族」尾畑喜一郎（国学院大学紀要14）　〔佐々木〕

柿本朝臣人麻呂（かきのもとのあそみひとまろ）

〔系譜〕柿本氏は、孝昭天皇の皇子、天足彦国押人命を祖と伝える。もと和邇氏を本宗とし、春日朝臣・粟田朝臣・小野朝臣らと祖を同じくした。天武十年十二月、小錦下に叙せられ、和銅元年四月、従四位下で卒した柿本朝臣佐留（猨）は、生存年代が人麻呂とほぼ重なることから、父兄説、同一人説があるが、明らかでない。

〔閲歴〕人麻呂が宮廷儀礼とかかわって作歌した年月明らかなものの最初は、持統三年四月に薨じた日並皇子の殯宮のときの歌であるが、巻十所収人麻呂歌集非略体歌の七夕歌に「此の歌一首は庚辰の年に作れり」とあって、庚辰の年すなわち天武九年作とみられることから、この頃すでに人麻呂の作歌活動がはじまっていたことが知られる。しかも七夕歌は中国大陸伝来の七夕伝説を主題とするもので、その詠作と享受は、皇族貴族の世界でまず行われたから、この頃すでに人麻呂は出仕しており、その公的生活の中で七夕歌が詠作されたと思われる。また、巻九所収人麻呂歌集非略体歌の、忍壁皇子への献歌「とこしへに夏冬往けや皮服扇放たず山に住む人」（一六八二）は仙人を詠じたもので、七夕歌同様中国大陸伝来の新風物をテーマとする詠物歌であった。作歌と非略体歌のいずれにも忍壁皇子への献歌があるばかりでなく、長皇子・弓削皇子・舎人皇子・泊瀬部皇女への献歌等、忍壁皇子との関係を通して詠まれたと思われる作品がすくなくない。その点から考えれば、おそらく人麻呂は、天武朝に、まず忍壁皇子の宮に出仕したと思われる。忍壁皇子は、天武天皇の詔を受け、帝紀および上古諸事の記定に従っているが、この皇子を通して人麻呂は、天武天皇の修史事業に加わり、記紀に体系づけられた神話伝説をはじめ多くの古伝承に親しむ機会をもった

に相違ない。同時に天武朝に積極的に推進された天皇即神の思想をも自らのものとした。人麻呂の作品には、「大君は神にしませば」「神ながら神さびせすと」のごとく天皇即神の思想が歌われているばかりでなく、日並皇子殯宮挽歌・近江荒都歌では天孫降臨神話や神武天皇以来の皇統が歌いあげられ、天武天皇の修史事業とのかかわりを示している。また、巻九所収の非略体歌の中には、山城・近江を旅する歌がみえるが、「高島にして作る歌」など、明らかに近江を越えて越前に向かう旅であったとみられ、これも人麻呂の忍壁皇子の宮への奉仕の中で生まれた歌であったろうと考えられる。忍壁皇子は越前国を本拠とする宍人臣大麻呂の娘檝媛娘を母とし、慶雲二年四月、越前国の野一百町を賜るなど、晩年にいたってもなお、越前とのかかわりが深かった。したがって「近江荒都を過ぐる時」の歌（1・二九〜三一）も、この越前への旅の途中の作であった可能性が大きい。これらの人麻呂と忍壁皇子とのかかわりかたよりすれば、人麻呂は皇子の宮に家令あるいは家扶・家従といった身分で出仕していたとみるのが自然ではないか。張内・資人から家令職を経て中級官人にいたる者もいたから、人麻呂の場合も、家従、家扶、家令と昇進していったことも考えられる。これらは、官位令にもあげられ、官人であったが、主家との結びつきは深く家令職兼任で地方官となり赴任するような例もあった。人麻呂が、持統女帝時代どちらかといえば女帝に疎外されたと思われる皇子皇女たちに歌を献じているのは、この忍壁皇子との結びつきによるものが大きかったであろうと解せられる。持統朝に入って、人麻呂の作歌活動は広がり多様になった。持統三年皇太子日並皇子の薨去にあたって殯宮挽歌（2・一六七〜一六九）を詠んだのをはじめとして、女帝の吉野行幸に従駕しては讃歌（1・三六〜三九）を詠じ、皇孫軽皇子の安騎野出遊に従って皇子を讃えると同時にその父日並皇子を追慕する歌（1・四五〜四九）を詠んでいる。さらに持統十年には、太政大臣高市皇子の薨去に際し、万葉集最大の長歌をもつ殯宮挽歌（2・一九九〜二〇一）をのこした。これらは、天武朝以来の人麻呂の歌が宮廷で認められ、宮廷主催の主要行事にかかわって歌作を命ぜられた事実を示すものであろう。宮廷歌人という職掌は記録にみえないし、人麻呂の作歌活動は雅楽寮の歌びととは無論異質であったが、宮廷主催の儀礼で、その儀礼を盛り上げその主催者を讃美する歌の詠作をおこなったという点では、宮廷歌人としてのはたらきを認めてよいと思われる。だが、持統女帝が、七年余の即位期間中、三十一回の吉野行幸をはじめ、伊勢・紀伊のほか、高安城・腋上陂・泊瀬・高宮・多武峯・吉隠・二槻宮等、遠距離、近距離を含めて数知れぬほどの行幸をおこなったのに対して、人麻呂の行幸従駕歌が二組の吉野讃歌と雷岳行幸のときの短歌一首（3・二三五）

のみであることよりすれば、女帝に直属して天皇讃歌を詠ずることが人麻呂の主要な任務であったとも思われない。殯宮挽歌あるいは皇子出遊に従っての献歌を含めても公的儀礼にかかわる歌作の頻度は年一回にも満たないはずである。天武朝に忍壁皇子の宮にあってその学識と歌才とを認められた人麻呂が、見出されて官人としての実務につきつつ、ときに歌作をおこなったという程度のものであったと推測される。人麻呂歌集に大宝元年の紀伊国行幸のときの歌（2・一四六）を収録することよりすれば、文武朝においても大宝元年までは在京していたと思われるが、その間、どういう官にあったかは明らかでない。新京を讃え荒都を傷む歌をのこしている田辺福麻呂は、橘諸兄家に奉仕する一方で造酒司令史を兼ねていたから、人麻呂の所属した官も、必ずしも詩歌や宮廷儀礼にかかわり深いところであったとのみは言い難い。「石見国より妻に別れて上り来る時の歌」（2・一三一〜一三九）、「石見国にありて臨死らむとする時、自ら傷みて作る歌」（2・二二三）の存在から、大宝元年以後、間もなく、人麻呂は大和を離れ、晩年には石見と何らかのかかわりをもったのであろうと推測される。政争にからんだ流罪説もあり、持統・文武両天皇と対立的立場にあった弓削皇子に寄せた人麻呂の親愛の情よりみて、それもまったく可能性のないことではないが、記録にのこるまでにはいたらなかった事件の当事者が、隠密裡に左降の形式で地方官に任ぜられることも多く、人麻呂が地方官として石見に下ったとしても、それがどのような意味においてであったかは容易に判断しがたいのである。

〔歌風〕人麻呂の作品は、人麻呂の作であることを題詞・左注に明記するいわゆる人麻呂作歌と、人麻呂歌集所出の歌であることを明記するいわゆる歌集歌とから成る。前者は八十四首（重出歌七首を含む）。うち長歌十八首、短歌六十六首。後者は三百六十五首。うち長歌二首、旋頭歌三十五首、短歌三百二十八首。後者は、また、人麻呂自作歌に少数の他人作を含む非略体歌と、民間歌謡を中心とする略体歌とに分かれる。ただし、略体歌も人麻呂の作とみる説もある。題材に関していえば、作歌と非略体歌には共通する面が多い。すなわち、作歌が、その内容面から、荒都を傷む歌三首・行幸に関わる歌八首・皇子皇女関係歌二十三首・宮廷人関係歌三首・一般人に対する挽歌七首・羇旅歌十二首・七夕歌一首・妻関係歌二十首とに分類されるのに対して、非略体歌は、行幸に関わる歌一首・皇子関係歌十五首・自然雑詠歌二十四首・羇旅歌十六首・七夕歌三十八首・妻関係歌二十五首に分類される。これは、略体歌のほとんどすべてが相聞歌であることに対して、大きな特色であるといわねばならない。作歌と非略体歌に共通するもっとも大きな特徴は、宮廷関係歌であって、ともに行幸にかかわって歌を詠み、皇子皇女の殯宮や出遊に対して作歌し、また献歌している。一方、作歌が主として反歌を伴った長歌形式で、華麗な表現修辞を駆使して、内容的にも宮廷人全体の心情を代表する形で、重厚、沈痛の響きを有するものが多いのに対して、非略体歌のそれは、行幸従駕の歌や皇子への献歌でも、短歌形式で、詠物歌や季節歌など文芸性の濃いものが多い。これは両者の作歌の時と場の相違によるものであろう。すなわちおなじ行幸従駕の歌でも、作歌の場合が明らかに天皇讃美を中心とするのに対して、非略体歌のそれは、旅中属目の磐代の結び松を通して、悲劇的最後を遂げた有間皇子を偲ぶもので、天皇讃美ではない。同様に皇子皇女関係歌も、作歌のそれは、殯宮儀礼や遊猟等、公的行事にかかわって詠まれており、皇子皇女讃美の精神で一首が貫かれているのに対して、非略体歌のそれは、あるいは仙人を詠み、あるいは残雪を詠むなど、儀礼とはかかわらぬものが多い。

五七調、末尾の形式、反歌、枕詞、序詞等、長歌の様式は人麻呂によって著しい完成度を示した。荘重、端厳な調べは、長歌、短歌にかかわらず、宮廷関係歌に多いが、妻との生別、死別を主題とする歌には、激しい慟哭を抑制のきいた表現の中で表出した主情的な作品が多い。これらは、いずれも人麻呂の歌にはじめてみられる抒情表出のありかたであったと言い得るが、非略体歌には、さらに、第三期以降に通じる新風をも指摘することができる。すなわち、巻九所収非略体歌の一首、

白鳥の鷺坂山の松蔭に宿りて行かな夜も深け行くを　(9・一六八七)

「鷺坂山」に「白鳥の」という枕詞を冠することによって、美しい白鷺のイメージを鮮明にし、松の緑との対照を際立たせた。即興性の濃い歌であるが、おのずから旅の興趣が感取される。

家人の使なるらし春雨の避くれどわれを濡らさく思へば　(9・一六九七)

も、春雨を主題とする旅中歌三首中の一首であるが、まとわりついて離れぬ春雨を家人の思いに譬えて笑いを提供しており、作歌にはみられぬ俳諧性がある。

〔影響〕長歌の完成者としての人麻呂は、第三期以降の万葉歌人に大きな影響を及ぼした。とくに吉野讃歌の表現形式は、山部赤人・笠金村らの吉野行幸従駕歌に継承され、宮廷讃歌の規範となった。大伴家持も「幼年未だ山柿の門に逕らず、裁歌の趣、詞を聚林に失ふ」(17・三九六九)と人麻呂を学ぶべき秀れた先行歌人の一人としてあげている。人麻呂の影響は、表現形式の面のみでなく、題材の面においても著しい。近江荒都歌をはじめ「妻死りし後、泣血哀慟して作る歌」(2・二〇七～二一六)など、以後の宮廷人に歌材を提供した。また、万葉集における作歌や人

麻呂歌集歌の採録状況からも、万葉歌人が、人麻呂の歌を尊重し、人麻呂歌集の分類様式を万葉集編纂の範とした事実を知ることができる。平安以降にあっても紀貫之が古今集仮名序で人麻呂を「歌のひじり」と称して以来、代々の歌人たちは歌聖として崇拝し、歌道に強い影響を及ぼした。〔歌数〕長歌十八首（重出歌二首）、短歌六十六首（重出歌五首）。1・二九〜三一、三六〜三九、四〇〜四二、四五〜四九 2・一三一〜一三九、一六七〜一七〇、一九四、一九五、一九六〜一九八、一九九〜二〇二、二〇七〜二一六、二一七〜二一九、二二〇〜二二二、二二三 3・二三五、二三九〜二四一、二四九〜二五六、二六一、二六二、二六四、二六六、三〇三、三〇四、四二六、四二八、四二九、四三〇 4・四九六〜四九九、五〇一〜五〇三 15・三六一一 人麻呂歌集歌三百六十五首（長歌二首、旋頭歌三十五首、短歌三百二十八首）。非略体歌 2・一四六 3・二四四 7・一〇六八、一〇八七、一〇八八、一〇九二、一〇九三、一一〇〇、一一〇一、一一一八、一一一九、一二六八、一二六九、一二七一 9・一六八二〜一七〇九、一七二〇〜一七二五、一七七三〜一七七五、一七八二、一七八三、一七九五〜一七九九 10・一八一二〜一八一八、一九九六〜二〇三三、二〇九四、二〇九五、二一七八、二一七九、二二三四、二二三一〜二二三五 11・二二三六〜二二四〇、二二四一五、二二四三四、二二四四九、二二四五〇、二二四六五、二二四八三、二二四八四、二二四九〇、二二五〇八〜二二五一二 略体歌 7・一〇九四、一一八七、一二四七〜一二五〇、一二九六〜一三一〇 10・一八九〇〜一八九六、二二三九〜二二三三、二二三三四 11・二二三六九〜二二四〇九、二四一一〜二四一四、二四一六〜二四三三、二四三五〜二四四八、二四五一〜二四六四、二四六六〜二四八二、二四八五〜二四八九、二四九一〜二五〇七、二五一三〜二五一六 12・二八四一〜二八六三、三一二七〜三一三〇 その他 7・一二七二〜一二九四 11・二三五一〜二三六二 13・三二五三、三二五四、三三〇九 14・三四一七、三四七〇、三四八一、三四九〇

〔参考文献〕＊『柿本人麿』斎藤茂吉（岩波書店）＊『万葉集研究柿本人麻呂攷』武田祐吉（大岡山書店）＊『短歌読本柿本人麿』窪田空穂（新声閣）＊『人麻呂抄』吉村貞治（鎌倉書房）＊『柿本人麻呂』山本健吉（新潮社）＊『柿本人麻呂―作品研究―』清水克彦（風間書房）＊『柿本人麿の研究』尾崎暢殃（北沢図書出版）＊『柿本人麻呂』〔日本詩人選2〕中西進（筑摩書房）＊『柿本人麻呂論考』阿蘇瑞枝（桜楓社）＊『万葉宮廷歌人の研究』橋本達雄（笠間書院）＊『柿本人麻呂研究 島の宮の文学』渡瀬昌忠（桜楓社）＊『柿本人麻呂』北山茂夫（岩波書店）＊『水底の歌―柿本人麿論―』（上・下）梅原猛（新潮社）＊『柿本人麻呂』〔古代の文学2〕山路平四郎・窪田章一（早稲田大学

出版部)＊『万葉集作歌とその場―人麻呂攷序説―』緒方惟章(桜楓社)＊『柿本朝臣人麻呂歌集の研究』森淳司(桜楓社)＊『歌の復籍 柿本朝臣人麻呂歌集論』梅原猛(集英社)　〔阿蘇〕

柿本人麻呂妻(かきのもとのひとまろのつま)

〔表記〕柿本朝臣人麻呂妻(2・一四〇題詞など)、妻(2・二七〇題詞など)。

〔閲歴〕柿本朝臣人麻呂の妻としてその名をあらわす人物に、依羅娘子《よさみのおとめ》がある。そのほか、集中には、(1)「柿本朝臣人麻呂の妻」(4・五〇四題詞)の歌があり、また人麻呂の作歌の題詞に、(2)「柿本朝臣人麻呂、妻死せし後、泣血哀慟して作れる歌」(2・二〇七〜二一六)、(3)「柿本朝臣人麻呂、石見国より妻に別れて上り来る時の歌」(2・一三一〜一三九)と妻のことがみえる。さらに人麻呂歌集には、(4)「妻に与ふる歌」「妻の和する歌」(9・一七八二、一七八三)があり、それぞれに人麻呂の妻の推測がなされている。しかし依羅娘子以外は氏も名もその他一切未詳。(1)の歌は「柿本朝臣人麻呂の歌三首」(4・五〇一〜五〇三)につづくもので、「君が家にわが住坂の家路をもわれは忘れじ命死なずは」とあり、この人麻呂の歌の当時、この妻は人麻呂の家に居たか、または間もなく住むことになっていた人ともいわれている。また(2)の人麻呂作歌での妻は、歌句に「……軽の道は　わぎ妹児が　里にしあれば……」(2・二〇七)とも、「……わぎ妹子が　形見に置ける若子《みどりこ》……」(2・二一〇、二一三)とも歌われ、さらに、「羽易山」(2・二一三)、「引手の山」(2・二一五)に葬られたとも詠まれている。しかしこれらの妻も、それらが同一人物であったかどうか、またそもそもどの程度実在の可能性があるかどうかも疑わしい。(3)の人麻呂の石見の妻は、この一連の作歌(2・一三一〜一三九)の直後に、「柿本朝臣人麻呂の妻依羅娘子、人麻呂と相別るる歌」(2・一四〇)とあり、また「柿本朝臣人麻呂、石見に在りて死に臨む時に「自ら傷《いた》みて作る歌」」(2・二二三)に対して、「柿本朝臣人麻呂の死ぬる時、妻依羅娘子の作る歌」(2・二二四、二二五)ともあるので、人麻呂の石見国関係歌の妻は依羅娘子とみられる。(4)の歌は、「雪こそは春日消ゆらめ心さへ消え失せたれや言も通はぬ」(9・一七八二)に対して、妻の「松反りしひにてあれやは三栗の中上り来ぬ麻呂といふ奴」(9・一七八三)という唱和のかたちをとる座興の戯れの歌と思われ、これらからも、人麻呂の妻のことを推しはかり得ない。

これらの他に、人麻呂歌集には人麻呂の妻とおぼしき人物が垣間見られる。すなわち、「児等が手を巻向山は常なれど過ぎにし人に行き纏かめやも」(7・一二六八)、「巻向の山辺とよみて行く水の水泡のごとし世の人われは」(7・一二六九)などの歌は、人麻呂の通う妻が巻向のあたりに居て、その妻が死した折に人麻呂が追悼の意を歌にしたともいわれている。しかしこの歌に前後して、同歌集には、「鳴神の音のみ聞きし巻向の檜原の山を今日見つるかも」（7・一〇九二）とか、「巻向の穴師の川ゆ行く水の絶ゆることなくまた反り見む」（7・一一〇〇）などと、はじめてその地に接し、その地を讃える従駕羈旅のかたちをとる歌もあって、人麻呂とその妻とを巻向に結びつけるには証拠の不充分な面も否定しがたい。

人麻呂の作歌や歌集には、人麻呂の妻を推測し得る歌が他にもあり、「み熊野」（4・四九六〜四九九）、「紀伊国にて作れる歌」（9・一七九六〜一六九九）、「隠せる妻」（11・二三五三、二三五四）、「恋妻」（11・二四八〇）なども人麻呂との関係がいわれている。だが、一歌人人麻呂と、これら幾人かの妻を特定することは困難で、ましてやその実在の妻との関係を考察することは不可能に近い。むしろ、作歌などで詠まれる妻には人麻呂の虚構による部分も多いと思われ、歌集などのものは、すでに「歌聖」とされた人麻呂に、その妻がよそえられて伝承され、後に万葉集にその片鱗をとどめるようになったといえよう。

〔歌数〕短歌五首。2・一四〇、二二四、二二五　4・五〇四　9・一七八三　〔森〔淳〕〕

楽広（がくこう）

〔系譜〕中国晋の人。世説の賞誉編に、尚書令衛伯玉が楽広をみて、人柄に曇りなく、雲霧をひらいて晴天を見るようだとのべた、とある。

〔所在〕5・八六四の前、吉田連宜の大伴旅人宛書簡中　〔三好〕

笠縫女王（かさぬいのおおきみ）

〔系譜〕題詞の細注により六人部王の女で、母は田形皇女と知れる。父は1・六八の作者身人部王と同人かといわれ、母は天武皇女で伊勢斎宮をつとめたこともある。

〔閲歴〕8・一六一三の左注で椋橋部女王と併記され、一六一三の題詞の賀茂女王は長屋王の女であるので、長屋王とゆかりのある人であったようだ。

〔歌数〕短歌一首。8・一六一一　ただし、左注によれば8・一六一三も笠縫女王の作となる。　〔清原〕

笠朝臣金村（かさのあそみかなむら）

〔表記〕題詞に署名および笠朝臣金村作と明記されるものと、左注に笠朝臣金村歌集出と示されるもの（2・二三二左注）、笠朝臣金村之歌中出と示されるもの（9・一七八九左注など）とがある。

〔系譜〕古事記孝霊天皇の条に、天皇の御子、若日子建吉備津日子命を笠臣の祖と伝えている。書紀には稚武彦命、是吉備臣之始祖也と記され、笠臣はもと備中国付近を本貫としていた。書紀天武天皇十三年には、他の五十一氏とともに笠臣が朝臣の姓を賜った記事がみられる。笠氏を名乗る万葉歌人は金村の他に笠麻呂・笠女郎の二人がいる。

〔閲歴〕続紀に金村にかかわる記載はない。それゆえ六位以下の微官の宮廷歌人であったろうと思われる。金村の歌は湖北・越路の歌六首を除いてすべて題詞に作歌年月が明記されているので、それにより十九年間にわたる金村の作歌活動のあらましは辿ることができる。霊亀元年秋九月志貴親王薨時の挽歌（2・二三〇〜二三四）が初出歌で、以後天平五年春閏三月の贈入唐使歌（8・一四五三〜一四五五）にまで及んでいる。その間、神亀年間をピークとして元正・聖武両天皇の行幸に従駕し多くの歌を公の立場で詠出した。元正天皇養老七年夏五月吉野離宮行幸、聖武天皇神亀元年春三月三香原離宮行幸、神亀二年夏五月吉野離宮行幸、神亀二年冬十月難波宮行幸、神亀三年秋九月印南野行幸と、うち続く行幸に従駕し、歌数の項で後述のごとく問題はあるが、神亀五年難波宮行幸にも従った。また公の任務を帯びて、神亀末年から天平四年の間には越前へも赴いており、天平元年冬十二月には布留に滞留している。その作歌の大半を占める旅の歌によって金村の足どりを辿ることができるが、志貴挽歌、贈入唐使歌以外には平城での生活は不明である。まさに従駕歌人、旅の歌人といいえよう。

〔歌風〕集中十一首の長歌、二十九首の短歌を収める。ただし、短歌は独立短歌が少なく、ほとんど反歌であって、一般に長歌作家と評される。四十首は雑・相聞・挽歌のすべてにわたっており、そのうち三十首が布留・吉野・恭仁をはじめ、難波・播磨・近江湖北・越前など旅先での作である。下級宮廷歌人、長歌作家、行動半径の広さなど、いずれも時代こそ異なれ、柿本人麻呂の立場に通うところがあり、金村の本質は人麻呂との比較において、ともすればその亜流的に論じられることが多い。たとえば、一方では「金村は人麻呂に学んで人麻呂に及ばず、人麻呂の文学の世界を再現せんとしてついになし得なかった歌人である」（森淳司「笠金村」）として人麻呂敬仰ゆえの金村の悲劇が説かれ、一方では人麻呂の伝統を継承しつつも、公的な作品に私的な技法・私情を導入するところに、時代を代表する歌人としての金村が説かれ（清水克彦「笠金村」）、その特色が両極においてとらえられている。金村のことばの分析は、つとに詳細に検討が加えられ（犬養孝「笠金村」）、「見れど飽かぬかも」「見とも飽かめや」「見が欲しからむ」「見る毎に」「見に行かむ」の語句のそれぞれ二度の使用をはじめとして、「見る」の二十九回にわたる使用に金村の説明的資質、眺める余裕が指摘されている。単語としては、従駕にかかわる用語の多用はもちろんであるが、とくに海や船など海洋語の多用が注目される。それは金村の海洋の美景に心を寄せるローマン的資質によるものであろうとも説かれるところである。金村の長歌の構成については、反歌二首を伴うものが圧倒的に多く、反歌の一方は長歌を直接に承け、反歌の一方は長歌を間接に承けて技法上の一特色を示している（山崎馨「笠金村と車持千年」）。その点でも同時代の赤人の反歌一首を中心にした種々の反歌の試みと大いに異なっているが、「赤人に似てさらに動的に、爽やかなる韻律に富めど、一点に澄み入る力に乏し。対句少なく、枕詞の多き点また赤人と趣を異にす」（作者類別年代順万葉集）の指摘にもあるとおり、人麻呂のみならず、金村は同時代の赤人との対比においてもしばしば論じられる。立場として、両者は宮廷歌壇の双璧といわれるが、金村には赤人の「統一と凝集」に欠けるうらみが一面確かに見受けられる。反面それが金村の本領である、おおらかさ・わかりやすさの基ともなっている。たとえば、吉野の美景に接して「み吉野の滝」を執拗にくり返すところに、また、難波の海・播磨の海・越の海といずれの海辺を歌っても必ず想いを「海人娘子」に馳せるところに、それは顕著である。景色の彼方に人間を思い描き、観念を避けて具象表現にこれつとめるところに、赤人とは全く異なる金村の本質がうかがえる。「うつせみの世の人なれば」（9・一七八五、一七八七）のくり返しを待つまでもなく現実肯定の強い作家で、具象性に富むわかりやすい表現で、時代の要請に即応した詠歌の場を作れる人であったろう。それ故に凡であり、健康であって、ゆとりある人生態度から「人柄のよさ・明るさを感じさせる」（伊藤博「天平の赤人たち」）と評される。作品に即していえば、神亀元年紀伊行幸時娘子に誂えられた代作歌（4・五四三）が、山上憶良の代作歌などとは異なり、恋歌の代作を、それも金村が娘子の心となって、歌っているところに、その人柄がしのばれる。しかもその代作歌の中で「草枕旅をよろし」と歌う心のはずみは、当時一般の旅の観念とは大きく異なり、従駕作家金村の「旅を享楽する思考」（清水克彦）がうかがえる。金村歌の中では、志貴皇子薨時の挽歌が秀作としての評価が高く、二人の登場人物の対話によるドラマチックな構成、あるいは私的挽歌の流れの中の位置など種々論じられている。歌ばかりでなく、その題詞にも志貴挽歌は「歳次」の表記を持つ異例さから、志貴薨時や金村の創意の解明が試みられている（近藤章「志貴親王薨去とその挽歌」）。総じていえば、金村は下級の歌詠み、芸能的歌びと—歌謡芸能人—（久米常民）、釆詩官（高崎正秀）など、さまざまの評価を得ているが、「人間金村」がもっともよく金村を語り得ているものである。金村はたんなる人麻呂の亜流としてではなく、また赤人の傍流としてでもなく、もっとその主体性、積極的側面においてとらえられなければならない。

〔影響〕金村の作は同時代の車持千年・山部赤人の作とかかわる点が多い。とくに巻六巻頭から続く養老末年から神亀三年にかけての行幸地、吉野・難波・播磨における三者の作は、同時同所の作として注目される。厳然として守られる金村・千年・赤人の詠歌採録の順序は、彼等の身分や氏の力によるのであろうが、常に先導する形をとる金村歌の他の二人に与える影響を考えねばならない。千年の情感、赤人の統一もすべて金村の人間を基調としている。つぎに、時代の流れの中で金村の作品をとらえると、人麻呂の伝統の継承はいうまでもなく、金村は家持に多くの影響を与えている。たとえば、金村と家持とにのみみられる表現「大王の行幸のまにま」をはじめとして、金村の長歌中の表現と家持の歌とに類似表現が多い。また、金村の作品は巻十三の歌々と二句一連の類句表現をはじめとして、構成・語・修辞等において多くの類似表現が認められる。

〔歌数〕長歌十一首、短歌二十九首。2・二三〇、二三一、二三二、二三三、二三四（以上五首は歌集出）　3・三六四、三六五、三六六、三六七　4・五四三、五四四、五四五、五四六、五四七、五四八　6・九〇七、九〇八、九〇九、九一〇、九一一、九一二、九二〇、九二一、九二二、九二八、九二九、九三〇、九三五、九三六、九三七　8・一四五三、一四五四、一四五五、一五三二、一五三三　9・一七八五、一七八六、一七八七、一七八八、一七八九（以上五首は歌中出）

以上四十首の中、2・二三三～二三四については作者未詳歌とする説もある（伊藤博「第一人者の宿命―笠金村の技法」）。また、それを金村自身の改作歌とみる説もある（小野寛「笠金村の歌集出歌と歌中出歌と或本歌」）。さらに、3・三六九は左注「右作者未審但笠朝臣金村之歌中出也」により、6・九五〇～九五三は左注「右笠朝臣金村之歌中出也或云車持朝臣千年作之也」により、それぞれ四十首の中には入れていない。ただし、後者四首は金村と千年の歌の応酬であり、したがってその中に金村の作を含むとみる説（井村哲夫「車持朝臣千年は歌詠みの女官ではないか」）があり、前稿においては逆に9・一七八五～一七八六の金村作を疑問視している。

〔参考文献〕＊『笠金村・高市黒人』犬養孝・田辺幸雄（青梧堂）＊「笠金村考―巻十三の受容をめぐって―」清原和義（武庫川国文6）＊「金村・千年・赤人―難波の宮行幸供奉歌群をめぐって―平館英子（東京成徳短期大学紀要11）＊「笠金村論」清水克彦（万葉78）＊「笠金村論序説―金村は宮廷歌人か―」林田正男（国語研究1）＊「笠金村と車持千年」山崎馨（『万葉集講座』6）＊「笠金村の歌集出歌と歌中出歌と或本歌」小野寛（『論集上代文学』6）

〔清原〕

笠朝臣子君（かさのあそみこきみ）

〔閲歴〕天平勝宝二年、三方沙彌が藤原房前の語を承って作った歌（19・四二二七、四二二八）を伝承した人物としてその名がみえる（19・四二二八左注）。その歌はさらに久米広縄に伝えられ、越中で広縄により披露されている。

〔所在〕19・四二二八左注　〔三好〕

笠女郎（かさのいらつめ）

〔系譜〕大伴家持の青春時代に、家持に恋の歌を数年にわたって贈りつづけたことが知られるのみである。万葉集に収められたその歌の配列から、その時期は天平五年頃からと考えられる。生没年未詳。その名から笠朝臣家の出であったことはわかるが、誰の娘であるかはわからない。笠朝臣家の祖は吉備地方を開拓し瀬戸内海沿岸一帯に勢力のあった豪族で、勇武を誇る家柄として知られている。神亀から天平初年にかけて名の知られる笠氏の人に、笠朝臣金村がある。聖武宮廷に山部赤人とともに宮廷歌人的な存在として活躍し、その歌才は卓越していた。金村の年次の明らかな作歌は天平五年まであり、その頃、十六、七の娘がいてもおかしくはない。また、笠朝臣麻呂がいる。養老五年五月元明太上天皇の病に出家入道を願い出て許され、官位を捨てて満誓沙彌となった。養老七年、造筑紫観世音寺別当として筑前へ赴任、神亀末年ここで大宰帥大伴旅人とその息家持を迎え、親しい交わりを結んだ。その娘か、その孫かとも考えられる。また、養老四年三月大伴旅人が征隼人持節大将軍に任命されたとき、副将軍に任ぜられた笠朝臣御室がいる。家持の父と戦場を共にした仲で、娘がいれば親しく会うこともあるだろう。御室は神亀三年正月従五位上に昇叙のあと、続日本紀に記載がなく、以後の閲歴はわからない。

〔閲歴〕大伴家持は天平三年七月父旅人没後、天平四年頃から大伴坂上郎女の娘坂上大嬢と相聞歌の贈答を記録している。しかしこの仲はあまり長続きせず、離れ絶えてしまった。その頃に笠女郎と家持との関係があったと思われる。それが天平五年と推測される。二人の仲は、笠女郎の積極的な性格からはげしく燃え上がり、笠女郎の愛は熱烈に捧げられた。しかし家持の心はしだいに冷めてゆき、別の女性に移っていったらしい。笠女郎はひたすら待ち暮らし、やがて片恋に嘆き、狂おしい恋情に苦しみ、ついに覚悟して都を去り故郷へ帰ったという。しかし遠く離れてみても家持への恋情は静まることなく、その思いを歌った歌をまた家持に贈っている。その後、笠女郎がどのような生涯を送ったか、知るすべはない。

〔歌風〕集中二十九首、すべて家持への贈歌である。巻四に二十四首一括して収められ、巻三譬喩歌の部に三首、巻八春相聞の部と秋相聞の部に各一首である。二十九首はおそらく一まとめにして家持の手元にとどめられていたものに違いない。その中から譬喩歌三首を巻三に、季節歌二首を巻八に抜いたと思われる。その残った二十四首は記録のままで、家持が受け取った順に並んでいるとみられるが、久松潜一はこの順序でよんだのではないだろうと論じている（「笠女郎について」明日香三五巻一号）。巻三譬喩歌三首は二十九首歌群を再現したならば、その冒頭に位置するものと思われる。その譬喩歌三首の第一首、

託馬野に生ふる紫衣に染めいまだ着ずして色に出でにけり　（3・三九五）

は、家持に彼女は身を染めたばかりであったが女のよろこびは顔に出てしまったというのである。愛がかなったばかりであろう。この歌は笠女郎の家持への第一首ではないだろうか。その第二首はつぎのとおりである。

陸奥の真野の草原遠けども面影にして見ゆといふものを　（3・三九六）

都からはるかな陸奥の風景でも面影に見えるというのに、近い所にいる家持にどうしていつも逢えないのだろう、どうしてと訴えるのである。この譬喩は見事である。家持の足が少し間遠になったのだろう。譬喩歌三首は、恋がまだ真剣なものとはなっていない。巻四の二十四首の冒頭歌、

わが形見見つつ偲はせあらたまの年の緒長く我も思はむ　（4・五八七）

を、久松潜一は、すでに恋も過ぎ去り、別れんとするときの歌だとみた。しかしこれは恋が始まるのである。恋うる苦しみが今始まろうとしているのである。家持の足が遠のくが故に恋が始まる。この歌こそ笠女郎の恋の物語のプロローグである。続いて第二首、

白鳥の飛羽山松の待ちつつそわが恋ひわたるこの月ごろを　（4・五八八）

は、彼女がこのひと月待ち続けたことを歌う。このひと月恋い続けたことを、まことに飾り気なく率直に歌っている。まだ家持に期待して迷うことなくひたすら待っていた頃の歌だと思われる。やがて彼女の歌は、

君に恋ひいたもすべ無み奈良山の小松が下に立ち嘆くかも　（4・五九三）

わが屋戸の夕影草の白露の消ぬがにもとな思ほゆるかも　（4・五九四）

と、恋しさにいかんともしがたく嘆く思いが歌われる。詠嘆の助詞「かも」で結ぶ歌がこの前後に五首集中的に歌われている。また、

情ゆも我は思はずき山川もへだたらなくにかく恋ひむとは　（4・六〇一）

の倒置は、一種の強調表現であり、感情の表白を強めるということにおいて詠嘆表現に等しい。彼女は待つ期待を打ち砕かれてただ恋うしかなく、激しい恋情に嘆く時期にいたったのである。その中にあっても、

八百日行く浜の沙もわが恋にあにまさらじか沖つ島守　（4・五九六）

と、已れの恋情の激しさを数量に換算し、通過するのに八

百日もかかる果知らぬ長い浜のまさごの数に比べようというのは他に例をみない。彼女の理にすぐれた知の人であったことを思わせる。

思ふにし死にするものにあらませば千たびそ我は死に返らまし　（4・六〇三）

天地の神し理なくはこそわが思ふ君に逢はず死にせめ　（4・六〇五）

は、反実仮想を用い、天地の神を疑うがごとき仮定条件を用いる。彼女が恋しさ余って思い乱れている心を歌っている。いずれも「死」が詠まれるのは恋情の極点にいたっていることが思われる。しかしそれでも彼女の思いは遂げられなかった。ついに彼女は己れの恋をみずから断ち切るべく、

相思はぬ人を思ふは大寺の餓鬼のしりへに額づくごとし　（4・六〇八）

と歌い贈った。激しく恋い続けた人は、何と奇抜な比喩を思いつくことだろう。自分をこんなにもみじめに笑いとばせる人が他にいるだろうか。笠女郎は類いまれな詩人だった。

〔影響〕万葉末期の女流歌人の歌の、平安時代以後の勅撰集に何らかの形で入集しているものは、大伴坂上郎女の十二首に次いで、笠女郎の六首が多い。「八百日行く」の歌は拾遺集によみ人しらずとしてとられ、「八百日行く浜の真砂」の句は、千載集に権中納言藤原長方の歌に、新古今集に後徳大寺左大臣藤原実定の歌に歌われ、他に続拾遺集、新葉集にもある。

〔歌数〕短歌二十九首。3・三九五〜三九七　4・五八七〜六一〇　8・一四五一、一六一六

〔参考文献〕＊「笠女郎—文芸史的位相について—」青木生子（上代文学9）＊「笠女郎の歌の位置」服部喜美子（万葉32）＊「笠女郎歌群の構造」小野寛（学習院女子短期大学紀要7）＊「哀愁の女—笠女郎—」鈴木日出男（国文学20—16）＊「笠女郎—その虚像と実像—」小野寛（『万葉の女人像』）＊「笠女郎の恋」中西進（成城万葉13）＊「笠女郎の歌」山崎馨（『万葉集を学ぶ』3）　〔小野〕

鹿島神（かしまのかみ）

〔系譜〕茨城県鹿島郡鹿島町宮中にある鹿島神宮に祭る神（元官幣大社）。御神体は建御雷之男神《たけみかづちのをのかみ》また の名を建布都《たけふつ》之神《のかみ》という。勇猛な雷の男神である。天孫降臨に先立ち、葦原中つ国の平定のため、天照大御神の命により天鳥船に乗り出雲の国に征くことが記にみえる。祝詞「春日の祭」にも「恐《かしこ》き鹿島に坐《ま》す建みかづちの命」とある。古来軍神として、武人の崇敬が篤い。万葉集に「霰降《あられふ》り 鹿島の神を祈りつゝ皇御軍《すめらみくさ》に 吾は来にしを」（20・四三七〇）とある。「鹿島の神を祈って天皇の軍隊として自分はやって来たことよ」の意である。あられふりは鹿島の枕詞

とした。
〔所在〕20・四三七〇　〔松原〕

膳王（かしわでのおおきみ）

〔表記〕続紀の膳夫王と同一人と思われる。6・九五四の題詞に膳王とあり、3・四四二の題詞に膳部王とある。

〔系譜〕長屋王の男。母は草壁皇子の女吉備内親王。

〔閲歴〕続紀によれば神亀元年二月、従四位下、神亀六年二月、長屋王自尽の折、自経す。

〔歌風〕短歌における朝夕の対句表現を諸注おおむね評価している。左注の示すように、神亀五年難波行幸の際の作と思われる。

〔歌数〕短歌一首。6・九五四　〔清原〕

奉膳（かしわでのかみ）
〔系譜〕万葉集により高橋朝臣（名は不明）の父と記されている（3・四八三左注）。
〔閲歴〕宮内省内膳司の長官で、天皇の御膳を管理。
〔所在〕3・四八三左注　〔三好〕

春日王(1)（かすがのおおきみ）
〔閲歴〕弓削皇子の遊吉野時（年月不明）に短歌一首を奉和する。文武天皇三年六月二十七日に、浄大肆で卒し、弔賻使を遣わされている春日王（続紀）と同一人であろう。なお、これ以前にも敏達天皇の皇子（記）や、持統天皇三年四月二十日に薨じた（紀）春日王がいるが、時代があわない。
〔歌風〕長寿ならんことを祝した歌で、発想は唱和歌の形式によっている。
〔歌数〕短歌一首。3・二四三　〔高橋〕

春日王(2)（かすがのおおきみ）
〔系譜〕元暦校本等では、4・六六九題詞の注に「志貴皇子の子、母は多紀皇女といふなり」とある。本朝皇胤紹運録によれば、安貴王の父。
〔閲歴〕続紀によれば、養老七年正月十日無位より従四位下に、天平三年正月二十七日従四位上に、同十五年五月五日正四位下に叙せられ、同十七年四月二十八日卒す。このとき、散位正四位下。
〔歌数〕短歌一首。4・六六九
〔参考文献〕*『万葉の作品と時代』沢瀉久孝（岩波書店）　〔高橋〕

春日蔵首老（かすがのくらのおびとおゆ）
〔表記〕春日蔵首老とある（1・五六左注、六二題詞など）ほか、春日（9・一七一七題詞）、春日蔵（9・一七一九題詞）とあるのも同一人か。続紀には春日倉首老（大宝元年三月十九日の条）、春日椋首老（和銅七年正月五日の条）とあり、懐風藻には春日蔵老とある。
〔閲歴〕続紀の大宝元年三月十九日の条に、僧弁紀を還俗せしめ、姓を春日倉首、名を老と賜い、追大壱を授くとある。3・二九八の左注には「弁基は春日蔵首老の法師の名なり」とある。すなわち、もと僧籍にあって弁紀（弁基）を称し、還俗して春日蔵首老などといったことがわかる。大宝元年九月の持統太上天皇の紀伊国幸（続紀には十八日の条に「天皇紀伊国に幸す」、十月十九日の条に「車駕紀伊より至る」とある。9・一六六七題詞などによって太上天皇と文武天皇とが同行されたことがわかる）の歌（1・五四、五五）のあとに或本歌（五六）があり、「右一首春日蔵首老」とある。配列のしかたにやや問題もあるが、老もこの幸に同行したか。そうならば二八六・二九八番歌もこのときの作かもしれない。また、三野連（1・六二の題詞には「名を闕く」とあるが、西本願寺本等の注や墓誌によって岡麻呂とわかる）の入唐時に作歌。この入唐は大宝元年正月二十三日に粟田真人を遣唐執節使、高橋笠間を大使、坂合部大分を副使としたなどのほか、山於億良も少録に任じられているが、暴風のため渡海は同二年六月二十九日に延びている。老の作歌はこの間のものであろう。さらに、続紀によれば和銅七年正月五日に正六位上から従五位下に昇叙。そして懐風藻によれば常陸介であったことがわかり、年五十二とある。3・二八二、二八四の歌は、任国との往来時の作とは断定できないが、方向としてはあう。

〔歌風〕すべて旅に関する歌だといってよい。したがって旅情を歌う（3・二八二、二九八　9・一七一九）のはもちろん、即興性・遊戯性に富んで多分に口誦的な作（1・五六　3・二八四、二八六　9・一七一七）もある。1・六二の歌は自分の旅をよんだものではないが、旅の体験者であるがゆえに知っている旅の呪法を伝授し、渡海安全と早期帰還とを祈念したのであろう。ただ、全般的にいって、旧来の発想によったものがほとんどで、個性は目立たない。

〔歌数〕短歌八首。1・五六、六二　3・二八二、二八四、二八六、二九八　9・一七一七、一七一九（この一首、左注に小弁作とある）

〔参考文献〕＊「南法華寺開基弁基」永井義憲（明日香28―6）　〔高橋〕

春日部麻呂（かすがべのまろ）

〔閲歴〕駿河国の防人。天平勝宝七歳二月七日に進歌した歌中の一人。

〔歌風〕表現は稚拙な感がするが、望郷の思いが素直に表わされている歌を残している。

〔歌数〕短歌一首。20・四三四五　〔近藤(信)〕

縵児（かずらこ）

〔表記〕鬘児（16・三七八八～三七九〇詞書の下）。また縵之児（16・三七八九など）とも。

〔名義〕題詞の説明によれば、三人の男に愛せられて思い乱れ、入水したという伝説上の美人の名。歌詞中には「山縵の児」（16・三七八九）とも「玉縵の児」（16・三七九〇）

ともある。縵児の名は、当時の男女が神事や饗宴の席で青柳・百合・菖蒲の類の、植物の枝や種々の花、蔓等を髪に挿して物忌み生活をしているしるしとし、後に髪飾りともしたところから出ている。集中に縵児の作はない。

〔所在〕16・三七八八題詞細注　〔尾崎〕

華他（かた）

〔閲歴〕中国後漢の名医。字は元化、沛国譙の人。後漢書方術伝下華佗伝に「若し疾発して内に結び、針薬及ぶ能はざる所は、乃ち、先づ酒を以て麻沸散を服せしめ、既に酔ひて覚る所無ければ、因りて腹背を刳《わ》り破り、積聚を抽割し、若し腸胃に在らば、則ち、断截湔洗して疾穢を除去し、既にして縫合し、伝ふるに神膏を以てし、四五日にして創愈え、一月の間皆平復す」とあり、また、抱朴子の至理篇に「元化能く腹を刳《さ》きて以て胃を滌《あら》う」とある。

〔所在〕5・沈痾自哀文　〔内山〕

葛稚川（かっちせん）

〔系譜〕葛洪。中国晋の人。抱朴子の著者。

〔所在〕5・沈痾自哀文　〔三好〕

葛城王（かつらぎのおおきみ）

〔表記〕右大臣（6・一〇二五題詞、左注など）、左大臣橘宿禰（17・三九二二題詞、18・四〇五六題詞）、左大臣橘朝臣（19・四二七〇題詞など）、左大臣橘卿（19・四二七〇左注など）、左大臣（20・四四四七〜八左注、20・四四五四題詞、左注）、葛城王（20・四四五五題詞）などのほか、橘姓を賜ったときの御製（6・一〇〇九）には左大弁葛城王（題詞）、従三位葛城王（左注）とある。

〔系譜〕敏達天皇五代の孫三野王（彌努王・美努王）の長子。母は県犬養宿禰東人の女、三千代。佐為王・牟漏女王（藤原房前の妻）・安宿媛（のち光明皇后。父は藤原不比等）の兄。はじめ葛城王といったが、橘宿禰の姓を賜って以後、諸兄と称した。

〔閲歴〕続紀によれば、和銅三年正月無位から従五位下、同四年十二月馬寮監となり、養老元年正月従五位上、同五年正月正五位下、天平元年三月正四位下に進み、同年九月左大弁、同三年八月参議に列し、同四年正月従三位に昇進した。天平八年十一月母の橘宿禰姓を賜らんことを奏請し許され、以後葛城王を改め橘諸兄と称した。同九年九月大納言、同十年正月正三位右大臣に任ぜられ、同十一年正月従二位、同十二年十一月正二位、同十五年五月従一位左大臣となる。同十八年四月大宰帥を兼ね、天平勝宝元年四月正一位、同二年正月朝臣の姓を賜る。同六年七月御装束司となり、同八年二月致仕、天平宝字元年正月七十四歳で薨じた。尊卑分脈・公卿補任などの記事によると、井手左大臣あるいは西院大臣と号したという。諸兄の長男は、奈良麻呂の変として知られる橘奈良麻呂である。また諸兄は古くから万葉集の撰者に擬せられ、大伴家持と親交があったところから、家持との共撰説、諸兄の意をうけての家持撰説などがあった。

〔歌風〕万葉集には諸兄自身の作のほか、諸兄の家で催された宴席で歌われた山上憶良（八・一五一九）らの作が処々にみられ、とくに諸兄にかかわる家持の歌（19・四二五六、四二八九、20・四三〇四、四四五〇〜一）は両者の親しい間柄をうかがわせる。諸兄の作はすべて対人詠で、応詔歌と宴席歌で占められている。応詔歌の一首、

　降る雪の白髪までに大皇に仕へまつれば貴くもあるか　（17・三九二二）

は大雪の日、宮中で酒宴を賜ったとき、雪を賦して詠じたもので、皇恩に報ゆることの尊さを歌った作である。太上天皇（元正天皇）が難波宮に在ったときの一首、

　堀江には玉敷かましを大皇を御船漕がむとかねて知りせば　（18・四〇五六）

も歌柄は大きく、品位ある歌風といえよう。聖武太上天皇が諸兄の宅に行幸されたときの歌、

　葎はふ賤しき屋戸も大君の坐さむと知らば玉敷かましを　（19・四二七〇）

は御製に応じた挨拶歌であり、

　幣しつつ君がおほせる瞿麦が花のみ訪はむ君ならなくに　（20・四四四七）

も丹比国人の宅の宴で国人の賀歌に対応して詠んだ挨拶歌で、諸兄にとって和歌は交際の具であった。このことは諸兄の歌の特色であるとともに、天平の風潮でもあった。秀歌といわれるほどの作品もなく歌境も狭いが、大らかな歌いぶりと気品ある歌風は左大臣諸兄の人柄によるであろう。

〔歌数〕短歌八首。6・一〇二五　17・三九二二　18・四〇五六　19・四二七〇　20・四四四七、四四四八、四四五四、四四五五

〔参考文献〕＊「橘諸兄㈠」井上豊（上代文学5）＊「橘諸兄と万葉集」近藤信義（国学院雑誌69）＊「橘諸兄」市村宏（東洋学研究9）＊「橘諸兄と元正太上天皇—天平十八年正月の大雪の日における—」直木孝次郎（国文学23—5）＊「葛城王考—万葉集を中心として—」磯貝正義（山梨大学学芸学部研究報告7）　〔戸谷〕

葛木之其津彦（かつらぎのそつひこ）

〔系譜〕建内宿禰（記によると孝元天皇の孫）の子。仁徳天皇皇后石之日売の父。葛城氏は四世紀末から五世紀にかけて朝鮮経営に功があり、皇室の外戚として栄えた。

〔閲歴〕紀によると、神功摂政五年三月新羅の人質臨時帰国の際監視役として随行したが、欺かれ逃亡されたため新羅を攻めた。同六十二年新羅を功撃する。この条に「百済本記」を引用するが、それには沙至比跪と表記され、死にいたる経緯まで記されている。応神十四年弓月君帰化の際従える人夫らが新羅の妨害を受けたため加羅国に派遣され、

同十六年八月帰国。仁徳四十一年にも百済王の族酒君とともに帰国の記事がみえる。これらの記事から対朝鮮外交に活躍した将軍であったことが知られるが、活躍期が異常に長く、万葉集に「葛木の其津彦真弓」（11・二六三九）と歌われるようなかば伝説化された武将であった。

〔所在〕11・二六三九　〔多田〕

門部王(1)（かどべのおおきみ）

〔表記〕3・三一〇、三七一の各題詞の注には、後に大原真人の姓を賜るとある。続紀では、天平十四年四月二十四日、同十七年四月二十三日の各条に、大原真人門部とある。

〔系譜〕本朝皇胤紹運録によれば、天武天皇―長親王―川内王―門部王という系譜になり、兄に高安王・桜井王がいる。なお、新撰姓氏録左京皇別には、「大原真人　諡敏達の孫百済王より出づ。続日本紀合へり」とある。

〔閲歴〕続紀によれば、和銅三年正月七日無位より従五位下に、養老元年正月四日に従五位上に叙せられ、同三年七月十三日按察使として伊賀・志摩二国を管す。このとき、伊勢国守。また、3・三七一題詞、4・五三六左注によると、この前後に出雲守に任じられたこともあるらしい。同五年正月五日に正五位下、神亀元年二月二十二日に正五位上、同五年五月二十一日に従四位下と昇叙。家伝下によれば、この頃、風流侍従の一人に数えられる。天平六年二月朔、朱雀門での天覧の歌垣に頭の一人となる。6・一〇一三題詞によれば、同九年正月、家にて橘少卿と諸大夫等と集宴作歌、このとき、弾正尹。同十二月二十三日に右京大夫となる。そして、同十一年四月三日、高安王らとともに大原真人の姓を賜ったらしい。同十四年四月二十四日に従四位上となり、同十七年四月二十三日卒す。このとき大蔵卿従四位上。

〔歌風〕市の植木を歌い込んだ（3・三一〇）のは特異であるが、総じて類型的である。

〔歌数〕短歌四首。3・三一〇、三七一　4・五三六　6・一〇一三　ただし、(2)の人物との区別はしにくい。

〔参考文献〕＊「万葉歌人〈門部王〉小考」黛弘道（『論集上代文学』8）　〔高橋〕

門部王(2)（かどべのおおきみ）

〔系譜〕不明。ただし、3・三二六題詞の注に、後に大原真人の姓を賜る、とあることからすると、編者は(1)と同一人とみたか。

〔閲歴〕続紀によれば、和銅六年正月二十三日無位より従四位下に叙せられ、養老五年六月二十六日に大判事に任ぜられた。神亀三年九月二十七日、播磨国印南野の行幸（十月七日から二十九日まで）に先立って、造頓宮司の一人に選ばる。天平三年正月二十七日に従四位上に叙せられ、同年十二月二十一日、甲斐国守田辺史広足の進めたのが神馬であることを奏上。このとき、治部卿。観世音菩薩受記経

（寧楽遺文中巻所収）によれば、同六年には写経司を兼ねる。こうして、ほぼ同時代に二人の門部王がいたことは明らかで、3・三二六の作者をこの(2)の人物に比定することは可能だが、断定できる資料はない。
〔歌数〕短歌一首。3・三二六
〔参考文献〕＊『万葉の作品と時代』沢瀉久孝（岩波書店）
＊「万葉歌人〈門部王〉小考」黛弘道（『論集上代文学』8）　〔高橋〕

門部連石足（かどべのむらじいそたり）

〔表記〕巻四に門部連石足（五六八左注）とみえ、巻五には「門氏石足」（八四五下注）とある。

〔系譜〕門部連は 新撰姓氏録 大和国神別に、「牟須比命児安牟須比命之後也」とみえる。

〔閲歴〕天平二年正月十三日、大宰帥大伴旅人の宅で行われた梅花の宴に、上司山上憶良とともに出席し、「筑前掾門氏石足」として一首を詠じている。ついで天平二年十二月、大納言に任ぜられた旅人の上京にあたって、府の官人たちが筑前の蘆城の駅家で旅人を餞した際、同じく筑前掾として一首を作っている。

〔歌数〕短歌二首。4・五六八　5・八四五　〔比護〕

可刀利乎登女（かとりおとめ）
〔閲歴〕伝未詳。万葉集中「筑紫なるにほふ児ゆゑに陸奥の可刀利少女の 結ひし 紐解く」（14・三四二七）に一例みえるのみである。右は陸奥国の歌とあるが、内容は筑紫の美女と寝たことを歌っている。作者は、防人として筑紫へ行ったのであろう。「可刀利」の解釈には諸説あるが定見はない。代匠記は鎌を織る処女の意とし、万葉考では地名説をとる。地名説は以後、古義の陸奥国磐城郡片依（和名抄）説、全釈の下総香取説、私注の陸奥にある「下総香取に関係ある香取の地」説などと展開している。〔青木(周)〕

鎌麻呂（かままろ）
〔閲歴〕巻十六の三八三〇の歌詞中にみえる語で、人名として表現されているが、おそらく鎌を擬人化したものだろうと思われる。
〔所在〕16・三八三〇　〔三好〕

神社忌寸老麻呂（かみこそのいみきおゆまろ）
〔表記〕神社はモリ・ミワモリの異訓もある。
〔閲歴〕天平五年生駒山西部の草香山を越えて大和へ帰るときの歌二首が万葉集にみえるのみ。
〔歌風〕古伝説にも名高い草香の直越えの道を越えるときの二首のうち、日の光に輝く難波の海を遠望したつぎの一首は感動のこもったものである。

　直越《ただごえ》のこの道にして押《お》し照るや難波の海と名づけけらしも　（6・九七七）

〔歌数〕短歌二首。6・九七六、九七七　〔森(朝)〕

上毛野牛甘（かみつけののうしかい）

「系譜」安閑紀によれば武蔵国造をめぐって笠原直使主《おみ》と同族小杵《おき》が争っているがこの小杵が力を頼った毛野国の豪族に上毛野君小熊《おぐま》という人物がみえる。当項目の牛甘は姓《かばね》を持たないがこの上毛野の君に隷属する氏か。

〔閲歴〕上野国の防人助丁。天平勝宝七歳二月二十三日に進歌した歌中の一人。

「歌風」旅に上った歌としては類想的な表現だが、作者は家に残した妻の身の上に不吉な予感を持ったようだ。

〔歌数〕短歌一首。20・四四〇四　〔近藤(信)〕

上毛野君駿河（かみつけののきみするが）
〔表記〕上野国防人部領使大目正六位下上毛野君駿河。
〔閲歴〕天平勝宝二年三月、中衛員外少将従五位下田辺史難波ら上毛野君姓を賜る。同七歳二月上野の国の防人部領使大目正六位下で防人歌を進上。　〔三好〕
〔所在〕20・四四〇七左注

上道王（かみつみちのおおきみ）
〔系譜〕広河女王の父。穂積皇子の子か（4・六九四題詞細注　古写本のみ）。
〔閲歴〕和銅五年正月无位から従四位下、神亀四年四月散位従四位下で卒す（続紀）。
〔所在〕4・六九四題詞細注　〔斎藤〕

上古麻呂（かみのふるまろ）

〔表記〕題詞（3・三五六）に上古麻呂とある。ふるまろ、こまろ、二通りの読み方がある。

〔系譜〕上氏で万葉集に名をみるのは古麻呂のみであるが、続紀をはじめとして、河内国の上村主、山城国の上日佐の諸人が文献に名をのこす。ただし、古麻呂との関係は未詳。

〔閲歴〕巻三の古麻呂の前後の歌人と異なり、古麻呂の姓を示さないのは、姓を署するに及ばぬほどの微官かといわれる。歌は平城遷都の後、故郷の飛鳥を思っての作であろう。

〔歌数〕短歌一首。3・三五六　〔清原〕

神麻績部嶋麻呂（かむおみべのしままろ）

〔系譜〕下野国河内郡出身の防人。

〔閲歴〕天平勝宝七歳二月、下野国から徴発されて筑紫に遣わされた。上丁とある。

〔歌風〕「国々の防人集ひ船乗りて別るを見ればいともすべなし」（20・四三八一）、先発の防人たちが難波を出航していく様子を見ての作で、明日はわが身がと思う切実な哀感が結句の表現となっている。方言のない平明な作である。

〔歌数〕短歌一首。20・四三八一　〔露木〕

神人部子忍男（かむとべのこおしお）
〔閲歴〕天平勝宝七歳二月、防人として筑紫に派遣された。信濃国埴科郡の出身で主帳とみえる。神人部はカムヒトベ・ミワヒトベなどの異訓もある。忍男でなく子忍男が名かという（代匠記精撰本）。神人氏の部民か。
〔歌数〕短歌一首。20・四四〇二　〔森（朝）〕

巫部麻蘇娘子（かむなぎべのまそおとめ）
〔系譜〕巫部は、新撰姓氏録右京神別上および摂津国神別に巫部宿禰があり、神饒速日命六世の孫伊香我色雄命之後とする。また、山城国神別、和泉国神別に巫部連がみえ、神饒速日命十世の孫伊己布都乃連公の後としている。麻蘇は名か。
〔歌風〕巻四の二首は、大伴家持を中心とした作品群の中にある。また巻八の一首は家持への贈歌、他の一首も家持へ贈ったものと思われ、大伴家持の周辺にいた女性と考えられる。歌題・表現ともに平凡である。
〔歌数〕短歌四首。4・七〇三、七〇四　8・一五六二、一六二一　〔比護〕

甘奈備伊香真人（かむなびのいかごのまひと）

〔系譜〕はじめ伊香王と称した。敏達天皇の裔（続後紀承和三年四月条）。

〔閲歴〕天平十八年無位より従五位下。同年さらに雅楽頭。天平勝宝三年甘奈備真人賜姓。集中の記載によれば天平宝字元・二年頃大蔵大輔。以後諸国国司を歴任し、宝亀八年正五位上まで昇進した。

〔歌風〕宴席の自然詠、ことに庭中の花を詠んだものが主で、第四期歌人らしい趣向をみせている。

〔歌数〕短歌四首。20・四四八九、四五〇二、四五一〇、四五一三　〔森（朝）〕

蒲生娘子（がもうのおとめ）

〔表記〕遊行女婦蒲生娘子（19・四二三二題詞）とも遊行女婦蒲生（19・四二三七左注）とも記される。

〔閲歴〕近江国蒲生出身の女かともいわれる。天平勝宝三年正月三日、越中国の介、内蔵忌寸縄麻呂之館において国司大伴家持たちが宴楽したとき、同席した遊行女婦である。

〔歌風〕雪の美景を花に見立てる即興性に秀でている（四二三二）。また、その場の雰囲気にふさわしい古歌を誦詠し（19・四二三六〜四二三七）、いずれも座に即応を旨としている。

〔歌数〕短歌一首。19・四二三二　他に伝誦歌二首　〔清原〕

賀茂女王（かものおおきみ）
〔系譜〕長屋王（天武天皇皇子高市皇子の子）の娘。母は阿倍《あべ》朝臣。
〔閲歴〕巻四には大伴三依に送った相聞歌がみえている。

何らかの交渉を持ったかと思われる。
〔歌風〕相聞歌のみ三首を残す。うち巻八所収の一首は、椋橋部女王《くらはしべのおおきみ》または笠縫女王作との異伝を有す。他の二首のうち一首（4・五六五）は「大伴の見つとは言はじあかねさし照れる月夜に直に逢へりとも」と、秘めた恋の歌。
〔歌数〕短歌三首。4・五五六、五六五　8・一六一三
〔森（朝）〕

鴨君足人（かものきみたるひと）
〔系譜〕未詳。「名はタリヒト」とも。
〔歌風〕香具山周辺の荒廃を詠んだもので、左注に平城遷都後に「旧りぬるをあはれびて」詠んだか、とし、また高市皇子薨後にその宮殿周辺の荒廃を詠んだものか（万葉集古義）ともいう。景叙の下に寂寥をしのばせた歌である。
〔歌数〕長歌一首（ただし異伝一首あり）、短歌二首。3・二五七、二五八、二五九、二六〇
〔森（朝）〕

川上臣老（かわかみのおみおゆ）
〔系譜〕下野国寒川郡出身の上丁の防人。
〔閲歴〕天平勝宝七歳二月、下野国から徴されて筑紫に遣わされた。
〔歌風〕「旅行きに行くと知らずて母父《あおしし》に言申さずて今ぞ悔しけ」（20・四三七六）、旅の途中で出発時を回想しての作である。四句までは事実ではなく、結句を強調するための感情表出と思われる。第三句と結句とに訛りがみられる。
〔歌数〕短歌一首。20・四三七六
〔露木〕

川島皇子（かわしまのみこ）
〔表記〕河島皇子（2・一九五左注）とも。
〔系譜〕天智天皇の皇子。母は忍海造小龍《おしぬみのみやつこをたつ》の娘色夫古娘《しこぶこのいらつめ》。
〔閲歴〕天武十年忍壁皇子らとともに帝紀・上古諸事を記定せしめられ、同十四年浄大参に叙せられる。持統五年九月薨。懐風藻の伝によれば、はじめ大津皇子と莫逆の契を結び、大津謀逆に際し、転じて変を朝廷に告げたという。
〔歌風〕持統四年紀伊行幸のとき、有間皇子ゆかりの磐代の松を詠んだ一首を伝えるが、山上憶良作との異伝を有し、憶良の代作とみる説もある。
〔歌数〕短歌一首。1・三四（ただし9・一七一六に、憶良作として重出）
〔参考文献〕＊「磐代歌考―万葉集と川島皇子―」菅野雅雄（美夫君志19）＊「憶良の前半生」渡部和雄（解釈と鑑賞34―2）
〔森（朝）〕

河内王（かわちのおおきみ）
〔表記〕川内王（天武紀朱鳥元年正月条）とも記される。
〔閲歴〕天武朱鳥元年正月新羅の金智祥に饗するために筑紫に遣わされる。ときに浄広肆。同年九月天武天皇の殯宮に左右大舎人事を誄す。持統三年閏八月筑紫大宰帥、同四年十月詔により新羅の送使金高訓等を饗し、同六年閏五月詔により沙門を大隅・阿多に派遣、さらに大唐大使郭務悰

の造った阿弥陀像を献上。同八年四月浄大肆となる（書紀）。集中には、手持女王が、河内王を豊前国鏡山に葬るときに作った歌三首がある。

〔所在〕3・四一七題詞

〔参考文献〕＊「河内王—万葉集特講198—」市村宏（次元24—10）　〔斎藤〕

河内女王（かわちのおおきみ）

〔系譜〕高市皇子（天武天皇の皇子）の娘。

〔閲歴〕天平十一年従四位上。同二十年正四位下。天平宝字二年従三位。その後不破《ふわ》内親王の事件に坐してか無位に落ち、宝亀四年正三位に復し、同十年薨。

〔歌風〕天平十六年元正上皇難波行幸のとき、難波の橘諸兄（左大臣）邸の宴に侍して、賀歌を作っている。橘家の忠誠と上皇の満悦の様とを詠んだもので、上皇・諸兄両者を賀し、表現様式は典型的な賀歌の体のものである。

〔歌数〕短歌一首。18・四〇五九　〔森(朝)〕

河内百枝娘子（かわちのももえのおとめ）

〔閲歴〕大伴家持に贈る歌二首があること以外すべて未詳。河内国に住んでいた百枝とよばれる女性（万葉集注釈）で、あるいは遊女の類であったか（万葉集全釈）ともいう。ただし、河内という氏は古代文献に多くみられ、この場合も地名に限定することはできない。

〔歌風〕別れに臨んで女性から贈られる典型的な相聞歌の類。

〔歌数〕短歌二首。4・七〇一、七〇二　〔三浦〕

河内女（かわちめ）

〔系譜〕巻七譬喩歌の「寄絲」の一首に、「河内女の手染の糸」（一三一六）とあって、河内女は人名とみるよりは、河内の女というほどの意であろう。

〔所在〕7・一三一六歌中　〔三好〕

川原（かわはら）

〔表記〕兵部川原（9・一七三七題詞）とある。

〔閲歴〕兵部省に仕える川原という氏の人物であろうが、名前は伝わらない。この表記は直前（9・一七三六題詞）の「式部大倭」と同じで、両歌ともに「夏箕」（9・一七三六に「夏身」、吉野宮滝の東）という地名をもち、「芳野作歌」（9・一七三六題詞）とあることからみて、吉野宮への行幸に伴う従駕歌らしい。

〔歌数〕短歌一首。9・一七三七　〔三浦〕

川原虫麻呂（かわはらのむしまろ）

〔系譜〕駿河国出身の防人。

〔閲歴〕天平勝宝七歳二月、駿河国から徴されて筑紫に遣わされた。

〔歌風〕「父母《とちはは》え斎ひて待たね筑紫なる水漬く白玉取りて来までに」（20・四三四〇）、前の歌の結句を上の句の第二句にとり入れて倒置をきかせている。上句に訛りがみられるが、平明な作。
〔歌数〕短歌一首。20・四三四〇
〔露木〕

河辺朝臣東人（かわべのあそみあずまひと）
〔表記〕続日本紀に川辺朝臣東人とある。
〔閲歴〕天平五年、藤原八束の使いとして病床の山上憶良を見舞う（6・九七八左注）。ときに八束の父房前の家令であったためかという。天平十一年十月、皇后宮での維摩講において「歌子」の一人として「仏前唱歌」を唱い（8・一五九四左注）、天平勝宝二年十月、藤原皇后作と伝える古歌を伝誦する（19・四二二四左注）。神護景雲元年正月、正六位上から従五位下となり、宝亀元年十月、石見守となる（続日本紀）。
〔歌風〕唱歌の「歌子」や古歌の伝誦という在り方からみると、作歌よりも唱うことに長じた人物であったらしい。
〔歌数〕自作歌は短歌一首。8・一四四〇　他に唱い手として8・一五九四　19・四二二四
〔三浦〕

河辺宮人（かわべのみやひと）
〔閲歴〕人名とはみずに、飛鳥の河辺宮（飛鳥川原宮のこと）に奉仕する人の意とみる説もあるが、河辺（川辺とも）という氏は古代文献に散見されるし人名とみるのが有力（河辺朝臣東人などと同族ともいう）。題詞を信ずれば和銅四年に姫島（摂津か）に出向いている。ただし、同一人物の同一時の同じ題材を詠んだ歌が二箇所に分散していることに疑問がある（3・四三七左注）。
〔歌風〕集中の六首すべてが同時の作で、「姫島の松原に嬢子の屍を見て」の作である。旅において死者を見て作るというのは柿本人麻呂（2・二二〇〜二二二）などにも例がある。鎮魂的な性格をもつものか。
〔歌数〕短歌六首。2・二二八、二二九　3・四三四、四三五、四三六、四三七
〔三浦〕

河村王（かわむらのおおきみ）
〔閲歴〕続日本紀に川村王なる人物がいる。この人物は、宝亀八年十一月无位より従五位下となり、同年十一月少納言、延暦元年閏正月阿波守、同七年二月大舎人頭、同八年四月備後守、同九年九月従五位上（以上、続日本紀）、延暦十六年二月内匠頭従四位下で某司（二字欠）の正を兼任した（日本後紀）。一般的な万葉集の時代範囲と少しずれるために疑問を呈する人がいる一方、万葉集成立時を考える上で重要だともいわれている。
〔歌風〕集中二首の歌を、宴居のときには琴を弾きながら誦するのを「常の行」にしていたという。自作歌とみるよりも古歌の誦詠と考えるべきであろう。
〔歌数〕短歌二首。16・三八一七、三八一八
〔三浦〕

緩（かん）
〔閲歴〕中国秦の名医。左伝成公十年五月の条に、「(晋の景公) 公疾病なり。医を秦に求む。秦伯、医緩をして之を為

めしむ。未だ至らざるに公の夢に疾二豎子と為りて曰く、『彼は良医なり。懼《おそ》らくは我を傷《やぶ》らん。焉くにか之を逃れん』と。其の一曰く、『肓の上膏の下に居らば我をいかんせん』と。医至る。曰く、『疾為むべからざるなり。肓の上膏の下に在り。之を攻むれども可からず、之に達せども及ばず、薬も至らず』と。公曰く、『良医なり』と。厚く之が礼を為して之を帰す」とある。

〔所在〕5・沈痾自哀文 〔内山〕

元興寺僧（がんごうじのほうし）

〔閲歴〕題詞によれば天平十年の作であり、平城の都の元興寺の僧である。奈良の元興寺は平城京左京三條七坊に建てられた。他に元興寺の里を詠める歌（6・九九二）が大伴坂上郎女にある。

〔歌風〕譬喩を駆使し、旋頭歌体を用い、「し」音を多用し、流調なリズムを持つところに、この僧はなかなかの才人とみられる。その嘆きは左注のよく語るところである。

〔歌数〕旋頭歌一首。6・一〇一八 〔清原〕

元仁（がんにん）

〔閲歴〕万葉考は「こは名なるにや、さらは法師か」とし、万葉集全註釈は「当時の学者が、漢風の字を付けていた、その種の字であろう」とし、万葉集私注は「元は氏、仁は名で帰化族などであらうか」とする。

〔歌風〕すべて吉野川を歌っており、それを愛惜しているが、新味はない。

〔歌数〕短歌三首。9・一七二〇～一七二二 〔高橋〕

鬼谷先生（きこくせんせい）

〔閲歴〕中国戦国時代の論客。史記蘇秦伝によれば、蘇秦の師。数百歳の寿命を保ったといわれる。今日著書として鬼谷子・鬼谷先生占気・関令内伝等が残っているが、後世の偽作とされている。

〔所在〕5・沈痾自哀文 〔三好〕

私部石嶋（きさきべのいそしま）

〔系譜〕下総国葛飾郡出身の防人。天平七年から十四年にかけて古文書にみえる経師私（部）石島とは別人であろう。妻子のあったことが歌によってわかる。

〔閲歴〕天平勝宝七歳二月、下総国から徴されて筑紫に遣わされた。

〔歌風〕「行こ先に 波なとゑらひ後方《しるへ》には 子をと妻をと置きてとも来ぬ」（20・四三八五）、第四句を除く各句に訛りのみられる一首である。歌柄は平明で、留守の妻子を思う情が素直に表現されている。

〔歌数〕短歌一首。20・四三八五 〔露木〕

木梨軽皇子（きなしのかるのみこ）

〔表記〕木梨軽太子(13・三二六三左注)、軽太子（2・九〇題詞）とも記される。

〔系譜〕允恭天皇の皇子。皇后である忍坂大中姫を母とする。

〔閲歴〕古事記によると、皇位継承者に決定していたが、允恭崩後即位しないうちに同母妹軽大郎女との相姦が露見して、穴穂皇子（安康天皇）に攻められ、大前小前宿禰の家に逃れたが、宿禰は軽太子を捕え、安康に貢進したという。その結果、伊予に流され、軽大郎女もこれを追い、ともに自死した。これらの記述の中に、「夷振の上歌」「宮人振」「天田振」「夷振の片下ろし」「読歌」などの歌曲名注記のなされた歌謡が纏綿とし、この部分で歌曲名注記がない歌謡はわずかに二首である。日本書紀の記述では、允恭天皇二十三年三月甲午朔庚子条で立太子、軽大郎皇女との相姦が允恭在世中二十四年六月に発覚、皇太子のため罪せられず、軽大郎皇女が伊予に流されることになる。允恭崩後の皇位継承を安康と争って、物部大前宿禰の家にかくれるが、そこで自死する。一云に、伊予に流されたともいう。九〇番歌左注には、二十三年三月甲午朔庚子、二十四年六月の各条の一部を載せて、九〇番歌が仁徳、允恭紀に類同歌を持たないことを記す。

〔歌風〕木梨軽皇子に関連を有する九〇番歌、および三二六三番歌には、ともに古事記との比較対照を示す記述がある。九〇番歌は、用字は異なるものの、古事記を引用したとしており、全くの同歌であって、類聚歌林所載とされる類同歌八五番歌との間に異同をみせている。相姦の相手衣通王が歌ったとされ、八五番歌が思い悩む女心を表現するのに対して、より行動的、意志的な強さを感じさせる詞章である。三二六三番歌は、古事記中の読歌の一首と類同歌の関係にあるが、結句部分の「国にも家にも行かめ　誰がゆゑか行かむ」等に語句の相違がみられる。国ぼめ的詞章を有する相聞歌である。悲劇の伝承として人口に膾炙していたであろう軽太子説話中の歌謡の類同歌として、興味引かれるものであったことが、九〇・三二六三番歌に関する記述に「軽太子」の名を残すことになったものであろう。ただ、衣通王の歌ったとされる歌謡が、記紀万葉を通じて短歌体で記されているのは、古今和歌集の序に示されているように、後の和歌世界でも女流歌人の嚆矢をなすと意識されていた伝承像であっただけに、興味深いものがある。

〔歌数〕長歌一首。13・三二六三　ただし、左注に従う。

〔参考文献〕＊「允恭紀の伝承的機構」尾畑喜一郎（『古代文学序説』）＊「磐姫皇后と雄略天皇―巻一・巻二の巻頭歌の位相―」三谷栄一（『万葉集講座』5）＊「磐姫皇后の歌の史的意義―氏族伝承に関連して―」久米常民（愛知県立大学説林23）＊「軽太子軽大郎女の伝承―道徳意識の悲劇性―」三浦佑之（日本文学23―9）〔斉藤〕

絹（きぬ）

〔表記〕略称であろうが、不明。

〔歌風〕「かはづ鳴く六田の川の川楊のねもころ見れど飽かぬ川かも」は、その前後にみえる元仁、嶋足、麻呂らの吉野川を讃める歌々と一連のものと思われる。「ねもころ見れど飽かぬ川かも」の「ね」（根）を導くのに、矚目の景による序を三句にわたって用いているが、川を讃める歌にしては恋歌的色彩が強い。「飽かぬ君かも」とする伝本もある。

〔歌数〕短歌一首。9・一七二三　〔梶川〕

紀朝臣飯麻呂（きのあそみいいまろ）

〔表記〕左大弁紀飯麻呂朝臣（19・四二五七）。

〔系譜〕大人の孫、古麻呂の長子（続紀天平宝字六年七月）。

〔閲歴〕天平元年三月正六位上から外従五位下、同年八月従五位下、同五年三月従五位上、同十二年九月藤原広嗣の乱に征討副将軍、同十三年閏三月従四位下、同年七月右大弁、同十四年正月大宰府廃止のためその官物を筑前国司に付す使となる。同年二月新羅使金欽英を饗し、同年八月、十二月、同十五年四月紫香楽行幸の留守司、同十六年閏正月安積皇子の喪事を監護、同年九月畿内巡察使、同十七年五月遣わされて平城京を掃除、同十八年九月常陸守、同二十年四月元正天皇崩御の山作司、天平勝宝元年二月大倭守、同年七月従四位上、同五年九月大宰大弐、同六年四月大蔵卿、同年九月右京大夫、同年十二月西海道巡察使、天平宝字元年正月橘諸兄の喪事を監護、同年六月右京大夫、七月右大弁、八月正四位下、参議となる。同二年八月参議紫微大弼兼左大弁で、同三年六月正四位上、同三年十一月義部卿兼河内守、同四年正月美作守、同五年八月部下を告発失官させ、同六年正月従三位、同年九月薨ず（続紀）。集中には、天平勝宝三年十月二十二日に飯麻呂の家で宴する歌があり、船王、中臣朝臣清麻呂の伝誦する歌と大伴家持の作歌を載せる（19・四二五七題詞）。

〔所在〕19・四二五七〜四二五九。　〔斎藤〕

紀朝臣男梶（きのあそみおかじ）

〔表記〕小楫、男楫にも作る。

〔閲歴〕生没年未詳。続紀によれば、天平十五年五月正六位上から外従五位下に叙せられる。同年六月弾正弼に任ぜられ、同十七年正月には従五位下。同十八年正月左大臣橘諸兄が大納言藤原豊成以下諸王臣を率いて太政天皇の在所に参入し、肆宴を催したとき、この宴に参加し、詔に応じて一首を詠じた。同年四月大宰少弐。天平勝宝元年閏五月兵部少輔に任ぜられ、同二年三月には山背守。同六年七月大皇大后宮子の葬送のとき、御装束司となる。同年十一月東海道巡察使。天平宝字四年正月和泉守。

〔歌数〕短歌一首。17・三九二四　〔梶川〕

紀朝臣鹿人（きのあそみかひと）

〔系譜〕紀小鹿女郎の父。

〔閲歴〕生没年未詳。天平九年九月正六位上より外従五位下に叙せられ、同年十二月主殿頭に任ぜられる。同十二年十一月外従五位上に昇叙し、同十三年八月大炊頭となった。時期は不明だが、8・一五四九題詞によれば、典鋳正であった。
〔歌数〕短歌三首。6・九九〇、九九一　8・一五四九
〔梶川〕

紀朝臣清人（きのあそみきよひと）
〔表記〕浄人とも（続紀）。
〔系譜〕国益の子（続紀）。
〔閲歴〕和銅七年二月、従六位上で国史（日本書紀）の撰定にあずかり、霊亀元年七月以後三度にわたり学業を賞され（続紀）、文雅をもって聞こえた（武智麻呂伝）。養老五年正月詔により山上憶良らとともに退朝ののち東宮に侍した。その後、右京亮、治部大輔、文章博士、武蔵守等を歴任、勝宝五年七月、散位従四位下で卒した。
〔歌風〕天平十八年五月の太上天皇肆宴における応詔歌があり、漢語「雪光」によったらしい表現がみられる。
〔歌数〕短歌一首。17・三九二三
〔東野〕

紀朝臣豊河（きのあそみとよかわ）
〔表記〕豊川にも作る。
〔閲歴〕生没年未詳。天平十一年正月正六位上より外従五位下に叙せられた。
〔歌数〕短歌一首。8・一五〇三
〔梶川〕

紀少鹿（きのおじか）
〔表記〕フルネームで「紀少鹿女郎」とあるのは二例（8・一六四八、一六六一）で、他は「紀女郎」とあって、その細注に「名を小鹿と云ふ」（4・七六二、七八二　8・一四五二）と記される。「少」は「小」とするものもあり、「おしし」とも読まれている。
〔系譜〕巻四の「紀女郎の怨恨の歌三首」の題詞細注に「鹿人《かひと》大夫の女。名を小鹿といふ。安貴王《あきのおおきみ》の妻なり」（4・六四三）とあって、天平五年頃、大伴稲公の跡見庄での歌（8・一五四九）の題詞に「典鋳正《てんちゆうのかみ》紀朝臣鹿人《かひと》」とある人の娘で、家持の歌友である市原王の父にあたる安貴王の妻であったことがわかる。市原王の生母であるかは不明。
〔閲歴〕その生没年は不明。神亀元年の作とみられる夫の安貴王の歌（4・五三四、五三五）の左注に「右、安貴王、因幡の八上釆女を娶《めと》る。係念《おもひ》極《きは》まりて甚《はなはだ》しく、愛情《うつくしび》尤《もと》も盛りなり。時に、勅《みことのり》して不敬の罪に断《さだ》め、本郷《もとつくに》に退却《まか》らしむ。ここに、王の心悼《いた》み怛《かなし》びて、いささかにこの歌を作る」とある八上釆女事件を契機として、少鹿は「怨恨の歌」を作り、ときに、十七歳と推定（山崎馨「紀女郎小鹿考」）される。この事件後、安貴王と離別し、氏女として後宮に出仕したか、父鹿人の許へ帰ったか、あるいは離別しなかったのかは明らかではない。天平五年頃の大伴家持

の処女作「振り放《さ》けて三日月《みかづき》見れば一目《ひとめ》見し人の眉《まよび》引き思ほゆるかも」（6・九九四）の「一目見し人」を少鹿と想定し、この頃からふたりの関係がはじまり、天平十五年初頭までのほぼ十年の間に互いに相聞往来した（山崎説）とみられる。はじめ、年少の家持から積極的に慕われる立場にあったが、最後は、家持の心移りによって、最初の夫安貴王の八上采女事件同様に、家持を慕いつつも怨恨する境涯に終わった。

〔歌風〕集中十二首の短歌を収める。巻八、冬の雑歌部の一首（一六四八）の他はすべて相聞の部にある。その大半が家持との関係において作られている恋の歌である。「怨恨の歌三首」（4・六四三〜六四五）にみられる女歌としての価値は高く、中国の怨詩との関係、但馬皇女の一首（2・一一六）、大伴坂上郎女の「怨恨の歌」（4・六一九〜六二〇）との比較や八上采女事件をめぐる歌語りの一環として採録されたものであろう。その作風は智巧的で、「神さぶと不欲ぶにはあらず」（4・七六二）や、「合歓の花と茅花とを折り攀ぢて」家持に贈った、

　戯奴変してわけと云ふがためわが手もすまに春の野に抜ける茅花《つばな》
　ぞ食して肥えませ　（8・一四六〇）
　昼は咲き夜は恋ひ寝《ぬ》る合歓木《ねぶ》の花君のみ見めや戯奴さ
　へに見よ　（8・一四六一）

の二首には、性的関係の深まった間柄の年上の女の見せた艶麗な技巧といえる。また、

　ひさかたの月夜を清み梅の花心開《ひら》けてわが思《も》へる君
　（8・一六六一）

の第四句「心開けて」は「心に開《さ》きて」とも読まれるが、「梅の花がひらく（咲く）」ことと「心がひらく（心に咲く）」ことが懸詞となっていて、景情ともにすぐれた創意と技巧を認めることができる。

〔歌数〕短歌十二首。4・六四三、六四四、六四五、七六二、七六三、七七六、七八二　8・一四五二、一四六〇、一四六一、一六四八、一六六一

〔参考文献〕*「紀女郎の諧謔的技巧―〈戯奴〉をめぐって―」井手至（万葉40）*「紀女郎小鹿考」山崎馨（『論集上代文学』8）　〔川上〕

紀皇女（きのひめみこ）

〔系譜〕天武天皇の皇女。母は蘇我赤兄の女太蕤娘。同母兄に穂積皇子がいる。

〔歌風〕実生活は不明だが、あるいは巻十二の左注にあるように高安王にひそかに嫁し、そのために王は伊予に左降させられたことで、世間のきびしい譴責を受けたのか。残された歌は、一人寝を嘆き、世間の目を恐れつつ、恋する思いを歌っている。

〔歌数〕短歌二首。3・三九〇　12・三〇九八（一説）

〔参考文献〕*「紀皇女と多紀皇女」吉永登（万葉1）*「紀

皇女に就て」尾山篤二郎（万葉3）＊「尾山氏に答える―紀皇女に就て―」吉永登（万葉4）＊「紀皇女をめぐる論争について―併せて高安王の系譜を論ず―」田中卓（万葉9）　〔梶川〕

紀卿（きのまえつきみ）

〔表記〕天平二年正月十三日、大宰帥大伴旅人の宅で行われた梅花の宴に列席し、「大弐紀卿」として一首を詠じている。諸注多く、紀氏の人で名は未詳とする。しかし東大寺文書所収の大宰府牒に、天平三年三月三十日付で、「従四位上行大弐紀朝臣男人」とあるのによれば、紀男人のこととしてよいであろう。雄人にもつくる（懐風藻）。

〔系譜〕大納言正三位麻呂の子。参議中宮大夫従四位上家守の父。

〔閲歴〕懐風藻の卒年表記に「年五十七」とあり、逆算すれば天武九年の誕生となる。慶雲二年十二月、従六位下より従五位下に昇叙。同四年十月、文武天皇の大葬に際し造御竈司。和銅四年九月、造都の役民の奔亡が多く、兵庫を禁守するため、将軍に任ぜられる。同五年正月従五位上、養老元年正月正五位下、同二年正月正五位上に昇叙。同五年正月、山上憶良らとともに、退朝の後、東宮に侍せしめられる。同五年九月、伊勢奉幣使発遣に際し、その儀式に舎人として臨み、同七年正月、従四位下に叙せられる。天平二年正月、大宰大弐として「梅花の宴」に臨み、同三年正月従四位上、同八年正月正四位下。同九年六月正四位下右大弁とあり、同七月右大臣藤原武智麻呂が疫病のため重態に陥ったとき、橘諸兄とともに勅使としてその第に赴き、正一位を授け、左大臣に拝している。同十年十月、卒した。ときに大宰大弐、正四位下。なお続日本紀天平十六年七月条には、故紀朝臣男人と故紀朝臣国益が奴婢を争って訴えたが、刑部の判によって、国益の男清人に賜ったとみえる。懐風藻に、「吉野川に遊ぶ」「吉野宮に扈従す」「七夕」の三首を収める。

〔歌数〕短歌一首。5・八一五　〔比護〕

吉備津采女（きびつのうねめ）

〔名義その他〕人麻呂時代の人か。伝未詳。名義については従来諸説があったが、万葉集講義では、吉備の都宇郡出身の采女で、都宇はもと津とのみいったであろうとし、万葉集全註釈では、国名に津の語をつけてよぶ女性としては、日本書紀、持統天皇の紀に美濃津子の娘があることを指摘する。吉備津の采女を「志我津の子」（2・二一八）、「凡津《おほつ》の子」（2・二一九）ともよぶのは、この女性が志賀の大津に住んだことによるのだろう。

〔所在〕2・二一七～二一九題詞

〔参考文献〕＊「吉備の津の采女挽歌」神堀忍（『万葉集を学ぶ』2）　〔尾崎〕

魏文（ぎぶん）
〔閲歴〕中国 魏の文帝。「惜時賢詩」を書いたといわれるが、今日伝わらない。
〔所在〕5・沈痾自哀文　〔三好〕

喬（きょう）
〔閲歴〕王子喬。仙人。大伴旅人が送った梅花宴歌、松浦河の歌に対して吉田宜が返書の中で旅人の長命を願い、「松・喬を千齢に追ひたまはむことを」と述べている。
〔所在〕5・八六四前文　〔米内〕

日下部使主三中（くさかべのおみみなか）

〔系譜〕上総国の国造の丁で姓が使主《おみ》。帰化人の裔か。正倉院古裂銘文集成にみられる上総国周淮郡の大領外従七位上日下部使主山との関係は不明。

〔閲歴〕天平勝宝七歳二月、上総国から徴されて防人として筑紫に遣わされた。

〔歌風〕「たらちねの母を別れてまことわれ旅の仮廬《かりほ》に安く寝むかも」（20・四三四八）、父の歌に続く一首で、父母に別れての旅の不安を歌う。枕詞を使用して訛りのない平明な一首。「旅」のビは甲類であるが、この歌には乙類の「非」が用いられている。

〔歌数〕短歌一首。20・四三四八　〔露木〕

日下部使主三中父（くさかべのおみみなかのちち）

〔系譜〕上総国の国造の丁日下部使主三中の父。

〔閲歴〕天平勝宝七歳二月、息子三中を防人として送り出した。

〔歌風〕「家にして恋ひつつあらずは汝が佩ける大刀になりても斎ひてしかも」（20・四三四七）、大伴旅人の「讃酒歌十三首」の一首（3・三四三）に発想・語法の類似がみられる。しかし、直接の影響とは考えられない。訛りがなく、子を思う心情が素直に表現された平明な作。

〔歌数〕短歌一首。20・四三四七　〔露木〕

草嬢（くさのおとめ）
〔系譜〕草を「かや」と訓み、童蒙抄は「かやのをとめ」。万葉集全註釈は「かや」は吉備国の郡名、万葉集私注は蚊屋忌寸、蚊屋宿禰、香屋臣、賀陽朝臣などのいずれかの氏族名とする。また万葉考は草香の香の落ちたもので、嬢を「いらつめ」と訓む。万葉集古義は「うかれめ」と訓み娼婦の義、万葉集新考は村娘の義という。
〔歌数〕短歌一首。4・五一二　〔並木〕

久米朝臣継麻呂（くめのあそみつぎまろ）
〔系譜〕万葉集古義に「広縄の男などにや」とある。
〔閲歴〕天平勝宝二年四月十二日、越中守家持以下官人と布勢水海を遊覧し、藤花を見て懐を述べる歌を詠む。
〔歌数〕短歌一首。19・四二〇二　〔並木〕

久米朝臣広縄（くめのあそみひろなわ）
〔閲歴〕大日本古文書によると、天平十七年四月 左馬少允、従七位であった。また、万葉集に、天平二十年三月二十三日左大臣橘宿禰諸兄の使者造酒司令使田辺史福麻呂が越中守大伴宿禰家持の許を訪れた折、二十五日家持らとともに布勢の水海に遊覧したことがみえる（18・四〇四六題詞）。翌二十六日、みずからの館に福麻呂らを招き饗宴し（18・四〇五二題詞）、さらに同年四月、再び家持らをみずからの館に招き宴した（18・四〇六六題詞）。また、同年、朝集使に任ぜられて入京し、その事畢《をは》って翌年天平感宝（勝宝）元年五月本任に還った。よって長官家持の館に詩酒の宴を設け楽飲したことがみえる（18・四一一六題詞）。以上、いずれも掾とある。天平勝宝二年正月、みずからの館で宴したときは判官とあり（18・四一三七題詞）、さらに同二年四月、守家持以下の諸官人らとともに布勢の水海に遊覧したときも（19・四一九九題詞）同様である。同二年四月、守家持の歌に和して作歌しており、このときには掾とある（19・四二一〇左注）。つづく同二年九月宴席で歌を詠んでおり（19・四二二二）、同二年十二月には、三形沙彌が贈左大臣藤原北卿の語《ことば》を承けて作り誦した歌を、笠朝臣子君が聞き伝え、また、それを後に伝え読んでおり（19・四二二八左注）、同三年正月には、越中国介内蔵忌寸縄麻呂の館に会集して宴楽したこと（19・四二三一題詞）、太政大臣藤原家の県犬養命婦が天皇に奉った歌を伝誦したこと（19・四二三五左注）などがみえる。以上、いずれも掾とある。さらに、同三年二月、みずから正税帳使になり上京することになったとき守家持の館に会集し宴し（19・四二三八左注）、同三年七月、守家持が少納言に遷任されたとき別れを悲しむ歌を作り、広縄の館に贈り貽《のこ》したと記されている（19・四二四八題詞）。ときに朝集使とある。また、同三年八月、任を済ませて越中に帰任して来たとき、たまたま越前国掾大伴宿禰池主の館で逢い一緒に飲楽したことがみえる（19・四二五二題詞）。ときに正税帳使とある。

〔歌風〕集中九首、そのほとんどが宴の場での作である。また、越中国の掾に着任してからの作が多く、とくに守大伴宿禰家持との関係を考えさせる歌が多い。天平勝宝三年八月任を終えて越中に帰任するとき、大伴宿禰池主の館で大帳使として上京する大伴宿禰家持と偶然会ったときの「萩の花を矚《み》て作る歌」、

君が家に植ゑたる萩の初花を折りてかざさな旅別るどち　（19・四二五二）

で、広縄は三人の心合う者を「君が家に」（池主）、「旅別るどち」（家持と広縄）と表現する。そして、宴の興を添えようと宴席歌の伝統を反映して萩をかざすと表現している。広縄の歌は、このように宴席歌の伝統を基盤とし、即興的に宴席より見える物を材として表現するものが多い。

〔歌数〕長歌一首、短歌八首。18・四〇五〇、四〇五三

19・四二〇一、四二〇三、四二〇九、四二一〇、四二二二、四二三一、四二五二　〔近藤(健)〕

久米女郎（くめのいらつめ）

〔閲歴〕厚見王との贈答歌があるので、親交があったか。

〔歌数〕短歌一首。8・一四五九　〔並木〕

久米女王（くめのおおきみ）

〔閲歴〕続紀によれば、天平十七年正月、無位より従五位下を授くとある。それ以外のこと不明。なお、天平十年十月十七日の橘奈良麻呂宅の宴席に列する。

〔歌数〕短歌一首。8・一五八三　〔並木〕

久米禅師（くめのぜんじ）

〔閲歴〕「久米」は氏の名。「禅師」は法師の義かと考えられるが、阿彌陀・釈迦などの名がみえるところから、僧の意ではなく名とする考え方もある。久米氏の者で禅師になった者と考えてよいだろう。天智天皇代、「久米禅師、石川郎女を娉ふ時の歌五首」（2・九六〜一〇〇題詞）という歌群がみえ、久米禅師はこの中に三首の歌を残している。五首の歌群は歌語りとしての性格を有するところから、久米禅師なる人物は実存しないもので、『久米』になみの人々が古くから歌舞や物語に深くかかわったことが、その名を負う人物を物語の中に呼びこむ因となった」と考えられる、伝説的な性格をもつものという指摘がある（伊藤博「万葉の歌語り」万葉集の表現と方法〈上〉所収）。日本書紀など他に見えず、生没年等未詳。なお、歌をかわし合っている石川郎女についても未詳。

〔歌風〕久米禅師が石川郎女と結婚したときの歌という題詞であるが、まず、禅師の求婚とそれに対する郎女の和えではじまり、結婚にいたるやりとりを歌ったものである。その求婚の歌は、

みこも刈る信濃の真弓我が引かばうま人さびて否と言はむかも　（2・九六）

であるが、真率な求婚の歌とも、情味ある歌ともいい難い。「うま人さびて」の語に戯れの気分があり、序「みこも刈る信濃の真弓」によって引き出された「我が引かば」も気を引くという意より、共寝を誘う意で直截的な表現である。これに和えた郎女の歌は、「みこも刈る信濃の真弓引かずして強ひさるわざを知るといはなくに」（2・九七）と、巧みに相手の言葉をとり入れ転換させ、それをさらにつぎの歌（2・九八）に引き継ぎ「……後の心を知りかてぬかも」と展開させている。禅師は、郎女の心変りはしないでしょうか、という問いかけに、

梓弓弦緒《つらを》取りはけ引く人は後の心を知る人そ引く　（2・九九）

と決意のほどを示し、

東人の荷前《のさき》の箱の荷の緒にも妹は心に乗りにけるかも　（2・一〇〇）

で、禅師が、郎女を深く思う心を独詠的に歌い、二人の結婚が成立したことを暗黙のうちに語り終わる。石川郎女の歌を含め、これら五首の歌は贈歌と答歌は、詞句の上でも内容の面でも強くからみ合い、その連鎖性は見事なものである。本来、贈答歌は和える歌は贈られた歌を踏まえてというように、連鎖性を持つものであるが、これら一連の歌群はそうした連鎖性はもとより、構成面においても絶妙さを示しており、同時的に詠じられてこそ、連鎖性、構成、展開のうまさが生きるといえる。「歌語り」として把握されるのも頷かれよう。禅師の歌についていえば、序詞が多く、かつ、その序詞には「信濃」（2・九六）、「東人」（2・一〇〇）と東国志向が目立つ。このことについて、「序歌であるが、この二人の間に東人の荷前の箱は何か縁故があるであろう。……東国に縁故のあるものと考えられる」（万葉集全註釈）という指摘がある。

〔歌数〕短歌三首。2・九六、九九、一〇〇　〔小野寺〕

久米能若子（くめのわくご）

〔系譜〕紀に弘計王（顕宗天皇）に更名《またのな》来目稚子とあることから代匠記、童蒙抄のごとく顕宗天皇その人であるとするならば、市辺忍歯王（履中天皇皇子）の子。また、槻乃落葉別記では神武天皇に従った久米部の壮子であろうとする。久米氏の若者として考えるにしても伝説的人物であろう。「若子」については尾畑喜一郎が民俗学的立場から、岩屋に纏る伝承および小さ子譚に注目され、神威の表出にかかわる名辞と説明している。

〔所在〕3・三〇七、四三五　〔多田〕

桉作村主益人（くらつくりのすぐりますひと）

〔表記〕内匠大属桉作村主益人（6・一〇〇四左注）、益人（6・一〇〇四左注）とも記される。

〔系譜〕桉作氏は新撰姓氏録によれば仁徳朝に帰化しており、また村主は帰化系の人々に賜った姓であるから、帰化人の子孫であろう。益人の名は集中以外にはみえない。

〔影響〕「梓弓引き豊国の鏡山見ず久ならば恋しけむかも」（3・三一一）の歌が夫木抄（巻二十）に、よみ人しらずとして収められている。

〔歌数〕短歌二首。3・三一一　6・一〇〇四　〔並木〕

内蔵忌寸縄麻呂（くらのいみきなわまろ）

〔表記〕縄万呂とも（正倉院木簡）。

〔閲歴〕天平十七年十月当時、正六位上大蔵少丞（正倉院文書）。天平十九年四月から天平勝宝三年八月にかけて越中介として任地にあった（万葉集）。この間越中守大伴家持らとしばしば歌を詠じている。天平勝宝五年三月には造東大寺司判官の地位にあった（正倉院木簡）。

〔歌風〕集中の歌は家持との贈答や国司官人との遊覧に際したもので、儀礼的ないしは即興的な色彩が強い。

〔歌数〕短歌四首。17・三九九六　18・四〇八七　19・四

二〇一、四二三二　〔東野〕

椋椅部荒蟲（くらはしべのあらむし）

〔閲歴〕伝未詳。万葉集中、20・四四一七の左注に「右の一首は、豊島郡の上丁椋椅部荒蟲が妻宇遅部黒女のなり」とみえ、妻の歌を載せる。上丁とは、古義によれば、続紀天平宝字元年四月の勅に「自レ今已後、宜下以ニ十八一ヲ為ニ中男一ト、廿二已上ヲ成中ス正丁上ト」とある「正丁」のことか。豊島郡は武蔵国に属し（和名抄）、現在の東京都豊島区・文京区・荒川区・北区・板橋区などの広い一帯を指した。妻宇遅部黒女の歌（20・四四一七）から、筑紫へ防人として遣わされた一員であったことがわかる。　〔青木（周）〕

倉橋部女王（くらはしべのおおきみ）

〔表記〕倉橋部女王（3・四四一題詞）のほか、椋橋部女王（8・一六一三左注）とも記される。

〔系譜・閲歴〕「神亀六年乙巳、左大臣長屋王に死を賜ひし後、倉橋部女王の作る歌一首」（3・四四一題詞）の記述と、「賀茂女王の歌一首」（8・一六一三）の左注の「右の歌は、或いは曰はく、椋橋部女王の作なり。或いは曰はく、笠縫女王の作なりといへり」の記述以外に記すところがない。右の記述から知られることの第一は、女王が神亀天平の頃に生存していたことである。第二は、長屋王の挽歌を作っていることである。第三は、第二のことおよび賀茂女王が長屋王の女であることから、女王も長屋王と関係の深い女性であることである。しかし、具体的な関係は明らかでない。万葉集私注は、「或は長屋王の女などであらうか」とする。これによれば、巻八の歌の作者の異伝が生じた理由は説明しやすくなる。一方、夫の死に関する妻の挽歌や妻の死に関する夫の挽歌は多く、親の死に関する子女の挽歌の確実な例の見出せない万葉集のありかたからみると、長屋王の妻の一人であった可能性も充分考えられる。ただし、正室として吉備内親王がいるので、妾の類の一人ということになろう。

〔歌風〕万葉集によるかぎり、女王の作として確実なものは右に記した長屋王への挽歌である短歌一首のみである。

大君の命恐み大殯の時にはあらねど雲隠ります　（3・四四一）

「大君の命恐み」ということの時期にしばしば用いられる句や、「雲隠る」というすでに用いられている表現をとっているが、全体として抑制された、それだけに深い悲しみをたたえた歌となっている。ことに「大殯の時にはあらねど」に悲しみの情が感じられる。窪田空穂は、「事の中核をとらへて、感傷の語をまじへずして叙し、その悲しみを現さうとしてゐるものである。倉橋部女王の長屋王に対する関係は分らないが、事が余りに異常で重大であつたので、その事柄だけで心が一ぱいになり、他の何事を思ふ余裕もなかつたことが、その悲しみの現し方の上に見える。

調も亦、内容にふさはしく、直線的でありながら、重く鬱屈した情を湛へたものである」(万葉集評釈)と評している。万葉集攷証が女王の作とするつぎの一首、

膳部王を悲傷ぶる歌一首

世間は空しきものとあらむとそこの照る月は満ち闕けしける　（3・四四二）

右の一首は、作者いまだ詳らかならず。

は観念的で、前の歌の深味のある表現とはかけ離れている。左注に「作者未詳」とするように、女王の作ではないように思われる。左注に「或いは曰はく、椋橋部女王の作なり」とするつぎの一首、

秋の野を朝行く鹿の跡もなく思ひし君に逢へる今夜か　（8・一六一三）

は初、二、三、五句の句頭に「ア」を用いた技巧的な歌であり、内容的には軽い恋の情趣をうたったものである。長屋王への挽歌とは作歌事情がまったく異なるので、歌の感じの違いだけで女王作でないとすることはできなかろうが、逆に女王作とする積極的な根拠も見出しがたいように思われる。

〔歌数〕短歌一首。3・四四一　他に問題あるもの、短歌二首。3・四四二　8・一六一三　〔曾倉〕

椋椅部弟女（くらはしべのおとめ）

〔系譜〕武蔵国橘樹郡の防人物部真根の妻。

〔閲歴〕天平勝宝七歳二月、夫が防人として筑紫に徴されるのを見送った。

〔歌風〕「草枕旅の丸寝の紐絶えば吾が手と付けろこれの針《はる》持し」(20・四四二〇)、初句に枕詞を使い、結句には訛りがみられる。夫を思う女性らしい心情が素直に表現されている。

〔歌数〕短歌一首。20・四四二〇　〔露木〕

椋椅部刀自売（くらはしべのとじめ）

〔系譜〕武蔵国荏原郡出身の防人主帳物部歳徳《としとこ》の妻。

〔閲歴〕天平勝宝七歳二月、夫が防人として筑紫に徴されるのを見送った折に、夫の歌に和した一首を残す。

〔歌風〕「草枕旅行く夫なが丸寝せば家なるわれは紐解かず寝む」(20・四四一六)、初句に枕詞を用い訛りの少ない表現で、旅行く夫を気遣うやさしい思いやりを素直に表明している。

〔歌数〕短歌一首。20・四四一六　〔露木〕

車持朝臣千年（くるまもちのあそみちとせ）

〔閲歴〕万葉集からは車持千年が笠金村や山部赤人と同時代の宮廷詞人であったことをうかがうことができるが、正史にはその名も行跡も全くとどめられてはいない。それははるかに遠い時代の歴史なのだからという理由によるばか

りでなく、宮廷詞人のほとんどが微官だったらしいように、千年もそういうかたちでしか政治社会の歴史に参加していなかったからであろう。したがって千年の系譜も閲歴も明らかにすることはきわめてむずかしい。かろうじて、宮廷詞人としてくることができる歌人は、それぞれその時代の有力な王族の家や律令の高官の家とむすびついていたとみられることが多い点をてこにして、千年について推測してみるにとどまるのである。同時代の宮廷詞人である笠金村は石上家と深いかかわりをもち、山部赤人は長屋王あるいは舎人親王家と深いかかわりをもっていたことはほとんど疑いないが、千年はいかなる家の詞人であったのかわからない。車持家が藤原家と深いかかわりをもっていたことが注意される。帝王編年紀は「皇太子天智天皇、妊妃御息所車持公婦人を内臣鎌子に賜ふ」と伝えており、公卿補任も「母は車持国子君の女、与志古娘なり」と伝え、尊卑分脈も同様の伝えをみせている。不比等の母の出自は車持家であった。藤原家と車持家はともに宮廷の神ごとに従事した点でも類似している。このかかわりを千年におよぼしていいとすると、千年は藤原家にむすびついて、その要請に応えて宮廷詞を進めることをになった詞人ではなかったかと想われる。金村と赤人が、それぞれ石上家と長屋王あるいは舎人親王家の詞人であることからすると、この時代を代表するもう一つの力としての藤原家の詞人として千年が想定されることは不自然でない。万葉集に「内大臣藤原卿の、采女安見児を娶《ま》きし時に作れる歌一首」（2・九五）がある。鎌足が天智天皇から采女を賜ってその折に返礼した歌であると想われるが、公卿補任などは寵妃与志古娘を賜ったと伝えていた。鎌足が天皇から女性を賜ったことが歴史的事実であったにしても、安見児と与志古の二人の女性を賜ることは異例でありすぎる。あるいは安見児と与志古とは伝承のあいだに生まれた齟齬《そご》にすぎないとしても妊妃を賜うことは信じがたい。ここには事実を越えた粉飾がなされており、天皇家と深くむすびつけようとする作意が色濃くはたらいているとみて誤りないだろう。それが藤原家の血統の尊厳を高めるためのものであったことも疑いないだろう。そのことを積極的にとらえていいとすると、古事記の序文にうかがわれるような諸家の私かに伝えたふるごと、藤原家のその新たな一端をかいまみるといっていいのかもしれない。そこにはまた、藤原家の語りを伝え歌を保持するものの存在がこの時代にいたってもなお必要にされていたと想われるのであって、車持千年もまたそのようなふるごとを伝えるかたりべであり、誦人であり、そして宮廷詞人であるような資格をもちあわせていたかもしれない。もっともそのすべてが、はじめに断ったように今のところ想像の域をでるものとなってはいない。

〔歌風〕金村・千年・赤人の行幸歌は、長歌を中心にして、養老末年から相次いで登場し鼎立して活況をみせる。白鳳の宮廷詞の主要な位置を占めていた挽歌は、柿本人麻呂後二十数年経た養老・神亀・天平の頃にはすでに宮廷詞の中心にない。新しい場の要請に応える宮廷詞が必要とされる一方で、挽歌をうしなった宮廷詞の場はおいおい行幸歌にゆだねられることになった。行幸歌をになったことで、千年は金村や赤人とともにこの時代の宮廷詞人だったととらえていい。千年は行幸歌のほかに歌を残していない。それらは広い意味で伝統的な宮廷詞のあり方を継いでいるといっていい。しかし、千年らによっていろどられた平城万葉後期の宮廷詞は、白鳳期の宮廷詞のあり方をそのまま継いでいるわけではない。時代は天武・持統の皇親制から、すでに律令制の時代に移っている。千年らの行幸歌があらわれるのは、律令の定着とともに、反律令の動向が阻止できなくなり、現実の状況に決定的な妥協をせまられていた時代である。白鳳期のような自然を従え時間をも超克した神とたたえられた天皇賛美がみられないのも、時代の変遷に対応するものであって、そのような相貌をほとんど喪失したうえに平城期の宮廷詞があって、それが平城期全体の新しい様相となっているのだった。しかしまた平城期に目をこらすときには、金村・赤人・千年をひとしなみにとらえることは許されない。平城期の宮廷詞人のうちでその赤人は天皇のことほぎにぬきんでてひたぶるだった。その行幸長歌はことごとく「わが（ご）大君」をうたいあげた。「大宮人」の姿をうたい、謹粛な行幸歌において「私」の姿を直にあらわにすることはなかった。金村は天皇を「大君」とうたうことはあっても「わが大君」とうたいはしなかった。「大宮人」よりも「もののふのやそとものを」をより中心的にうたった。「私」の姿をあらわにする表現もあって、赤人歌とは明らかな異なりを示していた。千年は「わが大君」とうたうことも「やすみししわが大君」とうたうこともしていない。その意味で金村に近いともいえるが、「大君」とうたうことも「笠朝臣金村の歌の中に出づ。或は云はく、車持朝臣千年の作なり、といふ」（6・九五〇〜九五三）の異伝のなかに一例みえるだけであった。千年は行幸歌で天皇をうたうことに最も疎遠な詞人であった。千年は難波宮行幸の長歌（6・九三一）に行幸地の自然をうたっているが、それは金村や赤人と異なって天皇の存在や行為に意味を与かるといえないに等しい。行幸地の風景だから天皇にかかわりをもつとみるにしても、間接的であることにかかわりなく、かろうじて天皇賛美を匂わせる「今のみに飽き足らめやも」も、赤人歌の「ももしきの大宮人は常に通はむ」（6・九二三）ふうの表現や金村歌の「もののふのやそとものをは廬して都なしたり旅にはあれども」（6・九二八）ふうの表現と比べるとその異《ちが》いは歴然としている。赤人歌の天皇賛美が直接的であり、相対的に金村歌や千年歌が天皇にへだたりをもち、赤人の賛仰がいかにひたぶるで、金村・千年の姿勢と異なるか認めることができるが、千年歌は金村歌に増して天皇とその賛美から遠いところにある。千年は養老七年の吉野行幸歌で「紐解かぬ旅にしあればあのみして清き川原を見らくし惜しも」(6・九一三)とうたった。従駕の人びとの共通の思いであり、集団的な要請に応えているにしても、赤人よりも金村よりも「私」をあらわにうたいあげた詞人であったことがわかる。「個人的詠嘆をもって終始している」(風巻景次郎「山部赤人」)という傾向を認めることができるだろう。また「可憐の光景に歓声を挙げ、または秘めごとめいた相聞の情を優婉に詠みあげ」(井村哲夫「車持朝臣千年は歌詠みの女官ではないか」)ているともみられる。千年は行幸歌に恋情を最もあらわにした歌人でもあったのだった。

〔歌数〕長歌二首。短歌八首。6・九一三〜九一六、九三一、九三二(九五〇〜九五三)

〔参考文献〕*「車持朝臣千年は歌詠みの女官ではないか」井村哲夫(『上代の文学と言語』) 〔犬飼〕

車持氏娘子 (くるまもちのうじのおとめ)

〔表記〕16・三八一三左注に「時有二娘子一。姓車持氏也」とのみ記す。

〔閲歴〕車持の氏は、君・朝臣・連などの姓をもつ諸氏がいる。左注によれば、通わなくなった夫への恋情がつのって病をうけ、ついには死んでしまったという。

〔歌風〕「夫の君に恋ふる歌」と題された長歌・反歌・或本の反歌を残すが、病気平癒のための亀卜や八十衢での夕占などの習俗がうかがえる歌である。

〔歌数〕長歌一首、短歌二首。16・三八一一、三八一二、三八一三 〔三浦〕

景公 (けいこう)

〔系譜〕晋の成公の子。

〔閲歴〕憶良が「沈痾自哀文」の注に引くところでは、晋の景公が病になったので秦の医者緩が診て帰った。景公は鬼に殺されたという、とある。

〔所在〕5・沈痾自哀文 〔米内〕

玄勝 (げんしょう)

〔閲歴〕天平十八年秋、越中の大伴家持のもとで大原高安真人作の古歌一首(17・三九五二)を伝誦した。

〔所在〕17・三九五二左注 〔米内〕

元正天皇 (げんしょうてんのう)

〔表記〕太上天皇(6・一〇〇九左注)、先太上天皇(20・四四三七題詞)という一般的な呼称で記されるほか、清足《きよたらし》姫天皇《ひめのすめらみこと》(18・四〇五六題詞割注)とある。続紀に和風諡号を日本《やまと》根《ね》子《こ》高瑞浄足姫天皇《たかみずきよたらしひめのすめらみこと》とする。

〔系譜〕天武天皇の孫。草壁皇子の皇女、氷高内親王。母は元明天皇。文武天皇の妹。

〔閲歴〕和銅八年（七一五）九月、禅を受けて大極殿に即位。ときに左京職より瑞亀が献上され、祥瑞にちなんで霊亀と改元。同三年九月、美濃国に行幸し、途次近江の海を観望。美濃国に至り、当耆郡多度山の美泉に赴き、還幸後十一月には美泉を大瑞として養老と改元。同二年には、藤原不比等らにより律令十巻（養老律令）が成り、同四年五月には、「日本紀卅巻系図一巻」が奏上された。神亀元年（七二四）二月、首皇子（聖武）に譲位。のち、神亀年中に左大臣長屋王の佐保宅での「肆宴《とよのあかり》」のほか、天平八年（七三六）十一月、葛城王に橘姓を与えたとき、皇后宮で催された「肆宴」にも列席（万葉集）。同十五年五月五日の内裏の宴にも列席し、皇太子（後の孝謙）の五節の舞いを見た後に三首の詠を成す。同十八年十月、天皇らとともに金鐘寺に盧舎那仏を供養し、同二十年四月、寝殿に崩じ、佐保山に火葬。享年六十九（紹運録には六十八）。

〔歌風〕集中の歌すべて譲位後の作。長屋王の佐保宅での「肆宴」、難波宮に滞在した折の遊宴、山村への行幸などの場で詠まれたもので、そのほとんどは儀礼歌。また、節度使に酒を下賜する天皇の歌、葛城王に橘姓を与えたときの賀歌には、「或は曰はく」として、元正天皇作となっている。前者は節度使を労うもので、特定の天皇の作ではなく、場を異にして同一歌が誦詠されたために生じた異伝かと思われる。異伝を含めても、その大半が宴席での儀礼歌で占められている点、際立った特色といえよう。

〔歌数〕短歌四首。8・一六三七　18・四〇五七、四〇五八　20・四二九三（異伝　長歌一首、短歌二首）6・九七三、九七四、一〇〇九

〔高野〕

元明天皇（げんめいてんのう）

〔表記〕阿閇皇女（1・三五）とあるほか、たんに天皇（1・七六）ともある。

〔系譜〕天智天皇の皇女、阿閇皇女。母は蘇我倉山田石川麻呂の娘、姪娘《めいのいらつめ》。草壁皇子の妃で、文武（軽皇子）、元正（氷高内親王）、吉備内親王の母。

〔閲歴〕天武四年（六七五）二月、十市皇女とともに、伊勢神宮に詣でており、同行した吹黄刀自の作（1・二二）がある。持統四年（六九〇）九月、紀伊行幸に従駕し、勢の山を越えるときの作（1・三五）を成す。慶雲四年（七〇七）六月、文武天皇の崩御により、翌七月大極殿に即位。和銅元年（七〇八）武蔵国秩父郡より和銅の貢上があり、改元。この年、大嘗会の儀礼歌といわれる作（1・七六）がある。また、同年二月、平城の地に都邑を建設することを決定。同三年三月、平城に遷都している。同五年五月には元明天皇の詔を受けた太安万侶が「古事記」を撰上（記序）しているほか、翌和銅六年五月には、畿内七道諸国の郡郷に好字をつけ、産物や地名の由来、古老相伝等のことなどを記録し、報告するよう求めている。風土記撰進

の命といわれる。また、同七年二月には、国史（書紀）の撰者二名を加えるなど、この天皇の時代には歴史、風土への関心が高まった。同八年九月、譲位。のち、養老五年（七二一）十月、右大臣長屋王、内臣藤原房前に崩後のことを託し、十二月平城宮中安殿に崩じた。享年六十。遺詔により、喪儀は歴代のそれによらず、簡略に営まれた。

〔歌風〕紀伊行幸に従って背の山を越えるときの作と大嘗会の作と推定されるもの。前者は名に負う背の山を見ての感慨で、行幸時の華やいだ雰囲気をたたえている。後者は臣下への信頼を示した儀礼歌だが、代作ともいわれる。

〔歌数〕短歌二首。1・三五、七六 〔高野〕

皇極天皇（こうぎょくてんのう）

〔表記〕皇極天皇は、明日香川原宮御宇天皇（あすかのかわはらのみやにあめのしたしらしめししすめらみこと 1・七標目）、天豊財重日足姫天皇（あめとよたからいかしひたらしひめのすめらみこと 1・七標目細注）、また、たんに天皇（1・七左注）とある。斉明天皇は、後岡本宮御宇天皇（のちのおかもとのみやにあめのしたしらしめししすめらみこと 1・八題詞）とも、天皇（1・一二左注）とも記されている。

〔系譜〕敏達天皇の曾孫。押坂彦人大兄皇子の孫。茅渟王の皇女、宝皇女。母は吉備姫王。軽皇子（孝徳）の同母姉。漢皇子の母。葛城皇子（天智）、間人皇女（孝徳の皇后）、大海人皇子（天武）の母でもある。

〔閲歴〕はじめ用明天皇の孫、高向王に嫁し、漢皇子を生み、後に舒明天皇との間に葛城皇子、間人皇女、大海人皇子を儲けている。舒明二年（六三〇）正月、皇后となり、舒明の崩後、皇極元年（六四二）正月に即位した。同年八月、旱魃により、南淵の河上に行幸、祈願して雨を降らせた故を以て「至徳天皇」と称えられた。同二年四月、飛鳥板蓋新宮に遷り、九月に舒明天皇を押坂陵に改葬するとともに、母吉備嶋皇祖母命（吉備姫王）を檀弓岡に葬る。十一月には、蘇我入鹿らが山背大兄王を襲い、自経させた。この頃蘇我蝦夷・入鹿父子は専横を極めたため、皇極四年六月、中大兄皇子らにより入鹿は大極殿で暗殺され、蝦夷は自殺した（大化改新）。ときに天皇大いに驚き、殿中に入り、即日軽皇子（孝徳）に譲位している。のち、難波長柄豊碕宮にあったが、白雉四年（六五三）、孝徳と皇太子中大兄との間が不和になると、皇太子に従って飛鳥河辺行宮に遷った。翌年孝徳崩じ、重祚（斉明）して飛鳥板蓋宮に即位した。十月板蓋宮に火災があり、飛鳥川原宮に遷居。斉明二年（六五六）九月、後飛鳥岡本宮に遷る。当時田身嶺に両槻宮を造営し、水工に渠を掘らせ、石垣を築くなど、大規模な土木事業を行い、民を酷使したため、人々から大いに非難された。また、同四年五月、皇孫建王の夭折を悼み、群臣にわが陵に合葬せよと詔するとともに、哀切な挽歌六首を詠み、奏大蔵造万里に後世に伝えよと詔している。同七年正月、百済救援のため西征の途につき、伊予熟田津の石湯行宮に泊、三月娜大津に至り、五月朝倉橘広庭宮に遷る。ときに造宮にあたって朝倉社の木を伐り、神の怒りにふれたため、殿舎が壊れ、鬼火が現われ、多くの病死者が出たと伝える。同年七月に朝倉宮で崩じた。享年六十八（紹運録、水鏡）。別に六十一とも（帝王編年記）。崩後の同年八月、朝倉山に鬼が現われ、大笠を着て喪の儀を臨み視たので、人々は怪しんだ。十日に天皇の遺体は海路難波に向かったが、その途上、天皇を哀慕する中大兄皇子の挽歌がある。

〔歌風〕確かな天皇作はなく、集中、左注に皇極作とするもの一首（1・七）、斉明作とするもの一首（1・八）。これら二首は題詞では額田王の作となっていることから、額田王が実作者で、天皇の代作をしたと考えられている。一方、「崗本天皇御製」と伝える二種の歌（4・四八五〜四八七　8・一五一一）については、前者の左注に「崗本天皇」は、「高市崗本宮」（舒明）か、「後崗本宮」（斉明）か不明とあり、後者は雄略天皇作（9・一六六四）とも伝えるなど、作者については不確定の要素が多い。ただ、これらの歌は和歌の萌芽期の瑞々しい抒情を湛えた作として注目される。また、斉明紀には皇孫建王の死を悼む、哀切な挽歌が録されているが、これらについても秦大蔵造万里の代作との見方が有力。

〔所在〕1・七標目、左注、八標目、左注、一二左注　2・一四一標目　4・四九七左注

〔参考文献〕＊「斉明天皇御製攷」沢瀉久孝（国語国文17―5）＊「斉明天皇論」田辺幸雄（万葉4）＊「斉明天皇御製歌の帰属」松田好夫（解釈と鑑賞34―2）＊「舒明・皇極期の史的意義―大化改新の前史としての試論―」玉木強（古代学18―2）＊「斉明天皇―万葉巻四・岡本天皇の歌をめぐって―」阪下圭八（文学43―4）＊「皇極（斉明）女帝」阿蘇瑞枝（『人物日本の女性史』2）＊「舒明・斉明天皇」賀古明（『万葉集講座』5）

〔高野〕

孝謙天皇（こうけんてんのう）

〔表記〕万葉集にはたんに天皇（19・四三〇一題詞）と記される。

〔系譜〕聖武天皇の皇女、阿倍内親王。母は光明皇后。弟に基王（夭折）。安積皇子は異母弟。

〔閲歴〕天平十年（七三八）正月、立太子。同十五年五月五日の内裏の宴に、皇太子として五節を舞う。この頃吉備真備を師としたと思われる。天平勝宝元年（七四九）七月、大極殿に即位。翌月には紫微中台が設置され、事実上の政権は光明皇后が掌握していたらしい。同四年閏三月、遣唐使藤原清河らを内裏に召し、節刀を授けたとき、酒肴を下賜する歌がある（19・四二六四、四二六五）。翌四月、大仏開眼会に文武百官を率いて東大寺に行幸し、そのまま

藤原仲麻呂の田村第に赴き、御在所とした。同六年正月、鑑真の来朝により東大寺に戒壇を建て、受戒している（東征伝）。この頃藤原仲麻呂宅に行幸した御歌がある（19・四二六八）。天平宝字元年（七五七）三月、皇太子道祖王を廃し、藤原仲麻呂の奏言を容れて大炊王を皇太子とする（四月）ほか、五月には藤原仲麻呂を紫微内相に任じ重用した。同年七月、橘奈良麻呂の謀反発覚により、群臣を前に事件の顚末を詔している。翌年四月、大炊王（淳仁）に譲位。同五年十月、保良宮に行幸。この頃より看病にあった道鏡を寵愛した。翌天平宝字六年六月に国家の大事は孝謙が行い、小事は淳仁があたるよう詔し、淳仁天皇との対立が表面化している。さらに、同七年九月、道鏡を少僧都に抜擢し、同八年八月、恵美押勝（藤原仲麻呂）の乱を鎮定するや、道鏡を大臣禅師に任じ、十月には淳仁帝を淡路に配し、重祚（称徳）した。また、天平神護二年（七六六）十月には道鏡に法王の位を授けるなど、異常なまでの寵愛ぶりであった。同四年二月、由義宮（西宮）に行幸、三月曲水宴や歌垣を催し、八月西宮の寝殿に崩じた。享年五十三。

〔歌風〕入唐使藤原清河らに酒肴を下賜する歌は、聖武天皇の節度使を労らう歌（6・九七三）と類似しており、酒肴下賜の儀礼歌の形成にのっとって作られたもので、天皇は事実上の作者ではなく、代作歌であろう。他は藤原家（仲麻呂）に行幸の際、沢蘭《さわあららぎ》一株につけて贈ったもので、黄変した沢蘭につけて、当地は夏でも「継ぎて霜や置く」と興じた即興歌。

〔歌数〕長歌一首、短歌二首。19・四二六四、四二六五、四二六八　〔高野〕

孔子（こうし）

〔表記〕孔（5・「俗道仮合」の詩序）とも。

〔閲歴〕中国春秋時代の思想家、学者。その門から多くの弟子を輩出した。山上憶良は「沈痾自哀文」の中でも鬼谷先生の相人書から「孔子曰」として「之を天に受けて変易すべからぬは形なり、之を命に受けて請益すべからぬは寿なり」と、その言説を引いている。

〔所在〕5・沈痾自哀文　〔米内〕

光明皇后（こうみょうこうごう）

〔表記〕集中、藤皇后（8・一六五八題詞）、藤原皇后（19・四二二四左注）、藤原太后（19・四二四〇題詞）のほか、皇后（6・一〇〇九左注など）、太后（19・四二六八題詞など）、皇太后（20・四三〇一題詞）などとある。

〔系譜〕聖武天皇の皇后。藤原不比等の第三女、安宿媛。母は県犬養宿禰三千代。藤原宮子の異母妹。阿倍内親王（孝謙・称徳）、基王（夭折）の母。

〔閲歴〕崩御の伝によれば、聖武皇帝儲弐《ちょじ》の日妃となる。ときに十六歳（霊亀二年）。天平元年（七二九）八月、皇后となるが、立后に当たり、藤原氏と対立した長屋王の反対にあい、一時難航したが、長屋王が謀反の疑いで糾問され、自尽した後にようやく実現した。同二年四月、皇后宮職に施薬院が置かれ、諸国より薬草を集めた。崩御の伝に「悲田施薬の両院を設て、天下の飢病の徒を療養す」とあるのは、この頃のことであろう。また、皇后は「敦く仏道を崇ぶ」ともあり、氏寺興福寺の五重塔の建立（興福寺縁起）をはじめ、同十二年には両親のために一切経律論の書写を発願（寧楽遺文）している（正倉院に現存）。東大寺の創建は皇后の勧めによるものと伝えている（崩御の伝）。新薬師寺（香薬寺）も同十九年、天皇の不予により発願したもの。天平勝宝八歳（七五六）、聖武天皇の崩後、冥福を祈る願文とともに遺愛の品を東大寺に納めた。その中で「楽毅論」の巻末には、「藤三娘」と署名している。一方、天平勝宝元年（七四九）、孝謙天皇が即位すると、皇后宮職を紫微中台と改め、光明皇后が事実上の政権を掌握した。同三年には、春日で氏神を祭る日に入唐使藤原清河に与えた歌（19・四二四〇）があり、天平宝字二年（七五八）八月には、施薬、悲田を設けて民を救済したことをもって、中台天平応真仁正皇太后との尊号を受け、称えられた。同四年六月崩御。享年六十。

〔歌風〕冬相聞に分類されている聖武天皇への贈歌、

わが背子と二人見ませば幾許かこの降る雪の嬉しからまし　（8・一六五八）

には、明るい調べを通して、やさしい女性の心遣いが示されており、施薬、悲田院を設置して飢病の民を救ったという心情と通じ合うものがある。ほかに河辺東人の伝誦した吉野行幸時の作、入唐使となった一族の藤原清河に与える歌などもある。前者は自然詠、後者は儀礼歌であるが、全体に女性らしいやさしさが漂っている。

〔歌数〕短歌三首。8・一六五八　19・四二二四、四二四〇

〔参考文献〕＊『光明皇后』林陸郎（吉川弘文館）＊「光明皇后」阿部光子（『人物日本の女性史』2）　〔高野〕

古歌集（こかしゅう）

〔固有名詞か普通名詞か〕「古歌集」が、一つの歌集をさす固有名詞的なものか、それとも古い歌集という意味の普通名詞なのかが、まず問題になる。仮に後者ならば、出現の都度、さす実体が違っていてもかまわないことになり、或本、一本などと大差のない扱いを受けて差し支えないことになろう。しかし万葉集の中において、「古歌集」のないまの形が引かれたと目される部分があり、それによって推測するに、普通名詞ともみられないし、多種のものをさすとはみられないことが判明する。すなわち一つの歌集をさす固有名詞的なものであることがわかるのである。

〔所在の巻〕古歌集の名は、巻二に一箇所（或本歌左注）、

巻七に二箇所、巻十一に一箇所、巻十一に一箇所と計五箇所にあらわれる。すなわち巻二・八九の左注、巻七・一二五一〜一二六七の左注、巻七・一二七〇の左注、巻十・一九三七〜一九三八の左注、巻十一・二三六三〜二三六七の左注、のごとくで、歌数は計二十六首になる。巻二・一六二の題詞に、本によって、

　天皇崩之後八年九月九日、奉為御斎会之夜、夢裏習賜
　御歌一首
　古歌集中出

と、「古歌集中出」の五文字があるのが原本からのものであれば、さらに長歌一首が加わり、二十七首になる。しかしこの五文字は、ない本もあり、加えるべきかどうか問題である。存在の確実な対象のみを扱う立場からは、この一首は対象から外しておくべきかも知れない。本稿は二十六首とみて考察をすすめることにしたい。ちなみに「古集」は、巻七に一箇所、巻九に一箇所あらわれる。すなわち、

　右件歌者、古集中出（7・一二四六左）
　右二首古集中出（9・一七七一左）

である。巻七の「古集」の範囲については、諸説があり、渡瀬昌忠（「巻七人麻呂歌集の短歌」万葉を学ぶ第五集所収）によれば、(1)一二四六の一首とする説、(2)一一九六以下とする説、(3)一一八八以下とする説、(4)一一六一以下とする説、(5)一一三〇以下とする説の六種にまとめられる。しかし(4)説を唱えた村瀬憲夫は、最近その主張を(2)説に変更した（「万葉集巻七雑歌部の羈旅歌群の配列」国語と国文学五二巻八号）。私は万葉集成立論で、(2)説の立場をとった。(2)説が、内容的に「ひとつの完結体として纏まっている」（村瀬）と言い得るかどうかはともかくとして、その直前の左注、「右七首者、藤原卿作。未レ審二年月一」（一一九五左注）の「未レ審二年月一」の四文字は、そこを飛び越して先に行くことを拒否する性格の文字と考えられる。したがって本稿にあっても、(2)説の立場をとることにしたい。

〔古歌集と古集は同種か異種か〕武田祐吉（上代国文学の研究・全註釈）は、古歌集と古集を同一の歌集とみているが、それは、詠法、修辞等において共通するものがあり、一括して「必一人の歌集であることが知られる」（上代国文学の研究）からとする。この見方は、かなり広く受け継がれているが、古歌集と古集と、一字のあるなしは大きな違いとみられる。「柿本朝臣人麻呂之歌集」（一般）と「柿本朝臣人麻呂之集」（13・三三〇九）が、同じ対象をさすからといって、それと同一視するのは、妥当でないと思う。十字の中の一字と、三字の中の一字とでは、重みがまるで違うと考えられるからである。古歌集の標目を、万葉集の記述どおり拾ってゆくと、(一)或本歌曰（巻二・八九）、(二)問答（巻七・一二五一〜一二五四）、(三)臨時（巻七・一

二五五〜一二六六）、㈣就所発思（巻七・一二六七）、㈤寄物発思（巻七・一二七〇）、㈥詠鳥（巻十・一九三七〜一九三八）、㈦旋頭歌（巻十一・二三六三〜二三六七）となり、㈢、㈣、㈤が、それぞれ時、所、物の三方面から把束したものであることも、久松潜一・森本治吉らによって指摘されているとおりである。そしてこの七標目を整理すれば、(1)問答、(2)臨時、(3)就所発思、(4)寄物発思、の四つになり、これが古歌集本来の標目であったろうことが推察される。これに対し、古集の方は羈旅作の歌を主体とする。そして就所発思と羈旅作とを較べてみると、前者が行った先を中心にして物をみているのに対し、後者はあくまで都を中心に物をみているという点で、大きな違いがあることがわかるのである。巻七の古集は、海（水）関係の羈旅作（一一九六〜一二〇七、一二二三〜一二三九）、陸関係の羈旅作（一二四〇〜一二四四）、白水郎関係の羈旅作（一二四五〜一二四六）に分けてみることができる。そしてこれは一人の歌を集めたものかどうかだが、集中の、

大葉山《おほばやま》　霞蒙《たなびき》　狭夜深而《さよふけて》　吾船将レ泊《わがふねはてむ》　停不レ知文《とまりしらずも》
（一二二四）

は、巻九の「碁師歌二首」の中に、

祖母山《おほばやま》　霞棚引《たなびき》　左夜深而《さよふけて》　吾舟将レ泊《わがふねはてむ》　等万里不レ知《とまりしらず》母《も》
（一七三二）

とあるのと同歌である。また、

竹島乃《たかしまの》　阿戸白波者《あとしらなみは》　動友《さわけども》　吾家思《われはいへおもふ》　五百入鉋染《いほりかなしみ》
（一二三八）

は、巻九の人麻呂歌集出の「高島作歌二首」中の、

高島之《たかしまの》　阿渡河波者《あとかはなみは》　驟鞆《さわけども》　吾者家思《われはいへおもふ》　宿加奈之弥《やどりかなしみ》
（一六九〇）

と、一字が違うだけの類歌である。巻九の人麻呂歌集の歌は、いわゆる非略体歌で、人麻呂の自作歌とみられるものである。とすると古集の中には、碁師の歌も、人麻呂の歌とみられるものもあることになり、一人の歌人の羈旅歌集とはいえないことが判明するのである。巻七・古集は、多数者、もしくは幾人かの羈旅歌を集め、その中に碁師の歌も人麻呂歌集の歌もまじったとみるのが穏当であろう。しかしその中に、女性の歌とみなければならない歌は一首もない。わざと排除したものかどうかはともかく、そのことが一つの特色になっているのは、事実である。一方、古歌集には女性の歌が目立つ。臨時にも旋頭歌にも、女の歌を先においている。いま、はっきり女性の歌といえるものをあげても、

居明して君をば待たむぬばたまの吾が黒髪に霜はふるとも
（2・八九）

月草に衣そ染むる君がためまだらの衣摺《す》らむと思ひて
（7・一二五五）

春霞井の上《へ》ゆ直《ただ》に道は有れど君に会はむとたもとほり

くも
足ひきの山海石榴《やまつばき》咲く八峯《やつを》越え鹿《しし》待つ君がいはひ嬬か　（7・一二五六）
も　（7・一二六二）
今年ゆく新嶋守《にひさきもり》が麻衣肩のまよひは誰か取り見む　（7・一二六五）
岡の前《さぎ》たみたる道を人な通ひそ在りつつも公《きみ》が来まさむ曲道《よきみち》にせむ　（11・二三六三）
玉垂《たまだれ》の小簾のすけきに入り通ひこね足乳根の母が問はさば風と申さむ　（11・二三六四）

などがある。これに対して男性の歌とみてまちがいないものに、一二五七・一二六六・二三六五・二三六六の歌がある。これによっても、一人の歌集でないことは明瞭である。二人以上の歌を集め、これを整理したものを、撰集といってよいならば、古歌集も古集も撰集というべきであろう。しかし整理の仕方が、二集にあって、まるで違うことは認めなければならず、同一歌集ではないと認定してよいと思う。すなわち古歌集の方は、整然と分類された女性中心の歌集であるのに対し、古集の方は、男性の歌のみを集めて疎く配列し、その中には有名歌人の歌が入ることも辞さなかった羇旅歌集であるとみられるのである。

〔巻七の古集と巻九の古集〕巻七の古集の歌は、前述のごとく、海関係の羇旅作歌と陸関係の羇旅作歌および白水郎関係の羇旅作歌とから成り、二首をのぞいて作者不明歌である。これに対し巻九のそれは、

大神大夫任ニ長門守ー時、集ニ三輪河辺ー宴歌三首
三《み》諸《もろ》乃《の》　神《かみ》能《の》於《お》婆《ば》勢《せ》流《る》　泊《はつ》瀬《せ》河《がは》　水《み》尾《を》之《し》不《たえ》レ断《ず》者《は》　吾《われ》忘《わす》礼《れ》米《め》也《や》　（9・一七七〇）
於《お》久《く》礼《れ》居《ゐ》而《て》　吾《われ》波《は》也《や》将《こひ》レ恋《む》　春霞　多《た》奈《な》妣《び》久《く》山《やま》乎《を》　君《きみ》之《が》越《こえ》去《い》者《なば》　（9・一七七一）
右二首古集中出

の二首で、作歌事情が具体的で、巻七の古歌集とは異質的である。それに仔細にみると、表記の仕方にも違いが認められる。たとえば動詞語尾の「れ」であるが、巻九の古集では、吾忘礼《われわすれ》米也《めや》（一七七〇）　於《お》久《く》礼《れ》居《ゐ》而《て》（一七七一）のごとく省筆されることがないのに対し、巻七の古集にあっては、恋忘貝《こひわすれがひ》（二九七）　離小島《はなれこじま》（一二〇二）　奥辺乎《おきべを》見者《みれば》（一二二七）　吾者《われは》不忘《わすれず》（一二三〇）　磯回《いそみ》荷《に》居者《をれば》（一二三四）　君爾《きみに》益有《まされる》（一二〇六）　聞乍居者《ききつつをれば》（一二三七）　沾来鳴《ぬれにけるかも》（一二四一）のように、すべて省筆されている。これは原形保存と関係があるが、巻七、巻九ともに古い歌集の原形保存に留意された巻とすれば、二つの古集は、同種のものとはいえないことになってくるのである。巻七の古集は、平均して十九字強の割合に少ない字数で書かれているのに対し、巻九の二首は、ともに二十三字で書かれており、字数が多いことが目立つ。そのことも無視できない。そのような理由から万葉集成立論では、巻七の古集

と、巻九の古集とを、別種の歌集とみる立場をとった。そのような見方をすれば、巻九の古集は、二首だけになり、もはや「集」とはいえなくなるのではないかといわれるかも知れないが、しかしその原本にはもっと多くの歌があり、万葉集に採択されたのが、二首だけだというふうにみればみられよう。この点、もっと吟味が必要かも知れないが、ひきつづき試案としてこれを書き留めておくことにしたい。

以上、古歌集と古集とを包括して、一つの歌集とみる通説を批判し、古歌集と古集とは同種の歌集でないことを述べた。また、古集は、二種類の原本があり、それぞれ別個の歌集であったろうとする意見を述べた。そして古歌集と、巻七・古集を別書とみる理由は、㈠書名が違うこと、「歌」の一字のあるなしを、軽視するのは妥当でないこと　㈡巻七の古集は、海と陸と白水郎に分類された羈旅歌集であり、古歌集は、問答、臨時、就所発思、寄物発思の四部門に分類され歌集で、分類の方針や方法に、違いが認められること　㈢古集は、海の歌を先に陸の歌を後におくのに対し、古歌集は、海の歌を末尾において対照的であること　㈣古集は、男性中心であるのに対し、古歌集は女性中心の歌集であること　の四つに要約できるであろう。

〔古歌集の歌風〕右のことから、古歌集の歌風の考察も二十六首の古歌集歌のみによってなされるべきものであろう。二十六首のうち、六首が旋頭歌で、男女間の愛情を題材とした民謡歌謡的なものが多い。残る二十首の短歌は、複数の作者が予想されるだけに一概にいえないが、恋愛歌が大部分である。宮廷人よりも一段階下の男女の恋愛歌である。それだけに庶民的で、ほのぼのと爽快な感じを与えられる。ただ寄物発思の、「隠口《こもりく》の泊瀬の山に照る月はみちかけしけり人の常無き」(7・一二七〇)の一首だけは、仏教的無常を詠んでいて、異質的である。(古集の方は、名の通った歌人の歌も含めて集めたものであるから、一まとめにして歌風を云々すべき対象ではないと考えられる。)

〔歌数〕古歌集　短歌十九首。2・八九　7・一二五一〜一二六六、一二七〇　10・一九三八　旋頭歌六首。7・一二六七　11・二三六三〜二三六七　長歌一首。10・一九三七(不確実なもの　長歌一首。2・一六二)　古集　そのⅠ　短歌三十六首。7・一一九六〜一二〇七、一二二三〜一二四六(ただし範囲に諸説あり)　そのⅡ　短歌二首。9・一七七〇〜一七七一

〔参考文献〕*「古歌集と古集—分類編纂をめぐって—」林田正男(美夫君志17)　〔後藤〕

碁師(ごし)

〔表記〕藍紙本以下諸本「碁師」(9・一七三二題詞)とするが、伝壬生隆祐筆本および紀州本に「基師」とある。

〔閲歴〕碁は氏、師は法師の意ともいい、囲碁を得意とし

た人物の通称ともいう。また、碁檀越（4・五〇〇題詞）と同一人物とみる説も有力。とすれば、巻四の配列からみて柿本人麻呂と同時代頃の人物とみられる。碁という氏は他に例がない。碁檀越の項参照。

〔歌風〕集中二首のうちの一首（9・一七三二）は作者未詳歌として別の巻に伝えられている（7・一二二四）。

〔歌数〕短歌二首。9・一七三二、一七三三　〔三浦〕

児島（こじま）
〔表記〕たんに娘子（6・九六五題詞）とも、また筑紫娘子（3・三八一題詞）とも記される。
〔閲歴〕天平二年十二月大宰帥大伴旅人が大納言を兼任し上京するとき、水城で旅人と別れの歌を交わした。
〔歌風〕雑歌の部に採られている。すべて旅行く者に贈る歌で、その二首の相手が大伴旅人である。

凡ならばかもかもせむを恐みと振りたき袖を忍びてあるかも　（6・九六五）

大和道は雲隠りたり然れども我が振る袖をなめしと思ふな　（6・九六六）

二首目の第三句「然れども」の意味が不明確ではあるが、相方の四・五句の対立が惜別の情をこの上なく表現しえている。遊行女婦であった児島が送別歌に巧みであったことが知られる。

〔歌数〕短歌三首。3・三八一　6・九六五、九六六　〔米内〕

巨勢朝臣宿奈麻呂（こせのあそみすくなまろ）

〔表記〕左少弁巨勢宿奈麻呂朝臣（6・一〇一六題詞）、巨勢朝臣少奈麻呂（続紀）とも記される。

〔閲歴〕続紀によれば、神亀五年五月正六位下より外従五位下、天平元年二月、長屋王謀反の罪を糾問する。ときに少納言。同年三月内位従五位下、同五年三月従五位上となる。同九年二月左少弁（6・一〇一六題詞）とあるが、続紀にはこの左少弁の記載はみえない。

〔影響〕「吾がやどの冬木の上にふる雪を梅の花かとうち見つるかも」（8・一六四五）の歌、若干の相違があるが家持集に採られている。

〔歌数〕短歌二首。6・一〇一六　8・一六四五　〔並木〕

巨勢朝臣豊人（こせのあそみとよひと）
〔表記〕字を正月麻呂（16・三八四五左注）といい、巨勢小黒と嗤笑されている（16・三八四四）。
〔閲歴〕字を正月麻呂といい、当時大舎人の職にあり黒い顔をしていたということ以外未詳。豊人を「巨勢の小黒」とからかった土師宿禰水通も当時大舎人で字を志婢麻呂といい、天平二年正月の大宰帥大伴旅人邸での梅花の宴に列席し歌を残している（5・八四三）。それから考えて豊人も天平期頃の官人とみられる。
〔歌風〕巻十六の一連の知的ことば遊び的戯歌の一首。

〔歌数〕短歌一首。16・三八四五　〔三浦〕

巨勢朝臣奈氏麻呂（こせのあそみなでまろ）

〔系譜〕大海の孫、比登の子（続紀）。

〔閲歴〕天智五年丙寅の生まれという（公卿補任）。天平元年三月正六位上より外従五位下。天平九年以降、造仏像司長官、民部卿、参議（天平十一年四月任）、左大弁、神祇伯、春宮大夫、恭仁京造宮卿、同留守官、中納言、北陸山陰両道鎮撫使、大納言（天平勝宝元年四月任）等を歴任、従二位に昇った。天平勝宝五年三月薨じた（続紀）。

〔歌風〕天平十八年正月の肆宴に歌があったらしいが伝わらない。天平勝宝四年十一月の新嘗会における応詔短歌があるが類型的。

〔歌数〕短歌一首。19・四二七三　〔東野〕

巨勢郎女（こせのいらつめ）

〔表記〕巨勢人卿之女（2・一〇二題詞割注）、巨勢朝臣（2・一二六題詞割注）。

〔系譜〕金沢本・元暦本などに「即近江朝大納言巨勢人卿之女也」とある。大伴安麻呂に嫁し、大伴田主を生む（2・一二六題詞割注）。

〔歌数〕短歌一首。2・一〇二　〔並木〕

巨勢斐太朝臣（こせのひだのあそみ）

〔表記〕斐太乃大黒（16・三八四四）とも。

〔系譜〕万葉集中の巨勢朝臣豊人の歌の左注に「巨勢斐太朝臣名字を忘る。島村大夫の男なり云々」（16・三八四五）とある。島村大夫は巨勢斐太朝臣島村のことであろうから、その子となる。

〔閲歴〕新撰姓氏録右京皇別上に「巨勢斐太臣、巨勢楲田同氏。巨勢雄柄四世孫稲茂男荒人之後也」とみえる。また続紀によれば養老三年五月、従七位上巨勢斐太臣大男ら二人に朝臣姓を賜ったとある。

〔所在〕16・三八四四、三八四五左注　〔青木(周)〕

巨勢人卿（こせのひとのまへつきみ）

〔系譜〕万葉集中の「巨勢郎女、報へ贈る歌一首」（2・一〇二題詞）の注記に、「即ち近江朝の大納言巨勢人卿の女そ」とある。また続紀によれば、天平勝宝五年三月の巨勢朝臣奈氏麻呂薨去の条に、「小治田朝小徳大海之孫。淡海朝中納言大紫比登之子也」ともあり、父は大海、子に巨勢郎女、奈氏麻呂がいることがわかる。

〔閲歴〕書紀によれば、天智十年正月、賀正事を奏し、御史大夫に任ぜられた大錦下巨勢人臣がみえ、同年十一月、大友皇子を奉じる内裏織仏像前での誓盟に参加、天武元年七月近江軍の将として壬申乱で戦うが、同年八月、乱後の処分において子孫とともに配流された。

〔所在〕2・一〇二題詞割注　〔青木(周)〕

巨曾倍朝臣対馬（こそべのあそみつしま）

〔表記〕許曾倍（正倉院文書）、津嶋（続紀）とも。

〔閲歴〕天平二年十二月当時、大倭介・正六位上勲十二等

（正倉院文書）。四年八月外従五位下（続紀）、十年八月橘諸兄宅での宴で短歌一首を詠じた（万葉集）。他に天平八年から十年頃、橘諸兄家の宴で短歌一首をよんでおり、官はいずれも長門守とある（万葉集）。

〔歌風〕集中二首の短歌があるが、二首とも宴の主をたたえた典型的な宴席歌である。6・一〇二四では任地長門の地名を詠みこんでいる。

〔歌数〕短歌二首。6・一〇二四　8・一五七六　〔東野〕

琴娘子（ことのおとめ）
〔閲歴〕「大伴淡等謹状―梧桐日本琴一面―」（万葉集）に出てくる。大伴旅人は藤原房前に琴を贈ったが、その琴は旅人の夢に娘子となってあらわれたという。そして、材料の木としての生立ちと琴になったよろこび、君子のそばに置かれたいという希望を述べ旅人と歌を交わす（5・八一〇、八一一）。旅人が風流の心を房前に伝えようとして作り上げた琴の幻影である。
〔所在〕5・八一〇題詞　〔米内〕

碁檀越（ごのだにおち）
〔閲歴〕未詳。碁は氏、檀越は施主とすれば普通名詞となるが、万葉集攷証は檀越を名とする。檀越が伊勢国に行くとき留まった妻の作った歌が残る（4・五〇〇）。
〔所在〕4・五〇〇左注　〔米内〕

碁檀越妻（ごのだにおちのつま）
〔系譜〕碁は氏、檀越は称号で、禅師・沙彌などと同じく普通名詞か（中西進「碁檀越」文学・語学六号）。前後に柿本人麻呂作があるので人麻呂と同時代の人と思われる。
〔影響〕集中の歌は「神風の伊勢の浜荻折り伏せて旅寝やすらむ荒き浜辺に」（4・五〇〇）の一首であるが、この歌は、語句に若干の相違はあるが、古今六帖（巻四）、柿本集（上）、新古今集（巻十）、夫木抄（巻三十六）に収められている。
〔歌数〕短歌一首。4・五〇〇　〔並木〕

子部王（こべのおおきみ）
〔閲歴〕但馬皇女の御歌（8・一五一五）の題詞割注に、「一書に云はく、子部王の作なり」とある。この歌は二句目にも異伝を持っており、伝承の相違のあったことを示す。万葉集古義に児部女王（16・三八二一）と同一人かとする。
〔歌数〕「一書云」説をとれば、短歌一首。8・一五一五　〔斎藤〕

児部女王（こべのおおきみ）
〔系譜〕尺度娘子が身分の低い醜男の求婚を受け入れたので、その愚を嗤笑する歌をつくる。子部王（8・一五一五左注）と同一人かという。
〔歌数〕短歌一首。16・三八二一　〔並木〕

高麗朝臣福信（こまのあそみふくしん）
〔系譜〕帰化人福徳の孫で行文の甥。
〔閲歴〕祖父福徳以来、武蔵国高麗郡にいたが伯父行文に従って若くして上京した。天平十五年六月春宮亮、同十九年背奈王の姓を賜って後、天平勝宝二年一月高麗朝臣と改姓するが、この間中衛少将兼紫微少弼として仕えた。以後、信部大輔、内匠頭、但馬守を経て神護元年一月従三位に叙せられる。さらに造宮卿、武蔵守、近江守、弾正伊などを歴任、延暦八年十月八十一歳で没した。万葉集には四十六歳の頃難波へ遣わされたときの御歌（19・四二六四、四二六五）の題詞に名前がみえるが福信自身の作歌は残っていない。
〔所在〕19・四二六四題詞　〔米内〕

佐為王（さいのおおきみ）

〔表記〕橘宿禰佐為（続紀）とも。万葉代匠記には橘少卿（6・一〇一三題詞）を佐為王であるとする。

〔系譜〕美努王の子。母は県犬養宿禰美千代、葛城王を兄とする。聖武夫人広岡朝臣古那可智の父。

〔閲歴〕和銅七年正月五日従五位下、養老五年正月五日従五位上、同二十三日山上憶良らとともに東宮に侍せられる。神亀元年二月二十二日正五位下、同四年正月二十七日従四位下、天平三年正月二十七日従四位上、同八年十一月十一日葛城王とともに橘宿禰姓を許される。同九年二月正四位下、同八月一日卒す（続紀）。この間、天平六年頃内匠寮長官であったと考えられる（6・一〇〇四左注）。

〔所在〕6・一〇〇四左注、一〇〇九左注　16・三八五七左注　契仲の説に従えば、6・一〇一三題詞、一〇一四左注にも　〔斎藤〕

佐為王婢（さいのおおきみのまかたち）
〔閲歴〕姓名は不明。佐為王の婢であったことが（16・三八五七の左注により）知られるのみ。
〔歌風〕恋人を想う気持ちを日常生活の中で歌っている。
　飯食《いひは》めどうまくもあらず寝《い》ぬれども安くもあらず茜さす君が心し忘れかねつも（16・三八五七）
〔歌数〕短歌一首。16・三八五七　〔狩俣〕

佐伯宿禰赤麻呂（さえきのすくねあかまろ）
〔系譜〕佐伯宿禰は新撰姓氏録に大伴宿禰とともに「道臣命七世孫、室屋大連公之後也」とあり、互いに結びつきが深い。
〔閲歴〕万葉集攷証は佐伯宿禰清麻呂と同一人かと指摘するが、赤麻呂については続紀にも記載がない。娘子との贈答歌を残している。
〔歌風〕娘子の歌にはじまる贈答歌群の中の三首は、巻三の譬喩歌と巻四の後半部にある。これらの歌について、橋本四郎は、赤麻呂の贈答相手がいずれも固有名詞なしの娘子であるところなどから、後期万葉の世界に存在した、歌語り的構成をもつ虚構の歌、すなわち宴席の場で作られた遊びとしての恋を詠んだ虚構的贈答歌と解される。そして赤麻呂は、酒席の座興として道化を演じた幇間歌人で、長忌寸意吉麻呂の先蹤をなすともいわれる。

〔歌数〕短歌三首。3・四〇五　4・六二八、六三〇

〔参考文献〕＊「幇間歌人佐伯赤麻呂」橋本四郎（『上代の文学と言語』）＊「佐伯赤麻呂と娘女の歌」橋本四郎（『万葉集を学ぶ』3）　〔佐藤〕

佐伯宿禰東人（さえきのすくねあずまひと）

〔閲歴〕読紀に、天平四年八月、西海道節度使判官、佐伯宿禰東人に外従五位下を授くとある。任中、東人の妻が夫君に贈った歌に対し、東人の和えた歌一首がある。

〔歌風〕「草枕旅に久しくなりぬれば汝《な》をこそ思へな恋ひそ我妹《わぎも》」（4・六二二）、妻からの思慕の情に対して、それを認め、妻を慰めるという愛情あふれた親切な歌。平易で調子も素直。また作者に旅先の浮気を隠そうとする弱みがあるとの説もある。

〔歌数〕短歌一首。4・六二二　〔佐藤〕

佐伯宿禰東人妻（さえきのすくねあずまひとのつま）

〔歌風〕夫君に贈る歌「間なく恋ふれにかあらむ草枕旅なる君が夢にし見ゆる」（4・六二一）、旅先の夫に贈った歌で、自分が思うから相手を夢に見るという俗信を踏まえて恋心を訴えている。平凡な内容で格別すぐれた作ではないが、作者自身の心持がよくあらわれている。

〔歌数〕短歌一首。4・六二一　〔佐藤〕

境部王（さかいべのおおきみ）

〔表記〕境部王（懐風藻・万葉）、坂合部王（続紀）。

〔系譜〕穂積親王の子（16・三八三三題詞）、皇胤紹運録には天武天皇皇子長親王の子とある。

〔閲歴〕続紀では、養老元年正月無位より従四位下。同年十月封を益され、五年六月治部卿。懐風藻に、従四位上、治部卿で年二十五とあり、五言詩二首（宴長王宅一首、秋夜宴山池一首）を残す。

〔歌風〕「境部王、数種の物を詠める歌」は、虎・鮫龍などを取り合わせた、技巧的な一種の題詠で、漢文学に通じた作者らしい異国的情趣のある歌。

〔歌数〕短歌一首。16・三八三三　〔佐藤〕

境部宿禰老麻呂（さかいべのすくねおゆまろ）

〔系譜〕境部は坂合部で、天武天皇のとき、連から宿禰になった族という。老麻呂の名は他にみえない。

〔閲歴〕天平十三年二月、「三香原の新都（久邇京）を讃むる歌一首并に短歌」を詠む。左注に右馬頭であったという。

〔歌風〕天平三年は久邇京に移って間もないから、こうした讃歌が作られた。三九〇七番の長歌は、慣用句を連ねた類型的、形式的な讃歌で、感興に乏しい。三九〇八番の短

歌は、この長歌にふさわしい反歌ではあるが、ありふれた形式歌。

〔歌数〕長歌一首、短歌一首。17・三九〇七、三九〇八　〔佐藤〕

坂田部首麻呂（さかたべのおびとまろ）

〔閲歴〕天平勝宝七歳二月に筑紫に遣わされた駿河国の防人。

〔歌風〕唯一の歌は、「真木《まけ》柱ほめて造れる殿のごといませ母刀自面《おめ》変はりせず」。防人として出発するにあたり、訛りをまじえつつ母君の無事を念ずる歌で、素朴な味わいの中に母に対する至情の感じられる一首である。

〔歌数〕短歌一首。20・四三四二　〔梶川〕

尺度氏（さかとうじ）

〔表記〕坂門（16・三八二一）、尺度氏（同左注）。

〔系譜〕未詳だが、この姓をもつ娘が高姓の求婚に応ぜず卑姓の媿士《しこを》の求婚に応じたことを児部女王があざわらった歌がみえる（16・三八二一）

〔所在〕16・三八二一、同左注　〔米内〕

坂門人足（さかとのひとたり）

〔系譜〕饒速日命の天降りのときに従い降った神の子孫であるという。15・三六二一の「尺度」（坂門）と同族か。

〔閲歴〕大宝元年秋九月（文武天皇の御代）、太上天皇（持統）が紀伊国に行幸したとき、歌一首を詠む。

〔歌風〕「巨勢山のつらつら椿つらつらに見つつ偲はな巨勢の春野を」（1・五四）は、椿の花のない秋であるが、花咲く春にあこがれを感じた、明るい内容の歌。同音の繰返しのなめらかさがある。万葉集古義は春の歌として題詞を誤りとする。五六番歌に「或本の歌」という題詞で、この歌の異伝ともとれる春日蔵首老の類歌を載せている。両歌の前後関係については、五六番歌は、春野で花を眺めている立場で五四番に和した歌であるとか、実際に花を見て作った春の歌で五四番の原歌であるとかの説がある。また大伴家持の四四八一番歌に「椿つらつらに」の句がある。

〔歌数〕短歌一首。1・五四　〔佐藤〕

坂上家二嬢（さかのうえのいえのおといらつめ）

〔系譜〕大伴坂上郎女の女、父は大伴宿奈麻呂。坂上大嬢は姉である。

〔閲歴〕両親や姉と異なりこの二嬢は万葉集に歌を残していない。四〇七番歌の題詞により大伴駿河麻呂の妻になったことがわかる。

〔所在〕3・四〇七題詞　〔米内〕

坂上忌寸人長（さかのうえのいみきひとおさ）

〔表記〕人長の訓みは、ヒトヲサか、ヒトナガか、不明。

〔系譜〕万葉集私注には「坂上忌寸は後に宿禰となった田村麿等の族の漢種である」とある。

〔閲歴〕大宝元年十月、太上天皇（持統）、大行天皇（文

武）が紀伊国に幸したときの歌十三首のうち、左注に「右の一首、或は云はく、坂上忌寸人長の作なり」とある一首がみえる。

〔歌風〕「紀伊の国に止まず通はむ妻の社妻寄しこせね妻といひながら」　一に云ふ「妻賜はにも妻といひながら」（9・一六七九）、旅の途次、ツマ（の社）の地名に興味を感じて、妻への思いに転じ、妻を三、四、五句のはじめにおいて、妻という名のままに私に妻を寄せてくれ、あるいは賜りたいと歌う。素朴な明るい戯れ心で詠んだもの。軽い調子の歌で、愛誦されたためか異伝がある。

〔歌数〕短歌一首。9・一六七九　〔佐藤〕

酒人女王（さかひとのおおきみ）

〔系譜〕元暦校本などに、小字で穂積皇子の孫女であるとする（4・六二四題詞細注）。酒人内親王とは別人とされる（万葉集攷証など）。

〔閲歴〕聖武天皇が酒人女王を思っての御製歌を残す（4・六二四）。

〔所在〕4・六二四題詞　〔斎藤〕

坂本朝臣人上（さかもとのあそんひとがみ）

〔閲歴〕天平勝宝年間、造東大寺司に出仕して、公文の繕写、大仏殿建築工事の監督、大仏鋳造作業への奉仕、礼仏への供奉、遣使等にたずさわった。ときに無位（正倉院文書）。勝宝七歳二月遠江国史生として在任中、防人部領使となり、交替して筑紫に向かう遠江国防人の短歌十八首を進めた（20・四三二一～四三二七左注）。

〔所在〕20・四三二七左注　〔東野〕

前采女（さきのうねめ）

〔閲歴〕三八〇七左注に、葛城王が陸奥国に遣わされたとき、国司の緩怠を怒った王に対して、歌を詠んでその怒りを解いたとある。史実とは考えにくいが、遠来の上客に対して、寝所をともにして歓待するといった風俗を根底に有する伝承と考えられている。風流娘子とも評された。

〔歌風〕「安積山」という歌枕を詠みこんだ、民謡風の歌一首を残す。大和物語にこの歌を中心とした歌物語がある。

〔歌数〕短歌一首。16・三八〇七　〔斎藤〕

防人歌（さきもりのうた）

万葉集に明らかに防人歌として収載されているものは、巻十四（東歌）に五首、巻二十に九十三首、計九十八首である。巻二十の九十三首の内訳は、(1)「天平勝平七歳乙未二月、相替りて筑紫に遣さるる諸国の防人等の歌」八十四首、(2)「右の八首は、昔年の防人の歌なり。……」の左注をもつもの（四四二五～四四三二）、および(3)「昔年相替りし防人の歌一首」とあるもの（四四三六）で、常陸国の倭文部《しとりべの》可良麻呂の一首（四三七二）を除いてはすべて短歌である。このうち(1)の八十四首は作者名が明記されているが、(2)(3)の九首は作者名を欠いている。また巻十四の五首は「防人歌」と分類されているものであるが、東歌のすべてがそうであるようにこの五首も作者名を欠くものである。万葉集にはこのほかに、巻十三に「右二首。但し或いは云はく、此の短歌は、防人の妻の作りし所なり。然れば長歌もまた此と同作なりと知るべしといへり」という左注をもつ二首（長歌三三四四、短歌三三四五）があり、巻十四（東歌）の中にも、さきの五首のほかに、三四二七・三四八〇・三五一六その他防人歌とおぼしきものが数首存する。

作者名の明らかな天平勝宝七歳（七五五）二月に交替して筑紫に差し遣わされた巻二十の「防人等の歌」八十四首は、東歌圏十二箇国――信濃・上野・下野・陸奥（以上東山道）、遠江・駿河・伊豆・相模・武蔵・上総・下総・常陸（以上東海道）――のうち伊豆と陸奥を除く十箇国の防人やその妻あるいは父の歌である。もっとも防人の妻の歌は武蔵国に限られ、六人の妻がそれぞれ一首（四四一三・四四一六・四四一七・四四二〇・四四二二・四四二四）、また防人の父の歌は上総の「国造丁日下部使主三中父歌」（四三四七）とあるものである。左注の「父」の文字が元暦校本および細井本、無訓本、附訓本、寛永本等に「文」とあるが、これは「父」の誤写・誤刻と考えて間違いないであろう。防人の父の作はこの一首だけであるが、妻の歌は右の六首のほかに、やはり巻二十の「昔年防人歌」八首中に三首（四四二五・四四二六・四四二八）、巻十四の五首中に一首（三五六八）計十首見受けられる。

明らかに防人歌とある九十八首をその詠作の場所――より厳密には発想上の時点というべきかも知れない。両者は必ずしも一致するとは限らない――の上から類別すると、おおよそ、〔A〕出郷の際と思われるものが三十六首（父の歌一、妻の歌八を含む）、〔B〕難波津への途上での作が四十八首（旅中の夫を偲ふ妻の歌二首を含む）、〔C〕難波津におけるものが十四首である（おおよそといったのは、たとえば、四三六六「常陸指し行かむ雁もが《へ》」、四三六七「吾が面《もて》の忘れも時《しだ》は」、四三八八「旅と云ど真旅になりぬ」などは〔B〕すなわち難波津への途上の作とみたが、〔C〕すなわち難波津において筑紫への出発を前にして、遠く離れて来た妻を、改めて恋しく思い、もう一度別れの言葉を送ったものとも解し得るし、四三六九「筑波嶺のさ百合《ゆる》の花の夜床《ゆどこ》にも」は私は旅中の作としたが、佐佐木信綱は出郷の際のものとして「情痴を歌ったもの。これを別後追憶の作のやうに解するのは、恐らく当らないであらう。この口吻は、その可憐な妻を前にしての言葉と見なくては生動しない」と評しているなど、詠作の場所もしくは発想上の時点の想定には多分に主観的要素が入り得るからである）。出郷時の歌が難波津への途上でのものよりも少ないことが多少気になるが、難波津でのものより多いことや、数こそ多くはないが防人の父や妻の歌があり、しかも夫婦唱和（の形をとっている）歌が四組（三五六七・三五六八／四四一五・四四一六／四四一九・四四二〇／四四二一・四四二二）存することは、防人としての決意や使命感を歌ったものがわずか四、五首にすぎないということと相俟って、防人歌をすべて官公的な、服従の誓詞と割り切ることを拒否している。といっても、これは防人歌の多くが集団的な場で詠出・誦詠されたものであることを否定するものではない。

巻二十収載の東国防人歌の左注に、作者の肩書と思われる「主帳丁」なる語がある（「帳丁」あるいはたんに「主帳」とも書かれている場合もあるが、これも「主帳丁」と同じものと考えられる）。これは⑴郡または軍団の主帳の家から出た壮丁。郡・軍団の主帳の仕丁、使用人⑵郡または軍団の主帳の代理をする壮丁⑶主帳である壮丁（庶務・会計を掌る）の三通りに解せられているが、もし⑵⑶のいずれかとすれば当然文字を識っていると考えなければならない。となると防人たちをすべて全くの無学文盲の農民兵ときめてかかることができないことになる。たしかに「我が妻を絵に描き取らむ暇《いつま》もが」（四三二七）、「吾が恋を記して著けて妹に知らせむ」（四三六六）などの歌の存在は、絵が描け、手紙が書けた防人がいたことを思わせ、一首ではあるが長歌が作られていることは、防人が非識字・無教養の階層ではないことを示しているようにも考えられるが、それでもなおかつ、防人全体としてはやはり良民とはいえ、また公民とはよばれてはいたが、所詮は物言う牛馬のごとく働かせられた班田農民、もちろん貧しくしかもかりに教養を得ようとしても、教育の普及など到底考えられない当時にあってみれば、「中央からみれば無名に等しくともその地にあっては有産階級であり、従って、豪族の一員であるが故に文芸を嗜むことの出来る者達である」（星野五彦・防人歌研究）というようにはどうしても考えられないのである。文字を有しない人々の歌には独詠ということは有り得ないから（必ず誰かに記録されなければならないから）、ほとんどの場合集団的な詠出・誦詠の場が存したはずであり、この点において防人歌もまた集団的所産であるとするわけである。ただその集団的場がすべて官公的な服従・忠誠を誓う結成式・壮行式あるいはその直会的な酒宴だけではなかったというまでである。

防人歌は東歌同様すべて仮名表記で、父・母・白・玉・道などごく少数のものを除いてはすべて一字一音の表音文字が用いられている。防人やその妻みずからが文字に記したのではなく、他の誰か（その中に防人部領使がいたにちがいない）の筆記によったものであるから、筆録者の意識的・無意識的な変改加工がなされたことは想像に難くない。方言の使用が東歌に比して多いのはその筆録の忠実性を物語るものであろうが、方言の使用が多いということは防人歌の大きい特色である。防人歌のほとんどは別離を悲しみ、郷里の肉親を偲ぶ歌で、巻二十の九十三首について見れば、悲別・思慕の対象は、妻（妹）が最も多く全体の三分の一を越す三十四首、つぎが父母で二十二首（父母—一一、父—一、母—一〇）、ほかに妻子が二首（妻と子—一、子—一）、家・家人が五首、故郷の山河を思いやったものが二首、防人としての決意・使命感四首、その他（雑・不明）が十五首となっている。妻の歌十首が夫を思う歌であることはいうまでもない。

防人として筑紫に差し遣わされる者は、正丁（二十一歳〜六十歳）三人に一人の割で徴発される兵士の中から選ばれるのであるが、現存戸籍中の兵士の最高年齢は四十八歳であり、大宝二年の美濃国の戸籍ではまれに十九歳・二十歳の少丁（中男）の兵士も存在しているから東国防人の中にも二十一歳に満たない者がいたかも知れない。今から千二百年以上も昔の、電信・電話もなく、交通機関も全く存しない時代のことである。東国の人々にとって筑紫は想像もつかないほど遠い国であり、三年という任期はあまりにも長い時間であったにちがいない。しかも任期一年（養老六年にいたり三年と改められた）と定められていた衛士が「壮年赴レ役、白首帰レ郷」という状態であるをみれば、都ならぬ筑紫に差し遣わされた防人が三年で帰ったという確証は存しないのである。「大君の命畏み」という慣用的・儀礼的類型句はたしかに用いられてはいるが、勇躍任地に赴かんとする誓詞的な歌が少なく、ほとんどが悲別懐郷の情を訴えたものであることは当然であるといわなければならない。東国から徴発された防人は、それぞれの郷里から国府に集合し、国司の一員が任ぜられる防人部領使に引率されて陸路難波津に集結、兵部省の役人の戎具の検閲を受けた後、専使が部領し、官船で海路大宰府に送られるのである。任地である筑紫では大宰府の防人司の定めた配置に従って任務につき、部署の守備に当たるほか、付近に空閑地を賜って稲や雑菜を栽培して食糧を得ていたようである（軍防令六十二条）、防人の任期は三年であるが（軍防令八条・十四条）、定数については規定はなく二千人、三千人、また二千三百人ぐらいなどといわれている。天平神護二年（七六八）四月の詔に「その欠くところを計りて、東人を差点して、もって三千に塡めん」などとあるをみれば、実際の数はともかくとして三千人と考えるのが至当のようである。とすれば三年一替であるから天平勝宝七歳二月に交替要員として難波津に集結した東国の防人たちは約三千人、一国平均百人ということになる。もちろん国に大小の別があり、国によってかなりの差はあったにちがいない。

防人たちが難波津で歌を上進させられることは、おそらく従来からの慣例であったと思われるが、天平勝宝七年にもそれぞれの国の防人部領使の手を経て、百六十六首の歌が上進され、その約半数が拙劣歌として捨てられて、結局七十四人の防人歌〔一人二首の者が三人、また長歌一首を含む〕七十七首、妻六人の歌六首と父の歌一首、計八十四首が大伴家持の手によって巻二十に収載されたのである。

　これらの歌の作者の肩書は、さきにふれた「主帳丁」のほかに「国造丁」（たんに「国造」とも）、「助丁」「上丁」および「火長」などがあるが、これらは、国造丁―助丁―主帳丁―（火長）―上丁という防人集団の編成・組織上の階級・序列もしくは資格を示すものであるとする岸俊男の見解に従うべきもののようである。すなわち国々の防人集団は国造丁を長とし、助丁がこれを補佐し、主帳丁が庶務・会計の仕事に当たり、火長が上丁（上は上番の上の意で勤務につくの意である）十人を統率しているのである。天平勝宝七歳の防人らの歌の国ごとの配列は、〔遠江〕国造丁㈠、主帳丁㈠、防人㈠、（　）㈣、〔相模〕助丁㈠、上丁㈡、〔駿河〕上丁㈠、助丁㈠、（　）㈧、〔上総〕国造丁の父㈠、国造丁㈠、助丁㈠、帳丁㈠、上丁㈨、〔常陸〕（　）㈣、上丁㈠、助丁㈠、（　）㈠、〔下野〕火長㈢、上丁㈠、（　）㈠、上丁㈥、〔下総〕助丁㈠、（　）㈩、〔信濃〕国造㈠、主帳㈠、（　）㈠、〔上野〕助丁㈠、（　）㈢、〔武蔵〕（上丁の）妻㈠、助丁㈠、主帳㈠、（主帳の）妻㈠、（上丁の）妻㈠、上丁㈡、（上丁の）妻㈠、上丁㈠、（上丁の）妻㈠、上丁㈠、（上丁の）妻㈠となっている。（　）は肩書のないものであるがこれはすべて上丁と看做される。右でわかるように国造丁は三人であって、その名は物部秋持（遠江・長下郡）・日下部使臣《くさかべのおみ》三中（上総）・他田舎人《をさだのとねり》大島（信濃・小県郡）、また助丁は七人で、生部《おふしべの》道麻呂（駿河）・丈部造人麻呂《はせつかべのみやつこひとまろ》（相模）・刑部直《おさかべのあたひ》三野（上総）・他田日奉直得大理《をさだのひまつりのあたひとこたり》（下総・海上郡）・占部広方（常陸）・上毛野牛甘《うしかひ》（上野）・大伴部小歳（武蔵・秩父郡）らである。主帳丁は若倭部身麻呂《わかやまとべのむまろ》（遠江・麁玉郡）・若麻続《わかをみ》部諸人《べのもろひと》（上総）・神人《かむと》部子《べのこ》忍男《おしを》（信濃・埴科郡）・物部歳徳《としとこ》（武蔵・荏原郡）らの四人、火長は下野国にのみに、今奉部与曾布・大田部荒耳・物部真島の三人（以上合計十八人）で、他の五十七人はすべて上丁（このうち明確に上丁とあるものは二十五人、ただ防人とあるもの一人、資格注記を欠くもの三十一人）で、その姓名はつぎのとおりである。遠江＝丈部《はせつかべ(はせべ)》真麻呂（山名郡）・丈部川合（山名）・丈部黒当（佐野郡）生玉部足国（佐野郡）・物部古麻呂（長下郡）⑤相模＝丹比部《たぢひべ》国人（足下郡）・丸子連多麻呂（鎌倉郡）②駿河＝有度部《うとべ》牛麻呂・刑部《おさかべ》虫麻呂・川原虫麻呂・大部足麻呂・坂田部首麻呂・玉造部広目・商長《あきのをさ》首麻呂・春日部麻呂・丈部稲麻呂⑨上総＝玉作部国忍《くにおし》（望陀郡）・丈部鳥（天羽郡）・丸子連大歳（朝夷郡）・丈部与呂麻呂（長狭郡）・丈部山代（武射郡）・物部乎刀良（山辺郡）・刑部直

千国（市原郡）・物部龍（周淮郡）・若麻続部羊（長柄郡）・⑨　常陸＝若舎人部広足（茨城郡）・物部道足（信太郡）・占部小龍（茨城郡）・丸子部佐壮《すけを》（久慈郡）・大舎人部千文（那賀郡）・倭文部《しとりべ》可良麻呂⑥　下総＝私部石島《きさきべのいそしま》（葛飾郡）・矢作部《やはぎべ》真長（結城郡）・大田部足人（千葉郡）・占部虫麻呂・丈部直大麻呂（印波郡）・刑部志加麻呂（猨島郡）・忍海部《おしぬみべの》五百麻呂《いほまろ》（結城郡）・大伴部麻与佐（埴生郡）・雀部《さざきべ》広島（結城郡）・大伴部子羊（相馬郡）⑩　信濃＝小長谷部《をはつせべ》笠麻呂①　下野＝上野＝朝倉益人・大伴部節麻呂・他田部子磐前《いはさき》③　下野＝川上臣老・津守宿禰小黒栖・中臣部足国（都賀郡）・大舎人部禰麻呂（足利郡）・大田部三成（梁田郡）・神麻続部島麻呂（河内郡）・大伴部広成（那須郡）・丈部足人（塩屋郡）⑧　武蔵＝物部広足（荏原郡）・物部真根（橘樹郡）・服部《はとりの》於田《うへだ》（都筑郡）・藤原部等母麻呂（埼玉郡）④　武蔵国にはこのほかに檜前舎人石前《ひのくまのとねりいはさき》・椋椅部《くらはしべの》荒虫の名がみえている。

「上丁那河郡の 檜前舎人石前が 妻大伴部真足女」「豊島郡の上丁椋椅部荒虫が妻宇遅部黒女」とあるもので、夫の歌はなく妻の歌のみあるのであるが、夫と妻の氏が異なっているのは、当時、夫婦別居という婚姻形態が支配的であったことの反映であることはいうまでもない。

防人歌の作者たちの閲歴はすべて全く不詳であるが、信濃国の他田舎人大島はおそらく日本霊異記下第二十二の他田舎人蝦夷と関係が あるもので、 他田は氏で、 敏達天皇（訳語田御宇天皇）の宮号から出た名代であり、舎人は姓として用いられたものであろう。同じく、信濃国の小長谷部笠麻呂の小長谷部も武烈天皇（小泊瀬稚鷦鷯《わかさぎ》天皇）の子代・名代にもとづく氏。また武蔵の椋椅部刀自売（物部歳徳の妻）の椋椅部は倉梯《くらはし》に都した崇峻天皇の子代・名代の部民であり、同じく武蔵国の藤原部等母麻呂の藤原部は允恭天皇の妃衣通郎姫《そとおりのいらつめ》の名代である。允恭天皇といえば刑部という氏も允恭天皇の名代で、防人歌には虫麻呂（駿河）・三野（上総）・千国（上総）・志加麻呂（下総）など四名みえている。このうち千国と三野は直という姓を持っているものであり、国造か族長の一族の 者であったにちがいない。防人の中で最も多い氏は「丈部」で、全部で十一名みえている。このうち二人が「直」あるいは「造」の姓を持つ者である。続日本紀に霊亀二年（七一五）三月相模国足上郡の丈郡造智積《ちさか》が孝行の故で表彰されているが、相模国の助丁丈部造人麻呂はやはり足上郡出身で、智積と関係のある者であったと思われる。駿河国の助丁生部 道麻呂の「生部」は「壬生部」の省略表記であり、したがって、オフシベ・イクベでなく、ミブベと訓むべきかも知れない。壬生部は推古天皇の名代・子代で、これに因む姓名を名乗る者は防人歌にはこの道麻呂のみであるが、天平十年の遠江国の正税帳には生部牛麻呂、同じく天平十年の駿河国正税帳には郡少領壬生部直信陁理、また武蔵国分寺瓦銘に壬生部子万呂・壬生部七国、養老五年大嶋郷戸籍に壬生部真若売がみえている。

物部姓の者が多く、遠江国長下郡の国造丁物部秋持のほかに、上総・常陸・武蔵・下野・遠江にわたり全部九例存するから、丈部・大伴部・刑部などと同様、東国に多い氏であったにちがいない。

〔参考文献〕＊『防人歌の基礎構造』吉野裕（伊藤書店）＊『万葉防人の歌―農民兵の悲哀と苦悶』金子武雄（公論社）＊『防人歌研究』星野五彦（教育出版センター）＊「貴族的発想形式に対する防人歌における庶民的反応」松田芳昭（国語と国文学30―8）＊「防人の歌の一考察」土田知雄（国学院雑誌57―3）＊「古代文学における地方と中央―防人歌を中心として―」土橋寛（国語国文26―11）＊「防人の歌―その発想の基点―」遠藤宏（文学40―9）＊「防人考」岸俊男（『万葉集大成』11）＊「万葉集 防人歌の場の構成―官公的性格を否定する―」角川洋一（山形大学国語研究12）＊「防人歌試論」身崎寿（万葉82）＊「防人歌成立攷」徳田浄・徳田進（『上代文学新考』）〔水島〕

桜児（さくらこ）

〔閲歴〕二人の壮士に恋せられて思いなやみ、林の樹に懸って経死したという、伝説上の女性の名。今、畝傍山東北方の桜児塚の地にその娘子の墓と称するものがあるが、本当は「挿頭にせむと我が思《も》ひし桜の花」（16・三七八六）、「妹が名に懸けたる桜」（16・三七八七）、「嬢子らが 挿頭のために……咲きにける 桜の花は」（8・一四二九）の句のあるのをみても知られるように、神事に関与し、遊宴に侍した女性が、桜の花を髪飾りの料としたところから出た名である。集中に桜児の作と称するものはない。

〔所在〕16・三七八六題詞 〔尾崎〕

佐佐貴山君（ささきのやまのきみ）

〔閲歴〕集中の題詞に、「天皇と太后と共に大納言藤原の家に幸す日に、黄葉せる沢蘭《さはあららぎ》一株《ひともと》を抜き取りて、内侍佐佐貴山君に持たしめ、大納言藤原卿と陪従《べいじゅ》の大夫等とに遣賜ふ御歌一首 命婦誦みて曰はく」とある。右の天皇とは孝謙女帝、太后はその母光明皇后のことであり、命婦は佐佐貴山君を指すのであろう。内侍とは、令制における内侍司の女官のことで、天皇に常侍した。天皇の御歌を誦するのも、役目の一つであったのだろう。具体的に誰を指すかは不明である。

〔所在〕19・四二六八題詞 〔青木(周)〕

雀部広島（さざきべのひろしま）

〔閲歴〕下総国結城郡の防人。天平勝宝七年二月、相替により本国より徴され、筑紫に遣わされた。

〔歌風〕「大君の命にされば父母を斎瓮と置きて参ゐ出来にしを」（20・四三九三）、防人の任務を意識し、そのために父母を神聖な斎瓮とともに残してきたと、出発時の有様を感をこめて詠んだもの。万葉集私注に「達者ながら公式歌らしい公式歌」とある。

〔歌数〕短歌一首。20・四三九三　〔佐藤〕

隡妙観（さつのみょうかん）

〔表記〕薩・薛とも記して「セチ・ケチ」とも読み、陘とも書くが、新撰字鏡に「薩　薛　二形同」とあるから、「薩」で「サツ」と読むべきである。「妙観」を「タエミ」と読む説もある。

〔系譜〕持統文武朝に音博士で大宝律令の撰定に参画した新羅系帰化人である薩弘恪の娘と推定（川上富吉「薩妙観伝考」）される。

〔閲歴〕古義その他に尼とあるが、その証跡はなく、元正天皇の養老七年一月に、従五位上に昇叙し、聖武天皇の神亀元年五月に、河上忌寸の氏姓を賜った。天平元年三月、班田使葛城王（橘諸兄）と歌の贈答（20・四四五五、四四五六）をした。ときに命婦とある。天平九年二月、正五位上に昇叙した。元正朝から聖武朝初期にかけて、元正女帝の側近に命婦として奉仕し、内侍司の典侍であったが、天平九年夏から秋にかけて大流行した疱瘡によって死亡したものと推定される。

「歌風」集中二首の短歌を収める。元正天皇の詔に応えて作った、

　ほととぎすここに近くを来鳴きてよ過ぎなむ後《のち》に験《しるし》あらめやも　（20・四四三八）

の一首は、元正天皇ゆかりの故人となられた人（母の元明天皇か）の回忌法要を営んだ折の歌（20・四四三七）の応詔奉和の歌であろうが、当意即妙の理屈っぽい歌である。故人が元明天皇とすれば、その崩御が養老五年であるから、その三回忌（養老七年）、七回忌（神亀四年）、十三回忌（天平五年）のいずれかのときであろう。もう一首、天平元年三月、班田使葛城王（橘諸兄）が山背国から「薩妙観命婦等の所」に芹子を贈ったときに添えた歌「あかねさす昼は田たびてぬばたまの夜《よる》の暇《いとま》に採《つ》める芹子《せり》これ」（20・四四五五）に報へ贈った歌、

　大夫《ますらを》と思へるものを刀佩《たちは》きてかにはの田井に芹子《せり》ぞ採《つ》みける　（20・四四五六）

という応酬には「芹」を素材とする公達と命婦（後宮女官）との間の揶揄的滑稽さのおもしろみがかもし出されているが、ここにも、妙観の当意即妙の歌才がうかがえる。

〔歌数〕短歌二首。20・四四三八、四四五六　〔川上〕

佐氏子首（さのうじのこびと）

〔閲歴〕天平二年正月に大宰帥大伴旅人宅の梅花の宴に列し、歌一首を詠じた。ときに筑前介（介は従六位に相当する）であった（5・八三〇左注）。

〔歌数〕短歌一首。5・八三〇　〔狩俣〕

狭野茅上娘子（さののちがみのおとめ）

〔表記〕西本願寺本その他には狭野《さのの》弟上娘子《おとがみのおとめ》と書かれている。茅と弟との相違は文字の誤写が原因とみられ、そのどちらが正しいかを決する手掛りはない。ただし、代匠記には茅という草は、多く女性によそえるものとして、茅上を正しいとしている。

〔閲歴〕代匠記によれば、「狭野ハ娘子カ姓、弟上ハ名ナリ」（精撰本）とあって、狭野を氏とし茅上を名としている。しかし、それも明白でないというのが一般の見解である。土屋文明は「狭野は氏か出身地であろうがはっきりしない。茅上は名か、地名か、或は狭野茅上で氏なのかも明かでない」としている。狭野が娘子の出身地であったとするなら、播磨国揖保《いいぼ》郡の狭野かも知れない。これは播磨国風土記にも記されている地名である。だが、そうであったとしてもそれだけのことである。この娘子は系譜関係も知れず、年齢もわからない。中臣宅守の妻となり、宅守が越前へ流され別れ別れとなって暮らす間、宅守への激しい思慕を歌った二十三首の相聞歌以外には伝承されるところはない。また、宅守が赦免になって帰京した後、娘子はどうなったのか、それもいっさい伝えるところはない。茅上娘子がどのような女性であったかということは、万葉集巻第十五の目録記事と娘子自身の歌とによって判断する他はないのである。

中臣朝臣宅守の、蔵部の女嬬《にょじゅ》狭野茅上娘子を娶《ま》きし時に、勅して流罪に断じて、越前国に配しき。ここに夫婦の別れ易く会ひ難きを相嘆き、各々慟《いた》む情を陳べて贈答する歌六十三首（巻第十五、目録）

この記事によれば、娘子は蔵部の女嬬であったという。女嬬を女娉と書いた本もあって、それを「蔵部の女を娶き、狭野茅上娘子を娉《つまど》ひし時」と読んで、中臣宅守が重婚の罪を犯したとする説もあったが、今はこの説を採る人はない。娘子が蔵部の女嬬（孺）であったという点については、職制の上で該当するものがない。職員令の内蔵寮《うちのくら》には蔵部四十人とあるが、これは一口にいえば出納係で男性であったとみられる。大蔵省にも蔵部六十人があった。また、後宮職員令には蔵司というのがあって、天皇の側近として神璽等を預る役であるが、ここには女孺十人が配されていた。つまり蔵司の女孺である。蔵部の女孺という語は蔵司の女孺の誤記だろうともいわれるが、同じ女官関係の官庁である斎宮寮では膳部司・蔵部司などと「部」を加えてあるので蔵部と書くことは考えられる、とする木下玉枝のような説もある。また、この目録の文中には遊仙窟の句を利用したと思われる部分がある。「ここに夫婦の別れ易く会ひ難きを相嘆き」の部分であるが、遊仙窟には「恨むる所は、別れ易く会ひ難く云々」とある。茅上と宅守との恋愛事件の事実はどうであろうと、目録の作者には文芸化の意図があったことが察せられる。その意味からすれば、蔵部の女孺という娘子の職名についても、目録の作者がどれだけ事実に対して（これが歴史的事実であるとするならば）忠実であろうと努めたかを脳裡において詮索することは、たいして意味がないのではあるまいか。しかし、宅守流罪の原因が通説のように茅上娘子を娶ったことにあるならば、娘子の閲歴と関係があるに違いなかろうから、その意味での詮索は必要であろう。

女孺は後宮の下級女官で、それぞれの司には定員があり、合計百五十二人であった。門脇貞二「采女」によれば女孺には特別の採用規定はなく、女孺は采女氏女《うじめ》として召仕えたものたちから任命した。なお、采女というのは、地方豪族から宮廷に貢がせた美女であり、氏女は畿内に在った氏の長者が貢進した若い女たちであった。律令制以前においては皇子・皇女の生母として遇せられることもあった采女が、令制以後は後宮最下位の女官に零落し、その中から女孺に選叙されることもあったというのである。万葉集巻四、五三四・五三五「安貴王の歌一首」の左注にはつぎのようにある。

右は、安貴王、因幡の八上采女を娶りて、係念《おもい》極めて甚しく、愛情尤も盛りなり。時に勅して不敬の罪に断《さだ》め、本郷に退却く。ここに王の意《こころ》、悼み怛《かなし》びていささかこの歌を作る。

安貴王が因幡の八頭郡出身の采女と逢ったことが不敬罪に断ぜられて、采女が本郷の地に退くことになったというのである。不敬罪というのは、身を慎まなかったとされる罪である。しかし、文脈からいえば安貴王が本貫の地へ追放されたとも考えられるが、王は志貴皇子の孫である故処罰は免れたものとも解せられる。この話はもとより律令制下のことであるから、八上采女の地位も後宮の最下位にあった女官である。その采女との相愛関係がこうした罪科に逢うというのは、何も采女の歴史的な謂れに由来するものではあるまい。後宮の女性との間の恋愛が不敬罪を成すのである。そうだとすれば、女孺とても同様である。ただ、茅上娘子の場合、娘子が罰せられなかったという点が理解に苦しむところで、その点この話が、恋人宅守の流刑と恋愛事件とは因果関係がなかったという説も出る所以であるし、また、この話全体がフィクションであって、たまたま流罪に逢った中臣宅守をモデルにして構成された歌群だとも考えられる余地を残しているのである。

〔歌風〕宅守と茅上の贈答歌は目録に記すごとく六十三首あり、その中で茅上娘子の作は二十三首である。その構成は贈答の形式になっていてつぎのとおりである。

(1)別に臨みて娘子の悲しび嘆きて作る歌四首（A）
　中臣朝臣宅守の上道して作る歌四首（B）
(2)配所に至りて中臣朝臣宅守の作る歌十四首（B）

娘子の京に留りて悲しび傷みて作る歌九首（A）
(3)中臣朝臣宅守の作る歌十三首（B）
娘子の作る歌八首（A）
(4)中臣朝臣宅守の更に贈る歌二首（B）
娘子の和へ贈る歌二首（A）
(5)中臣朝臣宅守の花鳥に寄せ思を陳べて作る歌七首（B）

右のうち、（A）の歌群が娘子の作である。この中からとくに名高いものを抜いてみよう。

君が行く道のながてを繰り畳ね焼きほろぼさむ天の火もがも　（三七二四　(1)の中）

他国《ひとくに》は住み悪しとそいふすむやけく早帰りませ恋ひ死なぬとに　（三七四八　(2)の中）

逢はむ日の形見にせよと手弱女《たわやめ》の思ひ乱れて縫へる衣そ　（三七五三　(2)の中）

帰りける人来れりといひしかばほとほと死にき君かと思ひて　（三七七二　(3)の中）

わが背子が帰り来まさむ時の為命残さむ忘れたまふな　（三七七四　(3)の中）

これらの歌の価値については、とくに最初の三七二四の作など、茅上娘子の代表作と考えられており、荘重な表現の中に激しい情熱のほとばしりといったものを近代の読者は感じてきた。しかし、折口信夫とか土屋文明といった歌人として著名な万葉学者が、「作為や、調子の誇張が露骨」「現在なら姿体が見えすぎると評さるべき作品であらう」と評し、手放しの礼讃に批判が加えられている。三七七二の「帰りける人来れり」の作では、天平十二年六月の大赦に宅守が漏れたときの歌で、史実にかかわる貴重な歌（服部喜美子）といった見解が加えられている歌であるが、折口信夫は「此歌は現実の生活も出てゐるし、深い悦びも出てゐる」としながら、上句は工夫もポーズも作っていて、しかもそれと調和していないが、下句で、はじめて歌の強さが出てきている。女の歌の強さは、こういう形においてみることができる、と評している。全体としてみるときは、誇張された表現もあるが、これは折口信夫もいうように、女の歌というものは「常に現実の生活より、調子を一際高く歌ふ事に習熟してゐるので」（以上の折口信夫の評は「女流短歌史」に拠る）、こうした歌がそれほど巧まずにできたといえよう。その他の歌としては、可もなく不可もないといった作品もあるが、悲恋を歌い上げた連作とみるときは、万葉集中の作品の中で大きな感銘をもって我々に迫る歌群だと言い得よう。

〔歌数〕短歌二十三首。15・三七二三～三七二六、三七四五～三七五三、三七六七～三七七四、三七七七、三七七八。

〔参考文献〕*「狭野の茅上の娘子と中臣の宅守」竹内金治郎（上代文学9）*「中臣宅守はなぜ流されたか」扇畑忠

雄（解釈と鑑賞「万葉集の謎」特集号）＊「中臣宅守に関する覚書」佐藤忠彦（北海道駒沢大学研究紀要5）＊「狭野茅上娘子の歌―その抒情の本質について―」松原博一（語文37）＊「中臣宅守と狭野茅上娘子」木下玉枝（『万葉集講座』6）＊「天平の悲恋」大久間喜一郎（『古代文学の構想』）＊「茅上娘子―中臣宅守との贈答歌の構成を中心に」森淳司（美夫君志20）〔大久間〕

左夫流児（さぶるこ）
〔閲歴〕越中の遊行女婦の名。都に妻のいる史生尾張少咋と情を通じた。大伴家持は少咋を教え喩す歌（18・四一〇六〜四一〇九）を作っている。
〔所在〕18・四一〇六〔米内〕

沙彌（さみ）
〔閲歴〕満誓か。あるいは三方沙彌かともいわれるが、不明。
〔歌風〕「あしひきの山ほととぎす汝が鳴けば家なる妹し常にしのはゆ」は、「夏雑歌」に収載されている。妻を家に残し山に籠っての作だろうが、「家なる妹」への恋しさを歌ったというよりも、山中の静寂を破るほととぎすの寂しげな鳴き声にじっと耳を澄ませているといった趣である。
〔歌数〕短歌一首。8・一四六九〔梶川〕

沙彌尼等（さみにら）
〔閲歴〕評釈万葉集に「小戒を受けて出家したが、まだ具足戒を受けて比丘尼とならぬ女子をいふ。沙彌尼との両者を見るのはよくない」とある。
〔歌風〕題詞「故郷の豊浦寺の尼の私房に宴する歌」の「豊浦寺」は、推古天皇豊浦宮の跡にできたもの。沙彌尼の私室での宴のときの情景描写が適切であり、惜別の情を詠んでいる。
〔歌数〕短歌三首、8・一五五七、一五五八、一五五九〔堀野〕

沙彌女王（さみのおおきみ）
〔歌風〕「倉椅の山を高みか夜隠りに出で来る月の片待ち難き」（9・一七六三）、月が倉椅山から出てくることの遅いのを詠んだものだが、男を待つ気持を寓している。左注に指摘するように、結句の異なった歌が巻三（二九〇）に、間人宿禰大浦の作として出ている。いずれが原歌かは不明。結句の「光乏しき」となっている大浦の歌は直観的で情趣があるが、この女王の歌の方が合理的でわかりやすい。万葉集私注は女王が結句をかえて作歌したとする。
〔歌数〕短歌一首。9・一七六三〔佐藤〕

左和多里の手児（さわたりのてご）
〔閲歴〕左和多里は東国の地名と思われるが所在未詳。手児は幼児、少女の意。したがってこれは普通名詞とも考えられるが、三五四〇番歌「左和多里の手児にい行き逢ひ赤駒が足掻きを速み言問はず来ぬ」の内容からすると特定の娘の名ともとれる。
〔所在〕14・三五四〇　〔米内〕

慈（じ）
〔表記〕慈氏（5・「俗道仮合」の詩序割注）。慈悲の心で衆生を救済するという彌勒のこと。
〔所在〕5・「俗道の仮合」の詩序、同割注　〔米内〕

志斐嫗（しいのおみな）
〔系譜〕「志斐」を氏の名とする代匠記の見解がある。「志斐氏」は、新撰姓氏録に「中臣志斐連」および「阿倍志斐連」がみえる。そのいずれの系統かはわからぬが、後者は、「名代、諡天武の御世に楊《やなぎ》の花を献る。勅して何の花ぞと曰ひければ、名代奏して辛夷《こぶし》の花なりと曰す。群臣奏して是は楊の花なりと曰すに、名代猶強ひて辛夷の花なりと奏しかば、因りて阿倍志斐連と賜ひき」の由来譚を有する。また万葉集の歌は「強語《しひがたり》」（3・二三六、二三七）をめぐる応答であることから、その内実はともあれ「語り」（「語り」は説明の意をも含む）によって奉仕した氏族であろう。古代において宮中にいたある種の職能者か。
〔歌風〕前出の「強語」をめぐる応答はまことに機知に富んだ歌ぶりであり、その奉仕がかなり専門化していた感がある。かなり洗錬されている。
〔歌数〕短歌一首。3・二三七
〔参考文献〕＊「志斐嫗問答歌私考」立花直徳（日本文学論究32）　〔滝口〕

椎野連長年（しいのむらじながとし）
〔閲歴〕伝未詳。続紀、神亀元年五月条に、正七位上四比忠勇に椎野連を賜った記事がみえる。その一族か。万葉集中「古歌に曰はく」と題した歌（16・三八二二）の左注に、「右の歌は、椎野連長年脉《み》て曰はく、それ寺家《じけ》の屋は俗人の寝処にあらず。また若冠の女を称《い》ひて放髪丱《うなゐはなり》といへり。然らば腹句已に放髪丱といへれば、尾句に重ねて著冠の辞を云ふべからざるかといふ」とあり、「決《さだ》めて曰はく」として変更した歌をつぎに載せている。
〔歌数〕短歌一首。16・三八二三　〔青木(周)〕

志賀皇神（しかのすめかみ）
〔系譜〕福岡県粕屋郡志賀町志賀島（博多湾口の島）に神名帳にみえる志賀海神社がある。海を掌る神を祭る。万葉集に「ちはやぶる金の岬を過ぎぬともわれは忘れじ志賀《しか》の皇神《すめかみ》」（7・一二三〇）とある。スメラの語が、天皇を意味するところからすめかみを皇祖神と考えられたりするが、ここでは天皇と関係はない。港や山など地方的な小区域を領する神という意である。後に日本の国土を領する天皇を指すようになった。スメラミコトとなると、これが人格的に転化するわけである。
　金の岬＝筑前の国宗像郡の北端にある鐘《かね》の岬は、航行の難所であった。怒濤さかまく鐘の岬をつつがなく過ぎたとしても、ちはやぶる志賀の神は忘られない。あらぶる海神に対する恐れと畏みを詠っているといえる。

〔所在〕７・一二三〇　〔松原〕

志賀津の子（しがつのこ）

〔表記〕志我津子（２・二一八）、志我乃津之子（２・二一八ノ一云）。

〔名義〕諸説があるが、万葉集全註釈では、吉備津の釆女の死を歌った挽歌（２・二一七〜二一九）は、作者人麻呂が近江にいた時分にその地で詠んだもので、吉備津は釆女の生国で、志我の津はこの女性の生前に住んだところであろう、とする。ただし万葉集注釈では、作者が近江朝時代の人に身をなして、その時代の人である釆女の入水自殺を構想した創作歌であると解している。

〔所在〕２・二一八、同割注　〔尾崎〕

志貴皇子（しきのみこ）

〔表記〕志貴皇子（１・五一題詞など）、志貴親王（２・二三〇題詞）のほか、施基皇子（天智紀二年）、芝基皇子（天武紀八年）、志紀親王（続紀大宝三年）などと記す。

〔系譜〕天智天皇の皇子。母は越道君伊羅都売。元暦校本によれば多紀皇女は妃の一人（４・六六九題詞）。光仁天皇（白壁王）・湯原王・春日王・榎井王・海上女王の父。

〔閲歴〕生年不明。天武八年五月、天智・天武の有力皇子とともに吉野宮での盟約に参加しており、ほぼ成年に達していたとみられる。朱鳥元年八月、各皇子の増封に当たって二百戸を加えられ、持統三年六月、撰善言司に任じられた。同時に任じられた者のうちに浦島伝説を文筆化した伊余部連馬飼をはじめ、調忌寸老人・巨勢朝臣多益須など漢籍に通じた者のいることから、「漢籍から人の規範となるべき言を撰び集めたのであろう」（日本古典全書・日本書紀）とされ、「南朝宋の范泰の古今善言三十巻を模範にし……軽皇子（草壁皇子の子）や皇族・貴族の子弟の修養に役立てようとしたのであろう」（日本古典文学大系・日本書紀）とされる。皇子に与えられた主要な任務は代表もしくは管理者としてのそれであったかも知れないが、任命にあたって皇子の教養・知識も当然考慮されたと思われる。
また、この仕事を通して皇子の得たものが多かれ少なかれ、皇子の歌に投影していることも充分考えられるであろう。大宝三年九月、近江国の鉄穴を賜った。ときに四品とある。同年十月、太上天皇（持統）の御葬の造御竈長官に任じられ、慶雲元年正月、封一百戸を増益された。同四年六月、文武天皇の崩御にあたって、殯宮の事に供奉した。和銅元年正月、三品を授けられ、同七年正月、封二百戸を増益された。霊亀元年正月、二品を授けられ、翌二年八月十一日薨去（続日本紀）。薨去の年月については、万葉集に「霊亀元年歳次乙卯の秋九月、志貴親王の薨りましし時の歌一首并に短歌」（２・二三〇題詞）とあり、相違をみせている。この点について種々の説が提出されているが、続日本紀や三代実録に記す志貴皇子の忌斎や国忌の日付が八月九日であること等を根拠とし、二年八月九日薨去、同月十一日葬送、同九月志貴皇子供養の席での作歌（万葉集は「二」を「一」に誤記した）とする説（近藤章「志貴親王薨去とその挽歌」国語と国文学五一巻八号）に従うべきであろう。天智天皇の皇子として、一応の地位と待遇とは与えられていたが、けっして政権の中核に加えられることはなかった。むしろ、文化的、儀礼的な面での役割を与えられていたように思われる。光仁天皇即位直後の宝亀元年十一月、御春日宮天皇と追尊され、翌二年五月、はじめて田原天皇の八月九日の忌斎が川原寺に設けられた（続日本紀）。

〔歌風〕集中短歌六首を収める。雑歌五首、相聞一首である。

　むささびは木末求むとあしひきの山の猟夫《さつを》にあひにけるかも　（3・二六七）

この歌は皇子の宮廷内における難しい、危険な位置を背景にする作とみられ、何らかの寓意があろうといわれているが、さらに進んで自戒の歌とみる説もある（大浜厳比古「志貴皇子」万葉集講座五所収）。

　明日香宮より藤原宮に遷居りし後、志貴皇子の御作歌

　采女の袖吹きかへす明日香風都を遠みいたづらに吹く　（1・五一）

宮廷人一般が藤原宮の造営および遷居にわき、たとえば「藤原宮の役民の作る歌」（1・五〇）や「藤原宮の御井の歌」（1・五二、五三）でこれをたたえるとき、皇子は明日香古京におもむき、一里足らずの距離であるにもかかわらず、「都を遠みいたづらに吹く」と古京の風に感傷している。この感傷は、右に述べたような位置にあり、天智天皇の皇子の唯一の生存者であった皇子にしてはじめてなしうるものであったと思う。同時に「采女の袖吹きかへす明日香」に認められる華やかさ、明るさ、美的志向、さらに「袖吹きかへす」と現在形でうたっていることに示されている視覚ないし視覚的記憶の確かさも、皇子の歌の特徴として見逃すことができない。

　葦辺行く鴨の羽がひに霜降りて寒き夕べは大和し思ほゆ　（1・六四）

慶雲三年難波行幸の折の歌である。旅にあって故郷や家人を思うのは万葉集の歌の一つの型である。夕の寒さはいっそう故郷や妻を思う心をつのらせ、一字字余りとなっている末句の「し」が皇子の和やかな心を効果的に表現している。しかし、皇子は鴨を直接見ながらうたっているのではあるまい。鴨の羽音や水音、そして夜の寒さが現在のものであり、鴨の姿そのものは過去、たとえばその日の昼か

夕に見たものであり、それをありありと、しかも霜におおわれた現在の姿で思い浮かべてうたったものと思われ、ここにも皇子の視覚の確かさが認められる。

志貴皇子の懽《よろこび》の御歌一首

石ばしる垂水の上のさ蕨の萠え出づる春になりにけるかも　（8・一四一八）

春の確かな訪れを、柔かに萠え出したさわらびに見出した喜びをうたったものである。さわらびの萠え出した場所である「石走る垂水の上」も、「の」音の連続使用を中心とするのびやかで流動的な快い調べも、自然の生気の確かなよみがえりと、それを受けとめる作者の新鮮な感動とを充分に表現している。題詞に「懽の御歌」とあり、「むささびは」の歌の例もあることから、増封あるいは位階昇進のときの作とする説がある。かりにそうであったとしても、作者の生き生きとした心の躍動の表現の美事さには変わりがない。しかし、上四句の具象性、印象の鮮明さからみて、増封等の喜びがあったとしても、それは春の訪れを喜ぶ心と二重になっている、むしろその陰にあるにすぎないと受けとめたい。その点、「むささびは」の歌とは異なる。「むささびは」の歌は皇子の歌のうちでは特殊な位置にあると思われる。皇子の歌はおおむね高く評価され、五味智英は、「総じて明快穏和な歌調で、先の『葦辺行く鴨の羽交に霜降りて』のやうに細緻な所とともにどこか赤人に似たやうな所があり、当代の歌人として逸すべからざる存在である」と評し（古代和歌）、柴生田稔は、「歌数は少ないが個性があり、人麿と同時代であるが人麿より新しい傾向が認められ、流麗明快で新鮮な感触のある歌風である」と評している（「志貴皇子」和歌文学大辞典所収）。

〔影響〕志貴皇子の明るい、穏和で、美的志向の強い歌風は、その子湯原王・春日王・海上女王ら、孫の安貴王・曾孫市原王にいたるまで持ち伝えられている。また、沢瀉久孝は、「石ばしる」の歌を学んだものと思われるものとして、つぎの島木赤彦の歌をあげている（万葉集注釈）。

高槻の梢にありて頬白のさへづる春となりにけるかも

〔歌数〕短歌六首。1・五一、六四　3・二六七　4・五一八　8・一四一八、一四六六

〔参考文献〕＊「磯城皇子と〈河内王〉」神田秀夫（万葉47）＊「志貴皇子」大浜厳比古（『万葉集講座』5）＊「志貴親王薨去とその挽歌」近藤章（国語と国文学51―8）＊「志貴皇子系諸王の歌―大伴家持との交遊に関連して―」岸哲夫（二松学舎大学東洋学研究所集刊6）＊「万葉の歌人・施基皇子とその一家」黛弘道（歴史公論3―3）＊「志貴皇子試論―天武持統朝における皇族歌人群像・続―」本位田重美（古典と民俗4）　〔曾倉〕

持統天皇（じとうてんのう）

〔表記〕鸕野《うのの》皇女（天智紀七年二月）、娑羅羅《さららの》皇女（同・

或本)、菟野皇女(天武即位前紀)、鸕《う》野讃良《さらら》皇女(持統即位前紀)。また高天原広野姫天皇(持統紀)、藤原宮御宇天皇(万葉集)、太上天皇(1・五四題詞)と号し、和風諡号は大倭根子《おほやまとねこ》天之《あめの》広野《ひろの》日女尊。

〔系譜〕天智天皇の第二皇女。母は蘇我山田石川麻呂の女・遠智娘(或本は美濃津子娘とする。また或本は蘇我山田麻呂の女・茅渟娘)。同母姉大田皇女とともに大海人皇子(天武天皇)に嫁し、草壁皇子(日並皇子尊)を生む。

〔閲歴〕四十一代。大化元年(皇極四年)誕生(本朝皇胤紹運録には崩年五十八とある)。斉明三年、大海人皇子の妃となる。持統即位前紀には、「帝王の女なりと雖も、礼を好みて節倹りたまへり。母儀徳有します」とある。天智元年、筑紫の大津宮で草壁皇子を生む。同十年十月、出家した大海人皇子に従い、吉野に入る。天武元年六月、壬申の乱が起こるが、吉野を出発した大海人皇子に従って難を東国に避け、ついにともに謀を定め、分かちて決死の者数万に命じて諸要害に置く。七月、大友皇子の自縊により乱終わる。天武二年二月、大海人皇子即位、正妃鸕野皇女立后。持統即位前紀には、「皇后、始より今に迄るまでに、天皇を佐けまつりて天下を定めたまふ。毎に侍執る際に、輙《すなは》ち言、政事に及びて、毗け補ふ所多し」とある。天武八年五月、天皇・皇后、草壁・大津・高市・河嶋・忍壁・芝基の六皇子と吉野宮で忠誠と融和を誓約。朱鳥元年九月、天武天皇の崩御後、朝に臨み称制。天皇の崩御に際し、三首の御作歌がある(巻二)。十月、大津皇子の謀反発覚し、自害させる。十二月、天武天皇のために、五大寺で無遮大会を設ける。持統元年正月、皇太子以下に殯宮で誄をさせ、また使を発して、新羅に天皇の喪を告げる。七月、天武十三年以前の負債の利息の徴収を禁止。九月、天武天皇の国忌斎を京師の諸寺に設ける。なお、公事根源、伊呂波字類抄は、同年十二月、近江・崇福寺で天智天皇の法会を行い、永く国忌と定めたとしている。同二年六月、諸国の調賦を半減、十一月、天武天皇を大内陵に葬る。同三年正月、吉野行幸、以下在位中三十一回の行幸を行う。四月、皇太子草壁皇子薨去。同六月、撰善言司を選び、飛鳥浄御原律令一部二十二巻を諸司に分かつ。閏八月、諸国司に、戸籍の作成、浮浪の禁圧、兵士に武事を習得させることを命じた。同四年正月、持統天皇即位。四月、百官の進階の制、朝服の色を定む。七月、浄御原令の官制を実施し、太政大臣高市皇子以下、八省・百寮の官人を選任。九月、戸令による戸籍の作成を命じ、十月、高市皇子に藤原宮地を視させ、十一月、はじめて元嘉暦と儀鳳暦を用いた。十二月、公卿百寮を従えて、藤原宮地を視察。同五年正月、皇子・官人らに賜位し、封を増す。八月、大三輪氏ら十八氏に詔して、墓記を上進させる。十月、陵戸の制を定め、新益京(藤原京)を鎮祭する。同六年正月、高宮に行幸、二月伊勢行幸の詔を発するが三輪朝臣高市麻呂に諫言される。三月、高市麻呂の職を賭した再度の諫言を無視して、伊賀・伊勢・志摩に行幸。五月、藤原宮の地鎮祭。新宮の為に、伊勢・大倭・住吉・紀伊の大神に奉幣。閏五月、大宰府に命じて、沙門を大隅と阿多に派遣し、仏教を伝えさせる。九月、庚寅年籍にもとづいて班田するため、大夫を四畿内に派遣。七年正月、漢人ら、踏歌を奉上。三月、詔を発して、桑・紵・梨・栗・蕪菁等の草木を植えさせ、五穀の補いとする。八月、藤原宮地に行幸、十月、仁王経を諸国で講じさせる。なお万葉集には「天皇崩御後八年九月九日、奉為の御斎会の夜、夢のうちに習ひ給ふ御歌一首」（巻二）がある。同八年正月、藤原宮行幸、三月大宅朝臣麻呂らを鋳銭司に任命。七月、巡察使を諸国に派遣。十二月、藤原宮遷都。同九年三月、使を多禰に遣して、蛮の居所を求めている。五月、隼人の相撲を観る。十月、菟田の吉隠に行幸。同十年三月、二槻宮に行幸、七月太政大臣高市皇子薨去。十一年二月、軽皇子を立太子させ（続日本紀・釈日本紀所引私記）、八月譲位して太上天皇となる。譲位後、大宝元年六月吉野行幸、九月紀伊行幸、二年十月参河行幸を行い、同十二月十三日不予、天下に大赦し、一百人の出家を度し、四畿内で金光明経を講ぜしめたが、二十二日薨去。翌三年十二月、従四位上当麻真人智徳が諸王諸臣を率いて誄し、大倭根子天之広野日女尊と諡して、飛鳥岡で火葬、天武天皇の大内山陵に合葬された。

〔歌風〕歌数は、長歌・短歌併せて六首と少ないが、すべて印象的な作品である。

北山にたなびく雲の青雲の星離り行き月を離りて　（2・一六一）

天武天皇崩御に際しての一首である。「青雲」は、青空のことども、白雲ともいわれるが、「白雲のたなびく雲の青雲の向伏す国の……」（13・三三二九）の例もあり、うす青い雲であろう。その雲を亡き天皇の霊魂に譬え、「星離り」「月離り」行くとして、皇后の悲愁を表現したのだ。漢文的措辞によって歌いあげられた挽歌の傑作である。

春過ぎて夏来るらし白栲の衣乾したり天の香具山　（1・二八）

藤原宮から指呼の間にある香具山を臨み、その矚目の景を季節の美として詠じたものである。「白栲の衣」は、五月処女の資格を得るために物忌の生活を送る、村の処女たちの禊ぎの衣といわれる。その白い衣に心を留め、季節の推移を感じたのである。新緑の香具山の瑞々しさと衣類の印象的な白さを、明朗高雅に表現した、集を代表する名歌である。持統天皇は、壬申の乱を戦い抜き、草壁皇子のライバルと目される大津皇子を策謀をもって死刑に処す等、政治的には冷酷、陰惨、策謀家といった趣が強い。しかし歌柄は、古格を保ち、明るく素直で、歴史的立場とは正反対の相貌を垣間見せているのである。
〔影響〕「春過ぎて…」の御製は、新古今集に「春過ぎて夏きにけらししろたへの衣ほすてふ天のかぐ山」とあり、小倉百人一首にも採られている。「夏来るらし」「衣乾したり」は、定家の父俊成の古来風体抄では、「夏ぞ来ぬらし」「ころもかはかす」と訓んでいて、新古今の訓が生じてくる所以を思わせる。なお定家には、「白妙のころもほすてふ夏の来て垣根もたわに咲ける卯の花」の一首がある。
〔歌数〕長歌二首、短歌四首。1・二八 2・一五九、一六〇、一六一、一六二 3・二三六
〔参考文献〕*『持統天皇』直木孝次郎（吉川弘文館）*「持統天皇と吉野離宮」尾山篤二郎（国語と国文学33―3）*「女帝と歌集―持統万葉から元明万葉へ―」伊藤博（専修国文1）*「持統天皇はなぜ吉野へ行ったか」大浜厳比古（解釈と鑑賞34―2）*「持統女帝の吉野行幸」川口常孝（帝京大学文学部紀要2）*「持統天皇」戸谷高明（『万葉集講座』5）*「持統天皇」上田正昭（『人物日本の歴史』1）〔比護〕

倭文部可良麻呂（しとりべのからまろ）
〔閲歴〕常陸国の防人。天平勝宝七年二月、相替により諸国の防人が筑紫に遣わされたとき、常陸国の部領防人使大目息長国島が進上した歌の中に一首を留める。倭文部は倭文連（宿禰）の管掌下にあって倭文を織る品部であると思われ、出雲国神門郡に多く分布している。なお、垂仁紀三十九年十月条には、五十瓊敷命が石上神宮に剣一千口を納めたことを記しているが、その異伝に、五十瓊敷命に倭文部以下十箇の品部を賜ったことがみえている。
〔歌数〕長歌一首。20・四三七二 〔北野〕

信濃国防人部領使（しなののくにのさきもりことりづかい）
〔閲歴〕氏名不詳。防人部領使は国司の役目で、防人たちを引率し、難波の津まで行き、そこで専使部領使へ引き継いだことが軍防令に規定されている。20・四四〇三〔大久間〕

志氏大道（しのうじのおおみち）
〔系譜〕巻五「梅花の歌三十二首」は氏の名を唐風に一字書きに改めたものが多く、「志氏」は志紀・志斐・志賀氏などが考えられるが、家伝〈下〉（武智麻呂伝）にみえる、神亀の頃暦算で名を成したという「志紀連大道」がその人かともいわれる。
〔閲歴〕天平二年正月大宰帥大伴旅人家における梅花の宴列席のとき「筭師」であった（万葉集）。「筭師」は正八位上相当で計算に従事した。
〔歌数〕短歌一首。5・八三七 〔多田〕

小竹田丁子（しのだおとこ）
〔名義〕田辺福麻呂歌集に歌われる伝説歌の主人公。いわゆる二男一女型伝説の一方の男で、他の菟原処女をめぐる伝説歌では血沼壮士とよばれている。小竹田は地名で、

和名抄巻六、和泉国に「和泉郡　信太〈臣太〉」とある。血沼壮士・菟原処女の項参照。

〔内容〕菟原壮士とともに菟原処女を争い、二人の男の間に立って悩みみずから死を選んだ処女を追っておのれも死んでしまったという。村落における通婚圏の問題が二男一女型伝説の根底にあるとみてよいだろう。

〔所在〕9・一八〇一、一八〇二、一八〇三　〔三浦〕

島足（しまたり）

〔系譜〕「嶋足」の名は他の文献にもみられるが、9・一七二四の作者との関係は不明。

〔歌風〕「く」音の重用の目立つ短歌を残す。柿本人麻呂歌集に出るものと考えられる。おそらくは、人麻呂と考えられる人物「麻呂」らとともに、吉野川に旅して同一主題で詠じたうちの一首であろう。

〔歌数〕短歌一首。9・一七二四　〔斎藤〕

島津（しまつ）

〔閲歴〕たんに島人をさすか海人の固有の名か不明。

〔所在〕7・一三二二　〔米内〕

島村大夫（しまむらのまえつきみ）

〔系譜〕万葉集中の巨勢朝臣豊人の歌の左注に「巨勢斐太朝臣名字を忘る。島村大夫の男なり云々」（16・三八四五）とあり、巨勢斐太朝臣某の父と知れる。島村大夫とは、続紀にいう巨勢斐太朝臣島村（臣勢朝臣島村）のことであろう。

〔閲歴〕続紀によれば天平九年九月、正六位下より外従五位下に叙せられ、同十六年二月平城京留守司、同年九月南海道巡察使に任ぜられる。さらに同十七年正月、外従五位上、同十八年五月、従五位下に叙せられ、同十八年九月には刑部少輔に任ぜられた。

〔所在〕16・三八四五左注　〔青木(周)〕

釈迦能仁（しゃかのうにん）

〔表記〕万葉集では釈迦能仁、釈迦如来、釈、釈氏、いずれも巻五での憶良の使用例である。

〔閲歴〕仏教の開祖。幼名ゴータマ＝シッダールタ。二十九歳で出家、三十五歳で仏となりその教えを広めた。

〔所在〕5・八〇二序、「俗道の仮合」の詩序。　〔米内〕

周（しゅう）

〔閲歴〕周公旦のこと。周代の政治家で文王の子。孔子とともに周孔とあがめられる。巻五、山上憶良「俗道の仮合即離し、去り易く留め難きことを悲しび嘆く詩一首并せて序」の中でその垂訓が引用されている。

〔所在〕5・「俗道の仮合」の詩序。　〔米内〕

松（しょう）

〔閲歴〕赤松子。仙人。大伴旅人から送られた梅花宴歌、松浦河一連の歌に対し、吉田宜が返書の中で旅人の長命を願い、「松・喬を千齢に追ひたまはむことを」といっている。

〔所在〕5・八六四前文。　〔米内〕

淳仁天皇（じゅんにんてんのう）

〔表記〕皇太子（20・四四八六左注）、大炊王（紀・続紀など）、大炊親王・淡路公・淡路親王（続紀）、淡路廃帝（紹運録）、廃帝（紀・続紀）などとも。

〔系譜〕天武天皇の孫、舎人親王第七子、母は当麻山背。

〔閲歴〕第四十七代。幼名、大炊王。天平宝字元年（七五七）四月、道祖王が廃された後、孝謙天皇と藤原仲麻呂に推されて立太子。翌二年八月即位。仲麻呂を重用して唐風官号への改正など行ったが、光明皇太后没後、孝謙上皇と道鏡、天皇と仲麻呂という対立関係が生じ、同八年、仲麻呂が謀反するに及び、天皇は廃されて淡路に配流。翌天平神護元年十月、幽憤のうちに崩じた。享年三十三歳。明治三年七月、淳仁天皇と諡号を奉った。

〔歌風〕天平宝字元年十一月、皇太子時代、豊明の節会での歌一首が、仲麻呂の奏した歌とともにある。天皇の御代の無限を賀した歌で、荘重な風格をなす。

〔歌数〕短歌一首。20・四四八六　〔佐藤〕

聖徳太子（しょうとこのみこ）

〔表記〕上宮聖徳皇子（3・四一五題詞）、用明紀は、本文に「その一を厩戸皇子《うまやとのみこ》と曰す」と記したあと、分注として、豊耳聡聖徳、豊聡耳法大王《とよとみみのりのおほきみ》、法主王と三種の名号を記し、用明記には上宮之厩戸豊聡耳命とある。

〔系譜〕欽明天皇の孫。用明天皇の皇子。母は父の異母妹穴穂部間人皇女。推古天皇の甥にあたり、母方は、父母、おばともに蘇我稲目の孫で、太子の妃刀自古郎女も稲目の孫、馬子の娘である。

〔閲歴〕多くの伝説に包まれ、異説も多く、真偽のほどが明らかでないものもあるが、以下年表風に記す（とくに注記するものの他は書紀による）。

敏達三年（五七四）生誕（上宮聖徳法王帝説など）。用明二年（五八七）馬子らの物部守屋討滅に従軍。推古元年（五九三）皇太子となり摂政。四天王寺造建。同四年、伊予温湯に遊行（逸文伊豫風土記）。同九年、斑鳩宮を興《た》つ。同十一年、冠位十二階制定。同十二年、憲法十七条作成（偽作説あり）。同十三年、斑鳩宮に遷住し、同十四年、勝鬘経、法華経講述。同十五年、小野妹子を大唐（随）に派遣し、同十九年、菟田野に薬猟（翌年、羽田にも）。同二十一年、片岡に遊行し、飢者を見て作歌。同二十八年、馬子と議り、天皇記国記などを録す（事実か否か疑問とする人もある）。同二十九年、斑鳩宮に薨去（事実は翌年か。とすれば、薨年四十九歳）。その後、皇極二年（六四三）、入鹿（馬子の子）、山背王（太子の子）を斑鳩宮に襲い、上宮王家滅亡。

なお、三経（勝鬘、維摩、法華）義疏を太子の撰と伝え、推古二十三年までの成立というが、太子撰については疑う人もある。

〔歌風〕集中に太子の作として収められているのは、題詞に「上宮聖徳皇子、竹原井に出遊《い》でます時に、龍田山の死人を見て悲傷《かなし》びて作りませる御歌一首」という、つぎの短歌のみである。

家にあらば妹が手まかむ草枕旅に臥《こや》せるこの旅人《たびと》あはれ　（3・四一五）

この作、推古紀二十一年の条に、「冬十二月庚午の朔の日、皇太子片岡に遊行したまひき。時に飢えたる者、道の垂《ほとり》に臥《こや》せり。よりて姓名を問はせども言《まを》さず。皇太子視たまひて飲食を与へ、すなはち衣裳を脱ぎて飢えたる者に覆《おほ》ひて、安らかに臥せと宣りたまひき。歌よみたまひしく、

しなてる片岡山に　飯《いひ》に飢《ゑ》て臥せる　その旅人あはれ　親無しに汝《なれ》成りけめや　さすたけの君はや無き　飯に飢て臥せる　その旅人あはれ　（推古紀一〇四）

から出たというのが定説化している。万葉集の歌は、短歌型式に整えられたため、書紀のそれに比して叙事的な具象性を喪失し、叙情的なものとなっていることは否定できないが、拾遺和歌集の、

しなてるや片岡山にいひに飢ゑてふせる旅人あはれ親なし　（20・哀傷一三五〇）

などの説明的、散文的なものとくらべると、それなりの叙情味を失ってはいない（ただし、拾遺和歌集は、この歌の後に文字をさげ、「さす竹の」以下が崩れた形を記し、「……という歌なり」と解説して、飢ゑ人の返歌を添えている）。

〔歌数〕短歌一首。3・四一五

〔参考文献〕＊「日本書紀と聖徳太子の伝記」坂本太郎（仏教史研究5）＊「聖徳太子の思想の比較思想論的考察」中村元（『聖徳太子論集』）＊「聖徳太子と古代信仰」堀一郎（『聖徳太子論集』）＊「聖徳太子の時代とその仏教」田村円澄（『聖徳太子論集』）＊「『政事要略』所引聖徳太子伝について」飯田瑞穂（中央大学文学部紀要16）＊「聖徳太子伝の推移―『伝暦』成立以前の諸太子伝―」飯田瑞穂（国語と国文学50―10）＊「聖徳太子と平群氏―親上宮王家勢力の形成その一―」加藤謙吉（古代研究5）〔稲垣〕

小弁（しょうべん）

〔表記〕少弁とも記される。官位令などには少とある。官職名ならば「すなきおおともい・すなきおおともい・すないおおともい」とも読む。

〔系譜〕人名か官職名か不明である。古義に官名とし、講義は「太政官の弁官たる左少弁右少弁のうち」とし、私注は「黒人の別名である」かと一案を示しながらも、「黒人が左か右の少弁の職にあったが為に此の呼び名が行はれた

もの」かとし、「但し少弁を職とすればそれは正五位下の相当官であるから、黒人の名が史上にも見えねばならない筈といふことにならうか」とみずから疑っていて、今もって明らかではない。八省の事務を率いる弁官の定員は左右の大中少の計六名で、三等官である少弁は正五位下相当官で、左小弁は文事を、右少弁は武事を管掌した。

〔閲歴〕持統・文武朝の頃、高市黒人の近江旧都の歌（3・三〇五）の左注に「右の歌、或本に曰く、小弁の作なり、といふ。未だこの小弁といふ者《ひと》を審らかにせず」とあり、また、黒人と同時期に活躍した春日老の歌（9・一七一九）の左注に「右の一首、或本に云はく、小弁の作なりといふ。或は姓氏を記せれど名字を記すことなく、或は名号を偁《い》へれど姓氏を偁はず。然れども、古記に依りて便《すなは》ち次《つぎて》を以《もち》て載《の》す」とあり、「小弁の歌一首」と題詞に明記された作が近江関係の歌であるところから、高市黒人・春日老らと同時期に活躍し、近江を通過する旅を共にしたもので、小弁の官職にあった人物であろう。

〔歌風〕小弁の歌と題詞に明記された唯一の、

高島《たかしま》の阿渡《あど》の湊《みなと》を漕《こ》ぎ過ぎて塩津《しほつ》菅浦《すがうら》今か漕ぐらむ　（9・一七三四）

は、高市黒人の旅の歌と同工の作風を示しており、私注の小弁を黒人の別名、あるいは官職名とする見解の生まれる要因である。

〔歌数〕小弁の歌と明記されるものは短歌一首。9・一七三四　万葉集編纂の資料となった古記録に、小弁の歌と伝えるものに短歌二首。3・三〇五　9・一七一九〔川上〕

聖武天皇（しょうむてんのう）

〔表記〕天皇（4・五二〇題詞など）、太上天皇（19・四二六九左注）、寧楽宮即位天皇（4・五二〇題詞細注）。

〔系譜〕文武天皇皇子、母は藤原不比等女宮子（続紀神亀元年二月）。子は不比等女光明皇后に基王・孝謙天皇（続紀天平宝字四年六月）、夫人県犬養宿禰広刀自（下唐女）に安積親王・井上内親王・不破内親王(続紀宝字六年十月)がいる。

〔閲歴〕大宝元年出生。和銅七年六月立太子、養老三年正月はじめて朝政を聴く。神亀元年二月即位。同十月紀伊那賀郡玉垣勾頓宮、海部郡玉津嶋頓宮行幸、赤人の従駕作（6・九一七〜九一九）がある。同二年五月芳野離宮に行幸、金村・赤人従駕歌詠（6・九二〇〜九二七）、同十月難波宮行幸、金村・千年・赤人らの従駕作（6・九二八〜九三四）がある。同三年十月播磨国印南野邑美頓宮に幸し、金村・赤人の従駕作（6・九三五〜九四七）がある（万葉集では九月）、同四年閏九月基王誕生、十一月立太子、同五年九月薨。同月難波宮行幸、従駕作四首が金村歌集にみえる（6・九五〇〜九五三或云車持千年作）。天平元年二月長屋王の事件発覚、王を自尽せしめる。八月夫人光明子立后、同六年三月難波行幸、船王・守部王・赤人・安倍豊継らの従駕作（6・九九七〜一〇〇二）がある。同八年六月芳野離宮行幸、赤人の応詔歌（6・一〇〇五、一〇〇六）がある。同八年十一月葛城王に橘姓を賜う、肆宴御製歌、奈良麻呂応詔歌（6・一〇〇九、一〇一〇）がある。同十年正月阿倍内親王立太子、同十一月高円野遊猟、坂上郎女の歌（6・一〇二八）がある。同十二年八月大宰少弐藤原広嗣上表、同九月挙兵、同十月伊勢行幸、同十一月関宮に十箇日停り、河口行宮での家持従駕作（6・一〇二九）があり、同月広嗣を捕え斬った報告が入り、関宮を発し、赤坂頓宮、石占頓宮、美濃国当芸、十二月不破頓宮・近江国横川頓宮・犬上頓宮・野洲頓宮・末津頓宮を廻り山背国玉井頓宮を経て恭仁宮に到る。この間、伊勢朝明郡での御製（6・一〇三〇）、狭残行宮での家持作、美濃国多芸行宮での大伴東人作、不破行宮での家持作（6・一〇三二〜一〇三六）がある。同十三年三月諸国の国分寺・国分尼寺の寺名を定め造営催進せしむ。同十三年閏三月詔して五位以上の者は平城宮に留まるを得ずという。同十五年十月紫香楽宮にて大仏発願、同十五年十二月恭仁宮造作中止、同十六年二月難波遷都、同十七年五月甲賀宮荒廃、同月平城に行幸、中宮院を御在所とする。同八月難波行幸、同九月病を得る。平城遷幸。この行幸遷都のめまぐるしさは彷徨五年といわれ政情の不安定をうかがわせ、万葉に新都讃歌や旧都荒廃を傷む歌（6・一〇三七、一〇四四〜一〇六一）がある。同十八年十月盧舎那仏供養、同二十一年四月東大寺行幸、盧舎那仏前にて三宝乃奴の詔を宣べしめ、陸奥国小田郡の産金を謝し（二月産金、五月家持の歌18・四〇九四〜四〇九七）、県犬養・藤原・大伴・佐伯らの忠誠を嘉賞する。感宝元年五月沙彌勝満と称し、薬師寺宮を御在所とする。同七月孝謙天皇に譲位、同四年四月東大寺盧舎那大仏開眼、同六年四月大仏前で鑑真より受戒、同八年四月聖体不予、同五月崩ず。年五十六。諱は首（紹運録）、諡号を天璽押開豊桜彦命（続紀神亀元年二月の条）、勝宝感神聖武皇帝と号され（続紀神亀元年二月条）、平城宮御宇後太上天皇（続紀宝字四年七月条）、平城宮御宇太上天皇（東大寺要録）、平城宮御天皇（法隆寺・大安寺縁起幷流記資財帳）ともよばれる。

〔歌風〕公的なもの、叙景歌、相聞の三類にわたる。最も公的なものは6・九七三、九七四の節度使らに酒を賜う長歌および反歌で、左注には元明作ともある。長歌は19・四二五四の遣唐使藤原清河に酒を賜う歌と同一句もあり、歌の型も同じものである。長歌後半は数代の天皇に同型の歌があり、全編敬語を用い、類歌の四二五四が宣命書きになっているところからこれももとは同様に書かれ中務省あたりで起草されたもの（全註釈）といわれる。大歌の正統を伝え、儀礼的な作品としては実によく整い、威儀を張りつつも情がこもったなつかしい（私注）歌の反歌は論旨の意あからさまだが、雄渾荘重な調べ、三段に切った雄勁な表現で、長短歌合わせて君主の宣命にそむかない。また、葛城王に橘賜姓の肆宴歌（6・一〇〇九　これも左注に元明作とある）は全編比喩、諸兄の上表文にある県犬養三千代が賜った勅の内容とほとんど同じで、しかも非常に調子よく歌いものとして適っている（全註釈）。また、諸兄邸行幸の折の作（6・一六三八、19・四二六九）がある。準公的なものとしては桜井王の歌に報和した作（8・一六一五）があり、海浜の悠大な気分（その感じを歌うものは3・二九六が先行歌としてある）を人の風格にあてた序詞仕立てのもので、寛かな心ゆく調べをもつ。6・一〇三〇は左注に行幸の折の作とあるが、その当否にかかわらず矚目の景で松原のある海岸の風光がよく歌われている。初二句は7・八九〇に類想句があるが「妹に恋ひ」の枕詞は他にない。二類の叙景歌ともいうべきものは8・一五三九、一五四〇の二首で、前者は類聚古集に憶良作とあるが憶良の歌風ではない。「闇」「夜のほどろ」の語があり、闇の田圃の上に鴈の鳴き渡る感じがよく出ているおちついた歌で、後者は鴈の音とともに紅葉のいたるを詠み、一五七五などの、類歌もあるが平明にして興趣豊かな作、巻八のこの前後ではすぐれている。夜の闇や早朝の鴈が音を寒いという点、公的な歌にはない繊細な感覚がみられる。三類に属するものは4・五三〇、六二四がある。前者は海上女王に与えたもので序歌仕立て、序詞部分は14・三五三七に類似し、下句の率直で力強い表現も12・三〇二八に類歌がある。左注に「擬古」とあるが、本歌らしいものは集中に見当たらない。後者は酒人女王を思うての作で、7・一二五七に類歌があるが、「花咲み」に女王の美しさも偲ばれ、降る雪の比喩も美しく王者の傲慢さがその美しさの中で消えている。全体に類型・類想・類似語をもつ歌を見い出すが、公的なものは大どかに、相聞は美しく、叙景は繊細である。

〔歌数〕長歌一首、短歌十首。4・五三〇、六二四　6・九七三、九七四、一〇〇九、一〇三〇　8・一五三九、一五四〇、一六一五、一六三八　19・四二六九

〔参考文献〕＊「聖武天皇の養育者と藤原氏」前川明久（続日本紀研究158）＊「聖武天皇」川崎庸之（『人物日本の歴史』2）＊「聖武天皇をめぐる女性たち」横田健一（歴史と人物87）

〔野田〕

徐玄方（じょげんぼう）

〔閲歴〕万葉集巻五の山上憶良「沈痾自哀文」に、志怪記からの引用文として「広平の前大守北海の徐玄方……」と出てくるが詳細は不明。

〔所在〕5・沈痾自哀文

〔米内〕

徐玄方之女（じょげんぼうのむすめ）

〔閲歴〕万葉集巻五、沈痾自哀文（山上憶良作）中に「志《し》

佐記《くわいき》に云はく、広平の前の大守北海の徐玄方が女、年十八歳にして死す。其の霊馮馬子に謂ひて曰はく、我が生録を案《かんが》ふるに、当に寿八十余歳ならむ。今妖鬼の為に枉殺せられて、已に四年を経たり。此に馮馬子に遇ひて、乃ち更に活くること得たりといへるは是なり」とみえる。「志佐記」は佚書。攷証によれば、「広平前太守北海徐玄方之女」の話は、捜神記巻四、法苑珠林巻九十二、太平広記巻三百七十五にあるという。憶良が「志佐記」を読んだか、あるいは右書等の孫引きによるかは不明。〔青木(周)〕

舒明天皇（じょめいてんのう）

〔表記〕高市岡本宮御宇天皇（1・二標目）、飛鳥岡本宮御宇天皇（1・八左注）、息長足日広額天皇（1・二標目注）、天皇（1・二題詞など）、また、崗本天皇（4・四八五題詞など）、崗本宮御宇天皇（9・一六六五の題詞）などとあるものがあり、それらは舒明天皇か斉明天皇か分明でない。

〔系譜〕敏達天皇の皇子押坂彦人大兄と同天皇の皇子糠手姫皇女との間に生まれる。蘇我法提郎女との間に古人大兄皇子（天智后、倭太后の父）、宝皇女（皇極・斉明）との間に、中大兄皇子（天智）、大海人皇子（天武）、間人皇女（孝徳后）をもうける。後の天智、天武の皇統の祖といえる。

〔閲歴〕諱を田村皇子という。記の敏達天皇条に「天皇の御子達、并せて十七王の中に、日子人の太子、庶妹田村王、亦の名は糠代《ぬかで》比売命を娶《めと》して、生みませる御子、岡本宮に坐して、天の下治らしめしし天皇」とあり、母の名を諱としたと思われる。推古紀三十六年二月、天皇病重き折、まず田村皇子を召し、「天位に昇り鴻業《あまつひつぎ》を経《をさ》め綸《ととの》へ、萬機を馭して黎元《おほみたから》を亭育《やしな》ふことは、本よりたやすく言ふものに非ず。恒《つね》に重みする所。故、汝慎みて之を察し、軽く言ふべからず」と仰せになり、即日つづいて聖徳太子の子山背大兄皇子を召して、「汝、肝稚《きもわか》し。若し心に望むと雖も、諠言すること勿れ。必ず群臣の言を待ちて従ふべし」と詔られた。翌月敏達天皇は崩御。九月に葬礼を終えたが嗣位は定まらなかった。大臣蘇我蝦夷は田村皇子を帝位にと考えたが、群臣の同調せぬことをおそれ、阿倍麻呂臣と議し、大臣の家に群臣を集えて饗し、阿倍臣に天皇の遺言をいわしめた。ときに大伴連は田村皇子を推し、高向臣、釆女臣、中臣連これに従い、許勢臣、佐伯連、紀臣らは大兄皇子を推し、蘇我倉麻呂臣は態度保留。これより先、蝦夷は境部摩理勢臣に問うと山背大兄を帝位にと答えた。大兄は斑鳩宮にあり、蝦夷が田村皇子を皇位にする真意をただしたが、不得要領で終わり、確答をさけた。蝦夷は摩理勢を除こうとし、摩理勢は大兄に援けを求めたが、攻められて死ぬ。舒明元年正月、大臣蝦夷と群臣は田村皇子を推し、皇子はそれを受け、即位する。同二年正月宝皇女を立てて皇后とした。その翌月高麗使来朝、また犬上君三田耜、薬師恵日を大唐に遣わす。第一次遣唐使である。また宮を飛鳥岡の地に遷す。四年八月、大唐より高表仁、学問僧霊雲、僧旻および勝鳥養らが、新羅の使を伴い三田耜とともに入朝する。六年六月、百済、達率柔らを遣わし貢を奉る。この前後、高麗、唐、百済の使人の来朝がつづく。また書紀の記事によると、このあと天変地変が記されている。すなわち六年八月南方に篲星《ははき》が、七年三月東方に篲星が、七月剣池に一茎に二つの花の瑞蓮が、また八年正月朔日に日蝕の記事がある。八年三月に采女を姧せる者を罪する。五月には大洪水。六月岡本宮炎上、天皇は田中宮に遷る。七月、先帝の皇子大派王《おほまた》、大臣蝦夷にいう「群卿及び百寮、朝参を怠る。今後、卯の始に朝して巳の後に退《まか》む。因りて鐘を以て節せよ」と、しかし蝦夷は従わず。この歳大旱で飢饉となる。九年も異変がつづき、二月に大きなる星が西に流れ、雷のような音を発し、僧旻は天狗の出現という。三月にも日蝕があった。この年、大臣蝦夷が朝せず謀反、上毛野君形名をしてこれを討たせたが、かえって敗退するが、形名の妻の勇敢な活躍によって蝦夷の軍を撃ち敗り悉に虜とした。十年十月有間温湯の宮行幸、この年、百済、新羅、任那などが朝貢している。十一年七月、詔して大宮および大寺を造営、すなわち百済川の辺に宮と九重の塔を造る。九月大唐学問僧の恵隠、恵雲ら入京、十二月伊予温湯に行幸。十二年十月大唐学問僧清安、高向玄理、新羅を経て百済、新羅の使いとともに入京。同月百済宮に遷る。十三年十月、天皇百済宮で崩御。宮の北で盛大な葬儀が行われ、東宮開別皇子（後の天智）が御年十六歳で誄《しのびごと》を奉る。崩年は四十九歳。

〔歌風〕万葉集中舒明天皇御製とみられている確実なものは万葉巻一巻頭部の二番歌のみである。そのほかには五首ばかり舒明天皇とも斉明天皇ともいわれている歌がある。なお日本書紀には舒明天皇の歌はないが、斉明天皇歌とされているものが六首（一一六、一一七、一一八、一一九、一二〇、一二一）ばかりある。しかしそれも、側近の代作歌とみられている。舒明天皇歌といわれている確実なものはつぎの一首である。

　天皇、香具山に登りて望国《くにみ》したまふ時の御製歌

大和には　群山あれど　とりよろふ　天の香具山　登り立ち　国見をすれば　国原は　煙立ち立つ　海原は　鷗立ち立つ　うまし国そ　蜻蛉島《あきつ》　大和の国は　（1・二）

この一首は簡明にして蒼古、大和の国の静謐な様相を素朴に描き得ている一面、清澄な風格をもった歌で、一見平凡稚拙にみえるが、悠揚迫らぬその歌調は、雄略の巻頭歌とともに万葉の冒頭を飾るにふさわしいものといえる。もとより天皇の実作かどうかについては種々説のあるところで

あるが、万葉詩史の遡り得られる極限と往古の伝誦の世界との接点にあって、古朴の姿をとどめている数少ない歌の第一等のものということができよう。これは、すでにいわれているように、国見の歌であり、豊の年を神に祈願する年のはじめの予祝の歌である。このような土地ぼめ、国ぼめの歌は、おそらく代々のその地や国の族長が年々歳々長い世代にわたって歌い継いできたものだったろう。その過程で歌句もいくらかずつ揺れ動いて、このようなきわめて自然な落ち着きをもつ親しめる歌となって、万葉の巻一・二の編時に舒明天皇歌として定着したものだったと思われる。舒明天皇歌とされた理由は、その歌のもつ親しさのうちにある気品と、万葉の編時の、あるいはそれよりもやや遡った時代の舒明天皇像にあったかと思われる。かつて述べたように雄略像が権威と愛情をもつ天皇像だとすれば、舒明像は後代の人たちにとって蘇我の大臣の背後にかすんではいたものの、この時代はかえってそれが国内外の波乱を最小限にくいとめて、ともかくも相対的には平穏を保ち得た時期だったといえる。そして舒明帝は敏達天皇の皇女を母とし、皇子を父とする唯一の皇子である。なお敏達天皇は欽明天皇とその后を父母とする。遡れば継体天皇の皇統ともいえる。一方、持統、元明ないしそれ以降の御代にとって、天智、天武は直前の父祖の代であって、皇極・孝徳、斉明の代は実質的には天智と重なる。天智、天武は舒明を父とし、皇極（斉明）を母とする。天智、天武は継体、欽明、敏達、舒明の血脈を継ぐ。しかも敏達舒明の間には彦人大兄の一段落があり、その間に用明、崇峻、推古の御代が介在して、後代の人にとってはその時期には断絶感があるが、舒明は継体、敏達の皇統を引き継ぎ、なお前々代の天子として、また天智、天武の父として親近感をもってむかえられていた。万葉集に巻一の二番歌に舒明御製が、巻四の第二首目に「崗本天皇御製」（四八五）が、巻八の秋雑歌第一首目にも「崗本天皇御製歌」（一五一一）が、また巻九の第二首目には「崗本宮御宇天皇紀伊の国に幸する時の歌」（一六六五、一六六六）が掲げられているが、それは偶然ではない。左注は巻四・九ともに斉明歌か斉明代の歌かと疑うが、注者は事実を確かめようとしたもので、それ以前の段階ではこれらは舒明歌もしくは舒明朝の歌となされていたのであろう。注記の方がより事実に近いとしても、それらが何故舒明作や舒明期のものとなされたかは、これら皇統譜における舒明像の身近さによってなされたものであった。ちなみに巻一の巻頭は雄略、巻二のそれが仁徳后、巻四が仁徳、巻九は第一首が雄略で、仁徳、雄略が遠い時代のひとつの特筆すべき天皇像であったように、舒明もまた近い時代の回顧の焦点となるべき天皇だった。また二番歌は、もともとは一氏族の族長のその支配圏内の呪的な予祝歌だったが、この段階では「うまし国、明つ島、大和の国」はすでに諸氏族を統合した上での、いわば日本の全域を掌握した天皇の国土讃歌として、万葉冒頭に位置づけられている。すればそのまま、つぎの「やすみしし　わが大君の」(1・三)ではじめられる「天皇遊猟」時の間人老の「献歌」につらなる。古い伝誦歌が、特定の天皇の歌となり、さらにその歌は万葉にとってどんな意味を与えられているかは今後いっそう問われるべきであろう。

〔歌数〕長歌二首、短歌五首。1・二　4・四八五、四八六、四八七　8・一五一一　9・一六六五、一六六六　ただし、巻四・八・九のものは斉明天皇作もしくはその時期のものともいわれている。

〔参考文献〕*「舒明天皇・斉明天皇」稲岡耕二（解釈と鑑賞35―1～36―4）*「舒明・斉明天皇」賀古明（『万葉集講座』5）*「舒明天皇〈夕されば〉の歌について」曽倉岑（『論集上代文学』8）　〔森(淳)〕

任徴君（じんちょうくん）

〔閲歴〕徴君は別に徴士ともいって、学問徳行がありながら、詔書によって召されても仕えない者に対する尊称。ここでいう任徴君が誰をさすかは不明であるが、万葉集私注に「高士伝に漢の任棠、及び任安を共に任徴君と呼んだとあるが、任棠は特に『郷人図画其形、至今称任徴君也』とあるから、此所のも任棠であらうか」とある。山上憶良「沈痾自哀文」(巻五)に「任徴君曰く、『病は口より入る、故に君子はその飲食を節す』といふ」という記事がある。

〔所在〕5・沈痾自哀文　〔米内〕

神農（しんのう）

〔閲歴〕中国古代の伝説上の帝王。史記三皇本紀によれば、人民にはじめて耕作を教え農業を興したことからこの名がある。また同書には火徳をもって王となったところから炎帝とよぶことになったとの記事がみえる。さらに「始嘗二百草一、始有二医薬一」の記述から最初に医薬を作ったともされている。山上憶良「沈痾自哀文」(巻五)に「抱朴子に曰く、『神農云はく、『百病愈えず、安《いかに》してか長生すること得む』と」とあるが、憶良はこれを受けて「若し不幸に長生すること得ずば、猶し生涯病患なき者を以て、福大《さきはひ》きなりと為さむか」といっている。

〔所在〕5・沈痾自哀文　〔米内〕

推古天皇（すいこてんのう）

〔表記〕小墾田宮御宇天皇（をはりたのみやにあめのしたしらしめししすめらみこと）、豊御食炊屋姫天皇（とよみけかしきやひめのすめらみこと）、額田、推古。

〔系譜〕欽明天皇皇女、母は蘇我稲目の女堅塩《きたし》媛《ひめ》、異母兄敏達天皇の皇后、用明天皇同母妹。

〔閲歴〕日本最初の女帝。第三十三代。幼名、額田部皇女。敏達五年（五七六）十八歳で敏達天皇皇后となり、二男五女を生む。崇峻五年（五九二）天皇が馬子に殺されると推されて豊浦宮にて即位(のち小墾田に移る)。推古元年（五九三）甥の十九歳の聖徳太子を皇太子かつ摂政として政治を執る。新羅征討、冠位十二階設定、十七条憲法制定、小野妹子を遣隋使とし隋との対等外交の樹立、天皇記・国記の国史編纂、法隆寺建立など、内治外交にわたり画期的な事業を行う。推古三十六年二月崩。享年七十五歳。遺詔により愛児竹田皇子の墓に合葬（磯長山田陵）。御製として、書紀の推古天皇二十年の条に、蘇我氏礼讃の歌一首がある。

〔所在〕3・四一五題詞・細注　〔佐藤〕

周淮珠名娘子（すえのたまなのおとめ）

〔表記〕上総末珠名娘子（9・一七三八題詞）、末乃珠名（9・一七三八）とも。

〔名義〕高橋虫麻呂歌集に載せられた伝説歌の主人公で、多くの男たちに言い寄られる絶世の美人。周淮は地名で、和名抄巻五、上総国の郡名に「周淮〈季〉」とあり、今の千葉県君津市から富津市あたり。その地方で伝えられていた伝説的な美人で、同様の伝説を背後に持つ女性として、下総国葛飾郡に真間娘子（真間手児名）がいる。遊び女的な性格をもって伝えられている。

〔内容〕容姿端正な娘子が花のように笑うと、人々は呼びもしないのにやって来るし、隣の男は妻と別れて家の鍵まで渡そうとする、それほどに男たちを惑わせ、自身もそれにうつつを抜かして戯れていたという。

〔所在〕9・一七三八、一七三九　〔三浦〕

少彦名（すくなひこな）

〔表記〕少御神（7・一二四七）とも。

〔系譜〕須久奈比古奈《すくなひこな》の神は於保奈牟遅《おほなむち》の神とともに、国土経営の神とされている（大汝《おおなむち》の神の項参照）。記紀にみえているオオクニヌシノミコト（オホナムチノカミ）の出雲の国造りの際に、オオクニを助けたという小人（コビト）の神のことである。スクナは「少」の義。ヒコ・ナは美称。なお小人は霊的存在態の出現形相として普遍的なもので、大国主の「みたま」と解される。常世（神霊のくに）にいます岩立たす（岩によって示現する）少名御神（みかみ）ととなえられている。いわば標式的な神霊である。紀には病気災害を払うまじないを教えた神とも伝えられている。

〔所在〕3・三五五　6・九六三　7・一二四七　18・四一〇六の歌中

〔参考文献〕*「少彦名神についての覚書」阪下圭八（歴史学研究335）*「スクナヒコナノ神―神統譜から締め出された神―」吉井巌（万葉68）*「スクナヒコナの名義と本質」金井清一（東女大比較文化研究所紀要31）　〔松原〕

清江娘子（すみのえのおとめ）

〔閲歴〕万葉集中埴《はに》を詠んだ歌は八首あるが、そのうちの五首は住吉の岸の埴である。それ故清江と読んで、清江娘子を住吉の遊女に擬している。集中清江をスミノエと読んだ用例は他に一例ある。

〔歌数〕短歌一首。1・六九　〔狩俣〕

駿河采女（するがのうねめ）

〔閲歴〕駿河国から貢進された采女であろう。

〔歌風〕流れ散る花びらを「沫雪か」といきなり歌い出す春の歌にしても、「恋のしげきに」流す涙に「浮き寝」をすると歌う恋歌にしても、この作者の歌は他にはみられない印象の強いものである。とくに後者の発想は、むしろ「中世的」だといわれるほどに斬新である。

〔歌数〕短歌二首。4・五〇七　8・一四二〇　〔梶川〕

清見（せいけん）

〔閲歴〕巻十八の四〇七〇番歌左注により、越中の先の国師（諸国に配置した僧）の従僧であることはわかるが、詳細は不明。また万葉集中に歌を残していない。

　一本のなでしこ植ゑしその心誰に見せむと思ひそめけむ

　　右、先の国師の従僧清見といふもの、京師に入るべく、因りて飲饌を設け饗宴す。ここに主人大伴宿禰家持、この歌詞を作り、酒を清見に送る。

集中の歌（18・四〇七〇）の内容から家持と清見の関係が推測されるが、この饗宴をめぐる記事は他には見出せない。

〔所在〕18・四〇七〇左注　〔米内〕

消奈行文大夫（せなのぎょうもんのまえつきみ）

〔系譜〕続紀桓武天皇延暦八年十月の条に、「散位従三位高倉朝臣福信薨ず。福信は武蔵国高麗郡人なり。本姓は背奈。（中略）小年伯父背奈行文に随ひて都に入る」より、武蔵国高麗郡の人。福信の伯父。

〔閲歴〕続紀養老五年正月に「詔に曰く、文人武士……第二博士正七位上背奈公行文」、神亀四年十二月に「正六位上背奈公行文に従五位下を授く」とある。武智麻呂伝に神亀年間の人物をあげた中に「宿儒」として「肖奈行文」の名がみえる。懐風藻に五言詩二首がある。

〔歌風〕「奈良山の児手柏の両面にかにもかくにも佞人の徒《とも》」（16・三八三六）は、上句の巧みな譬喩が効果を上げている。

〔歌数〕短歌一首。16・三八三六　〔堀野〕

曾子（そうし）

〔閲歴〕中国春秋時代魯の人で、孔子の弟子、曾参のこと。漢書芸文志に曾子十八篇、大戴礼に曾子十篇を残す。万葉集巻五の山上憶良「沈痾自哀文」中に「歳月競《きほ》ひ流れて、昼夜に息まず」の注記として「曾子曰、往而不レ返者年也」とあるが原典は不明である。

〔所在〕5・沈痾自哀文　〔米内〕

衣通王（そとおしのおおきみ）

〔表記〕軽太郎女（2・九〇題詞）とも。允恭記に軽大郎女のまたの名、衣通郎女とあり、文中に衣通王ともある。また、允恭紀では皇后大中姫の妹、弟姫を衣通郎姫と称したとあるが同名別人であろう。衣通は古訓ソトオリであるが、記伝はソトオシと訓む。王はミコとも訓まれる。

〔系譜〕允恭天皇の皇女。皇后忍坂之大中津比売命の第五子。

〔閲歴〕身の光が衣を通してあらわれるほど美しかったので衣通王といわれた。同母兄の太子木梨皇子と通じ、捕われて伊予に流された太子の後を追い、ともにみずから命を断った。不倫の恋に命をかけた悲劇のヒロインである。允恭紀二十四年によれば軽大娘皇女を伊予に流したとあり、古事記とは異なる。

〔歌風〕古事記の軽太子物語には、衣通王が太子と離別したときの歌（記八八）と太子を慕いあとを追いゆくときの歌（記八九）の二首がある。後者の、

　君が行き日《け》長くなりぬ山たづの迎へを行かむ待つには待たじ

は、磐姫皇后の歌、

　君が行き日長くなりぬ山たづね迎へか行かむ待ちにか待たむ　（2・八五）

の参考として引用されている。

王の歌は、もう一首の、

　夏草の阿比泥の浜の蠣《かき》貝に足踏ますな明かして通れ　（記八八）

とともに、女性らしい細やかな感情の屈折と激しい情熱がみられる。しかし、これらは本来民謡的歌謡でそれが衣通王の物語歌として転用され、さらにその一首が磐姫皇后の連作四首の冒頭に据えられたものと考えられる。両者の歌句の相異は、伝誦による変化や仮託時の作意によるものであろう。

〔歌数〕短歌一首。2・九〇

〔参考文献〕*「軽太子と軽大郎女」守屋俊彦（日本書紀研究9）*「軽皇子と衣通王―その芸能的側面に関する覚え書き―」本田義寿（奈良大学紀要7）　〔戸谷〕

園臣生羽（そののおみいくは）

〔系譜〕園氏は日本書紀応神天皇二十二年九月条に、吉備臣の祖御友別の兄浦凝別が苑県を封ぜられ苑臣の始祖となったとある。また備中国風土記逸文に、「賀夜郡、少領薗臣五百国」の名がみえる。生羽については未詳。

〔所在〕2・一二三題詞　〔多田〕

園臣生羽女（そののおみいくはのむすめ）

〔表記〕苑臣（6・一〇二七左注）とも。

〔歌風〕「人皆は今は長しとたけと言へど君が見し髪乱れ

たりとも」（2・一二四）、三方沙彌の問歌（2・一二三）に対する答歌であるが、少女から女への過渡期にあって、いじらしい直向きさが歌われている。

〔歌数〕短歌一首。2・一二四　〔多田〕

某（それがし）

〔表記〕紀州本にはム（某の古字）とある。

〔閲歴〕山上憶良の「熊凝の為に其の志を述ぶる歌に敬みて和ふ、六首」（5・八八六〜八九一）の漢文序に「大伴君熊凝は（略）相撲使某国司官位姓名の従人なり」とみえる。某は「麻田の陽春であったかも知れない」（全註釈）という説もあるが「後注の入りこんだもの」（中西進・山上憶良）とみるのが自然であろう。

〔所在〕5・八八六〜八九一漢文序　〔犬飼〕

泰初（たいしょ）

〔表記〕玄字は太初（魏書）、夏侯太初（世説新語）、夏侯泰初（楽毅論）。

〔系譜〕沛国譙の人。魏の重臣夏侯尚の子で大将軍曹爽とはいとこであった。

〔閲歴〕人物が朗らか、容姿がすぐれていたことで知られる。魏の末期の人。征西将軍、雍・涼州方面総司令官。曹爽が司馬懿により殺されると閑職に追いやられ、司馬師（懿の長男）によって三族皆殺しにされた。正倉院蔵光明皇后自筆の「楽毅論」（王羲之模本の臨書）は泰初の作。

〔所在〕5・八六四　〔中村〕

大唐大使卿（だいとうたいしきょう）

〔表記〕多治比真人広成（続紀）、丹墀（懐風藻）。

〔系譜〕文武朝の左大臣正二位嶋の第五子。

〔閲歴〕和銅元年正月従六位上から従五位下。同七年十一月迎新羅使左副将軍。下野守、越前守などを経て天平三年正月従四位上。同四年八月十七日遣唐大使拝命。同五年三月拝朝、閏三月辞見、節刀を授けられ、四月三日難波進発。同七年三月帰朝。同九年八月参議、同九月中納言、同十一月従三位兼式部卿、同十一年没（続紀）。天平五年三月の出発にあたっては山上憶良から好去好来歌をおくられている。懐風藻に詩三首を残している。

〔所在〕5・八九六左注　〔中村〕

高丘連河内（たかおかのむらじかわち）

〔表記〕高丘河内連（6・一〇三八題詞）とも。神亀元年五月高丘連を賜るまでは楽浪河内（続紀）。

〔系譜〕天智二年百済から帰化した沙門詠を祖とし、比良麻呂の父（続紀神護景雲二年六月条）。

〔閲歴〕続紀では、和銅五年七月播磨国大目として功をなし、養老五年正月正六位下で東宮に侍す。天平三年正月外従五位下、同年九月右京亮、同十三年九月恭仁京の宅地班給にあたる。同十四年八月紫香楽行幸に際し造離宮司、同十七年正月外従五位上、同十八年五月従五位下、同年九月伯耆守、天平勝宝三年正月従五位上、同六年正月正五位下。神護景雲二年六月比良麻呂卒去の条では、大学頭であったという。

〔歌風〕久邇京で奈良旧都望郷と友人と歓を尽くす情とを詠んだ。(6・一〇三八、一〇三九)。久邇京遷都への不満が看取される。他に、天平十八年正月御在所での肆宴に応詔歌を奏したが、漏失したとある。(17・三九二六左注)。

〔歌数〕短歌二首。6・一〇三八、一〇三九　〔斎藤〕

高田女王(たかだのおおきみ)

〔系譜〕父の高安王は、天武天皇の皇子長皇子の孫にあたる。祖父は川内王。

〔歌風〕今城王に贈った六首(4・五三七〜五四二)は、一貫して女王の方が積極的で、今城王の方は逃げ腰だったようである。六首のうち三首ともに「人言」の繁きことを歌っているが、それを逢えなかった言い訳にし、一転してそれでも逢おうと歌い、そうかと思えば「人言」のない来世に逢おうと歌って、揺れ動く女心を切々と訴えているが、その発想などは恋の歌の常套的なものばかりである。

〔歌数〕短歌七首。4・五三七〜五四二　8・一四四四

〔参考文献〕*「高田女王の恋の歌」佐々木民夫(『北住敏夫教授退官記念日本文芸論叢』)　〔梶川〕

田形皇女(たがたのひめみこ)

〔表記〕田形内親王(続紀)。

〔系譜〕天武天皇の皇女、蘇我赤兄の女、太蕤娘腹の第三子(天武紀二年二月丁巳朔癸未条)。六人部王との間に笠縫女王を生んだという(8・一六一一題詞細注)。

〔閲歴〕慶雲三年八月、三品で遣わされて伊勢神宮に侍し、神亀元年二月、吉備内親王とともに二品を授けられ、同五年三月、薨去。石川石足が喪事を監護、天武天皇の皇女であったと記されている(続紀)。

〔所在〕8・一六一一題詞、左注　〔斎藤〕

高氏海人(たかのうじのあま)

〔系譜〕巻五「梅花の歌三十二首」は氏の名を唐風に一字書きに改めたものが多く、「高氏」は、高橋・高麗・高丘・高向氏などが考えられる。あるいは本来一字姓の高氏の可能性もある。「海人」については未詳。

〔閲歴〕天平二年正月大宰帥大伴旅人家における梅花の宴列席のときは「薩摩目《さかん》」であった(万葉集)。「目《さかん》」は国司の四等官で、中国の薩摩では大初位下相当。

〔歌数〕短歌一首。5・八四二　〔多田〕

高氏老(たかのうじのおゆ)

〔系譜〕巻五「梅花の歌三十二首」は氏の名を唐風に一字書きに改めたものが多く、「高氏」は、高橋・高麗・高丘・高向氏などが考えられる。あるいは本来一字姓の高氏の可能性もある。「老」については未詳。

〔閲歴〕天平二年正月大宰帥大伴旅人家における梅花の宴

列席のときは「対馬目《さかん》」（万葉集）であった。国司の四等官である「目《さかん》」は下国の対馬では少初位上相当。

〔歌数〕短歌一首。5・八四一　〔多田〕

高氏義通（たかのうじのぎつう）
〔系譜〕巻五「梅花の歌三十二首」は氏の名を唐風に一字書きに改めたものが多く、「高氏」は高橋・高麗《こま》・高丘・高向氏などが考えられる。あるいは本来一字姓の高氏の可能性もある。「薬師」である故に帰化人系とも思われ、万葉考は高麗《こま》氏であろうとするがいまだ定見をみない。
〔閲歴〕天平二年正月大宰帥大伴旅人家における梅花の宴列席のときは「薬師」であった（万葉集）。「薬師」は正八位上相当で医療に携わる。
〔歌数〕短歌一首。5・八三五　〔多田〕

高橋朝臣（たかはしのあそみ）
〔系譜〕新撰姓氏録左京皇別上に、景行天皇東国巡狩のとき大蛤を献上したことで膳臣の姓を賜り、天武天皇十二年に高橋朝臣に改められたとある。左注の「奉膳」は、職員令、宮内省内膳司にあるごとく、内膳司の長官である。名は審らかでないが、同時期に国足・子老・老麻呂があり、これらのうちであろう。
〔閲歴〕国足であれば、続紀天平十五年五月に「従五位下」、造酒司解（正倉院文書）天平十七年四月に「外従五位下行正兼内膳奉膳勲十二等高橋朝臣国足」、天平十八年四月従五位下、集中三九二六の左注に「十八年正月高橋朝臣国足右件王卿等応詔作㆑歌、依㆑次奏之。登時不㆑記其歌漏失」、天平十八年閏九月「為㆓越後守㆒」とある。
〔歌風〕挽歌の部に採られている。天平十六年七月二十日の作。長歌は整った対句表現など巻二の人麻呂が妻を思う歌に影響されている。
〔歌数〕長歌一首、短歌二首。3・四八一、四八二、四八三　〔堀野〕
〔参考文献〕*「高橋朝臣亡妻挽歌試論」身崎壽（文教大学国文6号）

高橋朝臣国足（たかはしのあそみくにたり）
〔閲歴〕天平十年、遠江国少掾正六位下で、旧防人部領使として駿河国を通過したという（正倉院文書「駿河国正税帳」）。天平十五年五月、正六位上から外従五位下に叙せられた（続紀）。天平十七年四月、造酒正兼内膳奉膳、外従五位下、勲十二等であった（正倉院文書「造酒司解」）。天平十八年正月、元正御在所での肆宴に侍し、応詔歌を奏したが、漏失した（17・三九二六左注）。同年四月、従五位下に叙せられ、同年閏九月、越後守となる（続紀）。
〔所在〕17・三九二六左注　〔斎藤〕

高橋連虫麻呂（たかはしのむらじむしまろ）
〔系譜〕新撰姓氏録の右京神別上、山城国神別、河内国神別の三箇所に、それぞれ、饒速日命《にぎはやひのみこと》七世の孫大新河命《おおにいかわのみこと》の後、同神十二世の孫小前宿禰《おまえのすくね》の後、同神十四世の孫伊己布《いこふ》都大連《つのおおむらじ》の後とみえ、物部氏や石上氏と遠祖を同じくする。続日本紀所見の高橋連氏の人物は、牛養《うしかい》（天平勝宝六年二月丙戌条、天平七年に南島に遣され牌を立てた。大宰府の官人であったらしい）、鷹主《たかぬし》（宝亀七年正月丙申条、外従五位下。同九年二月庚子条、画工匠）、波自米女《はじめめ》（神護景雲二年二月庚申条、対馬の女性で貞節孝義を表彰された）の三名である。他の文献には、伊賀国山田郷（日本霊異記中巻一五話）や、越前国坂井郡（寧楽遺文下、七一五頁他）にも同氏姓の者がいたとみえる。宝亀の頃東大寺写経所に奉仕した仕丁高橋連真石の名もみえる（大日本古文書二三、三一八頁）。これらと虫麻呂との関係は不明である。全註釈（3・三二一〔釈〕）に大日本古文書八所収の正倉院文書（優婆塞《うばそく》貢進の解《げ》）、

秦調曰佐酒人　年三五　山背国葛野郡橋頭里戸主秦調曰佐堅麻呂戸口　浄行一十五年　天平十四年十二月十三日少初位上高橋虫麿貢

をあげて、年代がだいたい合うこと、位の低いこと、相当のくらしをしていたらしいことなどから、歌人虫麻呂と同人らしい材料であるとしている。桜井満（「水江浦島子を詠む歌」万葉集を学ぶ第五集所収）は、もし同人ならば延喜式にみえる山城国愛宕郡の高橋神社（所在不明）あたりが本貫かという。

〔閲歴〕明らかでない。諸説があるので研究史的に概説してみよう。「検税使大伴卿の筑波山に登る時の歌（9・一七五三〜一七五四）などによって、虫麻呂がある時期に常陸国の官吏であったことがわかるが、その時期につき、代匠記は「推量スルニ養老年中藤原宇合卿常陸守ナリシ時ノ事ニテ、虫丸ハ掾介等ノ属官ニテ、旅人ノ検税使ナルニツキテ筑波山ニ登レル歟」と想像した。これをうけて養老の常陸国守藤原宇合属官説ならびに、右の歌の検税使大伴卿・旅人説は今や通説となっている。通説の根拠の一つに、天平四年節度使藤原宇合の壮行の歌（6・九七一〜九七二）があって、虫麻呂は宇合に親近していた者であるとの推測もあるのである。通説はさらに、虫麻呂は常陸国守宇合の下で常陸国風土記の編纂に関与したという推測を生んでいる（武田祐吉・上代国文学の研究　久松潜一・万葉集考説）。虫麻呂作歌に、同風土記の記事と関連深いもの（たとえば筑波嶺のかがいの歌9・一七五九〜一七六〇）があるというのがその理由である。これらの通説によれば、虫麻呂はいわゆる万葉史の第三期（奈良遷都〜天平五年前後）の歌人とみなされて、旅人・憶良・赤人らと並ぶ、あるいは多少先行するものとなる。

通説に対する異論は、徳田浄（万葉集撰定時代の研究）によって唱えられた。根拠は要約つぎの二点である。㈠検税使は、続日本紀宝亀七年正月戊申条・七月庚午条にみれば

五位の者が任ぜられるならいである。通説の9・一七五三の検税使が大伴旅人であったとすれば、その検税使任命は旅人が従四位下になった和銅四年以前のこととなり、したがってまたそれを送迎した虫麻呂が養老の国守宇合の属官であったという推測もうたがわしくなる。㈡巻八と巻九の、虫麻呂作品と他者の作品・歌集との間の配列先後関係をみると、8・一四九七は大伴村上・家持らの作の後にあり、虫麻呂は天平中・末期の歌人と見得る。9・一七三八〜一七六〇は古人の作の後にあり、養老期とも見得るが天平中・末期とも見得る。9・一七八〇〜一七八一が藤井連遷任上京時の歌のつぎにあるから、虫麻呂が検税使大伴卿を送ったのも天平六年以後のことになる。9・一八〇七〜一八一一が田辺福麻呂歌集の後に配されており、福麻呂作歌は天平二〇年、歌集は同一六年の作に限られているから、虫麻呂は天平末期の歌人と見得る。かくて虫麻呂は、「天平四・六年に歌を見せ出して、天平の中期末期の歌人としてよい」という。またその東国行きも、東国での作が藤井連や福麻呂歌集の後に位置することからみて、天平末期であるとした。徳田説によれば、虫麻呂は万葉第四期(天平五年前後〜天平宝字三年)前半の作家となる。徳田説に対する通説側からする反論は、五味智英(「高橋虫麻呂管見」(上古の歌人〈日本歌人講座1〉所収)によって出された。右の㈠に対しては、按察使、巡察使、節度使、問民《もみ》苦使《くし》の官位を調査して、各使の位階それぞれに上下の幅があることから、「検税使も絶対に三位であってならないというものではないのではなかろうか。まして四位ならば可能性はかなりある」という。㈡に対しては、巻九における虫麻呂歌集と他作者の作品・歌集との間の配列先後関係は年次順に整っておらず、虫麻呂作品の製作年代推定の根拠とはなしがたいことを示している。徳田説に対する右の五味批判は正当である。ただ、検税使の位階推定は、徳田氏が示した続日本紀二例の記事が有無をいわせぬ記録であることは動かしがたい。他使の官位を参考にする場合、検税使とほぼ同程度の職責の重さと思われる巡察使の例(四位五例、五位二一例、六位二例)をとって、五位を中心として四位・六位もあり得るとみられる。続日本紀の記事によれば、山陽(大路)、東海、東山(以上中路)の三道にはとくに正五位下を派遣している。かれこれ、東海道常陸国を某年訪れて虫麻呂の送迎をうけた「検税使大伴卿」は五位である確率がすこぶる高く、たまたまそれに正五位下の人物を擬することができればそれにこしたことはないということになる。

一方、虫麻呂歌集自体の内部の作品配列に注意したのは私注である。「検税使大伴卿……」(9・一七五三〜一七五四)の歌につけて、天平四年の作とみられる一七四七〜一七五二の後に載せられていること、交替式に天平六年検税使のことがみえ、天平九年長門国正税帳に天平七年検税使のことがみえること、以上二点から、一七五三の検税使を、「天平七年とすれば大伴卿は参議大伴道足とならう。……虫麿が養老の国守宇合に同行したことが、判然するまでは、歌の順序の方を主として、多少の疑は存しても検税使大伴卿を道足と見るのも一案であらう」と述べた。ただし、道足を擬するのは、当時彼が正四位下、参議・右大弁の重職にあったことを考えると、私注自身いうように、検税使としての地方派遣には無理があるように思われる。私注の説に示唆を得て井村哲夫（憶良と虫麻呂）は、虫麻呂歌集内部の作品の配列を検討して、およそ製作年月順と見得るとし、天平六年三月難波行幸前後の作とみられる9・一七四七〜一七五二の後に配された常陸在住時の歌群（一七五三〜一七六〇）は、天平六年以後の作、したがって虫麻呂の常陸派遣もまた天平六年以後とし、検税使は私注のあげる確実な史料により天平六・七年のそれとし、「大伴卿」には当時正五位下であった大伴牛養《うしかい》を擬した（天平一一年四月参議に列し、卿と追記せられるにもふさわしい。卿を追記と考えるから、したがって虫麻呂歌集の成立もその上限を天平一一年四月と推定することになる）これによれば虫麻呂は、旅人や憶良の後をうけて、第四期初発の作家とみなされることになる。

〔歌風〕抒情歌人柿本人麻呂、人生詩人山上憶良、叙景歌人山部赤人と並べて、虫麻呂を伝説歌人、叙事詩人と称し、その「簡勁のうちに情景躍動せる作風」を説いたのは佐佐木信綱（和歌史の研究）である。都筑省吾（高橋虫麻呂〈作者別万葉集評釈〉）もまた「豊かな客観性を持ち、物に距離をもって接することが出来た人」「意識を以って客観描写をなしてゐた人」と説いている。その作風が「叙事」的であったことは誰もが認めるところである。また伝説に取材した幾編かの精力的な詠作を考えるとき、「伝説歌人」と称せられることに誰も異をとなえない。ところで、その叙事歌人たる本質、伝説歌人たる所以は何かをめぐって、諸説が重ねられている。森本治吉（高橋虫麻呂）は、「伝説の事実内容の描写が如何に想像の翼自在に飛躍して豊富詳細を極めたものになってゐるか」を観察し、さらに旅の詩人としての一面を加えて、「旅の歌・伝説の歌で終始してゐる彼は当代第一のロマンチスト」だったとし、その表現と内容の点からみるときは「類稀なるリアリスト」であったとした。

　虫麻呂の歌の結句には、希求・期待・命令等の昂揚した心情の表白が多く、二十数箇所にわたって見受けられる。その数例、

千万の軍《いくさ》なりとも言挙《ことあ》げせずとりて来ぬべきをのことぞ思ふ　（6・九七二）

大橋のつめに家あらばまかなしく独り行く子に宿貸さ

ましを　（9・一七四三）

遠妻し高にありせば知らずとも手綱の浜の尋ねきなまし　（9・一七四六）

わが行きは七日は過ぎじ龍田彦ゆめこの花を風にな散らし　（9・一七四八）

……幣《まひ》はせむ遠くな行きそ　わが宿の花橘に　住みわたれ鳥　（9・一七五五）

井村（憶良と虫麻呂）は、これらから虫麻呂のあこがれ心が寄りついてゆく表象を求めて、そこに「浄化され理想化された美的愛の情趣」「その美的愛に包まれた自我像への陶酔、若々しい美的生命感の拡張・充足への願い」を認めると述べた。有名な「筑波嶺に登りて嬥歌会をする日に作る歌」（9・一七五九～一七六〇）にしても、

男神に雲立ち登りしぐれ降り濡れとほるとも我帰らめや

土俗の猥雑さにではなく、あけっぴろげで抑圧されない民衆のバイタリティーに焦点を合わせて、絶大な共感を歌い上げているのである。

虫麻呂の歌風はまた、その作家の人間像ともかかわって論ぜられる。森本治吉は、「作品全体に漂うてゐる朗らかな調子、名づけ難い一種の明るい快活さ」「多弁的態度」の裏に、「現世的な態度で、ものに感激し易い明朗な性格」を思い画いた。犬養孝（万葉の風土・続）は、「明るい愉快なおしゃべりやとはおよそ反対のわびしいさびしがりや」の心情を「筑波山に登る歌」（9・一七五七～一七五八）や「霍公鳥を詠む歌」（9・一七五五～一七五六）の表現の細かな観察を通じて探り、虫麻呂を「魂の故郷を持たぬ漂泊の精神」の持ち主、「孤愁のひと」と性格づけ、その浪漫美の正体もこの心の究極処に発するものだと論じた。

一見対蹠的にみえる右の二つのすぐれた虫麻呂像を、ひとつの楕円の二つの焦点として考える井村は、その楕円の内部に、青年期の特徴をとどめたロマンチシズム、すなわち内省的な自我体験から生ずる漠たる憂愁・孤独感、肯定的積極的な自我の拡張、生命感の充足への希求、自然や外界の諸事象へのゆたかな感情移入と創作的想像力、理想的美的な恋愛感情への陶酔、そしてそれらすべてを包む憧れの目を認め、そこに才能有る若々しい青年虫麻呂を思い画いた。一方で金井清一（「疎外者の文学」論集上代文学第四冊所収「菟原処女の墓を見る歌」万葉集を学ぶ第五集所収）のように、「上流貴族社会に歌を以て出入していた卑姓の歌人は、己れの願望を現実世界ではつねに抑制し、貴紳の嗜好に応じて歌を歌わねばならなかった。時には筑波嶺の嬥歌の情景をも自己を戯画化して歌ったのである。身を知って生きる詩人の屈折した心理は他にも彼の歌の随所にみられる」として、虫麻呂の文学を「疎外者の文学」

と名づける論者もある。

〔影響〕伝説歌人、叙事歌人として右に述べたとおりユニークな存在を誇る虫麻呂は、万葉集中名誉ある孤立の観を呈している。強いていえば、題材の点で、富士山の威容を詠んだ赤人（3・三一七～三一八）および、勝鹿真間娘子の伝説を詠んだ赤人（3・四三一～四三三）と共通する。赤人の歌に対して、叙事とはこういうものだ、伝説歌とはこういうものだと、虫麻呂がプロテストしている観がある。また菟原処女の伝説を福麻呂（9・一八〇一～一八〇三）も家持（19・四二一一～四二一二）も作歌しているが、これは虫麻呂歌に示唆を受けたものであろう。人間への飽くない興味という動機や、叙事的劇的作風という点で、山上憶良に共通する性格が虫麻呂にはみられる。語彙の上でも、憶良の作品中の特異な用語や表現と類似のものがしばしばみられる。虫麻呂を第四期初発の歌人とみる井村は、憶良から虫麻呂へという影響関係を考えている。

〔歌数〕長歌十五首、短歌二十首、旋頭歌一首。3・三一九～三二一　6・九七一～九七二　8・一四九七　9・一七三八～一七六〇、一七八〇～一七八一、一八〇七～一八一一。ただし、三一九、三二〇には作者不明とする説がある。九七一～九七二は虫麻呂の作歌とあり、他はすべて虫麻呂の歌集中出、歌中出とある。歌集はすべて虫麻呂の作歌と考えられている。

〔参考文献〕＊『万葉集伝説歌考』川村悦麿（甲子社書房）＊『高橋虫麻呂』〔日本文学者評伝全書〕森本治吉（青梧堂）＊『萬葉集 伝説歌謡の研究』西村真次（第一書房）＊『憶良と虫麻呂』井村哲夫（桜楓社）＊『万葉 高橋虫麻呂・旅と伝説の歌人』金子武雄（公論社）＊「高橋虫麻呂」次田潤（『万葉集講座』1）＊「抒情詩人としての虫麻呂」青木生子（上代文学6）＊「虫麻呂の心―孤愁のひと―」犬養孝（国語と国文学33―12）＊「高橋虫麻呂管見」五味智英（『日本歌人講座』1）＊「伝説歌の源流」伊藤博（国語国文33―3）＊「高橋虫麿の態度―浦島伝説の亀をめぐって―」町方和夫（古代文学11）＊「高橋虫麻呂」中西進（上代文学31）＊「高橋虫麻呂と東国―中国の〈高橋〉と〈嬥歌〉について―」鴻巣隼雄（『万葉集―人間・歴史・風土―』）＊「疎外者の文学―高橋連虫麻呂の抒情―」金井清一（『論集上代文学』4）＊「〈身をたな知る〉より覗い知る歌人高橋虫麻呂」坂本信幸（万葉83）＊「虫麻呂の本質について」松原博一（語文39）＊「高橋虫麻呂と巻十三」清原和義（武庫川国文8）＊「高橋虫麻呂と巻十三続考―龍田歌に見る虫麻呂のことば―」清原和義（武庫川国文9）＊「虫麻呂と伝説の女」青木生子（『万葉の女人像』）＊「常陸国風土記と高橋虫麻呂」小島瓔礼（上代文学38）

〔井村〕

高橋朝臣安麻呂（たかはしのあそみやすまろ）

〔表記〕右大弁高橋安麻呂卿（6・一〇二七左注）。

〔閲歴〕養老二年正月、正六位上から従五位下に叙せられ、同四年十月宮内少輔。神亀元年二月、従五位上に昇叙、同年四月、宮内大輔で征夷持節副将軍に任ぜられる。その功によって、神亀二年閏正月正五位下勲五等に叙せられた。天平四年九月右大弁となり、同七年九月、阿部帯麻呂らの故殺事件について、訴人の事を理めざる罪に問われたが、詔によりゆるされる。同九年九月正五位上、同十年正月従四位下に叙せられ、同年十二月大宰大弐に任ぜられた（続紀）。集中には、天平十年八月二十日諸兄家での宴に列した歌の左注に「右大弁高橋安麻呂卿語りて曰はく、故豊島采女の作なりといへり」とあるだけである。

〔所在〕6・一〇二七左注　〔斎藤〕

高宮王（たかみやのおおきみ）

〔閲歴〕その作歌に「波羅門《ハラモニ》」とみえるが、天平八年来朝の僧菩提僊那、姓婆羅遅（天平勝宝三年四月僧正に任ぜられ、東大寺大仏開眼の導師となり婆羅門僧正とよばれた）のことであるとすると、高宮王もほぼその時期の人かと思われる。

〔歌風〕高宮王の数種の物を詠める歌二首

皀莢《さふけふ》に延ひおほとれる屎葛《くそかづら》絶ゆる事なく宮仕へせむ　（16・三八五五）

波羅門の作れる小田を喫《は》む烏瞼腫れて幡幢《はたほこ》に居り　（16・三八五六）

前者、皀莢・屎葛・宮、後者、波羅門・田烏・瞼・幡幢を詠み込んだもの（物詠歌）である。屎葛と宮仕えのように一見してそぐわないものを一首にまとめる興が宴席でもてはやされたものらしい。

〔歌数〕短歌二首。16・三八五五、三八五六　〔滝口〕

高安大島（たかやすのおおしま）

〔閲歴〕万葉集中の歌が、文武天皇時代持統太上天皇難波行幸のときに詠んだものであるから、その頃の人物であることが知られる。

〔歌風〕巻八の一五〇四・夏相聞の「高安歌一首」とあるのを、高安大島にあてる説もあるが不明。作歌は行幸従駕の歌で、他例に漏れず、旅中の感慨を歌ったもの。

〔歌数〕短歌一首。1・六七（8・一五〇四）　〔吉村〕

高安倉人種麻呂（たかやすのくらひとたねまろ）

〔閲歴〕越中の大目。天平勝宝三年頃越中国の地方官として大伴家持の部下であった人（19・四二四七左注）。遣唐使藤原清河らに贈った光明皇后の歌や清河の返礼の歌などの他（清河の渡唐は天平四年三月頃）、天平五年の入唐使に贈る作者未詳の長歌を伝誦した。

〔所在〕19・四二四七左注　〔居駒〕

多紀皇女（たきのひめみこ）

〔表記〕託基皇女（天武紀二年）、當耆皇女（文武二年九月）とも記す。

〔閲歴〕天武天皇と宍人臣大麻呂の女檝媛娘との間に第四子として生まる。忍壁皇子などの同母妹。2・六六九の題詞注によって、志貴皇子との間に春日王を生んだことが知られる。天武朱鳥元年四月、山背姫王・石川夫人とともに伊勢神宮に派遣される。続紀・文武二年九月、伊勢斎宮に任ぜられ、慶雲三年十二月、伊勢大神宮に参る。位は四品。天平九年二月、三品に昇り、勝宝元年四月には二品から一品に昇叙。勝宝三年正月に一品内親王として薨去。

〔歌風〕巻一二の三〇九八左注は、平群文屋朝臣益人の伝えるところを記し、多紀皇女がひそかに高安王に嫁いで叱嘖されたときの歌とする。ただし、西本願寺本に「聞紀」とあるのを「多紀」の誤写とする見解（吉永登）に立っている。歌中の「面高夫駄」が難解であるが、非難されている皇女が当事者である高安王の悠然としている様子に憤懣をぶつけた歌と解される。寡作であったらしく、この歌からも文芸的高みは感じられないが、許されない結婚という事件に関係した歌としておもしろい。このために高安王は伊予国守に左遷された。続紀には養老三年七月伊予守高安王に阿波讃岐土佐の三国を管せしむとある。

〔歌数〕短歌一首。12・三〇九八　〔居駒〕

当麻真人麻呂（たぎまのまひとまろ）

〔表記〕当麻麻呂大夫（4・五一一題詞）とも記される（ただし重出歌）。

〔系譜〕当麻氏は用明天皇皇子である麻呂子皇子より出て「公《きみ》」姓を称し、天武十三年に「真人」姓を賜った（日本書紀）。

〔閲歴〕持統天皇六年三月伊勢行幸に従ったことが巻一の四三番歌から知られる。

〔所在〕1・四三題詞、4・五一一題詞　〔多田〕

当麻真人麻呂妻（たぎまのまひとまろのつま）

〔表記〕当麻麻呂大夫妻（4・五一一題詞）とも記される（ただし重出歌）。

〔歌風〕「わが背子は何処行くらむ奥つもの隠《なばり》の山を今日か越ゆらむ」（1・四三）、第二句と第五句とに「らむ」をくり返し、道程を推し量りながら旅中の夫をひたすら思い遣る心が歌われている。

〔歌数〕短歌二首。1・四三　4・五一一（ただし重出歌）

〔参考文献〕*「万葉名歌講話（二三回）―当麻真人麻呂の妻の歌」浜田坡牛（富士4―10）　〔多田〕

田口朝臣馬長（たぐちのあそみうまおさ）

〔閲歴〕三九一四左注に「右は伝へて云はく、（中略）但しその宴の所と年月とのみは詳審にすること得ず」とみえるが、巻一七に採られていることから天平年間の歌人と推測される。

〔歌風〕めでたい宴席歌であろう。左注の「ある時に交遊集宴せり。此の日は此処に霍公鳥鳴かず。仍りて件の歌を作りて、思慕の意を陳ぶといへり」が有名になり伝えられた歌か。

〔歌数〕短歌一首。17・三九一四　〔堀野〕

田口朝臣大戸（たぐちのあそみおおと）
〔系譜〕田口朝臣は、新撰姓氏録の左京皇別上に「田口朝臣、石川朝臣と同じき祖、武内宿禰大臣の後なり。蝙蝠臣《かはほりのおみ》、豊御食炊屋姫天皇（諡推古）の御世、大和国高市郡田口村に家す。仍りて田口臣と号く。日本紀漏れり」とある。
〔閲歴〕続紀、天平宝字四年正月従五位下、六年正月日向守。七年正月兵馬正。八年正月上野介、宝亀八年正月従五位上とある。歌は、天平勝宝七年二月十四日下野国務人部領使として進ったとある。左注に十八首とあるが、集中十一首を収める。元暦校本に「十六首」とあり、右に楮で「ハ」とある。
〔歌数〕短歌十一首。20・四三七三～四三八三　〔堀野〕

田口朝臣家守（たぐちのあそみやかもり）
〔系譜〕新撰姓氏録の左京皇別上に「田口朝臣、石川朝臣と同じき祖、武内宿禰大臣の後なり。蝙蝠臣、豊御食炊屋姫天皇（諡推古）の御世、大和国高市郡田口村に家す。仍りて田口臣と号く」とある。この一族と考えられる。また、田口朝臣家主（続紀、天平元年八月従五位上）の子とする説もある。
〔閲歴〕一五九四左注によると冬十月（天平十一年）皇后宮の維摩講で大唐高麗等種々音楽を供養したとき、仏前唱歌の歌子として奉仕した。当時、雅楽寮と関係があったか（延暦十六年、雅楽寮の助に田口朝臣息継を伝える）。
〔所在〕8・一五九四左注　〔滝口〕

田口広麻呂（たぐちのひろまろ）

〔系譜〕新撰姓氏録の左京皇別上に「田口朝臣、石川朝臣と同じき祖、武内宿禰大臣の後なり。蝙蝠臣、豊御食炊屋姫天皇（諡推古）の御世、大和国高市郡田口村に家す。仍りて田口臣と号く。日本紀漏れり」とある。

〔閲歴〕続紀慶雲二年十二月に、従六位下田口朝臣広麻呂に従五位下を授けている。

〔歌風〕「百足らず八十隅坂に手向せば過ぎにし人にけだし逢はむかも」（3・四二七）は、手向けをするということで儀礼的に哀悼の意を詠んだのであろう。

〔歌数〕短歌一首。3・四二七　〔堀野〕

田口益人（たぐちのますひと）
〔表記〕田口益人大夫（3・二九六題詞）。
〔閲歴〕続紀によると、慶雲元年正月従六位下から従五位下に昇叙、「和銅元年三月従五位上田口朝臣益人を上野守に為す」とあり、3・二九六の題詞に「田口益人大夫任上野国司時」とある。同二年十一月右兵衛率、霊亀元年四月正五位下から正五位上に昇叙。

〔歌風〕集中には、和銅元年上野国司として赴任途中の歌二首があるが、いずれも叙景的な趣を持った羈旅歌であり、儀礼的表現の強くあらわれた歌である。

〔歌数〕短歌二首。3・二九六、二九七　〔吉村〕

高市皇子（たけちのみこ）

〔表記〕高市皇子尊（2・一五六、一九九題詞）、後皇子尊（2・一六九細注・書紀）と尊号を付けて記す。

〔系譜〕天武天皇の皇子。長屋王・鈴鹿王の父。母は胸形《むなかた》君徳善《のきみとくぜん》の娘、尼子娘《あまこのいらつめ》。天武天皇の諸皇子（十皇子）のうち最年長であるが、母の出自が身分が低かったために、その位は草壁・大津の二皇子に次いだ。壬申の乱では天皇挙兵の報をえて近江を脱出、積殖の山口で天皇の軍に合し、のち天皇から全軍の指揮官として軍事を委ねられ、味方を勝利に導いた。ときに皇子は十九歳。その活躍の様は人麻呂の挽歌（2・一九九）にも詠まれている。天武十四年正月草壁・大津の二皇子に次いで浄広弐位を授けらる。草壁亡きあとの持統四年七月太政大臣に任じられた。表記のところにあげたように「尊《みこと》」と尊称しているのは、草壁亡き後皇太子なみに処遇せられていたことの証であろう。ただし立太子した確証はない。同七年正月浄広壱位、同十年七月十日没。享年四十三歳。

〔歌風〕歌は巻二に「十市皇女の薨ぜし時、高市皇子尊の作らす歌三首」とある挽歌三首を収める。

三輪山の山辺まそ木綿《ゆふ》短木綿かくのみゆゑに長くと思ひき　（2・一五七）

山吹の立ちよそひたる山清水汲みに行かめど道の知らなく　（2・一五八）

右の二首は三首連作の中の二首であるが、第一首（2・一五六）の下句は難訓で定訓がないのでここにはあげない。前歌の上三句は、木綿を繰り返して十市皇女の命が短いことを寓した序。「短」と「長」、「かくのみ」の現在と「思ひき」の過去をそれぞれ対照させる文芸的構成をみせ、四・五句に嘆きの切実さを示している。二首目は山吹の色に「黄泉《よみ》」の「黄」を、山清水に「泉」をにおわせ、黄泉までも訪ねていきたいという意をふくませる。「道の知らなく」は皇女の墓所に詣でる道ではなく、亡き人のあくがれ行きし黄泉の幻想的世界のことをいったもので、一首はすぐれた文芸性のある表現となっている。高市皇子は天武・持統朝において政治的にきわめて重要な存在であったが、歌人としては歌数の少なさとあいまってあまり著名ではない。万葉では高市皇子が薨じたとき、城上の殯宮で人麻呂が作った、百四十九句からなる集中第一の長編挽歌（2・一九九）がよく知られている。

〔歌数〕短歌三首。2・一五六、一五七、一五八

〔参考文献〕＊「高市皇子」吉永登（『講座飛鳥を考える』）＊「高市皇子と胸形氏の伝承―記紀神話形成の一側面―」本位田菊士（続日本紀研究161）＊「胸形氏の伝承の成立と高市皇子―古代政治史の一断面―」長家理行（龍谷史壇71）〔林田〕

高市連黒人（たけちのむらじくろひと）

〔表記〕黒人（3・二八一題詞）、また高市（9・一七一八題詞）とも記される。他に高市古人（1・三二、三三題詞）があるが、注記「或書云高市連黒人」やその歌柄から、普通古人は黒人の誤記として扱われる。なお歌経標式には高市里人があり、これも黒人の誤記として扱われる場合がある。

〔系譜〕詳細は不明だが、高市氏は記の天安河の誓約の条に、天津日子根命を祖とする十二氏中に「高市県主」とみえ、また天武紀十二年十月五日の条に、「連」姓を賜った十四氏中に同じく「高市県主」とみえる。すなわち高市連氏は大和国六県の一つ高市県の統轄者の家筋で、黒人は、その氏人の一人であったと思われる。天武紀元年七月の条、いわゆる壬申の乱に際して大和国高市郡大領・高市県主許梅なる人物が神がかりして、高市社の事代主神および身狭社の生霊神を顕現したが、黒人は、この許梅の近親者であったろうとも推測されている。

〔閲歴〕持統・文武朝に仕えた人だが、詳細な閲歴は不明である。ただ万葉集に「太上天皇、吉野宮に幸し時、高市連黒人の作る歌」（1・七〇題詞）があって、続紀大宝元年六月のことと思われる太上天皇（持統）の吉野行幸に従駕し、また「二年壬寅太上天皇、参河国に幸し時の歌」（1・五七題詞）の中に「右一首高市連黒人」（1・五八左注）があり、同じく続紀大宝二年十月の太上天皇（持統）の三河国行幸に従駕したことがわかる。しかし、そのいずれのときも従官としての官位職掌は不明であり、これまでその作品内容や高市氏の系譜などからいろいろと推測されているにすぎない。すなわち宮廷詩人（歌人）、採詞官などはその一例だが、最近は兵衛として従駕したという説も出されている。

〔歌風〕黒人は人麻呂とほぼ同時代、あるいはやや後の歌人で、歌数十八首（他に「一本云」一首）、すべて短歌で長歌はない。またその歌はいずれも羇旅歌と見なし得るもので、かならずといっていいくらい地名が詠みこまれているが、枕詞意識が希薄で、その使用が認めがたいといった点が表面上の特徴としてまず指摘できる。そして詠みこまれた地名によれば、太上天皇（持統）の行幸に従駕した吉野や三河の他に、近江、摂津などの大和周辺の国々から北陸辺におよんでおり、そのことが何を意味するか、黒人の系譜や閲歴と絡みあっていろいろと想定されるが、万葉歌人の通例にそって一応行幸その他公的旅行か、氏人としての半公的旅行を考えるのが妥当だろう。一方、その作品は繊細かつ内省性に富み、独特な抒情素質をみせており、その点、黒人は短歌の特性を最もよく生かした集中希有な歌人であるといえる。

何処にか船泊てすらむ安礼の崎榜ぎたみ行きし棚無し小舟　（1・五八）

率ひて漕ぎ行く船は高島の阿渡の水門に泊てにけむかも　（9・一七一八）

一首目は三河国行幸に従駕した折の歌。二首目は近江での作らしい。いずれも夜の歌である。昼間見た舟の印象が夜更けに浮かんでくる、きわめてかすかにして静かな気分をとらえている。こうした、いわばひとり瞑目しているようなひそかな境地は、集中他に類例のない黒人独自のものというべきである。内省的な黒人の素質と、たんに旅愁というようなものではない、深く古代生活に密着した心の有り様を思うべきである。これらの作品に対し、折口信夫は「夜の鎮魂歌」といったが、聞くべき見解である。

旅にして物恋しきに山下の赤のそほ船沖に榜ぐ見ゆ　（3・二七〇）

旅中の「物恋しさ」、旅を行きつつ、しだいに心がうつろに頼りなくなる。そんなときに眼前を船が遠ざかってゆく。それが空虚感をきわだたせ、いっそう「物恋しさ」をつのらせてゆくのである。黒人には、こうした景を叙して情をつり上げてくるような一群の歌がある。

大和には鳴きてか来らむ呼子鳥象の中山呼びそ越ゆなる　（1・七〇）

桜田へ鶴鳴きわたる年魚市潟潮干にけらし鶴鳴きわたる　（3・二七一）

四極山うち越え見れば笠縫の島榜ぎかくる棚無し小舟　（3・二七二）

住吉の得名津に立ちて見渡せば武庫の泊ゆ出づる船人　（3・二八三）

一見、純粋な叙景歌にみえ、そう説かれてきたが、おそらく「国見」など、長い間くりかえされてきた「見る」生活の積み重ねを通じて、「見る」ままに物を叙し、心を引き出してくる表現法がしだいに獲得されていった、むしろ過渡的な叙景歌成立の一側面をみせている歌とみるべきだろう。その意味で黒人は歌謡から叙景和歌への過渡期に立つ歌人だともいえる。また、その背景には、国家体制の整備に伴って公私にわたって旅行が頻繁になり、そうした新しい生活が契機としてはたらいていることは考えていい。その点、黒人の歌に地名が頻出することも、こうした和歌史的展開に絡んだ氏族官人の生活の変化と無関係ではないだろう。しかし黒人を、彼と他の有名無名の歌人とを区別させるものは、やはり内省性に富んだ抒情の上にみるべきである。

古への人にわれあれやささなみの故き京を見れば悲しき　（1・三二）

さゝなみの国つ御神のうらさびて荒れたる京見れば悲しも　（1・三三）

斯く故に見じと云ふものを楽浪の旧き都を見せつつもとな　（3・三〇五）

いずれも近江旧都を詠んだ歌だが、前二首は「高市古人」と伝記され、黒人の誤記とみなされている歌である。いわゆる壬申の乱からおおよそ二十年くらい後の頃であろうか。人麻呂も「ささなみの志賀の辛崎幸くあれど大宮人の船待ちかねつ」「ささなみの 志賀の大曲淀むとも昔の人に亦も逢はめやも」（1・三〇、三一）と詠んだが、その亡者廃墟によびかけるような人麻呂の声調と黒人のそれは著しく異なる。一首目の「古への人にわれあれや」、三首目の「斯く故に見じと云ふものを……見せつつもとな」と、廃墟を眼前に、黒人の意識にのぼっているものは、どこまでも己自身の魂の揺ぎである。そして二首目では、廃墟そのものを「国つ御神のうらさびて」と詠んでいる点、人麻呂が長歌で「玉襷畝火の山の橿原の日知りの御代ゆ……」（1・二九）と、いわば「天つ神」の側から詠んでいるのとは、いかにも対比的で、かつ内省性において実感的である。黒人が「ささなみの国つ御神」というとき、それはおそらく彼自身の氏族信仰が重ね合わさっている。

ところで、黒人、そして人麻呂の時代は短歌主流の時代であった。というより、いわゆる初期万葉の時代、すでに長歌の衰えはみえ、人麻呂その他の長歌は記紀の長歌謡を模した、いわば新体の長歌であったというべきである。その点、黒人の歌が短歌ばかり伝えられたという事実は、万葉集編纂上の偶然であったとしても、一面当時の歌の状況を現わしているともみることができる。そして短歌というこの当世風の歌は、総じて饗宴を場として、いわゆる相聞発想を主に発達したようである。またそれが歌の新しい傾向を生じさせたゆえんでもあるが、黒人の歌にもそうした新しい創作歌時代の歌の姿をうかがわせるものがある。

妹も我も一つなれかも三河なる二見の道ゆ別れかねつる　（3・二七六）

三河の二見という地名への興味から、一、二、三という数字を並べた知的遊戯を含んだ相聞歌であり、即興的な宴席歌の気分をうかがわせる歌である。この歌には、「三河の二見の道ゆ別れなばわが背もわれも一人かも行く」という「一本云」、つまり異伝歌があるのだが、異伝といいながら両者は意味上、問答を構成しており、その点、異伝を信じるとすれば、宴席の気安さから男女（背と妹）の立場を交換して詠んだ「言い換え」の歌をみることができるし、あるいは同趣向の問答歌の一方を異伝としたともみることができる。黒人には、他にもこうした宴席歌らしい同傾向の歌がある。

疾く来ても見てましものを山城の高の槻群散りにけるかも　（3・二七七）

吾妹子に猪名野は見せつ名次山角の松原いつか示めさむ　（3・二七九）

いざ子ども大和へ早く白菅の真野の榛原手折りて行かむ　（3・二八〇）

「高の槻群」「猪名野」「角の松原」「真野榛原」と、それぞれ相聞気分が絡んだ、いわば歌枕、今でいう名所が歌の要点となっている。だが、それらの土地は、たんなる観光的なそれではなく、おそらく、その土地土地にまつわって久しく語られた古伝承があって、その地名を詠むことによって旅心と風土を同時に慰撫したのである。けれども黒人は、こうした明るい羇旅歌よりも、やはり静かな夜の羇旅歌が本領であったというべきだろう。

磯の埼榜ぎ回み行けば近江の海八十の湊に鵠多に鳴く　（3・二七三）

吾が船は比良の湊に榜ぎ泊てむ沖へな放りさ夜ふけにけり　（3・二七四）

何処にか吾は宿らむ高島の勝野の原にこの日暮れなば　（3・二七五）

いずれも琵琶湖沿岸で詠んだ歌だが、一首目の歌は、水辺に騒ぐ鵠の声を聞いている歌だが、二首目、三首目の歌同様に夜の歌として読むことができる。みな旅中の不安を根底にしており、その内省力が夜の静寂を印象的にきわだてている。後代羇旅歌の一類型を引き出してくる、いわば範型となった歌とみていい。また、おそらく天平十九年の年がかわる頃、大伴宿禰家持は国守として越中にあったが、そこで黒人の一首を採集して日記に記した。

婦負の野の薄押し靡べ降る雪に宿借る今日し悲しく思はゆ　（17・四〇一六）

これを伝誦したのは三国真人五百国という者であったという。ここでも黒人の眼は内に向いている。雪の北陸路の難渋を発想の基底にすえて、あわあわと揺らめくようなものさびしい気分を詠んでいる。まさに黒人的というべきだろう。

〔歌数〕短歌十八首。1・三二、三三、五八、七〇　3・二七〇〜二七七（二七六、一本云を含）、二七九、二八〇、二八三、三〇五　9・一七一八　17・四〇一六

〔参考文献〕＊『高市黒人・山部赤人』（日本詩人選3）池田弥三郎（筑摩書房）＊「風景歌人黒人の一特質」石井庄司（上代文学8）＊「高市黒人作中の〈桜田〉について」加藤静雄（美夫君志4）＊「高市黒人」森朝男（『万葉集講座』5）＊「黒人と持統朝」賀古明（『万葉集―人間・歴史・風土―』）＊「黒人に於ける自然―〈見る〉ことと自然―」野田浩子（成城国文1）＊「高市黒人の自然観」平野仁啓

（文芸研究（明大）30）＊「高市黒人」奈良橋善司（『万葉の歌人たち』〔シリーズ古代の文学1〕）＊「高市黒人私記―遅れて来る人―」佐佐木幸綱（文学43―4）＊「高市黒人の歌―問答歌人として―」久米常民（愛知県立大学文学部論集26）＊「黒人〈羈旅歌八首〉の形成」大室精一（『万葉の発想』）＊「旅と抒情―黒人・赤人への過程―」高野正美（『万葉の虚構』）　〔奈良橋〕

高市黒人妻（たけちのくろひとのめ〈つま〉）

〔表記〕黒人妻（3・二八一）。

〔歌風〕黒人妻の歌は黒人が摂津で詠んだ二首（3・二七九、二八〇）の中の一首に唱和した一首だけが伝記されている。

いざ子ども大和へ早く白菅の真野の榛原手折りて行かむ　（3・二八〇）
白菅の真野の榛原行くさ来さ君こそ見らめ真野の榛原　（3・二八一）

黒人の歌は羈旅歌であり、文字どおり「妻」を配偶者とすれば、黒人は妻を旅に同行したことになるが、しかし「妻」はたんに男から女をよぶ場合にも用いられるので、この「妻」もおそらく配偶者ではなく、旅の宴席に侍した女人の一人が黒人の歌に唱和したのを「黒人妻」と伝えられたのだ。黒人が白菅の生えている真野の榛原を手折って大和へはやく帰ろうと詠んだのに対して、あなたこそ、その榛原を大和からの往還にご覧になるのでしょうね、と和しているが、黒人の歌には女人の気持を引こうとする気分があり、それに対する妻の歌は、その黒人の誘いを受け止め、さらにはぐらかそうとしている、典型的な宴席の相聞歌である。

〔歌数〕短歌一首。3・二八一　〔奈良橋〕

竹取翁（たけとりのおきな）

〔名義〕伝説上の老翁の名。竹取翁の名のもとづくところについては諸説があるが、古人は一夜で目立って伸びる竹を霊威ある神秘な植物としたから、竹を採って器物を作る老人を描き出して、呪力ある人物を代表させたのである。万葉集では、海幸山幸型の神話にみえる海神のイメージとも、また神仙思想とも交渉を有する人物としてえがいている。集中に、この老翁の作と称するものはない。

〔所在〕16・三七九一題詞

〔参考文献〕＊「竹取翁歌と孝子伝原穀説話」西野貞治（万葉14）＊「竹取翁歌の用字の年代―借訓仮名を中心に―」稲岡耕二（美夫君志7）＊「竹取翁考」尾崎暢殃（国学院雑誌70―11）　〔尾崎〕

建部牛麻呂（たけべのうしまろ）

〔閲歴〕筑前国那珂郡伊知郷蓑島の人。天平初年怡土郡深江村子負原の鎮懐石の伝説を伝えた。

〔所在〕5・八一四左注　〔中村〕

丹比（たじひ）
〔表記〕多治比県守・大唐大使卿の項参照。
〔系譜〕宣化天皇の子孫。橘氏とともに皇親系の名家である。真人姓。一説に大伴田村大嬢が嫁していた所かとするが不明である。
〔所在〕19・四一七三題詞、四二一三左注　〔中村〕

丹比県守（たじひのあがたもり）

〔表記〕多治比真人県守（続紀）とも。

〔系譜〕文武朝の左大臣嶋の子。

〔閲歴〕慶雲二年十二月従六位上から従五位下。和銅三年三月宮内卿。霊亀二年八月遣唐押使。養老二年十月帰朝。同三年七月武蔵守で相模・上野・下野按察使。同四年九月の蝦夷反乱に持節征夷将軍。同五年六月中務卿。天平元年三月長屋王の変に参議、ときに大宰大弐。三年八月民部卿参議。大弐から民部卿に遷任されたとき、大宰帥大伴旅人が贈った歌がある（4・五五五）。天平九年六月中納言正三位で薨ず（続紀）。武智麻呂伝にも登場する。

〔所在〕4・五五五題詞　〔中村〕

丹比真人（たじひのまひと）
〔系譜〕書紀天武天皇十三年十月条に、丹比公に真人姓を賜ったとある。
〔閲歴〕万葉集中、丹比真人は「丹比真人名をもらせり柿本朝臣人麻呂の意に擬へて報ふる歌一首」（2・二二六題詞）、「丹比真人の歌一首名闕けたり」（8・一六〇九題詞）、「丹比真人の歌一首」（9・一七二六）と三例みえ、それらが同一人物かも不明。万葉集古義は「同一人なるべきか」とし、丹比県守・丹比真人笠麻呂などをあげる。
〔歌数〕短歌三首。2・二二六　8・一六〇九　9・一七二六　〔青木(周)〕

丹比真人乙麻呂（たじひのまひとおとまろ）
〔系譜〕万葉集中、春雑歌の部に「丹比真人乙麻呂の歌一首」（8・一四四三題詞）とあり、その注に「屋主真人の第二子なり」と記す。したがって丹比屋主真人の子ということになる。
〔閲歴〕続紀によれば天平神護元年正月、同族の多治比真人長野らとともに正六位上より従五位下に叙せられ、同年十月、称徳天皇の紀伊国行幸において、御前次第司長官（光仁天皇）のもとで次官に任ぜられた。なお、続紀では多治比真人乙麻呂と記す。
〔歌数〕短歌一首。8・一四四三　〔青木(周)〕

丹比真人笠麻呂（たじひのまひとかさまろ）
〔系譜〕丹比氏はかなりの名族で、多くの高官を出している。天平十九年二月の大安寺資財帳によると、備前国御野郡長江葦原の東に丹比真人の墾田があった（寧楽遺文）。
〔閲歴〕万葉集中、丹比真人笠麻呂と春日蔵首老との唱和がある。この春日蔵首老については、もと弁紀（基）という僧で、大宝元年三月に還俗し姓名・位を賜り、和銅七年従五位下に叙せられ、ついで常陸介となったらしく、懐風藻に五言詩一首を収め、その題詩に「従五位下常陸介春日蔵老一絶年五十二」とあることからも、その身分・年代がほぼ明らかである。このことから同じく、丹比真人笠麻呂も大宝から和銅にかけての人物と推定される。

〔歌風〕「丹比真人笠麻呂紀伊国に往きて勢の山を越ゆる時作る歌一首」（3・二八五）は雑歌部に、また「丹比真人笠麻呂筑紫国に下る時作る歌一首并に短歌」（4・五〇九、五一〇）は相聞部に収められている。ともに旅中の作である。前者は、

　栲領巾の懸けまく欲しき妹が名をこの勢の山に懸けばいかにあらむ　（3・二八五）

のつぎに「春日蔵首老即ち和ふる歌一首」、

　宜しなべわが背の君が負ひ来にしこの勢の山を妹とは呼ばじ　（3・二八六）

があり、これら二首は唱和による連作である。旅中の宴席などにおいて、現地の名所である勢の山への興味から、セとイモとを詠み込んだ言語遊戯的な即興吟で、当時流行の宴席歌の特色があらわれている。後者は長歌と反歌からなる。船上から眺める景を述べつつ、都に残してきた妹に対して恋情を表出している。

〔歌数〕短歌二首、長歌一首。3・二八五　4・五〇九、五一〇

〔参考文献〕＊「丹比笠麻呂の道行的望郷歌―赤人作歌との関係を中心に―」清水克彦（女子大国文83）

〔末内〕

丹比真人国人（たじひのまひとくにひと）

〔表記〕丹比国人真人（20・四四四六題詞・左注）とも記される。

〔閲歴〕続紀によれば、天平八年正月正六位上より従五位下、同十年閏七月民部少輔、同十八年四月従五位上より正五位下、天平勝宝元年七月正五位上、同二年三月大宰少弐、同三年正月従四位下、同六年七月大皇大后（宮子）葬送の御装束司、同八年五月聖武天皇大葬の御装束司、天平宝字元年六月従四位下、摂津大夫。しかし同年七月橘奈良麻呂の乱に連坐、遠江守の任を解かれ伊豆国に流された。万葉集には天平勝宝七歳五月十一日、左大臣橘諸兄とともに自宅で宴した題詞（20・四四四六）に、右大弁丹比国人真人とみえる。また当歌（四四四六）と諸兄の「和ふる歌」（四四四七）からは、二人の親密な関係がうかがえて興味深い。

〔歌数〕長歌一首、短歌三首。3・三八二、三八三　8・一五五七　20・四四四六

〔青木(周)〕

多治比真人鷹主（たじひのまひとたかぬし）

〔閲歴〕続紀によれば、天平宝字元年七月橘奈良麻呂の乱

に際し、太政官院庭に会して陰謀を企てた中に、安宿王・黄文王・橘奈良麻呂・大伴古麻呂・多治比犢養・多治比礼麻呂・大伴池主・大伴兄人らとともに、多治比鷹主の名がみえる。万葉集中に天平勝宝四年閏三月、大伴古慈悲宿禰の家で入唐の副使胡麻呂宿禰らを餞した歌(19・四二六二)があり、その左注に「右の一首は、多治比真人鷹主、副使大伴胡麻呂宿禰を寿《ことほ》けり」とあるのがはやい。

〔歌数〕短歌一首。19・四二六二　〔青木(周)〕

多治比真人土作（たじひのまひとはにし）

〔系譜〕公卿補任の神護景雲四年の条に「従四位上多治比真人土作 左大臣正二位島孫、宮内卿従四位下水守子」とある。

〔閲歴〕続紀によると、天平十二年従五位下、十五年三月に新羅使来朝の折、土作等を筑前に遣して検校し、四月、常礼に失することを報告、六月に摂津介となり、十八年四月に民部少輔、天平勝宝元年八月紫微大忠、六年四月尾張守、天平宝字元年五月従五位上、五年十一月副西海道節度使、七年五月正五位下、八年四月文部大輔、天平神護二年従四位下、神護景雲二年左京大夫兼相模守、七月治部卿兼左京大夫讃岐守、宝亀元年参議従四位上、二年六月参議治部卿従四位上で卒す。

〔歌風〕遣唐使の一員である作者の、航海の安全を祈願する歌であるが、個性に乏しい。巻九の一七八四番歌は、その類歌。

〔歌数〕短歌一首。19・四二四三　〔堀野〕

丹比大夫（たじひのまえつきみ）

〔系譜〕丹比真人県守に想定する説（土居光知・古代伝説と文学）があるが、不明。

〔歌風〕巻十五には、天平八年六月遣新羅使人が作り、あるいは、誦詠したとされる歌群が残されているが、その中に「丹比大夫の亡りし妻を悽愴む歌」である「古挽歌」と短歌が記されている。誦詠の記述がないことから、この歌群の中でもとくに実際の誦詠が疑問視されている。丹比氏に属する者が作成したと記憶されていた挽歌を、家郷の妻を偲ぶ情を示す歌として、誦詠、あるいは編集の段階で転用したものであろう。

〔歌数〕長歌一首、短歌一首。15・三六二五、三六二六　〔斎藤〕

丹比屋主真人（たじひのやぬしのまひと）

〔表記〕大夫（6・一〇三一左注）、屋主真人（8・一四四三題詞）とも記される。

〔系譜〕万葉集中の丹比真人乙麻呂の歌の題詞に「屋主真人の第二子なり」という注記があり、乙麻呂の父であることがわかる。ただし6・一〇三一は多治氏真人家主の作とする説（万葉集古義）もある。また屋主が家主と同一人とする説によれば池守の子で長野の父（続紀）でもあることになる。しかし続紀にみえる昇叙の年の相違により両者同一人説には疑問がある。

〔閲歴〕続紀によれば、神亀元年二月正六位上より従五位下、天平十七年正月従五位上、同十八年九月備前守、同二十年二月正五位下、天平勝宝元年閏五月左大舎人頭に任叙された。また集中には、「大蔵少輔丹比屋主真人の歌一首」（8・一四四二題詞）とあり、大蔵省の次官（従五位相当）になったことも知られる。

〔歌数〕短歌二首。6・一〇三一 8・一四四二〔青木(周)〕

多治比部北里（たじひべのきたさと）

〔系譜〕多治比連の所轄にあった部。

〔閲歴〕越中国礪波郡の主帳。勝宝二年二月十八日、墾田地検察の家持と接触、北里は墾田開発の事業を遂行していた。

〔所在〕18・四一三八題詞。〔滝口〕

丹比部国人（たじひべのくにひと）

〔系譜・閲歴〕相模国足下郡の防人。上丁。天平勝宝七歳二月、相替により諸国の防人が筑紫に遣わされたとき、相模国の防人部領使守藤原宿奈麻呂が進上した歌の中に一首を留める。新撰姓氏録によれば、反正天皇が誕生したとき産湯の中に多遅の花が入ったので天皇を多治比瑞歯命と称し、諸国に丹比部を定めたという。これによれば、丹比部は反正天皇の御名代部であったとも思われるが、宣化天皇の曾孫に多治比古王がいる。なお、多治比部は常陸・越中にも確認できる。

〔歌数〕短歌一首。20・四三二九〔北野〕

但馬皇女（たじまのひめみこ）

〔表記〕但馬内親王（続日本紀和銅元年・歌経標式）とも記されている。

〔系譜〕日本書紀天武天皇二年の条に、「又、夫人藤原大臣の女氷上娘《ひかみのいらつめ》、但馬皇女を生めり」とあって、藤原鎌足の女であった氷上娘が天武天皇の後宮に入り、但馬皇女を生んだというのである。続紀によれば、元明天皇の和銅元年の条に「六月丙戌、三品但馬内親王薨れり。天武天皇の皇女なり」とあって、但馬内親王といわれていたことがわかるが、この内親王という語は、それまで皇女といわれていたものが令制によってはじめてそのように称されるようになったものである。

〔閲歴〕但馬皇女が天武天皇の皇女であって、元明天皇の和銅元年（七〇八）に薨じたことはわかっているが、薨去の際の年齢が何歳であったかは正確にはわからない。しかし、異母兄弟姉妹の関係にあった高市皇子の宮に住み、同じ関係の穂積皇子との間に交情が交わされたと想像される皇女の歌を理解するためには、この皇女の年齢を推定する必要があろう。但馬皇女の年齢を推定するには、祖父である藤原鎌足にまで遡らなければならない。鎌足は天智八年（六六九）五十六歳で薨じたとされる。その鎌足には五人の子があったらしい。すなわち、不比等・定恵、氷上娘・

五百重娘・国子大連である。このうち、氷上娘と五百重娘《いほへのいらつめ》の姉妹はともに天武の後宮に入り夫人《おおとじ》と称された。そして、氷上娘は但馬皇女を生み、五百重娘は新田部皇子を生んだ。鎌足の次子は不比等で、氷上娘は長女であるが、その関係は兄妹であったという。不比等は養老四年(七二〇)六十二歳で薨じた。それから逆算すると、斉明天皇五年(六五九)の出生となる。鎌足四十六歳の時の子である。不比等が六五九年の出生なら、その妹の氷上娘の出生ははやくて六六一年頃であろう。ちなみに氷上娘は天武十一年(六八三)正月宮中で薨じた。二十三歳以下であったと思われる。その氷上娘と天武との間に生まれたのが但馬皇女である。氷上娘が天武の後宮に入った年齢はわからないが、但馬皇女を生んだのは少なくとも十五、六歳以後のことであろう。だが、氷上娘が但馬皇女を出産したことが原因で死去したとするなら、高市皇子の宮に住んでいた皇女は高市皇子の薨去の年(持統十年　六九六)には十四歳であったはずである。それでは、高市皇子の妻であったろうかといわれたり、穂積皇子との交情があったとされるにはあまりにも若すぎる。やはり、皇女の出生は、氷上娘の十六歳以後のことで、西暦六七五年以後のことと考えるのが常識的な線ではあるまいか。そうだとすれば、高市皇子薨去のときには、皇女は二十二歳にはなっていたはずで、実際はそれより一、二歳は若くとも差し支えないのである。

但馬皇女の誕生が西暦六七五年以後数年間の間に限られるとするなら、和銅元年(七〇八)に薨去した際の行年は多目にみても三十四歳である。内親王として三品という位階は当然のことであった。

秋の田の穂向《ほむき》の寄れること寄りに君に寄りな事痛《こちた》かりとも　(2・一一四)

後れ居て恋ひつつあらずは追ひ及かむ道の阿廻《くまみ》に標結へわが背　(2・一一五)

人言を繁み言痛み己が世に未だ渡らぬ朝川渡る　(2・一一六)

連続して採録された但馬皇女のこの三首の作は、いずれも穂積皇子への恋情の吐露である。最初の作には、「但馬皇女、高市皇子の宮に在す時に、穂積皇子を思ふ御作歌一首」という題詞が添えられている。高市皇子は壬申の乱に際して、十九歳で全軍の総司令官として近江軍に対抗し、天武方を勝利に導いた功労者として、天武・持統の代を通じて世間から英雄として仰がれた皇子である。そして、持統三年四月、皇太子草壁の薨去の翌年太政大臣に任ぜられた。但馬皇女が高市皇子の宮に在ったのはいつの頃からかはわからないが、穂積皇子と恋愛関係を起こした頃は、皇女はおそらく十八歳以上にはなっていたろうと思われるから、持統六、七年の頃であったと想像される。もちろん、高市は太政大臣になっていた。但馬皇女が高市皇子の宮に在った理由については、高市の妻であったのだろうという意見が普通に行われていて、とくに反論はないようである。なかには政略結婚を想像する向きもある。しかし、考えてみるに、但馬皇女の母氷上娘は和銅元年に没している。これは皇女が七、八歳以下の頃である。古代にあっては子供の養育はすべて母が面倒をみるべきものであり、それが不可能ならその親が世話をするのが普通であったと思われる。ところが祖父の鎌足は皇女出生以前にすでにこの世にはいなかった。母に死別した皇女が誰に養われたか、その点は不明である。叔母の五百重娘に養われたとも言い得ない。また、高市皇子の宮にいたから妃の一人になっていたという積極的な証拠もない。前掲の一一六番歌の場合は、題詞には「但馬皇女、高市皇子の宮に在す時、竊《ひそ》かに穂積皇子に接《あ》ひて、事すでに形《あら》はれて作りまし御歌一首」とある。この際「竊かに」とあるからといって不義密通だとするのは考え過ぎだともいえる。極端に人目を恐れるのは日本の恋人たちの常である。また、歌の表現として「己が世に未だ渡らぬ」という歌句は、はじめて経験した男女関係を暗示したものとみる他はない。つぎの句「朝川渡る」を、一般に説かれているように、事実を述べたにすぎないと仮に決めたならなおさら、「己が世に未だ渡らぬ」は過剰な表現となる。やはり、未だ経験したことのない男女関係への暗示があるというべきであって、それが未経験の不義密通を意味すると考えるのは馬鹿々々しい。また、不義密通であったとしたら、「人言を繁み言痛み」といった程度に作者が受け止めているのもおかしい。どうも皇女が高市皇子の宮に在ったのは、幼くて母に死別した皇女を、何らかの事情によって高市が預っていたのではないかと思われるのである。

さて、皇女の恋の相手であった穂積皇子は、天武の夫人の一人、蘇我赤兄《あかえ》の女太蕤娘《おおぬのいらつめ》の子として生まれた。持統五年（六九一）浄広弐の位を授けられ、霊亀元年（七一五）正月一品となり、同年七月に薨じた。行年は未詳である。年齢のはっきりしている舎人親王を例にとれば、最初の授位は二十歳であるから、穂積皇子も持統五年には二十歳ぐらいだとすると、高市薨去の持統十年には二十五歳ぐらいであって、但馬皇女がこのとき前述のように二十歳から二十二歳ぐらいであるとしたら、まさに似合いの恋人同士だったと言い得よう。参考のために、選叙令を引くと、「凡そ位授けむは、皆年廿五以上を限れ。唯《ただ》し蔭《おん》を以て出身せむは、皆年廿一以上を限れ」とある。この蔭位制に準じて考えてよかろう。

〔歌風〕但馬皇女の作品として信ぜられているものは前掲の三首である。他に巻八・一五一五の作があって、同じ傾向の歌風ではあるが、子部王作という説もある。前掲三首の表現はいずれも巧みである。短歌であるから当然のこととして抒情詩であるには違いないが、作者の視点は意外に客観的であって、抒情的な面が薄い。一一四番などは四句までは抒情であっても、第五句にはそれを一転させて反省的な条件が示されている。一一五番は、「穂積皇子に勅して近江の志賀の山寺に遣はす時、但馬皇女の作りまし御歌一首」という題詞をもっているのだが、恋人の跡を追いたいという痛切な気持というより、恋人の跡を追う物語中の女の気持を代弁した歌といった面影をもっている。古事記の名高い悲恋物語の、木梨軽皇子が伊余の湯に追放されたとき、その跡を追う軽大郎女の歌だとしてもふさわしいような作品である。一一六番歌も個人の抒情というよりも事件の叙述に近いような傾向をもった歌である。いずれも物語歌に似た面影がある。その点、巻十五の狭野茅上娘子の諸作と相通ずる歌風をもっているといえよう。表現の肌理が荒いという点でも共通している。

〔歌数〕短歌四首。2・一一四、一一五、一一六　8・一五一五（ただし、題詞の割注に「一書に云ふ、子部の王のれ作る」とある）

〔参考文献〕＊「川を渡る女—但馬皇女をめぐって—」大久間喜一郎（国学院雑誌68—10）＊「但馬皇女と穂積皇子」川上富吉（『万葉集講座』5）＊「穂積皇子と但馬皇女」黒沢幸三（文学46—9）＊「但馬皇女論」神長あい子（青山語文7）＊「但馬皇女—発想と物語的性格」畠山篤（国学院雑誌79—3）

〔大久間〕

田道間守（たじまもり）

〔系譜〕書紀垂仁天皇三年三月の一云に「故、天日槍、但馬国の出嶋の人太耳が女麻多烏を娶りて、但馬諸助を生む。日楢杵、清彦を生む。清彦、田道間守を生むといふ」とある。古事記応神天皇条にも同様の系譜を載せるが、多遅麻毛理と清日子が兄弟になっている点など、多少の相違がみられる。書紀垂仁天皇八十八年七月条に「前津耳（一に云はく、前津見といふ。一に云はく、太耳といふ）」とあり、「一云」がそれぞれ書紀垂仁天皇三年三月の「太耳」、古事記応神天皇条の「多遅摩の俣尾の女、名は前津見」と同一の表記をもつことを考慮すれば、田道間守の系譜は数種あったと思われる。また田道間守は、記紀共に三宅連の祖（垂仁紀九十九年明年三月・垂仁記）と位置づけられている。

〔閲歴〕垂仁紀・記に、田道間守が常世国より非時《ときじく》の香菓《かくのみ》（橘）をもたらしたとある。万葉集中の長歌「橘の歌一首」（18・四一一一、天平感宝元年閏五月二十三日、大伴宿禰家持作）に、右の伝説とともに、歌中に田道間守がみえる。

〔青木(周)〕

橘宿禰奈良麻呂（たちばなのすくねならまろ）

〔表記〕橘朝臣奈良麻呂（8・一五八一題詞）、橘奈良麻呂朝臣（19・四二七九題詞）。

〔系譜〕左大臣橘諸兄の長男。母は藤原不比等の女（多比能）である。子には嶋田麻呂・清友・安麻呂・入居がいる。

〔閲歴〕天平八年十一月左大弁葛城王橘諸兄・橘佐為らとともに橘の姓を賜った（6・一〇〇九左注）。天平十二年五月従五位下が授けられ、同十一月従五位上、同十三年七月大学頭、十五年五月正五位上、十七年九月摂津大夫、十八年三月民部大輔、十九年正月従四位下、天平勝宝元年四月従四位上に叙せられた。閏五月に侍従、七月参議、四年十一月但馬国因幡国按察使などを歴任した。六年正月四位下、天平勝宝七歳兵部卿、このとき家持は兵部少輔。天平宝字元年六月左大弁。天平勝宝七年十一月諸兄の祇承人佐味宮守が酒宴の席で、諸兄の言辞が無礼であると密告した。また山背王が、橘奈良麻呂や大伴古麻呂らが兵器を備えて田村宮を句囲しようと謀っていることを密告。七月さらに中衛舎人従八位上、上道臣斐太都が内相（仲麻呂）に黄文王、安宿王・塩焼王・奈良麻呂・大伴古麻呂・小野東人らが謀殺するという情報を告げたのですべて捕えられ勘問された。主謀者奈良麻呂の逆謀の理由は「内相政を行ふ甚だ無道多し」「東大寺を造り人民苦辛して氏々の人等もまた是れ憂と為す」ということである。奈良麻呂らは政変を起こす計画を仲麻呂に事前に察知され失敗に終わった。これに連座して捕われた者四百四十人といわれ、黄文王・大伴古麻呂・小野東人らは拷問の結果杖下に死んだ。しかし不思議なことに奈良麻呂の名は記録にない。八月勅により誅せられる。このとき奈良麻呂は三十七歳（尊卑分脈）。仁明天皇の承和十四年大政大臣正一位を追贈される。

〔歌風〕橘奈良麻呂は天平十年冬十月十七日に右大臣橘卿の旧宅で宴を催した（8・一五八一題詞）。この集宴には、奈良麻呂を中心に久米女王・長忌寸の娘・犬養吉男・犬養持男・大伴書持・三手代人名・秦許遍麻呂・大伴池主・大伴家持などが集まったが、奈良麻呂は、

手折らずて散りなば惜しとわが思ひし秋の黄葉をかざしつるかも　（8・一五八一）
めづらしき人に見せむと黄葉を手折りそわが来し雨の降らくに　（8・一五八二）

と二首詠んでいる。自分の心情を黄葉の美しさになぞらえて詠むという手法をとって、みずからを黄葉の美しさの中に没入させている。若い貴族たちの心情は多分に享楽的なものであり、この歌の中にも黄葉を手折り惜しみかざすという風流の精神が詠みとれるのである。
〔歌数〕短歌三首。6・一〇一〇　8・一五八一、一五八二
〔参考文献〕＊「橘奈良麻呂の乱」中川幸広（『古代史を彩る万葉の人々』）＊「橘奈良麻呂宅結集宴歌十一首」小野寛（『万葉集を学ぶ』5）＊「橘奈良麻呂の変における答

本忠節をめぐって」福原栄太郎（続日本紀研究200）
〔針原〕

橘宿禰文成（たちばなのすくねふみなり）
〔表記〕橘宿禰文成と記される。
〔系譜〕6・一〇一四の左注に「即少卿之子也」と細注があり、少卿というのは佐為王（天平九年当時は橘佐為）であると考えられるので、佐為王（橘佐為）の子、祖父が美努王となる。
〔歌風〕天平九年父橘佐為やその他の大夫らが門部王の家で宴飲したときの歌がある。
　前日《をとつひ》も昨日も今日も見つれども明日さへ見まく欲しき君かも
（6・一〇一四）
がそれであるが、宴席の儀礼的表現から全く出ない。
〔歌数〕短歌一首。6・一〇一四
〔吉村〕

龍田彦（たつたひこ）
〔系譜〕奈良県生駒斑鳩町龍田の龍田神社の祭神で風の神とされる。神名帳には、大和平群郡に龍田比古、龍田比女神社二社とある。さらに同書には「龍田坐天御柱、国御柱神社二座《ミハシラノミコト》」とある。祝詞の龍田風神祭には「我《アガ》御《ミ》名《ナ》者《ハ》天乃《アメノ》御柱乃命《ミハシラノミコト》、国乃《クニノ》御《ミ》柱乃命《ハシラノミコト》止《ト》、御《ミ》名《ナ》者《ハ》悟奉弖《サトシマツリテ》」とある。今も生駒郡三郷村立野の龍田神社には、天御柱命、国御柱命を祭神とし、龍田比古龍田比女二座は摂社として別に祭ってある。
　崇神天皇の御代、悪風荒水に苦しんだとき、「吾が宮は朝日の日向《ヒムカ》う処、夕日の日隠る処の龍田の立野の小野に斎《イツ》き祀れ」かくなせば悪疫も終息すべしとのご神教のあったところから天皇当社を創建し給うと伝える。爾後朝廷の尊崇も篤く、国民の信仰も深く、平安朝以後には当社を名神大社に列し、祈年・月次・新嘗の案上官幣に預り、近畿諸社中朝廷崇敬の十六社の一とされる。万葉に、「わが行きは　七日に過ぎじ　龍田彦ゆめ此の花を風にな散らし」（9・一七四八）とみえる。「この歌で見ると、タツタヒコの方が素朴な原形で、天御柱などというのは後から威厳をつける為の名であった如くも感ぜられる」と私注にいう。祝詞にある風の神も、龍田比古、龍田比女といったのであって、この歌の作者はそのつもりで、この神名を用いたとみてよい。
〔所在〕9・一七四八
〔松原〕

織女（たなばたつめ）
〔表記〕織女（たなばた―たなばたつめの略―と読む場合もある）の他、棚機《たなばた》（10・二〇三四）、多奈波多（17・三九〇〇）と記す。
〔閲歴〕七夕伝説中の織女のことである。万葉集中には百首を越える七夕にまつわる歌があるがその歌中にみえる。七夕伝説がいつ我が朝に伝来したかは明らかではないが、中国では天の川を渡るのは織女であって本集のほとんどの歌とは趣が逆である。折口信夫は〈水の女〉としての想定をした。記紀歌謡（夷曲《ひなぶり》）にはオトタナバタとして出る。

〔所在〕8・一五二〇　10・二〇二七、二〇二九、二〇八〇、二〇八一　〔飯島〕

田辺秋庭（たなべのあきにわ）

〔閲歴〕天平八年六月、遣新羅使らの一行が航海途中の国国で詠じた作の中に、大島の鳴門を過ぎ、二夜経た後に、後から作った歌一首がある。なお、日本古代人名辞典の「田辺秋庭」の項に、「天平二十年正月、六巻鈔の料紙をあてられた」「経師」とあるが、同一人か。

〔歌風〕鳴門の急潮の中で海藻を刈る海人の娘たちの姿に感動した歌で、つぎのこれに和した歌によると、作者はその娘たちを夢に見るほど印象的だったことがわかる。

〔歌数〕短歌一首。15・三六三八　〔佐藤〕

田辺史福麻呂（たなべのふひとさきまろ）

〔表記〕造酒司令史田辺福麻呂（18・四〇三二題詞）。

〔系譜〕田辺史家は新撰姓氏録によれば、(1)左京皇別の上毛野朝臣「下毛野朝臣同祖。豊城入彦命五世孫多奇波世君之後也……以レ解ニ文書一為ニ田辺史一……今上弘仁元年改賜ニ朝臣姓一」(2)右京皇別の田辺史「豊城入彦命四世孫大荒田別命之後也」(3)右京諸蕃の田辺史「出レ自ニ漢王之後知惣一也」の三家がみえる。田辺史姓を称する人々は書紀・続紀には数多くみえており、それらからすると、「史」の姓が示すように、文筆をもって仕えた朝鮮系帰化人の子孫だったようだ。福麻呂は前記いずれの家の出自か定かでないが、(1)と関係しているという説（佐野正巳・万葉集作家と風土）、また田辺史伯孫（雄略紀）の子孫（神田秀夫・人麻呂歌集と人麻呂伝）、田辺史難波（続紀）の子（契沖）などの説がある。福麻呂は左大臣橘家の使者として越中国に赴いたり（18・四〇三二題詞）、橘諸兄の遊宴歌（18・四〇五七）、橘家における肆宴の歌（18・四〇五八〜四〇六〇）などを伝えたりしているところから橘諸兄と私的なかかわりがあったらしい。

〔閲歴〕天平二十年三月二十三日、造酒司令史の官（大初位上）にあって、左大臣橘諸兄の使者として越中国に赴き、守大伴家持の館で宴せられ、新歌を作り古詠を誦した（18・四〇三二題詞）。翌二十四日の宴席でも明日の布勢水海の遊覧を約して作歌する（18・四〇三六題詞）。二十五日は家持・久米広縄・遊行女婦《うかれめ》土師などと一緒に布勢水海に遊ぶ（18・四〇四四〜四〇五一　うち福麻呂歌は四〇四六・四〇四九）。二十六日は越中掾久米広縄の館で福麻呂饗応の宴が催され、歌一首を作る（18・四〇五二）。福麻呂の足跡の明白なものは以上のわずか四日間のことのみである。他に元正太上天皇が難波宮に在るときの歌七首（18・四〇五六〜四〇六二）の左注に伝誦する人は田辺史福麻呂とあり、この難波宮における作は天平十六年夏と推定されているので（沢潟久孝・万葉集新釈）、この頃難波宮にいたらしい。また田辺福麻呂歌集所出の「敏馬の浦を過ぎる時に作る歌」（6・一〇六五～一〇六七）、「足柄坂を過ぐる時に死人を見て作る歌」（9・一八〇〇）、「葦屋処女の墓を過ぐる時に作る歌」（9・一八〇一～一八〇三）などからすると、播磨国や東国に旅をしたことがあるようだ。

〔歌風〕福麻呂作とあるものは巻十八に短歌十三首があり、すべて越中国に赴いたときの作である。十一首は宴席の場での作、他の二首は布勢水海遊覧時の作である。これらの作は即興的なものらしく軽い感じの作が多い。語句も「玉も拾はむ」（四〇三八）、「語り継ぎてむ」（四〇四〇）、「見れども飽かず」（四〇四六）など類型的であり、独創的な作とは思われない。一方、田辺福麻呂歌集所出の作が巻六に長歌六首・反歌十五首、巻九に長歌四首・反歌六首があり、全部で長歌十首反歌二十一首を伝える。福麻呂歌集には福麻呂作品だけを収めてあったのかどうかは不明だが、少なくとも万葉所収の福麻呂歌集歌は福麻呂自作歌であったと思われる。この歌集所出の作には独立した短歌はなく、短歌はすべて長歌に伴う反歌であるから、福麻呂歌の特色は短歌よりも長歌の面にあったといえよう。福麻呂歌集所出の作は巻六雑歌部に、「寧楽の故郷を悲しみて作る歌」（一〇四七～一〇四九）、「久邇の新京を讃むる歌」（一〇五〇～一〇五八）、「春の日に三香原の荒墟を悲傷して作る歌」（一〇五九～一〇六一）、「敏馬の浦を過ぎる時に作る歌」があり、これらの作はほぼ天平十三年から同十六年にかけての作と思われる。また巻九の相聞部に「娘子を思ひて作る歌」（一七九二～一七九四）、挽歌部に「足柄坂を過ぐる時に死人を見て作る歌」「葦屋処女の墓を過ぐる時に作る歌」「弟の死去を哀しみて作る歌」（一八〇四～一八〇六）があるが、これらの作歌年代は不明である。巻六所出歌はほぼ年代の推定が可能であり、巻九のそれは無理であるということは、この歌集が種々の歌を集めていたことをみせるとともに、巻六と巻九の性格の相違をうかがわせて興味深い。福麻呂の長歌は、たとえば「讃二久邇新京一歌」をみると、

現つ神　わが大王の　天の下　八島の中に　国はしも　多くあれども　里はしも　多にあれども　山並の　宜しき国と　川なみの　立ち合ふ里と　山城の　鹿背山のまに　宮柱　太敷きまつり　高知らす　布当の宮は　川近み　瀬の音ぞ清き　山近み　鳥が音とよむ……

とあり、一見してその構成、語句、修辞が前代の人麻呂・赤人・金村などの歌作に近く、福麻呂独自の発想が希薄であることがわかる。このことは他の福麻呂の長歌にもいえることであるが、ともかく福麻呂は宮廷寿歌の伝統的形式を踏襲してこの作を詠んでいるわけである。それは逆にいえば、福麻呂が人麻呂・赤人の系統を受け継ぐ宮廷歌人的存在であったことをみせている。一般に福麻呂作には、枕

詞・対句表現の多用、また先行歌人の語句の類似性といった面がみられる。そのため平明で纒まってはいるが、他方力強さに欠け、福麻呂独自の新しい境地を開くまでにはいたっていない。そうした欠点はあるにしても、近時福麻呂を芸謡的うたびと（久米常民・万葉集の誦詠歌）、宮廷の舎人的歌人（橋本達雄・万葉集宮廷歌人の研究）、辞賦の作歌（中西進・万葉集の比較文学的研究）などと捉えて論じられるように、万葉集最後の長歌作家として重要な存在である。

〔歌数〕福麻呂作は短歌十三首。18・四〇三二〜四〇三六、四〇三八〜四〇四二、四〇四六、四〇四九、四〇五二歌集所出歌は、長歌十首、短歌二十一首。6・一〇四七〜一〇六七　9・一七九二〜一七九四、一八〇〇〜一八〇六

〔参考文献〕＊「田辺福麿」久松潜一（日本文学研究27）＊「田辺福麿之歌集と五つの歌群―その用字を中心としてー」古屋彰（万葉45）＊「宮廷歌人田辺福麿―橘諸兄との関連についてー」橋本達雄（万葉50）＊「田辺福麿論」（上・下）川口常孝（語文36・37）＊「田辺福麻呂」森淳司（『万葉集講座』6）＊「福麻呂の宮廷儀礼歌」清水克彦（万葉86）〔並木〕

田部忌寸櫟子（たべのいみきいちいこ）

〔表記〕田部をタナベとも、櫟子をイチイとも訓む。

〔系譜〕田部氏。姓は忌寸。田部忌寸は帰化人系か。

〔閲歴〕舎人吉年との贈答からみて、天智・天武朝頃の人と推定される。大宰府官人となる。天智天皇後宮の一婦人舎人吉年を妻または愛人とし、大宰府赴任のとき、贈答した歌四首が巻四相聞にある。そのうちの三首が櫟子作とされる。

〔歌風〕吉年の歌に対して和えた四九三番歌は、大宰府への旅立ちの際、残して行く妻の夜の姿を描いて、妻への愛惜別離の情を述べた、甘美な恋愛歌であるが、嫌味はない。つぎの四九四番歌は、妻と別れた後、旅路にあって恋の媒介者を恨むという、強い愛からの愚痴っぽい、理にからんだ歌。四九五番歌は、上三句が実感による譬喩の序で、朝の残月のように見飽きない君を山越しにおいて心もとないという心を歌う。四九五番歌については、万葉の「君」は男性をさすので、歌中の「君」を櫟子とし、作者も吉年とする説がある。

〔歌数〕短歌三首。4・四九三、四九四、四九五〔佐藤〕

丹波大女娘子（たにはのおおめおとめ）

〔系譜〕新撰姓氏録の左京諸蕃上に「丹波史後漢霊帝八世孫孝日王之後也」とあり、これに攷証は注意しているが、全註釈では「丹波は姓もあるが多分国名であろう」としている。大女は名か。

〔歌風〕集中の三首は、下句に「浮かべる心わが思はなくに」（七一一）、「手触れし罪か君に逢ひがたき」（七一二）、

「逢はぬこのころ」（七一三）とみえるように、女性の思慕の情を、結ばれぬ想いという自問自答の形式で歌っている。

〔歌数〕短歌三首。4・七一一、七一二、七一三　〔堀野〕

田氏肥人（たのうじのうまひと）
〔系譜〕巻五「梅花の歌三十二首」は氏の名を唐風に一字書きに改めたものが多く、「田氏」は、田口・田井・田中・田辺・田部氏など多数考えられる。「肥人」はウマヒト・コマヒト・ヒビトとよまれているが未詳。
〔閲歴〕天平二年正月大宰帥大伴旅人家における梅花の宴列席のとき「小令史」であった（万葉集）。「小令史」は大初位下相当で、判文を抄写する大令史の下役で職掌は同じ。
〔歌数〕短歌一首。5・八三四　〔多田〕

田氏真上（たのうじのまかみ）
〔系譜〕巻五「梅花の歌三十二首」は氏の名を唐風に一字書きに改めたものが多く、「田氏」は、田口・田井・田中・田辺・田部氏など多数考えられる。古義に田中朝臣三上かとするが確証はない。
〔閲歴〕天平二年正月大宰帥大伴旅人家における梅花の宴列席のとき「筑前目《さかん》」であった（万葉集）。「目《さかん》」は国司の四等官で、上国の筑前では従八位下相当。
〔歌数〕短歌一首。5・八三九　〔多田〕

玉槻（たまつき）

〔系譜〕元和古活字本和名類聚抄巻九、対馬第百三十五、上県郡に「玉調」とあり、出身地による名を記したのであろう。遊行女婦か。

〔閲歴〕巻十五目録冒頭に「天平八年丙子夏六月使を新羅国に遣はしし時使人等」とあるように同年同月遣新羅使が対馬の竹敷浦に泊ったときの作がある。

〔歌風〕「黄葉の散らふ山辺ゆ漕ぐ船のにほひに愛でて出で来にけり」（15・三七〇四）、三・四句の船の匂いが効果を上げており、遣新羅使を待ち望む意がよくあらわれている。

〔歌数〕短歌二首。15・三七〇四、三七〇五　〔堀野〕

玉作部国忍（たまつくりべのくにおし）
〔系譜・閲歴〕上総国望陀郡の防人。上丁。天平勝宝七歳二月、相替により諸国の防人が筑紫に遣わされたとき、上総国の防人部領使少目茨田連沙彌麻呂が進上した歌の中に一首を留める。玉作部は玉を作る品部であり、玉祖連を伴造としたと思われる。玉祖連は、神代記の天石屋戸神話や天孫降臨に登場する玉祖命を祖とするが、神代紀の一書には天孫降臨のところに玉作部遠祖豊玉と記しているものがある。玉作部は、他に周防・難波・遠江駿河に確認することができる。玉作部広目の項参照。
〔歌数〕短歌一首。20・四三五一　〔北野〕

玉作部広目（たまつくりべのひろめ）
〔系譜・閲歴〕駿河国の防人。天平勝宝七歳二月、相替により諸国の防人が筑紫に遣わされたとき、駿河国の防人部領使守布勢人主の進上した歌の中に一首を留める。玉作部は玉祖連の管掌下にあって、玉を作るのを職掌とした品部であると思われ、他に周防・難波・遠江・上総に分布している。なお、垂仁紀三十九年十月条には、五十瓊敷命が石上神宮に剣一千口を納めたことを記しているが、その異伝に、五十瓊敷命に玉作部以下十箇の品部を賜ったことがみえている。玉作部国忍の項参照。
〔歌数〕短歌一首。20・四三四三　〔北野〕

手持女王（たもちのおおきみ）
〔閲歴〕巻三の題詞に「河内王を豊前国鏡山に葬る時手持女王の作る歌三首」とある。河内王については持統紀八年四月五日条に「浄大肆を以て、筑紫大宰率河内王に贈ふ。并て賻物賜ふ」とある。これによれば女王は、天武・持統朝の皇族と考えられ、河内王の妻であった人か。
〔歌風〕直截的な表現をとり、情熱的な心情とともに、伝統的な世界を背後に持っている。
〔歌数〕短歌三首。3・四一七、四一八、四一九　〔滝口〕

丹氏麻呂（たんじのまろ）

〔系譜〕万葉集略解に「丹治比氏か」とある。麻呂は不明。

〔閲歴〕題詞によれば、天平二年正月のとき、大宰府大判事の任にあった。大判事は、職員令の刑部省に「大判事二人。掌らむこと、鞫はむ状案覆せむこと、刑名断り定めること。諸の争訟判らむこと」とあり、少監に次ぐ司法官である。

〔歌風〕雑歌の部に採られている。大宰帥旅人邸での梅花の宴中、梅の木を挿頭しての情景が浮かぶ、素直な歌である。

〔歌数〕短歌一首。5・八二八　〔堀野〕

血沼壮士（ちぬおとこ）

〔表記〕智弩壮士（9・一八〇九）、陳努壮士（9・一八一一）、知努平登古（19・四二一一）とも。

〔名義〕高橋虫麻呂歌集、大伴家持によって歌われる伝説歌の主人公。いわゆる二男一女型伝説の一方の主人公で、菟原壮士・処女とは別の土地に住む男として歌われ、田辺福麻呂歌集では小竹田丁子とよばれている。血沼は地名で、神武記（紀も）に出てくる「血沼海」（茅渟山城水門）の血沼で和泉国和泉郡。小竹田も和泉郡信太の地で近い。小竹田壮士・菟原処女・菟原壮士の項参照。

〔内容〕菟原壮士とともに葦屋処女（菟原処女）を争い、二人の間に立って悩む処女の死を夢によって知り、菟原壮士に先立って処女の後を追って死んだという。虫麻呂歌集によれば、処女は血沼壮士に心を寄せていたという。

〔所在〕9・一八〇九〜一八一一、19・四二一一、四二一一

二　〔三浦〕

智努女王（ちぬのおおきみ）

〔表記〕智奴女王（続紀神亀元年二月）。

〔閲歴〕養老七年正月従四位下、神亀元年二月従三位（続紀）。天平勝宝八歳頃、女王が卒《みまか》った後で円方女王が悲傷した歌が巻二十に載せられている。

〔所在〕20・四四七七題詞　〔中村〕

張（ちょう）

〔表記〕張敞、字は子高（漢書）。

〔系譜〕漢書趙尹韓張両王伝第四十六によれば、祖父の孺は上谷郡の太守、父の福は孝武帝に事え、光禄大夫。

〔閲歴〕もと河東郡平陽県の人。太守の卒吏、甘泉倉の長を経て、太僕丞となる。切諫をもって名を顕わし、抜擢され予州刺史。宣帝に徴されて太中大夫となる。函谷関都尉、山陽郡太守。膠東国の宰相として盗賊を退治。京兆尹となりよくその職に堪えた。元帝のときに死去。能吏でありよく治績をあげたことで知られる。

〔所在〕5・八六四前文　〔中村〕

趙（ちょう）

〔表記〕趙広漢、字は子都（漢書）。

〔閲歴〕漢書列伝第四十六によれば、広漢は涿郡蠡吾県の人。少くして郡吏・州従事となり、廉潔・明敏をもって知られる。茂材にあげられ、平準令。陽翟県令から京輔都尉を経て仮の京兆尹となる。宣帝尊立の議にあずかり関内侯を賜る。潁川郡太守として治績をあげる。再び京兆尹となり令名を得た。後、丞相魏相の事件で失敗、腰斬の刑に処せられた。誅殺されたとはいえ、百姓広漢を追慕し、その徳をたたえた。

〔所在〕5・八六四前文　〔中村〕

張仲景（ちょうちゅうけい）

〔表記〕名は機、仲景は字（四庫提要）。

〔閲歴〕後漢の時代、南陽の人。医を張伯祖に学ぶ。孝廉にあげられ、建安中長沙太守となる。良医として知られる。著書に傷寒論、金匱要略がある。抱朴子・至理に「仲景胸を穿ちて以て赤餅を納る」とある。

〔所在〕5・沈痾自哀文　〔中村〕

〔参考文献〕＊『全訳傷寒論』丸山清康訳註（明徳出版）

張氏福子（ちょうのうじのふくし）

〔系譜〕巻五「梅花の歌三十二首」は氏の名を唐風に一字書きに改めたものが多く、「張氏」は尾張氏かともいわれるが、続紀天平宝字八年十月条に「張禄満」とみえる一字姓の帰化系氏族と考えられ、「福子」は家伝下（武智麻呂伝）に「方士中略張福子」とみえるその人であろうとされる。

〔閲歴〕天平二年正月大宰帥大伴旅人家における梅花の宴列席のとき「薬師」であった（万葉集）。「薬師」は正八位上相当で医療に従事した。

〔歌数〕短歌一首。5・八二九 〔多田〕

通観（つうかん）

〔表記〕通観僧（3・三二七題詞）、釈通観（3・三五三題詞）。

〔閲歴〕仏教僧であり、貴族間に呪的霊験を持つ僧として出入りしていたか。集中大伴旅人関係の箇所にでてくるので旅人とも親交があったか。帰化人の可能性もある。

〔歌数〕短歌二首。3・三二七、三五三 〔滝口〕

調使首（つきのおびと つきのおみおびと）

〔系譜・閲歴〕調使を氏とする説（全註釈）、使は衍字で調を氏とする説（私注）、調を氏、使を姓とする説（注釈）など諸説がある。新撰姓氏録の調連に「水海連と同じき祖、百斉国努理使主の後なり、誉田天皇（諡応神）の御世に帰化す。（中略）弘計天皇（諡顕宗）後世蠶織の絁絹の様を献る。仍りて調首の姓を賜ふ」、新撰姓氏録逸文に「高向調使（中略）檜前調使」（続群書類従八十五、坂上系図にもみられる）、また、続紀神護景雲元年正月に「調使王」、同宝亀元年七月に「調使部」等がみられるが確証はない。

〔歌風〕挽歌の部に採られている。或る本の長歌は、三三三五番歌に三三三六番歌を併合したような構成である。三三四〇番歌は、三三三七番歌の異伝歌であろう。

〔歌数〕長歌一首、短歌四首。13・三三三九、三三四〇、三三四一、三三四二、三三四三 〔堀野〕

調首淡海（つきのおびとおうみ）

〔系譜〕調氏は、新撰姓氏録の左京諸藩に、百済国の努理《ぬり》使主《おみ》の後で、応神天皇の御代に帰化し、顕宗天皇の御代に絹を献上して調首の姓を賜ったとあり、渡来系氏族の出である。

〔閲歴〕壬申の乱のとき、天武天皇の東国入りに従者として参加し（天武紀元年六月）、その折の日記があったらしい（釈紀）。その後、連姓を賜り、和銅二年正六位上から従五位下、同六年従五位上、養老七年正五位上に昇叙（続紀）。神亀四年には累世の家の嫡子五位以上に賜物があったとき、高齢により特別にこの例に入る。天武の御代以来、終始官人として老齢になるまで朝廷に仕え、大宝元年九月には持統太上天皇の紀伊行幸に従っている。

〔歌風〕作歌は「大宝元年辛丑の秋九月、太上天皇の紀伊国に幸しし時の歌」として短歌一首のみ。

朝裳よし紀人羨しも亦打山行き来と見らむ紀人羨しも （1・五五）

官人としての立場から従駕の歌を詠んだものだが、表現が素直で、二・五句の繰り返しは古代歌謡によくみられる古風な歌いぶり。

〔歌数〕短歌一首。1・五五 〔居駒〕

月人壮士（つきひとおとこ）
〔表記〕月人壮（10・二〇一〇）、月人壮子（10・二〇四三など）、月人乎登祜（15・三六一一）。
〔名義〕月を擬人視した称で、「月読壮士」（7・一三七二）、「月読壮子」（6・九八五）に同じ。たんに「月人」（10・二二〇二）ということもある。二〇一〇番歌の「月人壮」は彦星の異名であろうとする見方（代匠記等）には従えない。神話や万葉集の歌では月を人間の男性に比擬することが多いが、人間を、それも女性を月になぞらえていう場合（11・二四六三、二六六六など）もある。
〔所在〕10・二〇一〇、二〇四三、二〇五一、二二〇二、二二二三　15・三六一一
〔尾崎〕

月読壮士（つくよみおとこ）
〔表記〕月読壮子（6・九八五）とも。
〔名義〕月を擬人視した称。「月人壮」（10・二〇一〇）、「月人壮子」（10・二〇四三など）、「月人乎登祜」（15・三六一一）に同じ。たんに「月人」（10・二二〇二）ということもある。万葉集では、月を人間の男性に比擬することが多いが、逆に人間を、それも女性を月になぞらえていう場合（11・二四六三、二六六六など）もある。
〔所在〕6・九八五、7・一三七二
〔尾崎〕

角朝臣広弁（つののあそみひろべ）
〔系譜〕角は、新撰姓氏録に「角朝臣、紀朝臣と同じき祖、紀角宿禰の後なり。日本紀に合へり」、孝元記に「木角宿禰は、木臣、都奴臣、坂本臣の祖」、雄略紀に「角臣等、初め角国に居り。角臣と名けらるること、此より始れり」、天武紀十三年十一月に「角臣に、姓を賜ひて朝臣と曰ふ」とある。角国は高山寺本和名類聚抄巻八に「周防国　都濃郡　都濃」とある。
〔閲歴〕寧楽遺文上巻政治編の大和国正税帳に、「天平二年十二月二十日「正七上行少掾都濃朝臣光弁」とあり、古代人名辞典は同一人であろうとしている。
〔歌風〕一六四一番歌は雪梅歌。内容は、二三二六番歌と同義である。ともに梅の花になぞらえての恋の歌である。
〔歌数〕短歌一首。8・一六四一
〔堀野〕

角麻呂（つののまろ）
〔系譜〕角は氏、麻呂は名か。
〔閲歴〕代匠記に「是は、角兄麻呂を兄の字の落せるか」とあるように、麻呂が兄麻呂であれば、続紀養老五年正月の詔に文人武士に恩賞を賜る中に「陰陽従五位下角兄麻呂」とあり、神亀元年五月・神亀四年十二月にも同名がみえるが、当時「麻呂」の名は多くみられ、これを兄麻呂とする確証は見当たらない。
〔歌風〕続歌林良材集に二九二番歌を引き「津国風土記云」として天之探女が高津に停泊したことによる地名の由来を記している。一連の四首は、難波潟の風物に古事伝説を詠

み込んでいる。
〔歌数〕短歌四首。3・二九二、二九三、二九四、二九五
〔参考文献〕＊「角麻呂伝考―万葉集人物伝研究㈣―」川上富吉（大妻女子大文学紀要7）〔堀野〕

柘枝仙媛（つみのえのやまひめ）
〔名義〕仙女の名で、神仙譚の主人公。万葉集・懐風藻・続日本後紀の関係記事を総合すれば、その物語は、吉野の漁夫味稲《うましね》という者が吉野川で鮎をとっていると、流れてきた柘の枝が梁《やな》にかかったので、家に持ち帰ったところ美女と化した。そこでその女と契ったが、やがて女は昇天した、という筋のものであったらしい。「柘の枝《えだ》」は歌詞中に「柘のさ枝《えだ》」（3・三八六）、「柘の枝」（3・三八七）とある。柘は倭名抄に「豆美《つみ》」、新撰字鏡に「豆美乃木」とある。仙媛は、山中に住む神女の義によってヤマヒメとよむ。
〔所在〕3・三八五左注〔尾崎〕

津守宿禰小黒栖（つもりのすくねをぐるす）
〔系譜・閲歴〕下野国の防人。天平勝宝七年二月、相替により諸国の防人が築紫に遣わされたとき、下野国の防人部領使田口大戸が進上した歌の中に一首を留める。津守宿禰はもと連、天武十三年に宿禰に改姓した。津守宿禰は、新撰姓氏録の摂津国神別に尾張宿禰と同祖とみえているほか、和泉国神別に津守連がみえている。津守宿禰（連）には外交使節が多い。また陰陽道に長じた津守連通がいるほか、津守には優婆夷となったものがかなりいる。
〔歌数〕短歌一首。20・四三七七〔北野〕

津守連通（つもりのむらじとおる）
〔表記〕津守連道（続紀和銅七年正月）とも。
〔閲歴〕持統天皇の御代、大津皇子がひそかに石川女郎と関係を結んだときにそのことを占いあらわした。和銅七年正月正七位上から従五位下、同年十月美作守、養老五年正月後生勧励のため絁十疋、糸十絇、布二十端、鍬二十口を賜る。同七年正月従五位上、神亀元年十月外孫の忍海手人大海ら兄弟六人は、手人の名を除いて津守連の姓を賜った（続紀）。また陰陽師として著名であった（武智麻呂伝）。
〔所在〕2・一〇九題詞〔中村〕

照左豆（てるさず）
〔表記〕照左豆（7・一三二六）、訓義ともに未詳である。
〔所在〕7・一三二六〔中村〕

天智天皇（てんちてんのう）
〔表記〕中大兄（1・一三題詞）、天命開別天皇（1・一六標注など）、近江宮御宇天皇（1・一三題詞細注）、近江大津宮御宇天皇（1・一六標目など）とも、またたんに天皇（1・一六題詞など）とも記されている。
〔系譜〕舒明天皇と皇極（斉明）の第一皇子。間人皇女、大海人皇子（天武）と同母兄。遠智娘との間に鸕皇女（持

統）、奄皇女、建皇子、姪娘との間に阿閇皇女（元明）、宅子娘との間に大友皇子（弘文）、越道君娘との間に志貴皇子、忍海造色夫古娘との間に大江皇女、川島皇子、橘娘との間に新田部皇女などをもうける。天武天皇の後しばらく天武皇統が続くが、やがて光仁、桓武、平城と天智の皇統をむかえる。

〔閲歴〕舒明十三年、天皇の大殯のときに「東宮開別皇子、年十六にして誄《しのびごと》したまふ」（日本書紀）とあるによれば、推古三十四年の出生となるが、法王帝説には二十一歳で蘇我蝦夷、入鹿らを滅ぼしたとあって、それによれば一年の差が生じ、推古三十三年の生誕となる。皇極三年正月、軽皇子（孝徳）と親しかった中臣鎌子（鎌足）と、法興寺での蹴鞠の場で懇意となり、以来、相談相手とし、ともに南淵請安について儒教を学び、その往還の途次、蘇我氏打倒を計った。また鎌子の薦めにより蘇我倉山田麻呂の女を娶り、さらに彼の推挙によって葛城稚犬養連網田を配下とした。翌四年六月、倉山田石川麻呂・鎌子に謀り、子麻呂・網田・海犬養連勝麻呂らとともに、三韓貢朝の日を選んで蘇我入鹿を斬り、法興寺を本拠として、諸皇子、諸王、諸卿大夫、臣連伴造国造らの多くを従え、蝦夷を自尽させた。また、皇極天皇譲位の折は鎌子の深謀によって古人大兄皇子を退け、軽皇子に位を譲り、孝徳天皇とし、みずからは皇太子にとどまり、股肱の臣、阿部内麻呂を左大臣、蘇我倉山田石川麻呂を右大臣、中臣の鎌子を内臣とし、着々と実権を掌握した。大化元年古人大兄を討つ。同二年正月孝徳天皇は改新の詔を発布し、律令的中央集権国家の体制がなるが、その推進者は太子だったと考えられる。同五年阿倍左大臣の薨じたときは天皇に従って哀哭、また蘇我日向の讒言を信じ、倉山田石川麻呂を自殺に追い込んだが、後に無実の由を認め、日向を大宰帥に左遷した。太子の妃山田麻呂の女蘇我造媛は傷心のあまり死にいたった折は、「愴然傷怛、哀泣極甚」した。野中川原史満は、太子の悲しみを代弁して二首の歌を献っている。白雉四年太子はときの都難波宮より大和に遷都を具申したが孝徳天皇は許されず、太子は天皇を難波に残し、先帝皇極間人皇后、皇弟大海人らを引き連れ飛鳥河辺行宮に移った。諸王、公卿大夫、百官らがこれに従った。天皇は恨んで、退位を欲し、皇后に悲しみの意を込めた短歌体の歌を送っている。翌五年、鎌子改め中臣鎌足連に紫冠を与え封増。その年の十月一日天皇の病重く、太子は先帝皇極、間人皇后、大海人皇子、公卿らを率いて難波宮へ赴く。十日孝徳帝崩御。十二月大坂磯長《しなが》陵に葬り、太子は先帝と河辺行宮に遷る。斉明元年正月、先帝皇極、重祚して飛鳥板蓋宮にて帝位に即く。ただしその年の冬板蓋宮炎上。飛鳥川原宮（川辺行宮）に遷る。斉明四年十月天皇紀温湯に行幸、その間留守官蘇我赤兄、有間皇子に天皇の三失をいい、皇子が翌々日赤兄の家に行き謀反を議すが、かえって赤兄に捉えられ、紀温湯に護送された。太子は有間を自ら訊問、翌々日藤白坂で絞死させる。斉明六年に初めて漏刻を作り、時を知らせる。また石上池辺に須弥山を作る。同七年八月天皇が百済救援の途上、筑紫朝倉宮に崩ずると同時に称制し、長津宮において政を聞き、天皇の喪に従う。また織冠を百済王豊璋に授け、五千余の軍を与えて本国に送らせた。なお筑紫より難波へ帰還の間、天皇を哀慕し歌一首を誦している。天智称制二年三月、前将軍上毛野君稚子・間人連大蓋、中将軍巨勢神前臣譯語、三輪君根麻呂、後将軍阿倍引田臣比邏夫・大宅臣鎌柄らの将軍を遣わし、二万七千の軍を与えて新羅を打たせたが、同年八月白村江の決戦で敗退した。同三年、冠位二十六階を制定、氏上・民部・家部等のことを定め、律令治政をさらに強固なものとした。また国防の充実をはかり、外敵に対して、対馬・壱岐島・筑紫国等に防人と烽を置き、筑紫には水城を築いて外敵にそなえた。さらに同六年、人々の反対をおして近江大津に遷都、翌七年正月、はじめて太子は正式に即位、近江に崇福寺を建立、近江宮を整備、翌二月には倭姫王を立てて后とした。この五月には大海人皇子をはじめ、諸王、内臣、群臣らを率いて、蒲生野に遊猟し、その威勢を示した。また同年九月、新羅使がはじめて来朝し、新羅との国交が回復した。同八年五月にも太皇弟、内大臣、群臣らを悉く従えて山科野に遊猟し、その偉容を宇内に示した。同十月の内大臣の病の折には、太皇弟大海人皇子をその家に遣わし、大織冠、大臣位を授け、藤原の姓を下賜し、薨後はみずからその家に幸して蘇我赤兄に命じ詔を宣らせ、金の香炉を賜った。さらに九年二月、戸籍を造り盗賊と浮浪を断った。これを庚午年籍といい、後世の戸籍の基準として尊重されたもので、とくに氏姓の原簿として永世保存された。大化の改新にはじまる律令体制はここに盤石なものとなった観がある。翌十年正月の賀宴では蘇我赤兄と巨勢人が殿前で祝詞を奏上、天皇は中臣金をして神事を宣らしめ、政治の枢要の職の欠を補い、新たに、太政大臣にその子大友皇子を、左大臣に蘇我赤兄を、右大臣に中臣金を、蘇我果安、巨勢人、紀大人をして御史大夫に任命した。つづいて太皇弟大海人皇子が宣を奉り、冠位と法度のことを施行した。いわゆる近江令の発布である。しかし同年九月天皇は病を得た。病ますます重き折、天皇は皇太弟大海人を病床に呼び、後事を託す旨を詔したが、大海人は、皇后倭姫をそれにすすめ、大友皇子を儲君となすようと述べ、みずからは尊兄の御病平癒のため出家修道を願って許され、袈裟を賜って吉野に退いた。その翌十一月、大友皇子は左右大臣以下を集め、誓盟せしめ、五臣は大友皇子を奉ずべく天皇の前に誓約した。天皇は十二月十二日ついに大津宮にて崩御。崩年は書紀の記事で算定すれば四十六歳。法王帝説で算すれば四十七歳。後代の神皇正統記、本朝皇胤紹運録などでは五十八歳とも記されているが、後代のものは信憑性が少なく、一般には四十六歳説が支持されている。

〔歌風〕集中で天智天皇の作とみられている歌は、「中大兄の三山の歌」(1・一三〜一五)の三首と、「天皇、鏡王女に賜ふ御歌」(2・九一)の一首、計四首にすぎない。しかしその四首も天皇の実作とみない説もある一方、題詞に額田王作とする「額田王近江に下る時の作歌」(1・一七〜一九)は左注の示す類聚歌林では「近江国に遷都の時、三輪山を御覧し給ふ御歌」として、天智天皇の御歌と記している。また別に書紀には斉明天皇の七年十月の記事に、天皇の喪に際して、「哀傷…号」した歌として、「君が目の恋しきからに泊てて居てかくや恋ひむも君が目を欲り」と記されている。結句の「君が目を欲り」は類句が多く民謡的な歌にもあり、天智の実作かどうかは定かではない。また、三輪山の歌も、表の作者は天智で、実際は額田王の作ともいわれる。

「三山歌」は、

香具山は　畝火を愛しと　耳梨と　相あらそひき　神代より　かくにあるらし　いにしへも　しかにあれこそ　うつせみも　嬬を　あらそふらしき(1・一三)

反歌

香具山と耳梨山とあひし時立ちて見に来し印南国原　(1・一四)

わたつみの豊旗雲に入り日さし今夜の月夜さやけかりこそ　(1・一五)

の長歌一首と反歌二首で、長歌は妻争伝説をもとにしながら、そのゆきつくところは「うつせみ」の二人の男が一人の女を求める歌としている。第一反歌も、伝説を下にしてはいるものの、眼前の印南国原に接した歌いぶりで、第二反歌にいたっては、それらとはまた異なった叙景的要素さえうかがえる。これら三首は天智天皇の実作かどうかを問う前に、すでに近江朝において、伝説をもとにしての作がなされたり、叙景歌的な表現がなされていたことを示すものであって、天皇はその前後、内大臣に「春山万花」と「秋山千葉」の優劣を競わしめている(1・一六題詞)ところからみて、中国詩文の造詣や古代伝承などへの興味をも有していただろうし、天皇の周辺には額田王はじめ何人かの歌人文人がいたはずであるので、長歌や第一反歌などはご自身で従来の口誦歌をすこし変化させて歌ったかとも考えられるし、また第二反歌などは天皇にかわって特定の歌人が作歌したものが何らかの手つづきで天皇に仮託されたとも考えられよう。日本の詩歌の芽生えがこの近江朝あたりにあり、かりに、みずからは作歌に積極的でなかったとしても、それを嘉《よみ》していたのが天智ではなかったろうか。つぎの一首、

妹が家も継ぎて見ましを大和なる大嶋の嶺に家もあらましを　（2・九一）

この一首も集中の最初の贈和歌であること、また、巻二の贈答相聞歌類の冒頭に掲げられていることなど、編者からも天智天皇の和歌とのかかわりの深さや新しさが認められていたとみることができよう。

〔歌数〕短歌三首、長歌一首。1・一三、一四、一五　2・九一

〔参考文献〕＊『天智伝』中西進（新潮社）＊「天智・天武両帝」田辺幸雄（上代文学8）＊「天智天皇御製攷」沢瀉久孝（国語国文18―3）＊「三山歌の論―女性か男性か―」松田好夫（美夫君志15）＊「天智挽歌群について」曾倉岑（国語と国文学49―10）＊「天智天皇を悼む歌」伊藤博（美夫君志19）＊「天智天皇㈠～㈣」岩橋小弥太（国学院雑誌78―4～7）＊「天智天皇近江京に彷える魂」岡野弘彦（歴史と人物10―13）　〔森（淳）〕

天武天皇（てんむてんのう）

〔表記〕明日香清御原天皇（1・二二標目など）、明日香宮御宇天皇（1・二二題詞注など）、明日香清御原御宇天皇（2・一〇三題詞・左注など）、天渟中原瀛真人天皇（1・二二標注など）。また巻一にはたんに皇太子（1・二一題詞）とも大皇弟（1・二一左注）ともある。「明日香清御原天皇」とは壬申の乱平定後、明日香清御原に宮を定め天下を始めたので称せられる。

〔系譜〕父は舒明天皇、母は皇極天皇。天智天皇、間人皇女は同母兄弟。皇后鸕野讃良《さらら》皇女（持統天皇）との間に草壁皇子があり、大田皇女との間に大伯皇女・大津皇子、新田部皇女との間に弓削皇子、太蕤娘との間に穂積皇子ら、五百枝娘との間に新田部皇子、尼子娘との間に高市皇子、宍人檞媛娘との間に忍壁皇子・磯城皇子・泊瀬部皇子・多紀皇女、氷上娘との間に但馬皇女などをもうける。天武崩後は、皇后が位に即く。その後、天武の皇孫、草壁皇子の子文武、草壁皇子の正妃元明、草壁皇子の子元正、文武の子聖武、聖武の子孝謙、天武の孫、舎人皇子の子淳仁、聖武の子称徳と、つぎの光仁天皇にいたって天智系の皇統にかわるまで、天武天皇以降八代にわたって天武系の皇統がつづく。

〔閲歴〕天武は諱を大海人といい、天智天皇即位の元年東宮となる。同七年五月蒲生野遊猟の時太皇弟として鎌足ら群臣とこれに従い、翌年鎌足の病に際しては東宮太皇弟としてその家に遣わされている。ただし天智十年正月、天智天皇は宅子娘（伊賀采女）との間の皇子、大友皇子（弘文天皇）を太政大臣に任命、その頃より、大海人皇子は政権の中枢から除外されるようになったと思われる。同十年十月、天智天皇の重病に際し、東宮として病床に招かれ、帝位を授けるとの命を受けたが、使者の蘇我安麻呂らの忠告もあり、一時皇后の倭太后を皇位に、そして御子の大友皇子を

儲君《もうけのきみ》とされるよう進言し、みずからは天皇の病の平癒を願って出家入道することを誓った。ときの人はこれを評して「虎に翼をつけて放つ」といったという。同年十二月天智天皇が近江宮に崩御、翌天武元年五月、近江朝側が美濃尾張に命じて兵を募ることを知り、大海人皇子は蹶起を決意、まず美濃の湯沐邑に所在する郡兵を動員、国司らを動かして三千の兵で不破道を占拠する。これとほぼ同時に尾張国も吉野側の指揮下に入る。続いて大海人皇子は吉野を出て東国に向かう。従う者ときに舎人ら二十余人、女孺十余人のみと記されている。倭、伊賀、鈴鹿を越え伊勢、さらに美濃に入り、下破郡和蹔《わざみ》の地、野上行宮を本営と定め、ここに壬申の乱が展開される。草壁、大津、忍壁、高市の諸皇子も幕下に加わった。大海人は高市皇子をしてその総指揮の任に当たらせた。しばらくして大和の大伴も吉野側に参じ、近江側を諸方より囲繞、ついにその主力が美濃不破より近江に入り、瀬田川を渡河し、大勝を収めた。ここに吉野側の大海人の世を迎える。重罪人の処刑の後、戦勝の大海人は、大和に入り、一時岡本宮にありながら、その南に飛鳥浄御原宮を造営、同二年、飛鳥浄御原宮にて即位、正妃を立てて皇后（鸕野皇女、後の持統）とした。そして、天武側の諸皇子、諸人士をして、執政部をつくり、天武と妃讃良皇女の共治体制を成立させ、同八年、天皇、皇后は吉野で諸皇子に皇統についての盟約をさせ、天皇専政を近江朝時代よりいっそう強固なものとなした。この支配体制は、近江朝時代末期、ようやく表面化していた政治不安を一掃し、諸国の豪族、農民をその支配下にした。かくして天武は、同十三年、族姓を改め八色姓の位階を定め、大化改新以来の課題であった律令官人制の拡大、強化とともに、さらに公地公民制の徹底、天皇の施策への帰一の精神の浸透、いわば天皇絶体制の確立を推進した。しかし、朱鳥元年六月、草薙剣の祟りということで同九月崩御。崩年は六十五歳とも五十六歳ともいわれる。つぎの持統朝の人麻呂らによる天皇を唯一至上の神とする作歌や、それ以降の天武懐古の精神は、この天皇の施政を基盤として生まれたものといえる。

〔歌風〕万葉集には、天武天皇に関する歌がいくつかある。天皇ご自身の作と伝えるもののほかに、壬申の乱に勝利を収めた天皇の雄渾な容姿、威光を描いたものに、人麻呂歌（2・一九九）のほか、つぎの二首がある。

　壬申の乱平定の以後の歌二首
大君は神にしませば赤駒のはらばふ田井を都となしつ
（20・四二六〇）
　右一首は、大将軍贈右大臣大伴卿御作
大君は神にしませば水鳥のすだく水沼を都となしつ
（20・四二六一）
作者詳らかならず

これらはまさに天武天皇のご威光の絶大を神のなせる業として、讃嘆称美した真率な表現で、壬申の乱後の当時の時代の栄光を見事に写し出しているものといえよう。このような時流は、さらに人麻呂によって「大君は神にしませば真木の立つ荒山中に海をなすかも」（3・二四一）、「大君は神にしませば天雲の雷の上に盧《いほ》りせるかも」（3・二三五）、「山川もよりて仕ふる……」（1・三九）と次代にいたっても歌われるようになる。天武天皇作歌といわれているものにつぎの四首がある。

(1)むらさきのにほへる妹を憎くあらば人妻故に我恋ひめやも　（1・二一）

(2)み吉野の　耳我の嶺に　時なくそ　雪は降りける　間なくそ　雨は降りける　その雪の　時なきがごと　その雨の　間なきがごと　隈もおちず　思ひつつぞ来しその山道を（1・二五　少異歌1・二六或本歌）

(3)淑き人の良しと吉《よ》く見て好しといひし芳野吉く見よ良人《よ》四《く》来《み》三　（1・二七）

(4)わが里に大雪降れり大原の古りにし里に落らまくは後　（2・一〇三）

(1)は天武七年五月蒲生野薬猟の折に大海人時代の天武が額田王に答えた歌、(2)は大海人吉野入りの心情をあらわしたもの、(3)は吉野謳歌、(4)は藤原夫人に贈る一首。(1)は遊猟後の宴の余興として披露されたといわれる。(2)は少異の或本歌をもち、巻十三には相聞の類歌（13・三二六〇、三二六九）がある。その先後関係については説があるが、恋歌が大海人の歌として仮託されたとみられる。(3)は用字の上からも、その諧調からも、諧謔性がうかがえ、酒宴などの興を盛り上げた歌と思われる。(4)も(3)の延長上にあって、夫人のこれに即妙に答える歌（2・一〇四）とともに、機智と可笑性がみられる。これらの歌はどれほど天武自身の作歌かは疑わしいが、神としての天武の一面、自由闊達な人間味の横溢した古代英雄天皇像の形成に参与したものであり、また滑稽諧謔歌の源流としても意義深いものといえる。

〔歌数〕長歌二首、短歌三首。1・二一、二五、二六、二七　2・一〇三

〔参考文献〕＊『天武天皇』川崎庸之（岩波書店）＊「天武天皇をめぐって」西郷信綱（文学21—3）＊「万葉集二五番〈天皇御製歌〉」戸谷高明（和歌文学研究1）＊「天武殯宮の文学史的意義—誄と挽歌の関係を中心に—」吉田義孝（国語と国文学41—11）＊「天武天皇と皇子・皇女」扇畑忠雄（『万葉集講座』5）＊「天武天皇歌とその周辺」森淳司（『万葉集の時代と文化』）

〔森（淳）〕

陶隠居（とういんきょ）

〔表記〕陶隠居（5・八九七題詞）、弘景。隠居は号名（梁書）。

〔閲歴〕梁の時代、丹陽秣陵の人。字は通明。梁書巻五十一列伝十二によれば、幼時から異操があり、十歳で葛洪の神仙伝を得て昼夜研尋し、養生の志を抱いた。読書万余巻、琴碁を善くし、草隷にたくみであった。斉の高帝に仕えたが辞し、茅山に館を立て自ら華陽の隠居と号した。陰陽五行風角星算山川地理方図産物医術本草に明らかであった。人となり円通謙謹、心は明鏡のようであり、松風を聞くことを好んだ。大同二年卒す。年八十五。
〔所在〕5・八九七題詞　〔中村〕

土氏百村（とうじのももむら）
〔系譜〕巻五「梅花の歌三十二首」は氏の名を唐風に一字書きに改めたものが多く、「土氏」は「土師《はに》氏」のこと。「百村」は続紀に「土師宿禰百村」（一本に百材、百枝）とみえる。「土師宿禰氏」は新撰姓氏録によると「天孫」で「天穂日命」の裔である。
〔閲歴〕続紀によれば、養老五年正月山上憶良らとともに、退朝の後東宮に侍せしめられた学芸の士であった。ときに正七位上。万葉集によると、天平二年正月大宰帥大伴旅人家における梅花の宴列席のとき「少監」であった。「大宰少監」は大宰府の三等官で従六位相当。
〔歌数〕短歌一首。5・八二五　〔多田〕

十市皇女（とおちのひめみこ）
〔系譜〕天武天皇の皇女、母は額田姫王。大友皇子の妃、葛野王の母（懐風藻）。
〔閲歴〕天武四年二月阿閇皇女とともに伊勢神宮に参拝（天武紀）。このとき吹黄刀自の作った歌が万葉集（1・二二）にある。天武紀七年四月の条に、「十市皇女、卒然《にはか》に病発《おこ》りて、宮中《みやのうち》に薨《みう》せぬ」とその死が述べられている。自害かといわれる。赤穂（奈良県北葛城郡広陵町）に葬る。巻二所載の高市皇子の三首（2・一五六〜一五八）はその死を傷んだものである。
〔所在〕1・二二題詞・左注　2・一五六題詞・左注、一五八左注
〔参考文献〕＊「十市皇女の歌」山野清二郎（埼玉大学紀要人文科学篇26）　〔中村〕

蓬莱仙媛（とこよのやまひめ）
〔名義〕東海中の蓬莱山に住むという仙女。蓬莱山については漢書の郊祀志（上）に「威・宣・燕の昭より、人をして海に入りて蓬莱・方丈・瀛州を求めしむ。此の三神山は、其の伝に勃海の中に在り」とある。蓬莱の字は国語に翻すればトコヨと読まれるが、蓬莱はわが古伝承中の常世とは必ずしも一致しない。わが国ではその常世は永久不変の理想郷であるとしたが、のち、中国の神仙思想と複合させて神仙境視する傾向を生じた。仙媛の字は、神山に住む神女の義によってヤマヒメとよむ。
〔所在〕6・一〇一六左注　〔尾崎〕

豊島采女（としまのうねめ）

〔閲歴〕摂津国豊島あるいは武蔵国豊島から貢進された采女。万葉集によると橘諸兄・高橋安麻呂らの記憶に残る故人であるから聖武朝頃の人か。本来采女は、地方豪族の宮廷服属の証として貢進され宗教的意味あいの濃い存在であったが、のち零落し、当時は後宮職員令に「其れ采女を貢せむことは、郡の少領以上の姉妹及び女の、形容端正なる者をもちてせよ」と規定される後宮の下級女官であった。

〔歌風〕橘諸兄が天平十年八月二十日自宅の宴席で故豊島采女作と伝えた歌（一〇二六）は、大宮人の来訪を里で待つ女の心を詠んでいるが、表現に深みがなく平板なものに終わっている。その伝を聞いた高橋安麻呂が、やはり故豊島采女の作であると伝えた歌（一〇二七）は、左注に「但し或本に云はく、三方沙彌の、妻苑臣に恋ひて作れる歌なりといふ」とあるごとく、巻二の一二五番歌を改作したものである。

　橘の本に道履む八衢に物をぞ思ふ人に知らえず
　（6・一〇二七）

　橘の蔭ふむ路の八衢に物をぞ思ふ妹に逢はずて
　（2・一二五）

後者（三方沙彌の歌）は、妻との問答の中の一首であり、場面と心情との調和に深い味わいを醸成しているが、前者は、第五句の改変のために「物思い」の心情が曖昧なものになってしまっている。左注から察すると、一〇二七番歌は、一二五番歌を伝誦・改作したものと考えられるが、その際本来の歌の「娶《あ》ひて、いまだ幾時も経ず病に臥して」という場面と無縁に伝えられ、そのためか作者名は口誦者豊島采女のものとなったらしい。

〔歌数〕短歌二首。6・一〇二六、一〇二七

〔参考文献〕＊「軽の市」中西進（美夫君志10）　〔多田〕

舎人壮士（とねりおとこ）

〔系譜〕巻十六の竹取翁歌に登場する。「舎人」は、宮中の護衛、雑役、宿直などに任ずる下級の官吏である。「舎人六百人」（東宮職員令）とみえる。

〔所在〕16・三七九一　〔中村〕

舎人娘子（とねりのおとめ）

〔系譜〕「舎人」は氏の名か。天武紀他に「舎人造《とねりのみやつこ》」、新撰姓氏録に「舎人」などの氏族名がみえている。後に記すとおり、舎人皇子との贈答歌があるので、同皇子に仕えた舎人氏の者があって、その子女であったかとも考えられる。

〔閲歴〕大宝二年十〜十一月の持統天皇三河行幸に従駕したことが、1・六一の歌の存在によって知られ、また2・一一八の舎人皇子との贈答歌によって、同皇子と恋愛関係にあったかとも想像される。

〔歌風〕集中短歌三首を収める。うち持統天皇三河行幸従

駕の一首、
大夫《ますらを》のさつ矢手挿《たばさ》み立ち向ひ射る円方《まとかた》は見るに清潔《さやけ》し
(1・六一)
は、伊勢国の円方の浦を秀抜な序歌に託しながら讃えたもので、技量の程がしのばれる。この一首、伊勢国風土記逸文(仙覚抄所収)にも、三句以下を「向ひ立ち射るや円方浜のさやけさ」と変えて、景行天皇の作としてみえる。かような伝承を生むほどに、愛唱されたものとみえる。

舎人皇子《とねりのみこ》との贈答歌は、
嘆きつつ大夫の恋ふれこそわが髪結《ゆふかみ》の漬《ひ》ぢてぬれけれ
(2・一一八)
というもので、皇子が「大夫《ますらを》や片恋ひせむと嘆けども鬼《しこ》の大夫なほ恋ひにけり」(2・一一七)といってきたのに和したものである。皇子の求愛を誠実に受けとめて、その恋慕のわが身への感応である結ひ髪のほどけを、素直に歌っている。求愛に応じる女のつつましやかさが出ている一首であり、残りの一首、
大口《おほくち》の真神《まかみ》の原に降る雪はいたくな降りそ家も有らなくに
(8・一六三八)
とともに、女らしい心の動きが表現されたものである。この最後の一首は、みずからの道を行く不安を述べたものともとれるが、雪の中を帰ってゆく夫のうえを案じたものとも受けとれる。

〔歌数〕短歌三首。1・六一　2・一一八　8・一六三六
〔森(朝)〕

舎人吉年(とねりのよしとし)
〔表記〕本によっては吉身・千年とも。京大本には緒でエトシと訓み、拾穂抄にヨシトシとし、折口信夫の口訳万葉集にはキネと訓んでいる。
〔系譜〕舎人という氏の女官か。吉年は名。
〔閲歴〕天智天皇の大殯のとき（天智紀十年十二月）、額田王と挽歌の作を並べ（2・一五二)、また大宰府に派遣される田部忌寸櫟子と贈答した相聞歌(4・四九二)がみえる。
〔歌風〕一五二番の挽歌は、志賀の唐崎が天皇の大御船を待ち焦れていると、初期万葉らしい自然の擬人化を試みて、自然は変わらないのに天皇だけが欠けているという悲しみを詠んでいる。巻一の人麻呂の作(三〇)の先蹤かと思われる。四九二番の相聞歌は、大宰の任に赴く櫟子との別れの悲痛さを技巧も達者に、素朴に表現している。その贈答歌のもう一首(4・四九五)も配列・内容上、吉年作とみる説もある。
〔歌数〕短歌二首。2・一五二　4・四九二
〔佐藤〕

舎人皇子(とねりのみこ)
〔表記〕舎人親王《しんのう》とも(16・三八三九左注　20・四二九四題詞)。

〔系譜〕天武天皇の第三皇子。母は新田《にいた》部《べ》皇女（天智天皇皇女）。御原《みはら》王・船《ふな》王・池田王・大炊《おおい》王（淳仁天皇）らの父。

〔閲歴〕養老二年正月、一品。同三年十月、新田部皇子とともに皇太子補佐の功によって賜舎人・増封を受ける。同四年五月、日本書紀の撰修を完了し、全三十巻・系図一巻を元正天皇に奏上する。同年八月、右大臣藤原不比等の薨去にあたって知太政官事に任ぜられ、天平元年二月長屋王の変に際してその窮問使となり、王を自尽せしめた。また同年八月藤原光明子の立后に際し、その宣命を宣した。天平七年十一月十四日薨去。享年未詳。薨去に際し贈太政大臣、また天平宝字三年六月、子の淳仁天皇より崇《す》道尽敬皇《どうじんけいこう》帝《てい》の追尊を受ける。柿本人麻呂歌集歌中には、同皇子への献歌がみえ、また巻二十冒頭には、元正天皇への同皇子の応詔歌がみえる。ともにこの皇子の、宮廷周辺の雅宴における和歌とのかかわりを示すもので、注目される。

〔歌風〕元正上皇が山村というところに行幸したとき、「あしひきの山行きしかば山人の朕《われ》に得しめし山つとそこれ」（20・四二九三）と詠んで、陪従の王臣らに唱和の歌を求めたのを受けて、舎人皇子は、

あしひきの山に行きけむ山人の心も知らず山人や誰　（20・四二九四）

と詠んだという。軽い戯歌で、歌意もとりたてていうほどのものを持っていないが、「山に行きけむ山人」に上皇を仙人とみた（山人は仙人。また上皇の御所は仙洞という）機知がある。舎人皇子は宴の座における歌の作者という風貌を持ち、この一首は宴の場での戯笑に傾いたものであるが、柿本人麻呂歌集所収の、

ぬばたまの夜霧は立ちぬ衣手《ころもで》の高屋《たかや》のうへにたなびくまでに　（9・一七〇六）

は、やはり宴の歌と思われるものながら、風流な自然詠の傾向を持つ。しかしこれとても、詠み口はさほど構えてのものとは思われない。

残りの一首は恋歌で、舎人娘子《とねりのおとめ》への贈歌。

大夫《ますらを》や片恋ひせむと嘆けども鬼《しこ》の大夫なほ恋ひにけり　（2・一一七）

恋慕の情を告白したもので、相手に強く迫る気味は、贈歌として当然に持つものでありながら、逆説的な表現の手法には心の余裕も看取される。

〔歌数〕短歌三首。2・一一七　9・一七〇六　20・四二九四

〔森（朝）〕

刀理宣令（とりのみのり）

〔表記〕土理宣令（3・三一三）、続紀・懐風藻には「刀利宣令」と記されている。

〔系譜〕百済の帰化系の氏族か。

〔閲歴〕続紀によると、養老五年正月、退朝の後、東宮に

侍せしめられる。当時従七位下、懐風藻には「正六位上刀利宣令　年五十九」として詩二篇あり、内一篇は神亀年間と考えられる。他に経国集に対策文がある。

〔歌風〕いずれも雑歌で、宴席歌的要素が強い。

〔歌数〕短歌二首。3・三一三　8・一四七〇　〔吉村〕

長田王(1)（ながたのおおきみ）
〔閲歴〕和銅四年四月従五位上より正五位下（続紀）、五年四月伊勢斎宮に遣わされた（万葉集）。霊亀元年四月正五位上、二年正月従四位下、十月近江守、神亀元年二月従四位上、天平元年三月正四位下（続紀）。六月、民部省符により米三百斛を賜った（正倉院文書）。四年十月摂津大夫、六年二月朱雀門の歌垣の頭。九年六月散位正四位下で卒した（続紀）。天平初年には風流侍従の一人とされた（武智麻呂伝）。
〔歌数〕1・八一〜八三　3・二四五、二四六　〔東野〕

長田王(2)（ながたのおおきみ）
〔系譜〕長親王の孫、来栖王の子、広川王の父（三代実録貞観元年十月条）。
〔閲歴〕天平七年四月従四位下に初叙、十二年十一月従四位上、十三年八月刑部卿（続紀）。
〔歌風〕集中長田王の歌として六首の短歌がみえるが、1・八二、八三は左注に古歌を誦したかという。残り四首のうち一首は和銅五年伊勢斎宮に遣わされたときの歌、三首は慶雲〜神亀頃筑紫に遣わされた際、肥後・薩摩で詠んだ歌である。一般に皇親の初叙年齢は二十代後半にあるのが普通であり、(2)の長田王が天平七年に初叙されていることからすると、これらの歌はみな(1)の長田王の作とみるべきであろう。(1)の長田王が「風流侍従」とされたことも注意される。作歌はいずれも旅先での叙景・詠懐歌であるが、万葉第二期の諸歌に通じる力強い歌風を示している。
〔歌数〕1・八一〜八三　3・二四五、二四六
〔参考文献〕*「長田王と石川大夫」沢瀉久孝（『万葉の作品と時代』）　〔東野〕

中皇命（なかつすめらみこと）
〔系譜〕中皇命とは誰をさすか定説をみない。中皇命は固有名詞ではなく、皇位とかかわりのある皇女の身分をあらわす呼称であるらしい。それは執政者である天皇に対して祭祀を司る女性であろう。本集には、舒明朝と斉明朝とに中皇命と称する方がみられる。これを同一人物として、間人皇女説・斉明天皇説の二説があり、異人物として、前者に斉明天皇説・間人皇女説の二説、後者に倭姫皇后説がある。また、中皇命の「中」は、「中継ぎ」とか「中宮」の意ではなく、天津神と天皇との「中立ち」を意味するという解釈から、前者は宝皇后（即位して皇極、重祚して斉明天皇になる）、後者を斉明天皇とする説がある。さらに、糠手姫皇女説や額田王説もあるが、㈠間人皇女、㈡宝皇

后・斉明天皇、㈢倭姫皇后のうちに求めるべきであろう。

㈠間人皇女は、舒明天皇と宝皇后との第二子。同母の兄に葛城皇子（中大兄皇子・天智天皇）、弟に大海人皇子（天武天皇）がいる。㈡宝皇后・斉明天皇は、敏達天皇の曾孫。押坂彦人大兄皇子の孫。茅渟王と吉備姫王との娘。同母の弟に軽皇子（孝徳天皇）がいる。㈢倭姫皇后は、舒明天皇の孫。古人大兄皇子の娘。

〔閲歴〕㈠間人皇女は、書紀によると、大化元年七月、孝徳天皇の皇后となる。白雉四年、皇太子中大兄が難波宮から倭京に遷ることを願い出た折に、天皇が許さなかったのに、皇太子に従って、倭飛鳥河辺行宮に遷った。天皇は恨み嘆いて皇后に歌を送っている。同五年十月、天皇の大漸におよび、皇太子・皇祖母尊とともに難波宮におもむいた。天智四年（六六五）二月二十五日薨去。享年未詳。同年三月、皇后のために三百三十人得度。同六年二月の条に、斉明天皇とともに小市岡上陵《おちのおかのうえのみささぎ》に合葬されたことがみえる。延喜式の諸陵寮には、皇極・斉明天皇の「越智崗上陵」とは別に、「龍田清水墓。間人女王。在大和国平群郡」とある。中皇命を間人皇女とする説は、賀茂真淵の万葉考の別記に、「中皇〔女〕《ナカツヒメミコノ》命《ミコト》」と「女」を補い、「こは舒明天皇の皇女、間人皇女におはすと荷田大人のいひしぞよき、さてまづ御乳《チ》母《オモ》の氏に依て間人を御名とするは例也、それを又中皇女と申せしならんよしは、御兄葛城皇子と申す葛城は、御乳母の氏により給ひ、それを中大兄とも申すは、今一つのあがめ名也」「こゝに間人連老てふ人もて御哥を奉らせ給ふも、老は御乳母の子などにて、御睦き故としらる」として以来のものである。その後は、題詞中の敬語の用い方によって確認する試みがみられる。なお、田中卓は、中皇命の「中」には中間の意味はないとして、間人皇女説をとり、斉明朝の「紀の温泉に往しし時の御歌」の一〇・一一番歌は、斉明四年十一月、有間皇子の密謀露見し喚問せられて紀伊に下られる際の作であろうとし、一〇番歌の「君」も一一番歌の「わが背子」も有間皇子であるとしたが、沢瀉久孝が何ら実証なき想像説にすぎないといわれるとおりであろう（万葉集注釈巻第一）。舒明朝の歌の題詞によって、中皇命に間人連老が仕えていたことは確かであり、間人皇女の名は間人連氏を乳母としたことによるであろう。だから中皇命は間人皇女であるということには飛躍がある。間人連氏とのかかわりは、間人皇女以前にまずその母宝皇女にあったと考えなければならないのであって、歌の内容からすると、舒明天皇の薬狩を皇后が思いやられた（老が代作）とみるのが穏やかであろう。

㈡宝皇后・斉明天皇の閲歴中には注目すべき点がいくつかある。(1)舒明十三年十月、天皇崩御のとき、東宮（後の天智天皇）十六歳であったが、翌年正月に皇后が即位した。その年の八月、村々、寺々の雨乞いの効なきとき、天皇、南淵の川上で雨を祈り大雨を降らせたので、天下の百姓はこれをよろこび「至徳天皇」と申しあげた。(2)皇極四年六月、中大兄皇子ら大極殿で蘇我入鹿を斬殺、蝦夷《えみし》を自経。天皇は位を軽皇子（孝徳天皇）に譲り、中大兄を皇太子とした。歴代の天皇が譲位された最初の例である。孝徳天皇は「皇祖母尊《すめみおやのみこと》」の号を奉った。さらに白雉五年十月、孝徳天皇が崩御されたあと、翌年正月に即位した。これは空前の重祚である。(3)土木工事を好み、香具山の西から石上山に至る大水渠を造り、石上山の石を運び、宮の東の山に積んで垣としたので、時の人は「狂心の渠」「石の山丘」とそしったという。(4)斉明六年十月、唐・新羅連合軍に攻略された百済の将鬼室福信の従者がわが国に亡命中の王子余豊璋を迎えて国主とせんことを伝えると、十二月、救援軍を遣わすため難波宮に幸し、翌七年正月、海路についた。その一行中に、産月を迎えた大田皇女がおり、大伯の海で皇女を産む。また額田王も供奉していた。こうした従軍女性には巫女としての役割があったらしい。(5)磐瀬行宮を経て朝倉橘広庭宮に遷ったが、朝倉の社の木を伐りはらって造営したので、朝倉の神の怒りにふれて、宮殿がこわれ、近侍の人々が病死し、ついに天皇も崩御する。その喪儀を朝倉山から大笠を着た鬼がみとったと伝える。以上の五点はとりわけ巫女王としてのおもかげを伝えている。喜田貞吉は、中皇命は中間天皇もしくは中宮天皇の義で、舒明朝における中皇命は皇極天皇、斉明朝の中皇命は倭姫皇后と説いた（「中天皇考」万葉学論纂所収）。沢瀉久孝は前者について喜田説を支持し、後者もまた斉明天皇とした。一〇番歌以下三首の歌意からも、その左注にも照応するものと説く。すなわち左注は、編纂にたずさわった者が「中皇命」の語に解釈上の不安があって、類聚歌林を引用して参考に供しようとしたのだと説いている（「斉明天皇御製攷」万葉歌人の誕生所収　万葉集注釈巻第一）。折口信夫は、中皇命は中間天皇の意ではなく、神と天皇との中立ちをする聖者であり、スメラミコトは天子に限る用語例ではなく、神聖なるミコトモチ（聖語伝達者）の義であるとした。宮廷の神のみこともちであると説いたのである（「万葉集研究」折口信夫全集第一巻所収「女帝考」同第二十巻所収）。桜井満は、当時、神と天皇との中立ちをするのは天皇の姪の巫力だったとして、舒明朝にあっては宝皇后、斉明朝には女帝御自身であると説いた（「中皇命論序説」上代文学第十八号所収、「姪の力」万葉びとの憧憬所収）。

㈢倭姫皇后。喜田貞吉は、天平十九年の大安寺縁起に「仲天皇」とあるのは天智天皇の皇后倭姫であり、皇后は即位したとみて、斉明朝の中皇命は倭姫皇后と説いた（前掲論文）。倭姫は天智天皇の姪であり、まさに天智朝の仲天皇（中皇命）ではあるが、斉明朝の中皇命とみるのは難しいであろう。

舒明朝の三番歌、四番歌については、中皇命の作とする説、間人連老の作とする説、間人連老の代作とする説、三番歌を伝誦歌、四番歌を中皇命＝斉明天皇の作とする説がある。また斉明朝の一〇番歌〜一二番歌については、三首すべてを中皇命（斉明説・間人説ともに）の作とする説、一〇・一一番歌を中皇命＝間人皇女の作、一二番歌を斉明天皇の作とみる説がある。ただし、巻一左注のあり方からすると、「右」とだけあって歌数を明記しない場合は、題詞以下のすべてを包含するから、三首ともに中皇命作とみるのが穏やかであろう。そこで題詞の「中皇命」と左注の「（斉明）天皇」とは別人だという解釈も成り立つのだが、「中皇命」という立場と「天皇」の立場とには相違があるのであって、題詞中の敬語の用い方もそのあらわれとみることができよう。

〔歌風〕集中に中皇命にかかわる歌は、長歌一首とその反歌一首、短歌三首であるが、明らかにその作とみられるのは短歌三首だけである。その上、中皇命を額田王につながる代作者とみる説もあって、その歌風というべきものは捉え難い。紀の温泉への旅中に、草を結んで幸いを祈り、仮廬作りを案じ、海の神の霊の象徴である玉を得たいということを、二句切で率直に表現している。そこにはいかにも宮廷の神のみこともちらしい立場と風格がにじみ出ているように思われる。

〔影響〕「中皇命」の称は本集にだけみられるものである。それも大化の改新前後に限られるのであって、「斉宮」の制度と「中宮」の名称とに影響を及ぼしたとみられる。

〔歌数〕長歌一首、短歌四首。1・三（?）、四（?）、一〇、一一、一二

〔参考文献〕＊「中皇命とは誰か」中西進（解釈と鑑賞「万葉集の謎」特集号）＊「中皇命は誰か」山崎馨（『日本文学の争点』6）＊「中皇命(1)〜(3)」稲岡耕二（解釈と鑑賞36—7〜9）＊「中皇命」尾畑喜一郎（『万葉集講座』5）〔桜井〕

中臣朝臣東人（なかとみのあそみあずまひと）

〔表記〕中臣東人とも記される（続日本紀）。

〔系譜〕意美麻呂を父とし、藤原鎌足のむすめ斗売娘を母とする。清麻呂の兄。狭野茅上娘子との贈答歌で有名な、宅守の父にあたる。

〔閲歴〕和銅四年四月、正七位上より従五位下。養老二年九月、式部少輔。同四年四月、従五位上。同十月、右中弁。神亀元年二月、正五位下。同三年正月、正五位上。天平四年十月、兵部大輔。同五年三月、従四位下。

〔歌風〕集中、一首の短歌しかみられない（4・五一五）。それは阿部女郎との贈答歌で、相聞の部に属している。初

句、二句および三句、四句の各句が、すべて結句で統合され、結句において叙情が高められるという、三期相聞歌の一つの典型を示しているといえよう。

〔歌数〕短歌一首。4・五一五　〔新里〕

中臣朝臣清麻呂（なかとみのあそみきよまろ）

〔表記〕中臣清麻呂朝臣（20・四二九六など）とも記される。

〔系譜〕尊卑分脈、中臣氏系図によると、中臣連国子の曽孫。中臣朝臣国足の孫。意美麻呂の第七子。宿奈麻呂以下六人の子がある。母は、多治比志麻呂真人の女、阿岐良。続紀には清麻呂の室として「多治比真人古奈禰」（宝亀三年二月十七日の条）の名がみえ、中臣氏系図には、子の諸魚の母として尚侍従二位多治比真人已奈子。また紀略延暦十一年閏十一月の条に、同じく諸魚の母として、多治比子姉の名がみえる。

〔閲歴〕天平十年四月、参河掾（「上階官人歴名」大日本古文書二四巻・七四頁）、同十五年四月（造弘福寺司）判官正六位上神祇少福兼式部大丞（「弘福寺田数帳」大日本古文書二巻、三三六頁）、十五年五月正六位上から従五位下（続紀、以下とくに記さない場合は続紀による）。同年六月神祇大副、十九年五月尾張守、天平勝宝三年一月従五位上、四年八月大仏開眼供養の際、鎮裏京使（東大寺要録二、供養章三）、六年四月再び神祇大副、同年七月左中弁、天平宝字元年五月正五位下、二年二月式部大輔とある（万葉集20・四四九七左注）。三年六月正五位上、六年一月従四位下。同年八月十一日の条に「文部大輔従四位下」とある。十二月参議。七年一月左大弁、四月摂津大夫兼任。八年一月従四位上、九月正四位下。中臣氏延喜本系に神祇伯とある。天平神護元年一月勲四等、十月紀伊国行幸の際、御後次第司長官、十一月詔あって清慎勤労を讃めて従三位に叙位、神護景雲二年二月中納言、三年六月大中臣朝臣の姓を賜う。公卿補任同四年の条に「七月任大納言、叙正三位兼東宮傅」とある。宝亀元年十月正三位、二年正月大納言正三位大中臣清麻呂を兼東宮傅にするとある。二年二月病気の左大臣永手に代って大臣の事を摂行。同年三月従二位右大臣、十一月大嘗会に際し神寿詞を奏す。三年二月行幸あり正二位。五月「停傅」とある（公卿補任）。五年十二月骨を乞うて許されず。天応元年六月、再度骨を乞うて受け入れられ几杖を賜う。延暦七年七月薨。享年八十七歳。

〔歌風〕短歌が五首、伝誦した短歌が一首ある。うち清麻呂自身の邸での同一の宴の歌が四首となっている。いずれも宴席歌で万葉最末期の時期にあたる。宴席での儀礼的常套表現の歌が多いが、つぎのような宴席での叙景的な歌もある。

天雲《あまくも》に雁そ鳴くなる高圓《たかまと》の萩の下葉はもみち敢《あ》へむか

も　(20・四二九六)

〔歌数〕短歌五首、伝誦短歌一首。19・四二五八左　20・四二九六、四四九七、四四九九、四五〇四、四五〇八　〔吉村〕

中臣朝臣武良自（なかとみのあそみむらじ）

〔系譜〕中臣氏系図に広見（意美麻呂の子）の第五子、尾張掾正立位上とある「武良士」は、同一人か。

〔歌風〕巻八、春雑歌に「時は今は春になりぬとみ雪降る遠き山辺に霞棚引く」（8・一四三九）がある。「時は今は」という表現は集中ほかになく、この発想によって平凡を脱しているといえよう。

〔歌数〕短歌一首。8・一四三九　〔斎藤〕

中臣朝臣宅守（なかとみのあそみやかもり）

〔表記〕中臣宅守（続紀天平十二年六月）とも。ただし、これは流罪中の記事であるから姓は外されたと考えられる。同記事中の石上乙麻呂なども同じ扱いである。しかし、事情は不明ながら、同記事中の同じ流人、穂積朝臣老・多治比真人祖人などは姓が付けられているので、中臣宅守の差異を認めて、別表記として掲出した。

〔系譜〕中臣氏系図によってその位置するところを示せば下図のようになる。

中臣常磐大連（中臣氏始祖）
- 鎌足（藤原氏始祖）
- 意美麻呂（中納言、神祇伯、和銅四薨）―東人（神祇伯、母は鎌足の女）―安麻呂（この間、五人あり）
  - 宅守（大副、従五位下　宝字八年九月の乱により除名）―真広（大副、従五位下）

　宅守は父も祖父も神祇伯で、ことに祖父の意美麻呂と鎌足の女、斗売娘《とめのいらつめ》との間に生まれたのが父の東人であった。ただし、斗売娘のことについては明らかでない。この宅守の父中臣朝臣東人と中臣宮処《みやこ》連東人を同一人と考えて、宮処連東人が口論の末大伴宿禰子虫に殺されたことで、東人の子の宅守が父の仇討ちをしたのが、宅守流罪の原因かも知れないという説が出た。これは全くの誤りであって、中臣朝臣東人と中臣宮処連東人とは別人である。したがって、宅守による父の仇討ちなどということもあり得ない。

〔閲歴〕中臣宅守の閲歴については、前掲の中臣氏系図によれば、神祇大副で従五位下、宝字八年九月の乱に関係があって除名されたとある。また、続日本紀天平十二年六月十五日の記事中に天下に大赦が行われた際に、「不在赦限」の仲間に入れられていること。また、それより二十三年後の天平宝字七年春正月九日、従六位上中臣朝臣宅守は従六位上波多朝臣男足以下の九名が従五位下に叙せられた際、その中に名を列ねている。神祇大副という官職名は、大宝令に定められた神祇官の次官である。これには大副と少副の二種があった。そして長官は神祇伯と称された。神祇官の機能というのは、神祇の祭典を司り、全国の宮社および神官の支配にあった。その長を補佐するのが神祇大副あるいは神祇少副の役柄である。また、宝字八年九月の乱というのは太師藤原恵美朝臣押勝の乱をさしている。太師とは太政大臣のことであり、恵美押勝とは孝謙女帝の下で強大な権力をほしいままにした藤原仲麻呂のことである。この押勝の乱が平定された後、押勝の一族で生命を助けられ流罪となったのは唯一人で、第六子の刷雄《さつお》だけであった。したがって押勝と種々の縁故をもった多くの人々が処断されたと考えられる。宅守も乱の起こった前年の春正月に位階一級が進められている。このときは押勝のよりどころでもあった光明皇太后もすでに亡くなっていたが、押勝の宮廷内における勢力は少なくとも表面では元のままであった。この宅守の昇進が押勝への与党を意味するものかどうかは不明であるが、中臣系図の記載を信ずるなら宅守と押勝との間柄が密接であった故に除名処分となったものであろう。そして宅守がその後どうなったか知るところはない。

〔歌風〕巻十五の目録によれば、「中臣朝臣宅守の、蔵部の女孀狭野弟上娘子を娶《ま》きし時に、勅して流罪に断じて、越前国に配《なが》しき。ここに夫婦の別れ易く会ひ難きを相嘆き、各々慟む情を陳べて贈答する歌六十三首」とある。その六十三首の作品はつぎの九群に分かれる。

(1)別に臨みて娘子の悲しび嘆きて作る歌四首
(2)中臣朝臣宅守の上道《みちたち》して作る歌四首
(3)配所に至りて中臣朝臣の作る歌十四首
(4)娘子の京に留りて悲しび傷みて作る歌九首
(5)中臣朝臣宅守の作る歌十三首
(6)娘子の作る歌八首
(7)中臣朝臣宅守の更に贈る歌二首
(8)娘子の和へ贈る歌二首
(9)中臣朝臣宅守の花鳥に寄せて思を陳べて作る歌七首

右の歌群のうち、最後の第九群の七首を除けば、他の歌群は宅守と娘子との間での贈答関係を成しているように配列されている。それも厳密にいえば、第三群と第四群、第五群と第六群、第七群と第八群の間であって、相互に対応関係をもっているとみられる作品があると説かれている。そしてこれらはいずれも宅守の贈歌、娘子の答歌と解されていることは、目録(7)(8)の書式から推定される。しかし、第一群と第二群との関係はそれらとは異なっていて、別々の作歌事情ともいうべきものでありながら両者四首宛の作品群であって、しかもこの場合は娘子の歌が先に出ている。それに対する第二群の宅守の歌は力無いよそ〳〵しい感じのするものである。あえて憶測すれば、第一群の娘子の歌が先在し、それに歩調を合わせて補塡したかのような作品である。第三群における宅守の十四首は娘子の作品にみるような表面的な華麗さはなく、大方は内省的な傾向をみせた歌となっていて、繰り言に近い発想はあるものの、心を打たれる作品もいくつか見出せる。そうした一例としてつぎの作をあげることができようか。

他人《ひと》よりは妹そも悪しき恋もなくあらましものを思はしめつつ　（15・三七三七）

また、やや粗雑な表現ながら内省的な傾向とはうってかわったつぎのような作もある。

天地の神なきものにあらばこそ吾が思ふ妹に逢はず死にせめ　（15・三七四〇）

ただし、この作には六〇五に少異歌がある。また、第五群の十三首もその傾向は第三群の十四首と較べて似たようなものである。つぎの第七群の二首も内省的な作品であるが、その述懐めいた内容には感動させられるものがある。

今日もかも都なりせば見まく欲り西の御厩《みまや》の外に立てらまし　（15・三七七六）

最後の宅守の七首の歌群は、茅上娘子との贈答歌群とは関係がないらしく思われる。「中臣朝臣宅守の花鳥に寄せ思を陳べて作る歌なり」と左注にあるように、歌群七首中六首までが霍公鳥に寄せ思いを陳べた作品であるところから、天平期の文人志向者としての宅守の面影をうかがうに足りる作品である。こうした意味からも、この歌群が茅上娘子への恋情を背景にした作品だとは言い切れない。宅守の歌は総体に類歌性が強いといえる。全歌数四十首のうち三七二九・三七三八・三七三九・三七四〇・三七五五・三七五七・三七七五・三七八〇の八首が他の作者または作者未詳歌と類句を共有し、さらに三七七九・三七八一の二首もこれに準ずる。だいたいにおいて、これらの類句は宅守が先行の作品を模倣したものと考えられる。

〔歌数〕短歌四十首。15・三七二七〜三七三〇、三七三一〜三七四四、三七五四〜三七六六、三七七五、三七七六、三七七九〜三七八五

〔参考文献〕＊「狭野の茅上の娘子と中臣の宅守」竹内金治郎（上代文学9）＊「中臣宅守はなぜ流されたか」扇畑忠雄（解釈と鑑賞「万葉集の謎」特集号）＊「中臣宅守に関する覚書」佐藤忠彦（北海道駒沢大学研究紀要5）＊「狭野茅上娘子の歌―その抒情の本質について―」松原博一（語文37）＊「中臣宅守と狭野茅上娘子」木下玉枝（『万葉集講座』6）＊「国禁の恋―中臣宅守と狭野茅上娘子」原田善郎（歌と評論45―9）＊「茅上娘子―中臣宅守との贈答歌の構成を中心に」森淳司（美夫君志20）　〔大久間〕

中臣女郎（なかとみのいらつめ）

〔歌風〕集中には大伴家持に贈った短歌五首がみられる。いずれも逢うことのままならぬ一方的な恋の歌か。家持の

和える歌はない。しかし、

　をみなへし佐紀沢に生ふる花かつみかつても知らぬ恋
　もするかも　（4・六七五）

などのように、即興的景物を詠み込んだ寄物陳思歌的なものもみられ、深刻なものというよりは、遊戯的な恋の歌とみるべきであろう。

〔歌数〕短歌五首。4・六七五〜六七九　〔梶川〕

中臣部足国（なかとみべのたるくに）

〔系譜・閲歴〕下野国都賀郡の防人。上丁。天平勝宝七歳二月、相替により諸国の防人が筑紫に遣わされたとき、下野国の防人部領使田口大戸が進上した歌の中に一首を留める。中臣部は中臣氏の部曲であろうと思われ、東国では常陸に、西国では筑前に多くの存在が確認され、その他、美濃・下野・下総・常陸・越前・越中・豊前に分布している。この分布の様子からみて、あるいは、中臣氏の下で東国征服、朝鮮出兵のことに従事したのかもしれない。

〔歌数〕短歌一首。20・四三七八　〔北野〕

長忌寸意吉麻呂（ながのいみきおきまろ）

〔表記〕意吉麿、奥麻呂、奥麿、興麿などとも記される。ただし、「意吉」の吉は甲類ki、「興」のキは乙類kïであるから、「興」は「奥」の誤写と認められよう。

〔系譜〕未詳。姓は忌寸。日本書紀にみえる長直（倭漢系帰化族）がその祖か。

〔閲歴〕生年没年ともに未詳。万葉集によれば、大宝元年の持統文武紀伊行幸に際して応詔歌一首（9・一六七三）を詠じ、大宝二年持統三河行幸に際しても従駕の作一首（1・五七）を詠じた。紀伊国神之《みわが》埼《さき》における歌（3・二六五）は年次未詳であるが、大宝元年の紀伊行幸の際に官命によって熊野を訪ね、そのときに詠じた作であるかもしれない。応詔歌としてはさらに一首（3・二三八）をみる。これも年次未詳であるが、続日本紀文武天皇三年正月の条に「難波ノ宮ニ幸ス」とあって、そのときの従駕の作かと考えられる。「結び松を見て哀しび咽ぶ歌二首」（2・一四三、一四四）も年次未詳であり、また第二首が「未だ詳らかならず」と注記されて、拾遺集（14・八五四　19・一二五六）には人麻呂の作として載せられるなど、作者についても問題を残している。しかし、この二首を意吉麻呂の作とするならば、やはり大宝元年紀伊行幸時の産物と考えることが穏当であろう。意吉麻呂の閲歴は右の六首によって知るほかはなく、それによる限りは、藤原京期の下級官人であって、歌の才を認められてしばしば行幸の列に加わり、応詔の歌や旅中の感懐を詠む歌などを残した人であることになる。人麻呂と時代を同じくする宮廷歌人として活動した跡は、そのわずかな作品を通してうかがうことができよう。題詞に「応詔歌」（「応詔」とする例を含む）とすることは、意吉麻呂の作（3・二三八）をもって万葉集における初出とする。

〔歌風〕意吉麻呂の作十四首は二群に大別することができる。そのうちの一群は前項に記したように、従駕の旅に際して詠じた応詔歌その他の六首である。はじめに応詔歌、

大宮の内まで聞ゆ網引すと網子調ふる海人の呼び声
（3・二三八）

海に近い難波の宮の内、天皇の玉座のあたりにまでも、生業にいそしむ漁民たちの太い声が響いてくることを述べて、それを天皇に対する奉仕讃美の声とする趣である。歌の姿は整然として、各句の頭には母音がおかれ、ことに第三句以下にはアの頭韻を踏んで、応詔歌にふさわしく暢びやかな明るい調べを示している。

風莫《かざなし》の浜の白波いたづらに此処に寄せ来る見る人無しに 一に云はく、ここに寄せ来も
（9・一六七三）

風莫の浜は所在未詳であるが、いまの白浜町の一部とする説によるべきか。温暖な紀の国ではあっても、初冬の浜辺は風も冷えて、外洋からひた寄せる白々とした波頭に、人は旅愁を深くするのであろう。都から遠い海辺の佳景を讃美する趣であるが、結句「見る人無しに」は讃美よりもむしろ旅愁が先行した感を与えるようである。

つぎに従駕の作、

引馬野ににほふ榛原入り乱り衣にほはせ旅のしるしに
（1・五七）

遠い異郷の旅にあって、美しく色づく榛をその旅衣に移し染めにせよという。佳景に接した旅の喜びに明るく躍動する心は、そのまま同行の人々の躍動を促す息づかいとなったのである。これに対してつぎの歌は、

苦しくも降り来る雨か神《みわ》が崎狭野の渡りに家もあらなくに
（3・二六五）

異郷の旅の難渋を歌い、雨とともに身にしみる孤愁の声は、引馬野における明るい心躍りとはまさに対照的である。

磐代の岸の松が枝結びけむ人は帰りてまた見けむかも
（2・一四三）

磐代の野中に立てる結び松情も解けず古思ほゆ 未だ詳らかならず
（2・一四四）

斉明天皇四年十一月、反逆を企てたとして十九歳の若い命を断たれた有間皇子は、世人の同情哀惜を集めたのであろうが、それは天武持統の世となってはじめて表明することができた。この二首もまたそうした心情を歌って、よく悲傷の調べを奏でている。

右の第一群六首は意吉麻呂の公的生活から生まれ、羈旅の感懐を基調とした「宮び」の歌である。これに対する第二群八首はその私的生活から生まれ、遊興の精神を基調とした「笑い」の歌となっている。すなわち「長忌寸意吉麻呂の歌八首」（16・三八二四〜三八三一）である。

鐺子《さしなべ》に湯沸かせ子ども櫟津《いちひつ》の檜橋より来む狐に浴むさむ　（16・三八二四）

これは意吉麻呂が宴飲の席において、饌具、雑器、狐声、川、橋などを詠み込むことを求められて作った即興の歌である。即興であることを左注に明記する例はこれだけであるが、数種の物を詠み込む遊興の才は、三八二五における行縢《むかばき》・蔓青《あをな》・食薦《すこも》・屋梁《やのうつはり》、三八二八における香《こり》・塔・厠《かはや》・屎《くそ》・鮒《ふな》・奴《やっこ》、三八二九における酢《す》・醬《ひしほ》・蒜《ひる》・鯛《たひ》・水葱《なぎ》、三八三〇における玉掃《たまばはき》・鎌・天木香《むろ》・棗《なつめ》などに充分に示されている。これも宴席の作か、巧手というべきであろう。

池神の力士舞かも白鷺の桙《ほこ》啄ひ持ちて飛びわたるらむ　（16・三八三一）

この一首は題詞に「白鷺の木を啄ひて飛ぶを詠む歌」とあって、他の七首がすべて物を詠むのに対して異色である。すなわち、これが絵を見て詠んだ歌、絵画を扱った歌と考えられることは、万葉集においてはきわめて珍しい例として注目しなければならない。その絵というのは、おそらく花咋鳥文様、シルクロードから西域唐土を経て飛来した帰らざる渡り鳥の意匠だったのであろう。その意匠は正倉院に云わる種々の美術品に数えきれず、とくに金銀平脱花鳥八角鏡には「白鷺の桙啄ひ持ちて飛びわたる」姿が最も明らかである。花咋鳥文様が渡来した時期は未詳であるが、八世紀初頭、第七次遣唐使によってもたらされた蓋然性が高い。唐の小説遊仙窟の伝来もその際（山上憶良によるか）と考えられ、身辺にある物を即興的に歌にすることは、その遊仙窟にも多数の例があるので、意吉麻呂による第二群八首は、歌風にしても題材にしても、まさに舶来最新の風流を示すものであったらしい。こうした大陸文化の影は、右に触れなかった三八二六（漢籍）、三八二七（渡来の遊戯）にもみることができよう。歌人意吉麻呂には二つの顔があった。数少ない作品にみられる歌風の幅の広さは、意吉麻呂が藤原京時代の一流の知識人であったことを物語るかと思われる。

〔影響〕後世の文学に及ぼした影響は、意吉麻呂の作第一群においては「苦しくも」の歌が代表的である。この歌が平安時代の知識人たちによっても愛誦されていたことは、源氏物語（東屋）に「佐野のわたりに家もあらなくになど口ずさびて、里びたる簀の子の端つかたに居給へり」とあるところから推察される。それを母胎として、やがてこの歌は藤原定家の佳作における本歌となったのであり、

駒とめて袖打はらふかげもなしさののわたりの雪の夕暮　（新古今集　6・六七一）

それはまた謡曲鉢木にもみることができる。ただ、いつしか作者意吉麻呂の名は忘れられて、新勅撰集（8・五〇〇）、続古今集（10・九二四）などには「続人しらず」として載せられている。また、近世の名作雨月物語（「蛇性

の姪」）が「いにしへの人」の詠としてこの歌を引き、紀の国三輪が崎における晩秋の舞台効果を高めていることは、さすがというべきであろう。なお、式子内親王には「引馬野に」を本歌とする作がある。

かり衣みだれにけりなあづさ弓ひくまの野べの萩の朝露　（続古今集　4・三二九）

第二群は同じく万葉集巻十六にみえる無心所着歌、その他の戯笑歌などとともに、韻文文学における「笑い」の系譜にあっては、きわめて貴重な存在である。それはやがて古今集（巻十九）の誹諧歌につながり、さらに中世の軍記物語や説話文学などにおける落首を経て、近世の狂歌にいたる、その長大な流れの源に位置している。その類縁は中古の短連歌、中世の地下の連歌、俳諧の連歌、さらには近世の川柳などにも認めることができよう。

〔歌数〕短歌十四首。1・五七　2・一四三、一四四　3・二三八、二六五　9・一六七三　16・三八二四〜三八三一

〔参考文献〕＊「長意吉麻呂の物名歌」伊藤博（美夫君志2）＊「雑草万葉―雑草歌人意吉麻呂―」高木市之助（短歌研究21―2）＊「長忌寸意吉麻呂伝考」川上富吉（大妻女子大学文学部紀要3）＊「長意吉麻呂」藤田寛海（『万葉集講座』5）＊「長忌寸意吉麻呂」阿部正路（『日本文学の伝統と歴史』）＊「長忌寸意吉麻呂論」石上七鞘（東京女学館短期大学紀要2）　〔山崎〕

長忌寸娘（ながのいみきのおとめ）

〔系譜〕長忌寸意吉麻呂の娘か。

〔閲歴〕集中の歌は、橘奈良麻呂結集宴の中の一首であるので、橘奈良麻呂と何らかの関係があったと考えられる。

〔歌風〕「めづらしとわが思ふ君は秋山の初黄葉《はつもみちば》に似てこそありけれ」（8・一五八四）、橘奈良麻呂結集宴のときのもので、奈良麻呂の歌に答えた表現になっている。自己の感慨を直叙的に述べた歌である。

〔歌数〕短歌一首。8・一五八四　〔吉村〕

長皇子（ながのみこ）

〔系譜〕天武天皇の皇子。母は大江皇女（天智天皇皇女）。同母弟に弓削皇子がいる。栗栖王・文室真人浄三・同邑珍・広瀬女王らの父。

〔閲歴〕持統七年正月、弟の弓削皇子とともに浄広弐を授けられ、慶雲元年および和銅七年に益封のことがみえる（続日本紀）。霊亀元年六月薨去。ときに一品。大宝二年冬の持統太上天皇の三河行幸の際に詠んだ短歌一首があり、また慶雲三年の文武天皇の難波行幸には従駕して歌作をなした。

〔歌風〕行幸従駕歌や宴の歌を主体とし、ほどよい抒情性を湛えた印象鮮明な秀作が多い。

あられ打つあられ松原住吉《すみのえ》の弟日娘《おとひをとめ》と見れど飽かぬか

も　（1・六五）

吾妹子《わぎもこ》を早見《はやみ》浜風大和なる吾《わ》をまつ椿吹かざるなゆめ

（1・七三）

秋さらば今も見るごと妻恋ひに鹿鳴《かな》かむ山そ高野原の上

（1・八四）

第一首は慶雲三年の文武天皇難波行幸時の従駕歌。おそらくは宴の場などでの作であろうが、明るく快い気分の表現された、平明な歌いぶりのものである。第二首は同じく文武天皇の難波行幸時（文武三年か）の従駕歌で、「早見浜風」に大和の家に残して来た妻に早く逢いたい意と、浜風の速いことを懸け、「吾をまつ椿」に、自分の帰宅を待つ妻と、家の庭の松・椿とを重ねあわせて、この浜風が大和の家にも吹き通って、妻にわが心を伝えよ、との意を表現したもので、技巧と抒情性とがみごとに調和している。第三首は志貴皇子と自邸に宴したときの歌で、自邸の付近の風趣を説明しながら、毎秋の来訪をうながしたもの。軽い挨拶の歌ながら、自然と季節へのやわらかい感性がにおってくる歌である。

〔歌数〕短歌五首。1・六〇、六五、七三、八四　2・一三〇

〔森(朝)〕

長屋王（ながやのおおきみ）

〔表記〕左大臣長屋王（3・四四一題詞など）、左大臣（8・一五一九左注）とも。

〔系譜〕天武天皇の孫。高子皇子の長子。母は御名部皇女。

〔閲歴〕慶雲元年正月、無位より正四位上に叙せられた。和銅二年十一月従三位宮内卿。同三年四月正三位式部卿。養老二年三月大納言。同五年正月従二位右大臣。神亀元年二月正二位左大臣となる。天平元年二月左京人漆部造君足、中臣宮処東人によって、私かに左道を学び国家を傾けようとしていると密告され、藤原宇合の率いる官兵に囲まれて自尽。このとき、その妃吉備内親王、子の膳王らの諸王子もあとを追って自殺した。この長屋王事件は光明子立后にからんだ藤原氏の陰謀だといわれている。

〔歌風〕集中に五首あり、巻一の七五番歌は、

宇治間山朝風寒し旅にして衣貸すべき妹もあらなくに

（1・七五）

と詠まれている。七四番歌の題詞に「大行天皇・吉野の宮に幸しし時の歌」とあり、それに続く歌である。作品は類型的な感じもするし、題詠的な面も考えられる。また、巻三にある、

わが背子が古家の里の明日香には千鳥鳴くなり君待ちかねて

（3・二六八）

の結句「君待ちかねて」の「君」が万葉代匠記には「嶋」として理解されている。万葉集注釈では「嬬」に改められており問題のあるところであるが、「君」説を採用して「千

鳥があなたを待ちかねていますという解釈をしておこう。また、
佐保過ぎて寧楽の手向に置く幣は妹を目離れず相見しめとそ　（3・三〇〇）
磐が根のこごしき山を越えかねて哭には泣くとも色に出でめやも　（3・三〇一）
の二首は題詞によれば、奈良山の手向けの場に馬を駐めて詠んでいるが、古代の旅は国境で他郷に入るとき、その土地の神に幣を捧げて旅の安全を祈願するのである。そうした祈願の終わったあとに解放的な安堵の心情からいとしい妻にいつも合わせてほしいと詠むのである。即興的な詠みぶりとみるが、題詠的な歌かと疑いたくなる作品である。
〔影響〕懐風藻にみられる長屋王の詩は「元日の宴、応詔」「宝宅にして新羅の客を宴す」「初春作宝楼にして置酒す」の三首である。漢詩文の創始期である近江朝廷において、大友皇子・河島皇子・大津皇子らの作品も懐風藻の中に詞華をそえている。壬申の乱は外来文化を停滞させたが、天武天皇の代になって再び漢詩文が盛んとなり、藤原不比等、長屋王が登場してくる。長屋王が佐保の宅で新羅の使を饗したときに、図書頭、中納言、文章博士、大学頭などがその宴に出席して詩を詠んでいる。こうして漢詩をつくることは流行していくが、万葉集と懐風藻に共通の作者が十九人いて、その詩数は四十六編である。素材・発想・表現のいずれにあっても和歌におよぼす漢詩の影は響度外視することはできないのである。
〔歌数〕短歌五首。1・七五　3・二六八、三〇〇、三〇一　8・一五一七
〔参考文献〕＊「長屋王—日本古代政治史のための断章—」北山茂夫（立命館文学93）＊「長屋王故郷歌一首」中西進（万葉35）＊「長屋王の変」阿蘇瑞枝（『古代史を彩る万葉の人々』）＊「〈古万葉〉と長屋王派」高野正美（上代文学37）＊「長屋王の追悼—万葉集巻六・第一部—」犬飼公之（上代文学41）　〔針原〕

難波天皇妹（なにわのすめらみことのいも）
〔系譜〕難波の地に都された天皇の妹の意と解される。とすれば、難波の地に都された天皇として有力な天皇は、難波高津宮に宮居された仁徳天皇、難波長柄豊崎宮に宮居された孝徳天皇の二方である。そのいずれかであろう。仁徳天皇の妹とした場合、大勢の皇女がいるが、古事記にも伝承を有する異母妹八田皇女が有力か。孝徳天皇の妹とした場合、その皇女を史に載せない。「皇妹」「皇兄」の解釈など題詞そのものに問題を有する。ただし、巻四編纂の時代には、巻二巻頭の歌に類する伝誦歌として扱われているとみてよい。
〔歌風〕古い調子の歌であり、背後に物語的なものを感じさせる歌である。

〔歌数〕短歌一首。4・四八四　〔滝口〕

楢原造東人（ならはらのみやつこあずまひと）

〔表記〕楢原東人（武智麻呂伝）とも。

〔閲歴〕天平初年、守部連大隅、越智直広江らとともに宿儒と称せられ（武智麻呂伝）、近江大掾、大宰大典を経、天平十七年正月正六位上から外従五位下に叙せられる（続紀）。同十八年正月中宮西院の肆宴に出席、歌を詠んだが歌は巻十七には載せられていない。同十九年三月駿河守。天平勝宝二年三月駿河守在任中部内から黄金を発見して献じ功により勤臣《いそしのおみ》の姓を賜る（続紀）。宝字元年正五位下。

〔所在〕17・三九二六左注　〔中村〕

鳴波多𡢳嬬（なりはたおとめ）

〔閲歴〕日本古典文学大系本は、「ハタという所の少女。ハタはハタメクのハタ。新撰字鏡に『爆、熿起也、散也、皮太女久（はためく）』とある。鳴りハタでハタノ少女を導く表現。ハタは地名であろう」としているが、日本古典文学全集本は、「……鳴りハタに鳴りハタメク（鳴動する）の意を認めてかけたものであろうが、ハタの解釈にも疑問がある」としている。未詳である。

〔所在〕19・四二三六　〔中村〕

難達（なんだつ）

〔閲歴〕寿延経に出てくる比丘の名で、仏に従って延命を求め、寿を十八年延ばしたという。西野貞治「敦煌石室の仏説延寿命経について」（万葉二三号）によれば、憶良の沈痾自哀文の寿延経と合する文を有する仏説延寿経は、敦煌文書の中に九本存在し、沈痾自哀文にみえる寿延経という経名は、敦煌の延寿命経すなわち延寿経が一転して伝えられたものと考えられる。寿延経は、いわゆる偽経であり、仏教の経典の形式を模して中国国内で六朝頃から偽作されたもので、その対象は中国の庶民階級であった。

〔所在〕5・沈痾自哀文　〔中村〕

新田部親王（にいたべのみこ）

〔表記〕新田部皇子（3・二六一題詞、8・一四六五題詞割注）とも記される。

〔系譜〕天武天皇の第七皇子。母は藤原夫人、藤原鎌足の女で氷上娘の妹五百重娘、字を大原大刀自という。その子に、塩焼王・道祖王らがある。

〔閲歴〕生年未詳。文武四年正月、浄広二位を授けられる。慶雲元年正月、封戸を賜る。ときに三品。同四年十月、文武天皇の大葬において造御竈司となる。ときに二品。和銅七年正月、長親王・舎人親王・志貴親王らとともに、それぞれ封二百戸ずつ益せられ、これが封租全給のはじまりとなる。養老三年十月、内舎人二人・大舎人四人・衛士二十人・封五百戸を賜る。同四年八月、知五衛および授刀舎人事となる。神亀元年二月、聖武天皇即位に際して一品に叙せられる。同五年六月、知物管事となる（寧楽遺文、家伝下)。続日本紀によると、神亀五年七月、明一位を授けられる。ときに大将軍。天平元年二月、勅使として舎人親王らとともに、長屋王の変における王の罪状の窮問にあたる。同二年閏六月、神祇官の屋が雷火を被ったとき、神祇官を率いてこれを占った。同三年十一月、はじめて畿内惣管・諸道鎮撫使を設置したとき、畿内大惣管となった。同七年九月薨。ときに一品。高安王らが葬事を監護し、舎人親王が弔した。在世中、遷化した鑑真に大和上の称号を授け、備前国水田百町と親王の旧宅を施し、ここに戒院を建立したのが唐招提寺の起縁となったことが、天平宝字七年五月の条にみられる。また天平宝字元年七月の条に、塩焼王は橘奈良麻呂の乱に連座したが、王の父新田部親王が清明心をもって朝廷に仕えた人物であるため、その家門を絶つのは惜しいという理由で、免罪となった。

〔歌風〕万葉集中、新田部親王の作歌はない。が、「やすみしし　わご大王　高輝らす　日の皇子……」にはじまる「柿本朝臣人麻呂、新田部皇子に献る歌一首并に短歌」(3・二六一、二六二)と、親王の側近の婦人が作ったと伝える戯歌、「新田部親王に献る歌一首」(16・三八三五)を関係歌としてあげることができる。また歌経標式に、藤原里官卿が新田部親王に贈ったという歌一首があるが、この新田部親王が新田部親王と同人か否かは不明。

〔所在〕3・二六一、二六二　16・三八三五　〔末内〕

丹生女王（にうのおおきみ）

〔表記〕丹生王（3・四二〇〜四二二題詞）も同一人か。

〔系譜〕伝未詳であるが、集中の三首はいずれも大伴旅人に恋する心情を込めて贈った歌であることから、旅人に深いゆかりのあった女性と思われる。

〔閲歴〕天平十一年正月、従四位下より従四位上。天平勝宝二年八月、正四位上。

〔歌風〕集中に二首の短歌と一首の旋頭歌を収める。その三首はすべて「丹生女王、大宰帥大伴卿に贈る歌」という題詞中に収められていて、もちろん恋の世界の歌であるが、遊戯的な趣を強く感じられる作品である。たとえば、

　高円の秋野の上のなでしこが花うら若み人のかざししなでしこが花　(8・一六一〇)

の歌は、なでしこの花のイメージに、若き日の自分自身の姿を重ね合わせながら、かつての旅人との恋の世界を戯笑的に回想した作品である。また、恋の嘆きを誇張して表現するのは遊戯的な贈答歌のパターンであるが、

　天雲のそくへの極み遠けども心し行けば恋ふるものかも　(4・五五三)

　古人の飲へしめたる吉備の酒病まばすべなし貫簀《ぬきす》賜らむ　(4・五五四)

の二首には、相手（旅人）をからかいながら、戯れの恋の世界を楽しんでいるような印象もある。丹生王との関係は

明らかでないが、もし同一人だとすれば、「石田王の卒《みまか》る時に、丹生王の作る歌」（3・四二〇〜四二二）の長反歌も作歌の中に含まれることになる。

〔歌数〕短歌二首。4・五五三、五五四　旋頭歌一首。8・一六一〇（丹生王長歌一首、短歌二首。3・四二〇〜四二二）　〔大室〕

仁敬（にんきょう）
〔表記〕尼崎本・類聚古集・古葉略類聚抄は仁敬。紀州本・西本願寺本以後は仁教。
〔系譜〕三八五四左注に「右、吉田連老有り。字、石麻呂と曰ふ。いわゆる仁敬の子なり」とある。これを略解は石麻呂の父の名として解する。代匠記は「仁敬」を人名とせず、「仁敬の子」を儒教の君子とする。
〔所在〕16・三八五四左注　〔中村〕

仁徳天皇（にんとくてんのう）
〔表記〕大鷦鷯天皇（書紀）・大雀命（古事記）とも記される。
〔系譜〕応神天皇の子で、履中・反正・允恭天皇の父。
〔閲歴〕宇治若郎子と皇位を譲り合い、若郎子の死によって難波高津宮で即位する。百姓の窮乏を見て三年間課役を免じ、大殿が荒れ果てても修復せずに堪えた話は有名で、聖帝の世と讃えられた。仁徳記には他に石之比売の嫉妬物語など歌謡物語が記され、うたとのかかわりが深い。万葉集でも巻二相聞の冒頭に、磐姫皇后の天皇を偲ぶ歌四首がある（2・八五〜八八）。また巻四相聞の冒頭にも難波天皇の妹の大和にいる皇兄《いろせ》に贈る歌（4・四八四）があって、難波天皇は仁徳とする考え方もある。倭の五王の讃に比定する説もある。
〔所在〕2・八五標目・題詞、九〇左注　4・四八四題詞
〔参考文献〕＊「仁徳天皇に於ける和魂と荒魂と」三苫浩輔（国際大学国文学4）　〔居駒〕

額田王（ぬかたのおおきみ）
〔表記〕日本書紀には額田姫王（天武天皇二年二月）、元弘三年書写の薬師寺縁起には額田部姫王と記されている。
〔系譜〕日本書紀天武天皇の条には「天皇、初め鏡王の女額田姫王を娶して十市皇女を生しませり」とあり、また、元弘三年書写の薬師寺縁起は天武天皇に一后三妃三夫人三采女があったとし、三采女の一人としてその最初に「初鏡王額田部姫王　生一女　十市女」と記している。これらの資料から額田王は鏡王の娘であり、天武天皇に嫁して十市皇女を生んだことがわかる。鏡王については、宣長は玉勝間の「鏡女王額田王」で近江国野洲郡鏡里の人とし、折口信夫がこれを支持している（「額田女王」折口信夫全集第九巻）。また、加納諸平は「額田鏡王考」（嚶々筆話・日本随筆大成第五巻）で、威奈大村墓誌銘中の「紫冠威奈鏡公」、および天武紀元年の条の「大紫韋那公高見」と同一人物で

あるとしている。これを尾山篤二郎が「額田ノ姫王攷」(万葉集大成九)で、市村宏が「額田王の父・姉・弟」(国学院雑誌七〇巻九号)で継承しているが、この説は谷馨・高崎正秀らによって反論されている。いずれにせよ鏡王に関しては確実な手掛りとなるものはなく未詳である。また、万葉集巻二の九二、九三、巻四の四八九、巻八の一四一九にその歌を残す鏡王女は、宣長以来額田王の姉であろうといわれてきた。中島光風の反論(「鏡王女について」文学一一巻一〇号)、および沢瀉久孝(「香久山は畝傍ををしと」万葉古径二)、中西進(「額田王論」万葉集の比較文学的研究)等のこれを支持する意見があるものの、鏡王女はその名から鏡王の娘であろうとされ、額田王も前記文献から鏡王の娘であることが確かであるため、一般にはこれらを姉妹とする説がほぼ定説となっている。額田王の娘、十市皇女は、懐風藻の葛野王伝に「王子者。淡海帝之孫。大友太子之長子也。母浄御原帝之長女十市内親王」という記事により、天智天皇の子、大友皇子の妃として葛野王を生んだことが明らかである。額田王には無論孫である。

〔閲歴〕(1)生没年未詳。懐風藻記載の葛野王伝に「授二正四位一。拝二式部卿一。時年三十七」なる記事があり、続日本紀慶雲二年の条には、「正四位上葛野王卒」と記されている。沢瀉久孝は懐風藻の「時年三十七」を「卒時三十七」を意味するものとし、葛野王が慶雲二年に三十七歳であったと解して、その生年を天智八年とした。そして十市皇女、額田王がそれぞれ十七、八歳で母となったと考えて、ここから逆算して額田王の生年を大体舒明七年頃のこととした(万葉の作品と時代)。しかし、谷馨はその著・額田王の中でこれに反論している。懐風藻の「時年三十七」は卒時ではなく「式部卿拝命時三十七」と解すべきものであるとし、その式部卿拝命時を、続日本紀大宝元年の条にある新令制定の記事から大宝元年であるとして、大宝元年に三十七歳であった葛野王の生年は天智四年であり、逆算して額田王の生年は舒明二年周辺であると推定している。この他に額田王の生年に関する有力な説はなく、その生年は六三〇〜六三五年頃と考えられる。没年についても同様に確実な資料となるものはない。額田王最後の作は持統天皇吉野行幸に従駕した弓削皇子との贈答歌二首(2・一一一、一一三)であり、歌に霍公鳥が詠み込まれているところから夏の行幸の折のものであったとみられる。持統天皇の夏の吉野行幸は持統四年、六年、七年、八年、十年にあるが、一一二番歌の細注に「従二倭京一進入」と記されており、倭京は明日香京であると考えられるため、この歌は持統八年十二月の藤原遷都以前のものと推測される。おそらくは持統四〜八年のいずれかの年に詠まれたのであろう。したがって額田王もこの年頃までは生存していたことになる。この頃、およそ六十歳余か。享年不明。

(2)出生地　額田王の出生地に関しては夙に二説が出されている。一つは伴信友・長等の山風、鹿持雅澄・万葉集古義が提唱し、武田祐吉・万葉集全註釈、金子元臣・万葉集評釈、谷馨・額田王等が受け継いだ大和国平群郡額田郷とする説であり、一つは本居宣長・玉勝間、橘守部・万葉集檜嬬手が出し、折口信夫「額田王」（全集第九巻）、高崎正秀「額田王」（万葉の歌人・和歌文学講座五）等によって継承されている、近江国鏡山山麓の鏡里、もしくは狭額田がそれだとする説である。二者ともその地名に説の拠り所をもつが、未だどちらであるとも決定し難い状況にある。

(3)天智天皇・天武天皇との関係　額田王と天智・天武両天皇との関係は古くから浪漫的な三角関係として取り沙汰されてきた。大海人皇子が額田王を娶して一女をなしたことは書紀に明らかであるにもかかわらず、額田王には集中に「思近江天皇作歌」（4・四八八）として天智天皇を慕う歌があり、大海人皇子は額田王の歌（1・二〇）への唱和歌の中でこれを「人妻」とよび（1・二一）、また、中大兄皇子はその三山歌（1・一三）に「……古もしかにあれこそ　うつせみも妻を争ふらしき」と妻争いのことを詠み込んでいる。かような事柄から、はじめ大海人皇子に嫁した額田王を、のちに天智天皇が愛してこれを奪ったといった三角関係的な恋愛物語が従来伝えられていた。しかし、近時、この説には数々の疑問が提出されている。これら三者の関係については書紀および薬師寺縁起にある、額田王が天武天皇に嫁して十市皇女をなしたという記録と、集中の額田王関連歌（4・四八八、1・二一、2・一五一、一五五等）にこれが天智天皇の妻であったとみるほかないようなものがあるということを指摘できるのみであろう。

(4)宮廷における位置　額田王の宮廷での有様に関連しては、折口信夫が「巫女」であったと述べ（前掲書）、また、谷馨がそれをさらに明確にして、祭祀に奉仕した采女的存在であったと論じた（前掲書）。そしてこれらの説を継承、発展させた中西進・伊藤博らの説がある。伊藤博は額田王の歌のうち四首までが、天皇作であるという作者の異伝を記す左注をもつところから、天皇の歌の代作が額田王の一つの大きな職掌であったとして、これを天皇の「御言持ち歌人」とした（「代作の傾向」国語国文二六巻一二号「遊宴の花」万葉八二号　万葉集の歌人と作品〈上〉）。中西進は、やはり天皇の代作をその一つの役割としたことを踏まえ、これを、祭祀にかかわり、内廷にあって文学の教養を有し、かつ舎人的存在でもあったものとして、「詞人」とよんだ（「額田王論」万葉集の比較文学的研究・「額田王」万葉史の研究）。この問題についても確たる資料がなく、明確に規定することはできないが、前記諸説のごとく、王は伝統的な巫女的詞人性をその職能の背後に合わせ持つ宮廷の専門歌人であったと考えることができるであろう。

〔歌風〕集中には長歌三首、短歌九首の計十二首を収める。これら十二首を部立別にみると、雑歌七首、挽歌二首、相聞三首であり、以後の女流歌人の作品における相聞歌の比率の高さに比較して留意すべき点である。とくに雑歌七首のうちには作者が天皇であるという異伝を記す左注をもつものが四首（1・七、八、一七、一八）あり、他の歌人にはみられない特殊性を示している。このため、題詞に記された作者を実作者とみ、左注に記された作者を形式作者であるとして、これを天皇の代作歌と考える説が、伊藤博「代作の傾向」、中西進「額田王論」、橋本達雄「額田王」（「跡見学園女子大学紀要」三号）等によって出されている。伊藤博は、王を専門的代作歌人として「御言持ち歌人」とよび、その源流を語部の伝統に求め、そこに巫女性、呪術性を認める。これに対して中西進はこれを「詞人」と称して、中皇命・川原史満・秦万里らと共通の性格を有する、天皇の資格で作歌する宮廷歌人として位置づけている。橋本達雄はこの両説を受けて、額田王は、尊貴の女性による呪歌献呈の使命と、それが変質して得た新しい唐風の代作者という職能の両面を継承した歌人であるとした。——川原史満や秦万里ら帰化系廷臣にもみられる——天皇これら三氏の説に代表されるように、額田王歌には伝統的な巫女性・呪術性がみられるとともに、宮廷性ともいうべき宮廷歌としての性質が存在する。西郷信綱は一七・一八番の歌を「巫女的な伝統の文学化されつつある姿」（万葉私記）と述べ、谷馨は八番と一七・一八番の歌を旅路の安穏を期する「応詔の神事関係歌」であったと論じている（前掲書）。無論、かような性質は代作歌といわれる四首のみがもっているのではない。上三句が難訓として著名な九番歌も、その下二句によって祭の場で詠まれた、ある意味での呪的要素をもつものであることは谷馨の研究によっても明らかであり、天智天皇挽歌群中の一五一・一五五番歌も額田王の巫女的存在としての性格と宮廷歌人としてのそれとの両者を示すものである。また、二〇番の大海人皇子との贈答歌はそれ自身が相聞歌的内容をもつにもかかわらず、雑歌に分類されている。これは、この歌が公の場で詠まれたためと考えられ、そこにその公的性質——宮廷歌としての性質をみることができよう。

大陸文学の素養も額田王歌には認められるべき要素である。一七番歌には、伝統的な繰り返し技巧から、中国詩より受容された対句的表現形式への過渡的様相をみることができる。この傾向は、近江朝に入ってからは大陸文化の受容が盛んであった宮廷を反映してさらに顕著になる。一六番の春秋優劣歌が中国詩の影響にもとづいて整然とした対句的表現形態を有することは現在誰しも認め得るところである。四八八番歌にも、その明らかな中国詩の影響が、土居光知（「比較文学と万葉集」万葉集大成七）、倉野憲司

（「伊勢物語管見」言語と文芸五号）、小島憲之（上代日本文学と中国文学）等によって指摘されている。また、王の最後の作である、弓削皇子との贈答歌一一二・一一三においても、皇子の「古に恋ふる鳥」（一一二）を受けて「蜀魂」の故事をもって「ほととぎす」と返しており、王の大陸文学への造詣の深さがあらわれている。

額田王の歌は、四八八番歌を除くすべてが公的な作歌状況をもつ。四八八番歌さえも私的な恋の実用歌ではなく、君を待つ女性の姿を美しく表現してみせた創作であり、公的な歌に準ずるものと考えるべきであろう（青木生子「宮女―額田王」国文学二〇巻一六号）。そういった公的な歌を詠む者として王は古代的な巫女的、呪術的立場と、中国文学の教養をもつ新しい宮廷歌人の立場を兼ね備えていた。そしてこれらの公的な作歌の中に溢れんばかりの抒情性を表現し得たところに額田王が万葉第一期の代表的な歌人とされる所以がある。青木生子が二〇・四八八番歌はもとより、八番歌を「これはもはや立派な感動の抒情詩である」とし、一七・一八番の歌を「三輪山によせる深い愛惜の心、抒情の表現」、一六番歌を「巧まれた女の媚態表現」でもあるといったように（前掲論文および「額田王」万葉集講座五　その他）、あるいは中西進が、七番歌を、日本文学史上追憶の抒情を詩となした最初のものと述べ、これとともに九・一五一・一一三番の歌もまた追憶の抒情詩であるとして、これら追憶詩の誕生を以て額田王を「万葉はじめての詩人」と位置づけたように（「額田王」）、雄渾な儀礼歌のうちに、また唐風の宮廷歌の中に驚くべき繊細な抒情を織り込んでいった額田王の個性は、わが国最初の画期的な抒情詩人のそれとして銘記されねばならない。なお、四八八番の歌は、それが万葉末期の歌風を思わせる王朝閨怨の情趣をもち、巻一・二に集中する他の額田王歌から離れて巻四（八）に採られているため、これを王の実作ではなく、後人の仮託歌であるとする説が伊藤博（「遊宴の花」）らによって出されている。

〔影響〕宮廷における代作歌人として、また専門歌人としての額田王が、万葉第二期の歌聖、柿本人麻呂の先蹤として立っていることはすでに定説となっている。伊藤博は王の「大御心を含めた全体的なひびき」をもつ代作歌が、人麻呂の、草壁皇子・高市皇子挽歌、吉野讃歌、軽皇子に従って安騎野へ行った折の歌等の、天皇や皇子、およびそれを中心とする宮廷の集団を代弁する傾向をもつ歌へと引き継がれていったと述べ（万葉の歌人と作品）、橋本達雄は、額田王が、その公的歌人としての最後の作である天智天皇崩御の際の挽歌一五五番歌ではじめてうち出した、衆を代表してその心情を代弁する役割を果たすという新しい立場が、後の宮廷歌人人麻呂の立場と作品の性格を呼びおこす伏線となっていると説く（前掲論文）。額田王歌の影響はこの人麻呂の他にも様々にあらわれている。伊藤博は人麻呂の他に、女歌としての額田王の命脈が、細々とではあるが、吹茨刀自へ受け継がれていくとしている（前掲書）。また、青木生子は額田王歌にみられる媚態表現――とくに一六番や二〇番の歌にあらわれる「みやび」や技巧上の「うそ」は、その後坂上郎女に代表される女歌の「みやび」や「うそ」へと連なっていくものであるとし、王の歌全体にみることのできる「女のみやび歌」、「女歌の流れ」は坂上郎女を経て平安時代の女流文学――清少納言・紫式部らへと注がれていったと述べている（前掲論文）。額田王の、代表歌人・宮廷歌人としてその在り様は人麻呂へと伝えられ、そして同時にまた、その抒情性と技巧は女歌、女流文学の源流として後代の女性へ受け継がれていったのである。

〔歌数〕長歌三首、短歌九首。1・七、八、九、一六、一七、一八、二〇　2・一一二、一一三、一五一、一五五　4・四八八（同一歌8・一六〇六）

〔参考文献〕＊『額田王』谷馨（早稲田大学出版部）＊『額田姫王』谷馨（紀伊国屋書店）＊『初期万葉の女王たち』神田秀夫（塙書房）＊「額田王論」中西進（『万葉の比較文学的研究』）＊「額田王」中西進（『万葉史の研究』）＊「額田王覚書―歌人額田王誕生の基盤と額田王メモの採録―」吉井巌（万葉53）＊「額田王―その歌人的性格について―」橋本達雄（跡見学園女子大学紀要3）＊「額田王の塑像―その出自をめぐって―」林田洋子（国学院雑誌71―9）＊「遊宴の花」伊藤博（『万葉集の歌人と作品』上）＊「額田王―歌風とその在り方―」青木生子（『万葉集講座』5）＊「額田王と志賀のみやこ」青木生子（『万葉集の時代と文化』）＊「宴げと笑い―額田王登場の背景―」直木孝次郎（関西大学国文学52）＊「歌人額田王の登場」小野寺静子（札幌大学教養部・女子短期大学部紀要10）

〔青木(生)〕

抜気大首（ぬきけのおおびと）

〔系譜〕代匠記・古義は、抜気を氏、大首を姓としている。しかし、安康紀二年五月の大抜屯倉や、気大は、気大神・気太王など神氏の名にみえることから、私注・日本古典文学大系本は、抜を氏、気大を名、首を姓にしている。

〔閲歴〕人麻呂時代から天平五年頃までの作中にあるから、その頃筑紫に赴任していたのであろう。

〔歌数〕短歌三首。9・一七六七、一七六八、一七六九

〔堀野〕

能登臣乙美（のとのおみおとみ）

〔系譜・閲歴〕乙美は伝不詳。四〇六九左注「右の一首は、羽咋郡の擬主帳能登臣乙美の作なり」の「羽咋郡擬主帳」の主帳は、職員令「大郡」に「大領一人、少領一人、主政三人、主帳三人」とあって、郡の四等官で「掌らむこと事を受りて上抄せむこと、文案を勘署し、稽失を検出し、公

文読み申さむこと、余の主帳此に准へよ」とあり、上郡に主帳二人、中・小郡に主帳一人をおく。能登は地名か。続紀に養老二年五月「越前国の羽咋、能登、鳳至、珠洲四郡、始て能登国を置く」とみえ、天平十三年十二月「能登国を越中国に并す」、天平宝字元年五月「能登、安房、和泉等の国は、旧に依て分ち立てよ」とある。

〔歌風〕集中の短歌は前の家持の歌を受けているような心がみられる。

〔歌数〕短歌一首。18・四〇六九　〔堀野〕

野氏宿奈麻呂（ののうじのすくなまろ）

〔閲歴〕天平二年正月に大宰帥大伴旅人宅の梅花の宴に列し、歌一首を詠じた。ときに大令史（大判事の書記で、大初位上に相当する）であった（5・八三三左注）。

〔歌数〕短歌一首。5・八三三　〔狩俣〕

倍俗先生（ばいぞくせんせい）

〔閲歴〕万葉集中、「惑へる情を反さしむる歌一首」（5・八〇〇）の序にみえる、架空の人物。目録に「山上臣憶良」が冠されており、また序および歌の内容、八〇五番歌の左注より判断して憶良の作と認めてよい。「倍俗先生」の「俗」は、紀州本以外の諸本は「畏」に作る。代匠記に「異」の誤とする説があり、それに従う本もある。しかし、世間に背く意の「倍俗」は、淮南子に「単豹倍ㇾ世離ㇾ俗」とみえ、誤字説をとる必要もあるまい。この序は、みずから「先生」と名告る男に対して、三綱（君臣・父子・夫婦）の道、五教（父義・母慈・兄友・弟恭・子孝）を説き、歌で「其の惑」を反さしめようとするもので、中国思想の影響が強い。　〔青木(周)〕

帛公（はくこう）

〔表記〕帛公略説という書名としてあらわれる。

〔閲歴〕帛公略説は佚書である。山上憶良の沈痾自哀文中にみえる他の漢籍同様医書の類か。帛公は帛和という隠者で道士であり、抱朴子に散見する白和・帛（白）仲理と同一人物であるという。いずれにしろ憶良の漢籍への造詣の深さを示す事実である。

〔所在〕5・沈痾自哀文　〔飯島〕

博通法師（はくつうほうし）

〔系譜・閲歴〕伝未詳。三〇七題詞に「博通法師、紀伊国に行きて、三穂の石室を見て作る歌三首」とあるのみ。

〔歌風〕三〇七番歌にみられる久米能若子については、顕宗即位前紀の「弘計天皇更名来目稚子」と同一人か、四三五番歌の「久米能若子」（久米氏の若者の義）と同義とみるか不明。他の二首とともに伝説を想起して詠んだものであろう。

〔歌数〕短歌三首。3・三〇七、三〇八、三〇九　〔堀野〕

羽栗（はぐり）

〔系譜〕名を欠き、氏のみのため、羽栗吉麻呂かあるいはその子、翼・翔の兄弟のいずれをいうか不明。

〔閲歴〕天平八年六月、遣新羅使の一員として、海路の途中、周防国熊毛浦で舟泊の夜作った歌一首がある。吉麻呂ならば、霊亀二年学生阿倍仲麻呂の従者として入唐。唐女を娶り、翼・翔の兄弟をもうけ、天平六年二児とともに帰朝。翼は、そのとき十六歳で、その後、一時僧籍にあるが、その才により還俗させられ、賜姓。遣唐使録事、准判官として入唐。そのほか内薬正兼侍医となり、丹波介、右京亮など勤め、延暦十七年正五位で没す。享年八十歳。弟の翔は、天平宝字五年藤原河清を迎える使の録事として入唐するが、河清の許にとどまり帰朝せず。三者とも渡唐の経験があることから、天平八年の遣新羅使の「羽栗」との可能性は一様にある。翼だとすれば、そのとき十八歳で、帰国後二年では日本語熟達の程度もあって、遣使に加わることはむずかしく、作者に擬することに多少疑問がある。翔の場合も翼と同様と思われ、残る父の吉麻呂とすべきかとも思うが、決定しがたい。

〔歌風〕平凡だが素直でしみじみとした旅愁を感じる。

〔歌数〕短歌一首。15・三六四〇　〔佐藤〕

間人宿禰（はしひとのすくね）

〔系譜〕間人宿禰は新撰姓氏録に、皇別、神別二系統にみえるがいずれとも知れない。名を欠いているために伝未詳であるが、間人宿禰大浦のことかともいわれる。

〔歌風〕「川の瀬の激《たぎち》を見れば玉鴫散り乱れたる川の常かも」（9・一六八五）、「彦星の挿頭《かざし》の玉は嬬《つま》恋ひに乱れにけらしこの川の瀬に」（9・一六八六）、前歌第三句「たまかも」と訓むのが普通であるが、四音句は特殊例である。前歌の「玉」かと見る疑問に対し、後歌で「泉河」を「天の川」に見たて「彦星の挿頭の玉」と答える連作である。

〔歌数〕短歌二首。9・一六八五、一六八六　〔多田〕

間人宿禰大浦（はしひとのすくねおおうら）

〔系譜〕間人宿禰氏は新撰姓氏録に、「仲哀天皇皇子誉屋別命の後」と「神魂命の五世孫、玉櫛比古命の後」と、二系統みえる。

〔影響〕3・二九〇の類歌（沙彌女王9・一七六三）があり、その左注に「右一首、間人宿禰大浦の歌の中に既に見ゆ。但し末の一句相換り、また作歌の両主は、正指に敢へず」とあるが、いずれかが伝誦したものと考えられる。

〔歌数〕短歌二首。3・二八九、二九〇　〔多田〕

間人連老（はしひとのむらじおゆ）

〔系譜〕間人連老は孝徳紀にみえる「中臣間人連老」であろうとされる。「間人連氏」は天武十三年に宿禰姓を賜っており、新撰姓氏録に「間人宿禰　仲哀天皇の皇子、誉屋別命の後なり」（左京皇別上）、「（同）神魂命の五世孫、弟意孫連の後なり」（左京神別中）とみえる。

〔閲歴〕紀によると、白雉五年二月に遣唐使判官として唐に渡った。当時の官位は小乙下とある。万葉集の題詞に、「天皇の宇智の野に遊猟《みかり》したまひし時、中皇命の間人連老をして献らしめたまへる歌」（1・三、四）とあるが、万葉考は、間人連氏が中皇命の養育氏族である故に歌を奉る役を命ぜられたとする（中皇命を間人皇女とする）。中皇命については諸説あり未だ決定をみない。また、代匠記は、題詞に「歌」とあり、「御」字のないことに着目し、実作者は老であろうとした。ここから老はたんなる「使い」（取り次ぎ）ではなく中皇命の命によって歌を製作、献上をしたものであろうとする説が生まれた。いわゆる「代作歌」（人）という考え方である。代作とは、他人（多く天皇、皇族）の立場・資格で歌を作ることで、歌人としては「額田王・中皇命」（以上万葉集）、「野中川原史満・秦大蔵造万里」（以上日本書紀）が代表的である。この代作歌人のありようについて諸説ある。「御言持ち歌人」としてその呪術性からの展開に重きをおく伊藤博説（「御言持ち歌人」万葉集の歌人と作品〈上〉所収）、「詞人」として宮廷でのありようを重視する中西進説（「中皇命と老」「額田王論」万葉集の比較文学的研究〈上〉所収）、この両説を受け、高い身分の女性が呪歌を献ずる伝統から帰化系人による代作の風の影響を受けて新たに代作者へと立場を変化していったとする橋本達雄説（「額田王」万葉宮廷歌人の研究所収）などがその主なものである。題詞の不自然な書きぶり（「歌」とあり、「御」字のないこと、ことさら「使」と老に言及していること、「献歌」が2・一九四、一九五の人麻呂歌で異伝を生じていることなど）から老の代作と考えるのが妥当であるが、代作とはいえ、創作者として老のみを扱うことに疑問をはさむ説もある。前の三者の説を整理した上で、「歌の共有」という視点に立ち、「先人の歌が自己の歌であり得る、また、自分の歌が他人の歌になり得る」という歌のありようの中で中皇命と老との立場を考えようとする神野志隆光の説（「中皇命と宇智野の歌」万葉集を学ぶ第一集所収）がそれである。つまり作者異伝歌などを、歌が確たる作者を持つことのない状況――伝誦の世界で理解しようという方法論である。ここで老の立場について諸説を整理するとつぎのようになる。㈠取り次ぎとして中皇命作歌を天皇に献上した（題詞どおりの解釈。万葉考は養育氏族の一員として老を説明する）。㈡天皇と皇后との仲に立ち「御言持ち歌人」として歌うべき中皇命の代作をした（伊藤説）。㈢中皇命が天皇に献ずる歌を、中皇命の「詞人」として老が代作した（中西説）。㈣中皇命・老ともに歌った（共有）が、天皇に献ずる場で老が歌ったが故に題詞に「歌」と記された（神野志説）。前述のように、老を代作歌人として捉えるのが妥当であろうが、代作のありようについては検討の余地がありそうである。

〔所在〕1・三題詞　〔多田〕

丈部直大麻呂（はせつかべのあたいおおまろ）
〔系譜・閲歴〕下総国印波郡の防人。天平勝宝七歳二月、相替により諸国の防人が筑紫国に遣わされたとき、下総国の防人部領使少目県犬養浄人が進上した歌の中に一首を留める。下総国印旛郡の丈部直としては、天平十年に采女であった丈部直広成がおり、時は降るが天応元年に外従五位下に叙せられた丈部直牛養がいる。大麻呂はこの丈部直の一族のものであるかもしれない。丈部直には、他に武蔵国造となった丈部直不破麻呂、越前国少目の丈部直などがいる。
〔歌数〕短歌一首。20・四三八九　〔北野〕

丈部稲麻呂（はせつかべのいなまろ）
〔系譜・閲歴〕駿河国の防人。天平勝宝七歳二月、相替により諸国の防人が筑紫国に遣わされたとき、駿河国の防人部領使守布勢人主が進上した歌の中に一首を留める。新撰姓氏録によれば、丈部には天足彦国押人命の孫比古意祁豆命を祖とするもの（左京皇別）と鴨建津身命を祖とするもの（山城国皇別）とがある。丈部は出雲・東国・北陸に多く分布しており、遠江国には、同じ防人である丈部足麻呂の他に数人の丈部の存在が確認されている。
〔歌数〕短歌一首。20・四三四六　〔北野〕

丈部川相（はせつかべのかわあい）
〔系譜・閲歴〕遠江国山名郡の防人。天平勝宝七歳二月、相替により諸国の防人が筑紫国に遣わされたとき、防人部領使遠江国の史生坂本人上が進上した歌の中に一首を留める。丈部は出雲国に多く分布しており、越前・越中・越後・佐渡（北陸道）、近江・美濃・下野・陸奥（東山道）、遠江・駿河・相模・上総・下総・常陸（東海道）に分布していることが確認される他、摂津国班田史生丈部龍麻呂がいる。遠江の丈部としては、他に丈部黒当・丈部真麻呂・丈部塩麻呂がいる。
〔歌数〕短歌一首。20・四三二四　〔北野〕

丈部黒当（はせつかべのくろまさ）
〔系譜・閲歴〕遠江国佐野郡の防人。天平勝宝七年二月、相替により諸国の防人が筑紫国に遣わされたとき、防人部領使遠江国の史生坂本人上が進上した歌の中に一首を留める。丈部は出雲・東国・北陸に多く分布しており、遠江の丈部としては、防人の丈部川相、丈部真麻呂（ともに山名郡）がおり、他に天平十年に遠江国佐益郡散事であった丈部塩麻呂が確認される。
〔歌数〕短歌一首。20・四三二五　〔北野〕

丈部龍麻呂（はせつかべのたつまろ）
〔閲歴〕衛士として上京、摂津国の班田の史生（口分田を人民に分かつ使いの書記官）となった。天平元年己巳自経死。大伴三中がその死を傷んで歌を作った。
〔所在〕3・四四三題詞　〔中村〕

丈部足人（はせつかべのたりひと）

〔系譜・閲歴〕下野国塩屋郡の防人。上丁。天平勝宝七歳二月、相替により諸国の防人が筑紫国に遣わされたとき、下野国の防人部領使田口大戸が進上した歌の中に一首を留める。丈部は出雲・東国・北陸に多く分布しており、下野国には、河内郡上神主廃寺の智識であったらしい丈部連、丈部忍麻呂の他に、丈部恒・丈部田万呂・丈部彌万呂・丈部□万呂の存在が確認される。

〔歌数〕短歌一首。20・四三八三　〔北野〕

丈部足麻呂（はせつかべのたりまろ）

〔系譜・閲歴〕駿河国の防人。天平勝宝七歳二月、相替により諸国の防人が筑紫国に遣わされたときに、駿河国の防人部の領使守布勢人主が進上した歌の中に一首を留める。丈部は出雲・東国・北陸に多く分布しており、駿河国の丈部としては、足麻呂とともに筑紫に遣わされた防人の丈部稲麻呂の他に、天平十年上京使となった丈部牛麻呂、国使となった丈部多麻呂の存在が確認される。

〔歌数〕短歌一首。20・四三四一　〔北野〕

丈部鳥（はせつかべのとり）

〔系譜・閲歴〕上総国天羽郡の防人。上丁。天平勝宝七歳二月、相替により諸国の防人が筑紫に遣わされたとき、上総国の防人部領使少目茨田沙彌麻呂が進上した歌の中に一首を留める。上総国には、山辺郡に、天平年間、右衛士府の火頭・皇后職移の駈使をつとめた丈部臣古麻呂がおり、その戸口丈部臣曽禰麻呂は出家して写経所・装潢所に出仕している。丈部には経師・装潢となったものがかなりいる。なお、上総国には、他にも数人の丈部が確認される。

〔歌数〕短歌一首。20・四三五二　〔北野〕

丈部真麻呂（はせつかべのままろ）

〔系譜・閲歴〕遠江国山名郡の防人。天平勝宝七歳二月、相替により諸国の防人が筑紫国に遣わされたとき、防人部領使遠江国の史生坂本人上が進上した歌の中に一首を留める。丈部は出雲・東国・北陸に多く分布しており、遠江の丈部としては、他に、防人の丈部川相（山名郡）・丈部黒当（佐野郡）、天平十年に遠江国佐益郡散事であった丈部塩麻呂が確認される。

〔歌数〕短歌一首。20・四三二三　〔北野〕

丈部造人麻呂（はせつかべのみやつこひとまろ）

〔系譜・閲歴〕相模国の防人。助丁。天平勝宝七歳二月、相替により諸国の防人が筑紫に遣わされたときに、相模国の防人部領使守藤原宿奈麻呂が進上した歌の中に一首を留める。丈部は出雲・東国・北陸に多く分布しており、相模国には、天平勝宝八歳二月足上郡の主帳代であった丈部人上と、霊亀元年三月孝行を表彰された足上郡の人丈部造智積の存在が確認される。あるいは、この丈部造人麻呂も足上郡の人であったかもしれない。

〔歌数〕短歌一首。20・四三二八　〔北野〕

丈部山代（はせつかべのやましろ）

〔系譜・閲歴〕上総国武射郡の防人。上丁。天平勝宝七歳二月、相替により諸国の防人が筑紫に遣わされたとき、上総国の防人部領使少目茨田沙彌麻呂が進上した歌の中に一首を留める。丈部は、出雲・東国・北陸に多く分布しており、上総の丈部としては、防人の丈部鳥（天羽郡）、丈部与呂麻呂（長狭郡）、丈部□足・黒狛（長狭郡）、丈部果安・丈部大麻呂が確認される。また、同国には、他に丈部臣古麻呂・丈部臣曾禰麻呂（山辺郡）の存在も確認できる。

〔歌数〕短歌一首。20・四三五五　〔北野〕

丈部与呂麻呂（はせつかべのよろまろ）

〔系譜・閲歴〕上総国長狭郡の防人。上丁。天平勝宝七歳二月、相替により諸国の防人が筑紫に遣わされたとき、上総国の防人部領使少目茨田沙彌麻呂が進上した歌の中に一首を留める。丈部山代の項参照。

〔歌数〕短歌一首。20・四三五四　〔北野〕

波多朝臣小足（はたのあそみおたり）

〔系譜〕続紀にみえる足人、広足、百足らと同族か。

〔歌風〕「さざれ波いそ巨勢道なる能登瀬川音のさやけさたぎつ瀬ごとに」は、作歌事情不明だが、「川音のさやけさ」を歌うのに、「さざれ波いそ」という序詞でうまく「巨勢」（越せ）という地名を導き出していて、諧調な一首となっている。

〔歌数〕短歌一首。3・三一四　〔梶川〕

秦忌寸石竹（はたのいみきいわたけ）

〔表記〕秦伊美吉石竹（18・四〇八六題詞など）、秦忌寸伊波太気（続紀宝字八年十月・宝亀五年三月）。

〔閲歴〕天平勝宝元年頃越中少目。同元年五月、越中守大伴家持らが石竹の舘に集まり飲宴作歌。同年十二月頃にも家持がその舘の宴で作歌。同二年十月には朝集使となった石竹を家持が餞したときの歌が残されている。宝字八年十月、藤原仲麻呂の乱の功により正六位上から外従五位下。宝亀五年三月飛驒守、同七年三月播磨介。

〔所在〕18・四〇八六題詞、四一三五左注　19・四二二五左注　〔中村〕

秦忌寸朝元（はたのいみきちょうがん）

〔系譜〕僧弁正の子。朝慶の弟。

〔閲歴〕懐風藻によれば大宝年間、弁正・朝慶とともに渡唐、弁正・朝慶いずれも唐にて病没、朝元のみ帰国。養老三年四月忌寸の姓を賜り、同五年正月医術の学業に優遊し、その道の師範たるに堪えるをもって、後生勧励のため、絁、糸、布、鍬を賜る。ときに従六位下。天平二年三月弟子をとり漢籍を教授。三年正月外従五位下。天平年中、入唐判官として唐に到り、天子に謁見、天子は父の故をもって優詔したという。のち帰国し、同九年十二月図書頭。ときに外従五位上。同十八年三月主計頭。
〔所在〕17・三九二六左注
〔参考文献〕*「秦忌寸朝元伝考—万葉集人物伝研究(二)—」川上富吉（大妻女子大文学部紀要4）*「秦忌寸朝元について」橋本政良（続日本紀研究200）　〔内山〕

秦忌寸八千嶋（はたのいみきやちしま）
〔閲歴〕万葉集に、天平十七年八月越中国守大伴宿禰家持の館に集い宴するとき、掾大伴宿禰池主、史生土師宿禰道良らとともに歌を作ったことがみえ、左注に「右の一首大目秦忌寸八千嶋」（17・三九五一）とあることからこの頃越中国大目であった。また、同二十年四月、八千嶋の館で正税帳使となり京師《みやこ》に上ろうとする家持の餞別の宴が設けられたことがみえる（17・三九八九題詞）。
〔歌数〕短歌二首。17・三九五一、三九五六　〔近藤(健)〕

秦許遍麻呂（はたのこえまろ）
〔系譜〕帰化人である秦氏の一族と考えられる。
〔閲歴〕橘奈良麻呂の宴に参加していることから、天平十年当時は年齢も若く、橘氏との何らかの関連が考えられる。
〔歌風〕橘奈良麻呂結集宴のときの歌である。
「露霜《つゆしも》にあへる黄葉《もみち》を手折り来て妹《いも》とかざしつ後は散るとも」　（8・一五八九）
がそれであるが、前の三手代人名の歌を受けて詠んだ社交的宴席歌である。
〔歌数〕短歌一首。8・一五八九　〔吉村〕

秦田麻呂（はたのたまろ）

〔系譜〕秦間満と同一人かという説がある。日本古代人名辞典に同名の者をあげているが、不明。上代の秦氏の大部分は、忌寸姓を持つ者と無姓の帰化人の子孫との二つに分かれるというが、この田麻呂は後者か。

〔閲歴〕天平八年六月、遣新羅使たちが肥前国松浦郡狛島の亭に泊り、遙かに海の浪を望んで、旅の心を慟んで作った歌七首の中に、「右の一首は秦田麻呂」とある歌がみえる。

〔歌風〕予期に反して帰京の遅れたことを、遠いわが家のハギやススキによせて述べた歌。巧はないものの、心持の汲める旅愁の歌である。

〔歌数〕短歌一首。15・三六八一　〔佐藤〕

秦間満（はたのはしまろ）

〔表記〕間満をママロとも訓む。

〔系譜〕秦田麻呂と同一人という説があるが不明。

〔閲歴〕天平八年六月、遣新羅使らの多くの歌の中に、「右の一首は秦間満」という左注のついた歌がある。

〔歌風〕難波で船待ちをしている間に、妹に逢うため生駒山の近道（草香の直越え）から奈良に帰るときの歌で、妹を思いつつ険しい生駒山越えをする際の感がよく描写されている。

〔歌数〕短歌一首。15・三五八九　〔佐藤〕

泊瀬部皇女（はつせべのひめみこ）

〔表記〕長谷部内親王（続紀）とも記される。

〔系譜〕天武天皇の皇女。母は宍人臣大麻呂の娘、檝媛《かじひめ》娘。忍壁皇子・多紀皇女らと同母。川島皇子の妃。

〔閲歴〕霊亀元年正月封一百戸を増封。天平九年二月三品を授かる。同十三年三月没。朱鳥五年九月川島皇子を葬るとき、柿本朝臣人麻呂が皇女に献じた歌一首（2・一九四）と短歌（2・一九五）がみえる。

〔所在〕2・一九四題詞、一九五左注　〔内山〕

波豆麻（はづま）

〔表記〕正倉院文書に「粟田忌寸波豆麻」（天平五年国郡未詳計帳）の名がみえる。集中では巻七人麻呂歌集中（一二七三）に「波豆麻の君」とその名がみえる。

〔所在〕7・一二七三　〔内山〕

服部呰女（はとりべのあさめ）

〔系譜〕服部於田の妻。

〔歌風〕天平勝宝七歳二月、夫於田が筑紫に防人として遣わされるとき夫に和して歌ったもの。「わが夫なを筑紫へ遣りて愛しみ帯は解かななあやにかも寝も」（20・四四二二）、類歌に四四二八番歌があり、伝誦歌を答歌としたものであろう。

〔歌数〕短歌一首。20・四四二二　〔堀野〕

服部於田（はとりべのうえだ）

〔表記〕「於田」を「於由」とする説もある（古代人名辞典・万葉考）。その根拠は、元暦校本の校異（赤書入れ）のみである。

〔閲歴〕武蔵国都筑郡の防人、上丁。防人として派遣されたとき（天平勝宝七歳二月二十九日）には武蔵国部領防人使掾正六位上安曇宿禰三国の管轄下にあった。その妻服部呰女の歌（四四二二）も伝わる。

〔歌風〕家族との別離に際し、伝統的な素材を盛り込みながらも、「息衝くしかば」など素朴な表現で情感を豊かに表出している。

〔歌数〕短歌一首。20・四四二一　〔滝口〕

土師（はにし）

〔表記〕遊行女婦土師（18・四〇四七左注、18・四〇六七左注）と記される。

〔閲歴〕大伴家持が越中守として赴任中、布勢の水海の遊覧（天平二十年三月二十五日）、および掾久米朝臣広縄の館の宴（同年四月一日）に臨席したことが万葉集中より知られるのみである。「土師」は姓か名かも不明。

〔歌風〕集中二首の短歌はともに宴席歌だが、あそびめ（後世の白拍子の類か）として晴れの場に臨席した誇りと喜びが感じられる歌（18・四〇四七）が印象的である。

〔歌数〕短歌二首。18・四〇四七、四〇六七　〔青木(周)〕

土師稲足（はにしのいなたり）

〔系譜〕唐の学生として派遣された土師宿禰甥（書紀天武十三年十二月条）、新羅客使となった土師宿禰大麻呂（続紀文武元年十一月条）、遣新羅大使となった土師宿禰豊麻呂（続紀神亀元年八月条）などと同族。稲足が遣新羅使の一員に加えられたのは、右のごとき氏族の伝統をぬきにしては語れまい。

〔閲歴〕万葉集によれば、天平八年六月の阿倍継麻呂を大使とする遣新羅使人の一員であったらしい。筑前国の「海辺にして月を望みて作る歌九首」中に一首稲足の歌がみえる。

〔歌数〕短歌一首。15・三六六〇　〔青木(周)〕

土師宿禰道良（はにしのすくねみちよし）

〔閲歴〕万葉集の天平十八年、「八月七日の夜、守大伴宿禰家持の館に集ひて宴する歌」と題する十三首中に、「右の一首は、史生土師宿禰道良のなり」という左注をもつ一首を載せる。「史生」とは、官庁の文書を書くことを司る役人のことで、式部省式に「凡そ諸国史生は、大国五人。上国四人。中国三人。下国二人。（中略）並に、当国人を任ずるを得ず」とある。道良は当時越前国の史生であったのであろう。生没年未詳。

〔歌数〕短歌一首。17・三九五五　〔青木(周)〕

土師宿禰水通（はにしのすくねみみち）

〔表記〕土師宿禰水道（4・五五七題詞）、土師氏御道（5・八四三細注）。

〔閲歴〕字を志婢麻呂という。天平二年正月十三日、大宰帥大伴旅人の宅に府の官人らが集まって開いた梅花の宴に列席し、「梅の花折りかざしつつ諸人の遊ぶを見れば都しぞ思ふ」（5・八四三）の一首を詠じた（官職不明）。巻四には、「土師宿禰水道、筑紫より京に上るに、海路にして作る歌二首」が載せられている。万葉集注釈は、「巻五の作の排列順によると大宰府の微官で、今は京へ転勤の折の作であらう」としている。巻十六には、同じ大舎人の巨勢朝臣豊人との応酬の一首が載せられているが年代は不明である。

〔歌風〕集中に四首採られているが、梅花の宴の一首を除けば、他の三首はすべて戯笑歌である。大宰府での「梅の花……」の一首は、望郷の心情を詠んだものと考えられる。注釈は、「旅人などと私的関係で筑紫に居たものであらうか。或は資人の一人などであらうか」という万葉集私注の文を引きつつ、「官名を記される程の地位についてゐず、まだ年も若かったのであらう。さう考えれば『都しぞ思ふ』の感慨もうなづかれ、『大船をこぎのすゝみに磐に触れ』（4・五五七）とはやる心を歌ってゐるのとも思ひ合はされるやうである」と述べている。貴人主催の宴で神妙に真率な心情を披露したのであろう。巻四所載の五五七番歌、五五八番歌はともに戯笑歌である。恋しい女にはやく逢うためなら船の転覆もいとわない、文字どおり「たとえ火の中水の底」というのが前者であり、「神様、それじゃ約束が違います。さし上げた幣は返していただきましょう」というのが後者である。誇張された表現や、神を契約違反として責めたてて開きなおっている中に、たんなる戯笑を超えた一抹の真率の情が感じられる。おどけたことばの中に作者は意外にホンネをこめているようである。巻十六の「ぬばたまの斐太の大黒」（三八四四　水通）、「駒作る土師の志婢麿」（三八四五　豊人）は戯笑歌の特徴を充分に発揮した歌である。色が黒くて大男だという身体的特徴を色黒の小男に対照させ、馬にたとえてからかった水通に対し、豊人は、「即ち和ふる歌を作り酬へ笑ふ」と即座にやりかえしている。即座でなければおかしさは少ない。しかも豊人の「和ふる歌」は、馬―駒、黒―白と対照させ、相手の姓にひっかけている。みごとな手腕というべきである。水通の前の二つの戯笑歌には心のゆとりは少ない。ゆとりは表現に圧倒されている。しかし、ここはゆとりと落ちつきがある。「思ほゆるかも」がそれである。やはりこれは、帰京後、後年のものではないだろうか。

〔歌数〕短歌四首。4・五五七、五五八　5・八四三　16・三八四四　〔中村〕

母（はは）

〔表記〕親母（9・一七九〇題詞）。

〔閲歴〕天平五年遣唐使の一行の中にある子に長歌および反歌を贈る。

〔歌風〕長歌は独り子を持つ母がその子の無事を物忌みをして待つという内容。平板。母の心情は反歌に結晶する。

　旅人の宿りせむ野に霜降らばわが子羽ぐくめ天の鶴群《たづむら》

第四・五句の表現は恒に変わらぬ母の至高の愛情と祈りが込められて大きく、かつ美しい。

〔歌数〕長歌一首、短歌一首。9・一七九〇、一七九一　〔飯島〕

林王（はやしのおおきみ）

〔閲歴〕続紀によれば天平十五年五月無位より従五位下に叙せられ、六月図書頭。天平宝字五年正月従五位上に昇叙。同名の林王に、三島王の男で、天平宝字三年六月無位より従四位下に叙せられた人物。さらには、宝亀二年九月山辺真人姓を賜った人物の二人が存する。この二人の林王の異同は不明。

〔所在〕17・三九二六左注　19・四二七九題詞　〔内山〕

婆羅門（ばらもん）

〔表記〕婆羅門僧とも。

〔閲歴〕諱は菩提僊那、姓は波羅遅。俗称婆羅門僧正。天平五年四月渡唐した遣唐使多治比広成、学問僧理鏡の要請により、東帰辞しがたく、同八年五月、林邑僧仏徹、唐国僧道璿を伴い来朝。八月前僧正大徳行基の迎接を受け入京。聖武天皇はこれを大いに喜び、勅して大安寺に住まわせる。同十四年十一月優婆塞秦大蔵連喜達の師主。天平勝宝三年四月僧正。同四年四月東大寺盧舎那大仏開眼会の開眼師。天平宝子二年八月僧綱として、天皇・皇大后に尊号を奉る。同四年二月没、五十七歳。〔内山〕

播磨娘子（はりまのおとめ）
〔所在〕16・三八五六
〔閲歴〕万葉集中の「石川大夫の任を遷さえて京に上る時に、播磨娘子の贈る歌二首」（9・一七七六題詞）が唯一の事例である。石川大夫が誰であるか問題があるが、石川朝臣君子のことだとすると、彼は霊亀元年に播磨守、養老五年に侍従となっていることから（続紀）、播磨娘子がいつ頃の人物かおおよそ推定される。
〔歌風〕集中二首の短歌はともに相聞の部にあるが、8・一七七七は石川少郎の歌（3・二七八）と対応する内容をもつ点が注目される。
〔歌数〕短歌二首。9・一七七六、一七七七　〔青木(周)〕

彦星（ひこほし）
〔表記〕孫星（10・二〇二九）、牽牛（8・一五二〇など）、男星（10・二〇五二など）、比故保思（15・三六五七）。
〔名義〕男性の星の義で、七夕伝説の男星をいい、漢語の牽牛星に相当。鷲座の首星。白色の光を放ち、天の河を隔てて織女星に対する。巻十にみえる「天人」（10・二〇九〇）の字も、旧訓ヒコホシであった。現在ではアメヒトと読んでいるが、それも彦星をさす点ではかわりがない。
〔所在〕8・一五二〇、一五二七　9・一六八六　10・二〇〇六、二〇二九、二〇五二など　〔尾崎〕

土形娘子（ひじかたのおとめ）
〔系譜〕土形氏の娘子。応神記に「これ大山守命は、土形君、幣岐君、榛原君等の祖」とあり、応神紀に「大山守皇子はこれ土形君、榛原君、凡て二族の始祖なり」とある。
〔閲歴〕釆女であったという説もある（万葉考）。人麻呂との関係は不明。死後火葬にされた。
〔所在〕3・四二八題詞　〔滝口〕

常陸娘子（ひたちのおとめ）
〔閲歴〕万葉集に、藤原宇合大夫が遷任して京に上るときに贈った歌がみえる（4・五二一）。宇合は、続紀に養老三年七月常陸守に任ぜられ、同五年正月正四位上に叙せられ持節大将軍に任ぜられたとある。よって、宇合の任の果てたのは養老五年頃と考えられ、この歌もその頃の作であろう。
〔歌数〕短歌一首。4・五二一　〔近藤(健)〕

斐太乃大黒（ひだのおおぐろ）
〔表記〕巨勢斐太朝臣（16・三八四五左注）とも。

〔系譜〕万葉の左注（16・三八四五）によれば巨勢斐太朝臣島村の男と記されている。大舎人土師宿禰水通（字を志婢麻呂）と嗤咲歌をとりかわしている。

〔歌風〕歌は一首のみであるが、

　駒造る土師《はじ》の志婢麻呂白くあればうべ欲しからむその
　黒き色を　（16・三八四五）

と、相手が、彼の顔の黒いのを種になじり笑ったのに対して、即席の座興の歌を作り歌いかえしている軽妙な一首である。

〔歌数〕短歌一首。16・三八四五　〔内山〕

鄙人（ひなひと）

〔表記〕「とひと」とも訓むか。

〔閲歴〕左注によれば姓名未詳。住吉《すみのえ》の野遊びに集う男女の中に鄙人（田舎者―住吉の住人か否か不詳）の夫婦があり、その妻の美貌を夫が歌って賛嘆したとする歌一首がある。

〔歌風〕一群の伝説歌のうちの一首。各地にあったとされる歌垣の面影をうかがわせる。歌意は左注に示すような直截な表現としてではなく、野遊び自体の楽しさや晴れがましさを歌った民謡性の濃いものとして捉えることもできよう。

〔歌数〕短歌一首。16・三八〇八　〔飯島〕

日並皇子（ひなみしのみこ）

〔表記〕草壁皇子尊（天武紀二年二月など）、日並皇子尊〈命〉（2・一一〇題詞など）、日並知皇子尊〈命〉（文武即位前紀など）、日並知皇太子（続紀慶雲四年七月）、尊号を岡宮御宇天皇（文武即位前紀など）と称す。

〔系譜〕天武天皇の皇子。母は皇后鸕野讃良皇女（のちの持統天皇）。室は天智天皇の皇女阿閇（部）皇女（のちの元明天皇。文武天皇・元正天皇・吉備内親王の父。

〔閲歴〕天智元年に筑紫の娜の大津にある長津宮に誕生（持統称制前紀）。同十年十日天武天皇（当時大海人皇子）の吉野入山に従う。書紀天武元年六月の条に、壬申の乱のときには挙兵当初から天皇に従い、東国へ赴く際にも天皇に同行したとある。同八年五月には吉野行幸に従い、天皇・皇后の前で、大津皇子・高市皇子ら五人の皇子たちとともに相扶けて忤うなきを誓った。同九年十一月勅使として恵妙僧の病を訊う。同十年二月皇太子となり万機を委ねられる。同十一年七月勅使として高市皇子とともに壬申の乱の功臣小錦中膳臣摩漏の病を問う。同十四年正月位階位制の改正にあたり、諸皇子中筆頭の浄広一位を授けられる。持統三年四月皇太子のままで薨。二十八歳。その後、慶雲四年四月の条に皇子の薨日をはじめて国忌に入れ、天平宝字二年八月の条に岡宮御宇天皇と追号するとある。

〔歌風〕集中皇子の作歌は一首のみで、石川郎女へ贈ったものである。

大名児を彼方野辺に刈る草の束の間もわれ忘れめや　（2・一一〇）

この一首を、前掲の大津皇子と石川郎女の歌と関連させて、大津皇子謀反事件を背景とした歌物語を構成する、いわゆる大津皇子歌群の最後をしめくくる歌ととる説が有力である。こうした恋愛の三角関係の中にあって、「大名児（石川郎女の字）を束の間も私は忘れはしない」という、皇子のおおどかな歌いぶりには胸打たれるものがある。草壁皇子についての人物伝はきわめて少ない。一般に、皇子の性格は凡庸温順であったのであろうとされている。また巻二には、柿本人麻呂の日並皇子尊の殯宮歌（一六七〜一六九）と、それに続く舎人らの慟傷歌二十三首（一七一〜一九三）がある。

〔歌数〕短歌一首。2・一一〇

〔参考文献〕＊「マルコ古墳と草壁皇子」直木孝次郎（東アジアの古代文化17）　〔末内〕

日並皇子宮舎人（ひなみしのみこのみやのとねり）

〔表記〕皇子尊宮舎人（2・一七一題詞）。

〔概説〕天武十年二月から持統三年四月薨去のときまで皇太子の地位にあった草壁皇子の宮に仕えていた舎人。養老令によれば、東宮舎人は定員六百人、五位以上の子孫の中から採用され、宿直・供奉等に従った。草壁皇子薨去後、柿本人麻呂の詠んだ殯宮挽歌（2・一六七〜一七〇）に続いて、皇子尊宮の舎人らの作、挽歌二十三首が、巻二挽歌の中に収録されている（2・一七一〜一九三）。この歌群の作者に関しては、人麻呂代作説、人麻呂補助説等もあるが、

わが御門千代永久に栄えむと思ひてありしわれし悲しも　（2・一八三）

朝日照る佐太の岡辺に群れ居つつわが泣く涙止む時もなし　（2・一七七）

のごとく、皇子の宮を「わが御門」といい、「わが泣く涙」と自己の嘆きをうたうのに終始しているのは、人麻呂と明らかに相違する点である。草壁皇子の宮に朝夕近侍し、皇子を唯一の主人として仕えてきた舎人たちの素直で純粋な悲しみがうたわれているといえよう。その時と場に関しては、

みたたしの島を見る時にはたづみ流るる涙止めそかねつる　（2・一七八）

朝日照る島の御門におぼぼしく人音もせねばまうら悲しも　（2・一八九）

のように、皇子生前の居所であった島の宮での作が多いが、

よそに見し檀の岡も君ませば常つ御門と侍宿するかも　（2・一七四）

朝日照る佐太の岡辺に群れ居つつわが泣く涙止む時も

なし　（2・一七七）

のごとく、殯宮を作歌の場としたものもある。期間も、皇子薨去後間もなくのものから、「夜泣きかへらふこの年ころを」のようにかなりの月日が経過してのちのものもあり一様でない。皇子薨去後、殯宮行事が終了するまでの期間に島の宮と真弓の岡との双方に奉仕する舎人らの詠じた挽歌の中から選ばれたものと思われる。

〔歌風〕多数の舎人の作であるだけに歌風も一様ではなく、「み立たしの島」「朝日照る佐太の岡辺」など、おなじ表現が目立ち、稚拙なところもないではないが、実感が素直な表現でうたわれており、万葉集の中でも異色の歌群となっている。

〔歌数〕短歌二十三首。2・一七一〜一九三　〔阿蘇〕

檜隈女王（ひのくまのおおきみ）

〔閲歴〕高市皇子の妃とする説（代匠記）があるが、確証はない。相模国封戸租交易帳の天平七年に「従四位下檜前女王食封」とあり、続紀の天平九年二月に檜前（女）王の従四位上の叙位があるのを同人とみて、高市皇子の女と推測する説も出されている（私注など）。

〔歌風〕高市皇子挽歌の或書反歌は、左注によれば、類聚歌林に「檜隈女王の、泣沢神社を怨むる歌」として載せられたもの。

泣沢の神社《もり》に神酒《みわ》すゑ禱《こ》ひ祈《の》めどわが大王は高日知らしぬ　（2・二〇二）

上句の呪禱を逆接的に承ける下句の表現は格調が高い。女の挽歌の伝統をひく歌である。　〔居駒〕

〔歌数〕短歌一首。2・二〇二

檜前舎人石前（ひのくまのとねりいわさき）

〔閲歴〕武蔵国那珂郡の防人、上丁。天平勝宝七年二月相替により、防人として筑紫へ遣わされるとき、その妻の大伴部真足女が惜別の歌一首（20・四四一三）を詠んでいる。この国の防人歌は、助丁、主張の他はすべて「上丁」と記されているが、それらはみな郡名の下に記されている。しかし石前の場合、「上丁那珂郡云々」と記され、第一首目におかれている。つづいて、助丁、主張とあるによれば、この石前は地方豪族出身の防人とも考えられよう。

〔所在〕20・四四一三左注　〔内山〕

紐児（ひものこ）

〔表記〕豊前国娘子紐児（9・一七六七題詞）とも記される。

〔閲歴〕集中巻九相聞に、抜気大首が筑紫に任ぜられた折、紐児を「娶《ま》きて」作る歌がみえる（9・一七六七題詞）。国名を冠するところからみて、その国の名高い遊行女婦かと思われる。

〔所在〕9・一七六七題詞、一七六七　〔内山〕

馮馬子（ひょうまし）

〔系譜〕古典文学全集本は、馮馬子を広州太守馮孝将の息子、馬子とする。
〔所在〕5・沈痾自哀文　〔内山〕

広河女王（ひろかわのおおきみ）
〔系譜〕元暦校本等の古写本に「穂積皇子の孫女、上道王之女也」とある（4・六九四題詞細注）。
〔閲歴〕天平宝字七年正月、无位から従五位下に叙せられた（続紀）。
〔歌風〕集中、相聞歌二首を残す。二首ともかなり奇抜な歌で、広河女王がどのような人物とされていたかを暗示する。貴族との贈答や宴席に際してのものと思わせるおもむきがある。
恋は今はあらじとわれは思へるを何處の恋ぞ摑みかかれる　（4・六九五）
は、穂積皇子の「家にありし櫃に鏁刺し蔵めてし恋の奴のつかみかかりて」（16・三八一六）に学んだと考えられる。
〔影響〕とくに、
恋草を力車に七車積みて恋ふらくわが心から　（4・六九四）
は、後代にも利用される。例えば、狭衣物語の「七車積むとも積きじ思ふにも云ふにもあまるわが恋草は」など。
〔歌数〕短歌二首。4・六九四、六九五　〔斎藤〕

藤井連（ふじいのむらじ）
〔閲歴〕万葉集に、遷任して京に上るときに娘子（9・一七七八）と贈答した歌がみえる（9・一七七九）。藤井連を藤井連広成とする説、藤井連大成とする説がある。
〔歌数〕短歌一首。9・一七七九　〔近藤(健)〕

葛井連大成（ふじいのむらじおおなり）

〔表記〕筑後守外従五位下葛井連大成（6・一〇〇三題詞）、筑後守葛井連大成（4・五七六題詞）、筑後守葛井大夫（5・八二〇細注）とも記される。なお、藤井連（9・一七七八題詞、一七七九題詞）については、葛井連広成とする説（代匠記）、葛井連大成とする説（全註釈）がある。

〔閲歴〕続紀によれば、神亀五年五月正六位上より外従五位下。なお、万葉集に、天平二年正月、大宰帥大伴旅人の宅に府官人らが集まって、梅花宴をひらいたとき、筑後守として詠じた一首（5・八二〇）、こののち、「大宰帥大伴卿の京に上りし後に、筑後守葛井連大成の悲嘆して作る歌一首」（4・五七六）があり、さらに「筑後守外従五位下葛井連大成、海人の釣舟を遥かに見て作る歌一首」（6・一〇〇三）がみえる。百済系の帰化人であろう。

〔歌風〕天平二年正月、大宰帥大伴旅人の宅での、梅花宴で詠じた一首（5・八二〇）、「大宰帥大伴卿の京に上りし後に」悲嘆して詠じた一首（4・五七六）と、とくに大伴旅人との関係を考えさせる歌に特徴がある。

〔歌数〕短歌三首。4・五七六　5・八二〇　6・一〇〇三　9・一七七九（？）　〔縄田〕

葛井連子老（ふじいのむらじこおゆ）

〔系譜〕巻六・九六二の作者葛井連広成は百済系で、遣新羅使ともなった者であるから、その一族か。

〔閲歴〕天平八年六月、遣新羅使の一員として、壱岐島に到着し、雪連宅満が急に病死したとき、挽歌三首を詠んでいる。

〔歌風〕三六九一の長歌は、宅満の霊を慰めようとして、今も無事と留守宅に待つ彼の母や妻の趣を叙し、あわせて作者らの悲しみを詠じたものだが、前人の作を補綴して意をつくした程度のもの。反歌二首も長歌を承けて、その内容を要約して繰り返すなど、常識的な詠い方である。なお反歌第一首目の「島隠れ」を「山隠れ」と訓む説もある。

〔歌数〕長歌一首、短歌二首。15・三六九一〜三六九三　〔佐藤〕

葛井連広成（ふじいのむらじひろなり）

〔表記〕藤井連？（9・一七七八題詞、一七七九題詞）。

〔閲歴〕旧姓白猪史《しらいのふひと》。養老三年閏七月大外記従六位下で遣新羅使とされ八月拝辞。同四年五月葛井連姓を賜る。天平三年正月外従五位下。同十五年三月新羅使来朝のとき筑前につかわされ供客の事を検校。六月備後守、七月従五位下。同二十年二月従五位上に昇叙したが、八月私宅に車駕行幸があり宴飲、天皇宿泊の翌日その妻従五位下県犬養宿禰八重とともに正五位上に叙せられた。天平勝宝元年八月中務少輔となった。懐風藻に詩二首、経国集に対策文二編を残す。6・九六二左注に、天平二年「右、勅使大伴道足宿禰を帥《そち》の家に饗《あへ》す。この日に会ひ集ふ衆諸《もろもろ》、駅使葛井連広成を相誘ひて、歌詞を作るべし、と言ふ。すなはち広成声に応へて即ちこの歌を吟《うた》ふ」とあり、また6・一〇一一、一〇一二の題詞に天平八年「冬十二月に、歌儛所の諸王、臣子等、葛井連広成の家に集ひて宴する歌二首」とみえ、当時文雅の士として知られていたようである。

〔歌数〕短歌四首。6・九六二、一〇一一、一〇一二　9・一七七九　〔内山〕

葛井連諸会（ふじいのむらじもろあい）

〔閲歴〕天平七年九月阿部帯麻呂らの故殺事件について、訴人の事を理めざる罪に問われたが、詔によりゆるされる。ときに正六位下。同十七年四月外従五位下、同十九年相模守、天平宝字元年五月従五位下に叙せられる（続紀）。和銅四年三月に対策文二篇がある（経国集）。

〔歌風〕天平十八年正月元正御在所での肆宴に応詔歌一首を残す（17・三九二五）。雪を豊年の前兆とするもので、文選等にも例がある。四五一六番歌と似るところがある。

〔歌数〕短歌一首。17・三九二五　〔斎藤〕

藤原朝臣宇合（ふじわらのあそみうまかい）

〔表記〕式部卿藤原宇合（1・七二左注）、藤原宇合卿（8・一五三五題詞）、宇合卿（9・一七二九〜一七三一題詞）

などと記される。続紀にははじめ（養老三年以前）馬養の文字を用いている。

〔系譜〕藤原鎌足の子の不比等の第三男。

〔閲歴〕続紀によれば霊亀二年八月、正六位下にして遣唐副使となる。養老三年七月按察使のおかれたとき、正五位上常陸国守として安房・上総・下総を管した。神亀元年四月持節大将軍となり、蝦夷を征伐し、十一月凱旋。神亀三年十月式部卿従三位にして知造難波宮事。式部卿任官の年次は不明であるが、神亀二年四月の条に「式部卿正四位上」と記され、それ以前であることは明らかである。天平三年八月参議。同年十一月畿内副惣管となる。同四年八月西海道節度使。同九年八月薨ず。ときに参議式部卿兼大宰帥正三位。卒年について問題がある。懐風藻流布本に年三十四と記すが、群書類従本には四十四とあり、公卿補任、尊卑分脈にも四十四と記す。その経歴との照合から、三十四を四十四の誤記とする説が有力である。

〔歌風〕集中六首の短歌を収めるが、懐風藻に漢詩六篇を残し、長屋王佐保楼詩苑の最も有力なメンバーであり、宇合集二巻（漢詩集　こんにち不明）があったという。万葉集の六首はすべて雑歌に属するもので、旅にかかわる歌が多い。大方は男の世界、公の場での作であろう。六首中、題詞に作歌の時や場を明記しているものは二首、他は明らかにできない。明記する歌の一、

大行天皇難波宮に幸しし時の歌
玉藻刈る沖辺は榜《こ》がじ敷妙の枕辺の人忘れかねつも
（1・七二）

の作歌年次については没年ともからんで考えられねばならない。文武天皇難波行幸は続紀に記すところによれば、文武三年正月と慶雲三年九月と二度あり、宇合のこの歌がどちらの場合のものかは明らかでないが、その没年（天平九）を五十四歳とする説によっても、後者で二十三歳、前者では十六歳の詠となる。万葉の記載のあり方から後者と考えたく、二十余歳青春の作とみたい。おそらく最もはやい詠であろう。難波行幸時の舟行に、枕辺に見た人を忘れかねて沖へ遠ざかりたくないと、女性（遊行女婦か）に寄せた若々しい心をみる。作歌時の明記されているもう一首の作、

式部卿藤原宇合卿の難波堵《みやこ》を改め造らしめらるる時作る歌
昔こそ難波田舎と言はれけめ今は都引き都びにけり
（3・三一二）

は経歴に照して、天平四年三月難波宮造営の功を聖武天皇から賞せられた頃の作と思われる。その規模の大の称せられている都造営の成った様をうたい上げた快調の作であろう。その他の四首は「秋の風吹く」と友人を待つ心を額田王の歌句を心に持ってよんだり（8・一五三五）、家郷を思

う旅の歌（9・一七二九）にも、旅行く人の上を思う歌（9・一七三〇）にも明らかな類歌（作者未詳歌）がそれぞれあったり、どちらかといえば類型的であるものが多い。他国の文学の器に盛ってさえ私情の披歴のみられる懐風藻の一篇、西海道節度使を奉ずる作の「往歳東山の役　今年西海に行く　行人一生の裏　幾度か辺兵に倦む」ほどには、彼独自の多端な人生にかかわる歌作を求めることができないのは残念である。

常陸国守としての東国滞在が特異の常陸風土記を生み、佐保楼の詩筵を盛んならしめた漢風にかかわる功はさておき、万葉集の世界において、彼の庇護の下に高橋虫麻呂の異色ある歌を花開かせ、東国にかかわる歌の存在に何程かの功を果たしていることを忘れてはなるまい。

〔歌数〕短歌六首。1・七二　3・三一二　8・一五三五　9・一七二九、一七三〇、一七三一

〔参考文献〕＊「藤原宇合と古集」村瀬憲夫（松村博司教授定年退官記念『国語国文学論集』）＊「藤原宇合と高市黒人―古集編者をめぐって―」村瀬憲夫（美夫君志21）＊「万葉の歌人・藤原宇合」黛弘道（歴史公論3―3）＊「藤原宇合年齢考」金井清一（古典と現代46）＊「詩情ある武人藤原宇合」金井清一（歴史と人物87）

〔服部〕

藤原朝臣鎌足（ふじわらのあそみかまたり）

〔表記〕内大臣藤原朝臣（1・一六題詞）、内大臣藤原卿（2・九三、九四、九五題詞）、内臣（1・二一左注）と記される。

〔系譜〕中臣連鎌足（一名鎌子、字は仲郎）は、天御中主尊を遠祖とする天児屋根命の後裔御食子《みけこ》の長子。母は大伴久比子の娘、智仙娘。鎌足と車持国子君の娘、与志古娘との間に第一子定恵（俗名真人、貞慧にもつくる）、第二子藤原不比等があるが、元亨釈書・多武峰縁起などに定恵を孝徳天皇の子とする。他に天武天皇夫人となった氷上娘、五百重娘がある。興福寺縁起には鏡王女を嫡室と記す。

〔閲歴〕家伝によれば、推古天皇二十二年に藤原第に生まれる。その性仁孝、聡明叡哲、玄鑒深遠、幼年から学を好み、書伝を博渉し、兵家権謀の書太公六韜《りくとう》を反復せずに誦したという。僧旻《みん》に学び、軽皇子（孝徳天皇）と親交し、雄略英徹な人材として心にかけていた中大兄皇子とは、法興寺における打毱の場で、皇子の脱げ落ちた皮鞋を捧げて初めて対面する。ともに南淵請安《みなぶちのしょうあん》に師事し、往還に密議をかさね、皇極天皇四年六月十二日中大兄皇子を助けて蘇我入鹿を大極殿に倒す。ここに大化改新への道を開き、中国の政治制度を移植して、以後の古代社会の基礎をつくるとともに、藤原氏専制の基盤を築く。同月十四日孝徳天皇即位、中大兄皇子は皇太子に立ち、鎌子は大錦冠《だいきんのこうぶり》を受け、

内臣《うちつおみ》となる。白雉《はくち》五年正月（家伝には白鳳五年八月という）紫冠《むらさきのこうぶり》を授けられる。鎌子は天智紀以後鎌足と記される。家伝には、近江遷都後、礼儀を選述し律令を刊定したとある。天智天皇八年十月十日、天皇が大患の鎌足宅に見舞ったときに、「臣既に不敏《おさな》し。当に復何をか言《もう》さむ。但し其の葬事《のちのわざ》は、軽易《おろそか》なるを用ゐむ。生きては軍国《おおやけ》に務無し。死《みまか》りては何ぞ敢へて重ねて難《なやま》さむ」と答えたという。同月十五日皇太弟大海人皇子を遣わして、大織冠と大臣の位とを授け、姓《うじ》に藤原氏を賜り、以後藤原内大臣《うちつおおおみ》と称せられる。翌十六日薨ず。五十六歳。廃朝九日。九年九月山階精舎に葬られる。

〔歌風〕集中二首の短歌を収め、いずれも相聞の部に採られている。嫡妻となった鏡王女との贈答における答歌、

　玉くしげみもろの山のさな葛さ寝ずはつひにありかつましじ　或本の歌に曰く、玉くしげ三室戸山の（2・九四）

の第三句までの序詞の使用は、贈歌の詞句を受けての技法ではあるが、もう一首の采女安見児を娶《ま》く時の歌（2・九五）に認められる第二句と第五句の同詞句反復とともに、口承文芸の性格に出るものである。この一首の中心は求愛の熱意を直截簡明に表現するところにあり、鎌足の歌には共通して明朗で雄勁な格調が認められる。

〔歌数〕短歌二首。2・九四、九五

〔参考文献〕＊『藤原鎌足』〔批評日本史Ｉ〕梅原猛・杉山二郎・田辺昭三（思索社）　〔村山〕

藤原朝臣清河（ふじわらのあそみきよかわ）

〔表記〕万葉集には他の表記は認められないが、続紀では宝字三年二月以後、藤原朝臣河清とも記される。日本紀略の延暦二十二年三月六日の詔に、「本名清河、唐改為二河清一」とある。

〔系譜〕藤原朝臣不比等第二子房前の第四子。公卿補任・尊卑分脈に、母は房前の異母妹、従四位下片野朝臣とみえる。鳥養・永手・真楯らの弟、魚名・御楯・楓麻呂らの兄で、藤原太后（光明子）の甥。子に、唐から帰国した喜娘がいる。

〔閲歴〕続紀によれば、天平十二年十一月正六位上から従五位下に昇進、同十三年七月中務少輔、同十五年五月正五位下、翌六月大養徳守、同十七年正月正五位上、同十八年四月従四位下、勝宝元年七月参議に列せられる。同二年九月遣唐大使に任命され、同四年閏三月節刀を賜り、従四位上から正四位下に叙せられる。公卿補任には勝宝三・四年に参議民部卿とある。入唐後、天宝十二載（勝宝五年）元旦玄宗に朝賀するにあたり、論奏して新羅使の上座を占める。唐大和上東征伝には、同年十月十五日副使大伴古麻呂・吉備真備、衛尉卿安倍朝衡（仲麻呂）らと延光寺に、すでに五度渡海を試みている鑒真和上を訪れ、日本に戒を伝えるよう懇請し、捜索を免れて大伴古麻呂の乗船に秘匿し

十一月五日出帆、同月二十一日に阿児奈波（沖縄）島に到達するが、清河の乗船は座礁したと記す。その後逆風にあい唐の南辺驩州《かんしゅう》に漂着、土着民に襲われるが、逃れて長安に入り、唐朝に仕え特進兼秘書監となる。宝字三年正月高元度が清河を迎える迎入唐大使使に任ぜられるが、安禄山の乱のため目的を果たさずに帰国、日本紀略に唐帝が「河清是本国貴族、朕所二鍾愛一。故且留之。不レ許二放還一。」と述べたとある。同四年二月在唐大使正四位下のまま文部卿、同七年正月仁部卿兼常陸守、同八年正月従三位に叙せられる。宝亀七年四月遣唐使に託して書を賜り、絁一百疋・細布一百端・砂金大一百両を賜い、帰国を促すが、ついに在唐のまま薨ず。日本紀略には「以二大暦五年正月一薨。時年七十三。贈二潞洲《ろしゅう》大都督一。」とあるが、この年は宝亀元年にあたるので誤りであろう。続紀の宝亀十年二月に「贈二故入唐大使従三位藤原朝臣清河従二位一。」とあり、公卿補任にも「或宝亀十年二月自唐告薨由」と記すので、宝亀七年以降十年までに薨じていることになる。日本紀略によれば、延暦二十二年三月正二位、続日本後紀によれば、承和三年五月従一品を追贈される。

〔歌風〕集中に収める短歌二首は、いずれも遣唐大使を拝命して出帆するまでの間の、勝宝三年の作である。遣唐使への贈歌は、長歌五首、短歌十四首があるが、使人の作は、山上憶良一首、阿部老人一首、清河二首の短歌四首と乏しく、大使の歌は清河の作があるだけである。その一首、

　あらたまの年の緒長く我が思へる児らに恋ふべき月近づきぬ　（19・四二四四）

の第三句以下は老人の歌（19・四二四七）の「我が思へる君に別れむ日近くなりぬ」と類想的ではあるが、老人のように切迫した別離の思いを感傷的に詠出するのではなく、妻に対する愛の深まりを心厚く表現して、鷹揚で品格ある風趣をたたえている。

〔歌数〕短歌二首。19・四二四一、四二四四　〔村山〕

藤原朝臣久須麻呂（ふじわらのあそみくすまろ）

〔系譜〕藤原仲麻呂（恵美押勝）の第二子。万葉集中に、「大伴宿禰家持、藤原朝臣久須麻呂に報へ贈る歌三首」（4・七八六〜七八八）、「また家持朝臣久須麻呂に贈る歌二首」（4・七八九、七九〇）があり、それに対して、久須麻呂の「来り報ふる歌二首」がある。これらの贈答歌がなされたのは、久須麻呂が二十歳にいたらない頃と推定される。

〔閲歴〕続紀によれば、天平宝字二年八月、従五位下、同三年五月、美濃守となる。同五年正月には大和守、同七年四月には参議兼丹波守となったが、同八年九月、恵美押勝（藤原仲麻呂）の謀叛に坐し、ともに誅せられた。歌の贈答からして、家持と親しかったらしい。

〔歌風〕大伴家持に報える歌でつぎの二首がある。

奥山の磐蔭に生ふる菅の根のねもころ吾もあひ思はざれや　（4・七九一）

春雨を待つとにしあらし吾がやどの若木の梅もいまだ莟めり　（4・七九二）

で、七九一は三句までは序詞で、「ねもころ」にかかり、ねんごろの意。ねんごろに自分もあひ思わないでいられましょうかの意。七九二は、春雨をまつのであろうか。わが家の若木の梅もまだ蕾をもっているの意で、久須麻呂の家に童女がいるので、童女を比喩したともいわれる。また、家持の一連の歌中、「夢のごとおもほゆるかも愛しきやし君が使の数多く通へば」（4・七八七）を中心に考察すると、家持が仲麻呂の子息の一人から娘への度重なる相聞歌に接して、喜びをかくしきれず、この一連の歌になったのではないかとの説もある。いずれにしても叙景歌としても意を尽くした歌である。ときは早春で、梅の花もようやく綻びる頃、当時の宴席歌の流行を反映して、久須麻呂は、うら若い女性に仮託して、恋の思いを、即興的もしくは遊戯的に誇張して表現したのである。

〔歌数〕短歌二首。4・七九一、七九二　〔江野沢〕

藤原朝臣宿奈麻呂（ふじわらのあそみすくなまろ）

〔表記〕藤原宿奈麻呂朝臣（20・四四九一左注）とも記される。

〔系譜〕宇合の第二子。母は石川麻呂の女。広嗣の同母弟。

〔閲歴〕天平十二年広嗣の乱に連座、配流。十四年免罪、小判事。十八年越前守、上総守。天平勝宝四年相模守、防人部領使として防人歌進上。その後民部少輔、右中弁、上野守、大宰帥など歴任。神護景雲二年兵部卿として造法華寺長官兼任。宝亀元年参議、称徳天皇崩御により、永手・百川らとともに白壁王を立てる。同年正三位に昇叙、これより良継と改名。同八年内大臣従二位で没。六十二歳。贈従一位。大同元年正一位太政大臣を追贈。

〔所在〕20・四三三〇左注、四四九一左注　〔内山〕

藤原朝臣継縄（ふじわらのあそみつぐなわ）

〔表記〕藤原二郎とも（19・四二一六左注）。

〔系譜〕藤原豊成の第二子。なお、藤原二郎を藤原仲麻呂の第二子久須麻呂とする説もある。

〔閲歴〕天平宝字七年従五位下。八年信濃守、越前守。天平神護二年参議右大弁兼越前守。神護景雲二年外衛大将。宝亀元年天皇大葬に御後次第司長官。二年但馬守兼任。三年大蔵卿、宮内卿。五年兵部卿。十一年中納言、征東大使。天応元年中務卿、左京大夫兼任。延暦二年大納言。四年大宰帥、皇太子傅兼任。五年民部卿兼東宮傅、造東大寺長官兼任。八年中衛大将兼任、中宮の御葬司。九年中宮の周忌御斎会司、右大臣、皇后の御葬司。十五年没、七十歳。ときに右大臣正二位兼皇太子傅中衛大将。

〔所在〕19・四二一六左注　〔内山〕

藤原朝臣執弓（ふじわらのあそみとりゆみ）

〔系譜〕藤原仲麻呂（恵美押勝）の第二子で、母は三木房前の女（公卿補任）。兄弟に訓儒麻呂・朝狩・薩雄らがいる。

〔閲歴〕天平勝宝九年播磨介（20・四四八二）。続紀によれば、天平宝字元年五月正六位上から従五位下、同二年八月従五位上となる。これ以降みえる真光と同人とされており、改名したらしい。のち藤原恵美朝臣の姓を賜り、同三年六月、同五年正月昇叙。大和守と美濃・飛騨・信濃按察使を兼任し、鎮国衛驍騎将軍の任にあって同六年正月参議となった。さらに同十二月正四位上に昇叙、大宰帥に任ぜられたが、同八年九月父仲麻呂の乱に参加し、父と運命をともにする。

〔歌風〕集中短歌一首のみ。天平勝宝九歳、大原真人今城の宅で宴した時の歌、

堀江越え遠き里まで送りける君が心は忘らゆましじ（20・四四八二）

播磨介として赴任するときの、別れの悲しみを歌ったものだが、友の心の深さに感謝する気持がありのまま出ており、歌いぶりが素直である。

〔歌数〕短歌一首。20・四四八二　〔居駒〕

藤原朝臣広嗣（ふじわらのあそみひろつぐ）

〔系譜〕藤原宇合の第一子。母は蘇我石川麻呂の女国咸大刀自で、良継・清成らの兄にあたり、子に行雄・長常がいる。

〔閲歴〕天平九年九月従六位上から従五位下に昇叙し、同十年四月大養徳守となる。同十年十月大宰少弐に任ぜられたが、同十二年九月、失政のもとは玄昉と吉備真備にありとして、筑紫にて挙兵する。朝廷は大野東人を大将軍に任じて討伐軍を送る。同年十月の聖武天皇の伊勢行幸のときにうたわれた歌にこの乱のことを記す（6・一〇二九題詞）。広嗣は一万騎を率いて戦ったがとらえられ、十一月一日に綱手とともに斬られた。

〔歌風〕集中短歌一首のみ。桜花を娘子に贈る歌として、

この花の一枝のうちに百種の言そ隠れるおほろかにすな（8・一四五六）

一枝と百種の対照、物言わぬ花に言葉がこもるとする表現が巧みで、機知に富む歌いぶりである。

〔歌数〕短歌一首。8・一四五六

〔参考文献〕＊「藤原広嗣の乱」川口常孝（『古代史を彩る万葉の人々』）　〔居駒〕

藤原朝臣房前（ふじわらのあそみふささき）

〔表記〕左大臣藤原北卿（19・四二二八左注）、中衛高明閣下（5・八一一左注）、中衛大将藤原北卿（9・一七六五左注）、房前（3・三九八題詞、5・八一二序）とも記

される。さらに藤原卿（7・一一九四～一一九五左注など）を房前とする説もある。

〔系譜〕不比等の第二子。武智麻呂の弟。宇合・麻呂の兄。永手・八束・清河らの父。北家の祖。

〔閲歴〕大宝三年正月、東海道巡察使、正六位下。慶雲二年十二月、従五位下。同四年十月、文武大葬に造山陵司。和銅二年九月、東海東山二道の巡察。養老元年十月、参議。同五年十月、内臣。天平元年九月、中務卿。同四年八月、東海東山二道の節度使。同九年四月没。享年五十七歳。このとき参議民部卿正三位。同年十月、贈正一位左大臣。天平宝字四年十一月、贈太政大臣。懐風藻に五言詩三編を載せる。

〔歌風〕房前の作歌であることが確実なのは集中に短歌一首（5・八一二）のみである。巻七に収められている「藤原卿作」の七首（一一九四～一一九五、一二一八～一二二二）の作者を房前とする説もあるが、明らかでない。ここでは巻五の一首のみについて考えてみる。その作品は、

言問はぬ木にもありとも我が背子が手馴れのみ琴地に置かめやも　（5・八一二）

の歌で、大伴旅人から贈られた梧桐の日本琴のすばらしさに感動し、その好意に対する感謝の心情を表現した作品である。感謝の意を託するという作品の性格上、房前独自の歌風を表出している作品とは言い難いが、一首全体から風雅をこよなく愛する心情がにじみ出ている。風雅へのその深い愛着心の共感が、「日本琴」を通して房前と旅人とを夢幻の世界へ導いたのであろう。

〔歌数〕短歌一首。5・八一二（藤原卿作短歌七首　7・一一九四～一一九五、一二一八～一二二二）

〔参考文献〕＊「藤氏の四家—武智麻呂と房前を中心に—」渡辺久美（京都女大史窓33）　〔大室〕

藤原朝臣不比等（ふじわらのあそみふひと）

〔表記〕＊太政大臣藤原（3・三七八題詞　19・四二三五題詞）とも記される。

〔系譜〕鎌足の第二子。武智麻呂・房前・宇合・麻呂・宮子・光明子・多比能の父。

〔閲歴〕朱鳥三年二月判事。文武二年八月鎌足の姓藤原朝臣を名告ることを許可される。四年六月大宝律令撰定の功により賜禄。大宝元年三月大納言。慶雲元年正月封八百戸を賜る。和銅元年正月正二位、三月右大臣。三年三月元明天皇の平城遷都に供奉し春日の勝地を選び、興福寺伽藍を建立。養老二年養老律令各十巻を撰定。四年三月授刀資人三十人を加賜。八月没、六十三歳。贈正一位太政大臣。

〔所在〕3・三七八題詞　19・四二三五題詞

〔参考文献〕＊『藤原不比等』上田正昭（朝日新聞社）＊「藤原宮と藤原不比等」土橋寛（国語と国文学49—10）＊「藤原不比等伝研究序説」横田健一（関西大学東西学術研究

所紀要7〕

〔内山〕

藤原朝臣麻呂（ふじわらのあそみまろ）

〔表記〕京職藤原大夫（4・五二二題詞）、藤原麻呂大夫（4・五二八左注）にも作られる。また、懐風藻では万里と記されている。

〔系譜〕不比等の第四子。母は大織冠鎌足の女五百重夫人。子に綱執・浜成・百能・勝人がおり、京家の祖。万葉集中の大伴坂上郎女との贈答歌（4・五二二〜五二八）の左注に、はじめ穂積皇子に嫁した坂上郎女に、皇子の薨後「藤原麻呂大夫、この郎女を娉へり」とあり、それによれば和銅八年以後坂上郎女を妻としたらしい。

〔閲歴〕続紀によれば、養老元年十一月美濃介のとき、同国多耆郡多度山の美泉に行幸があって、養老と改元されるにつき、正六位下から従五位下に叙せられる。同五年正月従四位上。同年六月左京大夫に任ぜられ、神亀三年正月正四位上。同年九月播磨国行幸の装束司となった。天平元年三月従三位。同年六月左京職より、背に「天王貴平知百年」の文字のある亀が献じられたことで、同年八月天平と改元されたが、そのときの宣命に京職大夫従三位藤原朝臣麻呂とある。同三年三月兵部卿に任ぜられ（公卿補任）、同年八月諸司の挙により、兵部卿兼任のまま参議となった。同年十一月山陰道鎮撫使となり、同九年正月出羽国雄勝村を征して、陸奥出羽両国間に直路を開くために、持節大使に任ぜられた。このときも、従三位兵部卿であった。同年四月持節大使従三位として奏言し、みずから多賀柵に至り、鎮守将軍大野東人と計って、常陸・上総・下総・武蔵・上野・下野等六国の騎兵一千人を発し、多賀柵から雄勝村に至る道を開いた。同年七月乙酉（十三日）薨じた。ときに参議兵部卿従三位。公卿補任によれば、享年四十三歳であった。懐風藻に「従三位兵部卿兼左右京大夫藤原朝臣麻呂」として詩五首がある。

〔歌風〕集中で麻呂の歌として確実なものは、坂上郎女に贈った三首のみである。その左注によれば、それらは麻呂が坂上郎女の許に通っていた頃のものと思われるが、

媙嬬《をとめ》らが玉櫛笥なる玉櫛の神さびけむも妹に逢はずあれば （4・五二二）

のように、物に託して逢えない嘆きを歌うものなど、三首とも恋の歌の常套的な発想を出るものではない。それに和した郎女の歌も、

来むといふも来ぬ時あるを来じといふを来むとは待たじ来じといふものを （4・五二七）

に代表されるような言語遊戯的なものが多く、これらの贈答歌は互いの急迫した真情を伝えるものというよりは、遊戯的な歌のやり取りになるものであろう。また、巻七「羇旅作」中に、「右七首者藤原卿作　未審年月」（7・一一九五左注）とある紀伊国の風光の讃美と家郷の妹を思った歌

々は、一説に麻呂の作ともいわれるが、異説もあり詳らかでない。
〔歌数〕短歌三首。4・五二二〜五二四（また一説によれば、7・一一九四、一一九五、一二一八〜一二二二を含め短歌十首
〔参考文献〕＊「万葉歌人藤原麻呂」大橋千代子（東洋大学短期大学紀要1）〔梶川〕

藤原朝臣八束（ふじわらのあそみやつか）

〔表記〕藤原八束朝臣（6・九八七題詞など）とも記される。

〔系譜〕参議藤原房前の第三子。天平宝字二年に改名。真楯となる（公卿補任によると、四年に改名）。母は牟漏女王。房前の流れは平安時代、冬嗣を経て道長にいたる。大伴家持と親密な交流があり、市原王や安積親王とも親しかった。また、山上憶良の病床に、使者（河辺朝臣東人）をつかわして病状を問わしめたことが、「山上臣憶良、痾に沈みし時の歌一首」（6・九七八）の左注からわかる。

〔閲歴〕続紀によれば、天平十二年正月従五位下、十一月に従五位上を授けられ、十二年十二月右衛門督、十五年五月に正五位上、十六年十一月に従四位下、十九年三月に治部卿になる。公卿補任には、天平二十年三月に参議兼大宰帥、また兼信部（中務）卿とあり、続紀の同年四月、元正天皇が崩じ、御装束司となすとある。天平勝宝四年四月摂津大夫、同六年正月従四位上、天平宝字元年八月正四位下、同二年八月改名。藤原真楯となる（公卿補任によると、同四年に改名）。同三年六月正四位上、同四年正月に従三位、同六年十二月には中納言、同八年九月に正三位、天平神護元年正月に勲二等、二年正月には大納言、「三月丁卯（十二日）、大納言正三位藤原朝臣真楯薨」とある。年五十三歳。明敏の誉れが高かったが、従兄藤原仲麻呂の嫉にあったとき、病と称して家居し身を全うした。薨じたとき大臣の葬を賜った。

〔歌風〕集中八首の歌を収める。


妹が家に咲きたる梅の何時も何時もなりなむ時に事は定めむ（3・三九八）

「事」とは夫婦の契りのこと。「いつでもその成熟の日に事はきめましょう」というところに、気の永い、おうような恋が感じられる。

待ちかてに吾がする月は妹が著る三笠の山に隠りてありけり（6・九八七）

私が待ちかねている月は、あの子が着るみ笠という名の山にこもっていることだ。即興的で遊戯的な歌である。

松かげの清き浜べに玉敷かば君来まさむか清き浜べに（19・四二七一）

島山に照れる橘うずに挿し仕へまつるは卿大夫たち（19・四二七六）

右二首の前者は天平勝宝四年十一月八日、橘諸兄の邸

で、後者は同年十一月二十五日、新嘗会のとき、詔に応えた歌である。八束の歌は、即興的であるが、叙情性に富んだ歌風である。
〔歌数〕短歌八首。3・三九八、三九九　6・九八七　8・一五四七、一五七〇、一五七一　19・四二七一、四二七六
〔江野沢〕

藤原郎女（ふじわらのいらつめ）
〔系譜〕万葉集古義は藤原麻呂と坂上郎女の子とするが、根拠がなく憶測にとどまる。
〔閲歴〕恭仁京に仕える官女であったのだろうか、大伴家持と歌を交わしている。
〔歌風〕集中、恭仁京から奈良の宅の坂上大嬢に贈った家持の歌を聞いて、それに答えた一首のみ。

路遠み来じとは知れるものからにしかぞ待つらむ君が目を欲り　（4・七六六）

家持に同情する歌で、社交的な歌の作者として一座を和ませる人でもあったのだろう。機知に富む即興性にこの人の作風がうかがわれる。
〔歌数〕短歌一首。4・七六六
〔居駒〕

藤原豊成朝臣（ふじわらのとよなりあそみ）
〔系譜〕武智麻呂の長子。仲麻呂の同母兄。妻は房前の女。
〔閲歴〕神亀元年以降兵部少輔。天平四年従五位上。九年参議、兵部卿。十二年難波宮行幸留守司。以後伊勢行幸留守司兼中衛大将、平城留守司、恭仁京留守司など歴任。十五年中納言。天平勝宝元年右大臣。六年大皇太后崩の造山司、八年聖武崩の御装束司。天平宝子元年皇太子に塩焼王を推すが失敗。七月奈良麻呂の謀反を知りながら奏上せず、大宰員外帥に左降、病と称し赴任拒否。八年右大臣に復位。天平神護元年没。ときに従一位、六十二歳。
〔所在〕17・三九二二序、三九二六左注
〔参考文献〕＊「藤原豊成」五味智英（アララギ）
〔内山〕

藤原二郎母（ふじわらのなかちこのはは）
〔表記〕御母之命（19・四二一四歌中）、慈母（19・四二一四〜四二一六左注）とも記される。
〔系譜〕二郎が継縄であれば路虫麻呂のむすめ、久須麻呂であれば藤原朝臣房前のむすめということになる。
〔所在〕19・四二一四歌中、四二一四〜四二一六左注
〔三好〕

藤原永手朝臣（ふじわらのながてあそみ）
〔系譜〕藤原房前の第二子。母は牟漏女王。真楯らの兄で家依の父とされる。長岡大臣とよばれた。
〔閲歴〕天平九年九月従六位上から従五位下に、天平勝宝二年正月には従四位上に進み、同四年十一月に大倭守となる。同六年正月従三位、続紀の薨伝によれば、同八年に中納言式部卿に任ぜられる。さらに天平宝字八年九月正三位に進み、天平神護二年正月大納言から右大臣に、同二年十

月には左大臣に累進する。宝亀元年高野天皇（称徳）不予のとき、道鏡の横暴によって帝位が危機に瀕したが、策を講じて社稷を安じたのはこの永手の功績によると伝に記す。同年十月正一位を賜り、同二年二月薨去、光仁天皇は重臣としてのその死を痛惜し、太政大臣の位を贈って厚く喪事を行った。享年五十八歳。

〔歌風〕作歌は短歌一首のみ。天平勝宝四年十一月二十五日の新嘗会肆宴応詔歌のうちの一首。永手が大和国守の時代である。

　袖垂れていざわが苑にうぐいすの木伝ひ散らす梅の花見に　（19・四二七七）

酒宴での即興的な作であろう。名門藤原氏を背負って、洋々たる前途を思わせる歌いぶりである。〔居駒〕

〔歌数〕短歌一首。19・四二七七

藤原仲麻呂朝臣（ふじわらのなかまろあそみ）

〔表記〕大納言藤原・主人卿（19・四二四二）とも記される。

〔系譜〕藤原鎌足の孫。藤原武智麻呂の第二子。母は安倍朝臣貞吉の女。

〔閲歴〕続紀によれば、天平六年従五位下、民部卿を経て同十五年従四位上、参議左京大夫。同二十年には正三位を授けられた。孝謙天皇の天平勝宝元年大納言となり、翌二年従二位。孝謙天皇に常に近侍した。大仏開眼の日、女帝は仲麻呂の邸に還御、御在所とされた。天平宝字元年四月皇太子（道祖王）の廃立を行い、五月紫微内相となり、縁故ある大炊王を立てて、橘奈良麻呂の陰謀を抑えて、橘・大伴氏などの力を削ぎ、兄豊成をも失脚させた。同二年には、大炊王（淳仁天皇）を即位させると、その功により大保（右大臣）に任ぜられ、勅により、恵美の姓、押勝の名を賜り、さらに同四年には従一位大師（太政大臣）に進み、権を専らにした。道鏡が孝謙上皇に接近して寵を得るに及び、その権勢に憂慮した仲麻呂は、道鏡排斥を名として挙兵したが、謀叛があらわれて近江に走り、天平宝字八年九月十八日、近江国高島郡勝野鬼江で敗れて斬られた。ときに五十九歳。性質は聡敏で博覧強記、藤原氏家伝上巻（大織冠伝）は彼の著作とされる。大納言阿部小麻呂に従って筭を学び、最もその術に精しかった。

〔歌風〕大納言藤原の家にして入唐使等に餞する宴の日の歌一首　即ち主人卿作れり

　天雲の去き還りなむもの故に思ひぞわがする別れ悲しみ　（19・四二四二）

離別の歌であるが、観念的である。四句切れで、結句の「別れ悲しみ」は、形容詞の語幹「悲し」に接尾語「み」をつけた語法で、万葉集に多い表現を用いている。なお、大伴宿禰家持の、聖武天皇の詔に応える歌一首「大宮の内にも外に光るまで降れる白雪見れども飽かぬかも」（17・

三九二六）の左注に、藤原豊成朝臣以下、藤原仲麻呂朝臣ら、十八名が明記され、「右の件の王卿等、詔に応へて歌を作り、次によりて奏しき。その時記さず、その歌漏り失せぬ（下略）」とある。
〔歌数〕短歌一首。19・四二四二
〔参考文献〕＊「藤原仲麻呂の唐風政策にみる民政とその消長―平準署と常平倉の建設―」木本好信（政治経済史学100）＊「紀飯麻呂と藤原仲麻呂政権」木本好信（駒沢大学史学論集4―5）＊「恵美押勝」岸俊男（人物日本の歴史2）＊「孝謙女帝と藤原仲麻呂」木本好信（史聚1）
〔江野沢〕

藤原夫人（ふじわらのぶにん）

〔表記〕藤原夫人と称せられた人物に、飛鳥・藤原・奈良朝を通じて、天武天皇夫人の氷上娘《ひかみのいらつめ》・五百重娘《いおえのいらつめ》、文武天皇夫人の宮子、聖武天皇夫人の光明子・藤原武智麻呂の娘・藤原房前の娘らがいるが、万葉集における藤原夫人は、天武天皇夫人の二人に限られ、(1)氷上娘は、浄御原宮御宇天皇之夫人、氷上大刀自（20・四四七九題詞）と記され、(2)五百重娘は、明日香清御原宮御宇天皇之夫人、大原大刀自、新田部皇子之母（8・一四六五題詞）と記される。

〔系譜〕二人の藤原夫人のうち、題詞に、(1)「字は氷上大刀自といふ」と注記された作者（20・四四七九）が氷上娘で、(2)「字を大原大刀自と曰ふ」と注記された作者（8・一四六五）が五百重娘である。とくに注記のない一首（2・一〇四）は、天武天皇の贈歌（2・一〇三）に「大原の古りにし里」の詞句があることによって、「大原大刀自」と称せられた五百重娘の作と考えることができる。日本書紀の天武天皇二年二月の即位記事に、「夫人藤原大臣女氷上娘、生二但馬皇女一。次夫人氷上娘弟《いろと》五百重娘、生二新田部皇子一。」とある。二人は藤原鎌足の娘で姉妹、尊卑分脈によれば、定恵（貞慧）・不比等の妹である。

〔閲歴〕(1)氷上娘は、天武天皇夫人として但馬皇女を生み、天武天皇十一年正月十八日宮中に薨ず、享年未詳。同月二十七日赤穂（大和国添上郡か）に葬られる。(2)五百重娘は、天武天皇夫人として第七皇子新田部皇子を生む。尊卑分脈に「後舎兄淡海公密通生二参議麻呂卿一」とあり、異母兄不比等に嫁して麻呂を生んだと伝える。

〔歌風〕集中に藤原夫人の短歌三首あり、氷上娘の一首は伝誦歌で、五百重娘の二首は雑歌の部と相聞の部に採られている。
(1)氷上娘の一首、

朝夕に音のみし泣けば焼き大刀の利心も我は思ひかねつも （20・四四七九）

は事情は不明ながら、怨恨とか悲傷のために深く嗟嘆することのあった折の作で、感情に沈潜する一途さを示しはするものの、内省的な性向をうかがわせ、しっとりした情調のなかに知性を感じさせる表現である。

(2)五百重娘の有名な相聞歌、

我が岡の龗《おかみ》に言ひて降らしめし雪の砕けしそこに散りけむ　（2・一〇四）

は、天武天皇の贈歌に対する機智に富んだ応酬であるが、この発想は、宮廷の神事・祭祀にたずさわってきた家柄の子女としての矜持に支えられていよう。他の一首とも、女性らしい明敏さを秘めた気品のある歌風をみせている。

〔歌数〕(1)氷上娘の短歌一首。20・四四七九　(2)五百重娘の短歌二首。2・一〇四　8・一四六五　〔村山〕

藤原卿（ふじわらのまえつきみ）

〔表記〕一般には、中臣連鎌足、藤原朝臣鎌足のこと。万葉集中では、内大臣藤原朝臣(1・一六題詞)、内臣（1・二一左注)、内大臣藤原卿（2・九三題詞など）と記される。なお、巻七（一二一八〜一二二二・一一九四・一一九五左注）にみえる藤原卿については、武智麻呂、房前、宇合、麻呂の四卿のうちいずれかとする説があり、なかでも房前説、麻呂説が有力である。

〔系譜〕天児屋根命の子孫。御食子の長子。母は大伴夫人。興福寺縁起によれば、嫡妻は鏡女王（天智二年十月「内大臣枕席不安、嫡室鏡女王請曰」とある)。不比等、定恵、氷上娘、五百重娘らの父。大倭国高市郡人。藤原氏の祖。一名鎌子、字中郎とある。前記一説の房前（藤原北卿）は、不比等の第二子。北家の祖。麻呂は、不比等の第四子。京家の祖。

〔閲歴〕推古天皇二十二年藤原第に生まれる。家伝によれば、はじめ腹にあるとき、その哭声外に聞こえ、十二箇月にして誕生。外祖母より、非凡にして必ず神功あらんといわれた。その性仁孝、聡明叡哲、玄鑒深遠、幼年好学、ひろく書伝に渉り、太公六韜を反覆せずに誦し、人偉雅となし、風姿とくに秀れたという。中大兄との結びつきは、かねてより中大兄の雄武英徹なのを知り、これを心にかけていた鎌足が、たまたま法興寺に打毬を楽しんだとき、中大兄の皮鞋が毬と一緒に脱げたのを捧げもち、初めて対面、これより相むつび、倶に所懐をのべ、隠すところがなかったという。皇極天皇四年六月中大兄を補佐、協力して蘇我入鹿を殺し、蝦夷を誅した。帝は策書をもって位を軽皇子に譲り、皇子は即位して孝徳天皇となる。そして中大兄を皇太子にたて、大化と改元。これにより鎌足は大錦冠を授けられ、内臣。近江令を制定、のちの藤原氏専制の基礎を築く。天智天皇八年十月大病、天皇はみずから、その私第に行幸し、病を問う。鎌足の憂悴すること甚だしく、そを憐み、詔して、「求めるところあらば聞かん」というと、「臣すでに不敏にして、敢て何をいはんや、但し葬事は軽易に行はれんことを願ふ。生きては軍国に務むることなく、死しては何ぞ重ねて百姓を労せんや」と答えたという。

天皇は悲しみにたえず、還宮して太皇弟（大海人皇子）を鎌足の家につかわし、詔して、「前代を思ふに、執政の臣、時々世々一、二あらざるも、労能を比べるに大臣（鎌足）にしかず、後嗣の天皇は実に汝の子孫に恵み、広く厚く酬いん」といい、大織冠を授け、内大臣に任じ、姓を藤原朝臣と賜った。同月鎌足は淡海の第に薨ず。五十六歳。書紀には薨年なく、同書所引の日本世記に「内大臣春秋五十にして私第に薨ず、遷して山の南に殯す、碑にいはく、春秋五十六にして薨ずといふ」とみえる。同九年閏九月山階精舎に葬る。万葉集には、天智天皇の代、天皇の詔をうけ、春山の万花の艶と秋山の千葉の彩を競ったとき、額田王が歌をもって判定したことがみえ（1・一六）、また「内大臣藤原卿、鏡王女を娉ひし時、鏡王女、内大臣に贈れる歌一首」（2・九三）、これに対し、「内大臣藤原卿、鏡王女に報へ贈れる歌一首」（2・九四）があり、さらに、「内大臣藤原卿、采女安見児を娶れる時作れる歌一首」（2・九五）もみえる。なお巻七の藤原卿、一説の房前、慶雲二年従五位下、養老元年参議、同五年従三位、神亀元年正三位、天平元年九月中務卿、同四年東海、東山二道の節度使、同九年四月没。五十七歳。十月正一位左大臣、のち贈太政大臣。懐風藻に詩三首。一説の麻呂、養老元年従五位下。左京大夫、参議兵部卿などを歴任。天平九年七月従三位で没。四十三歳。懐風藻に詩五首。

〔歌数〕短歌二首。2・九四、九五

〔所在〕1・一六題詞、二一左注　2・九三題詞　〔内山〕

藤原部等母麻呂（ふじわらべのともまろ）

〔系譜・閲歴〕武蔵国埼玉郡の防人。上丁。天平勝宝七歳二月、相替により諸国の防人が築紫に遣わされたとき、武蔵国の部領防人使掾安曇三国が進上した歌の中に一首を留める。允恭紀によれば、藤原部は、藤原宮にいた衣通郎姫のために諸国の国造に命じて定めたという。御名代部。天平宝字元年三月、久須波良部と改める。藤原部は、下総国倉麻郡にかなり多くの存在が確認できる他、下総国相馬郡、常陸国にも久須波良部の存在を確認できる。

〔歌数〕短歌一首。20・四四二三　〔北野〕

婦人（ふじん）

〔閲歴〕新田部親王（天武第七皇子）の侍女か。皇子が勝間田池の蓮の美しさを言い表わすことができないと、暗に婦人に対する愛をほのめかしたことに対して吟詠した（16・三八三五左注）。

〔歌風〕六朝漢文の素養を背景に、蓮《(れん)》に恋《(れん)》を掛けて皇子の心情を大げさかつ滑稽に拒む。

勝間田の池はわれ知る蓮《はちす》無し然《しか》言ふ君が鬚無き如し　（16・三八三五）

宴席における男女の掛け合いの典型的手法であろうか、戯れに鬚無き皇子をからかったのである。

〔歌数〕短歌一首。16・三八三五　〔飯島〕

布勢朝臣人主（ふせのあそみひとぬし）

〔閲歴〕天平勝宝六年四月、大宰府の奏言によれば、入唐第四船に乗り、薩摩国石籬浦に帰着。ときに判官、正六位上。七月従五位下に昇叙、駿河守。同七年二月駿河国の防人部領使として防人歌進上（20・四三四六左注）。天平宝字三年五月右少弁。同四年正月山陰道巡察使。同七年正月従五位上、右京亮、同四月文部大輔。翌八年四月上総守。神護景雲元年八月式部大輔。同三年六月出雲守となる。

〔所在〕20・四三四六左注　〔内山〕

道祖王（ふなどのおおきみ）

〔系譜〕天武天皇の孫。新田部親王の子。塩焼王の弟。

〔閲歴〕続紀によると、天平九年九月無位から従四位下に叙せられた。以下天平十年閏七月散位頭。同十二年十一月従四位上。同二十年四月元正天皇崩御に際し山作司。天平勝宝八年五月聖武天皇崩後遺詔によって皇太子となる（時に中務卿、従四位上）も、天平宝字元年三月「その身諒闇にあって志淫縦」を理由として廃太子。同年七月橘奈良麻呂の乱に連座し、名を麻度比《まとひ》と改められ拷問の末杖下に死す。また、万葉集19・四二八四に「大膳大夫道祖王」とあり、天平勝宝五年その職にあったことがわかる。なお、立太子および獄死の経緯については日本霊異記下巻第三十八縁にも記事がある。

〔歌風〕儀礼的な歌であるので力量はわからないが、秀作とはいえない。儀礼歌としての重厚な伝統的表現はみられない。

〔歌数〕短歌一首。19・四二八四　〔滝口〕

船王（ふねのおおきみ）

〔系譜〕天武天皇の孫。父は舎人親王、母は当麻山背。淳仁天皇の兄。

〔閲歴〕続紀によると神亀四年正月無位より従四位下。天平十五年五月従四位上。同十八年四月弾正尹。天平勝宝四年閏三月国師交替時の計会、ときに従四位上治部卿（三代格三国分寺事）、同年四月東大寺大仏開眼会に伎楽頭として奉仕（東大寺要録）。天平宝字元年七月橘奈良麻呂の変に獄因を防衛し、黄文王、道祖王、大伴古麻呂らを拷問の末、杖下に死せしむ。ときに正四位下、大宰帥。同年八月正四位上。同三年六月詔により親王と称し三品。同年八月香椎廟奉幣使。同四年正月信部卿。同年六月光明皇太后崩の装束司。同八年九月藤原仲麻呂（恵美押勝）の乱に連座して隠岐国に配流。また、19・四二五七（天平勝宝三年十月）、20・四四四九（同七年五月）に「治部卿船王」とあることにより、この間治部卿であったことがわかる。

〔歌風〕九九八番歌が佳作であろう。叙景歌としても優れその中に旅の心を巧みに詠み込んでいる。

〔歌数〕短歌四首。6・九九八　19・四二五七（ただし伝誦した歌)、四二七九　20・四四四九　また、17・三九二六左注によると、天平十八年正月太上天皇(元正)御在所における応詔歌があったらしい。〔滝口〕

史氏大原(ふひとうじのおおはら)

〔閲歴〕天平二年正月に大宰帥大伴旅人宅の梅花の宴に列し、歌一首を詠じた。ときに大典(四等官で、正七位上に相当する)であった(5・八二六左注)。

〔歌風〕「うちなびく春の柳を吾が宿の梅の花とをいかにか別かむ」(5・八二六)、前歌(八二五)を承けて、中国文学の伝統である柳の青と花の紅とを対比させる手法によっている。

〔歌数〕短歌一首。5・八二六　〔狩俣〕

吹芡刀自(ふふきのとじ　ふきのとじ)

〔表記〕1・二二題詞および左注、4・四九〇題詞それぞれに芡↕黄の校異があり、どちらとも決め難いが、元暦校本等の比較的古い写本に従って吹芡刀自とするべきか。「芡」ならばミヅフフキの意で「フフキ」、「黄」ならばその音から「フキ」と訓める。

〔閲歴〕万葉集(1・二二題詞・左注)によると、天武天皇四年二月の十市皇女・阿閇皇女伊勢神宮参赴に供奉した。十市皇女祝福の歌を作っていることから皇女に近侍したものと思われる。

〔歌風〕「河の上の斎つ岩群に草生さず常にもがもな常処女にて」(1・二二)は、十市皇女に献げた寿歌であるが、流れるような声調を持ち、詞の感覚の鋭さがうかがえる。彼女が詞をもって宮廷に仕えていたことはつぎの二首によって知られよう。

　真野の浦の淀の継橋情ゆも思へや妹が夢にし見ゆる　(4・四九〇)

　河の上のいつ藻の花の何時も何時も来ませわが背子時じけめやも　(4・四九一)

前歌に「妹」とあり、後者に「わが背子」とあるように、一対の男女の恋歌を作り上げ披露したものであろう。このことについては中西進が万葉史の研究で詳しく論じている。二首の歌はそれぞれ「淀の継橋」(「継ぎて」を暗示する)、「いつ藻の花の」という序詞を有して対応するという特徴をみせる。序による語勢が快く、後者は巻十春相聞の問答(一九三一)に重出するように愛誦されたものと思われる。

〔歌数〕短歌三首。1・二二　4・四九〇、四九一

〔参考文献〕*「吹芡刀自の歌」江野沢淑子(『万葉集を学ぶ』3)　〔多田〕

文忌寸馬養(ふみのいみきうまかい)

〔系譜〕壬申の乱の功臣であった文忌寸禰麻呂(書首根摩呂)の子。

〔閲歴〕続紀によれば、霊亀二年四月正七位下、父禰麻呂

の壬申の乱における功により田を賜る。天平九年九月外従五位下、同九年十二月外従五位上。同十年七月主税頭に任ぜられる。また、万葉集に、天平十年八月右大臣橘諸兄宅で宴したとき、長門守巨曾倍朝臣津島、阿部朝臣虫麻呂らとともに歌を作っていることがみえる（8・一五七四題詞）。さらに、同十七年九月筑後守、天平宝字元年六月鋳銭長官に任ぜられ、同二年八月従五位下に叙せられる。

〔歌数〕短歌二首。8・一五七九、一五八〇　〔近藤(健)〕

古老（ふるおきな）

〔閲歴〕大伴旅人が大宰府任官中に採集したと思われる神功皇后にまつわる伝説の相伝者。「古老相伝へて曰く」として、筑前怡土郡深江村子負原の岬にある鶏卵状の二石が息長足日女の新羅征討の際の鎮懐石であったこと、往来の人が跪拝することを記す。「乃ち謌を作りて曰く」として長歌一首（5・八一三）、短歌一首（5・八一四）を載せるが、この古老の作であるのか、あるいは5・八一四左注に「右の事伝へ言ふは」とある那珂郡伊知郷蓑島の八建部牛麻呂の作か、または旅人の創作か判然としない。

〔所在〕5・八一三題詞　〔飯島〕

振田向宿禰（ふるのたむけのすくね）

〔表記〕振は氏、田向は名であろう。

〔系譜〕書紀に、天武天皇十三年十二月、布留連は宿禰の姓を賜ったことがみえる。また、この布留連は、姓氏録の大和皇別布留宿禰の条に天武天皇の世、社地の名によって布留宿禰の姓に改めたと記されている物部連の改姓したものかとする説がある。

〔歌数〕短歌一首。9・一七六六　〔近藤(健)〕

古日（ふるひ）

〔系譜〕憶良の子か、あるいは憶良の知人の子かとみられる。歌からみて夭折したものと思われる。巻五の憶良の当該歌（九〇四）は古日の死を悲しんで作歌したもので、いずれにしても憶良の可愛がっていた子供といえる。

〔所在〕5・九〇四題詞　〔三好〕

文室智奴真人（ふんやのちぬのまひと）

〔表記〕智奴王（17・三九二六左注）、文室知努真人（19・四二七五左注）とある。

〔系譜〕天武天皇の孫。父は長親王。文室真人大市の兄。文室真人与伎、大原王（文室真人大原）の父。

〔閲歴〕続紀によると、養老元年正月無位より従四位下。神亀五年十一月造山房司長官。天平十三年九月恭仁京造宮卿。同十四年八月紫香楽村の造離宮司。同十九年正月従三位。同二十年四月元正天皇大葬の御装束司。同六年四月摂津大夫。天平勝宝四年九月姓文室真人を賜る。同六年四月摂津大夫。同年七月大皇太后葬送の御装束司。同八年五月聖武天皇大葬の御装束司。天平宝字元年六月治部卿。同二年六月出雲守。ときに参議。同四年正月中納言。同年六月光明皇太后葬送の山作

司。同五年正月正三位。文室真人浄三と改名。同六年十一月伊勢奉幣使。御史大夫。同年十二月神祇伯兼任。同八年正月従二位。宝亀元年十月薨（公卿補任によれば薨年七十八）。続紀に伝を載せる。また仏教関係の活動は、日本高僧伝要文抄第三所引延暦僧録第二に沙門釈浄三菩薩伝がある。

〔歌風〕単調で素朴な感じである。類型的作風であるが、新嘗祭の雰囲気を出している。

〔歌数〕短歌一首。19・四二七五　また、17・三九二六左注によると天平十八年正月太上天皇（元正）の御在所における応詔歌があったが漏失したという。　〔滝口〕

平栄（へいえい　ひょうえい）

〔表記〕東大寺之占墾地使僧平栄。

〔閲歴〕天平勝宝元年、東大寺三綱の次席、寺主の位置にあり、五月東大寺家野占寺使法師として、越前国足羽郡の東大寺家野を占した。天平宝字元年に三綱の主席である上座となっている。

〔所在〕18・四〇八五題詞　〔三好〕

日置少老（へきのおおゆ）

〔表記〕少老の訓みは、他にスクナヲユがあるが（童蒙抄など）、少咋（ヲクヒ）などの例によってヲオユと訓む。

〔系譜〕日置は応神記にみえる大山守命を祖とする幣岐君《へきのきみ》のこと。新撰姓氏録には右京皇別に日置朝臣とある。

〔歌風〕集中短歌一首のみ。

縄の浦に塩焼くけぶり夕されば行き過ぎかねて山にたなびく　（3・三五四）

海岸の夕ぐれの風景をありのままに描いた叙景歌である。この写生の境地に少老の作風をみることができる。

〔歌数〕短歌一首。3・三五四　〔居駒〕

日置長枝娘子（へきのながえのおとめ）

〔閲歴〕大伴家持と同時代の人で、家持と歌を通じて交流のあった家持圏の女性。

〔歌風〕集中短歌一首のみ。家持に贈った歌である。

秋づけば尾花が上に置く露の消ぬべくも吾は思ほゆるかも　（8・一五六四）

わが身を露にたとえる恋歌の類型的発想によって、家持への思いを切々と述べている。家持をめぐる女性の一人として作歌の機会を得たのであろうが、歌に個性がなく、社交的な面が強い。

〔歌数〕短歌一首。8・一五六四　〔居駒〕

平群氏女郎（へぐりうじのいらつめ）

〔閲歴〕万葉集によれば、天平十八年七月頃、大伴宿禰家持をめぐる女性として歌を作っている（17・三九三一題詞）。

〔歌風〕集中十二首を収める。越中へ行って逢えなくなった家持に、ときどき便使に寄せて来贈した歌である。

隠り沼の下ゆ恋ひ余り白波のいちしろく出でぬ人の知るべく　（17・三九三五）

の歌は、12・三〇二三の歌と類似がみられる。また、

須磨人の海辺常去らず焼く塩の辛き恋をも我はするかも　（17・三九三二）

の歌には慣用的表現がみられる。このように平群氏女郎の歌は、古歌や慣用的表現を用いて我が恋の嘆きを表出する傾向がある。

〔歌数〕短歌十二首。17・三九三一～三九四二

〔近藤(健)〕

平群朝臣（へぐりのあそみ）

〔系譜〕平群朝臣広成とする説がある。

〔閲歴〕万葉集に「平群朝臣の嗤ふ歌一首」（16・三八四二）とあり、穂積朝臣（16・三八四三）を嘲笑う歌である。

〔歌風〕歌を遊戯の具とするようになってくると、しだいに人々の笑いを誘うことを目的とする歌が詠まれてくる。平群朝臣の歌は、このような傾向を基盤とする、穂積朝臣と互いに相手の身体的欠点を嘲笑うという歌である。

〔歌数〕短歌一首。16・三八四二　〔近藤(健)〕

平群文屋朝臣益人（へぐりのふみやのあそみますひと）

〔系譜〕武内宿禰の子孫。

〔閲歴〕正倉院文書によれば、天平十七年二月頃民部少録であった。

〔所在〕12・三〇九八左注　〔三好〕

扁鵲（へんじゃく）

〔系譜〕中国戦国時代の名医。姓は秦、字は越人、勃海郡の人。抱朴子の至理編に、すでに死んだ虢の太子を救ったとある。

〔所在〕5・沈痾自哀文　〔三好〕

法師（ほうし）

〔表記〕僧（16・三八四六題詞・歌中）とも。

〔歌風〕一連の嗤笑歌の内の一首。作者不詳（応答から一般人と知れる）の戯笑歌（16・三八四六）が、「法師らが鬚《ひげ》の剃杭《そりくい》馬繋《つな》ぎいたくな引きそ僧《ほうし》は泣かむ」と僧の無精鬚をからかったのに対して、

檀越《だにをち》や然もな言ひそ里長《さとをさ》が課役《えつき》徴《はた》らば汝《いまし》も泣かむ　（16・三八四七）

と、庶民への税のきびしさをもって答える。税を免れ得る立場を背景に応答したもので、律令制下の一般人と僧の生活感情をうかがうことができる。

〔歌数〕短歌一首。16・三八四七　〔飯島〕

乞食者（ほかいびと）

〔閲歴〕日本書紀継体天皇二十三年四月に動詞用法の「乞食」がみられる。続紀養老元年夏四月に「壬辰。この頃、百姓法律に乖き違へり。欲しきままに其の情に任せ、髪を剪り鬢を髡《そ》りて、輒やけく道服を着せん。（中略）凡そ僧

尼は寺家に寂居して、教を受け道を伝ふ。令に准らふるに云はく、其れ乞食たる者は、三綱連署して、午前に鉢を捧げて告げ乞へ」とみえ、同文は令義解の僧尼令にも入れられている。これは、律令による負担がきびしく僧門に入る者の数の増大したことに対する朝廷側の詔である。すなわち、「乞食」の用例は僧尼にかかわっている。その他、天平宝字六年十二月に「乞索児一百人を陸奥国に配して、即ち居つかしむ」とあり、天平宝字八年三月に「民稍々餒乏して、東西の市の頭《ほとり》、乞丐の者衆し」とみえる。この乞索児は、正業離脱の飢人であろう。「ほかひひと」の訓は、万葉集古義に引く倭名類聚抄・乞盗の類の「楊氏漢語抄云はく、乞索児は保加比々止、今按ずるに乞索児即ち乞児是なり。和名加多井」よりはじまる。また全註釈は、右の記事と、日本霊異記上巻の第四話「聖徳太子皇太子示二異表一縁」の「乞匂」の傍訓「下音可太乃ゐ又云はく保可比々止」も引いている。以上のように、「乞食者」そのものの訓は見当たらないが、一般には右の二つの資料によって「ほかひひと」と訓まれている。訓義としては、古義の「保可比は、大殿寿、酒寿などの寿にて人家の門に立て、くさぐさの寿詞をうたひて物を乞ひありくよりいへるなるべし」が大勢をなしている。

〔歌風〕集中二首の長歌を収める。巻十六・有由縁雑歌の部に採られている。当歌は舞を伴っていたとの見解がある。日本書紀応神天皇十三年に「一に云はく、日向の諸縣君牛、朝廷に仕へて、（中略）唯角著ける鹿の皮を以て、衣服とせらくのみ」、顕宗即位前紀の室寿の「牡鹿の角挙げて吾が儛すれば」、古事記応神天皇条の「この蟹や」の歌謡などを傍証としている。これは、題詞の「詠」にもかかり、古事記伝は「舞の中にうたふなり」と説く。歌意は左注に「鹿・蟹の為に痛を述べて作れり」とあり、代匠記をはじめ「述痛」を重視する見解もみられるが、表現は「我が角はみ笠のはやし我が耳はみ墨坩《つほ》」（三八八五）、「歌人と我を召すらめや笛吹きと我を召すらめや」（三八八六）と列挙法を用い、結句も「申しはやさね申しはやさね」（三八八五）、「腊《きたひ》はやすも腊はやすも」（三八八六）と言寿ぎのくり返しによってはやしているように、内容は大殿祭・酒寿・新室寿と等しくほかひ（祝福）の詞章とすべきであろう。また「いとこ汝背の君」（三八八五）は、聴衆への呼びかけであり、この二句に続く六句は「八重畳」をいうための長い序詞であることも特徴としてあげられよう。

〔歌数〕長歌二首。16・三八八五、三八八六

〔参考文献〕＊『古代歌謡の世界』土橋寛（塙書房）＊『中世芸能史の研究』林屋辰三郎（岩波書店）＊「巻十六講義」折口信夫（『折口信夫全集』ノート編11）

〔堀野〕

穂積朝臣（ほずみのあそみ）

〔表記〕穂積乃阿曾（16・三八四二）ともある。

〔系譜〕万葉集古義は続紀天平九年九月条に「正六位上穂積朝臣老人」とあるのがそれであろうとした。それは穂積朝臣に歌いかけた平群 朝臣を「平群朝臣広成」だとすると、外従五位下の叙位が同時であり、類似の応答を成した池田朝臣と大神朝臣奥守との関係と同様だからであろう。

〔歌風〕平群朝臣に歌で「腋くさ」を嗤われた（16・三八四二）のに対して、「何所ぞ真朱《まそほ》穿る丘薦畳平群の朝臣が鼻の上を穿れ」（16・三八四三）と赤鼻を揶揄している。軽妙で機知に富んでいる。大神朝臣奥守に同様の歌（16・三八四一）がある。万葉集では平群朝臣と穂積朝臣とのものを「或云」の形で載せる。

〔歌数〕短歌一首。16・三八四三　〔滝口〕

穂積朝臣老（ほずみのあそみおゆ）

〔系譜〕穂積朝臣氏は、新撰姓氏録に「伊香色雄命の後なり」とある。

〔閲歴〕続紀によると、大宝三年正月山陽道巡察使正八位下。和銅三年正月左副将軍として皇城門外朱雀大路において騎兵を率い威儀に備わる。養老元年正月正五位下。同年三月石上朝臣麻呂の喪に五位以上の誄をつくる。ときに式部少輔。同二年正月正五位上。同年九月式部大輔。同六年正月多治比真人三宅麻呂の謀反を誣告し、朝廷指斥の罪に坐し斬刑に処せられたが、皇太子の奏により死一等を減じられ佐渡に配流。天平十二年六月恩赦により入京。同十六年二月難波宮行幸の際恭仁京留守司。ときに大蔵大輔正五位上。13・三二四一左注に「但し此の短歌或書に云ふ、穂積朝臣老佐渡に配せられし時作れる歌なり」とみえるのは養老六年の事件のことである。

〔歌風〕落ち着いた作風とともに格調の高さがある。

〔歌数〕短歌二首。3・二八八　13・三二四一（ただし、「或書云」）。また、17・三九二六の左注によれば、天平十八年正月太上天皇（元正）御在所における応詔歌があったが漏失したという。　〔滝口〕

穂積皇子（ほずみのみこ）

〔表記〕穂積親王（16・三八一六・三八三三題詞の細注、続日本紀）とも記される。

〔系譜〕書紀天武二年二月の記事、続紀霊亀元年七月丙午条の彼の薨伝から、天武天皇の第五皇子（実際には十人の皇子の第八番目と推定される）で、母は赤兄の女太蕤娘《おおぬのいらつめ》。同母妹に紀皇女と田形内親王とがあった。

〔閲歴〕生年は未詳であるが、その薨年の霊亀元年に五十歳前後とする通説に従い逆算すると天智五年頃出生と推定される。2・二一四題詞からは高市皇子が天智天皇の娘御名部皇女を正室としながら、異母妹但馬皇女を思い者としていたと考える人も多いが、その但馬皇女が同じく異母兄穂積皇子への思慕の情を訴えた歌があり、これが直接の原因で穂積皇子は、近江の志賀の山寺（天智天皇創建の崇福寺）に遣わされることになったともいう。これは皇女の歌がもとで、二人の仲があらわれ、穂積皇子が人妻に密通したかどで勅勘を蒙り、しばらくこの寺に籠居されたことを意味するのかも知れない。一一四～一一六からは但馬皇女の非痛なまでの純愛が切々と人の心に迫ってくる。この短歌群における密通説を否定し、志賀の山寺への派遣を川島皇子薨去と結びつける方向もある。持統十年高市皇子がなくなっても二人は結ばれなかったようだ。和銅元年六月但馬皇女はその生涯を閉じられたが、その年の冬なき皇女を追慕している（2・二〇三）。その後、和銅三年春三月ごろ大納言大伴安麻呂の女で、旅人の妹大伴坂上郎女を妃としてむかえたらしい（4・五二八左注）。穂積皇子の孫女広河女王（4・六九四題詞の細注）の4・六九四、六九五は穂積皇子の作（16・三八一六）に学んだものであろう。また穂積皇子の子境部王《さかいべ》にも（16・三八三三題詞の細注）数種の物を詠める歌一首（16・三八三三）がある。歌経標式中に但馬内親王の歌として、「伊《イ》麻《マ》佐《サ》羅《ラ》爾《ニ》　那《ナ》爾《ニ》可《カ》於《オ》母《モ》波《ハ》牟《ム》　宇《ウ》可《カ》那《ナ》婢《ビ》倶《ク》　已《コ》々《ヽ》侶《ロ》婆《ハ》岐《キ》美《ミ》爾《ニ》　與《ヨ》利《リ》爾《ニ》旨《シ》母《モ》能《ノ》呼《ヲ》」の一首があげられているが、4・五〇五安倍女郎の歌がほとんど同じものである。万葉集の伝が正しいとすべきか。続紀によれば、持統天皇朱鳥五年正月十五日はじめて封五百戸を与えられたが、冠位は浄広弐《じょうこうに》。大宝二年十二月二十三日持統天皇崩の作殯宮司、ときに二品。大宝三年十月九日葬送装束長官。文武天皇慶雲元年一月十一日封二百戸。慶雲二年九月五日知太政官事。慶雲三年二月七日准右大臣として季禄を賜う。元明天皇和銅元年七月十五日百寮に率先して努めるべく詔を受く。霊亀元年一月十日一品に叙せられる。同七月二十七日薨。享年未詳（公卿補任によると正七叙一品。七月十三日薨。本朝皇胤紹運録にも宝亀元年七月十三日薨とあるが霊亀元年の誤りか）。

〔歌風〕集中四首の歌を収める。挽歌一、雑歌二、有由縁雑歌一。但馬皇女と穂積皇子の作品（皇女2・一一四～一一六　8・一五一五）を、犬養孝は「全体は渾然とした劇的な物語、おそらく悲しい歌物語的なものとして伝承されてきたもの」と歌の物語化との関連に言及され、伊藤博はその物語性を持統朝宮廷サロンにおける物語歌の享受と編纂という背景を基盤に据えて把えようとした。一五一三・一五一四のような自然の季節の推移についての感傷は、漢詩文による教養の結果かもしれない。

〔歌数〕短歌四首。2・二〇三　8・一五一三、一五一四　16・三八一六

〔参考文献〕＊「但馬皇女と穂積皇子」川上富吉（『万葉集講座』5）＊「万葉の歌人・穂積親王」黛弘道（歴史公論3―3）＊「穂積皇子と但馬皇女」黒沢幸三（文学46―

9）　〔片山〕

松浦佐用媛（まつらさよひめ）

〔表記〕麻都良佐欲比売（5・八七四など）、麻通良佐用比米（5・八七一）、麻通羅佐用嬪面（5・八七三）、松浦佐用嬪面（5・八八三題詞など）。

〔名義〕松浦県《あがた》（肥前の西北部。今、佐賀県と長崎県に分属）に住んだ佐用姫の義。宣化天皇の代に任那を鎮めて百済を救い、欽明天皇の代に高麗を伐った大伴佐提比古《さでひこ》の妾。韓に遠征する夫との別れを悲しみ、領巾麾《ひれふり》の嶺に登って領巾を振ったという。ただし現存の肥前国風土記ではその女性は弟日姫子《おとひひめこ》であったとするが、この方は弟姫伝説とでもいうべきもので、佐用比売伝説とは異なる伝承に拠ったと思われる。

〔所在〕5・八六八、八七一序、八七一〜八七五、八八三題詞

〔参考文献〕＊「沈む女(二)—佐用比売伝説をめぐって—」吉井巌（万葉42）＊「〈鹿の血〉の秘密—賛用都比売伝承批判—」吉野裕（文学39—2）＊「サヨヒメ誕生」吉井巌（万葉76）＊「羽衣伝説—その発生理解のための一仮説—」角木純（東京女子大学日本文学37）＊「サヨヒメ伝説と山上憶良」吉井巌（国文学23—5）　〔尾崎〕

松浦仙媛（まつらのやまひめ）

〔名義〕佐賀県東松浦郡の松浦河（今、玉島河という）の仙女の義。「松浦の仙媛の歌に和ふる一首」（5・八六五）は、松浦河に遊ぶ一連の作（5・八五三〜八六三）に和したもので、その連作中にみえる娘子を仙女に見立てていっている。したがって、歌中にいう「阿麻越等売《あまをとめ》」（5・八六五）は題詞にみえる「仙媛」に相当。仙媛はヲトメ、ヤマヒメのいずれにも読めるが、「仙」の字を重視すれば後者の訓になる。

〔所在〕5・八六五題詞　〔尾崎〕

円方女王（まとかたのおおきみ）

〔系譜〕続紀宝亀五年十二月条に、「平城朝左大臣従一位長屋王之女也」とある。

〔閲歴〕続紀によれば、天平九年十月従五位下より従四位下、天平宝字七年正月従四位上より正四位上、同八年十月正四位上より従三位、神護景雲二年正月従三位より正三位にそれぞれ叙せられた。しかし、正三位のまま宝亀五年十二月に薨去された。享年未詳。万葉集中には、「智努女王の卒りし後に、円方女王の悲しび傷みて作る歌一首」（20・四四七七題詞、天平勝宝八年頃か）がみえる。

〔歌数〕短歌一首。20・四四七七　〔青木(周)〕

真間娘子（ままのおとめ）

〔表記〕勝鹿真間娘子（3・四三一題詞、9・一八〇七題詞）、可豆思賀能麻末乃弖胡（3・四三一題詞割注）、真間之手児名（3・四三一）、勝壮鹿之間々能手児名（3・四

三二)、手児名(3・四三三、9・一八〇八)、勝壮鹿乃真間乃手児奈(9・一八〇七)、可都思加能麻末能手児奈(14・三三八四)、可豆思賀能麻万能手児奈(14・三三八五)とも。テコナのナは愛称の接尾語で、ラの転訛とも。テコ(テゴ)はいとしい子という意味の愛称で東国方言ともいい、手を使う女(手児)で機女のことともいう。

〔名義〕山部赤人・高橋虫麻呂歌集・東歌などに歌われ、下総国葛飾郡に住んでいたという伝説上の美人。真間は地名で崖の意味だという。実在したと考えるのではなく、二男一女型の菟原処女や桜児、鬘児などともつながる、男を拒む女の系譜にある伝説と考えればよい。風土記の隠(なび)妻伝承などは中央の支配にかかわって物語化されてゆくし、菟原処女などでは二人の男の愛に悩む女として伝説化されてゆくが、原型的には、神の妻として人間の男を受け入れることのできない、神に仕える巫女に対する幻想があったとみるべきであろう。

〔内容〕貧しい身なりの娘子でありながら笑顔で立つと、男たちは火の中に飛び入る夏虫のごとくに寄ってきたという。それなのにどうしてか娘子はみずから死を選んだと虫麻呂歌集(9・一八〇七)に歌い、男が伏屋で妻問いをしたと赤人は娘子の墓をみて歌い(3・四三一)、東歌では自分に心を寄せていると男の立場で歌う(14・三三八四)など、内容にも広がりがある。

〔所在〕3・四三一〜四三三 9・一八〇七、一八〇八、14・三三八四、三三八五 〔三浦〕

麻呂(まろ)

〔系譜〕巻九・一七二五の左注に「人麻呂之歌集出」とあり、「麻呂と言ふ奴」という詞章のみえる巻九・一七八三の左注に「人麻呂之歌中出」とあるため「人麻呂」の略称かともいわれる。

〔影響〕「古の賢人《さかしき》の遊びけむ吉野の川原見れど飽かぬかも」(6・一七二五)にみえる「古の賢人云々」は巻一、二七番歌の「よき人云々」の表現と同一の基盤を有するものと考えられる。また結句「見れど飽かぬかも」は典型的な土地讃め詞章である。

〔歌数〕短歌二首。9・一七二五、一七八二 ただし両歌の「麻呂」が同一人物である確証はない 〔多田〕

丸子連大歳(まろこのむらじおおとし)

〔閲歴〕安房国朝夷郡の上丁(二十歳以上の壮丁)である(20・四三五三左注)。天平勝宝七歳二月、防人として筑紫国へ派遣される。

〔歌風〕防人歌に数多くみられるもので、国に残してきた妻を想う歌である。

〔歌数〕短歌一首。20・四三五三 〔狩俣〕

丸子連多麻呂(まろこのむらじおおまろ)

〔閲歴〕相模国鎌倉郡の上丁(二十歳以上の壮丁)である

（20・四三三〇左注）。天平勝宝七歳二月、防人として筑紫国へ派遣される。

〔歌風〕防人歌に多くみられるもので、国に残した母を想う歌である。

〔歌数〕短歌一首。20・四三三〇　〔狩俣〕

丸子部佐壮（まろこべのすけお）

〔閲歴〕常陸国久慈郡の人であることが20・四三六八の左注により知られる。天平勝宝七歳二月、防人として筑紫国へ派遣される。

〔歌風〕防人として旅立つときの心情を歌っている。

〔歌数〕短歌一首。20・四三六八　〔狩俣〕

麻呂妻（まろのつま）

〔表記〕たんに「妻」としか記されていないが、その詞章から麻呂の妻であることが理解される（9・一七八三）。

〔系譜〕「麻呂」は柿本人麻呂かともいわれる。そうであったとしても「妻」を特定の人物に求めることは不可能である。

〔歌風〕「松反《がへ》りしひにてあれやは三栗《みつぐり》の中上《なかのぼ》り来ぬ麻呂といふ奴」（9・一七八二）は、「与妻歌」（9・一七八二）に対する「和《こた》へたる歌」である。前歌の「心さへ消え失せたれや」という問いに対し、「しひにてあれやは」と問い返したり、「麻呂といふ奴」と相手をよんだり戯れの意が強い。また家持の作（17・四〇一四）に「松反《がへ》りしひにてあれかも」という表現がみられ、影響を及ぼしたものと考えられている。

〔歌数〕短歌一首。9・一七八三　〔多田〕

満誓（まんせい）

〔表記〕沙弥《さみ》満誓《まんせい》（3・三五一題詞など）、満誓《まんせい》沙弥《さみ》（3・三五一題詞など）とも記す。

〔系譜〕奈良朝初期から中期にかけての僧。在俗のときは、笠朝臣麻呂といった。系譜不詳。

〔閲歴〕慶雲元年正月正六位下より従五位下。同三年七月美濃守。和銅二年九月伊勢・尾張の守とともに「当国田十町、穀二百斛、衣一襲」を賜り「美其政績也」といわれる。和銅七年閏二月に木曾路開通の功により、封戸七十戸、田六町を賜る。養老元年十一月従四位上となる。この年九月元正天皇美濃に行幸、多度山の美泉（養老の滝）をご覧じ、霊亀二年を養老元年とされた。同四年十月には右大弁となる。同五年五月太上（元明）の御不予に際し、その平癒のために出家を願って許され、満誓と名告る。かねてより天智天皇が斉明女帝のご菩提のため筑紫観世音寺を創建中であったが完成をみず、養老七年二月勅してさらに、満誓にその事業の遂行を命じられる。天平初年まで筑紫にいたらしく、大伴旅人が大宰府に下ったとき、満誓と交遊があったと推測される。満誓は年老いて出家した沙彌で、沙彌は戒律を要しない、剃髪しただけの形同沙彌、在家沙彌などもあるから、満誓はその類であったとも思われる。

〔歌風〕集中八首を収める。なかんずく、

世間《よのなか》を何に譬へむ朝びらき櫓《こ》ぎ去にし船の跡なきがごと （3・三五一）

は生滅流転にもとづく虚無観に発する詠歎が、さわやかな情感を揺曳させ、快い諧調を奏でている。往事茫々の感懐が、明るく切なく潔く表現されている。平安朝以後広く人口に喧伝されたものである。五七三番歌は大伴坂上郎女の3・五六三をふまえたもので相聞的情緒を漂わした歌である。三九一番歌の下の句は「……よい娘を誰かに先きに取られたのであろう」の意で、それを「あたら船材《き》を」といい放った点に大胆な譬喩の珍しさがある。三三六番歌は、日常生活に密着した綿という素材が珍しい。これも譬喩であり、女性の柔かい肌を連想したともいえる。総じて在家の沙彌らしい歌で、はなはだ人間的で才気のひらめきが認められる。

〔歌数〕短歌八首。3・三三六、三五一、三九一、三九三　4・五七二、五七三　5・八二一　8・一四六九

〔参考文献〕*「万葉の歌人・沙彌満誓」黛弘道（歴史公論3―3）　〔松原〕

三形王（みかたのおおきみ）

〔表記〕御方王（20・四五一一）とも記される。

〔閲歴〕続紀によると、天平勝宝元年従五位下に叙せられる。その後、万葉集に、天平勝宝九歳六月みずからの宅に兵部大輔大伴宿禰家持を招き宴したこと（20・四四八三の題詞）、天平宝字元年十二月大蔵大輔甘南備伊香真人や右中弁大伴宿禰家持を招いて宴し歌を作ったこと（20・四四八八題詞）がみえる。ときに大監物とある。さらに、天平宝字二年二月式部大輔中臣清麻呂朝臣の宅の宴に出席して歌を作っている（20・四五一一）。ここにも大監物とある。その後は、続紀によると、同三年六月従四位下に昇叙、同三年七月木工頭に任ぜられる。

〔歌数〕短歌二首。20・四四八八、四五一一　〔近藤(健)〕

三方沙彌（みかたのさみ）

〔表記〕三形沙彌（19・四二二八左注）とも記される。

〔系譜〕万葉集中に園臣生羽女を妻としたことがみえる（2・一二三題詞）以外、伝未詳である。

〔閲歴〕三方沙彌については、持統紀六年十月の条の山田史御形と同一人物とする説、三方氏の沙彌という名の人物とする説、三方氏の沙彌なる人物とする説がある。三方沙彌が山田史御形（山田史三方とも記される）であるとすれば、持統六年十月務広肆。慶雲四年四月その学術を賞せられて布・鍬・塩・穀などを賜る、ときに正六位下。和銅三年正月従五位下、同三年四月周防守。養老四年正月従五位上。同五年正月東宮（聖武）に侍し、また学業の師範とし

て絁・糸・布・鍬などを賜る、ときに文章博士。懐風藻に大学頭とあり、詩三首を載す。また「三方沙彌が山田三方であるとすれば、持統文武朝から元明・元正・聖武へかけての文学的動向の一端を知る一つの重要な視点ともなりえる興味ある人物だということになる」（川上富吉「三方沙彌伝考―還俗官僚の文学的伝記―」上代文学第三四号）。〔歌風〕集中一首の長歌と六首の短歌を収める。新婚早々、病気のため妻問いに行けなくなった三方沙彌と、彼の来訪を待ちわびる園臣生羽の娘との唱和（2・一二三〜一二五）は、女の黒髪を介して、濃艶な官能性を漂よわせている。また、

大殿の　このもとほりの　雪な踏みそね　しばしばも降らぬ雪そ　山のみに　降りし雪そ　ゆめ寄るな人やな踏みそね雪は（19・四二二七）

の長歌は、はじめ三句は五七七の片歌形式、四句以下は五七五七七七という仏足石歌体による形式で、集中唯一の例であり、いかにも口誦歌らしい歌である。〔歌数〕長歌一首。短歌六首。2・一二三、一二五　4・五〇八　6・一〇二七（左注による）　10・二三一五（左注による）　19・四二二七、四二二八（この二首左注による）。〔参考文献〕＊「三方沙彌伝考―還俗官僚の文学的伝記―」川上富吉（上代文学34）　〔縄田〕

三国真人五百国（みくにのまひといおくに）〔閲歴〕天平末年頃の人と思われる。高市連黒人の歌（17・四〇一六）を伝誦する。五百国自身の作歌はない。〔所在〕17・四〇一六左注　〔大室〕

三国真人人足（みくにのまひとひとたり）〔閲歴〕続紀によれば、慶雲二年十二月正六位上より従五位下に叙せられる。その後、霊亀元年四月従五位上、さらに養老四年正月正五位下を授けられている。〔歌風〕冬相聞の部に採られている。三句までは序詞である。これは雪や露などを材として「消」を起こし、心痛のあまり命が消えると、恋の嘆きを誇張する伝統的表現である。また、古今集（11・五五一）にこの歌が引かれている。〔歌数〕短歌一首。8・一六五五　〔近藤（健）〕

三島王（みしまのおおきみ）〔系譜〕舎人親王の子。淳仁天皇の弟で、川辺王・林王の父。〔閲歴〕養老七年正月無位から従四位下となる。〔歌風〕「音に聞き目にはいまだ見ず佐用比売が領巾振りきとふ君松浦山」（5・八八三）、巻五の松浦佐用比売伝説を歌った一群の歌に追和したもの。個性はないが、伝説の世界に興ずる都人の一面をうかがわせる。〔歌数〕短歌一首。5・八八三　〔居駒〕

水江浦島子（みずのえのうらのしまこ）

〔表記〕水江之浦島児（子）（9・一七四〇）とも。

〔伝説〕高橋虫麻呂歌集に載せられた伝説歌の主人公。浦島伝説は古くから諸書にみられ、日本書紀雄略二十二年の条をはじめ、丹後国風土記（逸文）・浦島子伝（成立時に問題あり）・続浦島子伝記・本朝神仙伝（逸文）などから中世の御伽草子「浦島太郎」、謡曲「浦島」へと続くほか、昔話として口承でも広く分布している。神婚譚の流れをくむ仙境淹留譚で、文献記録の浦島伝説は時間意識を強くもっている。

〔内容〕釣をしていた海でわたつみの神の女に出会い、女に連れられて常世（わたつみの宮）へ行った浦島子はそこで暮らすうちに郷愁を催し、故郷に帰る。そのとき神女から玉篋をもらい決して開けてはいけないといわれながら、故郷のあまりの変貌に心が乱れ約束を忘れて篋を開けたために、たちまちに老人となり、ついには死んでしまったという。虫麻呂歌と風土記などの散文伝承との間にはいくつかの相違点がある。

〔所在〕9・一七四〇、一七四一　〔三浦〕

〔参考文献〕＊「浦島の歌に見える玉篋のタブー発想について」西野貞治（万葉16）＊「玉篋（櫛笥）考—浦島伝説の篋と鏡から」町方和夫（国学院雑誌72—5）＊「浦島子古伝覚書」中村宗彦（大谷女子大国文3）

三手代人名（みてしろのひとな）

〔閲歴〕集中に、天平十年十月十七日右大臣橘諸兄の旧宅で催された「橘朝臣奈良麻呂の集宴を結ぶ歌十一首」（8・一五八一題詞）の一首として、「右の一首は、三手代人名のなり」（8・一五八八左注）とある歌がみえる。

〔歌風〕集中一首のみ収める「奈良山をにほはす黄葉手折り来て今夜かざしつ散らば散るとも」（8・一五八八）は、一連の散る黄葉を詠んだ宴席歌の中でも、あまり特徴のない歌である。

〔歌数〕短歌一首。8・一五八八　〔青木（周）〕

御名部皇女（みなべのひめみこ）

〔系譜〕父は天智天皇。母は蘇我倉山田石川麻呂の女姪娘。元明天皇（阿閇皇女）の同母姉。高市皇子の妃となり長屋王を生む。

〔閲歴〕続紀慶雲元年正月の条に封一百戸とある。また万葉集によると和銅元年元明天皇の御歌に和する歌を奉ったとある。

〔歌風〕　御名部皇女の和へ奉れる御歌

我が大君ものな思ほし皇神の嗣て賜へる吾れ無けなくに　（1・七七）

天皇（妹）に対する思い遣りが感じられるが、前歌の元明天皇御製歌の解釈に大別して二説があり（大嘗会儀礼歌説と対蝦夷戦備時作歌説）、この歌の解釈にも揺れがある。

〔歌数〕短歌一首。1・七七　〔滝口〕

三野王（みののおおきみ）

〔系譜〕栗隈王の子で、橘諸兄・牟漏女王の父。

〔閲歴〕壬申の乱以来、天武朝に仕える。天武十年三月詔を受け川島皇子らと帝紀・上古の諸事を記定。以後、信濃の地形視察などの任にあたり、持統八年九月筑紫大宰率。大宝元年十一月造大幣司長官。同二年正月左京大夫。慶雲二年八月摂津大夫。和銅元年三月治部卿。同年五月従四位下で没。王自身の作歌はない。

〔所在〕13・三三二七

〔参考文献〕*「美努王をめぐる二、三の考察」胡口靖夫（国史学92）*「三野王について」鈴木治（天理大学学報98）　〔大室〕

三野連（みののむらじ）

〔閲歴〕大宝元年正月、遣唐使粟田真人に従い渡唐。このとき小商監従七下中宮少進。霊亀二年正月主殿寮頭。神亀五年十月没。享年六十七歳。三野連自身の作歌はない。入唐に際しては、春日蔵首老の作歌がある。

〔所在〕1・六二題詞　〔大室〕

三野連石守（みののむらじいそもり）

〔閲歴〕天平二年十一月、大宰帥大伴旅人卿が大納言に任ぜられて京に上るとき、従者たちは海路をとって上京することになった。そのとき、他の従者たちとともに羈旅を悲傷し所心を陳べる歌を作っている（17・三八九〇）。

〔歌数〕短歌二首。8・一六四四　17・三八九〇　〔近藤(健)〕

三原王（みはらのおおきみ）

〔表記〕続紀では御原王とも記される。

〔系譜〕舎人親王の子。淳仁天皇の弟、三島王らの兄にあたり、和気王らの父とする。

〔閲歴〕養老元年正月無位から従四位下に、天平元年三月従四位上に叙せられる。同九年十二月弾正尹となり、治部卿に任ぜられて同十二年九月伊勢大神宮奉幣使となる。同十八年大蔵卿、同二十年四月元正天皇御大葬山作司、天平勝宝元年八月中務卿を歴任。同元年十一月正三位まで昇進して同四年七月薨去。享年不詳。

〔歌風〕作歌は短歌一首のみ。

秋の露は移《うつし》なりけり水鳥の青葉の山の色づく見れば（8・一五四三）

秋の露を移と見立てて、青葉の山の色づくとする趣向がおもしろい。機知に富む歌である。17・三九二六の左注に、太上天皇（元正天皇）の御在所で雪見の宴を行ったときの応詔歌があったのだが、漏失したとある。

〔歌数〕歌短一首。8・一五四三　〔居駒〕

壬生使主宇太麻呂（みぶのおみうだまろ）

〔表記〕大判官（15・三六一二左注など）、宇太万侶（寧楽）、宇陁麻呂（続紀）。

〔閲歴〕天平六年四月造公文使録事として、出雲国へ遣わさる。ときに正七位上、少外記、勲十二等。八年二月遣新羅使大判官（大使・副使に次ぐ役）。九年正月入京。ときに従六位上。新羅に赴く途中、備後国長井浦、筑前国韓亭・引津亭、対馬竹敷浦などで船泊したとき、歌を詠じている。十年四月上野介。十八年四月外従五位下、八月右京亮。天平勝宝二年五月但馬守。六年七月玄蕃頭。生没年未詳。

〔歌風〕遣新羅使として新羅に赴く途中、船泊したときの歌は、いずれも素直に旅情を詠んだもの。

〔歌数〕短歌四首、旋頭歌一首。15・三六一二、三六六九、三六七四、三六七五、三七〇二　〔佐藤〕

三諸神（みもろのかみ）
〔表記〕三諸之神（2・一五六）、三諸乃神（9・一七七〇など）。
〔名義〕奈良県磯城郡三輪町の三輪山の神。三諸のミは、美称の接頭語であろう。モロは未詳であるが、神を祭るところ、神のいますところの義のようである。その神は三輪山の神に限らないが、万葉集の例歌（7・一〇九三〜一〇九五）に即すれば、多くその神をさすことが知られる。モロとムロとは本来は別語かも知れない（増訂万葉集全註釈）が、「三室の山」（11・二四七二）を「一云、三諸山《みもろのやま》」と注するのに従えば、同語のようにも思われる。
〔所在〕2・一五六　9・一七七〇　13・三二二七　〔尾崎〕

命婦（みょうぶ）

〔表記〕佐佐貴山君（19・四二六八題詞）と同一人か。

〔系譜〕近江国蒲生郡の大領で中宮亮従五位下となった佐佐貴山君親人の娘とする説もある。

〔閲歴〕孝謙天皇の内侍。孝謙天皇が光明皇后とお揃いで藤原仲麻呂宅に行幸されたとき、命婦に歌（19・四二六八）を吟詠させている。

〔所在〕19・四二六八題詞　〔大室〕

三輪朝臣高市麻呂（みわのあそみたけちまろ）
〔表記〕大神大夫（9・一七七〇題詞、一七七二題詞）ともみえている。
〔系譜・閲歴〕日本書紀によると天武十三年（六八四）十一月に賜姓。もと三輪君。壬申の乱の功臣。朱鳥元年（六八六）天武葬送に誄す。持統六年（六九二）春、伊勢行幸が計画されたとき、行幸を思いとどまるように上表、冠位を捨てて諫言した。そのとき中納言。続紀によるとその後長門守、左京大夫を歴任。慶雲三年（七〇六）二月没。従三位が追贈されている。懐風藻によると享年五十歳。
〔所在〕1・四四左注、9・一七七〇題詞、一七七二題詞

〔参考文献〕＊「大神高市麻呂」古賀精一（島大国文2）
＊「大神朝臣高市麻呂考」古賀精一（『上代文学考究』）
〔犬飼〕

六鯖（むさば）

〔閲歴〕万葉集によると、天平八年六月出発の遣新羅使の一人である。一行の中の雪連宅満が壱岐島にて病死したとき、挽歌を作っている（15・三六九五）。また、六鯖を六人部連鯖麻呂とする説がある。それに従うと、正倉院文書などに天平勝宝三年舎人佑従六位上、天平宝字二年正月正六位上、伊賀守に任ぜられたとある。続紀に同八年正月正六位上より外従五位上に叙せられたとある。
〔歌数〕長歌一首、短歌二首。15・三六九五〜三六九七
〔近藤(健)〕

身人部王（むとべのおおきみ）

〔表記〕六人部王（8・一六一一題詞細注）ともある。

〔系譜〕万葉集（8・一六一一題詞細注）によれば、天武天皇皇女の田形皇女との間に笠縫女王があった。

〔閲歴〕続紀によると、和銅三年正月無位より従四位下。霊亀二年八月志貴親王の喪事を監護。以後累進し、神亀三年九月播磨印南野行幸の装束司。天平元年正月卒。ときに正四位上。また、家伝下（武智麻呂伝）に、神亀の頃「風流侍従」と称せられたとある。万葉集（1・六八）によると、太上天皇（持統天皇）難波行幸に供奉したことが知られるが、文武天皇三年一月頃のことか。

〔歌風〕六八番歌は単調な表現となってはいるが、旅の感じが出ている。

〔歌数〕短歌一首。1・六八
〔滝口〕

宗形部津麻呂（むなかたべのつまろ）

〔表記〕津麻呂（16・三八六九左注）とも記される。

〔系譜〕筑前国宗像郡の百姓（庶民）。

〔閲歴〕神亀年間に大宰府より、対馬に食糧を送る船頭役にあてられたが、老身のため滓屋郡志賀村の白水郎荒雄に交替を求めた。だが不運なことに、荒雄はその搬船とともに暴風雨のため海中に没してしまう。そのあまりに悲しい運命に対し、山上憶良の「筑前国志賀白水郎歌十首」（16・三八六〇〜三八六九）など数多くの作品が作られた。

〔所在〕16・三八六九左注
〔大室〕

村氏彼方（むらのうじのおちかた）

〔閲歴〕天平二年正月に大宰帥大伴旅人宅の梅花の宴に列し、歌一首を詠じた。ときに壱岐目（少初位上に相当する官）であった（5・八四〇左注）。
〔歌数〕短歌一首。5・八四〇
〔狩俣〕

物部秋持（もののべのあきもち）

〔閲歴〕遠江国長下郡の人、国造の丁《よぼろ》（公役に従事する男子）である（20・四三二一左注）。天平勝宝七歳二月、防人として筑紫国へ派遣される。

〔歌風〕官命によって奉られた歌としての性格が濃厚である。
〔歌数〕短歌一首。20・四三二一 〔狩俣〕

物部乎刀良（もののべのおとら）
〔閲歴〕上総国山辺郡の上丁（二十歳以上の壮丁）である（20・四三五六左注）。天平勝宝七歳二月、防人として筑紫国へ派遣される。
〔歌風〕防人として旅立つときの親子の愛情を歌っている。
〔歌数〕短歌一首。20・四三五六 〔狩俣〕

物部古麻呂（もののべのこまろ）
〔閲歴〕遠江国の人（20・四三二七左注）。天平勝宝七歳二月、防人として筑紫国へ派遣される。
〔歌風〕旅行く防人の妻を想う心情を歌っている。
〔歌数〕短歌一首。20・四三二七 〔狩俣〕

物部龍（もののべのたつ）
〔閲歴〕上総国種淮《すゑ》郡の上丁（二十歳以上の壮丁）である（20・四三五八左注）。天平勝宝七歳二月、防人として筑紫国へ派遣される。
〔歌風〕官命により奉られた歌としての性格が濃厚である。
〔歌数〕短歌一首。20・四三五八 〔狩俣〕

物部歳徳（もののべのとしとこ）
〔閲歴〕武蔵国荏原郡の人、主帳（書記）である（20・四四一五左注）。天平勝宝七歳二月、防人として筑紫国へ派遣される。
〔歌風〕防人歌に数多くみられるもので、国に残してきた妻を想う歌である。
〔歌数〕短歌一首。20・四四一五 〔狩俣〕

物部刀自売（もののべのとじめ）
〔閲歴〕武蔵国埼玉郡の上丁（二十歳以上の壮丁）、藤原部等母麻呂の妻（20・四四二三、四四二四左注）。
〔歌風〕防人として出かけて行く夫を見送る妻の心情を歌っている。
〔歌数〕短歌一首。20・四四二四 〔狩俣〕

物部広足（もののべのひろたり）
〔閲歴〕武蔵国荏原郡の上丁（二十歳以上の壮丁）である（20・四四一八左注）。天平勝宝七歳二月、防人として筑紫国へ派遣される。
〔歌風〕椿を想う女性にたとえて歌っている。
〔歌数〕短歌一首。20・四四一八 〔狩俣〕

物部真島（もののべのましま）
〔閲歴〕火長（兵士十人の長）であることが20・四三七五左注により知られる。一説に下野国の防人という。天平勝宝七歳二月、防人として筑紫国へ派遣される。
〔歌風〕松の木を自分を見送る家人にたとえて歌ってい

る。

〔歌数〕短歌一首。20・四三七五　〔狩俣〕

物部真根（もののべのまね）

〔閲歴〕武蔵国橘樹郡の上丁（二十歳以上の壮丁）である（20・四四一九左注）。天平勝宝七歳二月、防人として筑紫国へ派遣される。

〔歌風〕故郷を想う防人の心情を歌っている。

〔歌数〕短歌一首。20・四四一九　〔狩俣〕

物部道足（もののべのみちたり）

〔閲歴〕常陸国信太郡の人（20・四三六五、四三六六左注）。天平勝宝七歳二月、防人として筑紫国へ派遣される。

〔歌風〕故郷にいる女性を想う防人の心情を歌っている。

〔歌数〕短歌二首。20・四三六五、四三六六　〔狩俣〕

水主内親王（もひとりのひめみこ）

〔表記〕水主はミヌシともよむ。

〔系譜〕天智天皇の皇女。母は黒媛娘。

〔閲歴〕霊亀元年正月四品、封一百戸を増す。天平九年二月三品。同年八月に没した。内親王自身の作品はないが集中の「松が枝の地に着くまで降る雪を見ずてや妹が隠り居るらむ」（20・四四三九）の歌は、元正天皇の命を受けた石川命婦が、親王の身を案じての作歌と記されている。

〔所在〕20・四四三九左注　〔大室〕

守部王（もりべのおおきみ）

〔系譜〕舎人親王の子。笠王・何鹿王・猪名王の父。

〔閲歴〕天平十二年正月無位から従四位下に、同十二年十一月従四位上に昇叙。宝亀二年七月には故従四位上（続紀）とあって、すでに死去していた。

〔歌風〕天平六年三月聖武天皇の難波宮行幸の折、住吉の浜を遊覧して環宮するときの応詔歌。

　血沼廻《ちぬみ》より雨そ降り来る四極《しはつ》の白水郎《あま》網手乾せり濡れ
　あへむかも　（6・九九九）

次歌の6・一〇〇〇とともに、情と景の調和がすぐれ、叙景歌において高い歌境をみることができる。

〔歌数〕短歌二首。6・九九九、一〇〇〇　〔居駒〕

諸弟等（もろとら）

〔表記〕弟を茅に作る本もある。人名と考えない説もある。

〔閲歴〕坂上大嬢に仕えていた使者か。大伴家持が坂上大嬢に贈る歌「言問はぬ木すらあぢさゐ諸弟等が練りのむらとに詐かれけり」（4・七七三）、「百千度恋ふと言ふとも諸弟等が練りの言葉は我は頼まじ」（4・七七四）の二首から、家持と大嬢との間に誤解を生じさせるような伝え方をしたと思われる。諸弟等自身には作歌はない。

〔所在〕4・七七三、七七四　〔大室〕

文武天皇（もんむてんのう）

〔表記〕軽皇子（1・四五題詞）、軽皇太子（1・二八標題細注など）、大行天皇（1・七一題詞など）、天皇（1・

七四左注）とも記される。

〔系譜〕天武・持統天皇の孫。父は草壁皇子、母は阿閇皇女（元明）。聖武天皇の父。

〔閲歴〕釈紀・続紀によれば持統十一年二月立太子、ただし書紀に立太子の記事はみえない。同年八月即位。慶雲四年崩御。諱は軽（珂瑠）、和風諡号を天之真宗豊祖父天皇という。病弱であったらしい。

〔歌数〕短歌一首。1・七五（ただし左注「或云天皇御製歌」の解釈に二説がある。

〔参考文献〕＊「軽皇子は何故安騎野に遊猟されたか―人麻呂の地霊表現を中心に―」堀内民一（国学院雑誌69―5）＊「軽皇子の命名と県犬養橘宿禰三千代」胡口靖夫（続日本紀研究185） 〔滝口〕

八代女王（やしろのおおきみ）
〔表記〕矢代女王（続紀）とも記される。
〔閲歴〕続紀によれば、天平九年二月正五位上に叙せられる。その後、従四位下まで昇進していたが、天平宝字二年十二月先帝（聖武天皇）に幸せられたが志を改めたため位記を毀たれた。
〔歌数〕短歌一首、4・六二六 〔近藤(健)〕

安見児（やすみこ）
〔系譜〕「采女安見児」（2・九五題詞）とあるが、采女は孝徳紀大化二年正月の条（改新の詔）に、「凡そ采女は、郡の少領より以上の姉妹及び子女の形容端正しき者を貢れ」とあるように地方豪族層の出身である。
〔閲歴〕巻二・九五から判断すると、天智天皇から藤原（当時、中臣）鎌足に賜った采女と考えられる。「安見児」は折口信夫説によると「御息所《みやすどころ》」「安殿《やすみどの》」に通じる名辞であろうとされる。
〔所在〕2・九五 〔滝口〕

八田皇女（やたのひめみこ）
〔系譜〕応神天皇皇女。母は宮主宅媛。仁徳天皇妃。
〔閲歴〕日本書紀によると仁徳二十五年正月、天皇は八田皇女を妃として納れようとしたが、磐媛皇后によって妨げられ、同三十年九月皇后の留守に皇女を宮中に入れた。皇后はこれを恨み帰京せず山背へ向かった。同三十五年六月磐媛が崩じ、同三十八年正月八田皇女を皇后とした。ただし古事記には八田皇女が皇后となった記事はない。ただ、その血脈からいって磐媛皇后よりも皇后になる資格はある。立后の経緯については万葉集には2・九〇左注に「日本紀曰く」として記事を載せる。
〔所在〕2・九〇左注 〔滝口〕

八千桙之神（やちほこのかみ）
〔系譜〕大汝神《おほなむちのかみ》、大己貴神《おほなむちのかみ》、大国主神の別名である。八千は多数を示す語、多くの武器を保有する武威高き神と解ける。一説に千《ち》は霊の義、矛の鋭利さをたたえる語ともいう。万葉集に「八千桙《ほこ》の　神の御世より……」（6・一〇六五、10・二〇〇二）とみえる。神代における出雲国の主神である。

〔所在〕6・一〇六五　10・二〇〇二　〔松原〕

矢作部真長（やはぎべのまなが）

〔系譜・閲歴〕下総国結城郡の防人。天平勝宝七歳二月、相替により諸国の防人が筑紫に遣わされたとき、下総国の防人部領少目県犬養浄人が進上した歌の中に一首を留める。矢作部は、新撰姓氏録未定雑姓河内国条に布都努志乃命を祖とすることがみえており、綏靖即位前紀には、手研耳命の事件のときに箭を作ったことがみえている。矢作部は、おそらく矢を作るのを職掌とした品部であろうと思われ、相模・伊豆・上総・下総・常陸・甲斐・越前に存在が確認される。

〔歌数〕短歌一首。20・四三八六　〔北野〕

山口忌寸若麻呂（やまぐちのいみきわかまろ）

〔表記〕山氏若麻呂（5・八二七）とも記される。

〔閲歴〕大宰府の少典（四等官の下位で、正八位上に相当する）であることが4・五六七　5・八二七の左注により知られる。

〔歌風〕離別を歌ったものと自然を歌ったものがある。

〔歌数〕短歌二首。4・五六七　5・八二七　〔狩俣〕

山口女王（やまぐちのおおきみ）

〔歌風〕相聞歌五首、秋相聞歌一首。すべて大伴宿禰家持に贈った歌である。

　物思ふと人に見えじとなまじひに常に思へりありそかねつる　（四・六一三）

の歌に代表されるように、恋の嘆きを誇張して表現するものが多い。

〔歌数〕短歌六首。4・六一三～六一七　8・一六一八　〔近藤(健)〕

山前王（やまくまのおおきみ）

〔系譜〕父は忍壁皇子。子に葦原王・栗前連枝女（池原女王）がいる。

〔閲歴〕慶雲二年十二月無位から従四位下に昇叙し、養老七年十二月散位従四位下のまま卒す。懐風藻に従四位下刑部卿山前王の作として、侍宴の五言詩一首を収める。

〔歌風〕巻三挽歌部に、石田王が卒したとき哀傷して作った長歌と反歌二首をみる。長歌は花橘と黄葉をかざす姿を仮想するところに美しさがあり、末尾の嘆きと調和もよい。表現や構成も整ってすぐれているが、柿本人麻呂の作とする別伝がある。反歌も悲傷感がよくあらわされて、並々ならぬ歌才を思わせる。左注に紀皇女薨去のとき、石田王のために代作したとある。伝誦の過程に混乱があり、歌人としての実態をつかみにくい。

〔歌数〕長歌一首、短歌二首。3・四二三、四二四、四二五 〔居駒〕

山背王（やましろのおおきみ）

〔表記〕藤原弟貞（続紀・公卿補任）。

〔系譜〕長屋王の子、母は藤原不比等の女（続紀天平宝字七年十月条）。

〔閲歴〕天平元年長屋王の自経に際し、死を免れる。天平十二年十一月无位から従四位下に叙せられ、天平勝宝八歳十二月出雲国守で大安寺に遣わされ、天平宝字元年五月従四位上、同年六月但馬守に任ぜられる。同月橘奈良麻呂の謀反に際し密告。その功により、考謙天皇から藤原弟貞の姓名を賜る。同年七月従三位、同四年正月から藤原弟貞で表わされ、但馬守のまま坤宮大弼に任ぜられる。同年六月光明子の崩御に際し装束司となる。同六年十二月参議、同七年十月薨ずる。ときに参議礼部卿（続紀）。集中では、天平勝宝八歳十一月八日、兄安宿王らの宴席での歌一首（20・四四七三）を残し、大伴家持が後日それに追和している（20・四四七四）。

〔歌数〕短歌一首。20・四四七三 〔斎藤〕

山田史君麻呂（やまだのふひときみまろ）
〔表記〕夜麻太乃乎治（17・四〇一四）とも記される。
〔閲歴〕鷹を飼育する役人であり、大伴家持の歌（17・四〇一一～四〇一五）とその左注によれば、みごとな雄々しい鷹を放逸させてしまった人物である。君麻呂自身には作歌はない。
〔所在〕17・四〇一四歌中、四〇一五左注 〔大室〕

山田史土麻呂（やまだのふひとつちまろ）
〔表記〕土麻呂はヒジマロ・ハニマロともよむ。
〔閲歴〕天平勝宝五年五月、藤原仲麻呂の家に集まったとき、少主鈴とある。
〔所在〕20・四二九四左注 〔大室〕

山田史御母（やまだのふひとみおも）
〔表記〕山田御母（20・四三〇四題詞）、続日本紀に、山田史女嶋、比売島とも。
〔閲歴〕孝謙天皇の乳母。天平勝宝元年七月従五位下、同七年一月山田御井宿禰の姓を与えられる。天平宝字元年八月橘奈良麻呂の謀反に関係があったとの理由で没後、御母の名を除かれ、宿禰姓を奪われた。山田御母自身には作歌はない。
〔所在〕20・四三〇四題詞 〔大室〕

大倭（やまと）
〔表記〕式部大倭（9・一七三六）。
〔系譜〕瀧川政次郎によれば「式部大倭」は大倭宿禰長岡（小東人）であろうとしている（「万葉学と律令学」国学院雑誌七〇巻一一号）。長岡は元明朝の刑部少輔大倭忌寸五百足《いほたり》の子で、天平勝宝年中に宿禰姓を賜った。

〔閲歴〕続紀によれば、霊亀二年に遣唐請益生となり、多治比県守、藤原宇合らと唐に渡り、養老二年帰国の後、撰令所に入り律令編纂の中心人物の一人となった。このとき以来宇合との関係が深く、神亀三年宇合が式部卿に任ぜられるとともに式部省入りしたものと考えられる。

〔歌風〕「山高み白木綿花《しらゆふばな》に落ち激つ夏身の川門見れど飽かぬかも」(9・一七三六)、これは笠金村の歌(6・九〇九)の地名(第四句)だけを変えて歌ったものである。

〔歌数〕短歌一首。9・一七三六　〔多田〕

倭大后(やまとのおおきさき)

〔表記〕大后(2・一四七など)、日本書紀には倭姫王(やまとのひめおおきみ)と記され、代匠記精撰本に「『倭』ノ下『姫』脱カ」とあって倭姫大后とする意見もある。

〔系譜〕舒明天皇の子、古人大兄皇子の娘。母は倭漢氏の女性であろう。書紀の大化元年九月の条に、古人大兄皇子の謀反事件が記されているが、その或本に、十一月三十日に、「古人大兄と子《みこ》とを斬さしむ。其の妃妾《みめ》、自経《わな》きて死《みう》す」とあるのに、姫が死を免れたのは女子であったのと幼かったことによるのであろう。天智七年二月、天智天皇の皇后となる。子女はなかったようである。

〔閲歴〕父の死後、倭漢氏のもとで成長し、天智七年二月、天智天皇の後宮にはじめて入内し、皇后となった(井村哲夫「倭大后考」)。天智天皇崩御後、即位したという説(喜田貞吉「中天皇」)もあるが、明らかではない。壬申の乱後の生涯は不明であるが、波爛と謀略に終始した天智朝にあって「われ」を没した一つの生き方を示し、天武朝にあっても平穏に生きのびたとする説(川口常孝「倭大后論」)がある。天智天皇の発病から崩御後までの作品四首を残す。

〔歌風〕夫、天智天皇の不予からその大殯の場にいたる過程において、みずからを失うことなく、当事者としての悲しみを作品化した四首は、万葉集における「女の挽歌」の伝統をみる上で重要な作風を示している。とくに、唯一の長歌(2・一五三)は、対句表現も巧みであるが、「若草の夫」という表現には、わずか四年たらずの夫婦生活を示していて幼ない真実感に溢れていて、「やや細みを持った詠風がおだやかになされてい」る(田辺幸雄「天皇・皇后・夫人」)と評される。

〔歌数〕長歌一首、短歌三首。2・一四七、一四八、一四九、一五三

〔参考文献〕*「倭大后の歌」五味智英(『和歌文学講座』10)*「倭大后考―巻二・一四八番歌の解釈を通じて―」井村哲夫(園田学園女子大学論文集1)　〔川上〕

山上臣(やまのうえのおみ)

〔系譜〕山上臣憶良の子息とする説がある。万葉集に「射《い》水《みず》郡の駅館《うまや》の屋の柱に題著《しる》したりし歌一首」(18・四〇六

五）があり、左注に「右の一首、山上臣の作。名を審《つばひ》らかにせず。或は云はく憶良大夫の男といふ。但しその正名未《いま》だ詳《つばひ》らかならず」とある。

〔歌数〕短歌一首。18・四〇六五　〔近藤（健）〕

山上臣憶良（やまのうえのおみおくら）

〔表記〕山上憶良臣（3・三三七題詞など）、山上憶良大夫（1・六左注など）、山上憶良（5・七九九左注など）、山於億良（続紀・大宝元・正条）などと表記されることもあり、またたんに山上大夫（5・八一八作者注）、山上（5・九〇六左注など）、あるいは憶良臣（6・九七八左注）、憶良大夫（18・四〇六五左注）、憶良（3・三三七など）、良（5・八九六左注）とも記される。

〔系譜〕新撰姓氏録の右京皇別下に、

粟田朝臣　大春日朝臣同祖　天足彦国忍人命之後也
日本紀合

山上朝臣　同氏〔祖イ〕　日本紀合

とあるのを手がかりとすれば、山上氏は、光昭天皇の皇子天足彦国忍人命を祖として帰化族の従属によって形成された粟田氏系から分脈した一氏族と考えられる。さらに、中西進の推定によれば、天智朝に来朝して天智・天武の朝廷に侍医として仕えた百済の亡命帰化人憶仁は憶良の父であろうという（山上憶良）。とすれば、百済の地で生を受けた憶良は、四歳の折に父に伴われて日本の地を踏んだことになる。なお、憶仁は朱鳥元年、憶良二十七歳の夏に没し、勤大壱位、封一百戸を賜った。

〔閲歴〕天平五年に憶良自らを記した「沈痾自哀文」（巻五）に「是時年七十有四」とあるのをそのまま信ずれば、その出生は斉明六年（百済では義慈王二十年）となる。憶良が正史に名をあらわすのは大宝元年四十二歳のことであるが、その間近江朝の開設、壬申の乱を経て、天武・持統・文武へと政権は交代し、時代は一気に律令国家体制の整備と安定へと向かっていく。しかし、憶良のその間の経歴はほとんど不明に近く、無名の下級官人時代を送ったものと推されるのみである。中西は渡部和雄の検討（「山上憶良論」口頭発表）を踏まえて、憶良が帰化系の白丁・写経生→大舎人→一般官人か、大舎人→写経所出仕→一般官人というコースをたどった蓋然性が高いとし、おそらく白丁であって未選舎人のごとき立場で写経所か図書寮の書生・史生を勤めたろうと想像する（前掲書）。万葉集からは、「幸二于紀伊国一時、川島皇子御作歌或云、山上臣憶良作」（1・三四）およびその異伝「山上歌」（9・一七一六）によると、持統四年の紀伊行幸に従駕して川島皇子の代作をしていることがわずかに知られる。このことは、憶良が川島皇子の擁した親密な文人の一人として皇子の文雅の育成にあずかっていたことを推測させる。これには漢文学の素養が大きくかかわっていたのであろうが、和歌の面では、春日蔵首老・柿本人麻呂・高市黒人・長忌寸意吉麻呂といった宮廷歌人たちと接しつつその周辺にあった官人作者の一人であったようだ。

　憶良に関する正史の記述は続紀の大宝元年正月二十三日の条が初出であるが、そこには「无位山於億良」とあって姓は記されてなく、つぎの和銅七年正月五日の条以降はすべて「山上臣憶良」とある。これによれば山上氏は右の十三年の間に臣姓（八色の姓の第六位）を賜り、憶良はいわば卑姓の貴族として一生を終えたのであった。大宝元年のこの日、憶良は執節使の守民部尚書直大弐粟田朝臣真人を筆頭とする遣唐使の一行の末端に、少録として加えられたのであった。録事として対外的折衝や記録・文案起草にあずかる際の学才を高く買われてのことであろうが、大録の錦部連道麻呂も少録の白猪史阿麻留も帰化系の出身であり、山上氏が粟田氏と同祖関係にあることも決して偶然ではないだろう。この年五月に真人が節刀を授けられて一行は筑紫まで赴いたが、風浪のために渡海がかなわず、翌二年六月ようやく進発できた。唐にあって憶良は、則天武后の死による不安な政情の中に身をおきながら、儒教・仏教・道教のほか各種宗教の交錯する中で思索を深め、初唐から盛唐にかけての文人たちとも交渉を持ち、市井の風俗・文化の吸収にも努めたことであろう（中西・前掲書）。遣唐使一行の帰路はきわめて難航し、執節使粟田朝臣真人らが慶雲元年、副使巨勢朝臣祖父らが同四年、大使坂合部宿禰大分らが養老二年と三度にわたり、その隔たりは十四年間にも及ぶが、憶良の帰国は第二次かと考えられる。とすれば、憶良は四十三歳から四十八歳まで、唐でいえば長安三年から景龍元年まで、あしかけ六年在唐したことになる。帰国に際して餞宴の折に詠んだと思われる「山上臣憶良在二大唐一時憶二本郷一作歌」（1・六三）がある。

　憶良の閲歴はこの後再びしばらく空白となる。和銅七年正月、正六位下であった憶良は従五位下に昇進し、それは遂に彼の生涯の位階となった。ときに五十五歳であった。この時期までの憶良の叙位の経過を、村山出は、遣唐使の進発時までに大初位下か少初位上、帰国後従七位上、和銅三、四年頃正六位下と推定する（山上憶良の研究）。それから二年後、霊亀二年四月、憶良は伯耆守に任ぜられた。任地での事蹟も帰任の時期も明らかではないが、養老四年末には都の官に遷任されたものと思われる。養老五年正月、憶良六十二歳のとき、佐為王・伊部王以下十六名のうちの一人として、東宮（首皇子）侍講者として任命された。大陸的学芸に通じた当代一流の学士たちに交じって進講の栄に浴しえたのは、入唐して先進文化や新知識を習得してきたことが評価されてのことであろう。憶良が分類和歌集である類聚歌林を編纂したのはこの時期と考えられている（沢瀉久孝「山上憶良の生涯とその作品」）。宮廷関係歌の作者や作歌事情を詳述したその歌類書的性格は、東宮への献上を意図したことを思わせるに足る。

神亀元年二月、東宮は即位して聖武天皇となり、憶良もやがて筑前守として病苦をかかえながら筑紫へ赴任するが、それは同三年六十七歳の頃のことである。ほぼ二年ほど遅れて大伴旅人が大宰帥として就任するが、この天性の歌人との出会いが憶良をにわかに集中的な作歌活動へと駆りたてた。旅人との触発・交感を通じて、憶良は独自の文学創造を次々と成し遂げ、その多くを旅人に謹上したのであった。しかし、ほどなく旅人は大納言に遷任され、天平二年十二月には上京する。憶良の筑前守解任の時期は明らかではないが、翌三年の秋頃から同五年の初め頃までの間には帰京したことが知られる。さらに同年六月までは詩歌・文章の述作を続けるが、「山上臣憶良沈痾之時謌一首」（6・九七八）を最後に世を去ったものと考えられる。ときに天平五年、七十四歳の生涯であった。

〔歌風〕以上の経歴から我々は、憶良が帰化系の卑姓の貴族にすぎず長く下級官人として無名時代を送ったこと、その素養によって録事に起用されて渡唐を果たし、さらには東宮侍講者にも抜擢されたこと、伯耆守や筑前守という国家機構の末端にあって直接民衆に接し、律令政治の徳治主義を忠実に守りながら現実の矛盾と正面から取り組んだこと、老病にさいなまされる身に鞭打って「天ざかる鄙」に赴きはしたが、そこで大伴旅人というよき理解者の知遇を得たこと等を知ることができる。これらの原体験が彼の歌作に特異な影響を及ぼさないはずはなかった。そこには、のがれるすべもない〈負〉と僥倖にも近い〈正〉とが交錯し、その両極の狭間で愚直なまでに一途に自分の道を模索してやまない姿が彷彿とする。他者に対しては、負を持つ者のみの知る他人の痛みへの深い同情や弱者への限りない共感を根底に据えないことはなかった。

憶良が独自の文学的開眼をみた直接的契機は、赴任間もない旅人の妻の死といってよいが、彼がそれをいかに厳粛に受け止めたかは、悼亡文・悼亡詩に加えて反歌を五首も付した「日本挽歌」（5・七九四〜七九九）という力作を旅人に献呈したことからもよく理解される。旅人の立場になりきっての、その真率そのもののあり方は、漢詩文と長短歌の連作という新様式とともに、自身のその後の文学的方向をはっきりと決定づけたといえよう。死、それも天寿を全うせざる死、不可抗力の突然の死に対して、憶良の哀惜はとりわけ深い。生命の断絶という冷厳な事実に直面すれば、もはや貴人、民衆の区別はなく、先立つ者、残される者の身になって憶良は全人的感慨を傾けて歌わずにはいられない。死はまさに憶良の根幹を貫く最大のテーマであった。「日本挽歌」は夫の立場で妻の急逝を慟哭するが、「敬和下為二熊凝一述二其志一謌上六首」（5・八八六〜八九一）

は公務で上京の途中急病で早世した熊凝の立場で家郷にある父母への思いを語り、「筑前国志賀白水郎歌十首」（16・三八六〇〜三八六九）は妻子の立場で海難に遭って帰らぬ人となった荒雄を偲び、「恋㆓男子名古日㆒謌三首」（5・九〇四〜九〇六）は親の立場で最愛の幼な子の急死を悲嘆している。初期の「山上臣憶良追和歌一首」（2・一四五）も有間皇子の囚われの魂をやさしく解き放とうとしたものであった。

　このように憶良の目が死からそれることがなかったのは、永年の宿痾の進行と老の切迫のために己の死を強く自覚せざるをえなかったことに起因するものであろう。彼の持病は伯耆から帰京する頃発し、以来十数年手足の関節を痛め坐臥の自由を奪って執拗に彼を苦しめた。しかも老いの深まりに加えてその度を増すのだから、彼にとってはまさに「痛き瘡に塩を灌《そそ》き短き材《き》の端を截る」（「沈痾自哀文」）ごとき苦痛であった。この二つの魔の手からのがれるすべもないことを知るとき、彼は一層深く自己を凝視した。「哀㆓世間難㆑住謌一首」（5・八〇四〜八〇五）では「たまきはる命惜しけどせむ術もなし」と現実の無常を受け止めようとし、「悲㆓歎俗道仮合即離易㆑去難㆑留詩一首」（巻五）では「死をもし欲《ねが》はぬときには生れぬに如《し》かず」とまで言い切り、「心力共に尽きて寄《やど》る所なし」と悟る。続く「老身重病経㆑年辛苦、及思㆓児等㆒謌七首」（5・八九七〜九〇三）では「五月蠅《さばへ》なす児《こ》ども」が障害となって、老病の辛苦を去るために死を願っても果たしえないさらなる苦悩に呻吟する。こうした自己の老病死を見つめる目が他者の死へのあつい同情を可能にしたのであった。

　かく自他の死を思うとき、憶良は「生の極めて貴く、命の至りて重きことを知る」（「沈痾自哀文」）。この認識は当然のことながら与えられた生をいかに生きるかを問うことになる。嘉摩三部作の第一「令㆑反㆓惑情㆒謌一首」（5・八〇〇〜八〇一）では、「父母を　見れば尊し　妻子《めこ》見れば　めぐし愛《うつく》し　世の中は　かくぞ道理《ことわり》」と父母妻子という人間的絆の絶対性を標榜して、「なほなほに家に帰りて業《なり》を為《し》まさに」と惑える情《こころ》を説諭する。続く第二作「思㆓子等㆒謌一首」（5・八〇二〜八〇三）では、人間愛の至純なるものとして子への愛を自らに確信させることによって、愛するがゆえの苦しみを乗り越えようとする。やがてそれは、子を愛すればこそ老病苦にも耐えて長寿を願って生きざるをえぬ苦悩へと逢着する（5・八九七〜九〇三）。ときに憶良は宴を罷ろうとして妻子への「めぐし愛し」き心をユーモラスに詠いあげもしたが（3・三三七）、七宝にもまさる愛の対象を喪失した親の惑乱ぶりも描いてその愛執の深さを語る（5・九〇四〜九〇六）。このように憶良は肉親への愛に生きることに現世での最高の価値を認めようとした。それは人間の倫理として背くべからざるものであり、不如意な世間《よのなか》における唯一の真実でもあった。しかも、先に掲げた挽歌群がいずれも肉親を対象とする代作で概ね占められていたことを想起すれば、憶良はそれをたんなる個人的枠内にとどめずに、自己から他へと一般化、普遍化させようとはかっているらしい。それはまさに仏の大慈に通ずる愛の思想ともいえよう。

かかる愛の目を通して周囲の現実を眺めたとき、民衆のそれが言語に絶するほど悲惨なものであることを目撃すると、黙って看過するわけにはいかなくなる。弱者に寄せるその人間的共感は、筑前守を解任されたころ「貧窮問答謌一首」(5・八九二〜八九三)として結実する。それは貧者と極貧者の問答の形式をとって、肉親の愛すら貫きえないまでの民衆の極度の窮乏のさまをリアルに現出してみせる。人間的に生きることさえ許さない現実の矛盾に対して「斯《か》くばかり術《すべ》なきものか世間《よのなか》の道」と憤りをこめて慨嘆するが、反歌では「世間を憂しとやさしと思へども飛び立ちかねつ鳥にしあらねば」と、その中に踏みとどまってなおも呻吟し続けて生きざるをえぬ現実苦へと回帰する。それは貴族的官僚的作歌態度を脱し、風流典雅を事とする和歌的叙情にも背理して、人間的真実を直接衝いたきわめて特異な作であった。

生老病死の四大苦に翻弄される現実に絶望的なまでに執するとき、彼は一体何に心の安らぎを求め、己の支えを見いだしたか。ときに彼は梅花の宴(5・八一五〜八四六)や七夕の宴(8・一五一八〜一五二九)に列して大陸的な風流韻事に心を遊ばせることもあったが、独り自己に沈潜して詩歌文章を操ることの方が「五蔵の鬱結を写《のぞ》く」ものであったから、文学的創造こそ彼にとっては自己解放をはかる具でありカタルシスの手段であったといえよう。彼はあるとき神功皇后にまつわる鎮懐石が今なお現存することを知って、いたく感動する(5・八一三〜八一四)。それは、無常有限のすべなきこの世に永遠なるものが厳然として実在することへの驚嘆であった。では、人間にあって生の永遠化はいかにして図られるか。憶良は官人としての名を長く後世に伝えることによって、それが可能になると考えた。無常有限の人間存在が名誉名声をかちとることによって、永久無限の存在として生き続けられると思ったのである。その思想は、「士《をのこ》やも空しかるべき万代に語り継ぐべき名は立てずして」(6・九七八)という、辞世ともいうべき沈痾の一首にいみじくも喝破される。しかし憶良自身は、遣唐少録や東宮侍講の自負はともかくも、律令官人としての功績による立名はもはや叶うべくもないことを自覚したまま果てた。が、精魂を傾けて生の苦渋に満ちた異色の歌々を残したことが、万葉歌人という予期せぬ形でその名を不朽のものとしたのであった。しかし人麻呂などとは違ってそれには少なからぬ時間を要したことは確かである。憶良は大伴家持などからは尊敬の対象とされたものの、和歌即風流と考える狭隘な伝統的世界では顧みられるはずもなく、平安朝以後の古典和歌史上無視に近い扱いを受けた。明治以後万葉精神が理解されるに及んではじめて評価が高まり、今日ではその社会性・思想性のゆえにかえって不動の位置を占めるにいたったのである。

彼の仏教的・儒教的思想にもとづくその人生的・現実的・写実的作風は、同じ中国思想の影響下にある旅人とはおよそ対照的である。表現上では人麻呂のような枕詞・序詞をはじめとする華麗な修飾的要素とそこから生ずるうねるようなリズムは影をひそめ、実質的・説明的なことばをもってきわめて散文的に訥々として語るがごとくである。そのために日常語・非歌語・孤語もためらいもなく取り入れて歌に現実感を増すことも試みた。すでに短歌全盛となりつつある時代の中で、重厚な長歌を多く詠んだばかりか、それらのいくつもが漢文の序文を伴ってそれと有機的な一体構造をなしているのも、新しい文学様式を打ち出したものとして評価されよう。

〔歌数〕長歌十一首、短歌六十四首、旋頭歌一首、計七十六首。1・六三　2・一四五　3・三三七　5・七九四(長)〜七九九、八〇〇(長)〜八〇一、八〇二(長)〜八〇三、八〇四(長)〜八〇五、八一三(長)〜八一四、八一八、八六八〜八七〇、八七六〜八七九、八八〇〜八八二、八八六(長)〜八九一、八九二(長)〜八九三、八九四(長)〜八九六、八九七(長)〜九〇三、九〇四(長)〜九〇六　6・九七八　8・一五一八、一五一九、一五二〇(長)〜一五二二、一五二三〜一五二六、一五二七〜一五二九、一五三七〜一五三八(旋)　9・一七一六　16・三八六〇〜三八六九、ただし作者に問題のある歌のうち、鎮懐石歌(5・八一三〜八一四)、恋古日歌の第二反歌(5・九〇六)、志賀白水郎歌(16・三八六〇〜三八六九)を含み、「或云山上臣憶良作」(1・三四)は含まない。

なお、和歌のほかに詩文の述作としてつぎのものがある。5・七九四序・詩、八〇〇序、八〇二序、八〇四序、八一三序、八六八序、八八六序、沈痾自哀文、八九七序・詩

〔参考文献〕*『山上憶良・山部赤人』(歴代歌人研究)谷馨・森本治吉(厚生閣)*『旅人と憶良』土屋文明(創元社)*『大伴旅人・山上憶良』(日本詩人選4)高木市之助(筑摩書房)*『憶良と虫麻呂』井村哲夫(桜楓社)*『山上憶良』中西進(河出書房新社)*『山上憶良』村山出(桜楓社)*「憶良の〈好去好来〉」小島憲之(万葉5)*「憶良の述作—沈痾自哀文を中心として—」小島憲之(国語と国文学25—9)*「傍観者の位置—憶良を中心として—」今井福治郎(日本文学論究7)*「万葉集巻五と山上憶良」久松潜一(国語と国文学31—7)*「憶良・旅人と六朝詩人」小沢正夫(愛知県立女子短大紀要6)

＊「周辺の意味―憶良の場合―」高木市之助（国語国文24―5）＊「憶良の作品の成立と伝来」今井福治郎（上代文学8）＊「山上憶良の〈恋男子名古日歌〉」服部喜美子（美夫君志4）＊「山上憶良における子等の問題」阪下圭八（文学22―4）＊「山上憶良の長歌の気息」五味智英（『論集上代文学』1）＊「山上臣憶良の出自―律令制度下の国司任官の実状に関連して―」比護隆界（明大文学部紀要文芸研究28）＊「〈すべなし〉と歌うことは続稿―憶良・家持の場合―」金井清一（『論集上代文学』3）＊「理と情―憶良の相剋―」芳賀紀雄（『万葉集研究』2）＊「山上憶良と天平時代」市村宏（『万葉集―人間・歴史・風土―』）＊「〈詠鎮懐石歌〉から憶良の〈七夕歌〉まで―その作者と成立の背景をめぐって―」原田貞義（万葉82）＊「憶良と奈良朝仏教」竹内金治郎（『万葉集の時代と文化』）＊「山上憶良―志賀白水郎歌の周辺―」渡瀬昌忠（『万葉の歌人たち』〔古代の文学シリーズ1〕）＊「山上憶良―悲劇性への志向―」村瀬憲夫（和歌山大学教育学部紀要25）＊「憶良文学に於ける歌謡性―山上憶良の〈歌びと〉的性格―」久米常民（『万葉集研究』5）〔大久保〕

仙柘枝（やまひとつみのえ）

〔表記〕ヤマヒメツミノエのよみもある。柘枝仙媛（3・三八五左注）とも記される。

〔系譜〕伝説上の仙女。吉野川を流れる柘枝が美女に化し、吉野の人味稲と結婚し、後に常世の国に飛び去るというストーリーを持つ伝説に登場する仙女である。

〔所在〕3・三八五題詞、左注　〔大室〕

山部王（やまべのおおきみ）

〔閲歴〕巻八・秋雑歌の部に「山部王の秋の葉《もみち》を惜しむ歌一首」（一五一六題詞）とみえる。歌の配列順を考慮すると、持統・文武朝から奈良朝初期の人物と思われるが、他に事跡はみえない。書紀天武天皇元年六月・七月条に、山部王の名がみえるが、この人物は天武天皇元年七月に蘇賀臣県安・巨勢臣比等らに殺されたとある。集中の山部王とは年代的に合わず、別人物であろう。

〔歌数〕短歌一首。8・一五一六

〔参考文献〕＊「山部王について」山崎馨（万葉11）　〔青木(周)〕

山部宿禰赤人（やまべのすくねあかひと）

〔表記〕山辺宿禰赤人（6・一〇〇五、元暦校本など）、山部宿禰明人（17・三九一五）とも。

〔系譜〕山部氏は、天武天皇十三年十二月二日に宿禰の姓を賜った。それ以前は連姓であった。顕宗紀元年四月に、前の播磨の国司来目部小楯が行方知れずになっていた億計《おけ》の王・弘計《をけ》の王（後の仁賢・顕宗の両天皇）を発見した褒賞として山部連の氏と山官とを賜り、吉備臣を副官とし、山守部をもって民《かき》とされたという。山部・山守部は海部《あまべ》・

伊勢部とともに応神天皇のときに定められた伴造である(古事記)が、「山部連の先祖伊予來目部小楯」(清寧紀二年十一月)、「播磨の国司山部連の先祖伊予の來目部小楯」(顕宗即位前紀)などの紀載から、山部連は伊予の久米郡を根拠地とする久米直《あたえ》の末流かと思われる。景行紀十八年四月の条に「山部阿弭古《あびこ》の祖小左」、播磨国風土記宍禾《しさわ》郡比治の里、安師《あなし》の里の条に「山部比治」「山部三馬《みま》」の名がみえ、その三馬が里の長《おさ》となったので、そこを山守と名づけたとある。山部と山守部との関連は未詳であるが、仁徳記に「将軍山部大楯連」とみえるその楯の語に注目すれば、山部氏は朝廷を守護する職掌を有したことも考えられる。山部氏が新撰姓氏録にみえないのは、桓武天皇の諱であった山部王の山部の称を避けて山氏としたためであった。それゆえ、左京皇別の山部公《きみ》とは別である。赤人の名は史にみえない。官位・生没年等も未詳。ただし没年については、その作歌年月の判明する最後が天平八年であるところから――この頃疫病が猛威をふるって大流行し、藤原武智麻呂以下の藤原四兄弟のごときも相次いで薨じたのであったから――赤人もこのとき罹病して死んだかと考えられる。今、彼の墓と伝えるものが奈良県宇陀郡榛原町にあり、円塚とよばれている。赤人の家族については、作中の「家の妹」(3・三六〇)、「家し思《しの》はゆ」(6・九四〇)、「下笑《ゑま》しけむ家近づけば」(6・九四一)などの詞句から、妻のいたことは察せられる。それ以外のことは、不明である。

〔閲歴〕作歌年代の記されたもののうち、最も古い作が神亀元年の紀伊国行幸時の従駕の歌であり、最新のものが天平八年吉野離宮行幸時のものである。この事実から、少なくとも神亀年代から天平の初めにかけて活躍したと考えられる。万葉集巻三の三七八番歌の題詞に「故《もと》の太政大臣藤原の家の山の池を詠める」とあるのにもとづいて、藤原不比等に舎人として仕えたかとする見方(武田祐吉・山部赤人)もあるが、確証はない。赤人には、吉野・難波・紀伊・伊予などの行幸地をはじめ、摂津・播磨や東国の駿河・下総などを通過したときの作がある。その他、瀬戸内海での歌もある。これらの作品によって、閲歴不明の宮廷詞人の多くがそうであったように、赤人も下級官人としての用務を帯びて諸方を旅行したことがわかる。

〔歌風〕題詞の記載によれば、赤人は神亀元年から天平八年までの、少なくとも十三年間、聖武天皇の治世に活躍したことが知られる。橋本達雄(「神亀の宮廷歌人赤人」国文学一一巻一三号)がいったように、この作者の登場を促したものは、長屋王によって育成された神亀年間を中心とする白鳳的余響をもつ宮廷主脳部の地盤であったが、この時代は唐風の律令制度が整備されて、国家上昇期の溌溂とした気運が失われつつあった時代であった。

赤人の長歌では、行幸従駕の作が大半を占める。一首の句数はいずれの作でも二十五句以内で、概していえば形式美の追求に走ることなく、作品は内容本位になっている。短歌は多く旅先での作で、沈静した境地をうかがわせる。

赤人の作風については、賀茂真淵の「巧みをなさず有がままにいひたるが妙なる歌」（万葉集大考）、鹿持雅澄の「うち見たるけしきをそのままよめるにて、何のむつかしき事もなきをそのをりのけしき目前にうかぶやうに思はるるは上手の歌なればなり」（万葉集古義三巻上）等の評語に示されているように、近世の研究者たちは端正・清澄の批評をくだした。ただし、単純・平板に流れ易い反面をもつ。赤人は、持統・文武天皇朝に活躍した柿本人麻呂とほぼ時を同じくした高市黒人の、景の表現における没主観の作風をうけ継いだ作家であった。そのことは、黒人の「桜田へ鶴鳴きわたる年魚市《あゆち》潟潮干にけらし鶴鳴きわたる」（3・二七一）の詠にみられる、主観を没した態度で景を叙する行き方を

若の浦に潮満ち来れば潟を無み葦辺をさして鶴鳴き渡る　（6・九一九）

の歌に継承しているのをみても知られる。赤人の方は知的・説明的であるが、ひたひたと満ちくるあげ潮に追われて鶴群の葦辺に移動するさまを描く手法には、同語の繰返しによる歌謡的な黒人の技巧が整理されていて、洗練された歌境がうかがわれる。赤人の比較的はやい時期の作と思われるものでは、

阿倍の島鵜の住む礒に寄する浪間なくこのごろ大和し念ほゆ　（3・三五九）

の詠にみられるように、序詞中に外界の景を摂りこむ伝統の手法を継承したものがある。しかし表面的にみても、そこに独自の工夫はみえる。礒を描くのに作者の記憶を出して景を印象する行きかたのごとき、これであって、前代以来の様式・手法を脱け出ないままに、観照力の伸びつつあるさまがうかがわれる。赤人は、黒人のもの以外にあまりみられなかった自然に対する観照態度を見出している。そこには、天も地もまるごと捉えた前代の世界観から脱け出て、自然の一点に美を見出す求心性と、それを表現する上での簡素化が備わろうとしている。一方、赤人の時代では、文学に対する世間の好尚も相当に進んできていた。

昔者《いにしへ》の旧き堤は年深み池の渚に水草生ひにけり　（3・三七八）

の作は、養老四年に薨じた藤原不比等の屋敷あとの池を詠んだものであるが、時の流れを繁茂した池の水草に感得するこのような繊細な感性は、自然を見据える澄んだ眼によって育まれたものであった。そうした観察眼は、閑雅で平静な生活に基調をおく彼の作風から育まれていった。黒人のものに較べて、その作品の質にからりとした明るさ・朗

らかさ・しめやかさ・潤いといった方面に乏しく、あらわな人間的苦悩の翳のほとんど見出されないのは若干、そのこととかかわるだろう。近代に入って島木赤彦は、赤人の観照の行きついた境地を幽遠の語で評し、

み芳野の象山《きさやま》の際《ま》の木末にはここだも騒く鳥の声かも　（6・九二四）

ぬばたまの夜の深けゆけば久木生ふる清き河原に千鳥しば鳴く　（6・九二五）

の歌をもって人生の寂寥相・幽遠相に入っている（万葉集の鑑賞及び其批評）と激賞した。この評価には赤人の歌を実体以上に深遠視したきらいもあるが、ここまでくれば、この作者の拓いたものが美的境位にまで高められていることは疑えない。こうした世界は、動の世界を内に摂取して到り着いたものであって、自然観照の精到さからくる寂寥観に支えられているということができる。赤人の捉えた吉野の静寂境にしても、しきりに鳴き立て、あたりの空気をふるわす鳥の声に耳をすませて、はじめて参入し得たところのものであって、それはやく人麻呂が「小竹《ささ》の葉はみ山もさやにさやげども吾は妹思ふ別れ来ぬれば」（2・一三三）の歌あたりで拓いたところをおし進めたものであった。しかし人麻呂が動の世界に己れを投入して抒情味の濃い作をなしたのに対して、赤人はそうした世界を摂取し、客観態度をうち樹てることによって、より静謐な景の世界に入っていった。

田児の浦ゆうち出でて見れば真白にぞ不尽の高嶺に雪は零りける　（3・三一八）

の作にしてもそうであるが、赤人の作では、反歌を長歌から分離して単独に鑑賞できるものがある。しかし本来、反歌の詠出基盤は長歌に内包されていたのであった。そしてその長歌は、反歌を伴うことによって構想を拡充完成したものであった。前掲の二首（6・九二四、九二五）も、吉野従駕歌の反歌として詠まれたものであるから、長歌の内容とのかかわりの上にみかえす必要がある。なお、長歌から反歌をひき離して眺めうる事態の将来されたについては、長歌の衰退と短歌の興隆という和歌史の趨向にその原因を探ることができる。赤人の長歌には、田児の浦から不尽山を仰いで詠んだ歌にみるような、高古簡勁の趣をもつ作（3・三一七）もある。しかし全体としてみれば、その従駕の作あたり、類型的な叙述に陥っているといえる。結局、長歌はもはや、赤人を含めた八世紀の詞人の創作意欲をかり立てる表現形態でなくなっていた。歴史的意義が深く、華やかでもあった吉野従駕の歌を取りあげてみても、赤人のこの種の作に、人麻呂のものにみるような内部から湧きあがるエネルギーの燃焼に乏しく、形式の張りのみられないことからも、その間の経緯は察せられる。赤人の宮廷寿歌では天皇を神とよぶことはなく、カモという詠歎の

助詞で長歌を締めくくることもない。この事実は、作品がなお呪歌としての意義を失わなかったにかかわらず、古代的な天皇讃仰の感激が稀薄化しつつあったことを語る。壬申の乱より約六十年、赤人の時代には、全力的作歌態度のもとに天皇を神として讃仰する意力はすでに失われていたのであった。赤人の吉野従駕の歌では、なお明らかに、人麻呂作品の影響を意識していることが認められる。しかし意外なことに、彼は人麻呂のものより一時代古い寿歌のことば・詞句を採って布置したりしている。吉野従駕歌で彼の用いた枕詞「畳《たたな》づく」（6・九二三）のごとき、古事記の思国歌（紀、思邦歌）の詞章中にみられるものであり、「朝猟に　鹿猪《しし》履み起し　夕狩に　鳥蹋《ふ》み立て」（6・九二六）の対句表現あたり、出猟の無事と豊猟を祈った儀礼歌、たとえば中皇命《なかつすめらみこと》が間人《はしひとの》連老をして奉らしめられた歌（1・三）などにみられる伝統の詞句を襲用したものであった。吉野従駕歌における山と河との対比による主述部分の、天皇の統治される国を巨視的に捉えて国土全体の秀麗豊沃に言い及ぶ手法にしても、先行の儀礼歌――国見歌など――のそれに摸したものである。このように赤人は、古代寿歌の詞句をみずからに引きつけてその本旨をなぞることにより、宮廷歌人としての役割を果たしていった。この行き方は、赤人と同時代に従駕の歌を作り、宮廷歌人としても彼と交渉をもった――と考えられる――笠金村や車持千年らのものにみられない傾向であって、金村・千年の作が儀礼歌の型を崩し、個人の私情を歌う傾きをみせるのに較べて注意されるところである。このような古代寿歌のあり方を踏まえた長歌に添えられた反歌も、同様に古代的要素を残していることは、反歌が無意味に、長歌と無関係に付加されるはずのないことからも考えられる。「み芳野の……」（6・九二四）、「ぬばたまの……」（6・九二五）の二首の短歌を九二三番歌の反歌としてもとの位置に戻してみるとき、この二首の歌境が寂寥幽遠といわれ、清澄静寂と評される境位に到達しえたのは、この観点からも、長歌の有する古代性のかもし出す精神的緊張感につながるとみられる。そうした緊張感は、古代心意に即した意味あいからいえば、旅先における夜の鎮魂の習俗にねざすのであって（夜の歌に久木生うる清き河原をいうのは、昼間見た記憶からの解釈である）、赤人は、夜の深いしじまの領する、行幸の場の山と川との幽趣を、二首の反歌に歌いあげたのであった。したがってそれはなお、天皇讃歌の延長線上にある。

　祝意をあらわす一手段であった、春と秋、山と川などの叙述を伴う対句表現は、繰返すに従ってようやく本来の意味を忘れさせ、自然そのものを見つめる眼をひらかせるときがくる。その間に過渡をなしたのは、景の叙述が抒情表現に戻ることを抑止した漢詩文からの影響であり、また従来序詞中に景を叙した技法から譬喩表現に踏みこんだことであった。ここにいたって発想法が改まり、表現能力が増してくる。

沖つ島荒礒の玉藻潮干満ちて隠らひゆかば念ほえむかも　（6・九一八　赤人）

の作あたり、よくその間の経緯を暗示する。こうした発想進展の過程は、伝統の発想を承けた彼の長歌とその内容に連接する織巧な反歌を生み出しているところにも、認められる。しかし、

春の野に菫採《つ》みにと来し吾ぞ野をなつかしみ一夜宿《ね》にける　（8・一四二四）

の歌あたりになれば——赤人の後期のものに属する一首であろう——これまでのこの作者の作との間に一線を画する作風をみせてきている。春の野に一夜を宿る行為は、あるいは古代生活の遺習を存しているかも知れない。しかし、万葉びとが特定の人物・動物に対象を限定して「なつかし」と表現するのに対して、赤人のこの歌では、漠然とした文雅の情緒の中に身をおく趣味的な意匠を見出してきている。この歌が源氏物語の真木柱・椎本の巻あたりに投影しているのをみても、そのことは理解されよう。つまり、赤人のこの種の作には平安朝の知識人の好みに近い享楽的な嗜好があらわれていて、そこに夙く王朝の優美を志向する態度に通ずるものを内蔵していたことがわかる（古今集以後の「花に寝る」風流も、こういうところから導かれてくるのだろう）。それにしても、この作あたりにみる曲折ある表現はよい傾向のものとはいわれない。「百済野の萩の古枝に春待つと居りし鶯鳴きにけむかも」（8・一四三一）の作にみる詠風にしても、若干、概念と意図を交えている。鶯のような自然物を人間化して、その鶯が春を待つと観じたのも、集中、赤人のこの歌にのみみる趣向である。こうした事情の由来する筋みちは、この作者が自然や人事との軽い交渉関係に関心を寄せて歌うようになった経緯をみても、おおよそ察せられる。前掲「春の野に……」の歌に加えて「あしひきの山桜花日並べてかく咲きたらばいと恋ひめやも」（8・一四二五）、「わが夫子に見せむと念ひし梅の花それとも見えず雪の降れれば」（8・一四二六）、「明日よりは春菜つまむと標めし野に昨日も今日も雪は降りつつ」（8・一四二七）の作は、巻八の春雑歌の部に「山部宿禰赤人の歌四首」として一括して載せられている。これらの詠では、すでに万葉調を脱して古今集的風調に傾いていることがわかる。

〔影響〕赤人は、主観を抑えて景に対しつつ描写の焦点を絞る黒人の方法に学んで、その詠風を進展させていった。さらに、季節の変化の極まりに美をとらえるその歌は、四季折々における花鳥風月詠へと伸びるきざしをみせてくる。古今集の序では「人麻呂は赤人がかみに立たむことか

たく、赤人は人麻呂が下《しも》に立たむことかたくなむありける」といって、人麻呂と赤人を同列に据えてみた。この時代では、優美な情趣を纏綿させつつ対象ないし媒材を、主として花鳥に求めた赤人を「歌にあやしく妙なりけり」と評し、その作風を平安朝文人の志向したそれと同列にみたわけであった。平安朝の人々のとらえた赤人像は赤人集に結集されるが、万葉集ではすでに大伴家持やその同族の池主などは、こうした傾向の線上に赤人のものをおいてみていた。黒人の静謐な観照態度をひき継いだ赤人の歌境は、優美を求める王朝ふうのそれへと発展するが、夙く越中守時代の家持とその周辺の歌人たちの作に、赤人の歌（8・一四二四～一四二七、一四三一、一四七一）の影響はあらわれている。なかでも、家持を中心とする宴席詠では赤人作の趣向をふまえており、それは当時の貴族や知識人の間で都会ふうの文雅を志向しはじめたことを語る。なかんずく、家持作品のあるものは、赤人の自然観照における趣味的境地をうけついで、孤独で繊細な、濃艶な歌境を展開している。古今集以後、王朝風の諸作に流れ入る歌風は、こうして以後の作歌の方向を有力に指示する。

　平安朝の赤人集は、春は霞・鶯・桜、夏は時鳥・花橘、秋は七夕といった固定概念によって歌った作品で占められている。詠歌が形式の遊びとなったのである。しかも事実の上では、赤人集の作の多くは赤人作でなかった。それは、四季の各を部立におく万葉集巻十の歌を収載したにすぎない。赤人の歌は古今・後撰・古今六帖・新古今・続古今・夫木抄・新千載・三十六人集の各集に載せられたが、このことは、中世にいたっても、赤人が人麻呂と並ぶ歌人として高く評価されたことを語る。近世に入っては、下河辺長流らによって興された復古学としての万葉研究はあったが、それは当時の大勢を支配するにいたらなかった。創作の上でも、万葉集に対する関心はそれほど大きくはなかった。万葉集が見なおされたのは、明治時代になって正岡子規が「歌よみに与ふる書」を発表し、客観的手法にもとづく写生説を提唱してからである。その子規の系統の作家では、伊藤左千夫・長塚節・島木赤彦・中村憲吉・斎藤茂吉らは、万葉集の影響を強くうけた。なかでも、赤彦は赤人の作風に傾倒してほとんど信奉に近い讃辞を与え、哲人のおもかげをさえ赤人にみようとした。赤彦の言説には赤彦自身を投影した近代的解釈が加わっているが、赤人の秀作の本質に迫り、これを照射闡明する上で功をおさめたといえる。

〔歌数〕長歌十三首。3・三一七、三二二、三二四、三七二、四三一　6・九一七、九二三、九二六、九三三、九三八、九四二、九四六、一〇〇五　短歌三十六首。3・三一八、三二三、三二五、三五七～三六二、三七三、三七八、三八四、四三二、四三三　6・九一八、九一九、九二四、

九二五、九二七、九三四、九三九〜九四一、九四三〜九四五、九四七、一〇〇一、一〇〇六　8・一四二四〜一四二七、一四三一、一四七一　17・三九一五

〔参考文献〕＊『山部赤人』〔日本文学者評伝全書〕武田祐吉（青梧堂）＊『高市黒人・山部赤人』〔日本詩人選3〕池田弥三郎（筑摩書房）＊『山部赤人の研究』尾崎暢殃（明治書院）＊「赤人の動」五味智英（文字11—4）＊「赤人の不尽の歌—長歌の真実性について—」五味智英（文学14—7・8）＊「赤人写実の性格—ラファエルとの比較に触れつつ—」森本治吉（国語と国文学23—9）＊「仮字万葉と見た赤人集及び柿本集一部—私家集の成立に関する考察—」後藤利雄（国語と国文学27—2）＊「山部赤人」五味智英（『万葉集大成』9）＊「山部赤人の〈叙景歌〉私見」稲村栄一（万葉29）＊「山部赤人の自然詠四首—その仮構性について—」久米常民（愛知県立女子大紀要11）＊「鶴鳴き渡る—赤人の自然美の造型—」犬養孝（日本文学9—8）＊「万葉集における〈山部赤人集〉」原田貞義（岩手大教育学部研究年報31）＊「山部宿禰赤人について」木船正雄（岐阜大国語国文学8）＊「赤人の作歌精神—前人麿時代的表現をめぐって—」清水克彦（女子大国文67）＊「山部赤人」川口常孝（『万葉集講座』6）＊「山部赤人と吉野」森脇一夫（『万葉集—人間・歴史・風土—』）＊「赤人と天平の美」尾崎暢殃（『万葉集の時代と文化』）＊「赤人集考」山崎節子（国語国文45—9）＊「赤人とことば—〈常宮〉」尾崎暢殃（『万葉のことば』）＊「赤人の吉野」坂本信幸（万葉93）＊「敏馬の浦を過る時の歌—赤人作歌の作歌事情—」清水克彦（女子大国文77）＊「赤人の吉野讃歌—作歌年月不審の作群について—」清水克彦（万葉91）＊「山部赤人の吉野自然詠再考—その讃歌の新しさ—」服部喜美子（美夫君志21）＊「赤人の春雑歌四首について」清水克彦（万葉94）＊「神亀年代における宮廷詩人のあり方について—山部赤人・その玉津島讃歌の場合—」北山茂夫（文学45—4）＊「赤人における叙景形式の変遷—仮称〈原赤人集〉の構造から—」清水克彦（万葉95）＊「赤人歌の〈さわく〉の世界」上条武志（万葉研究2）　〔尾崎〕

維摩大士（ゆいまたいし）

〔表記〕維摩経等に維摩羅詰・維摩詰・維摩とも。

〔閲歴〕釈迦在世中、毘耶離城にいた長者。維摩経は弟子に説いた大乗教理を内容とする仏典である。

〔所在〕5・七九四序、「俗道仮合」の詩序　〔大室〕

雄略天皇（ゆうりゃくてんのう）

〔表記〕大泊瀬稚武天皇（1・一題詞）、大泊瀬幼武天皇（9・一六六四題詞）、大長谷若建命（記）。

〔系譜〕允恭天皇の第五子。第二十一代天皇。母は皇后忍《おし》坂大中姫《さかのおおなかつひめ》。紀によれば同母兄弟は下記のごとく伝える

〔（　）内は記である〕。木梨軽皇子（木梨軽王）、名形大娘皇女（長田大郎女）、境黒彦皇子（境黒日子王）、穴穂天皇（穴穂命、安康天皇のこと）、軽大娘皇女（軽大郎女、またの名を衣通郎女）、八釣白彦皇子（八瓜白日子王）、但馬橘大娘皇女（橘大郎女）、酒見皇女（酒見郎女）。

〔閲歴〕允恭紀七年冬十二月から十一年春三月の条にかけて、允恭天皇と皇后忍坂大中姫、そして皇后の妹、衣通郎《そとほしのい》姫《らつめ》（記に伝える衣通郎女とは別人と考えられるが、伝承において混乱があったことも予測される）、この三人の関係した伝承がある。皇后忍坂大中姫の允恭天皇と弟姫衣通郎姫に対しての嫉妬が語られ、以後四年間に及ぶ天皇と衣通郎姫との恋物語となっている。そのうち、七年冬十二月の条に雄略天皇の誕生が語られている。この伝承によると、衣通郎姫をいらしめた藤原宮に天皇が御幸した夕方に、大泊瀬天皇が誕生したと伝える。皇后は、天皇が藤原宮に御幸したことを聞き、「今妾《いまやつこ》産みて、死生、相半ばなり。何の故にか、今夕に当りても、必ず藤原に幸す」と怒り、産殿を焼いて自殺しようとした。天皇はこのことを聞き、皇后を慰め事無きを得た。この伝承では「大泊瀬天皇」と記され、ある時期には雄略天皇の壬生次第《みぶのしだい》として伝えられていた資料を含むものと考えられる。また火中誕生という形態をほのかに伝えるものがあり、雄略天皇の出生がただならぬものであったことを伝えている。誕生に関しては、雄略天皇即位前紀にもみられる。「天皇、産《あ》れまして、神《あや》しき光、殿《おおとの》に満《いは》めり」、この伝えは後漢書安帝紀の「神光照室」に類似しており出典関係が指摘されている。しかし、允恭紀の伝承と対照するとその誕生がただならぬものであったという伝えを土台としていると考えてよいであろう。

允恭紀四十二年十一月、允恭天皇崩後、大泊瀬皇子は、新羅人が采女と通じた（畝傍山、耳成山を賞した新羅弔使のことばを誤解したために生じた）という倭飼部の訴えをとりあげ、これを推問した。そのために新羅は貢進の物色、船数を減じたという。同十二月、大泊瀬皇子は反正天皇皇女を妃としようとするが、皇子の性格が暴慢であるが故をもって不成立。安康紀元年二月、天皇は皇子のために大草香皇子の女幡梭皇女を聘しようとする。しかし、使者となった根使主が礼物の押木珠縵を私物化し、かえって大草香皇子を讒言した。天皇は大草香皇子を誅し、その妻中蒂姫を後宮に納れ、幡梭皇女を大泊瀬皇子の妃とする。同年八月安康天皇は大草香皇子の遺児眉輪王（母は中蒂姫）に殺される。大泊瀬皇子は兄たちを疑い、八釣白彦皇子、坂合黒彦皇子、葛城円大臣、眉輪王を殺す。三年十月安康天皇が後事を市辺押磐皇子に託したことを恨み、皇子およびその弟御馬皇子を殺す。これらの事件は皇位継承に関して、同母兄弟、および皇族間に抗争があったことを示している。市辺押磐皇子は履中天皇が葛城氏系の葦田宿禰の女黒媛との間に儲けた皇子であり、この点を考慮すれば、葛城円大臣を中心とする葛城系氏族がこの抗争に関係していたことが推測される。後述する葛城氏の斎く一言主神との伝承なども雄略天皇と葛城系氏族が相対する状況であったことを示していよう。同三年十一月泊瀬朝倉宮に即位し、平群臣真鳥を大臣、大伴連室屋・物部連目を大連とする。雄略紀元年三月草香幡梭皇女を皇后とし、また三人の妃を立てる。元妃葛城円大臣の女韓媛は白髪武広国押稚日本根子天皇（清寧）と稚足姫皇女（更名を栲幡皇女、伊勢の斎宮となる）を生む。吉備上道臣の女稚姫（吉備窪屋臣の女という別伝がある）は磐城皇子、星川稚宮皇子を生む。春日和珥臣深目の女童女君（采女出身）は、春日大娘皇女を生む。同二年七月天皇は百済の池津媛を召そうとしたが、媛が石川楯に通じたために、大伴室屋大連に命じて二人を焼き殺す。百済新撰では、天皇が阿礼奴跪を派遣し、百済は適稽女郎を貢進したと伝える。同二年十月吉野宮に行幸。倭の采女日媛を後宮に入れる。宍人部を設置。大倭国造吾子籠宿禰、狭穂子鳥別を貢りて宍人部とす。また、史戸・河上舎人部を設置。史人部の身狭村主青・檜隈民使博徳を愛寵す。同三年四月伊勢の栲幡皇女自殺す。同四年二月天皇、葛城山に射猟す。一事主神と逢ふ。八月吉野宮に行幸し、河上の小野に行き、蜻蛉野と命名。同五年二月葛城山で巻狩をす。舎人の行いの悪かったのを責め、殺す。四月百済の加須利君（蓋鹵王）は、池津媛の殺されたのを聞き、弟軍君（昆支）を奉献す。七月軍君大和に到着す。同六年二月天皇泊瀬の小野に遊び、道小野と命名。三月天皇后妃に養蚕を勧める。四月呉国の使貢献す。同七年八月物部の兵士三十人を派遣し、吉備下道臣前津屋の一族の七十人を誅殺する。またこの年に、吉備上道臣田狭を任那国司に任じ、その妻稚媛を了解なく後宮に入れる。新羅討伐のために、田狭の子弟君と吉備海部直赤尾を派遣。田狭、弟君謀反す。弟君の妻樟媛、赤尾とともに弟君を殺し、百済の手末才伎を連れて帰国。天皇、大伴室屋に詔し、東漢直掬をして、この才伎らを上桃原・下桃原・真神原の三所に居しめる。同八年二月身狭村主青・檜隈民使博徳を呉国に派遣する。同九年二月凡河内直香賜と采女とを胸方神に奉祠させる。三月天皇自ら新羅を討伐せんとするも神の戒によりて中止する。紀小弓宿禰・蘇我韓子宿禰・大伴談連らを派遣。小弓宿禰病死。談連戦死。同十年九月身狭村主青ら呉国の献上品の鵝を筑紫まで持ち帰るが、水間君の犬に鵝を喰われる。天皇許す。十月水間君が献上した養鳥人らを、軽村・磐余村に居住させる。同十一年五月川瀬舎人を置く。十月鳥養部を設置。同十二年十月秦酒公の説話がある。同十三年三月歯田根命が采女山辺小島子を奸す。天皇はその罪を問い、その所有地を物部目大連に管理させる。九月木工韋那部真根を刑する。同十四年正月呉国の使のために道を造り、磯歯津路に通す。呉坂という。三月呉国使の献上した呉人を檜隈野に安置す。その中の衣縫の兄媛を大三輪神に奉る。四月大草香皇子事件における根使主を処罰する。同十五年秦酒公に禹豆麻佐の姓を賜う。同十六年七月国県に桑を植えさせる。秦の民を散遷して庸調を貢献せしめた。十月漢部の伴造を定める。十七年三月土師連に御膳の清器を作らせる。そのために贄土師部をおく。同十八年八月物部莬代宿禰・物部目連に伊勢の朝日郎を討伐させる。同十九年三月穴穂部を設置。同二十一年三月天皇は百済が高麗に破れたことを聞き、久麻那利（熊川・熊津とも）の地を紋洲王に与え、百済を復興せしめる。同二十二年正月白髪皇子を皇太子とする。同二十三年四月天皇は百済の文斤王の薨じたのを聞き、昆支王（軍君）の第二子末多王を宮中に召し、百済国王とする。七月天皇は病床につく。政を皇太子に付す。八月七日崩御。遺詔に星川皇子の誅殺のことがあり、征新羅将軍吉備臣尾代の率いる蝦夷ら、天皇の崩御を聞き反乱をおこすが鎮定される。古事記によれば、天皇の御年百二十四歳。己巳年八月九日崩とし、御陵は河内多治比高鸇《たかわし》にありと伝える。延喜諸陵式は「丹比高鷲原陵」、「在河内国丹比郡、兆域東西三町、南北三町、陵戸四烟」と記す。新撰姓氏録で、雄略天皇に関する伝承を持つ氏族はつぎのごとくである。小子部宿禰（左京皇別上）、上毛野朝臣・車持公（左京皇別下）、軽部（和泉国皇別）、大伴宿禰（左京神別中）、巫部連・爪工連・掃守首（和泉国神別）、太秦公宿禰・大崗忌寸（左京諸蕃上）、秦忌寸（山城国諸蕃）。古語拾遺には、履中朝に内蔵を建て、蔵部をおき、雄略朝に秦氏を集め、酒公のもとにおいて貢調せしめ、大蔵を立て、蘇我満智に斎蔵、内蔵、大蔵の三蔵を検校せしめ、秦氏にその物の出納を、東西文氏にその簿の勘録を司らしめたことが、秦漢二氏に内蔵、大蔵の主鑰と蔵部となす故縁であったと伝える。雄略天皇に関する事項を日本書紀を骨子として記してきたが、雄略紀の資料は、統一的な資料の成立時期、およびそれに先行する資料の成立が未詳であり問題が残る。資料の内容により大別すれば、(1)部民の設定に関するもの、(2)外交に関するもの、(3)天皇の私的行為に関するもの、となろう。(1)は公的な資料や氏族の伝承によるものか。(2)は(1)と同じような資料の他に百済新撰、百済記等を資料としている。(3)はさまざまな資料によるものと思われるが、この伝承が万葉集の中の雄略天皇像に影響を与えていると考えられる。その他、日本書紀には「一本」「別本」「旧本」「或本」「日本旧記」がみえ、それらの成立時期は不明であるが、多くの関連記事の存在がうかがえる。その他、日本霊異記上巻第一縁に雄略天皇に関する説話があり、「磐余宮」にいたという興味ある記事がある。また、宋書夷蛮伝倭国の条、南斉書東南夷伝倭国の条、梁書本紀武帝紀等に「倭王武」の記事がみえる。「武」を雄略天皇にあてる説が有力であり、これに従えば、資料として考えることができる。

〔歌風〕雄略天皇の御製とされる歌は、古事記、日本書紀にもある。それらは、歌曲の詞章と考えられ、伝来した古代歌謡、厳密にいうならば宮廷歌謡化していたものが、英雄的な姿で伝承されていた雄略天皇に付託されたものと考えられる。万葉集に伝来する歌も同様の事情によるものと考えられるが、確実なことは不明である。しかし、雄略天皇御製として伝来していることに意義があり、古代宮廷社会における雄略天皇像を探る上では貴重な資料である。1・一の歌は、長歌の形をとっているが定型ではなく、古い歌謡の伝誦形態をとどめているといえよう。内容は、天皇と菜を摘む女性との出会いを中心としているが、本質的には求婚の意味を持った歌ということができる。あかるく和やかな春の岡辺での求婚は古代の習俗に根差してのおおらかさがみられる。春の野遊びや歌垣など農耕儀礼を背景とした場で歌い継がれたものであろう。その意味で農耕民レベルでの伝誦も考える必要がある。雄略天皇の歌風というよりは古代歌謡そのものの雰囲気として把えるべきである。また、菜を摘む女性に天皇やその他の人が出会うという伝承も多く存在するが、それも先述のような背景と関係があろう。9・一六六四の歌は、記紀にみられる雄略天皇像とは異なったものを背景としている。沈潜した情調が歌全体をおおい、孤愁をひしひしと感じさせる。ただし、万葉集では鹿は「妻呼ぶ」（10・二一四一他）と詠み込まれることが多く、その点を考慮すれば、雄略天皇の皇后あるいは、その他の女性との恋愛的な伝承に関連する伝誦歌である可能性がある。重出歌として崗本天皇御製歌一首（8・一五一一）がある。いずれにせよ、一番歌と比較して新しさを感じさせる。雄略天皇御製と伝える二首はともに巻頭歌であり、万葉集の成立上、また万葉集時代の雄略天皇像を考える上で重要な意義を持っている。

〔歌数〕長歌一首、短歌一首。1・一　9・一六六四

〔滝口〕

雪連宅麻呂（ゆきのむらじやかまろ）

〔表記〕雪連宅満（15・三六八八題詞）。

〔系譜〕雪は壱岐氏で、壱岐国を本拠とし、卜占をつかさどった家の人とみる説、また連姓なので帰化人系統の人とみる説もある。

〔閲歴〕天平八年六月、遣新羅使人の中に加わり、周防の佐婆の海中で逆風にあって漂流し、豊前国下毛郡分間浦に至り、その艱難を哀しんで詠んだ歌一首がある。ついで壱岐島に至って急に病死した。このときの宅満に対する挽歌が九首ある（15・三六八八〜三六九六）。

〔歌風〕生死の覚悟の披瀝ともみえるが、漂流し仮泊したときの心持を、慣用句を使いながら素直に歌っている。

〔歌数〕短歌一首。15・三六四四　〔佐藤〕

弓削皇子（ゆげのみこ）

〔系譜〕天武天皇の第六皇子。日本書紀天武二年二月即位の后妃、皇子の条にあるように母は天智天皇皇女の大江皇女。長皇子とは兄弟にあたる。その出生の年代は不明。2・一一一の題詞にもあるように、弓削皇子が吉野へ行かれておそらく父君のことをなつかしく思い出された。そしてそれとともに、父君と一緒にいられた額田王のことを思い出されて今は都にいる額田王に贈られたのがこの歌。また、2・一一九、一二二の紀皇女《きのひめみこ》と弓削皇子はともに天武天皇を父とする異母兄妹である。3・二四二、二四三の問答歌の春日王は系統不明の方。9・一七〇九、一七七五の左注から人麻呂からしばしば歌を献上されたことが知られる。懐風藻に伝える「葛野王略伝」によれば、高市皇子薨去後、軽皇子（文武）立太子決定の際の議席に出席し、衆議紛糾したとき、弓削皇子が葛野王の言について発言しようとしたが、葛野王により発言を制せられたことがわかる。

〔閲歴〕持統天皇七年正月二日条（続紀）に、兄長皇子とともに浄広弐を授けられる。初叙位と思われる記事がある。文武天皇三年七月二十一日の条（続紀）に「浄広弐弓削皇子薨。遣浄広肆大石王、直広参路真人大人《ウシ》等監護喪事皇子。天武天皇第六皇子也」とある。その享年は明らかではない。その妻妾、子女について記すものもない。その死因も不明。病気と推定されている。弓削皇子への挽歌として、巻二の挽歌部に、置始東人の詠んだ挽歌（二〇四～二〇六）がある。

〔歌風〕集中九首の短歌（3・二四四或本歌一首を含めて）を収める。巻二相聞五首、巻三雑歌二首、巻八雑歌一、相聞一首と相聞六首、雑歌三首がみられる。皇子のおかれた立場を軸とする把握は、持統治世下における不安定な立場に背を向けた非俗、孤独な歌人としての皇子としてとらえた吉井巖がある。紀皇女への恋歌（一一九、一二二）について山田孝雄は連作的構成を指摘し、川上富吉は持統宮廷人の「ロマンス」の意識、つまり、世俗的・情史的話柄を享受する場としての宮廷サロンの形成と物語的連作の編纂という文学史的背景を考慮して読む必要があると説いた。伊藤博は「歌語り」としてこれを捉えられるという新しい問題を提起した。また額田王との贈答歌群についても同様に「歌語り」とみている。歌がらは、平明、線の細い叙情歌が多いようである。

〔歌数〕短歌九首。2・一一一、一一九～一二二　3・二四二、二四四　8・一四六七、一六〇八

〔参考文献〕＊「弓削皇子」高野正美（『古典研究論考』1）＊「弓削皇子について」黛弘道（万葉集研究6）＊「弓削皇子の歌」川上富吉（『万葉集を学ぶ』2）　〔片山〕

湯原王（ゆはらのおおきみ）

〔表記〕集中すべて湯原王と記されている。

〔系譜〕巻四の短歌二首（六三一、六三二）の題詞「湯原王贈娘子歌」の小注に「志貴皇子之子也」とあり、また日本後紀の延暦二十四年十一月の壹志濃王薨伝に「壹志濃者、田原天皇（志貴皇子）之孫、湯原親王之第二子也」とあるので、湯原王の父が志貴皇子、子が壹志濃王であることが知られる。天智天皇の孫であり、光仁天皇の弟にあたる。

〔歌風〕集中十九首の短歌を収める。その代表作、

吉野なる夏実の河の川淀に鴨ぞ鳴くなる山かげにして　（3・三七五）

秋萩の散りのまがひに呼び立てて鳴くなる鹿の声のはるけさ　（8・一五五〇）

夕月夜心もしのに白露のおくこの庭にこほろぎ鳴くも　（8・一五五二）

などは、写実的な詠風ながら、平淡清純な抒情味がある。巻八の二首（一五五〇、一五五二）は、それぞれ「鳴鹿歌」「蟋蟀歌」で、季節的な感興にもとづく詠物の作であるが、叙景の新生面をひらいている。

あきづ羽の袖振る妹を玉くしげ奥に念ふを見給へ吾が君　（3・三七六）

青山の嶺の白雲朝にけにつねに見れどもめづらし吾が君　（3・三七七）

の二首は、ともに宴席歌で即興的な才をうかがわせるが、巻四の娘子との贈答歌（4・六三一、六三二、六三五、六三六、六三八、六四〇、六四二湯原王、六三三、六三四、六三七、六三九、六四一娘子）にはかなり社交的遊戯的な傾向がある。それらの中に「月内之楓」（月中の桂、六三二）や「くるへき」（反転、六四二）を詠み、また巻六では「月読壮子」（九八五）や「打酒」（九八九）を詠むなど、珍奇な素材を用いた機智的な手法が目立つ。

玉に貫き消たず賜ばらむ秋萩のうれわわら葉における白露　（8・一六一八）

は、「贈娘子歌一首」であるが、この娘子は巻八の贈答歌における娘子と同一人とみてよいであろう。なお、月を詠んだ歌が四首（4・六七〇　6・九八五、九八六　8・一五五二）あるが、その中の、

月読の光に来ませあしひきの山きへなりて遠からなくに　（4・六七〇）

は、近世にいたって良寛の「月読の光を待ちて帰りませ山道は栗のいがの多きに」「月読の光を待ちて帰りませ君が家路は遠からなくに」に影響している。

〔歌数〕短歌十九首。3・三七五、三七六、三七七　4・六三一、六三二、六三五、六三六、六三八、六四〇、六四二、六七〇　6・九八五、九八六、九八九　8・一五四四、

一五四五、一五五〇、一五五二、一六一八
〔参考文献〕＊「湯原王」阿部俊子（国文学3―1）＊「湯原王」中西進（むらさき13）　〔扇畑〕

楡柎（ゆふ）
〔閲歴〕中国の黄帝時代の伝説的な名医で史記などにもその外科治療の記事がみえる。
〔所在〕5・沈痾自哀文　〔大室〕

誉謝女王（よさのおおきみ）
〔閲歴〕ヨサは宮津湾岸の古名であるが、その地出身の豪族の貢上した采女あるいは氏女を母とするか。1・五九の歌は「二年壬寅太上天皇参河国に幸しし時の歌」の中に含まれる。持統天皇に近侍していたか。没年月は続紀によれば、慶雲三年六月で従四位下であった。天武・持統朝の人物で作歌は晩年に属する。
〔歌風〕「ながらふる妻吹く風の寒き夜にわがせの君は独か宿らむ」、流麗な調子のなかに清らかな響きがあり、洗練されている。
〔歌数〕短歌一首。1・五九　〔滝口〕

依羅娘子（よさみのおとめ）
〔閲歴〕集中の人麻呂石見相聞歌群につづいて、依羅娘子の歌一首があるが、それに「柿本朝臣人麻呂の妻依羅娘子」とあり（2・一四〇題詞）、また、人麻呂の終焉臨死の挽歌群のうちにも、「柿本朝臣人麻呂の、石見国にありて死に臨む時」の歌のつぎに「柿本朝臣人麻呂の死ぬる時に、妻依羅娘子の作る歌二首」とあり（2・二二四、二二五題詞）、万葉集では依羅娘子を人麻呂の妻としている。しかも、相聞歌群でも挽歌の方でも、娘子は石見と結びつけられている。とりわけ、相聞の方では、人麻呂が上京の折に、この依羅娘子との別離を悲しみ、かつ娘子がそれに応えて「相別る歌」を歌っているので、一般にいわれているように、人麻呂が下級官人として石見に赴任していたとすれば、その間に人麻呂と接し、人麻呂の「妻」として滞在期間に関係のあった、いわば地方赴任の官人の現地妻ということとなろう。しかし、依羅娘子の「依羅」はもともとは地名と思われるし、依羅娘子もその地出身の女というべきもので、石見国に「依羅」なる地が求め得れば一応依羅娘子の実在も考えられよう。それにしても、このように地名を冠して娘子をいう場合、その地での評判の娘子か、京師などで地方出身の子女を称するので、石見に実在した人物と決めてかかることはできまい。集中には一方に、しかも人麻呂歌集中の旋頭歌のなかに「あをみづら依《よ》網《さみ》の原に人も逢はぬかも石走《いはばし》る近江県《あがた》の物語せむ」（7・一二八七）という一首があり、この依網（依羅という表記も同じ）を近江県の物語と結びつける考えもある。それによれば、近江県物語は、壬申の乱による惨状や近江荒都やさらに吉備津采女の悲恋などの鎮魂の歌物語だったとする。しかし依羅娘子と近江県物語を結びつけるには石見と依網の関係が薄く、何故に石見と結びつくかは不明というほかない。おそらくは、石見相聞歌群の歌い手が、人麻呂ということで、人麻呂にまつわるなんらかの「依羅」が、別離の恋の相手として、歌語りのなかで登場してきたものだったのではなかろうか。従来指摘されているように、依羅は本来、河内、摂津など海寄りの畿内もしくはその周辺の漁猟を業とする人たちの居住の地の称で、人麻呂石見歌の冒頭の歌詞「浦なし」「潟なし」もしくは、「勇魚《いさな》取り海辺」などの歌句から後に仮託されて、その相手が、依羅《よさみ》（寄せ網）の娘子として誕生したのではないかとも考えられる。人麻呂の挽歌群の方も、石見に人麻呂の終焉の地を仮想し語り伝えたものだったとすれば、かつて石見で離別したとする依羅娘子が、その妻として、臨死の歌に応ずるのは当然の成り行きだったと思われる。このような人麻呂歌語りの世界のうちに生きつづけたのが、依羅娘子だったとみられる。

〔歌風〕人麻呂の石見相聞歌群は、妻と別れ難きを別れる袖振りの反歌をはじめとして、後髪をひかれる思いで「上り来る時の歌」として哀調を帯びているが、都人への披露を背景としている。それに対して、依羅娘子の歌は唐突である。その一首は、

　な思ひと君は言へども逢はむ時何時と知りてか我が恋ひざらむ　（2・一四〇）

とあり、この第二句までの「な思ひと君は言へども」は、「人麻呂と別るる時」のものとしては理解に苦しむ。とりわけ、「な思ひ」とあるが、人麻呂歌の方では、もう忘れてほしいとか、思い出さないでくれなどと歌ってはいない。ここらにも送別宴などでの対応の歌としては矛盾がある。挽歌の方も、人麻呂は「鴨山に磐根し巻ける」（2・二二三）というに対し、依羅娘子の方は「石川の貝に交りて」（2・二二四）、「石川に雲立ち渡れ」（2・二二五）というあたり、なおそれにつづいて、死せる人麻呂にかわった丹比真人が「荒波に依り来る玉を枕に置き」（2・二二六）と歌い、さらに依羅娘子の或本歌が「天離る鄙《ひな》の荒野に君を置きて」（2・二二七）と、それぞれの歌が「山・川・海・野」に、人麻呂の終焉の地を設定しているあたりにも、伝説化した人麻呂の歌語りに一役を果たした伝承の過程で創られた妻として、この依羅娘子があったし、これらの歌も、人麻呂伝承の上に理解すべきであろう。

〔歌数〕短歌三首。2・一四〇、二二四、二二五

〔森　淳〕

吉田連老（よしだのむらじおゆ）

〔表記〕石麻呂（16・三八五三歌中）、老（16・三八五四左注）、仁敬之子（16・三八五四左注）とも記される。

〔閲歴〕大伴家持と同時代の人。ひどく痩せていたため、

家持にからかわれている作品「痩せたる人を嗤ふ歌二首」（16・三八五三、三八五四）がある。
〔所在〕16・三八五三歌中、三八五四左注　〔大室〕

吉田連宜（よしだのむらじよろし）
〔表記〕宜（5・八六四序）ともいう。
〔閲歴〕はじめ僧侶で恵俊といったが、続紀によれば、文武天皇四年八月に還俗したことが記されている。すなわち姓を吉、名を宜と賜った。和銅七年正月従五位下。養老五年従五位上。神亀元年五月吉田連姓を賜る。方士として朝廷に仕えて天平二年三月その術を子弟に伝えている。天平五年十二月に図書頭。九年九月正五位下。十年七月典薬頭になっている。
〔歌風〕巻五に書簡一通が掲げられているが、この書簡の宛先については、旅人宛（佐佐木信綱「万葉集巻第五論」）、憶良宛（土屋文明「旅人と憶良」）とする説があり、他に麻田陽春説（宮島弘「万葉集巻五の編纂者附雑考」）などの見解があって決定することは難しい。集中の作品は八六四番歌から八六七番歌までの四首である。

　後れ居て長恋ひせずは御園生の梅の花にもならましものを　（5・八六四）

と歌うのは、梅花宴に追和し、この宴に遠く離れて参加し得なかった無念の気持である。八六五番歌では同じく旅人の松浦仙媛の歌に和して、仙媛を常世の国の蟠処女と歌っている。つぎに八六六番歌では筑紫の遠くして白雲の千里に距てるを恨み、八六七番歌では、磐姫皇后の巻二相聞巻頭にある「君が行きけ長くなりぬ」の句を借用し、奈良の旅人の留守邸の木立が徒に延び繁っている様を「神さびにけり」と形容したのである。また漢詩にも作品がみられ、懐風藻には「秋日長王が宅にして新羅の客を宴す」「駕に吉野宮に従ふ」の二首がある。吉野従駕の作は他に類似の作品が多いが、かなり自由な表現で詠まれている。
〔歌数〕短歌四首。5・八六四、八六五、八六六、八六七
〔参考文献〕＊「吉田宜考」市村宏（『万葉集新論』）〔針原〕

余明軍（よのみょうぐん）
〔表記〕古写本系統のものには余明軍《よのみやうぐん》とあり、流布本系統のものには金明軍《こんのみやうぐん》とある。類聚古集は「金」二、「余」一で、古葉略類聚鈔は「余」一、「金」二である。たぶん古くから混乱をきたしていたものと思われる。
〔系譜〕余氏は持統紀五年正月に、正広肆百済王余禅広の名がみえる。続紀天平宝字二年六月に「大宰陰陽師従六位下余益人、造法華寺判官従六位下余東人等四人賜二百済王臣姓一」とある。同五年三月に「百済人余民善女等四人賜二姓百済公一」とみえる。余氏は百済王系の氏族であることがこれによっても推定できる。金氏は続紀天平五年六月の記載にもとづき新羅王系の氏族であることがわかる。和銅二年十一月伯耆守になった金上元などの名もみえる。養老

七年正月に正六位上より従五位下に叙せられた余仁軍（攷証には「古本には金とあり」とあるが）は、余明軍と血族関係があると考えられ、金よりも余を正しいとすべきである。集中八首の歌が金明軍のものか余明軍のものかを考えるばあい、ともに帰化人であるとしても、百済系の者が日本に親しかったということがその根拠になると思う。百済国がその建国以来日本と提携していたことは史実の語るところである。

〔閲歴〕明軍は3・四五八の左注に旅人の資人《つかひびと》とある（資人は五位以上の官人に賜る身のまわりのための従者をいう）。旅人が大宰帥であった頃から、かれに従っていたことは推測されるが、詳細は不明である。

〔歌風〕集中八首の短歌を収める。天平五年秋七月旅人薨去のときの挽歌五首が巻三に一団をなし、他に譬喩歌一首、相聞二首がある。作者の感情もおだやかな筆運びも、男性とは思えぬほどに微細で嬋娟たるものがある。第一期第二期の歌とはちがう隔りを抱かせるものである。ぜんたいとしては民謡風の表現で、挽歌のパターンをふまえた形式性が認められる。主情の奔出を期待できない点に物足りなさがある。

〔歌数〕短歌八首。3・三九四、四五四、四五五、四五六、四五七、四五八　4・五七九、五八〇

〔参考文献〕*「万葉集特講（一九）余明軍の歌」市村宏（次元9—1）*「余明軍伝考—万葉集人物伝研究（三）—」川上富吉（大妻女子大学文学部紀要5）〔松原〕

羅睺羅（らごら）

〔系譜〕釈迦の子。

〔閲歴〕父に従い、出家して戒律を固く守り、釈迦十大弟子のひとりに数えられた。山上憶良の「子等を思ふ歌」（5・八〇二）の序文中には、「衆生を等しく思ふこと、羅睺羅のごとし」という釈迦の言葉が引用されている。

〔所在〕5・八〇二序〔大室〕

理願（りがん）

〔表記〕新羅国尼（3・四六一左注）とも記される。

〔閲歴〕新羅国から渡来し、大伴安麻呂の家に寄住。天平七年に病死。その死を嘆き悲しむ大伴坂上郎女の長反歌（3・四六〇、四六一）がある。

〔所在〕3・四六〇題詞、四六一左注〔大室〕

和（わ）

〔閲歴〕中国の秦時代の伝説的な名医。晋の平公が病気のとき、求められて往診したという。

〔所在〕5・沈痾自哀文〔大室〕

若麻績部羊（わかおみべのひつじ）

〔表記〕若麻績部羊と記されている。この「羊」の字、「年」としている伝本もあり、異同がある。

〔系譜〕万葉集中の左注により上総国長柄郡の上丁であっ

たことがわかる。集中他に若麻績部諸人の名もみえ、上総国住人であるので、上総国を基盤とした一族の中の一人か。

〔閲歴〕天平勝宝七歳二月、相替により筑紫へ遣わされた防人。

〔歌風〕集中防人歌として短歌一首載るが、望郷的な感情の強くあらわれた歌である。

〔歌数〕短歌一首。20・四三五九　〔吉村〕

若麻績部諸人（わかおみべのもろひと）

〔系譜〕若麻績部羊と同じく上総国住人。万葉集中の左注には帳丁と記されている。

〔閲歴〕若麻績部羊と同じく天平勝宝七歳二月、相替により筑紫へ遣わされた防人。

〔歌風〕集中防人歌として一首あるのみで、それも家族が家で無事を祈る趣の歌であり、諸人自身の立場のものではない。

〔歌数〕短歌一首。20・四三五〇　〔吉村〕

若桜部朝臣君足（わかさくらべのあそみきみたり）
〔系譜〕若桜部朝臣は、他に写経生の梶取や、宝亀神護年間に五位、六位の位階の人物が散見され、中央の中下級官僚の一族であったと考えられる。出雲国を中心にみえる若桜部臣とは姓も違い別系であろう。
〔歌数〕短歌一首。8・一六四三　〔吉村〕

若舎人部広足（わかとねりべのひろたり）

〔系譜〕万葉集中の左注から、常陸国茨城郡の人であることが知られる。若舎人部という名は、他にみられない。

〔閲歴〕天平勝宝七歳二月、相替により筑紫へ遣わされた防人。

〔歌風〕集中二首を載せるが、いずれも防人として筑紫へ赴く途中、故郷の妹を思う感慨を直叙的に言い表わした佳品である。

〔歌数〕短歌二首。20・四三六三、四三六四　〔吉村〕

若宮年魚麻呂（わかみやのあゆまろ）
〔歌風〕集中、巻三の三八八・三八九、巻八の一四二九・一四三〇の長歌二首、短歌二首の伝誦者として、その名が左注に記される。作歌は三八七番歌一首のみ。その歌は四句切れで結句が独立した詠嘆表現となっており、三期万葉歌の特色を備える。
〔歌数〕短歌一首。3・三八七　〔新里〕

若倭部身麻呂（わかやまとべのみまろ）
〔系譜〕万葉集中の左注から、遠江国麁玉郡の主張丁であることがわかる。若倭部は「出雲国大税賑給歴名帳」（正倉院文書）によると、出雲国に多くみられる。
〔閲歴〕天平勝宝七年二月、相替により筑紫へ遣わされた防人。
〔歌風〕集中防人歌として一首載るが、故郷の妻のことを素直に偲んでいる歌である。

〔歌数〕短歌一首。20・四三二二　〔吉村〕

若湯座王（わかゆえのおおきみ）

〔表記〕諸本等しく若湯座王とある。代匠記には「座」は「坐」の誤りかとしている。

〔系譜〕若湯坐という氏族が存在することから、万葉集講義には「恐らくは若湯坐の氏の人が、その乳人なりしが為に名を得られしならむ」と説かれている。

〔歌風〕集中一首のみで、「津乎の崎」を詠み込んだ羇旅歌的雰囲気の作である。

〔歌数〕短歌一首。3・三五二　〔吉村〕

巻別概説

巻第一・巻第二

巻一と巻二とが同じ性格をもつ巻だということは、一見して見当がつく。まず、部立《ぶだて》は巻一が雑歌、巻二が相聞と挽歌で、万葉の基本的部立を包含していると考えられるところから、この両巻をもって一とまとまりの歌集としての体裁を備えていることが考えられる。万葉集の部立というのは、雑歌・相聞・挽歌の他に譬喩歌を加え、さらに問答歌を加えて五つに分類するのが普通である。歌の修辞的なものに触れないで、純粋に内容面からの分類意識によって立てられたものは、雑歌・相聞・挽歌の三つの部立である。この三分類によっている巻は、巻一・巻二の一とまとまりの他は巻九のみであって、相聞と結果的にはあまりかわらぬ内容をもっている譬喩歌を、相聞のかわりに立てて、雑歌・譬喩歌・挽歌の部立を持つ巻は、巻三・巻七の二巻である。このように部立の上からみて、巻一・巻二の二巻の完結性ということが一応考えられる。この巻一・巻二の完結性ということは、万葉集の成立過程の上からいえば単独成立ということへ連想されてゆくわけだが、なお、この両巻の構成は統治天皇代による分類がなされているという点においても共通しており、その分類書式も全く同様である。それをつぎに列挙してみる。

（巻一）—雑歌—
泊瀬朝倉宮に天の下知らしめしし天皇の代　大泊瀬稚武天皇
高市岡本宮に天の下知らしめしし天皇の代　息長足日広額天皇
明日香川原宮に天の下知らしめしし天皇の代　天豊財重日足姫天皇
後岡本宮に天の下知らしめしし天皇の代　天豊財重日足姫天皇、後に後岡本宮に即任す。
近江大津宮に天の下知らしめしし天皇の代　天命開別天皇、諡して天智天皇といふ。
明日香清御原宮天皇の代　天渟中原瀛真人天皇、諡して天武天皇といふ。
藤原宮に天の下知らしめしし天皇の代　高天原広野姫天皇、元年丁亥の十一年位を軽太子に譲りたまふ、尊号を太上天皇といふ。
寧楽宮

（巻二）—相聞—
難波高津宮に天の下知らしめしし天皇の代　大鷦鷯天皇、諡して仁徳天皇といふ。
近江大津宮に天の下知らしめしし天皇の代（巻一と同注）
明日香清御原宮に天の下知らしめしし天皇の代（巻一と同注）
藤原宮に天の下知らしめしし高天原広野姫天皇の代（巻一と同注）

(巻二) ―挽歌―

後岡本宮に天の下知らしめしし天皇の代 天豊財重日足姫天皇、譲位の後は後岡本宮に即す。

近江大津宮に天の下知らしめしし天皇の代 (巻一と同注)

明日香清御原宮に天の下知らしめしし天皇の代 (巻一と同注)

藤原宮に天の下知らしめしし天皇の代 (巻一と同注)

寧楽宮

右の統治天皇代による分類の形式は、藤原宮(持統)の場合にわずかな違いが一箇所みられはするが、他は全く同形式の繰り返しである。また、統治天皇代の下に着けられた注記も、巻二挽歌の最初にある斉明天皇の注記にわずかな混乱がみられる他は、巻一と巻二の形式は全く同じである。以上のような観点から、この両巻が等質の歌集であるとみることに異論はないと考えられ、この両巻をもって一つの完成された歌集の姿を抽出することができるのである。

さて、この統治天皇代による区分については二つの問題点がある。その一つは、巻一の巻頭には泊瀬朝倉宮御宇天皇代すなわち雄略天皇代の歌として雄略御製を掲げ、つぎは高市岡本宮御宇天皇代すなわち舒明天皇代の諸作が続き、以下の統治天皇代は治世順に並べられてあるということである。雄略から舒明までの間には十二代の欠落がある。否、欠落というより飛躍がある。この飛躍は舒明以後の天皇代の連続とは関連をもたない。つまり、欠落とみるなら連続の緊密性を欠いた状態であると判断されるのだが、この場合はどのような意味においても連続性は認められない。要するに、舒明以後の天皇代が万葉の主体となる部分であって、雄略天皇代は別の理由によって巻頭に据えられたものと考えられる。これと同様な構成を巻二においてみることができる。すなわち、巻二・相聞の部の巻頭に仁徳天皇代をおき、磐姫皇后の歌なるものをもってこの天皇代を代表させている。そしてつぎの天皇代は天智へ飛び、以下皇統譜のとおりに連続して天皇代を配列し寧楽宮へいたる。この際、仁徳から天智までの間に二十一代が無視されているわけである。これも巻一の場合と同様に考えなければならない。だが、巻二の挽歌部にはこうしたことがなく、斉明天皇代から始まっている。そうすると、飛び離れて古い天皇代は巻一と巻二の巻頭にのみ存しているということで、そうした古い天皇代を巻頭に掲げた理由を推定する範囲も狭く限定されてくる。折口信夫はつぎのようにいう。「雄略帝は怒りを鎮める歌の起源をなす御方、難波高津宮の後宮を、魂ふり及びうはなり嫉みの鎮魂などに亘って、やはり鎮魂歌として大歌の、発祥点と見た事が窺はれる」(折口信夫全集第九巻)。

統治天皇代による区分の問題点のもう一つは、孝徳天皇代の欠落ということである。このことは、大化元年(六四五)から白雉三年(六五四)にいたる孝徳の御代に宮廷歌はなかったというふうに解釈されるのだが、この場合は、そうした宮廷歌の欠如という以外に妥当な理由を想像することはできない。日本書紀孝徳天皇の大化五年には、中大兄皇太子妃であった蘇我造媛《みやつこひめ》の死を傷んだ野中《の》川原《の》史満《ふひとまろ》の二首の短歌体歌謡と、同じく白雉五年には間人皇后に見捨てられた孝徳の恨みの歌、これも短歌体歌謡一首がある。つまり書紀には合計三首の短歌体歌謡を孝徳朝にみることができる。これが宮廷歌であることは明らかであるが、書紀の歌謡で万葉集と重複するものは、

赤駒のい行き憚る真葛原何の伝言《つてこと》直にし良《え》けむ　（紀、一二八）

という天智朝の童謡《わざうた》一首が万葉集巻十二、三〇六九番にも見出せるだけである。たとえば、斉明天皇が甚だしく愛情を傾けた皇孫建《たける》の王《みこ》が八歳で薨じたのを悲しんで作ったという短歌体歌謡、

今城《いまき》なる小山《をむれ》が上に雲だにも著《しる》くし立たば何か嘆かむ　（紀、一一六）

以下四首の歌謡などは、完全な短歌として鑑賞に耐えるものでありながら、万葉集には一首も採られていない。おそらく書紀に載せてある作品は、原則として万葉には採録を避けたものと思われる。巻十二・三〇九六の場合は、童謡とある点からみて、民間に流伝していた作品であるが故に、巻十二に混入したものであろう。

このように考えると、孝徳朝の宮廷歌は、書紀に掲げられた三首の他、伝来するものがなかったのではあるまいかと思う。その理由は必ずしも明らかではないが、孝徳朝における皇太子中大兄が打ち出した大化の改新という施策の底に流れるものは、旧俗の徹底的な変改であった。それは改新の詔に明らかである。儀礼的なものは多く廃され、実際的なものが尊重されたのであろう。この改新の途上においては、宮廷内の儀礼歌のごときは少なくとも廃されたのであろうと想像される。万葉集巻一・二において孝徳天皇代の欠落の理由は以上のような点にあろうかと思う。

こうした万葉集巻一・二が一個の纏った歌集として、古来、勅撰であると考えられてきた。新撰万葉集（九一三頃）の序に、「夫れ万葉集は古歌の流なり。未だ嘗つて警策の名を称えざる非ず。……中略……是《ここ》に於いて綸綍《りんふつ》を奉じて綜緝せし外に、更に人口に在るもの尽《ことごと》く以て撰集して、数十巻と成す」（群書類従本）とある。この序文の趣旨は、万葉集の一部が勅撰であったというふうに読み得る。それはおそらく巻一・二のことだと考えてよいのであろう。万葉勅撰説は、これをはっきりと指摘しているものは、右の外には古今和歌集真名序の一文がある。「昔、平《な》城天子《らのみかど》侍臣に詔して、万葉集を撰ばしむ。爾《それ》より以来、時は十代を経、数は百年を過ぎたり」。しかし、いずれにせよ、現存万葉集の巻一・巻二が勅撰であると明示しているわけではない。

つぎは巻一・二の中に、最初に編纂された部分があるとして、それを「原万葉」あるいは「原撰万葉」と称するのは近頃の傾向である。しかし、原万葉を想定する場合にも、これを大雑把に分けると二つになる。つまり、現形万葉集の巻一・巻二の中に原撰部と増補部とを区別して原万葉なるものを想定しようとする立場と、巻一の中に原撰部と増補部とを認め、巻二は巻一の拾遺と考える立場とである。この原撰部と増補部という問題についていえば、誰もが目につくのは、統治天皇代の標目の中で寧楽宮というのが著しく他の書式とかわっている点である。これが増補であることは明らかである。また、奈良遷都は和銅三年（七一〇）であるが、巻一には藤原宮御宇天皇代の末尾、寧楽宮の標目の直前に和銅五年の題詞をもつ作品三首がある。この場合などは明らかに配列上の混乱が認められる上に、増補部の問題ともかかわってくる。すでに掲げた天皇代の標目の中で、藤原宮御宇天皇代の注記に、「高天原広野姫天皇、元年丁亥の十一年位を軽太子に譲りたまふ、尊号を太上天皇といふ」とあって、巻一も巻二も同様である。高天原広野姫天皇即ち持統天皇は、持統十一年に譲位してから崩御された大宝二年（七〇二）までの足かけ六年間は太上天皇と称された。五四番歌の題詞から持統は太上天皇の名で登場する。標目の注記に出てくる太上天皇という名が題詞の記載するところと一致するという現象は、編纂整理の時期がこの時代であったということを示すものであって、増補部は別の問題としてみるとき、いわゆる原万葉の一応の成立期をこのあたりにおいて考えるのは妥当であろう。つぎに巻二の体裁について考えると、相聞部と挽歌部との二つの部立をそれぞれ統治天皇代によって分類しているのだが、巻頭に仁徳天皇代の磐姫皇后の歌をおき、巻末に寧楽宮の歌をおくという形は、巻一の体裁にならっているといえる。しかし、相聞部と挽歌部と内容が二つに分かれている以上、それぞれの部立がこのような体裁を取るべきであるのに、巻頭と巻末の体裁は部立を無視して、「巻」としての体裁を調えているという点に基準の曖昧さが露呈されている。

歌人についていえば、まず巻一では、雄略天皇・舒明天皇・中皇命・軍王・額田王・天智天皇・井戸王・天武天皇・吹黄刀自・麻續王・持統天皇・柿本人麻呂・高市古人（黒人）・川島皇子・阿閇皇女・当麻真人麻呂の妻・石上大臣・藤原宮役民・志貴皇子・坂門人足・調首淡海・春日蔵首老・長忌寸奥麻呂・與謝女王・長皇子・舎人娘子・置始東人・高安大島・身人部王・清江娘子・文武天皇・忍坂部乙麻呂・藤原宇合・長屋王・元明天皇（前出、阿閇皇女）・御名部皇女・長田王など三十六名が作者名を明らかにしている。歌数は八十四首で、そのうち長歌は十六首ある。

巻二の場合は、磐姫皇后・衣通王（古事記歌謡）・天智天皇・鏡王女・藤原鎌足・久米禅師・大伴宿禰安麻呂・巨勢郎女・天武天皇・藤原夫人・大伯皇女・大津皇子・石川郎女・日並皇子尊・弓削皇子・額田王・但馬皇女・舎人皇子・舎人娘子・三方沙彌・石川女郎・大伴宿禰田主・長皇子・柿本人麻呂・依羅娘子・有間皇子・長忌寸意吉麻呂・山上憶良・倭姫命・天智側近の婦人・石川夫人・高市皇子・持統天皇・日並皇子尊の宮の舎人（複数）・檜隈女王・穂積皇子・置始東人・丹比真人・河辺宮人・笠朝臣金村など四十人以上である。歌数は全体で百五十首あり、うち長歌は十八首である。

最後に、巻一・二の体裁を他の巻々と比較すると、統治天皇代によって歌を歴史的に配列してある点が大きな特色となっている。また、その左注は詳密で考証的に記されている部分もしばしばみられる。そのために引用されている文献は日本紀が主であり、古事記や類聚歌林も引かれている。歌句の異同は資料の許すかぎり、その異同を注記したと想像される。こうした作業は、前代から伝承されてきた歌の制作年代を整理し、歴史的な位置付けを与えるとともに、作者を明確にするという目標が存したことは誤りない。これはたんなる歌集として計画されたものではなかったことを思わせる。学問的ともいえる厳密な編纂姿勢からみて、日本書紀とも通うものがある。やはり、この巻一・巻二の原形は国家的な事業として着手されたものではなかったかと思われる。原撰万葉の勅撰説は今後とも重要な課題として残らねばならない。

〔参考文献〕＊「編者の意図―万葉集巻一の場合―」伊藤博（国語国文27―10）＊「原万葉―巻一の追補」中西進（美夫君志7）＊「感愛の誕生―万葉集巻二の形成―」中西進（国語国文35―4）＊「作品の配列基準―万葉集巻二相聞の場合―」清水克彦（女子大国文71）＊「万葉集巻一・巻二勅撰説に対する一疑問」後藤利雄（美夫君志4）＊「万葉集巻一、二の表記と憶良」伊丹末雄（美夫君志6）＊「万葉集巻第一、二の含む機制」太田善麿（国語と国文学41―9）＊「万葉集編纂研究に対する資料的視点―巻一、二の成立論をめぐって―」原田貞義（『野田教授退官記念日本文学新見』）〔大久間〕

巻第三

この巻は雑歌・譬喩歌・挽歌の三部立によって構成されている。譬喩歌は相聞に相当するから、部立の上からいうと、巻一と巻二を総合したような性格を持っているといってよい。またつぎの巻四とともにこの巻は巻一・二の拾遺的な色彩が強い。

年代の範囲は雑歌では「天皇（持統天皇と推定される）御遊雷岳之時柿本朝臣人麻呂作歌一首」（二三五）が最も古く、「大伴坂上郎女祭神歌一首」（三七九）が天平五年十一月の注記を持っており、年代の明瞭なものでは一番新しい作品ということになる。譬喩歌においては、天武天皇の皇女である「紀皇女歌一首」(三九〇)が最も古く、時代を下ること天平中期頃までの歌群が並んでいる。また挽歌の部では冒頭にある聖徳太子の龍田山の旅人の死を傷む歌(四一五)が最も古く、天平十六年七月二十日の注記を持つ「悲傷死妻高橋朝臣作歌一首」(四八一～四八三)の歌の時期にいたっている。以上のような三つの部立の占める年代的な範囲は、巻一・二の時代を含みながら、いっそう新しい年代にまで達していることが知られる。しかし雑歌についていえば、巻一・二の作品群が持っていた重厚で荘重な作風、ときに華麗で典雅な雰囲気は著しく乏しくなり、また行幸や皇室関係の歌が減少している。譬喩歌においてもこの事情は同じで、第二・第三期の作品はわずかで、おおむね第四期の新しい作家たちの歌が中心をなしている。大伴家持、大伴駿河麻呂、坂上大嬢といった万葉集晩期の歌人たちの歌が中核をなしているということがいえよう。挽歌においても伝説歌の面影を残している巻頭の聖徳太子の歌をのぞくと、ほとんどが第二・三・四期の比較的新しい時代の作品が多くなってきている。

このように巻三は全体を通してみても巻一・二の作風よりもいっそう新しい時代の作風を伝え、編纂もまた新しい時代であることが明白であろう。そのために、巻一・二の特色は消えたけれども、第二期の高市黒人、第三期の大伴旅人、山部赤人、第四期の湯原王、大伴家持といった人々の抒情的な作品、ないしこれらの作家の面目を新にする名歌がところどころにちりばめられている。巻三の中から特色のある歌を列挙すると、雑歌の中では「柿本朝臣人麻呂羈旅歌八首」(二四九～二五六)ならびに「高市連黒人羈旅歌八首」(二七〇～二七七)があげられよう。これらの歌群は日本の文学史上からいっても画期的な新しい文芸意識をもった作品群として注目に値するであろう。題詞において「羈旅」という語が用いられたのも、この巻のこの人麻呂の歌を嚆矢とする。雑歌という宮廷を中心とした公的な歌として区分された部立に羈旅という、いわば新しい文学的な概念が入ってきたことを意味している。確かに巻一の雑歌の中においては天皇の行幸以外に旅の歌がなかったというのではない。旅の歌はあったけれども、それが羈旅という名称によって、すなわち八首の歌群が一つのテーマによってまとめられていることが重要なのである。いってみれば旅をテーマとした作品として歌が配列され、編纂され、そして鑑賞されてくる。そういう新しい文芸意識がこの題詞の裏にはあった。そしてまた人麻呂についていえば、巻一・二の儀礼的な荘重な表現世界とは別な旅における個的な抒情的な世界が自由な魂の歌として謳いあげられている。このような傾向は黒人においても同様で、黒人の旅の歌は一種近代的な知性的な透明度をもった叙景的世界へと発展していると思われる。

叙景詩への傾斜は、第三期の山部赤人の作風に受けつがれていくけれども、赤人の有名な「田児の浦ゆうち出て見れば真白にぞ不盡の高嶺に雪は降りける」（三一八）もまた巻三を飾る叙景歌の名品として名高い。この赤人の富士を詠んだ右の歌のつぎには高橋連蟲麻呂の作と思われる同じ富士を歌った作品（三一九〜三二一）が配列されており、人麻呂において完成された長歌様式は大伴旅人の吉野従駕の長歌（三一四）や赤人の伊豫の温泉において作った作品（三二二）にその深い影響を認めることができるが、すでに人麻呂の力強い長歌の特色は失われていることを考えると、この蟲麻呂の富士を詠んだ作品の特異性は新しい長歌の姿を模索するひとつの収穫であったと思える。

また山上憶良の「憶良らは今は罷らむ子哭くらむそれその母も吾を待つらむぞ」（三三七）という有名な歌に続いて、大伴旅人の酒を讃むる歌十三首が収められている。「酒の名を聖と負せし古の大き聖の言のよろしさ」（三三九）といった中国文学と思想を深く身にまとった作品で、第三期の知識階級に属する人生詩人の面目をよくあらわしている。三五一番の沙彌満誓の「世間を何に譬へむ朝びらき榜ぎ去にし船の跡なきが如」（三五一）といった仏教の無常思想を素材とした作品も第三期の歌人によって開かれた新しい文学的な世界であった。

抒情的な短歌世界を表現した山部赤人よりもやや遅れて登場した湯原王は天智天皇の皇孫で、志貴皇子の子であったが、王の歌は万葉の後期を代表する清新な抒情的な世界を表現しており、「吉野なる夏実の河の川淀に鴨ぞ鳴くなる山かげにして」（三七五）といった新しい叙景詩が収められている。譬喩歌になると大伴家持に贈られた笠女郎の歌「託馬野に生ふる紫草衣に染めいまだ著ずして色に出にけり」「陸奥の真野の草原遠けども面影にして見ゆといふものを」「奥山の磐本菅を根深めて結びしこころ忘れかねつも」（三九五〜三九七）、あるいは家持が坂上大嬢に贈った歌（四〇三）、そして大伴坂上郎女の歌（四〇一）、この歌に和えた大伴駿河麻呂の歌（四〇二）といった万葉集第四期の大伴家を中心とした最も新しい時代の相聞歌がならんでいる。

挽歌ではすでに前述したが、万葉集中唯一の聖徳太子作と伝えられる歌「家にあらば妹が手纏かむ草枕旅に臥せるこの旅人あはれ」（四一五）が冒頭を飾っている。巻二の巻頭の磐姫の歌（八五〜八八）と照応するような伝説歌謡の面影を伝えている最も古い歌の一首に属する。続いて天武天皇の皇子で持統帝の実子である草壁皇子との抗争に敗れ、死を賜った大津皇子の悲痛な辞世の歌「百伝ふ磐余の池に鳴く鴨を今日のみ見てや雲隠りなむ」（四一六）が収められている。あるいは柿本人麻呂の溺死した出雲の娘を吉野において火葬にしたときの歌（四二九〜四三〇）が載せられている。火葬という新しい埋葬の習慣が大陸からもたらされ、この時代に社会的に広がったことを示す歌であり、「山の際ゆ出雲の児らは霧なれや吉野の山の嶺にたな引く」（四二九）といった火葬の煙を歌う新しい挽歌が生まれてきた。あるいは山部赤人の、勝鹿の真間娘子の墓を過ぎるときに作られた長歌（四三一）といった伝説的な女性を素材にした物語的な挽歌も新しい時代の歌であった。同様にこの歌に続く四三四〜四三七番の歌も姫島の松原の美人の屍を見て哀慟《かなし》みて作ったと題詞にあるが、物語的な世界を表現した挽歌の一種とみられよう。また「天平二年庚午の冬十二月、大宰の帥大伴卿の、京に向ひて上道せし時作れる歌五首」（四四六〜四五〇）が載っている。大伴旅人が大納言となって九州大宰府から大和へ帰京するときの作品であり、赴任した異郷の空で妻を失った悲しみを帰京の途次に作ったものであった。「吾妹子が見し鞆の浦のむろの木は常世にあれど見し人ぞなき」（四四六）といった追悼の歌としての挽歌であった。

　このような追悼歌としての挽歌もやはり第三期以降の新しい形の死の歌であった。四六〇番天平七年に大伴坂上郎女が詠んだ尼理願の長歌も、このような性格を如実にみてとれる作品であった。そしてこれに続く大伴家持の「亡《みまか》りし妾を悲傷びて作る」歌（四六二〜四七四）もまた若き家持の妾を偲ぶ哀悼歌として歌われている。良い意味でも悪い意味でもここには第一・二期の挽歌本来が持っていた機能ないし意義が失われ、甘いペシミズムと感傷が家持の抒情的世界を彩っている。

〔参考文献〕＊「古代宮廷歌の終焉―万葉集巻三の形成―」中西進（成城学園五十周年記念論文集）＊「巻三末尾挽歌存疑」五味智英（『万葉集研究』2）＊「万葉集巻三巻頭歌の論―或本歌との関連に於いて―」松田好夫（中京大学文学部紀要9―1）＊「万葉集巻三雑歌部筑紫歌群の形成―題詞の問題を中心に―」米内幹夫（語文46）〔永藤〕

巻第四

　この巻は全巻が相聞の部である。巻頭の「難波天皇妹」（四八四）と表記されている人物は、他の用例からいうと孝徳天皇を意味すると思われるが、巻頭におかれている点を考慮すると仁徳天皇の妹・八田皇女と考えるのが妥当であろう。すなわちこの巻は仁徳天皇の御代から奈良時代、天平年間までの三百九首を収める。歌は万葉第一期から第四期までにわたるが、第一・二期の歌数は、巻三よりもいっそう減少していることが知られる。また歌体の上でも巻三においては長歌が二十二首収められているのに対し、この巻ではわずか七首という数になっている。時代が下るに従って長歌という様式が衰微していくことは明瞭であるが、そのかわりに最も歌数の多い大伴家持の習作時代ともみられる若い抒情的な作品が目につく。

　順を追って歌をみていくと、巻頭の歌に続いて、岡本天皇の御製（四八五〜四八七）がみられる。この天皇は、舒明ないし斉明天皇であろうと推量されているが、現在どちらときめかねる。続いて額田王と鏡王女との間に歌われた二人の歌が収められている。「君待つとわが恋ひ居ればわが屋戸の簾うごかし秋の風吹く」（四八八）という額田王の歌には第一期の歌人ながら万葉集が成熟していく抒情詩の方向をはっきりと示している女性的なみずみずしい感性が歌われている。四九六〜四九九番の柿本人麻呂の作品には、有名な「み熊野の浦の濱木綿百重なす心は念へど直に逢はぬかも」（四九六）という浜木綿を歌った万葉唯一の歌がみられる。また五〇一番「未通女《をとめ》等が袖布留山の水垣の久しき時ゆ思ひき吾は」、五〇二番「夏野行く牡鹿の角の束の間も妹が心を忘れて念へや」には、巻一・巻二とは異なった人麻呂の詩的世界が仄みえている。いわば人麻呂と人麻呂歌集の接点をなすような民謡性とともに、序詞の美しさは一種近代詩を思わせるような明るさに満ちあふれている。五一三番には志貴皇子の歌がみえ、五三〇番には志貴皇子の女である、海上女王に賜える聖武天皇の御製「赤駒の越ゆる馬柵《うませ》の標結ひし妹が情は疑も無し」が収められている。五四三番は笠金村の長歌で、神亀元年甲子の冬十月、聖武天皇が紀伊国へ行幸された折に、従駕した夫に贈るために娘子から代作を依頼された相聞歌である。明らかに人麻呂の長歌の伝統をふまえながら、道行の技法をとり入れ、旅ゆく夫と別れて都に残された妻の心をたくみに歌っている。巻六の九一七番にみえる山部赤人の歌もこのときの行幸に際して詠まれたものであった。

　五六三番には「黒髪に白髪交り老ゆるまでかかる恋にはいまだ逢はなくに」の大伴坂上郎女の老女の恋歌が載せられている。大体このあたりから大伴家とその周囲にいた人々の歌が中心になって並べられており、大伴家あるいはもっとしぼって家持あたりが収集していた歌の記録やノートを中心にしてこの巻が編まれたことは充分推定できるであろう。そしてこの巻の中頃に散在する大宰府関係の歌は、おそらく家持の父、旅人、坂上郎女といった大伴家の人々の収集した作品の手びかえノートからこの巻に流れ込んだものであったと思われる。後半にあらわれる家持の歌、ないし家持をとりまく女性たちの多くの恋の歌群は、彼の若い時代、越中へ赴任する以前の青春の記録であったということができよう。五八一〜五八四番は大伴坂上郎女の大娘が家持に贈った恋歌である。「生きてあらば見まくも知らに何しかも死なむよ妹と夢に見えつる」（五八一）「丈夫もかく恋ひけるを手弱女の恋ふる情に比《なら》べらめやも」（五八二）という、やがて家持の妻となる女性へあてた若書きの作品である。

やがて五八七番以下二十四首という多数の恋歌を家持に贈った笠女郎の作品がみえる。「白鳥の飛羽山松の待ちつつぞ我が恋ひわたるこの月頃を」（五八八）、「君に恋ひいたもすべなみ奈良山の小松が下に立ち嘆くかも」（五九三）、「我がやどの夕蔭草の白露の消ぬがにもとな思ほゆるかも」（五九四）、「相思はぬ人を思ふは大寺の餓鬼の後方に額つくごとし」（六〇八）。切々と家持に訴えかけられた恋情はまた万葉女人のものであった。万葉前期の恋歌とも、王朝女性のそれともちがう激しい女の胸の炎があますところなく表現されている。この巻にはこのような女性から家持に贈られた歌は数多くみられるが、家持の答歌が収録されていない場合が多い。笠郎女の二十四首の歌に対して、家持の返事の歌はわずか二首（六一一〜六一二）にすぎない。山口女王の歌（六一三〜六一七）、大神《おおみわ》女郎の歌（六一八）、中臣女郎の歌（六七五〜六七九）等は女性のものだけで家持の歌は収録されていない。この場合、この恋が成立しなかったと想像することはできないだろう。おそらく女性から受け取った歌のみが家持の手許に残った。あるいは家持本人が取捨選択して自己の作品を収録しなかった可能性が強い。このような傾向に対して六三一〜六四一番までの歌は湯原王と娘子との往復書簡のごとき姿を持っており、互いのやりとりがはっきりと後づけられる。

家持が多くの女性から恋の花束を受けた中で熱心に答歌を返したのは彼の妻となった坂上大嬢だった。七二七〜七二八番は家持から大嬢に贈られた歌で「萱草わが下紐に著けたれど醜の醜草言にしありけり」「人も無き国もあらぬか吾妹子と携ひ行きて副ひて居らむ」の二首が収められている。この歌以後大嬢の答歌三首（七二九〜七三一）を皮切りに互いのやりとりした歌群が配列されている。妻となった女性へ贈った歌と彼女から贈られてきた歌との、双方が家持の手によって編集され、巻四の後半を飾る相聞歌となったと推定できよう。七四一〜七五五番までの十五首は大嬢に宛てたもっとも勢力的な家持の恋歌であった。「夢の逢は苦しかりけり覚《おど》きてかき探れども手にも触れねば」（七四一）、「夜のほどろ出でつつ来らくたび数多《まね》くなれば我が胸切り焼くごとし」（七五五）恋の成就が新たな苦悩と不安を生み出すという七五五番歌は、かえって家持、大嬢の安定した結婚生活の上に仮構された物語的な恋の世界であったともいえるかもしれない。大嬢との贈答歌の後には、家持と紀女郎の恋の交渉が描かれている。紀女郎の七六二番「神さぶといなにはあらずはたやはたかくして後に寂しけむかも」、家持の七六四番「百年に老舌《おいした》出でてよよむとも我はいとはじ恋ひは増すとも」の歌等から察するに、彼女は家持より年上であったらしく、家持の歌は大嬢に対するときよりものびやかな遊びの気分がただよっているように思われる。「ひさかたの雨の降る日をただひとり山辺に居ればいぶせかりけり」(七六九)、「鶉鳴く故りにし里ゆ思へども何ぞも妹に逢ふよしもなき」(七七五)等は紀女郎にあてた恋歌でありながら青年歌人家持の独白を見事に歌い出した作品であった。

　以上若き家持の恋を中心として巻四の後半部は終わっている。

〔参考文献〕＊「晴への願い―万葉集巻四の形成―」中西進(成城文芸45)　〔永藤〕

巻第五

　巻五は、構成や内容、作者および作風、編纂法、表記法にいたるまで、多くの点で他巻から隔絶しており、異色の巻ということができる。

　部立には「雑歌」と記されているが、巻中には、雑歌のほかに挽歌や相聞歌も含まれており、とくに内容による分類がなされた形跡はみられない。それ故、この標目がもとより存在したかどうか疑問とされている。歌数は長歌十首、短歌百四首で、そのほかに漢詩二、書牘文五、漢文一、漢文序十などを併録する。このように、漢詩文を混載するのもこの巻の特色の一つだが、これらを巻五は、神亀五年六月の大伴旅人の作から天平五年の山上憶良の作品まで、ほぼ制作年次に添って配列している。ちなみに、この時代順配列法は、巻一をはじめ作者判明歌巻の基本的編纂法の一つである。また、巻五を構成の点で特徴づけているのは、前半部が旅人の書牘往返歌文集、後半部が憶良の作品集といった具合に二部立てになっていることである。したがって、当巻は、作家および作家圏、作歌事情や編纂法など、多くの点で前半部と後半部は相貌を異にしている。

　巻五に名を明らかにして作品をとどめる者は三十六名、そのうち、紀男人や小野老など三十名までは、天平二年正月帥宅で催された梅花の宴に連り、ただ一度出詠の機会を持った者たちである。歌数の多いのは、順に山上憶良五十一首(「鎮懐石の歌」「後人追和之詩三首」〈八六一～八六三〉、「最々後人追和二首」〈八七四～八七五〉、「恋男子名古日歌」を憶良作とする)、旅人十五首(「員外思故郷歌両首」「後追和梅歌四首」「遊於松浦河歌」〈八五三～八五四〉、「領巾麾之嶺の歌」〈八七一〉を旅人作とする)、吉田宜四首、麻田陽春作二首であり、ほかに、藤原房前、三島王らが、一首宛歌を残している。また、巻五は作者判明歌巻でありながら、無名氏の作十首(「答歌二首」〈八〇八～八〇九〉「蓬客等更贈歌三首」「娘等更報歌三首」「後人追和歌」〈八七二〉、「最後人追和」〈八七三〉)を記録しているが、これは作主不明というのではなく、多分に意図的、作為的なものである。このように、作者という点で巻五を特徴づけているのは、それが大宰帥大伴旅人とその配下の、山上憶良を代表とする官人たちであったということであろう。万葉集二十巻を鳥瞰できる現代の我々にはとくに奇異に映らないかも知れないが、万葉集を順に巻一から紐解いてきた者には、皇族でも専門歌人でもない旅人の作品が巻頭を飾る当巻は、やはり異色のものとして映ったはずである。なお、これら三十六名の歌人たちも三島王（八八三）を境に前半部と後半部に分けられ、前半部の歌人たちはすべて、旅人と書簡を交すか、彼の主催する宴遊に連なるか、あるいは彼の作品に唱和追同するか、何らかの交渉を持つことによって作品を残した者たちである。このように前半部は、旅人に集約されるのに対して、後半部は、憶良個人の作品集といった形態をとる。別人の作として唯一麻田陽春の作が収録されているが、これは憶良が彼の作品に追和したことを示すためにあわせ掲載されたものである。

巻五前半部所収歌は、筑紫歌群とか大宰府圏の歌といわれるように、その作の大半が、当時遠の朝廷と称されていた大宰府において制作されたものである。これらの歌群が生まれた直接の契機は、旅人が帥として着任後間もなく同伴してきた妻を失ったことによる。巻頭歌をはじめ、巻三・四所収の一連の亡妻哀傷歌群は、その旅人の鼓盆の悲しみの中から生まれたものだが、これを口火として、この辺境の地に時ならぬ文雅の華を咲かせる介添え人としてはたらいたのは山上憶良である。つまり、憶良が、旅人の悼亡歌に応えて「日本挽歌」や嘉摩三部作といった漢倭混淆体の歌文を旅人に呈上した結果であった。その後旅人は、こうした試みを遠く京師の朋友や知己へと拡大し、ここにおいて、従来の和歌の概念にはいささか当惑的な新形式の詩文が現出することになったのである。つまり、互いに時と場を異にしつつ唱和応返し合う書牘往来歌という形式がそれである。また、巻五前半部所収歌のいま一つの特色は宴席歌にある。大宰府にあっては、帥旅人の炊臼の傷みを和らげるべく、また逆に旅人が輩下の官人たちの無聊を癒すべく、官務のかたわらしばしば雅宴を催したらしい。当時、遊宴といえば、漢詩が批講されるのが一般的であったのだろうが、大宰府では、旅人の好みでもあったろうか、たびたび和歌が出詠披露された。こうした宴の中でも規模の上で最大なのは、梅花の宴だが、このほかにも、とくに宴遊の時とは記されてはいないが、松浦河に遊ぶ歌や領巾麾の嶺の歌などもそこで披露されたものとおぼしく、それぞれに唱和追同の歌が付されている。以上のように、巻五前半部の作品は、旅人の妻の死を端緒に、そしてそこが日本外交の要地大宰府であり、たまたま憶良のごとき知識文人らが周囲にあったために、漢倭混淆文という斬新な形式を生み、しかも、それらを書牘という手段を用いて交換応唱し、またときに、それらがしばしば催された宴席において披露され唱和されるといった特殊な制作事情を持つものであった。他方、巻五後半部は、筑紫歌壇の総帥であった旅人の帰京後の作を収めるが、その余風をうけて、麻田陽春への追和歌、「貧窮問答歌」「好去好来歌」といった献呈歌、さらには「沈痾自哀文」以下の作品のごとき、詩文と和歌によって合成された倭漢複合体の作といった、もとより目で読まれることを意図した作品が制作され収録されている。このように、制作事情こそ、前半部と少しく異なるものの、これらが何人かに呈上披露する目的で制作されたものであることにはかわりはない。

巻五戴録歌を歌風の点で、他巻のそれから聳立せしめている第一の点は、前述のごとく、歌と散文との融合、漢和混淆の文体が織りなすところの視覚的、構成的な形態からくる一風変わった綾目と肌ざわりにあろう。たとえば、巻頭の旅人の「報凶聞歌」は、書牘文と組み合わせることによって、新たな歌境を切り拓いたものだし、これに「日本挽歌」をもって応えた憶良は、さらに漢文序と漢詩を添えることによって、旅人の新機軸を一歩推し進めたといえよう。その後、旅人は「梧桐日本琴歌」や「遊松浦河歌」などで、散文と和歌とを巧みに融合させた一種の歌物語風の作品を創出したりする。いずれも文選や「遊仙窟」といった舶来の詩文を翻案模倣しての試作だが、その出来ばえはともかくとして、当時の高級知識官人層の漢詩文に対する造詣の度合と、それらを駆使する力とを示して興味深い。

巻五の歌風において目に立つことの第二は、たとえば「梅花歌」に如実に示されているような、大陸文化・文藻の風潮を直接投影したところの都雅と風流への強い志向である。そこでは、出席者たちに梅花の歌を出詠させているが、これは「文選」の「落梅賦」などに模したものであった。そのほか、毎年四月、松浦の玉島河畔で催されていた鮎釣りの行事に因んで、これを「遊仙窟」風の作品に仕立てた趣向などにも、そうした府官人たちの、都を離れているが故の「みやび」に対する強い愛着の念がうかがわれる。しかし、一方、巻五には、こうした都雅への志向とは別に、それから全く背を向け、ひたすら現実の社会や人生苦を歌い、そこにうごめく人間的実存のもろさ、哀しさを表白した憶良の嘉摩三部作や「貧窮問答歌」のような特異な作品も採録されている。こうした万葉集中において のみならず、和歌史上にあっても異彩を放っている巻五の歌風の形成は、それらが大宰府の地で制作されたということと決して無縁ではない。つまり、そこは大陸に向けて大きく開かれた日本の表玄関であり、大陸外交の要地であり、それ故に、外来文化の洗礼を真先きに受ける所であった。またそのために、旅人のごとき文武を修めた高官や憶良、紀男人、麻田陽春などといった当代の俊才や学識者が多く配されていたのである。その意味で、巻五所収歌を含むところの筑紫歌群は、この地において旅人と憶良が邂逅ったとき、生まれるべくして生まれた新文学であったともいえよう。

巻五、とりわけその前半部を、他巻から孤立させているのは、作品の載録の方法である。巻五前半部は、単純に漢倭混淆の歌文や書牘往来歌を年代順に配列しているのではない。その特色は、載せられた作品が相互に有機的関連を有し、いわば全体が一つの作品連鎖を形成している点にある。まず、冒頭の作は、旅人が両君なる者から凶事の知らせを聞いて、それに報えた返書である。その歌文を旅人は憶良に披露したものとおぼしく、彼からは「日本挽歌」とそれに添えて嘉摩三部作などが送られてきた。ついで、旅人は京人某や藤原房前らとも書簡を交しつつ歌作に専念するのだが、それらも逐一憶良に示していたとみえて、再び彼からは、神功皇后伝承に取材した「詠鎮懐石歌」が返ってくる。旅人が同じ神功皇后の故事に因むといわれる鮎釣りの行事に取材し、漢風に翻案した「遊於松浦河歌」を制作したのはそのためである。彼は、彼の周囲の者たちに、贈答歌六首をそれに唱和させた後に憶良に示す。彼はそれには直ちに「後人追和詩三首」として華を添える。いま「帥老」作と誤って伝えられる作品だが、歌風や歌語、さらには歌作の経緯などからみて憶良作とするのが穏当であろう。もっとも、憶良はこの三首の詠歌のみでは心ゆかなかったとみえて、重ねて、佐用姫の領布の振った山と帯姫（神功皇后）の御立たしの石の在るという松浦の玉島の地を尋ねたいという旨の書状を旅人に送った。ただ、その間に梅花の歌群や吉田宜の返書が載せられているのは、旅人が憶良とのこうしたやり取りとは別に、京の宜にも梅花の歌や、松浦河の歌を示していたからにほかならない。憶良の書状を手にした旅人はといえば、ついでその中にみえる佐用姫の歌に触発されて、「領巾麾嶺歌」を制作する。それに前作同様、周囲の者に「後人」「最後人」として追和させた上で憶良への返書としたのである。ときに、旅人の大納言昇進が決まり、帰京のいそぎに追われる頃であった。そうしたあわただしさの中で催された餞宴の折、憶良は過日の旅人の詠藻に「最々後人」として追和し、あわせて「書殿餞酒日歌」「敢布私懐歌」などを制作し、献呈したのである。やがて旅人は京に戻り、しばしば筑紫での交歓を偲びつつ、京の朋友らに衷の詠藻を披露していたらしい。三島王の追和歌はこうした交歓の中から生まれたものであろう。以上が巻五前半部の作品収録の概要であるが、ここには一首たりとも、前後の作品と関連を持たぬものはない。しかも作品はすべて旅人に発し、旅人に帰している。おそらくは贈答応返のなされしままに、ここに載録されたためであろう。

ところが、巻五後半部の採録法は、これとは大きく異なっている。そこでは、初発の陽春の作に追和した憶良の「為熊凝述其志歌」を除いて、いずれも憶良の一方的な献呈歌か、手控えとして留めおかれた作品によって占められ、しかも、それらの歌群相互には何の脈絡もみられない。巻五を前後に分かつ最も顕著な相違点である。

巻五の前後の断絶は作者圏や編纂法だけにみられるのではない。作品の表記法もまた両者を隔てるものとなっている。前半部は概ね一字一音式の表音仮名によって表記されているのだが、そこでまず目につくのは、作者によって使用された仮名が異なっており、しかも各々独自の癖というものを持っているということであろう。たとえば、憶良が「阿《ア》加《カ》迦《カ》何《ガ》枳《キ》企《キ》社《ザ》斯《シ》志《シ》周《ス》提《テ》那《ナ》飛《ヒ》弊《ヘ》武《ム》母《モ》欲《ヨ》利《リ》遠《ヲ》」といった仮名を好んで用いるのに対し、旅人が同じ音を「安可加我吉伎射之子須弖奈比返牟勿用理越」などを用いて表記するごときである。また、旅人、憶良のみならず、藤原房前や吉田宜、さらには無名氏の歌にも、それぞれ作者固有の仮名が使用されているのである。こうした現象は、巻十七以降の作品の一部や私家集からの転載歌などにわずかにみられるだけで、きわめて珍らかなものだが、これは前述のように、書牘往返の歌を、その記されしままに載せられたためであろう。ところが後半部になると、一変し仮名表記から意字を多用した表記法になっている。それればかりか、同じ憶良の作品でありながら、作品によってそこに使用される仮名も大きく異なっているのである。ただ、それらも子細にみれば㈠意字こそ大幅にふえてはいるが、仮名そのものは前半部とほとんどかわっていない熊凝の歌や児らを思う歌（八九七〜九〇三）のごとき作と、㈡全く別体系の仮名によって表記された「恋男子古日歌」のような作、㈢大部分は別体系の仮名で記されながら一部に憶良の用字癖をのぞかせる「貧窮問答歌」や「好去好来歌」のような作品といったふうに、大きく三つに分けられる。㈠は草稿、手控えの痕を残していることから、従来より憶良自身の手元に留めおかれていたものと目されてきた作品であり、㈡は左注に記すとおり、巻五の編纂者が憶良の作風に似ているとして、ここに載せたものであって、ここにみられる表記法は、その編纂者のものであろう。また㈢は、いずれも憶良から何人かに献呈されたものであるため、表記法が異なっているのは、編者あるいは献呈された者が、それを書写してここに載せたものと推定される。実際、巻五後半部は、そうした多様な蒐集載録の経緯を物語るべく、各々の作品の表記法のみならず、作品の題詞の表記法などにも相違がみられるのである。

巻五前半部所収の作品は、前述のごとく、すべて旅人を中心として贈答唱和がなされている。これらの歌群は、他の筑紫歌群と合わせて大伴旅人と旅人の周囲の者（たとえば坂上郎女など）が蒐集したものであろう。巻の編者は、これらの蒐集物の中から、とくに書牘往来歌とそれに関連して追同唱和された作品を選んで巻を立てた。それをしてゆく過程で、彼は憶良の異彩を放つ歌群に、いたく心が惹かれたのであろうか、ついで憶良の家の筐底や献呈された先から作品を蒐集したり書写したりして、後半部に収めた。なかには掉尾の作品のごとく、すでに作主すら不明になっていた作品も存在したようである。このように、二部から成る巻五の最終編纂者としては、旅人の最も近くにあり、しかも一時憶良の歌文に心酔傾頭し、模倣作を制作していた大伴家持以外に相応しい者はあるまい。家持は、越前国守として下向していたとき、無聊の日々、在りし日の父の淵叢を偲びつつ、この巻を編んだものであろう。

〔参考文献〕＊「万葉集巻五梅花歌序の〈詩紀落梅之編〉について」倉野憲司（国語と国文学36－2）＊「万葉集巻五の筆録者について」橋本達雄（国文学研究26）＊「万葉集巻五の筆録者」原田貞義（解釈と鑑賞34－2）＊「万葉集巻五試論―雑歌の意味―」林田正男（国語と国文学50－6）＊「万葉集巻五のなりたち―前半部を中心に―」林田正男（九州大谷短大国語研究4）　〔原田〕

巻第六

巻六は全巻雑歌から成る巻で、歌数は長歌二十七首、旋頭歌一首、短歌百三十二首、計百六十首である。国歌大観番号によれば九〇七から一〇六七に及び百六十一首となるが、これは一〇二〇と一〇二一とが一首の長歌の前半と後半であるのを見誤って二首に分割して番号を付したことによる。雑歌の部立をもつ巻は、この巻以前に巻一、巻三、巻五があるが、巻一は由緒正しい宮廷的和歌を収め、巻三はその拾遺的性格をもち、巻五は雑多な性格の歌を収録していて、もともと雑歌の部立のないのが原型かとする説もある巻で、巻一・三の雑歌とは性格を大きく異にしている。この点で巻六は巻一を継いで宮廷的和歌の収録を意図したものであって、巻三雑歌のように先代の歌を含まず、奈良朝の歌のみを時代順に配列している。

制作年代は巻頭笠金村の歌（九〇七）の養老七年（七二三）五月にはじまり、以下天平十六年（七四四）正月の大伴家持の歌（一〇四三）にいたるまで、年月を追って配列されており（ただしこの間、天平元年、同七年、同十三年、同十四年の歌はない）、最後に年月不明の作者未詳歌三首（一〇四四～一〇四六）と田辺福麻呂歌集所出歌二十一首（一〇四七～一〇六七）が付してある。この部分は年月が明記されていないところから、最終的な追補と考えられるが（沢瀉久孝・万葉集注釈ほか）、制作年代は内容からして、以前推定したごとく（橋本達雄・万葉宮廷歌人の研究）、天平十三年から天平十六、七年までの間と思われる。したがって本巻の歌は養老七年から天平十六、七年まで、二十二、三年間の作となり、万葉時代の四期区分によれば第三期の後半と第四期の前半にわたるものとなる。しかし、編纂に当たって使用した資料は単一でなく、いくつかの傾向の異なる資料を取捨しつつ宮廷的和歌集録の目的に添う歌を選び、年代順に配列したのであるらしい。その資料はおよそ五つに分けて考えることができる。

第一部は巻頭から九五四にいたる、主として行幸従駕関係歌で、もっとも宮廷歌巻としての面目を発揮している部分である。養老七年から神亀五年（七二八）までの七年間の作四十八首である。

第二部は九五五から九七〇にいたる大宰府関係歌であって、神亀五年から天平三年（七三一）までの四年間の作十六首である。

第三部は九七一から九七七にいたる七首で、天平四年と五年の二年間の作である。あるいはつぎの第四部と同一資料によるかとも思われるが、作者が異質なので仮に分離しておく。

第四部は九七八から一〇四三にいたる大伴関係歌で、天平五年から同十六年までの十二年間の作六十六首である。

第五部は一〇四四から巻末の一〇六七にいたる二十四首の年月不記歌で、作者、年代はさきに触れたが、第一部に照応する宮廷歌である。

この第一部と第五部との照応からも考えられるように、本巻は宮廷的な晴れの歌に重点をおいているが、このことは第一部や第二部と重複する作者の歌を多数収める巻三の雑歌が、比較して、より私的な面に傾いていることからもいいうる。そして第二部以下第四部までの歌は必ずしも宮廷歌といえぬものもかなり交っているが、官人の集宴歌、羇旅歌など、おおむね上に準じうるものとする認定によったのであろう。

さて、上述のごとき内容と部分とからなる本巻の作者について、その作品の性格とともに、あらましを以下に述べてゆきたい。

第一部の作者は笠金村・車持千年・山部赤人の三名に限定されるといってよく、例外として膳王の歌（九五四）が末尾に付されている。金村以下の三人は前代の宮廷歌人柿本人麻呂の系譜に立つ歌人である。宮廷歌人とは一般的にいって宮廷の公的な諸儀礼や行幸などの晴れの場で讃歌や挽歌など、いわゆる宮廷歌を制作・発表する役を担う歌人をいうが、彼らは同時に宮廷のサロン的な場に提供する物語風の歌や座興の歌なども付随的に制作していた。上の三人は千年のみ作品数が乏しく明確にしがたい面をもつが、いずれもその両方の場にわたる作品を作っており、人麻呂の流れを正しく継承している。しかし、かかる歌人は長い万葉和歌史上に常に存在していたのではない。人麻呂が壬申の乱以後の強大な皇権のもと、伝統的国風文化の振興がはかられた白鳳時代に活躍しているように、金村らもまた、人麻呂を隔たること約二十年後に、皇親長屋王が政権を掌握し、英主天武の再来と期待された聖武天皇が即位する前後から、白鳳回帰の時代精神の高まった気運に乗じて、和歌史を飾る存在として輩出してくるのである。本巻の三人の歌は宮廷歌人が付随的に詠出するサロン向けの歌をほとんど含まず、吉野・難波・播磨など諸方面の行幸に際して、晴れの場の歌体である長歌を構えて讃美する形態をとっている。四十八首中、長歌が十四首、その反歌が二十九首を占めることからしても、いかに謹直な宮廷歌によって構成されているかが知られよう。また三者の作品は、ときに千年の作品を欠く場合はあるが、いずれのときも金村・千年・赤人の順をもって配列され、この順がそのまま身分の序列であったらしい。金村にははやく霊亀元年（七一五）薨じた志貴皇子に対する挽歌（2・二三〇〜二三二）があり、もっとも先輩格の歌人として重んじられていたのであろう。しかし、なかでは赤人の讃歌がもっとも注目され、他の二人がまったく用いなかった「やすみししわが大君」なる、人麻呂が多用した天皇讃美の句を冒頭に据えて歌い出す歌を多作している。この意味でも人麻呂の正系をもって任じる意識が強く感じられる。とくに神亀元年の紀伊国行幸時の歌（九一七〜九一九）や同二年の吉野行幸時の歌（九二三〜九二七）など名作として知られている。反歌の一部を示す。

若の浦に潮満ち来れば潟をなみ葦辺をさして鶴鳴きわたる　（九一九）

み吉野の象山のまの木末にはここだも騒く鳥の声かも　（九二四）

ぬばたまの夜の更けゆけば久木生ふる清き河原に千鳥しば鳴く　（九二五）

第一部で特異なのは神亀四年正月、諸王諸臣子らが授刀寮に散禁されたときの歌（九四八・九四九）と末尾の膳王の歌（九五四）で宮廷歌ではないが、前者は作者未詳とあるものの、金村歌集の歌と思われ（原田貞義・国語国文研究四二号）、宮中に関するものとする観点から採られたものか。後者は行幸従駕歌と思われ、膳王は金村ら宮廷歌人の庇護者であった長屋王の子でもあり、長屋王と運命を共にして世を去った縁をもってここに配したのであろう。

第二部は大伴旅人の大宰府在任中から帰京途次および帰京後の歌で、その周辺の歌を収めている。冒頭に大宰少弐石川足人が旅人に「さす竹の大宮人の家と住む佐保の山をば思ふやも君」（九五五）と問いかけたのに対し旅人が「やすみししわが大君の食《を》す国は日本《やまと》もここも同じとぞ思ふ」（九五六）と答えた歌を載せ、以下香推廟奉拝の後の歌（九五七〜九五九、旅人・小野老・宇努男人）、旅人の吉野離宮を思う歌（九六〇）など公的意識に連なる歌が多い。目をひくのは旅人が帰京にあたって大宰府の水城で、娘子児島と贈答した歌（九六五〜九六八）で、身分をわきまえた遊女の切実な嘆きと、それに涙する旅人の感慨が歌いこめられている。またその後の旅人が奈良から飛鳥の故郷をなつかしく偲ぶ歌も（九六九・九七〇）、旅人最晩年の心情を語るものとして貴重である。ほかに葛井広成・大伴坂上郎女の歌があって作者は計七人であるが、公的歌体である長歌は坂上郎女が大宰府から帰京する時の一首（九六三）にすぎない。

第三部はわずか七首のうち四首が、天平四年はじめて唐制にならって派遣した節度使関係の歌で、それぞれ長反歌から成る二組である。その一組は藤原宇合が西海道節度使として派遣される際に高橋虫麻呂が贈った送別の歌である（九七一・九七二）。虫麻呂の作品は巻三・八・九にもみえるが、いずれも虫麻呂歌集あるいは虫麻呂之歌中所出歌で、はっきり虫麻呂作とあるのはこの一例だけであり、宇合との密接な関係を知る上で貴重である。虫麻呂は宇合家に仕え、その文学サロンを主な作歌の場としていた人であるらしい。「千万《ちよろづ》の軍《いくさ》なりとも言挙げせずとりて来ぬべき男とぞ思ふ」（九七二）はその反歌である。続く天皇（聖武）が節度使らに酒を賜う歌（九七三・九七四）は左注に「或は云ふ太上天皇（元正）の御製」と異伝を注し、歌詞自体に自敬表現をとっているなど、天皇自身の作とは思われず、宣命などを草する中務省の内記など宮廷歌人的な人の作と考えられるが、天皇の催す送別儀礼の際の型に従った作品である。他には安倍広庭と天平五年の神社老麻呂の短歌がある。広庭は巻三・八にも出る人で、とくにここに出る理由はわからぬが、その死が天平四年二月であるのでここに入れたものか。それにしても同年八月任命の節度使関係歌のあとに配されているのは不審である。

第四部はこの巻でもっとも多彩な部分で、作者は三十二名にのぼる（作者未詳とある二名を除く）。そのうち以前の第三部までに登場した人は大伴坂上郎女・山部赤人・聖武天皇・葛井広成の四名を数えるのみである。余の二十八名は、初出順に、山上憶良・安倍虫麻呂・豊前国娘子（大宅）・湯原王・藤原八束・市原王・紀鹿人・大伴家持・海犬養岡麻呂・船王・守部王・安倍豊継・葛井大成・按作益人・忌部黒麻呂・橘奈良麻呂・門部王・橘文成・榎井王・巨勢宿奈麻呂・元興寺の僧・石上乙麻呂・巨曾部対馬・橘諸兄・豊島釆女・丹比屋主・大伴東人・高丘（楽浪）河内である。このうち石上乙麻呂は作者として問題のあること後述する。この部分はさきに大伴関係歌としたように、大伴坂上郎女はこの部分に六箇所九首を残し、大伴家持も同じく六箇所九首を留めるなど彼らの資料が中心をなし、周辺の資料から応詔歌・行幸関係歌・高官邸の宴歌などを集めたものと思われる。作者・作品の特記すべきものの一部について触れてゆこう。

まずこの部の冒頭を飾るのは、憶良の辞世ともいうべき「士やも空しくあるべき万世に語り継ぐべき名は立てずして」（九七八）である。藤原八束が河辺東人をして憶良の病を見舞わせたとき、涙を拭いつつ悲しんで口吟した歌と伝える。八束は家持とも親しく、自邸に安積皇子を招いたときの家持の歌も後にみえる（一〇四〇）。家持の初月の歌「ふりさけて三日月見れば一目見し人の眉引おもほゆるかも」（九九四）は天平五年、家持十六、七歳の作で作歌の年の明らかな最初の作である。家持の出発を記念する上で常に注意されてきた歌である。続いて天平六年、海犬養岡麻呂が詔に応えて作った「御民われ生けるしるしあり天地の栄ゆる時にあへらく思へば」（九九六）は、万葉集中にこの一首しか歌を残さなかった作者ではあるが、格調高く、賀歌としてこの巻にふさわしい調べを奏でている。また、第一部で活躍した三名の宮廷歌人は、長屋王自尽（天平元年）の頃をもっておおむね姿を消しているが、赤人のみは時を隔てて天平六年の難波行幸、同八年の吉野行幸時の歌をしばらくぶりに残しているのは注意してよく（一〇〇二・一〇〇五・一〇〇六）、同時にこれが赤人の最後の歌ともなっている。珍しい歌としては石上乙麻呂が土左国に配流されたときのものがある（一〇一九〜一〇二三）。長歌三首と反歌一首からなるが、第一首を乙麻呂を送る都人の立場で、第二首を妻の立場で、第三首と反歌とを乙麻呂自身の立場で作った歌らしく、物語風に展開している。作者は乙麻呂とは思われず、第二首以下に田辺福麻呂歌集と共通する特殊な用字が指摘されている（古屋彰・万葉四五号　原田貞義・国語国文研究四一号）。あるいはのちに福麻呂歌集から採って、配流事件のあった天平十年に位置づけて追補したものかも知れない。第四部の末尾を抑える歌は、天平十六年一月、活道《いくぢ》の岡に登って一株の松の下で催した宴歌で、市原王と家持の歌（一〇四三）である。「一つ松幾代か経ぬる吹く風の声の清きは年深みかも」（一〇四二）は市原王の秀作だが、ともに賀歌で、場所からいっても、安積皇子中心に開かれた正月の賀宴の歌と思われる。第五部は後の追補と認められるので、巻六ははじめの歌で終わっていたことになる。その編纂の中心に家持のいたことは疑いなく、市原王も携った可能性が強い。そうだとすれば彼らは第一部の栄えある宮廷讃歌に響き合うように、みずからの賀歌をもってしめくくったのであって、巻六編纂の意図を明確に物語っていることになる。

第五部が後の追補であろうことは幾度も言及した。はじめの奈良京の荒墟を傷惜する作者未詳の短歌三首を除けば、すべて田辺福麻呂歌集の歌で、長歌（六首）と反歌（十五首）だけからなる歌群である。福麻呂は人麻呂・金村・赤人らの歌人としての性格を継承する万葉最後の宮廷歌人で、やはり白鳳回顧の念の高まった皇親橘諸兄の政権下に出現して、その権力の推移に従って作歌した歌人であった。サロン向けの歌も他の宮廷歌人と同様に制作しているが、それらはいずれも巻九に収められ、ここでは第一部の金村らの歌と共通する内容の歌だけが選ばれている。作品は五種で、はじめに諸兄の献策によって久邇遷都が行われた結果、荒廃してゆく奈良京を悲しむ鎮魂的な歌を載せ、つぎに久邇新京讃歌を、長歌二首、反歌七首を連ねて（一〇五〇〜一〇五八）、力をこめて明るく讃えるが、その久邇京が日ならずして廃されるや、またもその荒墟に立って悲しむ歌を歌わねばならなかった（一〇五九〜一〇六一）のである。福麻呂の面目はこの二種の歌にもっともよく発揮されている。他の二種は難波宮讃歌と敏馬の浦を過ぐるときの歌である。第五部の追補がいつ、誰によって行われたかは定かでない。第四部までが天平十六年以降、家持が越中守となる天平十八年七月頃までに編まれているとしてよいなら（伊藤博・万葉集の成立と構造）、それよりかなり以後であろう。だが、それがいつ、誰によったとしても、これらの歌は巻六に追補するのをもっとも妥当と考えた追補者の認識を示すもので、巻六の性格をよく知っていた者の手になることは疑いがない。

〔参考文献〕＊「奈良朝宮廷歌巻—万葉集巻六の論」伊藤博（万葉80）＊「万葉集巻六の編纂—万葉びとの時代感覚(一)」奈良橋善司（古典評論8）

〔橋本〕

巻第七

巻七は作者不明歌からなる巻であるが、作者名を記した箇所が一箇所だけある。それは一一九五番歌の左に施された「右七首者、藤原卿作。未レ審二年月一。」という注である。この藤原卿が誰であるのかについては、藤原房前・宇合・麻呂があげられている。いずれも不比等（六五九〜七二〇年）の子で万葉集・懐風藻に作品を残している。万葉集全註釈の主張する麻呂説が最も可能性が高い。麻呂は大伴坂上郎女と結婚しており、しかも巻七の編纂には大伴氏が大きくかかわりをもっていると思われるからである。また巻七は、柿本人麻呂歌集から五十六首の歌を採っている。内訳は、略体短歌二十首（雑歌部六首、譬喩歌部十四首）、非略体短歌十三首（雑歌部十二首、譬喩歌部一首）、旋頭歌二十三首（雑歌部）である。人麻呂歌集についてはまだ未解決な問題も多いが、人麻呂自身の歌が含まれていることは確かである。したがって、巻七の作者のひとりに人麻呂を数えることができる。万葉集全註釈は「大伴旅人の歌は、集中に、その大宰帥時代以後の作は、相当に伝はつてゐるが、その以前の作は、二首存してゐるだけである。この人の作品などが、作者の署名の無い草本であつたまゝに、この巻などの作者未詳の中に紛れ入つてゐるのであらう」と推測している。確かに、

靫掛くる伴の緒広き大伴に国栄えむと月は照るらし　（7・一〇八六）

などは、巻七と大伴氏との深い繫がりを推測させるし、また「詠二倭琴一」の、

琴取れば嘆き先立つけだしくも琴の下樋に妻や隠《こも》れる
(7・一一二九)

などは、梧桐日本琴をめぐっての、大伴旅人と藤原房前との贈答歌(5・八一〇〜八一二)を思わせる。また「詠レ鳥」における佐保川と千鳥の歌(7・一一二三、一一二四)、「思二故郷一」における千鳥と甘南備の里の歌(7・一一二五)なども大伴氏との関連が考えられる(以上、「詠二倭琴一」「詠レ鳥」「思二故郷一」については、高野正美が昭和五十二年七月美夫君志全国大会において「巻七の作歌年代と作者層」と題して発表した)。作者名が記されていないだけに推測の域を出ないのではあるが、前述の藤原卿と大伴坂上郎女の関係とも併せて、巻七の作者として大伴氏の人々を想定することは、ある程度許されそうである。巻七の具体的な作者名を指摘できるのはせいぜいこの程度である。以下、巻七作者不明歌の作者の階層および作歌年代(作者〔層〕の考察に必要不可欠)について述べる。

まず雑歌部は官人層が考えられる。それは一〇八九番歌の左注に「右一首、伊勢従駕作」とあることから確認できる。この歌は、伊勢行幸に従った官人の作である。また雑歌部には「芳野作」以下「羈旅作」まで百二十一首もの旅の歌が収められているが、万葉時代においては物見遊山の旅は少なく、官命を帯びての旅が多かったであろうことからすれば、これら百二十一首の歌の作者のほとんどは官人層であろう。また内容的にみても、「いや常しくに我かへり見む」(一一三三)、「我は通はむ万代までに」(一一三四)、「岸の黄土《はにふ》を万代に見む」(一一四八)などは、人麻呂・赤人をはじめとする宮廷歌人の作にみられる表現であるし、「摂津作」の中の、

めづらしき人を我家《わぎへ》に住吉の岸の黄土を見むよしもがも
(7・一一四六)

駒並めて今日我が見つる住吉の岸の黄土を万代に見む
(7・一一四八)

などは、巻六に収められた、難波行幸の折(神亀二年、天平六年)の作(たとえば6・九三二、一〇〇二)と同じ雰囲気の中で生まれたものと思われる。また、

家にして我は恋ひむな印南野の浅茅が上に照りし月夜を
(7・一一七九)

は神亀三年の印南野行幸のときの作(6・九三五〜九四一)の拾遺か(万葉集私注)とも推定されている。このように、百二十一首の多くは、行幸あるいは官命を帯びての旅での官人の作であろうと思われる。なおこの百二十一首の羈旅歌群以外の部分(ただし雑歌部)でも、7・一一〇三〜一一〇六をはじめとして、官人の旅の歌と思われる歌がかなりある。万葉集全註釈の、巻七は女子の作とみなされるものが少ないという指摘も、作者が官人層に多いということと関連していよう。また、旅の歌以外でも、

ももしきの大宮人の罷り出て遊ぶ今夜の月のさやけさ
（7・一〇七六）

のように、官人層に属する人々の作と指摘できるものもある。さらには、

春日なる三笠の山に月の舟出づみやびをの飲む酒坏に
影に見えつつ
（7・一二九五）

などは、旋頭歌ながら、風流《みやび》を解する官人たちの宴の場での作を思わせる。このように雑歌部は官人層の歌が主体となっている。しかしながら、巻七は官人たちの歌ばかりというわけでもない。とくに譬喩歌部・挽歌部の歌は、もっと一般的な、広い階層の人々の歌のようである。青木生子（「作者不明の挽歌―巻七を中心に―」上代文学第三六号）は、巻七挽歌の類歌を詳細に検討して、巻七挽歌の中に、「一つの歌から一般向きの民衆の歌へと、さまざまに変化転用されてゆく過程」をよみとっている。そして、

我が背子をいづち行かめとさき竹のそがひに寝しく今
し悔しも
（7・一四一二）

について、東歌に類歌（14・三五七七）があることをも含めて、「いかにも庶民の中から生れたらしい風貌を帯びている」と評している。また譬喩歌部においても、

橡《つるはみ》の衣《きぬ》は人皆事なしと言ひし時より着欲しく思ほゆ
（7・一三一一）

広瀬川袖漬くばかり浅きをや心深めて我が思へるらむ
（7・一三八一）

をはじめとして、いわゆる民謡的・庶民的な味わいの深い歌が多い。また雑歌部でも、

さ檜隈《ひのくま》檜隈川の瀬を早み君が手取らば言寄せむかも
（7・一一〇九）

などは同様の例に属する。以上、雑歌部は主として官人層に属する人々の、そして譬喩歌部・挽歌部は、雑歌部に較べて、より広く、より庶民に近い階層の人々の歌が収められている。

作歌年代の推定に役立ちそうな左注は、やはり前記「藤原卿云々」と「伊勢従駕云々」、それに「右件歌者古集中出」（一二四六左注）、「古歌集出」（一二六七左注および一二七〇左注）ぐらいである。しかしながら、「伊勢従駕」の時期については、持統六年（六九二）、大宝二年（七〇二）、養老二年（七一八）、天平十二年（七四〇）と諸説があり、また「古集」「古歌集」の実態についても、諸説があって作歌年代の決め手にはなり得ない。結局所収歌の内部徴証によって作歌年代を推定する以外に方法はない。加茂真淵が「今の七と十の巻は、歌もいさゝか古く、集め体《ブリ》も他と異にて、此二つの巻はすがたひとしければ、誰ぞ一人の集め也。……今の十を七とす、凡古歌なるが中に、藤原の古にし里とよめる言あれば、奈良の始の人の集ならん、今の七を八とす、是も古歌にて、集の体右とひとし、」と指摘し、また所収歌が作者不明歌であることもあって、巻七は、民謡

的な要素を持った、比較的古い時代の歌の集まりであると考えられてきた。しかし現在では、それに対する反証が提出され、奈良遷都以後の新しい歌の方がむしろ多いとさえ思われるほどである。たとえば、

玉津島よく見ていませあをによし奈良なる人の待ち問はばいかに　（7・一二一五）

は奈良遷都以降の作であろうし、また、

命をし幸く良けむと石走る垂水の水をむすびて飲みつ　（7・一一四二）

は養老元年の詔と関連があるといわれている（高野正美「万葉集巻七行旅歌群―制作時期をめぐって―」古代文学第一四号）。あるいはまた、「思二故郷一」として、「甘南備の里」（一一二五）、「明日香川」（一一二六）がよまれていることもこれらの歌の新しさを証する。また紀伊国の「妹山」が歌によまれるようになるのは、万葉集中の用例からみて、神亀年間と思われるが、巻七ではその妹山がよまれていること、あるいはまた「住吉の岸の黄土」（一一四六、一一四八）、「恋忘貝（言にしありけり）」（一一四七、一一四九、一一九七）等の表現が、集中の用例からみて、神亀・天平年間の雰囲気の中で生まれたものだと考えられること（拙稿「藤原宇合と高市黒人―古集編者をめぐって―」美夫君志第二一号）等も歌の新しさを物語っている。またもう少し巨視的・文学史的立場からは高野正美（「万葉集における新しい自然の発見―きよし・さやけしの世界―」国語と国文学第五一巻第七号）に論がある。すなわち巻七にしばしばよまれる「きよし・さやけし」の語の考察を通して、行旅官人たち（巻七の行旅歌の作者）が、八世紀初頭に、きよし・さやけしに代表される、新しい自然を見い出していったことを説いている。以上、雑歌部についてみてきたが、挽歌部にあっても、

こもりくの泊瀬の山に霞立ちたなびく雲は妹にかもあらむ　（7・一四〇七）

等が火葬の煙をよんでおり、火葬は文武四年（七〇〇）に始まったといわれていることからして、この歌は奈良時代に入ってからの作であると推定されるし、また7・一四一〇は「きわめて一般的な平明な歌いぶりであって、奈良時代に入ってからの作を思わせる」（青木・前掲論文）のである。さらには、青木（前掲論文）は、作者不明の挽歌について種々の角度から検討して、巻七の短歌挽歌は、本来の挽歌が哀傷歌へ傾斜していく中にあって、わずかに挽歌の挽歌たる余命を残した姿であると結論づけている。この論は作歌年代の考察に目的があるのではないが、作歌年代について考える場合にも示唆に富む。このように巻七所収歌の新しさが主張される一方で、巻七の類句歌という面からみると、巻七は前期作品、とくに人麻呂ときわめて深い関係をもっているという指摘（大久間喜一郎「万葉類句歌

よりみた作者未詳歌巻の性格」明治大学教養論集第八四号）もある。所収歌の新しさの指摘に較べて、古さの指摘には方法上の難しさが伴うが、前掲一三八一番歌が催馬楽にもあること、またたとえば、

冬ごもり春の大野を焼く人は焼き足らねかも我が心焼く　（7・一三三六）

などは、歌謡的な古さを感じさせる。

以上、譬喩歌部についてはほとんど不明（雑歌部に較べてやや古い歌が多いか）であるが、雑歌部・挽歌部に関しては、奈良遷都後の新しい歌が相当沢山含まれていることがほぼ確認できるかと思う。結局、巻七所収歌の作歌年代は「大体第二期から第三期にかけて」（日本古典文学大系本）、「平城遷都後の作が多いとは想像されるが、中には藤原京時代の作もあるにちがいない」（日本古典文学全集本）という指摘がもっとも穏当なところであり、人麻呂歌集歌を除けば、第三期の作が主体をなすといえよう。とはいえ、それら新古の歌が具体的には巻の中でどのような形〔配列〕でもって存在しているのか、たんなる混在であるならばどうしてそうなったのか等の問題になると、未解決の部分があまりにも多い。今後は、巻七と、編纂の上でも、また原資料の共通性という面でもとくに関係の深いと思われる巻十・十一・十二の諸巻との綜合的な考察によって、巻七の〔作者層〕〔作歌年代〕の問題は徐々に明らかになっていくであろう。

巻七独自の歌風といえるようなものは指摘しにくい。ただ、巻七の歌が全般的にいって、概念的で、個性的な色彩に乏しいと評されている中にあって、雑歌部の羈旅歌群については、「個性が極めてはっきりと出てゐる」（森本治吉「万葉集巻七考」国語と国文学第四巻八号）、「巻十一、十二の相聞歌に較べると全く異質の清純な詩境に触れる」ことができ、「かかる悲調の上に立つ諸作は民謡ではなく、まさに文芸である」（加藤順三「無名作家歌集の性格」万葉集大成一〇）と、高く評価されている。

影響関係での特色は、羈旅歌群の中に、高市黒人の歌と類歌関係にある歌がかなりあるということである、たとえば、

我が舟は明石の水門《みと》に漕ぎ泊てむ沖辺な離《さか》りさ夜ふけにけり　（7・一二二九）

は黒人の3・二七四番歌の二句目「比良の水門」が「明石の水門」にかわっているだけである。また、

年魚《あゆ》市《ち》潟《がた》潮干にけらし知多の浦に朝漕ぐ舟も沖に寄る見ゆ　（7・一一六三）

は黒人の3・二七一と、また7・一一六六は黒人の3・二八〇と、7・一一六九は黒人の3・二七三と、7・一一七二は黒人の1・五八、3・二八三と、7・一二二五は黒人の9・一七一八と、類歌関係にある。このように巻七羈旅

歌群は黒人の影響を多大にうけている。そしてまたこの羈旅歌群について、加藤順三（前掲論文）は「かくして古代人の素樸な律動が、洗練せられて、（四季への覚醒は、感覚の上に鮮しい色彩を投じ）羈旅歌の実感は内容に観照の深度を加へ、寧楽後期の諸作品の上に重要な働きを与へたのである」と述べている。

歌数は、短歌三百二十四首。旋頭歌二十六首。計三百五十首。内、人麻呂歌集所出歌五十六首。古歌集所出歌十八首。古集所出歌の歌数に関しては諸説がある（一一九六番歌以下の三十六首と考えるのがもっとも穏当か）。

〔参考文献〕＊「万葉集第七、十一、十二、十三巻の編集年代と各巻の特質」土居光知（東京女子大学論集6―2）＊「万葉集巻七譬喩歌と巻十一・十二」村瀬憲夫（名古屋大学文学部研究論集21）＊「万葉集の巻七と巻十―雑歌部と人麻呂歌集―」渡瀬昌忠（上代文学34）＊「万葉集巻七行旅歌群―制作時期をめぐって―」高野正美（古代文学14）＊「作者不明の挽歌―巻七を中心に―」青木生子（上代文学36）＊「万葉集巻七の世界―譬喩歌を中心に―」阿蘇瑞枝（『万葉の発想』）「巻七雑歌〈詠月〉歌群の構造―臨場表現から―」渡瀬昌忠（万葉108）〔村瀬〕

巻第八・巻第十

巻八・十は万葉集中他巻にみられない四季春秋の歌の集成歌巻という点で共通性がみられる。集中この二巻のみがその分類を全く同じくする。すなわち、両巻はまず春、夏、秋、冬に四分類され、さらにそれぞれの季節は、春は春雑歌、春相聞、夏も夏雑歌、夏相聞という具合に、各季を雑歌と相聞の二つにわけ、各所収歌を八つの部類のいずれかに登載している。雑歌と相聞の部類別はもとより他巻のそれと等しいが、各季への配分はこの両巻特有のものでありながら、おそらくは天平期の季節意識を端的に示しているものと思われる。そしてその各季への配分の基準は、それぞれの季節における、特有の天象、地象や、鳥獣の飛来や鳴く時節、あるいは植物の開花期などと結びついて、さらにそれが、季節のものとして規定的に把捉されていたと思われるいわば景物によってなされている。春秋の景物によって歌が分類されるということは、その景物がたとえば夏のものなら、万人にそれが夏以外の他の季節にはふさわしくないという共通した認識を必要とする。一方、春夏秋冬は人間の生活上の区切りであって、必ずしも自然の推移とことごとく合一するものとはいえない。とりわけ天象地象などは、季節によってとくに顕著な様相を呈するものとはいえない。そこで巻八・十も、季節分類の多くを動植物の類によってなしている。これはまず、動植物のありようをつぶさに観察して特定の季節のものとして観賞し、それにかすかな自然の動きを配したり、あるいは、季を加えて、熟合語を創出したりして歌材となしている。そして、これらの手法は、宴歌や贈答歌が、日常のこととしてなされた爛熟した奈良朝の都市化した文化をその基盤として胚胎したひとつの傾向だったと思われる。その上で、巻八・十にみられるような季節歌がしきりに詠まれ、それを蒐集してこの両巻が成ったといえる。この両巻は、いずれ古今集以下の平安時代の歌集の四季歌に引き継がれるのみならず、日本人の自然観の形成の母胎となり花鳥諷詠歌の源流ともなり、近代にいたるまで、とりわけ和歌俳句といった日本独自の韻文文芸に深い影響を与えることとなった。

巻八と十は、景物によって歌を各季に配する基本的な点は一致しているが、編纂の仕方には相違がみられる。その相違の主要なことは、巻八は作者判明歌巻として編まれているのに対し、巻十は作者未詳歌を収載する点である。その他いくつかの相違は、すべてこの作者の明、不明という万葉の基本的な、歌巻の順序や配分上から派生してくるものと思われる。たとえば巻八は、数少ない古歌がある場合、それを各季節の冒頭部にかざり、年次の判明するものは、年代順に配列しようとするところがみられる。また、まま作者未詳歌を採る場合はその旨を断ったり、すべての歌に題詞を付し、左注などではできるかぎり作歌事情を伝えようとする。それらおおかたは、作者判明歌巻一般に通ずるものといえよう。巻十はそれに対し、雑歌と相聞を詠物、寄物として、歌材（物）単位で括る。詠物、寄物の大別や素材による課題配列は先行の巻七に等しく、続く巻十一・十二の正述歌、寄物歌の分類にも近い（巻十は四季歌故に正述歌がないだけの相違）。さらにそれは表立たないながら巻十四の未勘国歌群にも通う。これら類別は未詳歌巻の一連の分類基準で、各巻による相違は所収歌の内容によって、よりそれぞれの巻にふさわしいものとするための便宜的実質的なものといえよう。巻八・十は、内実的には等質の四季歌巻、形式的には一方が作者判明歌巻、他方が作者不明歌巻ということができる。

つぎに、巻八、十の編纂についてみると、この両巻は集中唯一の四季歌の集成歌巻であった。ではこの両巻以外に季を主題とした作歌は集中どんな状態にあるかというと、巻十三以前の巻では巻一・二と巻五、巻九を除けば四季を主題とした歌はみられない。巻一・二は万葉集の原撰部分といわれている。巻五は旅人・憶良歌の集成の特殊歌巻、巻九は旅の歌巻とみられ、人麻呂歌集中の皇子への献歌を含む旅の途上詠のみに例外的に四季歌がみられる（9・一六九六〜一七〇三）。しかしこの例外は羈旅歌をもたない巻八・十に入れる余地はなかった。これは何を意味しているかというと、巻三・四・六と巻七・十一・十二では、季節歌を巻八と十に譲って採らなかったか、あるいは巻八が成立する時点で巻三・四・六などの季節歌が抜き出され、巻十が成立するとき、巻七や巻十一・十二に入るべきもののうちそのなかの季節歌は巻十にさきに廻されたともみられる。しかし、巻八と巻十は、その内容に同一性があるので、同一時期に作者の明、不明で両分されたと思われるし、巻八は巻三・四・六などと類似点が指摘されているところからみれば、案外、巻三・四・六、および巻七・十一・十二など多少の成立の前後はあるものの、諸巻への採歌の方針は、あらかじめ予定されていて、それぞれの巻が順次に巻九も含めて、次々に成っていったのではなかろうか。そしてそれは、そんなに長い時期を要しなかったのではあるまいか。

季節の景物などを基準として選んだこの両巻では、どんな景物が取り上げられているかということをみる場合、各季を詠物、寄物で配列してある巻十をみるのが一番早道である。巻十は巻頭の春雑歌に「霞」の歌七首を人麻呂歌集から採録している。そのうち最初の四首は「霞たなびく春立つらしも」(一八一二)、「春霞」(一八一三)、「霞たなびく春は来ぬらし」(一八一四)、「春されば……霞たなびく」(一八一五)と、「霞」をとりわけ春の到来の象徴としている。そして七首は、すべて、その「霞」が「天の香具山に」「檜原に」「杉が枝に」「巻向山に」「弓月が岳に」「朝妻山に」「片山ぎしに」といった、たなびくところをそれぞれに歌って春を謳歌している。あたかも作歌の手本をみせながら、「霞」を春の唯一の天象として掲げているかに思われる。歌集歌以外でも、雑歌で「春霞春日の山に」(一八四三)、「春は来ぬらし……春日の山に霞たなびく」(一八四四)、「春になるらし春日の山に霞たなびく」(一八四五)の三首を、相聞でも「春霞」(一九〇九、一〇)、「霞立つ春日」(一九一二)、「たまき春わが山の上に立つ霞」(一九一二)、「春日の野辺に立つ霞」(一九一三)、「霞立つ明日の春日」(一九一四)の歌を「寄霞」の項に収めている。これらは巻八の「春になりぬと……霞たなびく」(中臣武良自・一四三九)、「春霞たなびく時」(坂上郎女・一四五〇)などの表現と等しく、春＝霞の関連を端的に示す。それに対し、天象では「詠月」三首があるが、「春霞たなびく今日の夕月夜」(一八七四)、「春されば樹の木の暗の夕月夜」(一八七五)、「朝霞春日の晩は……移らふ月を」(一八七六)と歌うもので、霞など他の景物や春の語に援けられての月で、朧月のような春のものはまだない。春の天象は霞以外季節の景物とはなり得ていない。「雪」も同断である。春雑歌に七首の雪歌があるが、「春去り来れば……雪は降りつつ」「梅の花降り覆ふ雪」「梅の花……白雪庭に」「雪降らめやも……燃ゆる春辺と」「雪は降りつつ霞たなびく」「鶯鳴きて……雪降りしきぬ」「降り置ける雪し……春にはあれども」と、すべて他の景物によって春歌とされる。巻八雑歌に雪を歌詞にもつ歌が五首(一四二六・一四二七、一四三六、一四四一、一四四五)あるが、それらも「梅」「鶯」「春菜」などとともに詠まれている故に、あるいは「梅」などの景物が主題故に春歌に入れられている。

春の景物の主要なものは、鳥類では鶯であり、花では桜と梅、木では柳である。巻十の「詠鳥」の歌は十三首あり、九首は鶯である。他は呼子鳥三首、容鳥一首である。同「詠花」は桜十首、梅八首、他は山ぶき、あしび、ひさきなどが各一首ある。同「詠柳」は六首で、雪、霜、鶯、春風などとともに詠まれている。両巻では鶯二十三例、梅五十二例、桜十八例、柳十六例がある。これらの景物は巻七、巻十一・十二に二例の例外(7・一二一二、12・三一二九)があるのみである。巻三・四・六・九などもその傾向は等しく、季節歌の巻八・十への集中は著しい。巻十夏雑歌は全部で四十二首、うち「詠鳥」二十七首、「詠花」十首、他はわずか五首。鳥は一首の呼子鳥を除いて霍公鳥を詠む。花は半数が橘の花で、他はなでしこ二首、あふち、藤、卯の花が一首、夏は徹底して霍公鳥と花橘の季節であった。それは相聞も同じであり、巻八も同傾向を示す。巻十の秋雑歌は七夕歌九十八首につづき、「詠花」は三十四首中、あさがほ、をばな、をみなへしの各一首を除いて萩が詠ぜられている。木は「詠黄葉」が四十一首、鳥は「詠雁」が十三首、獣は「詠鹿鳴」が十六首、その他歌数の多いものに「露」九首があるが、そのうちの五首は萩におく露で、そのほかはをばなにおく露二首などである。他には月、雨、霜、風、山、河、芳、鳥、蝉、蟋、蝦、水田など天象、山河、鳥、虫の類の詠の項があるが、これらの詠物はすべてが詠まれる以外は歌数も少なく、四首の雨に時雨三十二首にすぎない。このように巻十は特定の景物への偏在が顕著で、その背景に題詠の歌宴などが考えられよう。巻十相聞部や巻八も同様な状態である。冬歌は最も少なく雑歌では二十一首、うち「詠雪」九首のほか、雪が三首、「詠花」は五首で梅(梅は春の花でありながら冬から開花するので冬にも入る)。それ以外は露、黄葉、月、霰《あられ》各一首、相聞も十八首で「詠雪」十二首のほかに人麻呂歌集の雪の二首があり、他は露、霜、花、夜の各一首、季節の景物も冬枯れの時節となる。巻八もその傾向は同様である。

以上、四季景物の取りあげ方をみたが、この素材もしくは歌題のこの偏在は歌の世界での季節意識で、それは巻八・十だけがそうではなくて、天平期の歌宴などでの対自然観のありようをのぞかせている。四季歌を集めた巻八・十にみられる景物からみると、このように季節はきわめてわずかの類の植物や鳥獣とのみに結びついて、自然への眼が限りあるものとなってしまっている。この花鳥風月観の成立は後代には物語や日記随筆にまで及ぶ。形の上では巻八・十がその源流であるが、実質的には天平の宴席歌や贈答歌にそれは求められるべきであろう。

巻八は作者判明歌巻で、この巻にのみ登場する人物も多いが、巻三・四・六の作者と重なるものも多い。この巻だけの作家を所出順に記すと(以下括弧内は歌数)、尾張連(2)、大伴三林(1)、中臣武良自(1)、河辺東人(1)、丹比乙麻呂(1)、藤原広嗣(1)、久米女郎(1)、石上堅魚(1)、小治田広耳(2)、大伴清縄(1)、奄君諸立(1)、紀豊河(1)、山部王(1)、石川老夫(1)、縁達(1)、三原王(1)、日置長枝娘女(1)、大伴利上(1)、文馬養(2)、久米女王(1)、長忌寸娘(1)、県犬養吉男(1)、同持男(1)、三手代人名(1)、秦許遍麻呂(1)、笠縫女王(1)、石川賀係女郎(1)、角広弁(1)、安倍奥道(1)、若桜部君足(1)、小治田東麻呂(1)、他田広津娘子(2)、県犬養娘子(1)、三国人足(1)、などで、主として家持を囲む官人たちがその作者で、すべて一、二首の歌をもち、古歌など二、三を除いて天平の初期の作と思われる。

巻三・四・六のいずれか、あるいはそれにまたがって再登場する作者は、きわめて多く(以下括弧内は巻八を除き、その歌のみられる巻数)、志貴皇子(1・2・3・6)、鏡王女(2・4)、駿河采女(4)、阿倍広庭(3・6)、山部赤人(3・6・17)、大伴坂上郎女(3・4・6・18・19)、厚見王(4)、大伴駿河麻呂(3・4・6)、大伴家持(3・4・6・16・17・18・19・20)、丹比屋主(6)、高田女王(4)、大伴田村大嬢(4)、笠女郎(3・4)、紀小鹿女郎(4)、笠金村(2・3・6)、弓削皇子(2・3)、刀理宣令(3)、大伴旅人(3・4・5・6)、大伴書持(3・17)、高橋虫麻呂(3・6)、大伴四縄(3・4)、高安(4・17)、大神女郎(4)、岡本天皇(4)、大津皇子(2・3)、長屋王(1・3・6)、山上憶良(1・2・3・5・6・9・16)、聖武天皇(4・6・19)、湯原王(3・4・6)、市原王(3・4・6・20)、藤原八束(3・6・19)、紀鹿人(6)、安貴王(3・4)、忌部黒麻呂(6・16)、巫部麻蘇娘子(4)、巨曽部津島(6)、阿部虫麻呂(4・6)、橘奈良麻呂(6)、大伴像見(4・6)、石川広成(4)、額田王(1・4)、丹生女王(3・4)、賀茂女王(4)、山口女王(4)、大伴坂上大娘(4)、元正天皇(6・8・20)、巨勢宿奈麻呂(6)などで、いく人かの前代の歌人も古歌として収めるが、おおかたは家持周辺の人たちで、それも、久米広縄、内蔵縄麻呂などはみられず彼の越中赴任以前のものとみられ、また巻九・十六、巻末四巻などにも引き続いて登場する人物は大伴坂上郎女、大伴村上、笠金村、大伴書持、穂積皇子、藤原宇合、丹比真人、高安、藤原八束、大伴池主、大原今城、桜井王、聖武、元正両天皇、三野石守など、それに対して巻三・四・六にみられる作者がここに五十人ばかり収められ、巻八の主要な部分となっていることは、それらの三巻と巻八との深い関連が考えられる。これは、巻八にままみられる左注の年次とともに、この巻の成立時期を予想させるものがあり、そしてさらにはこの巻と内実を同じくする巻十や四季歌が抜き取られた巻七・十一・十二などの編纂時期にもかかわってこよう。一般にいわれているように、巻八に収められている歌が、万葉の第一・二期のものは少なく、第三期以降のものが主で、それも第四期、とくに天平期の初期のものが多く、下限は十五、六年までのもので、それ以降のもののみられないところから、前述関係歌巻とともに、天平十五、六年をさほど降らない頃の編纂といえよう。

〔参考文献〕＊「万葉集巻八編集の意図とその時代について」吉永登（関西大学・国文学28）＊「新万葉集の出発―万葉集巻八の形成―」中西進（成城文芸46）＊「万葉集の四季分類―季節歌の誕生から巻八の形成まで―」阿蘇瑞枝（『論集上代文学』4）＊「万葉集における中国詠物詩の影響―巻十を中心として―」土田知雄（北海道学芸大学紀要2）＊「万葉集作者未詳歌と季節感―巻十における動植物の場合―」遠藤宏（『論集上代文学』2）＊「万葉集巻十の成立―その編纂をめぐって―」木下玉枝（国語と国文学50―3）＊「『万葉集』巻十論―作歌年代より見た―」木下玉枝（お茶の水女子大学人文科学紀要26―1）＊「万葉集巻十についてのノート―あそびの精神―」中川幸広（上代文学33）＊「作者未詳歌の人びと―巻十の論―」中川幸広（『万葉の歌人たち』）＊「万葉集巻十の性格」阿蘇瑞枝（『論集上代文学』6）＊「万葉集巻十の用字法」鶴久（国語と国文学53―5）＊「万葉集研究今後の一課題―巻十歌群の配列をめぐって―」伊藤博（『上代文学考究』）＊「巻八巻十の語彙―語彙論的な試み―」浅見徹（『上代の文学と言語』）＊「万葉集四季歌巻とその周辺―巻八、巻十とその他の諸巻との関連―」森淳司（語文42）

〔森　淳〕

巻第九

巻九は雑歌・相聞・挽歌の部類から成っている。この三部をもつものは、他巻では巻一・二を一つとしてみた場合のそれと、巻十三、巻十四のみであるが、巻十三は他に問答、譬喩の部を有し、巻十四も他の部があり、挽歌は一首にすぎず、後に加えられたとみられる。他に相聞のかわりに譬喩歌の部をもち、雑歌と挽歌を据えて一巻をなすものに、巻三、巻七があるが、巻九のように、万葉の基本的分類の雑歌・相聞・挽歌の三部をそなえ、しかもそれのみで一巻を構成する巻は他にない。巻九は分類の面からみて、先行歌巻では巻一・二、巻三、巻七、後続歌巻では巻十三などに近く、それらの巻となんらかのかかわりがあると思われる。所収歌は長歌を含んで百四十八首、その多くは、柿本人麻呂歌集、高橋虫麻呂歌集、古集、笠金村歌集、田辺福麻呂歌集で占められ、それ以外のものは二首の長歌と五十首に満たない短歌を収めている。そのような観点からみれば、巻九は歌集歌蒐集を主軸に据えて編まれた巻とみることができる。

万葉集は、巻七を例外として巻八までが、作者判明歌を主とした歌巻であり、巻十以降の巻は、巻十五・十六の特殊歌巻と巻十七以後の末四巻の家持歌ノートを除けば、作者不明歌を主とする歌巻であり、作者の明・不明が万葉歌巻集成のもとにあると思われる。その判明歌巻と不明歌巻の間にある巻九は、作者に関心を示して、左注などでそれを求めようとした気配をうかがうことができる。しかし、確とした姓氏名号を得なかったものが多く、巻九がここにおかれたのは、けだし万葉前半の作者判明歌巻とその後半の作者不明歌巻の中間的な巻としてその両歌巻群を繋ぐ意図があってのものと思われる。

収められている歌の制作年代は、巻頭一首を雄略御製で飾り、つぎに斉明朝の二首の紀伊行幸時のもので継ぐが、題詞などで年次の明確なものは、大宝元年十月、紀伊国従駕歌（9・一六六七～一六八一）、金村集中の神亀五年八月の歌（9・一七八五、一七八六）、天平元年十二月の歌（9・一七八七～一七八九）、福麻呂歌集中の天平五年の遣唐使へ贈る歌（9・一七九〇～一七九四）ぐらいにすぎない。巻頭歌などは左注でも舒明天皇御製という或本の伝を紹介し、後に加え整えられたともみられていて、ある一時期の作品を収めるというより、一般にいわれているように、巻一・二や巻三などの記載洩れを集めた拾遺的なものの上に作者未詳の巻七の旅の歌などに入るべくして、かすかに作者名をとどめたが故に、この巻に廻わされたりしたものから成ったといえよう。人麻呂歌集や古歌集などの歌集歌で、題詞などに作者の名や作歌事情をとどめたりするのも、巻九のひとつの特色で、この巻の所収歌は不備ながら作者を記していたが故にこの巻に移される結果になったものも多かった。また、巻九はできる限り作者を検証している。だが、作主がついに確認し得ぬままに終わったものも数多い。もともとは巻一～三の拾遺集として、作者判明歌巻たらしめようとしたものだったろうが、それを断念させたものは、完備した資料が編録の階段ですでに求め難かったことによる。その欠如が、巻九をして、作者判明歌巻の最後の、この位置に据えさせたかと思われる。この巻の人名を冠する歌集歌中に、他の人物の作者名を記す例外がみられるが、人名を冠する歌集歌中で、作者名のないものは、当時、編者がおそらくは、人麻呂歌集なら人麻呂歌集中のものより人麻呂の歌と認められるものをこの巻に入れたのではないかとみられるふしがある。この巻九には歌集歌の後やその他で「或は云ふ。柿本朝臣人麻呂の作」とする左注がいくつかみられるのも、そのことを証していよう。

いま作者を初出順に記してみると（左注の作者の異説は〔　〕、歌集歌中のものは（　）印で括る）つぎのようになる。

泊瀬朝倉宮御宇大泊瀬幼武天皇〔岡本御宇天皇〕・〔意吉麻呂〕・〔坂上人長〕・（間人宿禰・舎人皇子＝人麻呂歌集）・〔柿本人麻呂〕（槐本・山上〔川島皇子〕・春日・高市・春日蔵〔小弁〕・元仁・絹・島足・麻呂＝人麻呂歌集）・丹比真人・石川卿・宇合卿・碁師・小弁・伊保麻呂・式部大倭・兵部川原・〔柿本人麻呂〕・沙彌女王・〔間人大浦〕―以上雑歌。

振田向宿禰・抜気大首・阿倍大夫・播磨娘子・娘子・藤井連・（妻に与ふる歌・妻＝人麻呂歌集）・（入唐使親母＝福麻呂歌集）―以上相聞

その間に、人麻呂歌集のほか、古集、笠金村歌中、虫麻呂歌集などの歌が収められ、最後の挽歌は人麻呂、福麻呂、虫麻呂の三歌集を収める。

これをみると、挽歌部はともかく、作者をはじめ人名表記などがきわめてまちまちで、巻頭天皇御製や、皇子関係歌の表現は別として、他のおおかたは全巻にわたって、メモ的な資料によっていることが知られる。また、人麻呂歌集、虫麻呂歌集など人名を冠する歌集に他人作が収められることが認められる。さらに歌集中のもの以外の資料からの人名も、歌集歌に準ぜられて、きわめて不備な表記である。このことも巻一〜三などでは省かれたり、見出されなかった雑多な資料がこの一巻を成すにあたって、捜し求められて成ったことを語っている。しかしながら、巻九に材を提供した資料はその雑然たる資料のすべてがそのまま採録されたかというと決してそうではない。ただいたずらに、諸資料をあるがままに点綴したものとは考えられない。わたくしは巻九は羈旅歌の拾遺集成歌巻だったと考える。それに反する歌もままないではないが、その初期のものから万葉の後期天平十五、六年までの旅の歌で、かつて集中にその姿をとどめ得ずして放置された歌を採録したものが、この一巻ではなかったろうか。集中の羈旅歌集成の唯一の巻がこの巻九ではなかろうか。もとより巻七にも羈旅歌群があるが、それは全巻にわたっておらずまた作者未詳歌の集成である。

雑多な資料のうちより、とくに旅にかかわるものを選び出して一巻がなされたのが巻九ではなかったろうか。巻九雑歌部より旅の歌以外のものを拾うと、まず巻頭雄略歌があるが、これは巻八にその小異歌が舒明天皇歌として既出の旨を左注で記している。巻一巻頭雄略歌にあわせて、古歌一首を後に加えこの歌巻を整えたものであろう。つぎに人麻呂歌集二十八首中（9・一六八二〜一七〇九）に、忍壁（一六八二）、舎人（一六八三、一七〇四、一七〇五）、弓削（一七〇一〜一七〇三、一七〇九）の三皇子への献歌と舎人皇子作歌（一七〇六）の、合わせて七首が旅の歌とは決められないが、この七首を除けば、二十一首すべて旅の途上での歌とみられる。皇子関係歌のみは旅以外のものでも採り入れている。続いて筑波や吉野の歌（一七一二〜一七一四）のつぎに再び人麻呂歌集歌（一七一五〜一七二五）を収めるが、前半二首に地方の地名をもたないもの（一七一六、一七一九）もあるが、それも旅中作と思われる。後半は吉野での作でこの一群（一七二六〜一七三七）も、すべて旅での歌。それに続いて、虫麻呂歌集の歌（一七三八〜一七六〇）となる。それは上総の末の珠名、水江の浦島、河内の大橋、武蔵の小崎、常陸の那珂郡の曝井・手綱の浜、諸卿の難波に下るときの歌、難波より上京の歌、大伴卿筑波登山の歌、霍公鳥の歌、筑波に登る歌、筑波歌垣の歌と並ぶ。ここも霍公鳥の歌（一七五五、一七五六）以外の伝説歌は地方での取材をもとに詠まれたと思われるし、他のもののすべては、旅の別れや地方の風物慣習などを紹介する歌で占められている。霍公鳥の歌のみはそれと多少異なるが、一般の霍公鳥詠と違って、ここではその習性を説明していて、常陸の筑波周辺で得た話をもとに詠んだものだったろう。

雑歌部は最後の三組五首が、直接旅とかかわらない。すなわち(1)鳴く鹿を詠む歌（一七六一、一七六二）、(2)沙彌女王の歌（一七六三）、(3)七夕歌（一七六四、一七六五）である。ところがこの三組の歌は、すべてに左注が付され、(1)はその前に人麻呂歌集歌などがないのに「或は云ふ。柿本朝臣人麻呂作」（これと同様な左注は巻九に別にあるが、その場合は人麻呂歌集所出歌に続いて収められる歌の左注に限られている）とあり、(2)は「右の一首、間人宿禰大浦の歌中に既に見ゆ。但、末一句相換れり。又、作れる歌の両主、正指に敢へず。因りて以て累載す」とあって、これは後に加えられたと思われる巻頭雄略御製歌の左注のありようと近似する。(3)の七夕歌は、その左注に「右の件の歌は或は云ふ　中衛大将藤原北卿の宅にて作る」とあり、これも作主に執する巻九の一般の在注とは異例である。以上によれば、巻頭一首とともに、この雑歌末尾五首は後に加えられたとみられよう。なお雑歌部のなかの人麻呂歌集中、春雨（一六九六〜一六九八）、雁（一六九九〜一七〇三）などの四季の景物を詠み込んだ歌の一連がみられる。これは本来なれば作者名の判ぜられるものは巻八に、そうでないものは巻十に収められるべきものと思われる。なぜ巻九に入れられたかは疑問である。これは、「名木川作歌三首」「宇治川作歌二首」「弓削皇子献歌二首」で、前の二組五首は旅の歌ゆえに、この歌巻に採られ、後の二首は特定の皇子への献歌ゆえに、他の献歌群とともにこの旅の歌巻の中に、しかも季節の景物を詠むゆえに、この「名木川」「宇治川」での歌に直続させて、かかるところに組み入れられたものといえよう。

相聞部も羇旅歌の集成である。羇旅歌を旅の途上の歌と狭く規定すれば、それより外れるものもあるので、あるいは旅に関しての歌の蒐集といった方があたっていよう。まず題詞にそのことが顕著にあらわれている。つぎに相聞部のすべての題詞を示そう。

(1)振田向宿禰、筑紫国に退る時の歌一首
(2)大神大夫、長門守に任ぜらる時、三輪川辺に集宴する歌二首―(2)古集中出
(3)大神大夫、筑紫国に任ぜらる時、阿倍大夫の作る歌一首
(4)弓削皇子に献る歌一首
(5)舎人皇子に献る歌二首―(4)(5)人麻呂歌集出
(6)石川大夫、任を遷され上京の時、播磨娘子の贈る歌二首
(7)藤井連、任を遷されて上京の時、娘子の贈る歌一首
(8)藤井連、和する歌一首
(9)鹿島郡軽野橋にて、大伴卿と別るる歌一首幷びに短歌
―(9)虫麻呂歌集中出
(10)妻に与ふる歌
(11)妻の和する歌―(10)(11)人麻呂の歌中出
(12)入唐使に贈る歌
(13)神亀五年戊辰、秋八月の歌一首幷びに短歌
(14)天平元年己巳、冬十二月の歌一首幷びに短歌
―(13)(14)金村歌中出
(15)天平五年癸酉、遣唐使船、難波を発し海に入る時、親母の子に贈る歌一首幷びに短歌
(16)娘子を思ひて作る歌一首幷びに短歌―(16)福麻呂歌集出

(1)(2)(3)は官人の地方赴任にあたっての別離の宴などでの歌、(6)(7)(8)はその任果てて地方での送別宴などでの贈答歌、(9)は赴任地で上京する者との別れの歌、(10)(11)は旅の夫と残された妻の贈答のかたちをとる歌、(12)は遣唐使の送別宴などで披露されたと思われる、(15)はその難波出航の最後の宴などでのもの、金村歌中の(13)(14)は題詞だけではそれと知れないが、その歌詞から(13)は「大君の　命恐み　あまざかる　夷治めにと」(一七八五)、「み越道の　雪降る山を越え」(一七八六)て行くだろう夫に、「留り居て」恋うる情を訴えた送別時の妻の歌、(14)は(13)と対照的に「大君の命恐み　しきしまの　大和の国の　石上　布留の里に」(一七八七)やって来て、妻を恋う夫の歌、最後の(16)は具体的に旅とのかかわりがわからないが、(15)と同様離れ去った娘子を悲しみ嘆く。ともかく、これら題詞からも官人の旅にあたっての哀別離苦をこの相聞部もテーマにしていることはほぼ明らかで、(4)(5)の人麻呂歌集歌の皇子への献歌のみが、雑歌部同様やや異質な内容である。

挽歌部も巻九の旅の歌収録歌巻の例外ではない。この部は人麻呂、福麻呂、虫麻呂の三歌集の切り継ぎである。人麻呂歌集歌は、宇治若郎子（応神天皇の皇子）の古き宮所

を訪れて、「孃《つま》松（待つ）」（この語は旅を暗示する）の木を歌ったもので、他は紀伊国での作、福麻呂歌集のものは、(イ)「足柄の坂を過ぎるに、死人を見て」の一首と、(ロ)「葦屋の処女の墓を過ぎる時」、(ハ)「弟の死を悲し」む歌で、それぞれ長歌一首と反歌二首を収めている。(イ)(ロ)はこの歌の作歌の契機が旅の途上であることをその題詞が示している。ただ(ハ)のみはその題詞からも歌詞からも、ただ弟の死を悼むということ以外、状況は分明でない。長歌の歌詞に「……葦原の　水穂の国に　家なみや　また帰り来ぬ……」（一八〇四）とあったりするところから、弟の死が旅中でのことと採録者はみてとったのかもしれない。そうでないとすれば、巻九旅の歌巻の一組の異例となる。巻末の虫麻呂歌集歌は「葛飾の真間娘子を詠む歌」と「菟原処女の墓を見る歌」の二組を収める。ともに、地方在住中ないしは旅中の見聞の伝説に材を得てなしたものでこの旅の歌巻に収載するにふさわしいものといえる。

従来から巻九は旅と伝説の収録の巻といわれてきた。しかし、旅と伝説が同等の比重で収められているとは思われない。伝説歌は他の巻にもあり、また、官人の旅の風物、旅情や、下向、上京の送別の歌と、興趣を中心とした伝説とは、必ずしも一巻をなす契機とはなり難いと思われる。伝説歌の一部を除いた巻九が、終始旅を主題としているところからみて、旅に興趣を添えるものとして、同じく官人による地方取材の伝説歌が取り込まれたとみる方がよいのではないかと思われる。またこの巻などの地方伝説歌は、おそらくはそれぞれの地に赴任する官人たちの東国や西国の赴任地や旅の途上の通過地などその旅に縁あるものが、彼らの送別宴や歓迎宴で披露されたのではなかろうか。そうみない限り、旅の歌巻にこれら伝説歌類がこの巻にともに収められる所以は見出し難い。巻九はこのような伝説歌を含めて、やはり旅の歌巻とみられる。

所収歌数は雑歌部が長歌十二首、旋頭歌一首、短歌八十九首。相聞の部が長歌五首、短歌二十四首。挽歌部が長歌五首、短歌十二首。合計長歌二十二首、旋頭歌一首、短歌百二十五首である。そのうち歌集歌所出のうちわけは、人麻呂歌集の雑歌には数え方に異説もあるが、多くの支持を得ていると思われるものは、雑歌の部に短歌三十九首（一六八二〜一七一一、一七一五〜一七二五）、相聞と挽歌の人麻呂歌集所出のものは各短歌五首、計四十九首。虫麻呂歌集は雑歌に長歌十首、旋頭歌一首、短歌十二首、相聞に長歌一首、短歌一首、挽歌に長歌二首、短歌三首、計三十首。福麻呂歌集は、相聞に長歌二首、短歌三首、挽歌に長歌三首、短歌四首、計十二首。外に古歌集より雑歌に短歌二首、金村歌集より相聞に長歌一首、短歌三首を採録している。人麻呂歌集と古集は短歌のみで長歌はなく、虫麻呂歌集、福麻呂歌集、金村歌集の三歌集は長歌を主とし、短歌の二例（一七四五、一七四六）を除く他の短歌はすべて長歌に対する反歌である。巻九総歌数は百四十八首であるが、各歌集所出歌の数は九十八首で、約三分の二が歌集より採られ、他はわずか五十首、それも長歌は二首（一七六一、一七六四）で、諸歌集を点綴した間に散在しているにすぎず、その上、万葉集に資料を提供した歌集のすべてが入っていて、巻九は諸歌集収録の歌巻ということもできる。

〔参考文献〕＊「万葉集における〈古〉と〈今〉―巻九の構造論を通して―」伊藤博（国語と国文学48―12）＊「巻九・大宝元年紀伊国行幸従駕歌群の考察」森淳司（万葉研究1）＊「万葉集巻九・大宝元年紀伊従駕歌群の構成」森淳司（語文44）〔森（淳）〕

巻第十一・巻第十二

万葉集巻十一・十二の歌は、あわせて八百八十首（巻十一・四百九十七首　巻十二・三百八十三首　或本歌を含む）である。それらは互いに類歌的なかかわり合いをしながら存在している。その故は、高木市之助が指摘したように（「短歌の古代性」古文芸の論所収）、これらの歌の作者たちが古代的等質性の中にその心情を埋没させていた部分があったからであろう。とはいっても、ただちにこれらの歌が抒情詩であることを否定されることにつながるわけではない。類歌性に富むとはいえ、これらの歌が、個としての人間による表現のいとなみであることは間違いようのない事柄だからである。ただ彼らが表現の衝迫に駆られて、あえてなした個の経験による表現は、共有する言葉の力によって、個の経験を超えて共有のものとなる。それが、言葉による文芸表現のはたらきであり、抒情詩としての歌が成立してくるしくみであろう。そこのところを見まちがうと、従来いわれてきたように巻十一・十二は近畿の民謡集だといわれることになる。たとえば、鈴木日出男が指摘したのは、これらの歌の類同するところが主として末尾の抒情の部分、心象の言葉にあり、彼らの表現において苦心の存したところが、事物現象を表す序詞にあるという点にあった（「古代和歌における心物対応構造」国語と国文学四七巻四号）。すなわち、序詞の部分は、たんに主想の部分を修飾する比喩のはたらきにすぎないのではなくて、序詞の引きおこす豊かなイメージが、抒情の部分と緊密に結びつき、美しい情調を創り出すことにあるのである。詩は、そのはじめのときから、すぐれた隠喩を用いることによってはじめて詩であった。すぐれたメタファーはまた、新鮮で強い喚起力を持つイメージでもある。日常の現実にくもらされて在る心情は、言葉によって掘りおこされ、イメージによって見えるものにされたとき、詩になるのである。この巻十一・十二の両巻には、実に多彩なイメージと発想があり、漢詩をもその表現のうちにとりこもうとする貪欲なまでの努力がある。その表現への情熱と努力とが、この両巻を、時代の相聞歌の一つの典型として存在せしめているといえるのである（「作者未詳歌の人々」万葉集講座六巻「巻十一作者未詳寄物陳思の歌」万葉集を学ぶ六集）。

かつて筆者は、この両巻の作者たちが、その内部徴証からみて、知識人、貴族、中・下級官人と広く厚く層を成している人々であろうと推測したことがある（「万葉集巻十一・十二試論」語文二二）。この推測は今でも動かない。さらに現在では、東野治之の木簡の研究によって、外部からの確実な証拠が着実に増して、下級官人たちの知識の広さ、確実さ、深さは実証され、さきの推測は確かさを増したと考えられる（正倉院文書と木簡の研究）。それでは、これら平城京に居住した官人の階層の構成はどうであろうか。鬼頭清明によれば、最上級の五位以上の貴族の、令制上の定員は九十六人（実際はそれをこえる人数がいたとしても百人前後）であるという。六位以下初位以上の官人数五百五十九人（概数六百人）、官位令に官位記載のない下級官人は、八省以外の者をもあわせて五千九百七十人（史生、官掌、大舎人、伴部・使部をも含む）、力役として労働に来る仕丁に属する人々は、同じく職員令の定数によると四百十三人である（日本古代都市論序説）。したがって仕丁を除く定数は六千六百数十人になる。そして六位以下、無位にいたるまでの官人たちが実際の仕事の多くをになっていたのである。それは、たとえば前掲鬼頭による三人の下級官人の活動についての精緻な分析によっても知られるのである。たとえばその一人、高屋赤万呂は小野朝臣国堅、市原王とともに写経司啓、解等に連署を加えている。彼は史生で大初位下という位であった。すなわち「彼は、彼の担っている仕事の多様さとそこから推察される仕事のはげしさにもかかわらず、大初位下という低い官位しかもっていず、下級官人の一つの典型をみることができる」（鬼頭・前掲書）。しかも、彼の出仕した皇后宮職という官司の世界は「内典・外典をとわずに書写の行われた中国的文物の受容の世界であった」（鬼頭・前掲書）といえるのである。ついでに小野国堅について触れておけば、彼は天平二年、大宰府における梅花宴に参加した万葉の歌人であり、天平十一年には、大初位下史生であった。赤万呂、国堅は同じような在り方をした下級官人であり、したがって国堅と同様、機会さえあれば、赤麻呂も万葉集に名を残すことができたと思えるのである。いわば「下級官人といえども、文官的な職務につくものは、最小限、公事に必要な漢文を綴り書く能力と、基礎的な算術能力を身につけておくことが要求されていたと考えてよい」し、また「明法生・文章生には雑任及び白丁の聡慧なるものを採る旨が定められているが、これなどは将来実務官人となるものに高度な律令の知識や漢文の能力を習得させようとする政府の意図から出たものであろう」（東野・前掲書）ことなどを考えあわせると、下級官人たちの教養が全体的に低い水準にあったとは思われないからである。つまり、右の二人の下級官人は、巻十一・十二両巻の作者たりうる充分の資格を備えていたといえよう。

とはいえ、実のところ下級官人たちの教養の具体相は、万葉集の作品のみからは、簡単には浮かび出てはこない。しかし東野治之は、かかる官人たちの、日常の知識の吐露であり、筆のすさびでもある木簡や正倉院文書の習書や落書から、この問題を検討して大きな成果をおさめている。それによると、平城宮の木簡からは令文(大宝令)・千字文・論語・文選・王勃集等の中の文字を書いた落書が見い出され(「奈良時代における『文選』の普及」前掲書)、さらに、無位無官の白丁である大宰府の書生の木簡の落書に「魏徴時務策」の中の文字が見い出されるという(「大宰府木簡にみえる『魏徴時務策』」前掲書)。もちろん彼らはまた文芸に興味を持ち、それを木簡または文書の余白に落書をしている。たとえば、天平十六年頃皇后宮職の舎人で金光明寺写経所の写経生、校生をしていた辛国連人成は、正倉院文書の余白に七夕詩の序を落書している(「『王勃集』と平城宮木簡」前掲書)。またつぎの歌も写経生の心境を詠じたものとして有名である。

家之韓藍《からあゐの》花今見《れば》難成鴨《うつしがたくもなりにけるかも》

木簡でいえば、「津玖余々美《つくよよみ》」があり、巻十一のつぎの歌を連想させられる。

月夜好《つくよよみ》三妹にあはむと直道《ただち》から我は来つれど夜そふけにける　(11・二六一八)

また、同じく木簡で、「多々那都久」、「玉尓有波手尓麻伎母知而」、「憶漢月万里望向関」等も指摘されている(東野・前掲書)。すなわち彼らは漢文の教養を一応持ち、公の場ではその教養を使用して仕事をし、そしておそらく日常の生活の場ではまた、和歌を作って贈答をし、あるいは宴で披露して楽しんでいたのではなかろうか。巻十一・十二はかかる下級官人の作者たちおよびその相手の女性たちがつくりあげた世界のように思われてならないのである。

巻十一・十二の両巻は、万葉集の目録によれば「古今相聞往来歌類」の「上」と「下」とに分類されている。編纂の形から考えると、巻十一が先にできて、巻十二は後の撰のごとくに思われるが、ほぼ同質の歌が二巻に分けられてあると考えて大きくは誤らないと思われる。しかし、巻十一には人麻呂歌集所出歌が百六十二首あり、巻十二はわずか二十八首であるという点や、語彙の構成に微妙な相違が存在することは認めておかねばならないであろう。浅見徹の研究によれば、たとえば「夢《いめ》」という語は、巻十二では二十七語であって、語数の順では二十九位であるが、期待値では三・九八の数値で他の巻の約四倍の数値でもって使用されていることになる（「万葉集の語彙構造」国語と国文学五五巻五号）。ただし、巻十一には十九語の使用例があるが、語数の順位、期待値はともに浅見の表の三十位以内には出現しない。つまり、結果として、語彙の使用に微妙な差はあると考えてよいと思われるが、それが時代による差か、資料による差かは目下不明である。しかし、この両巻を万葉集中において全体的にながめた場合は、差より同質性の方がはるかに大きいといえるのである。たとえば、

現《うつつ》には逢ふよしもなし夢《いめ》にだに間なく見え君恋に死ぬべし　（11・二五四四）

夢のみに見てすらここだ恋ふる吾《あ》は現《うつつ》に見てばましていかにあらむ　（11・二五五三）

朝柏潤川辺《あさかしはうるやかはへ》の篠《しの》の目の偲ひて寝《ぬ》れば夢に見えけり　（11・二七五四）

うつせみの人目繁くはぬばたまの夜の夢にを継ぎて見えこそ　（12・三一〇八）

現にも今も見てしか夢のみに手本まき寝《ぬ》と見れば苦しも　（12・二八八〇）

白たへの袖折り返し恋ふればか妹が姿の夢にし見ゆる　（12・二九三七）

少なくとも、これらの歌から帰納されてくるのは、同質性ということであろう。しかしたとえば、

はね縵《かつら》今する妹がうら若み笑みみ怒りみ付けし紐解く　（11・二六二七）

赤見山草根刈り除《そ》け合はすがへ争ふ妹しあやにかなしも　（14・三四七九）

とを対比してみれば、同じ若い女の羞恥を詠んでも、東歌の屋外性とでもいうべきものと、巻十一の屋内性とでもいうべきものは、歴然たるものというべきであろう。総じていえば、巻十一・十二の歌には、都会的な色彩と観念性とが存在するのである。つぎの歌などもそうであろう。

山吹のにほへる妹がはねず色の赤裳《あかも》の姿夢に見えつつ　（11・二七八六）

紫のまだらの縵《かつら》花やかに今日見し人に後恋ひむかも　（12・二九九三）

ぬばたまの我が黒髪を引きぬらし乱れてなほも恋ひ渡るかも　（11・二六一〇）

君に恋ひ吾《あ》が泣く涙白たへの袖さへひちてせむすべもなし　（12・二九五三）

これらの歌に、つぎのような恋のはかなさ、愛の無常の思いの歌が加わって、微妙な感情の陰影や洗練された情感をこの両巻の世界は持つようになるのである（「つき草の仮なる命」中川・万葉の発想所収）。

月草の仮なる命にある人をいかに知りてか後も逢はむと言ふ　（11・二七五六）

後つひに妹は逢はむと朝露の命は生けり恋は繁けど

（12・三〇四〇）

百《もも》に千《ち》に人は言ふとも月草のうつろふ心我持ためやも
（12・三〇五九）

女が男を誘い、男が女を待つ歌がある。そういう例は集中少ないにもかかわらずこの巻にはつぎのようにある。

あしひきの名に負ふ山菅《すげ》押し伏せて君し結ばば逢はざらめやも
（11・二四七七）

あしひきの山より出づる月待つと人には言ひて妹待つ我を
（12・三〇〇二）

かくだにも妹を待ちなむさ夜更けて出で来る月の傾《かたぶ》くまでに
（11・二八二〇）

木の間より移ろふ月の影を惜しみたちもとほるにさ夜更けにけり
（11・二八二一）

最後の二首は問答に分類されている。この二首を含めてこれらの歌は宴の場の歌であったのではなかろうか。宴の場であるからこそ、最初の歌には気弱な男に対するからかいと笑いがあり、つぎの歌では本来君であるべき語がただちに妹にもなりえたのであろう（13・三二七六参）。場のはっきりした家持のつぎの宴歌が参考になろう。

わが背子は珠にもがもな手にまきて見つつ行かむを置きて行かば惜し
（17・三九九〇）

これはあきらかに女の立場に立っている。また、

夜並べて君を来ませとちはやぶる神の社《やしろ》を祈まぬ日はなし
（11・二六六〇）

霊《たま》ぢはふ神も我をば打棄《うつ》てこそしゑや命の惜しけくもなし
（11・二六六一）

我妹子にまたも逢はむとちはやぶる神の社を祈まぬ日はなし
（11・二六六二）

ちはやぶる神の斎垣も越えぬべし今は我が名の惜しけくもなし
（11・二六六三）

これは二首ずつの男女対応の宴の場の歌が残ったのであろう。ただしこれらはいずれも推測の域を出ない。ただ宴と推測できる歌はまだいくつかある。おそらくこの両巻における宴の歌は今まで考えられてきたよりは多いのではなかろうか。

その他後朝《きぬぎぬ》の歌らしいのもある。

相見ては面隠《おもかく》さるるものからに継ぎて見まくの欲しき君かも
（11・二五五四）

朝寝髪我は梳《けづ》らじ愛《うつく》しき君が手枕《たまくら》触れてしものを
（11・二五七八）

また、贈答の歌らしいのもある。

吾《あ》が恋ふる事も語らひなぐさめむ君が使ひを待ちやかねてむ
（11・二五四三）

たそかれと問はば答えむすべをなみ君が使ひをかへしつるかも
（11・二五四五）

最初にふれたように、巻十一・十二の歌あわせて八百八

十首。実に多彩な恋の諸相がよみこまれている。すなわちそこには、古代の衆庶のさまざまな生の悲しみや嘆きや、そして喜びが生き生きと息づいているのである。

〔参考文献〕＊「万葉集第七、十一、十二、十三巻の編集年代と各巻の特質」土居光知（東京女子大学論集）＊「万葉集巻十一、十二作歌年代考―天平歌人の作とその類歌とに関連して」森脇一夫（語文20）＊「万葉集十一・十二試論―その作者の階層の検討を通して」中川幸広（語文22）＊「万葉集十一・十二ノート」中川幸広（日本大学人文科学研究所研究紀要12）＊「万葉集巻十一、巻十二の実態について―〈古万葉集〉中の巻々として」久米常民（愛知県立大学・説林19）＊「万葉集巻十一、十二について―寄物陳思歌を中心に―」小野寺静子（北大古代文学会研究論集2）＊「民衆と詩心」中西進（『古代十一章』）＊「寄物陳思と正述心緒の論」伊藤博（『万葉集の表現と方法』上）　〔中川〕

巻第十三

万葉集巻十三は、巻七・十・十一・十二・十四と同じく、いわゆる作者未詳歌の巻のひとつであって、そこに収められている歌には、作歌年月、作歌事情のみならず作者名も記されていない。ただ、つぎに掲げるような、作者にかかわる記載が例外的に存する。

㈠右二首。但し此の短歌は或書に云はく、穂積朝臣老の佐渡に配せられし時に作る歌也と。―三二四〇・三二四一左注

㈡柿本朝臣人麻呂の歌集の歌に曰はく―三二五三・三二五四題詞

㈢古事記を検すに曰はく、件の歌は木梨軽太子の自ら死にし時に作る所也と。三二六三左注

㈣柿本朝臣人麻呂の集の歌―三三〇九題詞

㈤備後国の神島浜にして調使首の、屍を見て作る歌一首幷せて短歌―三三三九～三三四三題詞

㈥右二首。但し或は云はく、此の短歌は防人の妻の作る所也と。然らば則ち長歌も亦此と同じく作りたることを知るべし―三三四四・三三四五左注

注、㈥は作者の固有名を記してはいないが、便宜上掲げた。

右のうち㈠㈥の場合は一説としての作者が掲げられているのであるから、その「作者」をただちにそれぞれの歌の作者とみなすわけにはいかない。しかもこの場合、長歌・反歌一組の歌の反歌についてのみ指摘しているのであるから、仮に左注の示す一説を認めても、穂積老（一）や防人の妻（六）を、長歌・反歌のそろった巻十三に収められた形での一組の歌の作者として認定するわけにはいかない。㈢の場合もこれに似ている。左注は古事記の記載を指摘しているのみで、三二六三番歌が木梨軽太子の作だというと

ころまでは主張していないのではあるが、一応触れておく。古事記記載の歌と三二六三番歌との間には歌詞に多少の相異がある。これは、三二六三番歌の方が古事記の歌を改作したことによる（大久間喜一郎・古代文学の伝統）ともみられ、したがって、木梨軽太子を三二六三番歌の作者と認めるわけにはいかない。もっとも、それ以前に、記紀において、ある歌の作者として扱われている人物や神が実際の作者であるといえないことはいうまでもないのであるから、三二六三番歌の作者はどうみても木梨軽太子ではない。残りの㈡㈣㈤の場合は、たとえば㈡が三二五〇～三二五二番歌の参考資料として掲出されているように、いわば「或本の歌」の扱いなのである。事実㈤は「或本の歌」と記した上での記載である。しかし、巻十三に収められていることにかわりはないので一応とりあげてみた。㈡㈣の場合は柿本人麻呂歌集所出歌であることを示しているのであるが、作者とまではいっていない。しかも、人麻呂歌集に収められた歌の作者が柿本人麻呂か否かは問題のあるところであって、にわかには決定できない。最後の㈤の調使首は巻十三唯一の、固有名の明らかな作者と認めざるをえない例である。だが、別に項目が立てられているはずである（柿本人麻呂歌集も同様）。

以上のように、巻十三所収の歌の作者として、本項目で独自に述べるべき固有名の明らかな歌人は巻十三には存在しない。そこでつぎの段階として、作者の固有名は不明ながら存在するはずの作者の階層はいかがということになる。ただ、巻十三の場合、一口に作者といっても単純ではない。まず「作者」という言葉について、巻十三には古くから伝来された民謡や歌謡の色合いを濃厚にもつ歌がある程度の数量みられる。民謡・歌謡とすると、一人の一回的な作の作者というものは考え難くなる。現在みる歌形にいたるまでには、長い年月にわたって複数の人たちがかかわっていると考えられる。そのような人たちも詞句の形成にかかわっている以上、作者として扱ってよかろう。むろん、他の巻十三の歌の中には一人の作者によって詠まれたものも存在するであろう。しかし、一首一首、または一組一組の歌について、その作者が単数か複数か、複数ならば何人かなどという判別をすることは不可能に近い。そこで、ここでいう作者とは、現在みる歌形に定着するにいたるまでの間に、詞句の形成に関与した人とでもいうような意として用いることとする。つぎに、作者の階層が一首または一組の歌において複層をみることのできる場合がある（具体例は後に示す）。しかし、複層か単層か区別のつかない場合もある。したがって、以下に示す例の中には実際には作者の階層が複層かもしれないが、弁別せず述べる場合もあるであろう。以上のような条件によって、巻十三所収歌の作者の階層について述べることになる。

御諸は　人の守る山　本辺は　馬酔木花咲き　末辺は
椿花咲く　うらぐはし　山そ　咲く子守る山
（三二二二）

この歌は山ぼめの歌という古代歌謡の発想の歌だが、子守歌とみなす説もある。いずれにせよ古代の民謡という色彩が濃い。このような、民謡または歌謡的要素を多分に有する歌としてつぎのような例をあげることができる。

三二二七（新婚の夜の儀礼歌）、三二三九（童謡《わざうた》）、三二四二・三二四七（歌垣などの際の嘆老の歌）、三二六〇・三三二三・三三三〇・三三三一（山ぼめの歌）、三三三五・三三三六

以上の中には異説があったりして不確実なものもある。また逆に諸説を集合すれば例歌の数は増大する。

これらが民謡または歌謡だとすると、作者の階層として考えられるのは庶民階級というのが自然であろう。ところが、巻十三において右掲の歌は民謡または歌謡そのものとして扱われているわけでは必ずしもない。たとえば、山ぼめ的発想をもつ三三三一番歌の場合、三三三〇・三三三二番歌とともに三首一組の挽歌として扱われているのである。しかもこの三首は、川（水）の場面（三三三〇）、山の場面（三三三一）を受けて、

高山と　海とこそば　山ながら　かくも現しく　海ながら　然直ならめ　人は花ものそ　うつせみ世人
（三三三二）

と結ぶ、意識的と思われる構成によって成り立っている。民謡は新しく作り直されたといってよい。このような作業を行ったのは庶民階級ではない。そのことが明らかに知られるのは三三三二番歌においてである。「(人)は(花)ものそ」という漢文訓読語調の詞句と、現の世のはかなさを嘆じる仏教的無常観は庶民階級にありえないとはいいきれないかもしれないが、まずは知識階級を想定するのが無難であろう。同様のことはつぎのような場合にもいえる。さきに、古事記に木梨軽太子の作と伝える歌と酷似した三二六三番歌を採り上げたが、このような記紀歌謡と類歌関係にある歌の例として、他に三三一〇・三三三一番歌などがある。記紀歌謡の多くは本来、宮廷の儀礼にかかわって伝えられていたものと考えられており、したがってこれら三二六三・三三一〇・三三三一番歌なども宮廷歌謡であった可能性が強い（三三三一番歌は民謡からの転用例とした中に加えておいたのだが、その中間の段階として宮廷歌謡という段階があったことも考えられる）。だが、三二六三番歌も先述のごとく、転用・改作されたものとみてよい。宮廷歌謡の段階での作者が存在するとすれば、それは宮廷に仕える一員ということになろうが、改作者はむろん庶民階級ではなかろう。

以上のように、もともと民謡・宮廷歌謡などの歌謡であ

ったものが現在巻十三にみられる形に定着するまでには知識階級の人たちの手が加わっているとみられる。このことは、他の巻十三所収歌についても敷衍することができる。以下、その徴証を拾い上げて示す。

㈠仏教思想の影響

三三二二番歌の場合についてはさきに指摘したが、他に、

　世の中を憂しと思ひて家出せし我や何にか還りてならむ　（三二六五）

における「世の中」（世間）、「憂しと思ひて家出せし」（出世間）、「家に還りて」（還俗）などの箇所に仏教思想の影響が認められる。その他、「悲しきものは　世の中にそある　世の中にそある」（三三三六）も同様と考えられる。

㈡漢文訓読語調

三三三二番歌の場合については、これもさきに指摘したが、同様の例が「いかにして恋止むものぞ」（三三〇六）にもみられ、また、

　古ゆ　言ひ継ぎけらく……と　玉の緒の　継ぎては言へど……　（三二五五）

　……我に告ぐらく……と　人そ告げつる　（三三〇三）

という引用形式（傍点部分）にも漢文訓読語調が認められる（小林芳規・平安鎌倉時代に於ける漢籍訓読の国語史的研究）。

㈢遊仙窟の影響

　瑞垣の久しき時ゆ恋すれば我が帯緩ふ朝宵ごとに　（三二六二）

右の下二句は、遊仙窟の「日々衣寛、朝々帯緩」によっている。同じ箇所の典拠をもつ例に「常の帯を三重帯ぶべく我が身はなりぬ」（三二七三）がある。また、

　……剣大刀　鞘ゆ抜き出でて　伊香胡山　いかにか我がせむ　行くへ知らずて　（三二四〇）

には、「渠今抜出後、空鞘欲二如何一」の影響が認められ（小島憲之・上代日本文学と中国文学〈中〉）、他に、

　磯城島の大和の国に人二人ありとし思はば何か嘆かむ　（三二四九）

と「天上無レ双、人間有レ一」との間の影響関係が認められる。

㈣その他の漢籍の影響

　……何しかも　葦毛の馬の　い鳴き立てつる　（三三二七）

　衣手葦毛の馬のい鳴く声心あれかも常ゆ異に鳴く　（三三二八）

右は三野王挽歌だが、「霊轜廻レ軌、白驥悲鳴」（文選）その他の漢籍の表現に暗示を得ている（小島・前掲書）。また、牽牛・織女に見立てた二人を配した作（三二九九）は七夕伝説によっており、「自づから成れる錦を張れる山かも」（三二三五）は「仙杼織二朝霞一」（王勃、林塘懐友詩）などと発想が類似し、「天地と　日月と共に」（三二三

四）のごとく天・地・日・月を並べる漢籍的表現もある。その他、漢語「青雲《せいうん》」の訓読みによるとされている「あをくも」（三二二九）という例もみられる。さらに、

冬こもり　春さり来れば　朝には　白露置き　夕へには　霞たなびく　汗瑞能振　木末が下に　鶯鳴くも
（三二二一）

という、白露、霞、鶯を配して春の到来を喜ぶ洗練された美的感覚も漢籍によるところ大である。付言すれば、「里人」（三二七二、三三〇二、三三〇三）という語も、「里人」ならざる階層の人の発想と思われる。

右の徴証によって、巻十三所収歌の形成にタッチした人々は、一応の水準以上の知識を身につけていたと思われるのだが、一口に知識階級といっても身分の上では上下に大きな幅がある。巻十三所収歌の作者たちは、あまり身分の高くない、中・下級の貴族、官人階級の人たちであるように思われる。それというのも、作者が上流貴族だという確証がほとんど見出せないということもあるが、逆に、以下に掲げるような中・下級の官人階級のかかわっていると思われる例がみられるからでもある。

㈤行幸従駕の歌

みてぐらを　奈良より出でて……石橋の　神名備山に　朝宮に　仕へ奉りて　吉野へと　入ります見れば　古思ほゆ
（三二三〇　反歌は省略）

右は吉野行幸の途次、古京明日香での作で、作者は従駕の官人と考えられる（清水克彦・万葉論集第二）。つぎに配されている一組（三二三二・三二三三）も反歌が私的ではあるが吉野讃歌とみてよく、さらにつぎの三二三四・三二三五番歌も伊勢行幸の際、山辺の五十師の原での讃歌である。これら従駕の讃歌またはそれに類似する作の作者の階層は、人麻呂・赤人・金村などに代表されるような、いわゆる宮廷歌人を含む官人階級とみて大きな誤りはないと思われる。

㈥宮廷挽歌

挽歌に分類された歌のうち最初の三組は皇族に対する挽歌である。「かけまくも　あやにかしこし」という詞句ではじまる冒頭の一組（三三二四・三三二五）は、弓削皇子または文武天皇に対する挽歌という説もある壮大な歌である。つぎの一首（三三二六）も皇子に捧げられた挽歌であって、ともに、皇子に仕えた舎人たちの嘆きが歌われている。第三組目（三三二七・三三二八）はさきに触れた三野王挽歌。これらの歌の作者層もさきの讃歌の場合と同様に上流貴族ならざる（中）下級官人とみてまず動かないところであろう。

㈦公用の旅における歌

巻十三には旅中の詠または旅中の夫を思う妻の作という設定の歌がしばしばみられる。それらの歌における旅は北

陸道・山陽道・南海道といった幹線の公道を任地に向かう旅である。古代には私的な旅は考え難いということもあって、それらの旅は公用によるものとみてよい。しかし、旅は公的でも予祝儀礼的な歌（三二三六）や行路死人の歌（三三三九～三三四三の調使首の歌）を除けば他は私的詠嘆を主としている。例示すればつぎのごとくである（括弧で括ったものは妻の立場で詠まれたもの）。

三二三六、三二三七・三二三八、三二四〇・三二四一、三二四三・三二四四、（三三一四～三三一七）、（三三一八～三三二二）、（三三三三・三三三四）、三三三九～三三四三、（三三四四・三三四五）

旅中の作は万葉集全体を通しても多数みられるのであるが、大部分は短歌で、巻十三におけるような長歌によるものは官人階級の作に集中する。したがって、右掲の例（妻の立場の作も含めて）も官人階級による作と思われる。その点、おそらく下級官人と推定される調使首の名が顕現しているのは象徴的である。

以上、巻十三所収歌の作者層の中心に中・下級の官人階級を据えてきたわけだが、これは格別のことではない。少なくとも作者未詳歌の巻には共通することと考えられる。

〔参考文献〕＊「万葉集巻十三作歌時代考」吉原敏雄（国語と国文学22―8）＊「万葉集巻十三の含む機制」太田善麿（『古代日本文学思潮論』Ⅳ）＊「万葉集巻第十三の編纂における一問題」中川幸広（語文13）＊「万葉集巻十三の編纂私論」阿蘇瑞枝（『論集上代文学』2）＊「万葉集巻十三の意味―その異質性を中心として―」大久間喜一郎（古代文学13）＊「万葉集巻十三論」小野寺静子（北海道大学文学部紀要24―1）＊「万葉集巻十三配列試論―詠物・寄物意識を中心として―」森淳司（『国文学論攷』）＊「万葉集巻十三長歌考―万葉後期の成立と思われるものについて―」遠藤宏（『論集上代文学』6）＊「万葉集巻十三歌考―相聞・問答を中心として―」遠藤宏（国語と国文学53―5）＊「万葉集巻十三と〈乞食者〉」久米常民（国語と国文学53―11）＊「万葉集巻十三の位相」遠藤宏（日本文学27―6）＊「巻十三雑歌部の形成―道行歌を中心に―」大室精一（万葉研究2）

〔遠藤〕

巻第十四

万葉集巻十四に「東歌」として収録されている二百三十八首（国歌大観に番号を付された歌は二百三十首、他に一首の全形を異伝歌として採録されている八首を含める）の歌は、「東歌」という観点で一巻が形成されているという事実、それのみでも万葉集における特異な巻であるということができる。つまり、東国という地域性を前面に押し出して編纂されているということは、他の巻々の編纂のありかたとは全く異質であり、それはそのままこの巻の特徴であり、問題点のすべてを包括しているとさえいえるのである。そして、その地域性の重視ということは、この巻の歌の配列にさらに強く表明されている。二百三十八首の歌は、まず国名の判明している九十五首の歌を、東海道・東山道の順にそれぞれ西から東へと順次並べられている。そしてその範囲は、東海道は遠江、東山道は信濃以東である。その後に、国名の判明していない百四十三首の歌が分別されてある。一般に前者を勘国歌、後者を未勘国歌と称しているが、これはこの巻の巻末に「以前歌詞未得勘知国土山川之名也」とあるところから後者が命名され、それに対応させて、前者が国別分類されているところから勘国歌と称するようになったのである。この巻が何よりもまず、東国という地域性を重視していたということは、「国土山川の名」が未詳なるがゆえに、やむを得ずまとめたといった口振りを巻末の一文にうかがうことができる。本巻の編者をして何故にかくまでも地域性に執着させたのか、これが巻十四の問題のポイントの一つである。この点については後述することにする。

さらに巻十四についての特徴をあげるならば、全巻作者未詳ということである。「柿本人麻呂歌集に出づ」あるいは「柿本人麻呂の歌集に曰はく」という人麻呂歌集と何らかの関連があると編者が認めた注記のある歌が五首（三四一七・三四四一・三四七〇・三四八一・三四九〇）ある以外はすべて作者に関する手がかりを持たない。だが、この人麻呂歌集に関する注記のあるものも、他の巻々に散在する人麻呂歌集の様相とはかなり異なっており、巻十四における人麻呂歌集関連歌の性格は未だ明確になっているとはいえない。

そもそも東歌は、民謡であるのか、非民謡であるのかということが、今日東歌研究の最大の論点になっているが、この命題の立て方にすでに問題があろう。東歌二百三十八首の歌をすべて同一の範疇のものとして律しようとすること自体に問題があるといわねばなるまい。東歌は作者未詳歌巻であるという事実が、直ちに東歌を民謡であるという結論に到着させることにはならない。また、非民謡説をとるといっても、巻十四の編者にとって作者がわからなかった、あるいは地域性の重視ということが作者名をことさらに無視させた、よしんば作者名がわかっていても、それが中央貴族にとっては全く無名に近い存在であったがゆえに記載されなかったということも考えられるが、ここではまず、我々は、問題の原点にかえって、問題の対象を明確にすることからかからねばならない。

当然のことながら、我々の対象は、万葉集巻十四に記録されている「東歌」である。民謡・非民謡論争の中にある奇妙なズレは、ここに存在している。つまり、民謡説は、記載される以前のウタのあり方により多くの関心を示し、非民謡説は、現在我々のみる「東歌」を問題としているといってよいであろう。この点からいえば、非民謡説はより対象を明確にしているといってよいであろう。しかし、問題はそのような外在的なことだけではなく、歌の内証にも求めねばなるまい。

　東歌は東国民衆が口誦していたウタであるとするのが、民謡説においては大前提となる。たとえば、

　稲舂けば皹《かか》る吾《あ》が手を今宵もか殿の若子《わくご》が取りて嘆かむ　（14・三四五九）

という歌は、東国農民の、とくに若い女性集団の労働歌であるというがごときである。さしづめ「稲舂き節《ぶし》」とでもいうべきであろうか。東国の民衆が、マツリに、共同で行われた農作業や狩猟に、あるいは村の集会にウタを歌わなかったと考える方が不自然である。しかし、今日我々のみる巻十四の歌はすべて短歌形式であり、そこには囃子ことばもなく、合いの手のことばの徴証もない。このことがまず民謡説を疑わしめる一つのポイントである。そこに中央貴族の手による改作説、あるいは短歌形態のものだけを選んだとする選択説が生ずる原因がある。ともあれ、今日我我が万葉集に記載された東歌としてみることのできる歌は、中央貴族層の歌に比較したとき、いかにも没個性的で、集団生活を背景にもった歌、つまり民謡的な歌であるとしても、今日みる形態のままに、民謡であると断言することは難かしいであろう。だが、巻十四の歌には、民謡的要素を多分に含む歌が数多く存在し、その中に真淵以来、「あづまぶりならず」といわれる歌が混在していることは事実である。前述したように、巻十四の歌をすべて同一範疇のものとしてみようとすることに問題があるのである。とすれば、東歌二百三十八首のすべてを一首ずつ丹念によみこんで、それぞれの歌の持つ性格を確定せねばなるまい。その基礎的作業があってこそ、東歌はその本質を明らかにしてくるであろう。万葉集に記載されている現東歌を民謡と断言するのに躊躇を感ずるということは、逆に直ちにそれを個人の抒情と断定することにならないことはいうまでもない。とすれば、東歌はいったいどのような過程を経て成立したのであろうか。順序は逆になるが、東歌がどのような経路でミヤコに運ばれ、万葉集巻十四として定着したかを考えておくこととする。まず、東国からミヤコに運ばれた過程について、大きく説は二つにわかれる。一つは個人の蒐集を考える方向にあり、その線上に高橋虫麻呂、大原今城などを擬する説がある。他の一つは、特定の個人を蒐集者と考えないものである。庸調を貢上するために、あるいは労役に服するために上京した農民、徴発された防人たち、あるいは衛士・釆女としてミヤコで生活した人々が披露した故郷のウタは、都人にある種の興味を持って聞かれたことであろう。さらにはまた、たとえば常陸国

に赴任した高橋虫麻呂や、上野国守に任ぜられた田口益人などの人々は、みずからも万葉集に歌を遺した人々であるから、任国あるいは往復の途次の土地のウタに無関心であったとは考えられないから、彼らもまた、ウタを都へ運んだにちがいあるまい。個人の蒐集を考えるよりも、複数の、そして多様な経路をもって東国のウタはミヤコに運ばれたと考える方が、蓋然性は高いと筆者は考えている。さて、その運ばれたウタの内容であるが、都人において全く意味の了解できなかったものは文字に定着しなかったであろう。たとえば天平勝宝七歳、大伴家持が兵部少輔として徴集した防人歌は百六十六首あったのだが、内八十二首は拙劣歌として切り捨てられてしまっている。一応は文字に定着した歌においてもかくのごとくである。ましてや口誦によって都人の耳に伝えられたウタはどのような状況にあったか想像に難くない。

だが、東歌は、都人にとってすべてが、東国という遠い異国の歌と感ぜられるものばかりではなかった。巻十四巻頭の、

夏麻引く海上潟の沖つ渚に般はとどめむさ夜更《ふ》けにけり　（14・三三四八）

の歌は、巻七の、

夏麻引く海上潟の沖つ渚に鳥はすだけど君は音もせず　（7・一一七七）

わが舟は明石の湖《みと》に漕ぎ泊てむ沖へな離《さか》りさ夜更《ふ》けにけり　（7・一二二九）

の歌を加えて二で割ったような歌である。この類同性のゆえに民謡ともいわれるのであるが、真淵が万葉考に「京に久しく仕奉て帰りをる人東にての歌故に是に入しなるべし」とし、千蔭は万葉集略解に「既に久しく仕奉て帰りをる人の、東にての歌故に是に入たるか。或ひは、京人の東の国の司などにて下りたるが詠めるを、それも其国に伝りたるは、其国の歌とて有なるべし」と指摘した考え方によれば、たとえば遣新羅使が柿本人麻呂の歌を「所に当りて誦詠せる古歌」として、

玉藻刈る敏馬《みぬめ》を過ぎて夏草の野島が崎に船近づきぬ　（3・二五〇）

玉藻刈る乎等女《をとめ》を過ぎて夏草の野島が崎に廬《いほ》りす我は　（15・三六〇六）

としたような事情が考えられるかも知れない。また、

信濃なる須我の荒野にほととぎす鳴く声聞けば時過ぎにけり　（14・三三五二）

に対して、大久保正は「東歌のほととぎす」（万葉の伝統所収）以来、ほととぎすは、風雅の意識に裏打ちされた鳥で、京人の詠んだ歌も東歌に混入していると強く主張している。正倉院文書にある天平二年の安房・越前両国の義倉帳からの推定によれば、農民の九八パーセントが貧戸であ

った。その中で馬を養い得る階層はごく限定された豪族階級ということができる。彼らは、東国の生命力の躍動する、それだけにみやびではない文化の土壌の上に中央の文化を輸入していた。

　足の音せず行かむ駒もが葛飾の真間の継橋やまず通はむ　（14・三三八七）

表現は稚拙かも知れぬ。発想は幼稚かも知れぬ。しかしながら、いつも乗る馬は足の音が高くする。音を立てない馬があったらと願う若者は、「殿の若子」とよばれ、「真木柱讃めて造れる殿」（20・四三四二）に住む人であった。「伏廬の曲廬の内に直土《ひた》に藁解き敷きて」「飯炊ぐ事も忘れて」（5・八九二）苦しんでいる人々ではない。東歌の作者層の中にはこのような人々もいたのである。

東歌の作者層の中には、京人もいたかも知れぬ。東国における上層階級の人々（中央貴族の目から見ればまことに陳腐な人々であったかも知れないが）もいた。そして名もなき人々のウタもあった。この無名の人々のウタの中には都人によって整形されたものもあったかも知れない。東歌はまさに混沌《カオス》の世界である。東国土着の人々の歌が中心になっていることは間違いないと思われるが、そこに異質な人々の歌が混在し、さらに東国土着の人々といえども、その生活の様相は、まさに雲泥の差のあるものであり、その抒情のあり方も当然異なってくる。ただ東歌の大部分の歌は、たしかに健康であり、明朗である。

　高麗錦紐解《と》き放《さ》けて寝《ぬ》るが上《へ》に何《あ》ど為《せ》ろとかもあやにかなしき　（14・三四六五）

　人妻と何《あぜ》かそをいはむ然《しか》らばか隣の衣《きぬ》を借りて着なはも　（14・三四七二）

といった歌は、他の巻に見出すことができない。これはまさに東国の文化なのである。

さて、前述したように種々の経路をへて東歌はミヤコに運ばれたが、それがミヤコで保管されている間に、どこの国の歌とも判明できない状態になっていたと考えられる。それを防人歌を徴収した大伴家持によって、天平勝宝七歳以後、前述した国別分類がなされたと考えられる。筆者のこの説に対しては、伊藤博は延喜式的図式がすでに中央政庁にあったと想定されることなどから反論されたが（万葉集の構造と成立〈上〉）、そのような図式は当然認められるとしても、それだけでは、三河以西が東歌の範囲外にあることの説明はできない。やはり、遠江・信濃以東を「東国」と認めた巻十四の編者は、防人歌との関係を意識したにちがいない。つまり、防人を徴集した国々と、巻十四にいう東歌の範囲は全く一致するのである。この事実は、東国の範囲を示唆する他の資料、たとえば、古事記の倭武尊の説話における、足柄山で「アヅマハヤ」と嘆声をあげたことによって、足柄以東をアヅマといった例や、万葉の柿本人麻呂の高市挽歌における「鳥が鳴くアヅマノクニ」（2・一九九）といった場合、美濃・尾張が入っている例にもあてはまらない。巻十四独自の東国の範囲であることは無視されてはならない。

巻十四がいくらかの地名を除いて原則として一字一音で表記されていること、そして正訓文字の使用の多いことなど、整形説などとかかわり問題の多いところであるが今は割愛せざるを得ない。また、序詞の多用、しかもそれが生活に密着したものが多いことなども、東歌をウタった人々を考える上で重要である。

〔参考文献〕＊「仮名字母より見たる万葉集巻十四の成立過程について」福田良輔（万葉5）＊「万葉集 巻十四成立攷」水島義治（国語国文研究13）＊「万葉集巻十四の成立について」菊池威雄（国文学研究27）＊「万葉集巻十四の東歌と歌垣の問題―筑波嶺・野ごもり・磯遊び・足柄の歌」渡辺昭五（伝承文学研究4）＊「万葉集巻第十四の蒐集者」江野沢淑子（古代文学3）＊「万葉集巻14の表記をめぐって」古屋彰（金沢大学法文学部紀要23）＊「万葉集巻十四歌の配列―部立及び国別分類内部の場合―」遠藤宏（『論集上代文学』7）＊「巻十四と巻二十のあいだ」加藤静雄（古代文学16）＊「万葉集巻十四の原資料再考―『延喜式的図式』との関わりを中心に―」遠藤宏（『論集上代文学』8）＊『万葉集 上野国歌』荒木田楠千代編（煥乎堂）＊『万葉集 東歌の研究』豊田八十代（育英書院）＊『万葉集上野国歌私注』土屋文明（煥乎型）＊『万葉集東歌』田辺幸雄（塙書房）＊『万葉集東歌研究』桜井満（桜楓社）＊『万葉集古注釈集成』桜井満（桜楓社）＊「上総国郡司の妻女等の歌」五味智英（『論集上代文学』2）＊『東歌難歌考』後藤利雄（桜楓社）＊『万葉集東歌論』加藤静雄（桜楓社）

〔加藤〕

巻第十五

万葉集巻十五は、前半の「遣新羅使人等歌」百四十五首と後半の「中臣朝臣宅守と狭野茅上（弟上とも）娘子の贈答歌」六十三首の二歌群だけから成っている特殊な巻である。とくに両歌群とも本文より詳しい目録を持つことは、他巻に例をみない特色である。それぞれの歌群の筆録者、編纂者、巻の編纂者、目録の筆者、歌群の構成、実録性と虚構性などについて多くの論が行われている。前半の遣新羅使人等歌群（以下甲歌群とよぶ）は、目録に記すところによって、続日本紀に記載されている天平八年の遣新羅使一行の所詠であることが知られ、万葉集中唯一の外国派遣使節団の作歌として貴重な存在である。後半の中臣宅守と狭野茅上娘子贈答歌群（以下乙歌群とよぶ）は、目録の記事の語るところと、続紀にみられる宅守配流にかかわる記事とから、天平十一、二年頃に実在した事件を背景とする悲恋贈答歌と知られる。ほぼ同時代の二つの事件をめぐる二つの歌群は、ただ便宜上一つにまとめられているのではない。一つの巻に二歌群を巻いた編纂者の意図をみたい。ここでは主として甲歌群「遣新羅使人等歌」について、その筆録者、編纂者、目録との関係、とくにそれらに深くかかわる無記名歌作者などを考え、乙歌群と合わせた巻十五のありようを考える。

甲歌群は、本文にも詳しい総題を持つが、目録にはなお詳しく年次を添えてつぎのごとく記してある。

天平八年丙子夏六月、使を新羅国に遣はしし時に、使人等の各々別を悲しびて贈答し、また海路の上にして旅を慟み思を陳べて作る歌。所に当りて誦詠する古歌を幷せたり。一百四十五首。

甲歌群の目録の、各条の題詞は本文中の題詞よりときには簡潔に要領よくまとめてあって、乙歌群の目録と体裁がととのえられている向きがうかがわれる。乙歌群の場合は本文中の総題はいたって簡単に「中臣朝臣宅守と狭野茅上娘子と贈答歌」とあるだけで、目録の総題の詳しい記述によってはじめて事情が知られる。

中臣朝臣宅守蔵部の女嬬狭野茅上娘子を娶きし時に、勅して流罪に断じて越前国に配しき。ここに夫婦の別れ易く会ひ難きを相嘆き、各々慟む情を陳べて贈答する歌。六十三首。

乙歌群の本文の各条は、一、二を除いてほとんど左注に歌数と作者名を記すだけであるのに比べ、目録では簡単ながら作者名と事情を示す題詞を並べている。ただ乙歌群中の最終におかれている宅守の七首についてだけは、本文左注が目録の題詞と全く同じで、他と異なって詳しい。このことについては後で考えたい。

甲歌群は出発に際しての使人たちと妻との間に交された贈答の歌十一首（15・三五七八〜三五八八）をもってはじまる。冒頭の贈答歌が、歌群の歌すべてをつらぬく主題（「妹」と「秋」）を提示しており、以下に並ぶ歌にこの贈答歌と明らかに呼応するものがみられることが、伊藤博（万葉集の構造と成立〈下〉）によって指摘されている。たとえばその中の、

秋さらば相見むものをなにしかも霧に立つべく嘆きしまさむ　（15・三五八一）

は、その前の女性の歌、

君が行く海辺の宿に霧立たば吾が立ち嘆く息と知りませ　（15・三五八〇）

に応えた歌で、秋に帰ることを当然としてうたっている。そして、航行の途次の使人の歌に「妹の歎きの霧」がうたわれて呼応しているのである（三六一五、三六一六）。

我が故に思ひなやせそ秋風の吹かむその月逢はむものゆゑ　（15・三五八六）

は十一首の中の、男女の四組の贈答のあとにつづく対応の

はっきりしない三首のひとつである。その三首は命題をうたうこの歌と、珍しく新羅へ思いをはせてうたっているものである。歌群のすべてをおおう、妻恋いと、秋にはと願う帰心（すでに出発の前から）とを、冒頭歌は序曲としてうたいあげている。そしてこの贈答歌群は、巻頭を飾るにふさわしい一連のまとまった存在ともなっているが、十一首がすべて無記名歌であることに注目したい。

甲歌群百四十五首中には百首以上もの無記名歌が存在する（記名歌は十四人二十七首のみ）。その無記名歌の作者について、一人の人物か、複数か、多くの説がある。一人とする説では副使大伴三中を考える説が最も有力である。加藤順三は歌の詞句の類似から、乙歌群の作者中臣宅守としている。複数説も多く、一行中の下級の人たちとする説（高木市之助）などがあったが、歌人グループを考える説（藤原芳男）、その他最近また新しく複数説が出ている。少なくとも当歌群の中では無記名歌は複数の作者のものとして披露されていることを、無記名歌の一連（三六九七～三六九九）の題詞に「各陳二慟心一作歌三首」とあることを一証として伊藤博（前掲書）が指摘している。その他にも問題があって無記名歌のすべてを唯一人の作とすることはむずかしいかもしれないが、その中の相当多数の作の作者として一人の力量ある歌人を考えねばならないであろう。その考察は甲歌群の筆録者や構成者を考える上にも重要なのである。甲歌群の記名歌の作者は、大使（阿倍継麻呂）、大使の第二子、副使（大伴三中）、大判官（壬生宇太麻呂）、少判官（大蔵麻呂）、秦間満、大石蓑麻呂、田辺秋庭、羽栗、雪宅麻呂、土師稲足、秦田麻呂、葛井連子老、六鯖の十四人で、高官は官名のみを記している。この中で、これらの人たちの中心になり、作歌や筆録のリーダーとなり得る人物として最もふさわしいのは副使大伴三中であろう。三中は万葉集中ほかにも長歌の大作（3・四四三～四四五）をものしている歌人であるのに、当歌群中に副使と記名されている歌は二首（三七〇一、三七〇七）だけである。二首記名歌が存在することで、無記名歌作者の候補者から外すよりは、無記名歌の中に三中の歌が相当数存在することを想定する方が蓋然性が高いと思われる。使人たち一行をリードして歌群を残すことをはかり、歌群構成の材料となるべきいくつかの歌を詠んでいた人として三中を考えたい。ただし、その場での筆録者は高官三中自身ではないであろうとする説（井手至）はうなずける。部下の筆録にもとづいて自作を加えて整理編纂したものが、当歌群の資料となったとする推定（平館英子）は妥当であろう。

甲歌群の歌に、国の使節としての使命感や、異国の旅の経験の異色がみられぬのは残念であるが、もともと望郷係恋の作品一篇として成されたものならば当然かもしれない。まして伊藤説にいうような女性享受者（宮廷）が想定されるならばなおである。一行の旅は悲惨苦渋にみちたものであった。往路漂流の憂目に遭って旅程が異常におくれ、すでに往路に雪宅麻呂を壱岐島で亡ない、大使も帰路対馬で没し、副使も病におかされて入京が一行におくれた。天平九年藤原四兄弟が斃れた天然痘の流行によるものであろう。一世を震駭せしめた悲劇であったに違いない。その旅中詠をもとにして成された「実録的な創作」(大浜厳比古)ならば、悲愁哀感に満ちたものであってこそ効果的である。三中から得た資料をもとにして、原資料を尊重しつつも今日のごとき形に仕上げた人、そして乙歌群と合わせて悲愁の色に染められた一巻を成した人として、家持を想定することは無理であろうか。後藤利雄説では甲歌群の編者を大伴池主と考え、古屋彰説においては傍証をあげて、甲歌群の本文と目録の記述が同筆である可能性が強いと説いている。この巻の目録はさきにも述べたように甲乙二歌群のものどちらも、歌群の内容事情に精通した人の手によってなされたらしく、本文より総題において明らかに詳しく、甲歌群と乙歌群の目録を体裁を整えて不揃いにならぬよう努力したあとがみられる。そして、乙歌群末尾の、歌群中の相聞贈答の歌のあり様と際立って異なる一連、すなわち宅守の花鳥によせた詠七首はいかにも末尾をかざるべく添えられたものの感が強いが、その一連に限って本文の左注が目録に記すものとほとんど一致しているのである。とすれば古屋所説は乙歌群にもある程度及ぶものとなるのではなかろうか。私はかつて乙歌群の目録の記述について、家持の集中の他部分における記述と共通点がみられることをたしかめたことがある。今後の研究にまたねばならないが、この巻の甲乙両歌群の最終的な編纂者、ないしは編纂をととのえ手を加えた人と、目録の筆者とはあるいは同一人物でなかろうか。そしてその最も有力な候補者として家持を考えてよいのではなかろうか。

巻十五を形成する甲乙二歌群は、それぞれ別の二つの事件(ほぼ時代を同じくはするが)によって生まれた、望郷係恋と悲恋の歌物語的に鑑賞されるに足る二篇である。二歌群は便宜上たまたま一巻に並べられているのではなく、悲愁の二篇を首尾をととのえて一巻に成したもののようにみられる。それぞれの資料が、歌を集めている家持の許に寄せられ(あるいは家持に要望せられ)た可能性は大きいと考える。家持がその資料を尊重しつつも、二篇をより文学的に効果的に整えるために手を加えた部分もあったのではなかろうか。それは構成上の必要から歌群のはじめと終りの部分に加えられる可能性が多く、歌群を二つ合わせた一巻の巻頭と巻末の部分になされることがより考えられるのではなかろうか。かくしてあるいは手が多少は加えられて首尾をととのえて一巻となされたものが巻十五の姿ではなかろうか。

甲歌群は冒頭に主題を提示するごとき一連の悲別贈答歌のまとまりをおく。それは格別に優雅哀愁の色濃い相当量の作品として、ひと巻の巻頭を飾るにふさわしい存在となっている。旅の歌を並べる前におかれた序曲のごとき存在である。そしてそれは無記名歌である。甲歌群の終末部にも、帰路唯一の作である無記名歌家島の五首がおかれている。乙歌群の終末には、歌群中の他の贈答とは色合いの異なる一連の独詠歌（宅守の花鳥に寄せて思を陳べて作る歌七首）がおかれていて、乙歌群の編纂に際して構成上添えられた感が深い。指摘されているように、男女の相聞贈答を男性の独詠的な歌で閉じるのは、巻二の相聞贈答歌にみられる一つの型である。乙歌群のこの終末の一連の前にあるのは、宅守と娘子の二首ずつの贈答である。二人の激しい相聞贈答歌の往来もしだいに間をおき、歌数も少なくなっていって、そのままでは大きな一篇を閉じるにふさわしくないので、この終末の一連は同時に巻十五の巻末を飾るにふさわしい、優雅なひとまとまりの作としての存在となっているのである（ちなみに乙歌群の冒頭部は、いきなり娘子の別れに臨んでの歌群中でも最も情熱的な歌をもってはじめられている）。

巻頭と巻末に他とやや色合いの異なる目立った存在がみられることは、巻十四においても感じられる。巻十四東歌のひと巻の、巻頭数首と巻末数首は、東歌らしからぬ優雅な作である。巻頭五首の中にみられる「東ぶりならず」と称されるみやびの歌の存在は知られるところである。その東ぶりでない歌はみな巻七の歌と関係が深い。巻末に並ぶ防人歌五首、挽歌一首のこれまた「東ぶりならず」といいたい歌々（とくに巻末の一首の挽歌は符節を合わせるように巻七の歌の類歌（少異歌）である）、巻十五と似て編纂者の意識や好尚に深くかかわるように思われる。この場合も家持の存在を忘れることができないのである。

巻十五は天平のはじめ頃、人々を驚かせ、その同情を集めた二つの事件によって生まれた二篇の歌群を収めた巻である。二篇の歌群のそれぞれが歴史的事実を背景としてつづられているが、実録のまま配列されているものでないことが、さまざまの角度から明らかにされてきた。それぞれの資料をまとめ、あるいは編纂した者が誰であるのかが考えられねばならない。甲歌群に存在する多数の無記名歌、ことに序曲や終章はすべて無記名歌によって成ること。無記名歌の作者は一人なのか複数なのか。彼が編纂にもかかわった人ではないか。さらに二歌群のそれぞれに何程かの手を加え、二つを合せて一巻としての首尾を整えた者の存在が考えられるのではないか等問題が多く大きい。

〔参考文献〕＊「巻十五に対する私見」加藤順三（万葉22）＊「万葉巻十五試論」古屋彰（国語と国文学38―7）＊「遣新羅使人歌群の構成」後藤利雄・「中臣宅守・狭野茅

上娘子贈答歌群の構成」服部喜美子・「巻十五の書換え論の検討」古屋彰（〔有斐閣選書〕『万葉集を学ぶ』7）

〔服部〕

巻第十六

この巻全体にかかわる部立名として「有由縁并雑歌」という名が与えられている。万葉集全註釈はユエアルアハセテザフカとよみ、日本古典文学大系本では「由縁《ゆえ》ある雑《ざふ》歌《か》」と訓読している。だが、この部立名には一つの問題がある。それは西本願寺本のみ「并」字を抹消してあるが、他の諸本には「并」字が存在しているということと、目録には「并」字が存在しないという問題である。この問題を単純に処理しようとすれば、西本願寺本は目録に「并」字がないのを、代匠記精撰本が思いいたったように「此ニナキハ、此意ヲ得ズシテ省ケルナルベシ」といった考え方がおそらくあって、本文の方の「并」字をみせ消ちにしたのであろう。いいかえれば、目録に「并」字が存在しないのを、誤脱とは考えないで、巻の内容からみてむしろ「有由縁雑歌」という書き方を肯定して、本文の部立名から「并」字を削ったと考えてよかろう。そうすると、西本願寺本の筆者の本文批評がそこに介在することを一応想定するわけだが、そうした考慮なしに機械的に目録の部立名をみるときは、代匠記初稿本の言葉を借りれば、「今なきは脱せるなるべし」という判断となるに違いない。目録の「有由縁雑歌」という書き方を、以上のように判断するならば、それをそのまま本文の「有由縁并雑歌」（諸本）・「有由縁雑歌」（西本願寺本）という二種の記述に及ぼして考えることができる。つまり、本文批評の立場から「有由縁雑歌」を正しいとする見方と、「有由縁并雑歌」を本来の姿とみて何らかの意味付けをする立場と、その二つの立場が対立することになる。前記の万葉集全註釈におけるユエアルアハセテザフカという訓読は後者の立場であり、大系本や万葉集注釈は前者の立場をとっている。

つぎにこの部立名をどのように理解するかということであるが、諸本に共通している「有由縁并雑歌」という記述は、代匠記精撰本によれば、「并ノ字アル事ハ、由縁アル哥モ雑歌ナレドモ、亦唯雑歌ニテ、別ノ由縁ナキ哥モアレバ、有由縁歌并雑歌トスル意ニ、并ノ字ヲ置ケリ」と説明されていて、これが代表的な見解とみることができる。つまり、由縁有る雑歌並びに（由縁なき）雑歌の意だというわけである。だが、これも考え方で多少の理解の差が生じてくる。武田祐吉の万葉集全註釈では、由縁ある歌と雑歌とを併せたものという意味に解釈し、土屋文明の万葉集私注も同様な見解を採っている。こうした見解に対し、古典文学大系本では、もし「有由縁歌」と「雑歌」とからこの巻が成っているのならば、初めに「有由縁歌」とし、巻の途中のしかるべき所に新たに「雑歌」の標目をおくのが当然だと思われる、として部立名に「有由縁雑歌」とある目録の記述を採用したのだが、沢瀉久孝の万葉集注釈はこれに同調している。

さて、その「由縁」の意味だが、万葉集私注の解説によれば、霊異記の標題に、某々縁とあるのを、今昔物語には某々語としてあるごとく、縁を物語、説話の意に用いているとみえる、としている。また、全註釈は、「由縁アルは、作歌事情の特に語るべきもののあるをいう。物語を構成する歌、特殊の条件のもとに詠まれた歌などをさすであろうが、その限界は、性質上あきらかにしがたい」と述べているところをみると、有由縁歌の内容を、万葉集私注がいう物語・説話といった範囲よりもさらに広い見方をしているらしく思われる。そうなると全註釈は「并雑歌」の範囲をどこまで狭く追い詰めようとしているのかが問題となるわけだが、その点は明らかにされていない。これらの説に対して、古典文学大系本は「しかし有由縁というものを、何かわけがあるぐらいの意味に解すれば、この巻の歌の大体はその規格の中に入るのではなかろうか」と述べて、この巻の歌全体を有由縁歌とみようとしている。この大系本のように考えれば甚だ明快で割り切った結論になるのだが、こうした結論へ導かれる素因が、本文の標目ではなくて目録の標目を正しいとみて採用したという英断からきたことは瞭然たるものがあって、その素因がまた予想された結論から導かれているということで、現状の把握を忘れていない意見として評価されてよい。さらに、標目にみえる雑歌という内容も、大系本の説明によれば「雑歌の内容もこの巻あたりになると、巻一・三・六のような宮廷的な晴の歌という性格や巻八・十あたりの都会的風雅などとは違い、勅撰集の雑の部のような位置に近くなっていると思われる」といった見解が示されている。

以上のような考察を踏まえた上で、さらに「有由縁并雑歌」の解釈を常識的な見地に立って単純に処理してゆく余地も残されていると思われる。それは物語性を帯びた題詞あるいは左注をもつ歌が有由縁雑歌であり、たとえ同種の作であってもそうした縁起の付与されていないものが、「并雑歌」の「雑歌」に該当するのではないか、ということである。

また、この巻は構成の上から次のように分類されよう。

(1)物語的題詞をもつ作品＝桜児の歌（三七八六・三七八七）、鬘児の歌（三七八八～三七九〇）、竹取翁の歌（三七九一～三八〇二）、想思の関係を親に告げる歌（三八〇三）、良人と別れて病に伏す妻（三八〇四・三八〇五）

(2)歌の縁起を左注として付した作品＝事しあらばの歌（三八〇六）、安積香山の歌（三八〇七）、住吉の小集楽の歌（三八〇八）、商変りの歌（三八〇九）、味飯を水に醸みの歌（三八一〇）、夫の君に恋うる歌（三八一一～三八一

三）、良人に棄てられた女を恋うる男の歌（三八一四〜三八一五）、佐為王の婢の、夫の君に恋うる歌（三八五七）

(3)風流人の愛誦歌＝穂積親王の愛誦歌（三八一六）、河村王の愛誦歌（三八一七・三八一八）、小鯛王の愛誦歌（三八一九・三八二〇）

(4)風流人の戯れの歌＝児部女王の嗤《わら》う歌（三八二一）、椎野長年の古歌改作（三八二二・三八二三）、長忌寸意吉麻呂の物名を詠みこむ歌（三八二四〜三八三一）、忌部首の数種の物を詠む歌（三八三二）、同上、境部王（三八三三）、同上、作者未詳歌（三八三四）、同上、高宮王の歌（三八五五・三八五六）、某婦人の 新田部親王に奉る歌三八三五）、消奈行文の佞人を謗る歌（三八三六）、右兵衛の荷葉の歌（三八三七）、安倍子祖父の無心所着歌（三八三八・三八三九）、池田朝臣と大神朝臣との嗤い報える歌（三八四〇・三八四一）、同上、平群朝臣と穂積朝臣（三八四二・三八四三）、同上、土師水通と巨勢豊人（三八四四・三八四五）、法師を嗤う歌・法師の和える歌（三八四六・三八四七）、大伴家持の痩人を嗤う歌（三八五三・三八五四）、作者未詳、恋力の歌（三八五八・三八五九）

(5)現実乖離の歌＝夢の裏の歌（三八四八）、世間の無常を厭う歌（三八四九・三八五〇）、仙境に憧れる歌（三八五一）、大自然の崩壊を思う歌（三八五二）

(6)国風《くにぶり》の歌＝筑前国の志賀の海人の歌（三八六〇〜三八六九）、粉滷《こかた》の海の歌（三八七〇）、角島の迫門の歌（三八七一）、国名不詳、百千鳥の歌（三八七二・三八七三）、国名不詳、射ゆ鹿の歌（三八七四）、国名不詳、押垂小野の歌（三八七五）、豊前国の海人の歌（三八七六）、豊後国の海人の歌（三八七七）、能登国の歌（三八七八〜三八八〇）、越中国の歌（三八八一〜三八八四）

(7)巡遊伶人の歌＝乞食人の歌（三八八五・三八八六）

(8)怕しき物の歌（三八八七〜三八八九）

巻十六の歌群はだいたい以上の八種に分類できるかと思う。ただし、八種といっても、最後の(7)(8)項については、分類項目として立てたというより変わった趣の歌ということで、類型がないので二種に分けざるを得なかったということである。

(1)および(2)の項目は、有由縁雑歌としての代表的作品群であるように思われる。ことに(1)の場合は物語風の長文の題詞をもっていて、その中心たる歌へ導いてゆく形式は、伊勢物語などにみる歌物語に類している。しかし、伊勢物語などの歌物語は、世に喧伝せられた在原業平の残した古歌を中心にして、しだいに物語として発達してきた俤をみせているのと較べて、この場合の歌は物語風な題詞に合わせて新たに創作されたらしい様相をみせている。それは、これらの歌がいずれも題詞に忠実であり従属的な内容をもっているからである。歌や歌謡が先在し、その縁起を求める目的から成り立った歌物語には、説明不充分な部分や記紀の旧辞的説話にしばしばみられるような縁起と歌謡との矛盾といったものを露呈することがあるが、縁起と同時に制作された歌や歌謡にはそうした喰い違いはないはずである。そうした点から(1)の歌は題詞とともに制作されたものと信じられるのである。桜児の歌の場合は二男一女の妻争説話であり、鬘児の歌の場合は多数求婚説話である。ともに古代的色彩の強い歌物語であるが、原話はおそらく別に伝えられていて、それをもとにして創作されたものであろう。つぎの竹取翁の歌群は神仙譚の内容をもち、三八〇三から三八〇五にいたる二種の歌物語は悲恋物語への過程を思わせる作品である。必ずしも断言はできないが、天平初期頃の物語文学制作の気運を反映した作品であろうかと思われる。(2)の、歌の縁起を左注として付した作品群は、古くから人々に親しまれていた作品であるらしく、歌もそれぞれが特色のある表現をもっていて、世人に記憶されてきた歌だと思われる。たとえば、三八〇六の小泊瀬山の歌などは常陸国風土記に類歌をもつ作品で、おそらく流伝歌であったと考えられる。つぎの安積香山の歌も、第四・五句を「浅くは人を思ふものかは」とする異伝歌があって、こちらの方が古今集の古注に採られた。古今集に取り上げられた方が必ずしも改作歌であると単純には決められない。これも流伝歌であったと思われる。つぎの、住吉の小集楽の歌も、左注にあるような特定の人の気持を歌ったものではあるまい。これら縁起を左注として付した作品は、その左注がいずれも物語風であるところからみて、たんに備忘のために縁起を記したのではなく、既存の歌の中から物語を引き出そうとする意欲がこの左注を付せしめたのだと考えられる。

(3)(4)の項目は、いわゆる風流の士といわれる人々にまつわる歌である。(3)項に分類したものは、穂積親王・河村王・小鯛王たちの愛誦歌の採録であるが、おそらくそうした人々の自作歌なのであろう。いずれも宴席において琴を弾じつつ吟詠した歌で、当時の高級官人たちの間でこの歌はよく知れわたっていたものであろう。そして、これらの愛誦歌はこうした人々の優雅な生活の一面をうかがわせるに足るものである。同じ風流人といっても、(4)項での戯れ歌を作った人々は、大方が官人なのであろうが階層はかなり広くなる。内容としては嗤笑歌を筆頭に、数種の物名《もののな》を詠みこんだ歌や無心所着歌などである。これらは今日からみればいずれも遊びである。それも今日風にいえば、あまり趣味のよくない遊びである。しかし、精神文化の低かった時代のことであるから、趣味の良し悪しを論じるのは妥当でない。むしろ歌というものが日常生活の具になっていたから、こうした歌による遊びも行われたわけで、歌作をもって文学とみるような考え方は一つの小規模な試みでしかなかったと思われる。(5)の現実乖離の歌と名付けたのは、夢中の歌・無常観の歌・神仙憧憬の歌・大自然の崩壊など反現実の素材として一脈相通ずるところがあるからである。

(6)を国風の歌で統轄しようとしたことは、未だ問題があるかも知れない。しかし、国々の民謡あるいはそれに準ずる歌が多く並んでいるところからみて、なかに多少国名不詳の歌が含まれてはいるが、それらを衍入とはみないで、三八六〇から三八八四まですべてを国風の歌だと推定した。ただし、筑前の国の志賀の海人(白水郎)の歌十首を国風の歌とみるといっても、憶良作という説を放棄したという意味ではない。筑前の国におこった悲劇的な事件が、短歌十首の連作によって物語化された作品となっている。題詞も主人公である荒雄の名ではなくて、「筑前国の志賀の白水郎の歌」となっている。やはり、国風の歌に準じて考えてよかろうと思う。三八七〇の粉滷の海は所在不明であっても、国風の歌であろうと想定することはできる。三八七二・三八七三の二首には民謡調ののどかな響きがある。三八七六の押垂小野の歌はまさに民謡を思わせる。踊り歌のようでもある。歌の内容がそうした気分なのである。また、三八七八から三八八〇にいたる能登国の歌三首のうち、最初の二首は明らかに歌曲である。三八八〇の机の島の歌は飯事《ままごと》遊びを歌ったものであろうか。いや、もっと突っ込んで差し支えないものなら、飯事遊びそのものに歌われた童唄であったかも知れない。

巻末の「乞食者の詠」「怕しき物の歌」の二つについては収録歌分類の末尾で触れたが、乞食者について今少々いうならば、こうした巡遊伶人は職業的な祝言師であったと考えられる。その生活の手段として歌われた歌が採録されたのは珍しいことだと思われる。おそらくそれを書き留めたものがあって、それが直接の資料となっているのであろう。

最後に、巻十六という巻についていえば、和文による散文が未発達であった時代に、物語制作の意欲は芽生えても、その意欲を満たすのは、やはり歌を手掛りにすることでなければならなかった。その頂点に立つものは高橋連虫麻呂による、伝説を素材として長歌を叙事的に仕立てることであったと思われる。そうした動きに対して、漢文学の影響から物語を志向する向きもあったと思われる。そうした人々の意欲が、まず有由縁歌の形で当面充たされたと思いたい。それ故、有由縁歌の本質は収録歌分類で分けた(1)(2)の項目にあったのではないかと思われる。しかし、その伝存歌の分量に限りがあったが故に、種々の試みの歌を添えたので、巻十六全体の姿は、万葉集の中で一種の吹き溜りの観を呈するようになったのではないかと推測されるのである。

〔参考文献〕＊「巻十六の特異性—語彙構造の上から—」浅見徹（関西大学・国文学52）＊「万葉集巻十六は家持の編纂か—用語を主として考える—」小野寺静子（北大古代文学会研究論集3）＊「万葉集巻十六試論」小野寺静子（国語国文研究57）＊「巻十六〈饌具雑器〉をめぐって」橋本四郎（万葉2）＊「愚の世界—万葉集巻十六の形成—」中西進（国語国文36—5）＊「万葉集巻十六—安積香山の歌に関する考察—」八百板茂（古代研究2）＊「由縁有る雑歌—万葉集巻十六の論—」伊藤博（万葉集研究2）＊「安積香山の詠とその縁起」大久間喜一郎（『万葉集研究』7）＊「有由縁歌と防人歌」松岡静雄（続万葉集論考）＊「万葉集巻第十六論」清水克彦（万葉69）

〔大久間〕

巻第十七〜巻第二十

巻十七〜二十は家持の歌日記とよばれる。この四巻を通してその特徴といえば、そこには人間家持の一側面とみなしてよい、その歌人としての作風の変遷の跡を辿ることができるし、また家持と彼を中心とした歌人たちが織りなす哀歓の人間模様——そこでの歌々を通して、万葉第四期の歌風の特質がうかがえる点にある。巻十七は大伴旅人が大納言に任ぜられたとき、別に海路をとった傔従らの上京の歌にはじまるが、以下、家持が越中に赴任するまでの諸人の歌（17・三八九〇〜三九二六）は、前々の巻の補遺的意味で巻頭におかれたろうという。したがって巻十七の主体部は家持の越中時代にあることになる。

家持が越中守として任所に赴くとき、叔母大伴坂上郎女は彼に餞別の歌（17・三九二七・三九二八）を贈り、前途の平安を祈った。この女性は大伴家の後見人的存在であり、家持の人間と歌との成長にかけがえのない役割を果たした。歌材は多方面に及び、歌は概して類型性に傾くが、才気の溢れた理知的・技巧的な作風と理解できる。また坂上郎女は憂愁の色合いを帯びた歌もときに歌っているが、これは家持の文学に気脈を通ずるものがあろう。女流歌人といえば、題詞に「平群氏の女郎の、越中守大伴宿禰家持に贈る歌十二首（17・三九三一〜三九四二）とある平群女郎もその例に洩れない。この女性は家持をめぐっての、十指に余るその最後の恋人でもあったらしく、熱烈哀婉な歌い口に特徴がみられる。

また家持が弟書持の訃報に接したのは、越中に赴任後、間もなくのことであった。書持については、その死を哀傷した家持の歌（17・三九五七）に作者家持の自注が載っていて、「この人、人となり花草花樹を愛でて多く寝院の庭に植う」とある。書持は「花草花樹を愛で」たとするのだが、併せて彼の「追ひて大宰の時の梅花に和ふる新しき歌六首」（17・三九〇一〜三九〇六）、「霍公鳥《ほととぎす》を詠む歌二首」（17・三九〇九、三九一〇）等からすると、書持は梅や橘、霍公鳥等に好んで歌材を求めた、いわば花鳥諷詠的な風雅な作風の歌人であったといえる。ただ歌そのものとしては、言葉に張りのない物足りなさも指摘できるが、その構想のおもしろさ、慣用句に頼らない素朴さにはみるべきものがある。一方、書持と同様、家持の作歌にそれなりの刺戟を与えたという点で注意されてよいのは、家持の下僚大伴池主（越中掾）である。家持と池主は書簡を付した歌や詩をやりとりしているが、池主の場合、その歌はすべて家持との贈答作、ないしは酒宴の席上におけるもので、いわゆる対人関係が作家契機となっての作といえる。すなわち、相手の心を迎えるための情誼をつくした歌や戯歌がその大部を占める。歌才はとくに認められないが、ただ池主の作品は、当時の歌が社交の具として機能していたことを教示するものがあり、さらに家持に贈った書翰の中には家持の歌に対する批評もみえていて、その頃の批評精神をうかがうことができる。

家持と池主の間に書翰・和歌の往復がはじまったのは、家持が病魔におそわれたその病間の徒然によるものであり、例の有名な「山柿の門」は家持の書信の中にみえる。弟の死に続いてのみずからの大患、池主との文芸的交流、そして寂寞とした北国の自然は、家持の作歌意欲を掻き立てずにはいなかった。「二上山の賦一首」（17・三九八五～三九八七）、「布勢の水海に遊覧する賦一首短歌を幷せたり」（17・三九九一、三九九二）、さらに「立山の賦一首短歌を幷せたり」（17・四〇〇〇～四〇〇二）等、数篇の長歌はいずれもその結果詠まれたものである。しかし主題といい、表現技法といい、赤人や人麻呂の作風に追随した感があるのは否めない。これらの長歌が清新な魅力に欠け、印象が弱いのも、先蹤の儀礼的、叙景的パターンに忠実に従った点に起因しよう。

また家持とは旧知の間柄であり、歌人としてもその先輩格にあたるのが、左大臣橘家の使者として越中の国府に家持を訪ねた田辺福麻呂である。家持が福麻呂歓迎の酒宴を自身の館で催した折も、布勢水海の遊覧に招じた際も、要するに越中での福麻呂の歌は短歌のみであるが、それ以外に「田辺福麻呂の歌集に出づ」（6・一〇四七～一〇六七9・一七九二～一七九四、一八〇〇～一八〇六左注）とする歌がある。これによれば、福麻呂は長歌を主とする作者といってよい。歌は叙景にウエートをおいた明るいものが多いが、一面わりと常識的で、感動性に乏しい憾みがある。そこには人麻呂ほどの重厚さはなく、赤人の純粋さもうかがえない。福麻呂の長歌では枕詞や対句の使用が多く、とくに長対を使っていることがその特徴としてあげられる。このことは歌が概して装飾的に過ぎ、浅い感じを伴いがちなのとも無関係でないが、しかし全体的な構成としては一応整っており、それほどに破綻はみられない。いずれにしても、福麻呂が長歌衰退期の当時において多くの長歌を残していることは注目されてよかろう。また福麻呂を招じての布勢水海の遊覧の折、家持は久米広縄、遊行女婦土師を伴って遊宴した。家持の下僚大伴池主の後任として越中に赴任したのが久米広縄である。彼の場合、歌は概して平凡だが、そこに漂蕩する風味には捨て難いものがある。

遊行女婦といえば、家持一行が内蔵縄麻呂の館で遊宴した折、家持や広縄に伍して歌を歌った、「遊行女婦蒲生娘子の歌一首」(19・四二三二題詞)とある蒲生娘子もその一人といえる。ほかには、作歌を伝えないが歌よりはその艶名によって知られた左夫流児(巻十八)、遣新羅の官人らを迎えて作歌した対馬の娘子・玉槻(巻十五)、さらには大伴旅人を感動せしめたほどの作歌力量を有した、例の筑紫の娘子・児島らをあげることができる。ところで蒲生娘子について、「右の二首は、伝へ誦める人は遊行女婦蒲生是れなり」(19・四二三六、四二三七左注)とある故、遊行女婦はたんに酒間を斡旋し、即興的に詠歌するだけでなく、古歌や民謡を伝誦もしたことがわかる。土師や蒲生娘子の場合、歌才にはそれほど縁のない凡庸な歌であり、玉槻や児島には及ばないようだが、力量の優劣はともあれ、またそれぞれに作歌の多くないのが惜しまれるけれども、とにかく万葉集にとっては軽視できないこれら遊行女婦の存在性といえよう。

一方、家持が聖武の優詔に感泣して詠じた雄篇、「陸奥国より金《くがね》を出《いだ》せる詔書を賀《ほ》く歌一首」(18・四〇九四)が家持の長歌の歩みに果たした役割も注目されてよかろう。この雄篇に次いで、「吉野の離宮《とつみや》に幸行《いでま》さむ時の為に、儲《ま》けて作る歌一首」(18・四〇九八)、「史生尾張少咋《をくひ》に教へ喩す歌一首」(18・四一〇六)というふうに、僅々二箇月の間に八篇もの長歌を歌っているのがその一つであり、長篇の賀歌を詠じた精神の高まりが、家持の旺盛な作歌活動のバネとなったことは否めない。また家持の同じ越中時代には、実は今一度、彼の長歌における多作状況を目にすることができる。もっともこのときは詩精神の横溢する会心の独詠歌(後述)を詠み得たことが、そのきっかけとはなったのであり、ほぼ三箇月の間に十五首もの長歌を詠じた。作品としては「白き大鷹を詠む歌一首」(19・四一五四)、「世間の無常を悲しぶる歌一首」(19・四一六〇)、「勇士《ますらを》の名を振はむことを慕《ねが》ふ歌一首」(19・四一六四)、その他霍公鳥と時の花に主題を据えた作が集中的に詠まれているのが特徴といえる。が、これらの長歌についてみると、「詔書を賀く歌」は家持の代表作の一つであり、「尾張少咋に教へ喩す歌」は特異な一篇として、また「白き大鷹を詠む歌」は家持の作歌的エネルギーの感じられる力作としてそれぞれに評価されようが、他は凡作の域を出ない感がある。しかして第二回の多作状況のときには、「詔書を賀く歌」の感動はうすれてしまっているが、その感激は家持が五年ぶりに都に帰り咲くことになった折の、「京に向ふ路上にして、興に依りてかねて作れる侍宴応詔の歌一首」(19・四二五四)に強い余韻を残しており、さらに、「族《やから》に喩す歌一首」(20・四四六五)では、それが鮮烈に蘇った思いがする。これなどは力作の名に価する作といえる。しかしながら他方、防人に関する家持の長歌となると、防人自身が歌った悲痛の声には遠く及ばないものがある。家持の長歌は作品によってはみるべきものもあるが、しかし総体的にみた場合、概して冗漫になりがちな彼の長歌は同じ第四期の長歌作者、田辺福麻呂のあまり破綻をみせない整った長歌には一歩をゆずるのではなかろうか。また家持の長歌は自身の短歌に較べるとかなり見劣りがするが、家持の場合、長歌に寄せた関心のほどには、それは成熟し実を結ぶまでにいたらなかったといってよい。

家持の歌(短歌)が精彩を放ち本領を発揮してくるのは、彼が懇田の地を検察するため礪波《となみ》郡(越中国)に赴いたその直後からである。それにはこの巡察が、聖武の退位がもたらした政治的破紋による、当時の家持の欝結した気持にとって一服の清涼剤となったこと、妻の坂上大嬢が都から訪ねてきたことなどが大きな理由をなしていよう。家持の詩魂の新たな躍動は、まず「天平勝宝二年三月一日の暮《ゆふべ》に、春の苑の桃李《ももすもも》の花を眺《なが》矚めて作る二首」の題詞を有する、

春の苑紅《そのくれなゐ》にほふ桃の花下《したで》照る道に出で立つ𡢳嬬《をとめ》
(19・四一三九)

わが園の李《すもも》の花か庭に降るはだれのいまだ残りたるかも
(19・四一四〇)

の歌となってあらわれた。家持はこのあと三日の朝にかけて矢継ぎ早に歌(計十二首)を詠んでいるが、すべて独詠歌である点が注意される。またその誘い水となったのが、家持会心の作といってよい右の二首であり、いずれも従来の万葉集にはみられなかった斬新な作風になるものである。とくに前者は家持の生涯における最初のピークを示す傑作であり、それは正倉院御物の樹下美人図を思わせるとも説かれるが、ともかくその絵画的構図の豪華なこと絢爛なことはほかに類をみないものである。また家持はこれらの独詠歌と並行して代作歌や予作歌、あるいは「てにをは」省略の歌を詠んでいるが、その作歌姿勢についてはわずかなりと批判の余地を残すとして、これは一面、旺盛な作歌意欲のあらわれとみなすこともできる。

さて、家持は都へ帰った翌々年、人口に膾炙される例の絶唱三首を詠じた。

春の野に霞たなびきうら悲しこの夕かげに鶯鳴くも
(19・四二九〇)

わが屋戸のいささ群所《むらたけ》吹く風の音のかそけきこの夕《ゆふべ》か

も

うらうらに照れる春日《はるび》に雲雀《ひばり》あがり情《こころ》悲しも独りしおもへば　（19・四二九二）

そこには捉えようのない寂寥感、無辺際にひろがってゆく虚脱感が感じられる。この孤独の悲哀が投影された近代的な物憂さの抒情――歌の境地は、家持が万葉集の中ではじめて切り開いたものにほかならない。黒人や赤人の抒情の世界は、家持によって拡げられ深められ、しかも家持においてきわまった感がある。この絶唱三首は巻十九の最後を飾るが、ついで巻二十にも家持のこれと同じ独詠歌がみられる。左注に「独り秋の野を憶ひて、聊かに拙懐を述べて作れり」と載せる、六首の歌（四三一五～四三二〇）がそうである。家持が聖武の譲位後、離宮・高円宮の往時の繁栄を回顧しての作であり、そこには家持の時流にとり残されてゆく孤独感、焦燥感をよみとることができる。家持の独り心の歌としては、これ以後、橘奈良麻呂の変のあとに、

咲く花は移ろふ時ありあしひきの山菅《やますが》の根し長くはありけり　（20・四四八四）

時の花いやめづらしもかくしこそ見《め》し明《あきら》め秋立つごとに　（20・四四八五）

の二首がみられるのみである。すなわち、家持の最後の独詠歌ということになる。ただ右の二首など、巻十九のそれとでは残香の感があるとして、それでも「物色の変化を悲しび怜《あはれ》びて作れり」との左注を有する、前者の歌に漂蕩する憂愁の色調は家持の場合、見逃せないものがある。彼はまた聖武の崩御後、「族《やから》に喩す歌一首」（20・四四六五題詞）を歌ったと同じ日に、「病に臥して無常を悲しび、修道を欲《ほり》して作る歌二首」（四四六六題詞）、「寿《いのち》を願ひて作る歌一首」（四四六七題詞）を歌っているが、そこでの感情の大きな落差――心のゆらぎに揺曳する哀感の色合いもなんら異質のものでない。家持の歌の斯様な色調といえば、それは万葉集の最後の歌（20・四五一六家持作）のすぐ前に「式部大輔中臣清麻呂朝臣の宅に宴《うたげ》する歌十五首」（20・四四九六～四五一〇題詞）とあるが、そこでの家持の詠じた、

高円の野の上の宮は荒れにけり立たしし君の御代遠そけば　（20・四五〇六）

はふ葛の絶えず偲《しの》はむ大君の見《め》しし野辺には標結《しめゆ》ふべしも　（20・四五〇九）

の歌にも感得されるとして不可はない。家持の歌の基調音をなしているのは、このような鬱積した悲しみの気持といえる。しかもそれは中臣清麻呂邸での宴に同席した、ほかの人たちの歌にもそこはかとなく漂っているのであるが、ここでそれぞれの作風についてみるに、まず中臣清麻呂の場合、歌は概して平板であり、情趣に乏しいきらいがあ

る。また大原今城は器用さの点は認めねばなるまいが、反面類型的であり、これに対して市原王は清純な作風に特徴を有する歌人とみなされる。そしていま一人、家持の長年の庇護者であり、彼にとって終生忘れ得ない人であったろう橘諸兄の歌は、格調も整い、気品をそなえた典雅な作風になるものといってよかろう。

なお、巻二十は防人の歌を多数収載するという、換言するなら、歌の作者として東国庶民の名が少なからず載っている点にも特色がみられるわけで、彼らの歌声には切々として胸に迫るものがある。ここにその詠風を評するなら、それは純朴の一語につきるといえるのではなかろうか。

万葉第四期の、家持を中心とする幾多歌人たちの歌境といい、色調といい、それらが多岐にわたり複雑な様相を呈していることは、すでにみたとおりである。しかして多面的な性格を有する彼らの歌も、政権闘争による陰欝な時代の重みを感じないではいられなかったわけで、傾向としては感傷化、繊細化の方向を辿りつつあったと理解される。それを代表するのが家持の歌の艶やかな美しさ、憂欝さということになるが、つぎの代への引き継ぎを考えるなら、家持の歌の特徴は爛熟と崩壊の美に存したといいかえることもできよう。

〔参考文献〕*「万葉集巻十八の本文に就いて」大野晋（国語と国文学22―3）*「万葉集巻の十八の巻首」武田祐吉（上代文学5）*「元暦校本万葉集巻第十七、巻第十八の書写上の異動をめぐって」神堀忍（万葉19）*「巻十七の対立異文の持つ意味」木下正俊（万葉46）*「万葉集巻二十防人歌の清濁表記―その用字法的背景―」森山隆（文学論輯10）*「万葉集巻二十論」木下玉枝（国語と国文学44―7）*「万葉集巻十九〈大和国守〉の表記について―その編纂時期との関連において―」中村昭（上代文学39）*「巻十七以後の巻々について」藤田寛海（『万葉集研究』7）

〔尾畑〕

〔官位相当表〕

官	官司	親王一品・正一位・従一位	親王二品・正二位・従二位	親王三品四品	正三位	従三位	正四位上	正四位下	従四位上	従四位下	正五位上	正五位下	従五位上	従五位下
二官	神祇									伯				大副
二官	太政	太政大臣	左右大臣	大納言	大納言				左右大弁		左右中弁	左右小弁		少納言
八省	中務			卿			卿				大輔		少輔	侍従・大監物
八省	式部・治部・民部・兵部・刑部・大蔵・宮内			卿				卿				大輔・大判事		少輔
職・坊	中宮・大膳・左右京・摂津・東宮・春宮						皇太子傅			大夫	大膳・京・摂津大夫			亮・皇太子学士
寮	左右大舎人・図書・大学・雅楽・玄蕃・主計・主税・木工・左右馬・左右兵庫												頭	
寮	内蔵・縫殿・陰陽・散位・大炊・主殿・典薬													頭
司	画工・内薬・諸陵・兵馬・造兵・鼓吹・贓贖・因獄・典鋳・掃部・正親・内膳・鍛冶・造酒・官奴・園池・東西市													
司	内礼・葬儀・主船・漆部・縫部・織部・土工・采女・隼人・内兵庫													
司・監	主鷹・主水・主油・内掃部・筥陶・内染・舎人・主膳・主蔵													
署	主殿・主書・主漿・主工・主兵・主馬													
	弾正台								尹			弼		
府	衛門・左右衛士・左右兵衛										衛門・衛士督		兵衛督	衛門・衛士佐
	大宰府・防人司			帥		帥					大弐			少弐
国	大												守	
国	上													守
国	中													
国	下													

正六位上	正六位下	従六位上	従六位下	正七位上	正七位下	従七位上	従七位下	正八位上	正八位下	従八位上	従八位下	大初位上	大初位下	少初位上	少初位下
少副		大祐	少祐						大史	少史					
左右弁大史				大外記 左右弁小史		少外記									
大内記	大丞	少丞 中監物		中内記 大録	少監物 大主令		大典鑰	少内記 少録 少主令		少典鑰					
	大判事 中丞	少丞	少判事 大主鑰	大録	判事大属		大解部 少主鑰	少録 典履 典革	治部大解部 刑部中解部 判事・少属		治部・刑部少解部				
		大進	京・大膳・摂津大進 少進	京・大膳・摂津少進	主醤 主菓餅				大属	少属					
	助 大学博士				大允 助教	少允 音・書・竿博士				大属 雅楽諸師 馬医	少属 竿師				
	侍医	助		大主鑰	陰陽・天文・医博士	允 陰陽師 暦博士 呪禁博士	漏剋博士 医師 針博士	少主鑰 呪禁師 針師 薬園師	按摩博士	按摩師	大属	少属			
正 奉膳								佑 典膳				令史 画師 大令史	少令史		
	正							佑					令史 挑文師		
		正	主鷹正						佑					令史 染師	主鷹・令史
			首												令史
大忠	少忠			大疏	巡察			少疏							
	兵衛佐		衛門・衛士大尉	衛門・衛士少尉	兵衛大尉	兵衛少尉			衛門・衛士大志 医師	衛門・衛士少志 兵衛大志 医師	兵衛少志				
	大監	少監	大判事	大工 少判事 大典 防人正	主神		博士	少典・陰陽師・医師・少工・竿師・主船・主厨・防人佑				判事大令史	判事少令史 防人令史		
	介				大掾	少掾				大目	少目				
		介				掾					目				
	守							掾					目		
			守											目	

【諸氏系図】

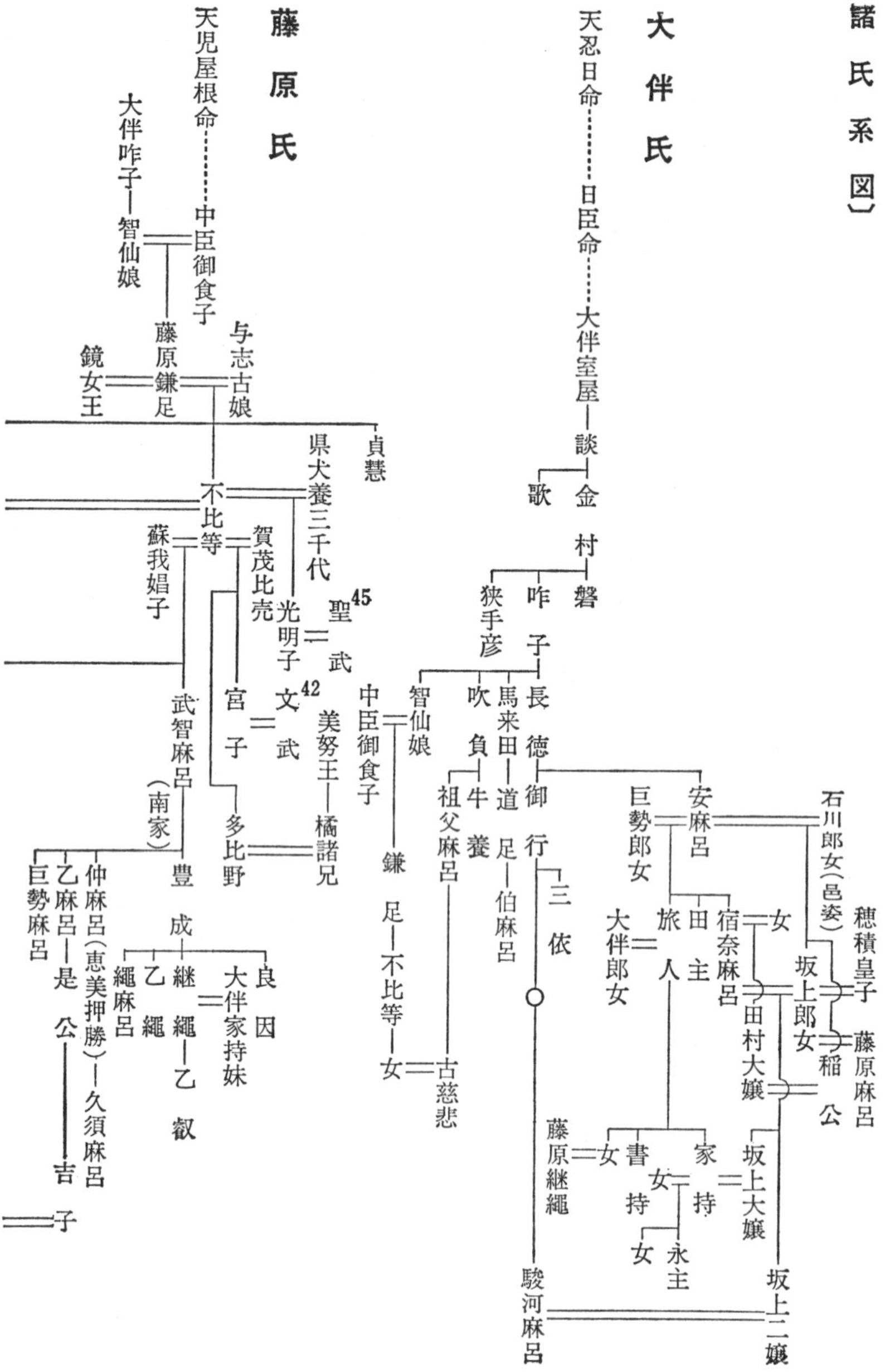
大伴氏
天忍日命……日臣命……大伴室屋―談―金村―磐
歌
咋子
狭手彦
長徳
馬来田―道足―伯麻呂
吹負―牛養
祖父麻呂―古慈悲
智仙娘
中臣御食子
鎌足―不比等―女
御行
三依
安麻呂
巨勢郎女
石川郎女(邑婆)
穂積皇子
藤原麻呂
坂上郎女
稲公
宿奈麻呂
女
田主
旅人
大伴郎女
田村大嬢
坂上大嬢
家持
書持
女
藤原継縄
女
永主
坂上二嬢
駿河麻呂
藤原氏
天児屋根命……中臣御食子
大伴咋子―智仙娘
藤原鎌足
与志古娘
鏡女王
貞慧
県犬養三千代
不比等
賀茂比売
蘇我娼子
聖武 45
光明子
文武 42
宮子
美努王―橘諸兄
多比野
武智麻呂(南家)
豊成
仲麻呂(恵美押勝)―久須麻呂
乙麻呂―是公―吉子
巨勢麻呂
良因
大伴家持妹
継縄―乙叡
乙縄
縄麻呂

橘氏

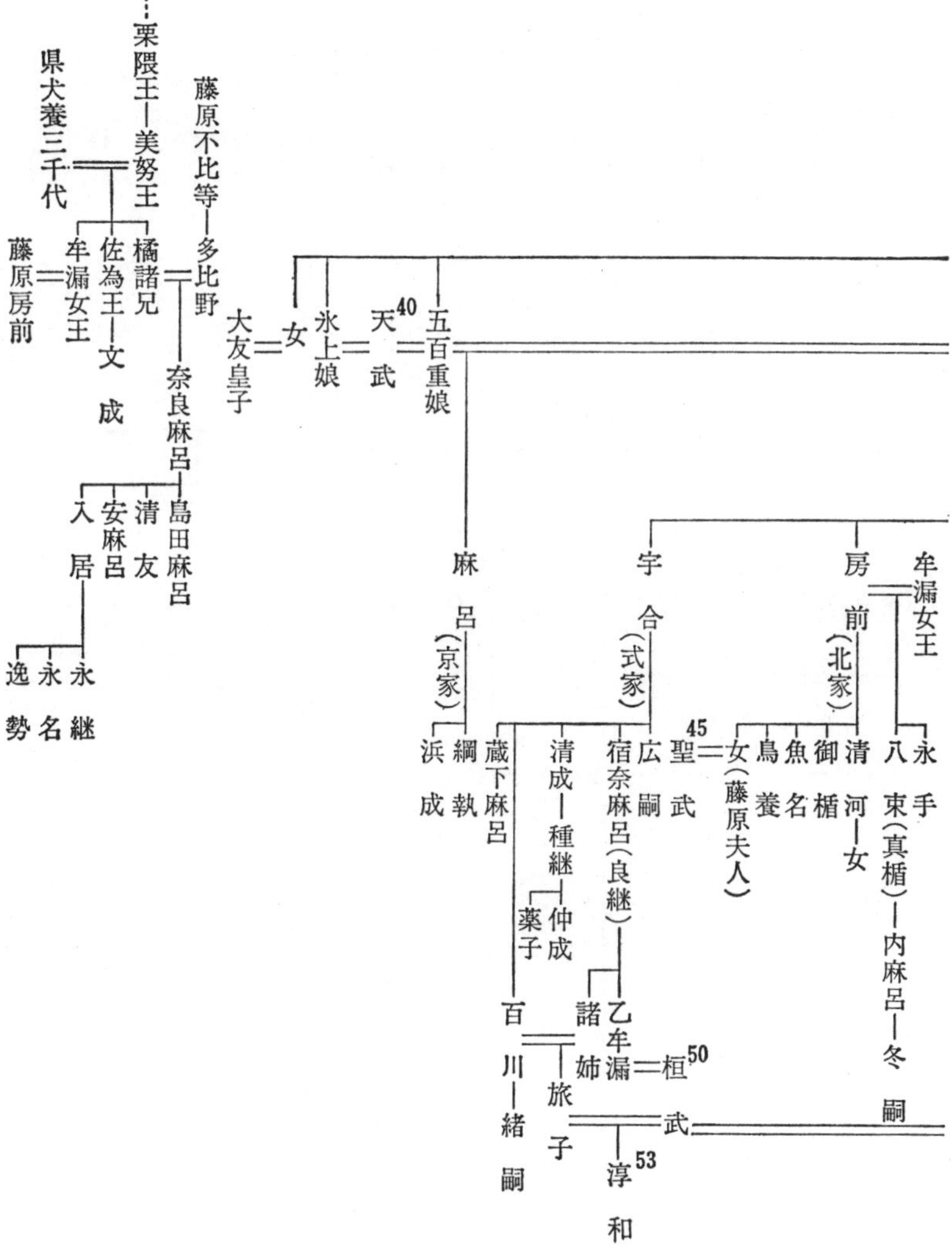

敏達30
栗隈王
美努王
県犬養三千代
藤原不比等
多比野
橘諸兄
佐為王
牟漏女王
藤原房前
文成
奈良麻呂
島田麻呂
清友
安麻呂
入居
永継
永名
逸勢
大友皇子
女
氷上娘
天武40
五百重娘
麻呂（京家）
綱執
浜成
宇合（式家）
広嗣
宿奈麻呂（良継）
清成
種継
仲成
薬子
蔵下麻呂
百川
緒嗣
諸姉
乙牟漏
桓武50
旅子
淳和53
房前（北家）
牟漏女王
清河
女
御楯
魚名
鳥養
女（藤原夫人）
聖武45
永手
八束（真楯）
内麻呂
冬嗣

【皇室系図】—天智・天武を中心に—

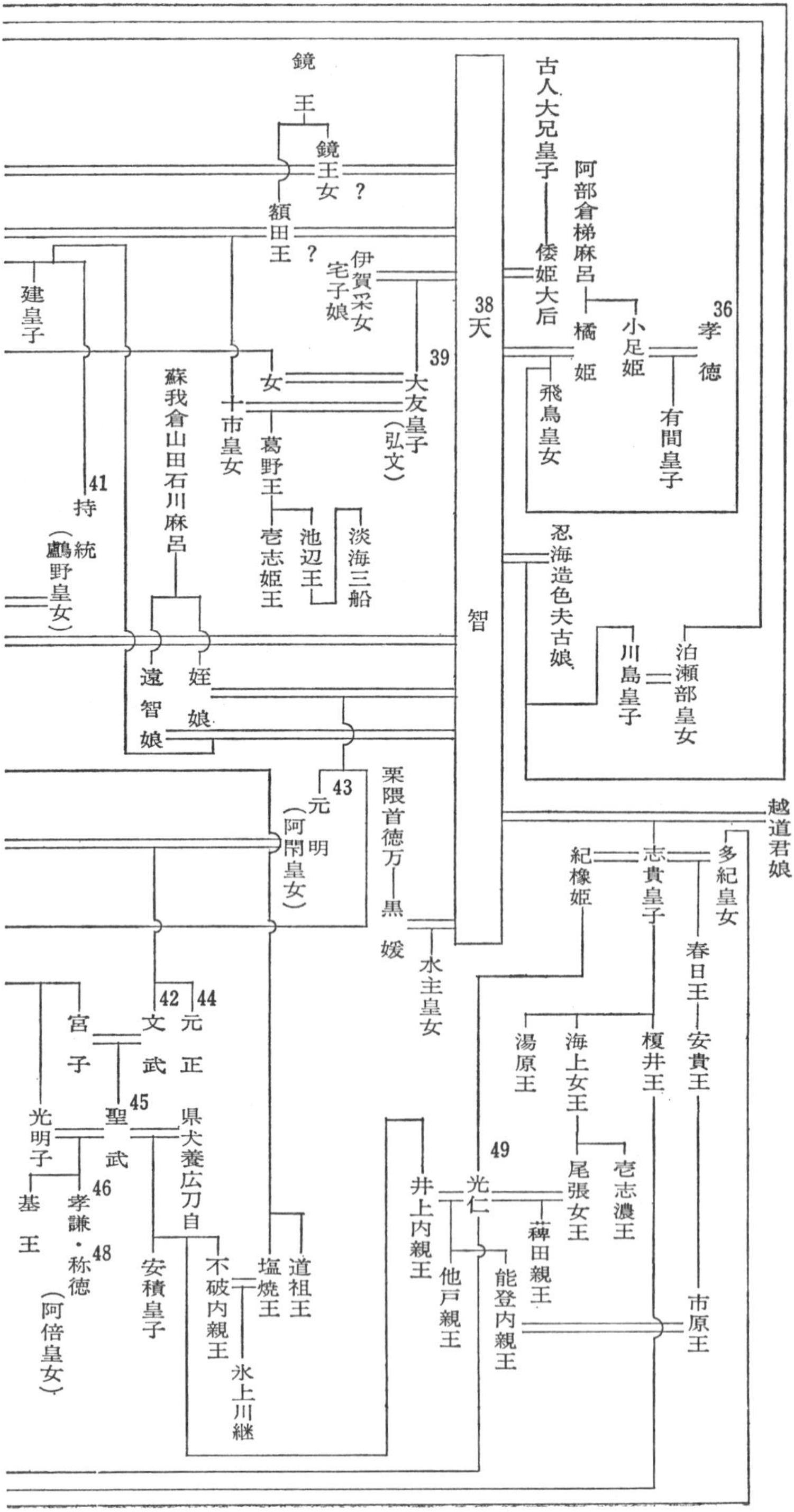

*肩数字は即位の順を示す

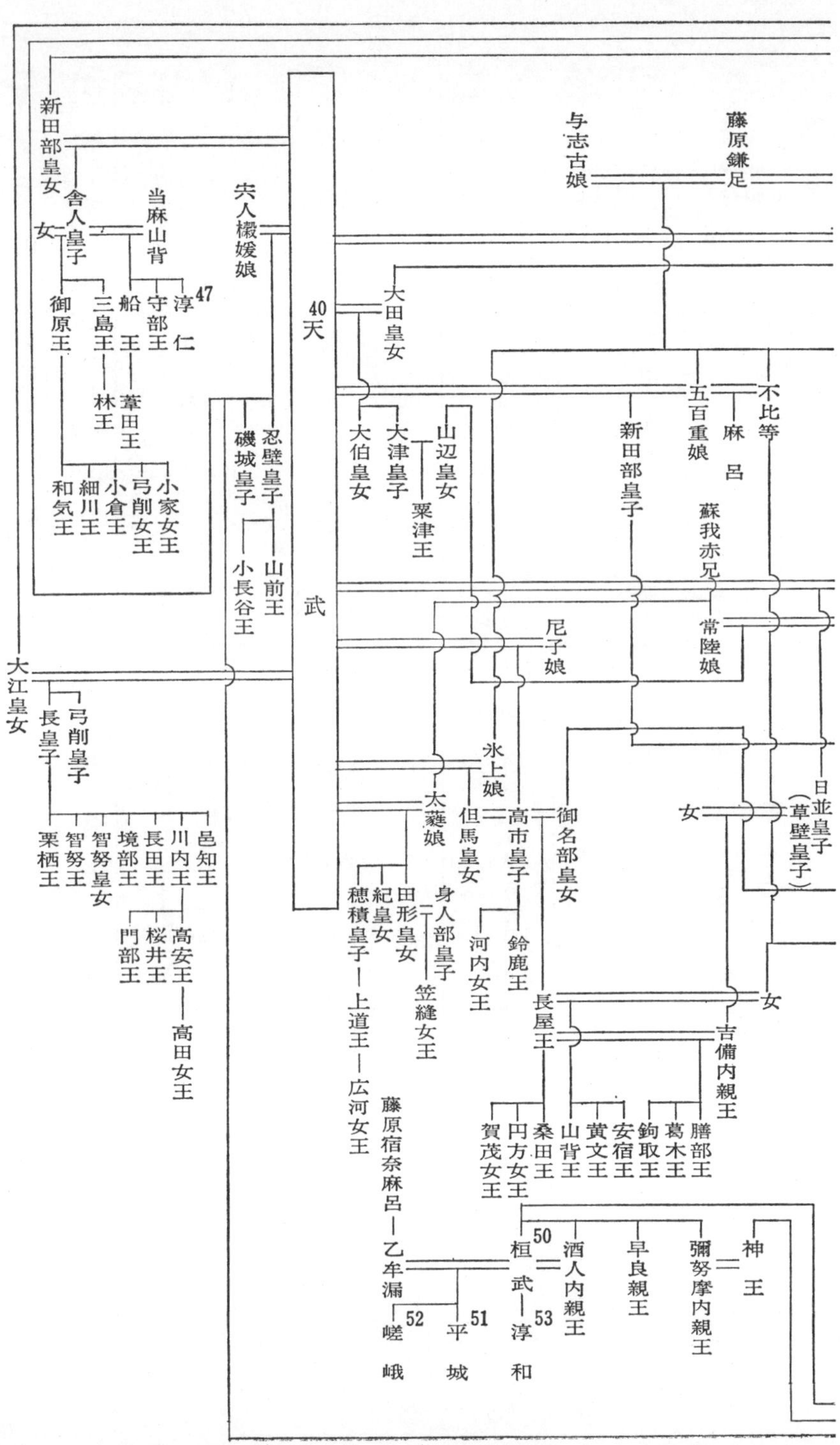
新田部皇女
舎人皇子
女
当麻山背
御原王
三島王
船王
守部王
47 淳仁
林王
葦田王
和気王
細川王
小倉王
弓削女王
小家女王
宍人檝媛娘
忍壁皇子
磯城皇子
山前王
小長谷王
40 天武
大田皇女
大伯皇女
大津皇子
山辺皇女
粟津王
与志古娘
藤原鎌足
五百重娘
麻呂
不比等
新田部皇子
蘇我赤兄
常陸娘
尼子娘
大江皇女
長皇子
弓削皇子
栗栖王
智努王
智努皇女
境部王
長田王
川内王
邑知王
門部王
桜井王
高安王
高田女王
氷上娘
太蕤娘
但馬皇女
高市皇子
御名部皇女
女
日並皇子（草壁皇子）
穂積皇子
紀皇女
田形皇女
身人部皇子
笠縫女王
河内女王
鈴鹿王
長屋王
女
吉備内親王
上道王
広河女王
賀茂女王
円方女王
桑田王
山背王
黄文王
安宿王
鉤取王
葛木王
膳部王
藤原宿奈麻呂
乙牟漏
50 桓武
酒人内親王
早良親王
彌努摩内親王
神王
52 嵯峨
51 平城
53 淳和

〔皇室系図〕—神武から—

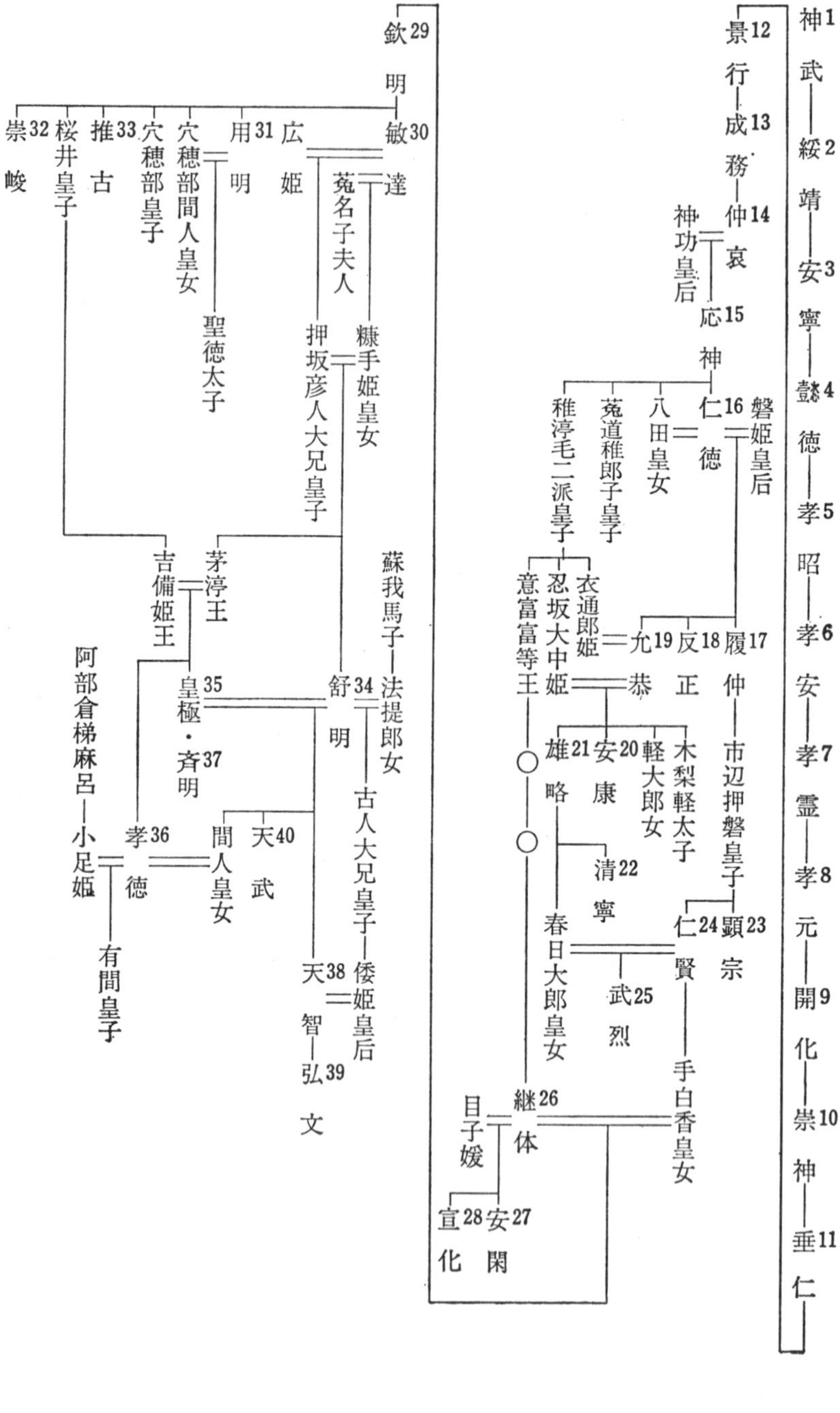

1神武
2綏靖
3安寧
4懿徳
5孝昭
6孝安
7孝霊
8孝元
9開化
10崇神
11垂仁
12景行
13成務
14仲哀
神功皇后
15応神
16仁徳
磐姫皇后
八田皇女
菟道稚郎子皇子
稚渟毛二派皇子
17履仲
18反正
19允恭
衣通郎姫
忍坂大中姫
意富富等王
市辺押磐皇子
木梨軽太子
軽大郎女
20安康
21雄略
22清寧
23顕宗
24仁賢
春日大郎皇女
25武烈
手白香皇女
26継体
目子媛
27安閑
28宣化
29欽明
30敏達
広姫
菟名子夫人
31用明
穴穂部間人皇女
穴穂部皇子
33推古
桜井皇子
32崇峻
聖徳太子
糠手姫皇女
押坂彦人大兄皇子
茅渟王
吉備姫王
蘇我馬子
法提郎女
34舒明
35皇極・37斉明
古人大兄皇子
倭姫皇后
36孝徳
間人皇女
40天武
38天智
39弘文
阿部倉梯麻呂
小足姫
有間皇子

万葉集年表

西暦	天皇	年号	干支	万葉集歌	歌人生没年その他
三一三	仁徳	元	癸酉	〈年次未詳〉 磐姫皇后、天皇を思ふ歌（二・八五〜八九）	二年三月 磐姫立后。三五年六月 皇后崩。
〜三九九		八七	己亥	難波天皇の妹、大和の皇兄に奉る歌（四・四八四）	
四一二	允恭	二四	乙亥	軽太子、伊予の湯に配流の時の衣通王の歌（二・九〇）	
四三五		四二	癸酉	軽太子、自ら死ぬ時の歌（一三・三二六三）	一〇月軽太子、自害（あるいは伊予国に配流）。
四五七	雄略	元	丁酉	〈年次未詳〉 天皇御製歌（一・一、九・一六六四）	元年一一月 大泊瀬皇子即位。二二年七月 水江浦島子、大亀に乗りて、蓬莱山に到る。二三年八月天皇崩。
〜四七九		二三	己未		
六一三	推古	二一	癸酉	聖徳皇子、龍田山の死人を見て悲傷する歌（三・四一五）	
六三九	舒明	一一	己亥	讃岐国安益郡行幸の時、軍王の歌（一・五、六）	一二月 天皇、伊予の湯に行幸。
六四〇		一二	庚子		この年、有間皇子生。
六四一		一三	辛丑	〈年次未詳〉 天皇香具山にて国見する歌（一・二） 天皇宇智野遊猟の時、中皇命の間人老をして献上せしむる歌（一・三、四）	一〇月 天皇。百済宮に崩（四九歳〈紹運録〉）。

西暦	天皇	年号	干支	万葉集歌	歌人生没年その他
六四二	皇極	元	壬寅	天皇御製歌（四・四八五〜四八七、八・一五一一）〈年次未詳〉	一月 宝皇女即位。
六四五		四 大化元	乙巳	額田王の歌（一・七。類聚歌林所引の一書では大化四年の大御歌）	六月 中大兄ら大極殿で入鹿を暗殺。軽太子即位。中大兄皇子立太子。この年持統天皇生。
六五四	孝徳	白雉五	甲寅		一〇月 天皇崩。この年高市皇子生。
六五七	斉明	三	丁巳		この年川島皇子生。
六五八		四	戊午	紀温泉に行幸の時の額田王の歌（一・九） 中皇命、紀温湯に往きし時の歌（一・一〇〜一二） 有間皇子、自傷して松枝を結ぶ歌（二・一四一、一四二）	一〇月 天皇、紀の湯に行幸。 一一月 有間皇子処刑。
六五九		五	己未		この年 藤原不比等生。
六六〇		六	庚申		この年 山上憶良生。
六六一		七	辛酉	額田王の歌（一・八） 中大兄三山の歌（一・一三〜一五）	一月 天皇、新羅征討のために筑紫下向。大伯皇女生。七月 天皇崩。この年 阿閇皇女生。
六六二	天智称制	一	壬戌		この年 草壁皇子生。
六六三		二	癸亥		この年 大津皇子生。
六六五		四	乙丑		この年 大伴旅人生。
六六七		六	丁卯	額田王、近江に下る時の歌（一・一七、一八）、井戸王の和歌（一・一九）	三月 近江大津宮遷都。

六六八	天智 七 戊辰	天皇蒲生野に遊猟の時、額田王の歌（一・二〇）、皇太子の答歌（一・二一）	一月 中大兄皇子即位。二月 倭姫王立后。五月 天皇、蒲生野に遊猟。
六六九	八 己巳	〈この年以前〉 額田王の春秋競憐の歌（一・一六） 鏡王女の鎌足に贈る歌（二・九三）、鎌足の報へ贈る歌（二・九四） 鎌足、采女安見児を娶りし時の歌（二・九五）	一〇月 内大臣藤原鎌足薨（五六歳）。
六七一	一〇 辛未	天皇不予の時大后の歌（二・一四七） 一書の大后の奉献れる歌（二・一四八） 天皇崩時の倭大后の歌（二・一四九）、婦人の歌（二・一五〇） 天皇の大殯の時の歌（二・一五一、一五二）、大后の歌（二・一五三）、石川夫人の歌（二・一五四） 山科陵退散の時の額田王の歌（二・一五五） 〈年次未詳〉 天皇、鏡王女に賜ふ歌（二・九一）、鏡王女の和歌（二・九二） 久米禅師、石川郎女を娉ひし時の歌（二・九六～一〇〇） 大伴宿禰、巨勢郎女を娉ひし時の歌（二・一〇一、一〇二） 額田王、近江天皇を思ふ歌（四・四八八、八・一六〇六） 鏡王女の歌（四・四八九、八・一六〇七）	一二月 天皇崩（四六歳、四七歳〈法王帝説〉、五八歳〈紹運録〉）。
六七二	天武 元 壬申	壬申の乱平定以後の歌（一九・四二六〇、四二六一）	六月 壬申の乱。
六七五	四 乙亥	十市皇女伊勢参宮の時、吹黄刀自の歌（一・二二） 麻続王の伊良虞島に配流の時、人々の哀傷歌（一・二三）、麻続王の和歌（一・二四）	

西暦	天皇	年号	干支	万葉集歌	歌人生没年その他
六七六			五丙子		この年舎人皇子・長屋王生（一説に六八四年）。
六七八			七戊寅	十市皇女薨去の時、高市皇子の歌（二・一五六〜一五八）	四月 十市皇女薨。
六七九			八己卯	天皇、吉野行幸の時の御製歌（一・二七）	五年 天皇、吉野に行幸。
六八〇			九庚辰	七夕の歌（一〇・二〇三三〈あるいは天平一二年か〉）	四月 藤原武智麻呂生。この年 元正天皇生。
六八一			一〇辛巳		二月 浄御原令を定め、法式を改定。草壁皇子立太子。この年 藤原房前生。
六八二			一一壬午	〈この年以前〉 氷上夫人の歌（二〇・四四七九）	一月 氷上夫人薨。
六八三			一二癸未	〈この年以前〉 鏡王女の歌（八・一四一九）	七月 鏡姫王薨。八月 大伴吹負卒。
六八四			一三甲申		一〇月八色の姓を制定。この年葛城王（橘諸兄）生。
六八六	持統称制	朱鳥元	一五丙戌	天皇崩御の時の大后の歌（二・一五九） 一書の天皇崩時の太上天皇の歌（二・一六〇、一六一） 大津皇子伊勢神宮に下り上京の時、大伯皇女の歌（二・一〇五、一〇六） 大津皇子臨死の時、磐余の池の堤で悲しむ歌（四・四一五） 大津皇子薨後、大伯皇女の伊勢より上京の時の歌（二・一六三、一六四） 大津皇子の屍を二上山に移葬する時、大伯皇女の哀傷歌（二・一六五、一六六） 天皇の藤原夫人に賜ふ歌（二・一〇三）、藤原夫人の和歌（二・一〇四）、藤原	九月 天皇崩（五六歳、六五歳〈紹運録〉）。一〇月 大津皇子、川島皇子の密告により、謀反の罪で賜死。一一月 大伯皇女、伊勢より帰京。

			夫人の歌（八・一四六五） 大津皇子の石川郎女に贈る歌（二・一〇七）、石川郎女の和歌（二・一〇八） 大津皇子、ひそかに石川郎女に婚ひ、津守通の占へ露しし時の歌（二・一〇九） 大津皇子の歌（八・一五一二）	
六八九		三己丑	日並皇子尊の殯宮の時、柿本人麻呂の歌（二・一六七〜一六九）、或本歌（二・一七〇） 皇子尊の宮の舎人等の慟傷歌（二・一七一〜一九三） 〈この年以前〉 日並皇子、石川女郎に賜ふ歌（二・一一〇）	四月 草壁皇子薨（二八歳）。
六九〇	持統	四庚寅	紀伊行幸の時、川島皇子の歌（一・三四、或云憶良作）、山上の歌（九・一七一六或云川島皇子作）、勢の山を越ゆる時、阿閇皇女の歌（一・三五） 〈この年前後〉 持統天皇御製歌（一・二八） 近江荒都を過ぎる時、人麻呂の歌（一・二九〜三一） 高市古人、近江旧都を悲しむ歌（一・三二、三三） 吉野行幸の時、人麻呂の歌（一・三六〜三九） 長意吉麻呂の結び松を見る歌（二・一四三、一四四）、山上憶良の追和歌（二・一四五）	一月 鸕野讃良皇女即位。九月天皇、紀伊国に行幸。一二月 天皇藤原宮地を観る。
六九一		五辛卯	河島皇子を遠智野に葬る時、人麻呂の泊瀬部皇女に献る歌（二・一九四、一九五）	九月 川島皇子薨（三五歳〈懐風藻〉）
六九二		六壬辰	伊勢行幸の時、京に留れる人麻呂の歌（一・四〇〜四二）、当麻麻呂の妻の歌（一・四三、四・五一一）、石上大臣の従駕歌（一・四四） 碁檀越伊勢に往きし時、留まる妻の歌（四・五〇〇）	三月 天皇、伊勢国に行幸。 五月 藤原宮地の地鎮祭。

西暦	天皇	年号	干支	万葉集歌	歌人生没年その他
六九三		七	癸巳	碁師の歌（九・一七三二、一七三三） 天武天皇崩後九月九日、御斎会の夜夢の裏に習ふ歌（二・一六二）	九月 天武天皇のために無遮大会を内裏に設く。 この年 吉備真備生。
六九四		八	甲午	河内王を豊前国鏡山に葬る時、手持女王の歌（三・四一七～四一九） 藤原宮の役民の歌（一・五〇） 藤原御井の歌（一・五二、五三） 〈この年以後〉 藤原遷都後の志貴皇子の歌（一・五一） 天皇御製歌（一・二八）	一二月 藤原宮に遷都。この年 藤原宇合生。
六九五		九	乙未	長屋王の故郷の歌（三・二六八）	この年 藤原麻呂生。
六九六		一〇	丙申	高市皇子尊の殯宮の時、人麻呂の歌（二・一九九～二〇一）、或書の反歌（二・二〇二） 〈この年以前〉 但馬皇女、穂積皇子を思ふ歌（二・一一四） 穂積皇子を山寺に遣す時、但馬皇女の歌（二・一一五） 但馬皇女、穂積皇子にしのびに接ひ、事あらわれて作る歌（二・一一六）	七月 高市皇子薨（四三歳〈扶桑略記〉）。
六九七	文武	一一 一	丁酉	〈この年以前〉 天皇雷丘に出遊の時、人麻呂の歌（三・二三五） 天皇と志斐嫗の贈答歌（三・二三六、二三七）	八月 軽皇子即位。

六九九	三己亥	〈年次未詳〉 軽皇子安騎野に宿る時、人麻呂の歌（一・四五～四九） 舎人皇子と舎人娘子の贈答歌（二・一一七・一一八） 高市黒人の近江旧都歌（三・三〇五、左注小弁作） 持統太上天皇の難波宮行幸の時、置始東人の歌（一・六六）、高安大島の歌（一・六七）、身人部の歌（一・六八）、清江娘子の長皇子に奉る歌（一・六九） 長意吉麻呂の応詔歌（三・二三八） 弓削皇子薨去の時、置始東人の歌（二・二〇四～二〇六） 〈この年以前〉 弓削皇子と額田王の贈答歌（二・一一一、一一二） 弓削皇子吉野より松の枝を贈る時、額田王の歌（二・一一三） 弓削皇子、紀皇女を思ふ歌（二・一一九～一二二） 弓削皇子、吉野出遊の時の歌（三・二四二）、或本歌（三・二四四）、春日王の和歌（三・二四三） 弓削皇子の歌（八・一四六七、一六〇八） 弓削皇子に献る歌（九・一七〇一～一七〇三、一七〇九、一七七三）	一月 天皇、難波宮に行幸。六月 春日王卒。七月 弓削皇子薨。九月 新田部皇女薨。
七〇〇	四庚子	明日香皇女の殯宮の時、人麻呂の歌（二・一九六～一九八）	三月 道照没して栗原に火葬。四月 明日香皇女薨。六月 忍壁皇子ら律令を撰定。
七〇一	大宝元 五辛丑	持統太上天皇の吉野宮行幸の時、高市黒人の歌（一・七〇） 持統太上天皇の紀伊国行幸の時、坂門人足の歌（一・五四）、調首淡海の歌（一・五五）、或本の春日老の歌（一・五六） 紀伊国行幸の時、結び松を見る歌（二・一四六）	一月 大伴御行薨。粟田真人・山上憶良らを遣唐使に任命。八月 大宝律令を制定。九月 紀伊国に行幸。一二月 大伯皇女薨（四一歳）。

西暦	天皇	年号	干支	万葉集歌	歌人生没年その他
				一〇月 持統太上天皇・文武大行天皇紀伊国行幸の時の歌(九・一六六七～一六七九)、後人の歌(九・一六八〇、一六八一) 〈この年か〉 文武天皇、吉野行幸の時の御製歌(一・七四)、長屋王の歌(一・七五) 三野連入唐の時、春日老の歌(一・六二)	この年 首皇子(聖武)・安宿娘(光明)生。
七〇二		二	壬寅	大神大夫、長門守に任命の時の宴の歌(九・一七七〇、一七七一) 持統太上天皇参河行幸の時、長意吉麻呂の歌(一・五七)、高市黒人の歌(一・五八)、誉謝女王の歌(一・五九)、長皇子の歌(一・六〇)、舎人娘子の従駕歌(一・六一) 〈この年か〉 高市黒人の羇旅歌(三・二七〇～二七七)	二月 大宝律令施行。一〇月 持統太上天皇、参河に行幸。一二月 持統太上天皇崩(五八歳)。
七〇四		四 慶雲元	甲辰	山上憶良、大唐にて本郷を憶ふ歌(一・六三)	七月 粟田真人、唐より帰朝。この年 藤原豊成生。
七〇五		二	乙巳	〈この年以前〉 忍壁皇子に献る歌(九・一六八二)	五月 忍壁皇子薨。一二月 葛野王卒(三七歳〈懐風藻〉)。
七〇六		三	丙午	難波行幸の時、志貴皇子の歌(一・六四)、長皇子の歌(一・六五) 文武大行天皇難波行幸の時、忍坂部乙麻呂の歌(一・七一)、藤原宇合の歌(一・七二)、長皇子の歌(一・七三) 〈この年以前〉 大神大夫筑紫に赴任の時、阿倍大夫の歌(九・一七七二)	二月 大神高市麻呂卒。九月 天皇、難波宮に行幸。この年 藤原仲麻呂生。
七〇七	元明	四	丁未	〈年次未詳〉 三方沙彌、園生羽の女を娶り、幾時も経ず病臥して作る歌(二・一二三～一二五)	六月 天皇崩。七月 阿閇皇女即位。

		石川郎女と大伴田主の贈答歌（二・一二六～一二八） 石川郎女、大伴宿奈麻呂に贈る歌（二・一二九） 長皇子、皇弟に与ふる歌（二・一三〇） 人麻呂、石見国より妻に別れて上京する時の歌（二・一三一～一三九） 依羅娘子、人麻呂と別るる歌（二・一四〇） 人麻呂、妻の死後泣血哀慟して作る歌（二・二〇七～二一六） 吉備津采女死去の時、人麻呂の歌（二・二一七～二一九） 讃岐の狭岑島に死人を見て人麻呂の作る歌（二・二二〇～二二二） 人麻呂、石見国に臨死の時の自傷歌（二・二二三） 人麻呂死去の時、依羅娘子の歌（二・二二四、二二五） 丹比真人、人麻呂の意に擬へて報ふる歌（二・二二六、二二七）	
七〇八	和銅元 戊申	天皇御製歌（一・七六）、御名部皇女の和歌（一・七七） 田口益人、上野国司に赴任の時、駿河の浄見崎の歌（三・二九六、二九七） 但馬皇女の薨後、穂積皇子の悲傷歌（二・二〇三） 三野王挽歌（一三・三三二七、三三二八） 〈この年以前〉 但馬皇女の歌（八・一五一五、一書・子部王作）	三月 田口益人上野守。五月 美努王卒。六月 但馬皇女薨。一二月 平城京地鎮祭。
七一〇	三 庚戌	二月 藤原宮より寧楽宮に遷る時、古郷を望む歌（一・七八、一書・太上天皇御製） 或本、寧楽宮遷都の歌（一・七九、八〇） 〈この年以後〉 鴨君足人の香具山の歌（三・二五七～二五九）、或本歌（三・二六〇）	三月 平城京遷都。

西暦	天皇	年号	干支	万葉集歌	歌人生没年その他
七一一		四	辛亥	長屋王の故郷の歌（三・二六八） 河辺宮人、姫島の松原に美人の屍を見て作る歌（二・二二八、二二九、三・四三四〜四三七）	
七一二		五	壬子	四月 長田王を伊勢斎宮に遣す時、山辺の御井の歌（一・八一〜八三）	
七一三		六	癸丑	信濃国の歌（一四・三三九九）	
七一四		七	甲寅	〈この年以前〉 大納言大伴卿の歌（四・五一七）	五月 大伴安麻呂薨。
七一五	元正	八 霊亀元	乙卯	九月 志貴皇子薨去の時の歌（二・二三〇〜二三二、笠金村歌集、〈続紀では翌年八月薨去〉）、或本歌（二・二三三、二三四） 〈この年以前〉 長皇子、志貴皇子と佐紀宮に宴する歌（一・八四） 長皇子、猟路の池に出遊の時、人麻呂の歌（三・二三九〜二四一） 志貴皇子の歌（三・二六七、四・五一三、八・一四一八、一四六六） 穂積皇子の歌（一六・三八一六）	六月 長皇子薨。九月 氷高皇女即位。 この年 藤原八束生。
七一七		三 養老元	丁巳		三月 左大臣石上麻呂薨（七八歳）。
七一八		二	戊午		この年大伴家持生か（養老元年とも）。
七一九		三	己未	〈この頃か〉 藤原宇合上京の時、常陸娘子の贈る歌（四・五二一） 大伴宿奈麻呂の歌（四・五三二、五三三〈一説〉）	二月 粟田真人薨。七月 常陸国守藤原宇合らを按察使に任命。

七二〇		四	庚申	石川大夫上京の時、播磨娘子の贈る歌（九・一七七六、一七七七） 多紀皇女、ひそかに高安王に嫁ひし時の歌（一二・三〇九八） 紀皇女の歌（三・三九〇） 〈この年以後〉	八月 右大臣藤原不比等薨（六二歳）。
七二一		五	辛酉	山部赤人、故藤原不比等家の林泉を詠む歌（三・三七八）	一二月 元明太上天皇崩（六一歳）。この年 橘奈良麻呂生。
七二二		六	壬戌	穂積老、佐渡に配流の時の歌（一三・三二四〇、三二四一） 穂積老の歌（三・二八八） 〈この年以前〉 小治田広瀬王の霍公鳥の歌（八・一四六八）	一月 穂積老を佐渡島に配流。広瀬王卒。この年 御船王（淡海三船）生。
七二三		七	癸亥	五月 吉野行幸の時、笠金村の歌（六・九〇七〜九一二）、車持千年の歌（九一三〜九一六） 山上憶良の七夕の歌（八・一五一八、左注では養老八年七月七日応令） 〈この年以前〉 石田王死去の時、山前王の哀傷歌（三・四二三〜四二五）	五月 吉野宮に行幸。一二月 山前王卒。
七二四	聖武神亀元	八	甲子	暮春の月吉野離宮に行幸の時、中納言大伴卿の歌（三・三一五、三一六） 左大臣宅での山上憶良の七夕の歌（八・一五一九） 一〇月 紀伊国に行幸の時、従駕の人に贈るため娘子に誂へて作る金村の歌（四・五四三〜五四五）、同行幸の時の山部赤人の歌（六・九一七〜九一九）	二月 首皇子即位。三月 吉野宮に行幸。 一〇月 紀伊国に行幸。
七二五		二	乙丑	三月 三香原離宮行幸の時、娘子を得て笠金村の作る歌（四・五四六〜五四八） 五月 吉野行幸の時、笠金村の歌（六・九二〇〜九二二）、同山部赤人の歌（六・九二三〜九二七）	一〇月 難波宮に行幸。

西暦	天皇	年号	干支	万葉集歌	歌人生没年その他
七二六			三丙寅	山上憶良、老病辛苦して児等を思ふ歌の反歌（五・九〇三） 一〇月難波宮行幸の時、笠金村の歌（六・九二八～九三〇）、同車持千年の歌（六・九三一、九三二）、同山部赤人の歌（九三三、九三四） 九月一五日 播磨国印南郡に行幸の時、笠金村の歌（六・九三五～九三七）、同山部赤人の歌（六・九三八～九四一） 藤原宇合、難波宮改造の時の歌（三・三一二） 〈この年か〉 辛荷島を過ぐる時、山部赤人の歌（六・九四二～九四五） 敏馬浦を過ぐる時、山部赤人の歌（六・九四六、九四七）	一〇月 播磨国印南野に行幸。藤原宇合を知造難波宮事に任命。この年山上憶良筑前守に任命。
七二七			四丁卯	正月 諸王諸臣子等、授刀寮に散禁の時の歌（六・九四八、九四九）	二月 難波宮造営。五月 三香原離宮に行幸。
七二八			五戊辰	石上堅魚、大伴郎女長逝の時の歌（八・一四七二）、大伴旅人の和歌（八・一四七三） 大伴旅人、故人を思慕する歌（三・四三八～四四〇〈左注に四三九・四四〇は京に向ふ時の作〉） 六月 大伴旅人の凶問に報ふる歌（五・七九三） 七月 山上憶良の日本挽歌（五・七九四～七九九） 山上憶良の感情を反さしむる歌（五・八〇〇、八〇一） 山上憶良の子等を思ふ歌（五・八〇二、八〇三） 山上憶良の世間に住り難きを哀しむ歌（五・八〇四、八〇五） 八月 笠金村歌集の歌（九・一七八五、一七八六） 難波宮行幸の時の笠金村歌集の歌（六・九五〇～九五三）、膳王歌（六・九五四）、石川足人の歌（六・九五五）、大伴旅人の和歌（六・九五六）	この年 大伴旅人大宰府に赴任か。

七二九	天平元	己巳	一一月 大宰府の宮人等香椎廟奉拝の時、大伴旅人の歌（六・九五七）、小野老の歌（六・九五八）、宇努男人の歌（六・九五九） 〈この年か〉 石川足人を芦城駅家に餞する歌（四・五四九〜五五一） 大伴旅人、吉野離宮を思ふ歌（六・九六〇） 大伴旅人、次田温泉に宿る歌（六・九六一） 〈年次未詳〉 石川少郎の歌（三・二七八） 石川君子の歌（一一・二七四二） 山上憶良の筑前国白水郎の歌（一六・三八六〇〜三八六九） 長屋王賜死の後の倉橋部女王の歌（三・四四一）、膳部王を悲傷する歌（三・四四二） 大伴旅人の歌詞両首（五・八〇六、八〇七）、答歌（五・八〇八、八〇九〈房前か〉） 七月 山上憶良の七夕の歌（八・一五二〇〜一五二二） 一〇月 大伴旅人の梧桐日本琴の歌（五・八一〇、八一一） 一一月 藤原房前の報歌（五・八一二） 一二月 笠金村歌集の歌（九・一七八七〜一七八九） 丈部龍麻呂自経の時、大伴三中の歌（三・四四三〜四四五） 葛城王、薛妙観の命婦に贈る歌（二〇・四四五五）、命婦の報ふる歌（二〇・四四五六） 〈この年か〉 鎮懐石の歌（五・八一三、八一四） 丹比県守の民部卿に遷任の時、大伴旅人の贈る歌（四・五五五）	一月 六人部王卒。二月 長屋王、謀反を密告され自尽（四六歳）。室吉備内親王、男膳夫王、桑田王、葛木王、鉤取王ら自経。八月 藤原夫人（光明子）立后。この年 石上宅嗣生。

西暦	天皇	年号	干支	万葉集歌	歌人生没年その他
七三〇		二	庚午	〈この年以前〉 長屋王、馬を寧楽山に駐めて作る歌（三・三〇〇、三〇一） 長屋王の歌（八・一五一八） 長屋王の佐保宅に肆宴の時、元正太上天皇の御製歌（八・一六三七） 天皇御製歌（八・一六三八） 正月一三日梅花の宴の歌（五・八一五～八四六）、員外故郷を思ふ歌（五・八四七、八四八）、後に追和する梅の歌（五・八四九～八五二） 松浦河に遊ぶ序及び歌（五・八五三～八六三） 大伴百代等の駅使に贈る歌（四・五六六、五六七） 七月 山上憶良の七夕の歌（八・一五二三～一五二六） 七月 吉田宜、梅花の歌に和ふる歌（五・八六四）、同松浦仙媛の歌に和ふる歌（五・八六五）、同重ねて題せる歌（五・八六六、八六七） 七月 山上憶良、謹上の歌（五・八六八～八七〇） 松浦佐用比売領巾振の嶺の歌（五・八七一～八七五） 三島王、追和する佐用比売の歌（五・八八三） 大伴道足饗応の時、藤井広成の歌（六・九六二） 一一月 大伴坂上郎女、名児山を越えし時の歌（六・九六三）、同京に向ふ海路の歌（六・九六四） 山上憶良、書殿に餞酒せし日の倭歌（五・八七六～八七九） 一二月 山上憶良、私懐を述ぶる歌（五・八八〇～八八二） 一二月 大伴旅人、上京の時の児島娘子の歌（六・九六五、九六六）、旅人の和歌（六・九六七、九六八）	一〇月 大伴旅人を大納言に任命。一二月頃 大伴旅人上京。

筑紫娘子（児島）の行旅に贈る歌（三・三八一）
大伴旅人上京の時、府の宮人等芦城の駅家に餞する歌（四・五六八～五七一）
同芦城の駅家に宴する歌（八・一五三〇、一五三一）
大伴旅人、上道せし時の歌（六・九四六～九五〇）
大伴旅人上京の時、傔従等の羈旅を悲傷する歌（一七・三八九〇～三八九九）
大伴旅人、故郷の家に還りて作る歌（三・四五一～四五三）
〈この年以前〉
大宰少弐小野老の歌（三・三二八）
防人司の佑大伴四綱の歌（三・三二九、三三〇）
帥大伴旅人の歌（三・三三一～三三五）
沙彌満誓、綿を詠む歌（三・三三六）
山上憶良、宴を罷る歌（三・三三七）
帥大伴旅人の讃酒歌（三・三三八～三五〇）
大伴三依の歌（四・五五二）
丹生女王、帥大伴旅人に贈る歌（四・五五三、五五四）
賀茂女王、大伴三依に贈る歌（四・五五六）
土師水道、筑紫より上京の時海路の歌（四・五五七、五五八）
大宰大監大伴百代の恋の歌（四・五五九～五六二）
大伴坂上郎女の歌（四・五六三、五六四）
賀茂女王の歌（四・五六五）
帥大伴旅人、雪を見て京を憶ふ歌（八・一六三九）
帥大伴旅人の梅の歌（八・一六四〇）

西暦	天皇	年号	干支	万葉集歌	歌人生没年その他
七三一			三 辛未	大伴旅人上京の後、沙彌満誓の贈る歌（四・五七二、五七三）、旅人の和歌（四・五七四、五七五） 大伴旅人上京の後、筑後守葛井大成の悲嘆する歌（四・五七六） 大納言大伴旅人、袍を摂津大夫高安王に贈る歌（四・五七七） 大伴旅人、寧楽の家にて故郷を思ふ歌（六・九六九、九七〇） 大伴旅人薨去の時、余明軍の歌（三・四五四〜四五八）、同県犬養人上の歌（三・四五九） 大伴熊凝の歌（五・八八四、八八五〈麻田陽春作〉） 山上憶良、熊凝のために志を述ぶる歌に和ふる歌（五・八八六〜八九一） 山上憶良の貧窮問答歌（五・八九二、八九三〈天平四年か〉） 〈この頃〉 余明軍、大伴家持に与ふる歌（四・五七九、五八〇） 〈この年以前〉 大宰帥大伴旅人の歌（八・一五四一、一五四二） 丹生女王、旅人に贈る歌（八・一六一〇）	七月 大伴旅人薨（六七歳）。
七三二			四 壬申	三月一日 佐保宅にて大伴坂上郎女の作る歌（八・一四四七） 八月 藤原宇合を西海道節度使に遣す時、高橋虫麻呂の歌（六・九七一、九七二） 天皇、酒を節度使等に賜へる歌（六・九七三、九七四〈左注に元正太上天皇御製〉） 西海道節度使の判官佐伯東人の妻の歌（四・六二一）、東人の和歌（四・六二二） 〈この年以前〉	二月 阿部広庭薨。八月 藤原房前を東海・東山二道、多治比県守を山陰道、藤原宇合を西海道節度使に任命。 この年 山上憶良上京か。

七三三

五 癸酉

阿倍広庭の歌（三・三〇二、三七〇、六・九七五、八・一四二三）
三月一日 山上憶良の好去好来の歌（五・八九四〜八九六）
閏三月笠金村、入唐使に贈る歌（八・一四五三〜一四五五）
入唐使に贈る歌（一九・四二四五、四二四六〈作者未詳〉）
阿倍老人、遣唐の時の母に奉る悲別の歌（一九・四二四七）
遣唐使船の難波を発ち海に入る時、母の子に贈る歌（九・一七九〇、一七九一）
山上憶良の沈痾自哀文（五・八九六の次）、俗道を悲嘆する詩（五・八九七の前）
六月三日 山上憶良、老病辛苦の歌（五・八九七〜九〇三）、同沈痾の時の歌（六・九七八）
一一月 坂上郎女、神を祭る歌（三・三七九、三八〇）
〈月日不明〉
草香山を越ゆる時、神社老麻呂の歌（六・九七六、九七七）
坂上郎女、家持が佐保より西宅に還るに与ふる歌（六・九七九）
安倍虫麻呂の月の歌（六・九八〇）、坂上郎女の月の歌（六・九八一〜九八三）、豊前国の娘子の月の歌（六・九八四）、湯原王の月の歌（六・九八五、九八六）、藤原八束の月の歌（六・九八七）
市原王、宴に父安貴王を禱ぐ歌（六・九八八）
湯原王の打酒の歌（六・九八九）
紀鹿人、跡見の茂岡の松の樹の歌（六・九九〇）、同泊瀬川の辺で作る歌（六・九九一）
坂上郎女、元興寺の里を詠む歌（六・九九二）、同初月の歌（六・九九三）
大伴家持の初月の歌（六・九九四）
坂上郎女、親族と宴せる歌（六・九九五）

一月 県犬養橘三千代薨。四月 遣唐使小野老ら出発。この年 山上憶良卒か（七四歳）。

西暦	天皇	年号	干支	万葉集歌	歌人生没年その他
七三四		六	甲戌	〈この年以前〉 県犬養命婦、天皇に奉る歌（一九・四二三五） 古日に恋ふる歌（五・九〇四〜九〇六〈憶良作か〉） 山上憶良、秋の野の花を詠む歌（八・一五三七、一五三八） 海犬養岡麻呂の応詔歌（六・九九六） 三月　難波宮行幸の時の歌（六・九九七〜一〇〇二） 筑後守葛井大成、海人の釣船を見て作る歌（六・一〇〇三） 桉作益人の歌（六・一〇〇四）	三月　難波宮・竹原井頓宮に行幸。
七三五		七	乙亥	〈この年か〉 三月　諸卿大夫等、難波に下る時の歌（九・一七四七〜一七五二〈天平四年か〉） 坂上郎女、尼理願の死去を悲嘆する歌（三・四六〇、四六一） 〈この年以前〉 人麻呂歌集中の舎人皇子に献る歌（九・一六八三、一六八四、一七〇四、一七〇五）　同舎人皇子への歌（九・一七七四、一七七五） 新田部親王に献る歌（一六・三八三五） 心の著く所無き歌（一六・三八三八、三八三九） 山村に行幸の時の歌（二〇・四二九三） 舎人親王の応詔歌（二〇・四二九四）	九月　新田部親王薨。一一月　舎人親王薨（六〇歳）。
七三六		八	丙子	六月　吉野行幸の時、山部赤人の応詔歌（六・一〇〇五、一〇〇六） 市原王、独子を悲しむ歌（六・一〇〇七） 忌部黒麻呂、友のおそく来るを恨むる歌（六・一〇〇八）	四月　遣新羅大使拝朝。六月　吉野離宮に行幸。一一月　葛城王、臣籍降下して橘姓を賜り、名を諸兄と改む。

九月 大伴家持の秋の歌（八・一五六六〜一五六九）
一一月 葛城王に橘氏の姓を賜ふ時の御製歌（六・一〇〇九）
橘奈良麻呂の応詔歌（六・一〇一〇）
一二月 歌儛所の諸王臣子等、葛井広成家に宴する歌（六・一〇一一、一〇一二）
遣新羅使人等、悲別贈答、海路に慟情陳思し、合せて誦する古歌（一五・三五七八〜三七二二）
〈この年以前〉
葛城王の陸奥国に派遣の時、采女の歌（一六・三八〇七）
佐為王の近習の婢、夫君に恋ふる歌（一六・三八五七）

七三七 九 丁丑

正月 橘佐為、諸大夫等、門部王家に宴する歌（六・一〇一三、一〇一四）
榎井王の追和歌（六・一〇一五）
二月 諸大夫等、巨勢宿奈麻呂家に宴する歌（六・一〇一六）
四月 坂上郎女、賀茂神社を拝み奉る時の歌（六・一〇一七）
〈この年以前〉
長田王、筑紫にて水島に渡りし時の歌（三・二四五、二四六）、石川大夫の和歌（三・二四七）、長田王の歌（三・二四八）
靫負御井に行幸の時、石川命婦の応詔歌（二〇・四四三九）
藤原卿の歌（七・一二一八〜一二二二〈麻呂か房前か〉）
藤原麻呂、坂上郎女に贈る歌（四・五二二〜五二四）、坂上郎女の和歌（四・五二五〜五二八）、又坂上郎女の歌（四・五二九）
藤原房前の七夕の歌（九・一七六四、一七六五）
三形沙彌、藤原房前の語を承けて誦む歌（一九・四二二七、四二二八）

四月 藤原房前薨（五七歳）。六月 小野老卒。長田王卒。多治比県守薨（七〇歳）。七月 藤原麻呂薨（四三歳）。藤原武智麻呂薨（五八歳）。八月 橘佐為卒。藤原宇合薨（四四歳）。水主内親王薨。

七三八 一〇 戊寅

七月七日 大伴家持、天河を仰ぎて述懐する歌（一七・三九〇〇）

西暦	天皇	年号	干支	万葉集歌	歌人生没年その他
				八月二〇日 橘諸兄家に宴する歌（八・一五七四〜一五八〇）、同宴する歌（六・一〇二四〜一〇二七） 一〇月七日 橘奈良麻呂の旧宅に宴する歌（八・一五八一〜一五九一） 元興寺の僧の自ら嘆く歌（六・一〇一八）	
七三九		二	己卯	石上乙麻呂、土佐国に配流の時の歌（六・一〇一九〜一〇二三） 六月 大伴家持、亡妾を悲傷する歌（三・四六二）、書持の和歌（三・四六三） 家持、瞿麦の花を見て作る歌（三・四六四） 秋風に悲嘆して家持の作る歌（三・四六五）、また家持の歌（三・四六六〜四六九） 悲緒やまず更に作る歌（三・四七〇〜四七四） 八月 家持、坂上郎女の竹田庄にて作る歌（八・一六一九）、坂上郎女の和歌（八・一六二〇） 巫部麻蘇娘子の歌（八・一六二一） 大伴田村大嬢、妹坂上大嬢に与ふる歌（八・一六二二、一六二三） 九月 坂上大娘、秋の稲の蘰を家持に贈る歌（八・一六二四）、家持の報歌（八・一六二五）又衣を贈れるに報ふる家持の歌（八・一六二六） 坂上郎女、竹田庄にて作る歌（八・一五九二、一五九三） 坂上郎女、竹田庄より大嬢に贈る歌（四・七六〇、七六一〈この年か〉） 一〇月 仏前唱歌（八・一五九四） 天皇高円野に遊猟の時、坂上郎女のむささびの歌（六・一〇二八） 〈この年以前〉 高安王、鮒を娘子に贈る歌（四・六二五）	三月 石上乙麻呂、久米若売に姧けた罪で土佐国に配流。四月 高安王・桜井王に大原真人の姓を賜ふ。多治比広成薨。
七四〇		三	庚辰	六月 家持、藤の花と萩の黄葉を坂上大嬢に贈る歌（八・一六二七、一六二八）	九月 大宰少弐藤原広嗣反

西暦	年号	万葉集	一般事項
		一〇月 藤原広嗣の謀反に際し伊勢国に行幸の時、河口行宮にて家持の作る歌（六・一〇二九）、天皇御製歌（六・一〇三〇）、丹比屋主の歌（六・一〇三一） 狭残行宮にて家持の作る歌（六・一〇三二、一〇三三） 美濃国の多芸行宮にて大伴東人の作る歌（六・一〇三四）、家持の歌（一〇三五） 不破行宮にて家持の作る歌（六・一〇三六） 一二月九日 書持、大宰の時梅花に追和の新しき歌（一七・三九〇一～三九〇六〈一説に家持作〉） 〈この年前後〉 中臣宅守と狭野茅上娘子の贈答歌（一五・三七二三～三七八五） 〈この年以前〉 藤原広嗣、桜花を娘子に贈る歌（八・一四五六）、娘子の和歌（八・一四五七）	乱、大野東人を大将軍に任じ鎮圧せしむ。一〇月～一二月 天皇、伊勢・伊賀・美濃・近江に巡幸後恭仁京に入る。
七四一	一三辛巳	二月 境部老麻呂、三香原の新都を讃むる歌（一七・三九〇七、三九〇八） 四月二日 大伴書持、奈良宅より兄家持に贈る霍公鳥の歌（一七・三九〇九、三九一〇）、三日 家持、久邇京より弟書持への報歌（一七・三九一一～三九一三） 家持、久邇京にて寧楽宅の坂上大嬢を思ふ歌（四・七六五）、藤原郎女の和歌（四・七六六）、家持の更に大嬢に贈る歌（四・七六七、七六八） 家持、紀女郎に贈る歌（四・七六九） 家持、久邇京より坂上大嬢に贈る歌（四・七七〇～七七四 八・一四六四、一六三二） 家持、坂上大嬢に贈る歌（八・一六二九、一六三〇） 家持、安部女郎に贈る歌（八・一六三一） 〈この年か、あるいは一六年までの間〉 紀女郎、家持に贈る歌（四・七六二、七六三）、家持の和歌（四・七六四） 家持、紀女郎に贈る歌（四・七七五、七七七～七八一）、紀女郎の家持に報へ贈る歌（四・七七六）	一月 天皇恭仁京に朝を受く。

西暦	天皇	年号	干支	万葉集歌	歌人生没年その他
				紀女郎、裹める物を友に贈る歌（四・七八二） 家持、娘子に贈る歌（四・七八三〜七八五） 家持と藤原久須麻呂の贈答歌（四・七八六〜七九二） 或者、尼に贈る歌（八・一六三三、一六三四） 尼の頭句に家持の末句を続ぎて和ふる歌（八・一六三五）	
七四二		一四	壬午	〈この年以前〉 高安の歌（八・一五〇四） 僧玄勝の伝誦する大原高女作の古歌（一七・三九五二）	一二月 大原高安卒。
七四三		一五	癸未	八月 家持の秋の歌（八・一五九七〜一五九九） 石川広成の歌（八・一六〇〇、一六〇一） 八月一六日 家持、久邇京を讃むる歌（六・一〇三七） 同家持の鹿鳴歌（八・一六〇二、一六〇三） 高丘河内の歌（六・一〇三八、一〇三九） 安積親王の藤原八束家に宴する日、家持の歌（六・一〇四〇） 大原今城、寧楽の故郷を傷み惜む歌（八・一六〇四） 家持の歌（八・一六〇五）	
七四四		一六	甲申	正月五日 諸卿大夫、安倍虫麻呂家に宴する歌（六・一〇四一） 同一一日 活道岡に登りて松下に宴する歌（六・一〇四二、一〇四三） 二月三日 安積皇子薨去の時、家持の歌（三・四七五〜四七七）、同三月二四日の歌（三・四七八〜四八〇） 四月五日 家持、平城の故き宅に独居する歌（一七・三九一六〜三九二一）	閏一月 難波宮に行幸。安積親王薨（一七歳）。二月 難波宮遷都。

七四五		一七乙酉	七月二〇日 高橋朝臣、妻の死を悲傷する歌（三・四八一～四八三） 寧楽京の荒墟を傷み惜む歌（六・一〇四四～一〇四六） 田辺福麻呂歌集の寧楽故郷を悲しむ歌（六・一〇四七～一〇四九） 同久邇の新京を讃むる歌（六・一〇五〇～一〇五八） 同春の日三香原の荒墟を悲傷する歌（六・一〇五九～一〇六一） 同難波宮の歌（六・一〇六二～一〇六四） 同敏馬の浦を過ぎし時の歌（六・一〇六五～一〇六七） 久邇京の時の歌（一九・四二五七） 〈この年以前〉 門部王、東の市の樹を詠める歌（三・三一〇） 門部王、難波にて漁夫の燭光を見る歌（三・三二六） 門部王、京を思ふ歌（三・三七一） 門部王の恋の歌（四・五三六） 春日王の歌（四・六六九）	四月 大原門部卒。春日王卒。
七四六		一八丙戌	正月 積雪の日に元正太上天皇の御在所にて肆宴する時、諸王卿らの応詔歌（一七・三九二二～三九二六） 閏七月 家持越中国赴任の時、坂上郎女の贈る歌（一七・三九二七、三九二八）、更に越中国に贈る歌（一七・三九二九、三九三〇） 平群氏の女郎の家持に贈る歌（一七・三九三一～三九四二） 八月七日 家持の館に宴する歌（一七・三九四三～三九五一・三九五三～三九五五） 九月二五日 長逝せる弟を哀傷する歌（一七・三九五七～三九五九） 一一月 家持の相歓ぶ歌（一七・三九六〇、三九六一）	六月 大伴家持越中守。
七四七		一九丁亥	二月二〇日 家持、枉疾に沈み泉路に臨みて悲緒を申ぶる歌（一七・三九六二～三九六四）	

西暦	天皇	年号	干支	万葉集歌	歌人生没年その他
				同二九日　家持の池主に贈る悲しびの歌（一七・三九六五、三九六六） 三月二日　池主の返歌（一七・三九六七、三九六八） 同三日　家持の更に贈る歌（一七・三九六九～三九七二） 同四日　池主、晩春の遊覧一首（一七・三九七三の前） 同五日　池主の和歌（一七・三九七三～三九七五） 同五日　家持の七言一首と和歌（一七・三九七六、三九七七） 同二〇日　家持、恋緒を述ぶる歌（一七・三九七八～三九八二） 同二九日　家持、霍公鳥の喧かぬを恨む歌（一七・三九八三、三九八四） 同三〇日　家持の二上山の賦（一七・三九八五～三九八七） 四月一六日　家持、夜霍公鳥の喧くを聞き述懐する歌（一七・三九八八） 同二〇日　秦八千島の館にて家持を餞する宴の歌（一七・三九八九、三九九〇） 同二四日　家持、布勢の水海に遊覧する賦（一七・三九九一、三九九二） 同二六日　池主、遊覧の賦に和ふる賦（一七・三九九三、三九九四） 同二六日　池主の館にて家持を餞する宴の歌（一七・三九九五～三九九七） 同二六日　家持の館にて飲宴する歌（一七・三九九九） 同二七日　家持の立山の賦（一七・四〇〇〇～四〇〇二） 同二八日　池主の和ふる賦（一七・四〇〇三～四〇〇五） 同三〇日　家持、池主に贈る入京近づきて述懐する歌（一七・四〇〇六、四〇〇七） 五月二日　池主、報へ贈り和ふる歌（一七・四〇〇八～四〇一〇） 九月二六日　家持、放逸の鷹を夢に見る感悦の歌（一七・四〇一一～四〇一五）	
七四八		二〇	戊子	正月二九日　家持の歌（一七・四〇一七～四〇二〇）	四月　元正太上天皇崩御（六

七四九
孝謙
天平感宝一
天平勝宝一
三
己丑

家持、春の出挙に依りて諸郡を巡行する時の当時当所属目の歌(一七・四〇二一～四〇二九)
家持、鶯の晩く哢くを恨む歌 (一七・四〇三〇)
家持の酒を造る歌 (一七・四〇三一)
三月二三日 田辺福麻呂を家持の館に饗する時の福麻呂の歌 (一八・四〇三二～四〇三五)
同二四日 布勢の水海を遊覧せむとして述懐する歌(一八・四〇三六～四〇四三)
同二五日 布勢の水海に往く道中の歌 (一八・四〇四四、四〇四五)、水海にて遊覧せし時の述懐の歌 (一八・四〇四六～四〇五一)
同二六日 久米広縄の館にて田辺福麻呂を饗する宴の歌 (一八・四〇五二～四〇五五)
家持、後に追和する橘の歌 (一八・四〇六三、四〇六四)
四月一日 久米広縄の館にて宴する歌 (一八・四〇六六～四〇六九)
僧清見入京の時、家持の贈る歌 (一八・四〇七〇～四〇七二)
三月一五日 池主の来贈る歌 (一八・四〇七三～四〇七五)
同一六日 家持の報へ贈る歌 (一八・四〇七六～四〇七九)
坂上郎女、家持に来贈る (一八・四〇八〇、四〇八一)
四月四日 家持の報ふる歌 (一八・四〇八二、四〇八三)、同所心歌 (一八・四〇八四)
五月五日 平栄等の宴の時、家持の酒を贈る歌 (一八・四〇八五)
同九日 諸僚の秦石竹の館にて飲宴の時、白合の花蘰を賦す歌 (一八・四〇八六～四〇八八)
同一〇日 家持、遙に霍公鳥の喧くを聞く歌 (一八・四〇八九～四〇九二)
家持、英遠の浦に行きし日の歌 (一八・四〇九三)
同一二日 家持、陸奥国より金を出せる詔書を賀ぐ歌(一八・四〇九四～四〇九七)

九歳)。六月 藤原夫人薨。
七月 阿部内親王即位。八月 穂積老卒。

西暦	天皇	年号	干支	万葉集歌	歌人生没年その他
				家持、吉野行幸のための予作歌（一八・四〇九八〜四一〇〇） 同一四日 家持、真珠を願ふ歌（一八・四一〇一〜四一〇五） 同一五日 家持、尾張少咋に教喩する歌（一八・四一〇六〜四一〇九） 同一七日 先妻の自ら来る時、家持の歌（一八・四一一〇） 閏五月二三日 家持の橘の歌（一八・四一一一、四一一二） 同二六日 家持、庭中の花を見る歌（一八・四一一三〜四一一五） 同二七日 朝集使久米広縄の京より帰還の時、家持の宴の歌（一八・四一一六〜四一一八） 家持、霍公鳥の喧くを聞く歌（一八・四一一九） 同二八日 家持、京に向ふ時の予作歌（一八・四一二〇、四一二一） 六月一日 小旱の時、家持の雲の歌（一八・四一二二、四一二三） 同四日 家持、雨の落るを賀ぐ歌（一八・四一二四） 七月七日 家持の七夕の歌（一八・四一二五〜四一二七） 一一月一二日 池主の来贈る戯歌（一八・四一二八〜四一三一） 一二月一五日 池主、更に来贈る歌（一八・四一三二、四一三三） 一二月 家持、宴席にて雪月梅花を詠む歌（一八・四一三四） 家持、秦石竹の館に宴する歌（一八・四一三五）	
七五〇		二	庚寅	正月二日 家持、国庁に諸郡司等に饗を給ふ時の宴の歌（一八・四一三六） 同五日 家持、久米広縄の館に宴する歌（一八・四一三七） 二月一八日 家持、墾田地検察の時の多治比部北里の家に宿る歌（一八・四一三八）	九月 石上乙麻呂薨。

三月一日 家持、春の苑の桃李の花を眺むる歌（一九・四一三九、四一四〇）、同鴫を見る歌（一九・四一四一）
同二日 家持、京師を思ふ歌（一九・四一四二）、同堅香子の歌（一九・四一四三）、同帰雁を見る歌（一九・四一四四、四一四五）、同千鳥の喧くを聞く歌（一九・四一四六、四一四七）、同雉の歌（一九・四一四八、四一四九）、同船人の唱を聞く歌（一九・四一五〇）
同三日 家持の館に宴する歌（一九・四一五一～四一五三）
同八日 家持、白き大鷹を詠む歌（一九・四一五四、四一五五）、同鸕を潜くる歌（一九・四一五六～四一五八）
同九日 家持、巌上の樹を見る歌（一九・四一五九）
家持、世間の無常を悲しむ歌（一九・四一六〇～四一六二）
家持、七夕の予作歌（一九・四一六三）
家持、勇士の名を振ふを慕ふ歌（一九・四一六四、四一六五）
同二〇日 家持霍公鳥と時の花を詠む歌（一九・四一六六～四一六八）
家持、家婦の京の母に贈る代作歌（一九・四一六九、四一七〇）
同二三日 家持、霍公鳥の声を思ふ歌（一九・四一七一、四一七二）
家持、京の丹比家に贈る歌（一九・四一七三）
同二七日 家持、大宰の時の梅歌に追和する歌（一九・四一七四）
家持、霍公鳥を詠む歌（一九・四一七五、四一七六）
四月三日 家持、池主に贈る霍公鳥の歌（一九・四一七七～四一七九）
家持、霍公鳥に飽かず述懐する歌（一九・四一八〇～四一八三）
同五日 女郎、京より贈る歌（一九・四一八四）
家持、山振の花を詠む歌（一九・四一八五、四一八六）
同六日 家持布勢の水海に遊覧する歌（一九・四一八七、四一八八）

西暦	天皇	年号	干支	万葉集歌	歌人生没年その他
				同九日 家持水鳥を池主に贈る歌（一九・四一八九～四一九一）、同霍公鳥と藤の花を詠む歌（一九・四一九二、四一九三） 家持、更に霍公鳥の歌（一九・四一九四～四一九六） 家持、家婦の京の人に贈る代作歌（一九・四一九七、四一九八） 同一二日 布勢の水海にて遊覧の時の歌（一九・四一九九～四二〇二） 同二二日 家持、久米広縄に贈る霍公鳥の怨恨歌（一九・四二〇七、四二〇八） 同二三日 久米広縄の和歌（一九・四二〇九、四二一〇） 五月六日 家持、処女墓の歌に追和する歌（一九・四二一一、四二一二） 家持、京の丹比家に贈る歌（一九・四二一三） 同二七日 家持、藤原二郎の慈母への挽歌（一九・四二一四～四二一六） 五月 家持、霖雨の晴るる日の歌（一九・四二一七）、同漁夫の火光を見る歌（一九・四二一八） 六月一五日 家持、芽子の早花を見る歌（一九・四二一九） 坂上郎女、女子の大嬢に京より来り贈る歌（一九・四二二〇、四二二一） 九月三日宴の歌（一九・四二二二、四二二三） 一〇月一六日 秦石竹を餞する時、家持の歌（一九・四二二五） 一二月 家持雪の日に作る歌（一九・四二二六） 〈この年以前〉 石上大夫の歌（三・三六八）、笠金村歌中の和歌（三・三六九） 石上乙麻呂の歌（三・三七四）	
七五一		三	辛卯	正月二日 守の館に集宴の時、家持の歌（一九・四二二九）	一月 多紀内親王薨。七月

七五二 四 壬辰

同三日 内蔵縄麻呂の館に宴楽する時の歌 (一九・四二三〇〜四二三四)
二月二日 久米広縄帰京の時家持の宴の歌 (一九・四二三八)
四月一六日 家持の霍公鳥の歌 (一九・四二三九)
春日に神を祭る日、入唐使藤原清河に賜ふ藤原大后の歌 (一九・四二四〇)
清河の歌 (一九・四二四一)
藤原家（仲麻呂）にて入唐使を餞する宴の歌 (一九・四二四二〜四二四四)
八月四日 家持遷任の時、久米広縄の館に贈りのこせる悲別歌 (一九・四二四八、四二四九)
同 内蔵縄麻呂の館に餞する時、家持の歌 (一九・四二五〇)
同五日 家持、縄麻呂の盞を捧ぐる歌の和歌 (一九・四二五一)
久米広縄、池主の館にて家持と遇ひ飲楽する歌 (一九・四二五二)、家持の和歌 (一九・四二五三)
家持、京に向ふ小路上にて作る応詔の予作歌 (一九・四二五四、四二五五)
家持、橘卿(諸兄)を寿ぐ為の予作歌 (一九・四二五六)
一〇月二二日 家持、紀飯麻呂の家に宴する歌 (一九・四二五七、四二五九)
閏三月 大伴古慈斐家にて入唐副使胡麻呂等餞する歌 (一九・四二六二、四二六三)
入唐使藤原清河に酒肴を賜ふ御歌 (一九・四二六四、四二六五)
家持の応詔の予作歌 (一九・四二六六、四二六七)
天皇、藤原家（仲麻呂）に行幸の時の御歌 (一九・四二六八)
一一月八日 橘諸兄宅の肆宴の歌 (一九・四二六九〜四二七二)
同二五日 新嘗会の肆宴応詔歌 (一九・四二七三〜四二七八)
同二七日 林王宅にて橘奈良麻呂を餞する宴の歌 (一九・四二七九〜四二八一)

大伴家持少納言。八月 家持越中より帰京。
三月 阿倍虫麻呂卒。七月 三原王薨。

西暦	天皇	年号	干支	万葉集歌	歌人生没年その他
七五三		五	癸巳	〈この年以前〉 安倍虫麻呂の歌（四・六六五、六七二） 三原王の歌（八・一五四三） 正月四日 石上宅嗣家に宴する歌（一九・四二八二〜四二八四） 同一一日 家持、大雪降りて懐を述ぶる歌（一九・四二八五〜四二八七） 同一二日 家持、内裏に千鳥の喧くを聞く歌（一九・四二八八） 二月一九日 家持、橘家（諸兄）の宴にて柳を見る歌（一九・四二八九） 同二三日 家持の依興歌（一九・四二九〇、四二九一） 同二五日 家持の雲雀の歌（一九・四二九二） 八月一二日 大夫等、高円野に登りて所心を述ぶる歌（二〇・四二九五〜四二九七）	一月 平群広成卒。三月 巨勢奈氏麻呂薨。七月 紀清人卒。一〇月 栗栖王薨。
七五四		六	甲午	正月四日 氏族の人等、家持宅に賀ぎ集ひて宴飲する歌（二〇・四二九八〜四三〇〇） 同七日 天皇、太上天皇、皇太后の南大殿に肆宴の時、安宿王の奏歌（二〇・四三〇一） 三月一九日 家持の庄の槻の下にて宴飲する歌（二〇・四三〇二、四三〇三） 同二五日 家持、山田の御母宅にて宴する歌（二〇・四三〇四） 四月 家持の霍公鳥の歌（二〇・四三〇五） 家持の七夕の歌（二〇・四三〇六〜四三一三） 七月二八日 家持の歌（二〇・四三一四） 家持、秋野を憶ひて懐を述ぶる歌（二〇・四三一五〜四三二〇）	七月 大皇太后（宮子）崩。
七五五		七	乙未	二月六日 遠江国の防人の歌（二〇・四三二一〜四三二七）	

同七日 相模国の防人の歌（二〇・四三二八〜四三三〇）
同八日 家持、防人の悲別の心を追ひて痛む歌（二〇・四三三一〜四三三三）
同九日 家持の歌（二〇・四三三四〜四三三六）、駿河、上総国の防人の歌（二〇・四三三七〜四三五九）
同一三日 家持、拙き懐を陳ぶる歌（二〇・四三六〇〜四三六二）
同一四日 常陸、下野国の防人の歌（二〇・四三六三〜四三八三）
同一六日 下総国の防人の歌（二〇・四三八四〜四三九四）
同一七日 家持、龍田山の桜花を惜しむ歌（二〇・四三九五）、貝玉の依らざるを怨む歌（二〇・四三九六）、江南の美女を見る歌（二〇・四三九七）
同一九日 家持、防人の情に為りて思を述ぶる歌（二〇・四三九八〜四四〇〇）
同二二日 信濃国の防人の歌（二〇・四四〇一〜四四〇三）
同二三日 上野国の防人の歌（二〇・四四〇四〜四四〇七）
同日 家持、防人の悲別の情を陳ぶる歌（二〇・四四〇八〜四四一二）
同二〇日 武蔵国の防人の歌（二〇・四四一三〜四四二四）
三月三日 防人の検校勅使、兵部使人等の飲宴の歌（二〇・四四三三〜四四三五）
大原今城上京の時、郡司の妻女等の餞する歌（二〇・四四四〇、四四四一）
五月九日 家持宅に集飲する歌（二〇・四四四二〜四四四五）
同一一日 丹比国人宅に宴する歌（二〇・四四四六〜四四四八）
同一八日 橘奈良麻呂宅に宴する歌（二〇・四四四九〜四四五一）
八月一三日 南の安殿に肆宴する歌（二〇・四四五二、四四五三）
一一月二八日 橘奈良麻呂宅に宴する歌（二〇・四四五四）

七五六 八 丙申

三月七日 太上天皇、大后の河内難波に行幸の時、馬国人の家に宴する歌（二〇・四四五七〜四四五九）

二月 難波、河内に行幸。三月 太上天皇難波の堀江に

西暦	天皇	年号	干支	万葉集歌	歌人生没年その他
				同二〇日 家持の依興歌（二〇・四四六〇～四四六四） 六月一七日 家持、族に喩す歌（二〇・四四六五～四四六七）、修道を欲する歌（二〇・四四六八、四四六九）、寿を願ふ歌（二〇・四四七〇） 一一月五日 家持、感憐を懐く歌（二〇・四四七一） 同八日 安宿王等、安宿奈杼麻呂の家に宴する歌（二〇・四四七二、四四七三） 家持、後日山背王歌に追和する歌（二〇・四四七四） 同二三日 大原今城、池主の宅に飲宴する歌（二〇・四四七五、四四七六）	行幸。五月 聖武太上天皇崩（五六歳）。道祖王立太子。大伴古慈斐、淡海三船朝廷を誹謗した罪で拘禁。
七五七		九 天平宝字元	丁酉	三月四日 大原今城宅にて宴する歌（二〇・四四八一、四四八二） 六月二三日 三形王宅にて宴する歌（二〇・四四八三～四四八五） 一一月一八日 内裏にて肆宴の歌（二〇・四四八六、四四八七） 一二月一八日 三形王宅にて宴する歌（二〇・四四八八～四四九一） 同二三日 大原今城宅にて宴する歌（二〇・四四九二） 〈この年以前〉 丹比国人、筑波岳に登る歌（三・三八二、三八三） 豊浦寺の私房に宴する歌（八・一五五七～一五五九）	一月 橘諸兄薨（七四歳）。三月 道祖王を廃す。四月 大炊王立太子。五月 養老律令を施行。七月 橘奈良麻呂の謀反発覚し、黄文王、道祖王、大伴古麻呂、小野東人等杖下に死す。安宿王とその妻子、大伴古慈斐、多治比国人等配流。
七五八	淳仁	二	戊戌	正月三日 家持、内裏東屋に肆宴の時の応詔歌（二〇・四四九三） 家持、七日の侍宴の為の予作歌（二〇・四四九四） 同六日 内庭に肆宴の時、家持の歌（二〇・四四九五） 二月 中臣清麻呂宅に宴する歌（二〇・四四九六～四五〇五） 高円の離宮を思ふ歌（二〇・四五〇六～四五一〇） 山斎に属目して作る歌（二〇・四五一一～四五一三）	六月 大伴家持因幡守。八月 大炊王即位。

				二月一〇日 仲麻呂宅にて渤海大使小野田守等を餞する宴での家持の歌（二〇・四五一四） 七月五日 大原今城宅に家持を餞する宴での家持の歌（二〇・四五一五）	
七五九		三	己亥	正月一日 因幡国庁にて国郡司等に饗を賜へる宴の時、家持の歌（二〇・四五一六）	
七六二		六	壬寅		九月 石川年足薨。一〇月 県犬養広刀自薨。
七六三		七	癸卯		五月 鑑真物化（七七歳）。一〇月 藤原弟貞（山背王）薨。
七六四	称徳	八	甲辰		五月 粟田女臣薨。九月 恵美押勝反乱し、近江にて斬殺（五九歳）。一〇月 淳仁を淡路に配流し船王を隠岐に配流。孝謙太上天皇重祚（称徳天皇）。
七六五		天平神護 一	乙巳		一〇月 淳仁天皇淡路で悶死。一一月 藤原豊成薨。
七六六		二	丙午		三月 藤原八束薨。
七七〇	称徳 光仁	神護景雲 四 宝亀 一	庚戌		一月 阿倍仲麻呂唐で客死。 一一月 志貴皇子御春日宮天皇と追尊。
七七一		二	辛亥		二月 藤原永手薨。

西暦	天皇	年号	干支	万葉集歌	歌人生没年その他
七七四		五	甲寅		一〇月 武蔵国、東山道を改め東海道に属す。五月 大伴御依卒。一二月 円方女王（長屋王の女）薨。
七七五		六	乙巳		四月 井上内親王、他戸王卒。五月 大津大浦卒。十月 吉備真備薨。
七七六		七	丙辰		七月 大判駿河麿卒。
七七七		八	丁巳		八月 大伴古慈斐薨。九月 藤原良継薨。
七七九		一〇	己未		七月 藤原百川薨。一二月 河内女王薨。
七八〇		一一	庚申		一一月 文室真人邑知薨。
七八一	光仁 桓武	天応 一	辛酉		六月 石上宅嗣薨。一二月 光仁天皇崩。
七八三		延暦 二	癸亥		七月 藤原魚名薨。
七八五		四	乙丑		七月 淡海三船卒。八月 大伴家持薨。

索引

あ行
安貴王（あきのおおきみ） ………………… 四
阿貴王（あきのおおきみ） ………………… 四

阿紀王（あきのおおきみ） ………………… 四
商長首麻呂（あきのおさのおびと まろ） ………………………………………… 五
安積親王（あさかのしんのう） …………… 五
安積皇子（あさかのみこ） ………………… 五
安積親王（あさかのみこ） ………………… 五
朝倉益人（あさくらのますひと） ………… 六
麻田連陽春（あさたのむらじやす） ……… 六
阿氏奥島（あじのおきしま） ……………… 六
葦屋之菟原処女（あしのやの ないおとめ） …………………………………… 七
葦屋之菟名負処女（あしのやの ないおとめ） …………………………………… 七
葦屋乃菟蒬名日処女（あしのやの ないおとめ） …………………………………… 七
葦屋処女（あしのやのおとめ） …………… 七
明日香清御原宮天皇（あすかの きよみはらのみやのすめらみこ と） ……………………………………… 二七
明日香皇女（あすかのひめみこ） ………… 七
明日香宮御宇天皇（あすかのみやに あめのしたしらしめししすめらみこ と） ……………………………………… 二一
安宿王（あすかべのおおきみ） …………… 七
安宿奈杼麻呂（あすかべのなどま ろ） ……………………………………… 九

阿須波乃可美（あすはのかみ）……九
安曇外命婦（あずみのげみょうぶ）……九
安曇宿禰三国（あずみのすくねみくに）……九
安積娘子（あつみのいらつめ）……一〇
厚見王（あつみのおおきみ）……九
安都宿禰年足（あとのすくねとしたり）……一〇
安都年足（あとのとしたり）……一〇
安都扉娘子（あとのとびらのおとめ）……一〇
安努君広島（あののきみひろしま）……一〇
阿部（あべ）……一三
阿倍朝臣（あべのあそみ）……一一
阿倍朝臣老人（あべのあそみおきな）……一一
阿倍朝臣老人母（あべのあそみおきなのはは）……一一
安倍朝臣奥道（あべのあそみおきみち）……一一
阿倍朝臣息道（あべのあそみおきみち）……一一
安倍朝臣子祖父（あべのあそみこおじ）……一一
安倍朝臣沙彌麻呂（あべのあそみさみまろ）……一二
阿倍朝臣継麻呂（あべのあそみつぎまろ）……一二
阿倍朝臣豊継（あべのあそみとよつぐ）……一三
安倍朝臣豊継（あべのあそみとよつぐ）……一三
安倍朝臣広庭（あべのあそみひろにわ）……一三
安倍朝臣虫麿（あべのあそみむしまろ）……一四
安倍朝臣虫麻呂（あべのあそみむしまろ）……一四
阿倍朝臣虫満（あべのあそみむしまろ）……一四
阿倍朝臣虫麻呂（あべのあそみむしまろ）……一四
阿部女郎（あべのいらつめ）……一四
安部女郎（あべのいらつめ）……一四
安部宿禰年足（あべのすくねとしたり）……一〇
安倍大夫（あべのたいふ）……一四
阿倍大夫（あべのたいふ）……一五
阿閇皇女（あへのひめみこ）……一五六
安倍広庭卿（あべのひろにわのまえつきみ）……一三
安倍大夫（あべのまえつきみ）……一四
阿倍大夫（あべのまえつきみ）……一五
尼（あま）……一七
天照日女之命（あまてらすひるめのみこと）……一五
海犬養宿禰岡麻呂（あまのいぬかいのすくねおかまろ）……一七
天之探女（あまのさぐめ）……一七
尼某（あまのそれがし）……一七
天豊財重日足姫天皇（あめのとよたからいかしひたらしひめのすめらみこと）……一五七
奄君諸立（あむのきみもろたち）……二三
天渟中原瀛真人天皇（あめのぬなはらおきのまひとのすめらみこと）……二四一
天命開別天皇（あめみことひらかすわけのすめらみこと）……二三七
荒氏稲布（あらうじのいなしき）……一七
荒雄（あらお）……一八
有間皇子（ありまのみこ）……一八
主人卿（あるじのまえつきみ）……二九六
淡路親王（あわじしんのう）……一九一

淡路公（あわじのきみ）…………一九一
淡路廃帝（あわじのはいてい）…一九一
淡路親王（あわじのみこ）………一九一
粟田忌寸波豆麻（あわたのいみきはづま）………………二七七
粟田女王（あわたのおおきみ）……二三
粟田大夫（あわたのまえつきみ）…二三
粟田女娘子（あわためのおとめ）…二三
五百重娘（いおえのいらつめ）…二九七
奄君諸立（いおりのきみもろたち）………………二三
伊香王（いかごのおおきみ）……一三七
軍王（いくさのおおきみ）…………二三
生玉部足国（いくたまべのたりくに）……………二四
生玉部足国（いくたまべのたるくに）……………二四
池田乃阿曽（いけだのあそ）……二四
池田朝臣某（いけだのあそみそれがし）…………二四
池辺王（いけべのおおきみ）……二五
石井手児（いしいのてこ）………二五
伊思井乃手児（いしいのてこ）……二五
石川卿（いしかわきょう）………二九
石川朝臣（いしかわのあそみ）→
石川郎女（いしかわのいらつめ）を見よ……………二七
石川朝臣老夫（いしかわのあそみおきな）…………二五
石川朝臣君子（いしかわのあそみきみこ）…………二五
石川朝臣足人（いしかわのあそみたるひと）…………二六
石川朝臣年足（いしかわのあそみとしたり）…………二六
石川朝臣広成（いしかわのあそみひろなり）…………二六
石川朝臣水通（いしかわのあそみみみち）…………二六
石川女郎（いしかわのいらつめ）…二七
石川郎女（いしかわのいらつめ）二七・二八
石川邑婆（いしかわのおおば）……二八
石川少郎（いしかわのおとつこ）→
石川朝臣君子を見よ…………二五
石川賀係女郎（いしかわのかけのいらつめ）…………二九
石川大夫（いしかわのたいふ）……二九
石川夫人（いしかわのぶにん）……二九
石川卿（いしかわのまえつきみ）…二九
石川大夫（いしかわのまえつきみ）…………二九
石川（内）命婦（いしかわのみょうぶ）…………二八
磯氏法麻呂（いそうじののりまろ）…三〇
石上大朝臣宅嗣（いそのかみおおのあそみやかつぐ）…………三三
石上卿（いそのかみきょう）三〇・三一・三三
石上朝臣乙麻呂（いそのかみのあそみおとまろ）…………三〇
石上朝臣勝男（いそのかみのあそみかつお）…………三一
石上朝臣堅魚（いそのかみのあそみかつお）…………三二
石上朝臣勝雄（いそのかみのあそみかつお）…………三一
石上朝臣麻呂（いそのかみのあそみまろ）…………三一
石上朝臣宅嗣（いそのかみのあそみやかつぐ）…………三三
石上大臣（いそのかみのおおまえつきみ）…………三一
石上乙麻呂（いそのかみのおとまろ）…………二五三
石上乙麻呂卿（いそのかみのおとまろのまえつきみ）…………三〇

石上乙麻呂朝臣（いそのかみのおとまろあそみ）……三〇
石上堅魚朝臣（いそのかみのかつおのあそみ）……三一
石上大夫（いそのかみのたいふ）三〇・三二
石上布留尊（いそのかみのふるのみこと）……三〇
石上大夫（いそのかみのまえつきみ）……三〇・三二
石上卿（いそのかみのまえつきみ）……三二・三一・三二
板氏安麻呂（いたのうじのやすまろ）……三四
板茂連安麻呂（いたもちのむらじやすまろ）……三四
市原王（いちはらのおおきみ）……三四
出雲娘子（いづものおとめ）……三五
稲寸丁女（いなきおとめ）……三五
稲公（いなきみ）……六六
因幡八上釆女（いなばのやかみのうねめ）……三五
井戸王（いのへのおおきみ）……三五
伊保麻呂（いほまろ）……三五
今城王（いまきのおおきみ）→大原真人今城を見よ……九四

今奉部与曾布（いままつりべのよそふ）……三六
忌部首（いみべのおびと）……三六
忌部首黒麻呂（いみべのおびとくろまろ）……三六
伊夜彦（いやひこ）……三七
郎女（いらつめ）……五七
石田王（いわたのおおきみ）……三七
磐姫皇后（いわのひめのおおきさき）……三七
磐之媛命（いわのひめのみこと）……三七
石之日売命（いわのひめのみこと）……三七
石麻呂（いわまろ）……三四
磐余伊美吉諸君（いわれのいみきもろきみ）……四一
磐余忌寸諸君（いわれのいみきもろきみ）……四一
允恭天皇（いんぎょうてんのう）……四一
遊行女婦蒲生（うかれめがもう）……一三七
遊行女婦蒲生娘子（うかれめがもうのおとめ）……一三七
遊行女婦土師（うかれめはにし）……二七七
宇治若郎子（うじのわきいらつこ）……四三
宇遅部黒女（うじべのくろめ）……四三
右大臣（うだいじん）……一三

右大弁高橋安麻呂卿（うだいべんたかはしのやすまろのきょう）……二一
右大弁高橋安麻呂卿（うだいべんたかはしのやすまろのまえつきみ）……二一
宇太万侶（うだまろ）……三五
宇陁麻呂（うだまろ）……三五
内大臣（うちつおおまえつきみ）→藤原朝臣鎌足を見よ……二八七
内臣（うちつおみ）……二八七・二九八
内命婦（うちのみょうぶ）→石川郎女を見よ
内命婦石川朝臣（うちのみょうぶいしかわのあそみ）……二七
有度部牛麻呂（うとべのうしまろ）……四三
菟原壮士（うないおとこ）……四三
宇奈比壮士（うないおとこ）……四三
菟原処女（うないおとめ）……四三
菟名負処女（うないおとめ）……四三
宇奈比処女（うないおとめ）……四三
菟会処女（うないおとめ）……四三
菟名日処女（うないおとめ）……四三
海上王（うなかみのおおきみ）……四三
海上女王（うなかみのおおきみ）……四二
宇奴首男人（うののおびとおひと）……四三

宇努首黒人（うののおびとおひと）…四三
鸕野讃良皇女（うののさららのひめみこ）……一八七
鸕野皇女（うののひめみこ）……一八六
菟野皇女（うののひめみこ）……一八七
菟原壮士（うはらおとこ）……四二
菟原処女（うはらおとめ）……四三
右兵衛（うひょうえ）……四三
宇合（うまかい）……二九八
馬養（うまかい）……二八六
宇合卿（うまかいきょう）……二八五
宇合卿（うまかいのまえつきみ）…二八五
味稲（うましね）……四四
美稲（うましね）……四四
馬国人（うまのくにひと）……四四
馬史国人（うまのふひとくにひと）…四四
馬毘登国人（うまびとのくにひと）…四四
厩戸皇子（うまやとのみこ）……一九一
茨田王（うまらだのおおきみ）……四四
茨田連沙弥麻呂（うまらだのむらじさみまろ）……四五
占部小龍（うらべのおたつ）……四五
占部広方（うらべのひろかた）……四五
占部虫麻呂（うらべのむしまろ）…四五
芸亭居士（うんていこじ）……三三

恵行（えぎょう）……四六
役民（えだちのたみ）……四六
縁達（えにたち）……四六
榎井王（えのいのおおきみ）……四七
榎氏鉢麻呂（えのうじのはちまろ）…四七
槐本（えのもと）……四七
恵美押勝（えみのおしかつ）→藤原仲麻呂朝臣を見よ……二九六
生石村主真人（おいしのすぐりまひと）……四七
生部道麻呂（おうしべのみちまろ）…四八
近江大津宮御宇天皇（おうみのおおつのみやにあめのしたしらしめししすめらみこと）……二三七
近江天皇（おうみのすめらみこと）→天智天皇を見よ……二三七
淡海真人三船（おうみのまひとみふね）……四八
近江宮御宇天皇（おうみのみやにあめのしたしらしめししすめらみこと）……二三七
大網公人主（おおあみのきみひとぬし）……四八
大石村主（おおいしのすぐり）……四七
大石蓑麻呂（おおいしのみのまろ）…四九

大炊親王（おおいしんのう）……一九一
大炊王（おおいのおおきみ）……一九一
大炊親王（おおいのみこ）……一九一
大嬢（おおいらつめ）……六三
大娘皇女（おおいらつめのひめみこ）→衣通王（そとおしのおおきみ）を見よ……二〇二
大后（おおきさき）……三三
皇后（おおきさき）……一五九
太上天皇（おおきすめらみこと）……一五五・一八七・一九三
大使之第二男（おおきつかいのおとご）……四九
大判官（おおきまつりごとひと）→壬生使主宇太麻呂を見よ……三一五
王（おおきみ）→明日香皇女、佐為王を見よ……七、一六八
大伯皇女（おおくのひめみこ）……四九
大来皇女（おおくのひめみこ）……四九
大来目主（おおくめぬし）……五三
大蔵忌寸麻呂（おおくらのいみきまろ）……五三
大蔵忌寸万呂（おおくらのいみきまろ）……五三
大蔵忌寸万里（おおくらのいみき

まろ）……………………五三
大鷦鷯天皇（おおさざきのすめらみこと）……………………二六四
大雀命（おおさざきのみこと）……二六四
大田部荒耳（おおたべのあらみみ）…五三
大田部足人（おおたべのたりひと）…五三
大田部三成（おおたべのみなり）…五三
大市王（おおちのおおきみ）………五三
邑知王（おおちのおおきみ）………五三
凡津子（おおつのこ）…………一四六
大津皇子（おおつのみこ）…………五三
大家石川命婦（おおとじいしかわのみょうぶ）…………………二八
大舎人部千文（おおとねりべのちふみ）……………………五六
大舎人部禰麻呂（おおとねりべのねまろ）……………………五六
大伴卿（おおともきょう）……七三・八〇
大伴女郎（おおとものいらつめ）五六・五七
大伴郎女（おおとものいらつめ）……五七
大伴牛養宿禰（おおとものうしかいのすくね）……………六八
大伴氏坂上郎女（おおとものうじのさかのうえのいらつめ）………五七
大伴君熊凝（おおとものきみくまこり）……………………五七
大伴清繩（おおとものきよなわ）……五七
大伴古慈悲宿禰（おおとものこじひのすくね）………………六九
大伴古慈斐宿禰（おおとものこじひのすくね）………………六九
大伴坂上家之大娘（おおとものさかのうえけのおおいらつめ）……六三
大伴坂上郎女（おおとものさかのうえのいらつめ）…………五七
大伴坂上大嬢（おおとものさかのうえのおおいらつめ）………六三
大伴佐堤比古郎子（おおとものさでひこのいらつこ）…………六四
大伴宿奈麻呂宿禰（おおとものすくなまろのすくね）…………七〇
大伴宿奈麻呂卿（おおとものすくなまろのまえつきみ）………七〇
大伴宿禰東人（おおとものすくねあずまひと）……………六四
大伴宿禰池主（おおとものすくねいけぬし）……………六五
大伴宿禰稲君（おおとものすくねいなきみ）……………六八
大伴宿禰稲公（おおとものすくねいなきみ）……………六八
大伴宿禰牛養（おおとものすくねうしかい）……………六八
大伴宿禰形見（おおとものすくねかたみ）……………六八
大伴宿禰像見（おおとものすくねかたみ）……………六八
大伴宿禰清継（おおとものすくねきよつぐ）……………六八
大伴宿禰黒麻呂（おおとものすくねくろまろ）……………六九
大伴宿禰古慈悲（おおとものすくねこじひ）……………六九
大伴宿禰胡麻呂（おおとものすくねこまろ）……………六九
大伴宿禰坂上郎女（おおとものすくねさかのうえのいらつめ）……五七
大伴宿禰宿奈麻呂（おおとものすくねすくなまろ）……………七〇
大伴宿禰駿河麻呂（おおとものすくねするがまろ）……………七〇
大伴宿禰田主（おおとものすくねたぬし）……………七一
大伴宿禰旅人（おおとものすくねたびと）……………七三

大伴宿禰多比等（おおとものすくねたびと）……………七三
大伴宿禰千室（おおとものすくねちむろ）……………七八
大伴宿禰書持（おおとものすくねふみもち）…………七八
大伴宿禰道足（おおとものすくねみちたり）…………七九
大伴宿禰三中（おおとものすくねみなか）……………七九
大伴宿禰三林（おおとものすくねみはやし）…………八〇
大伴宿禰御行（おおとものすくねみゆき）……………八〇
大伴宿禰三依（おおとものすくねみより）……………八〇
大伴宿禰御依（おおとものすくねみより）……………八〇
大伴宿禰村上（おおとものすくねむらかみ）…………八一
大伴宿禰百代（おおとものすくねももよ）……………八一
大伴宿禰百世（おおとものすくねももよ）……………八一
大伴宿禰家持（おおとものすくねやかもち）…………八二
大伴宿禰家持妹（おおとものすくねやかもちのいろと）……八八
大伴宿禰家持亡妾（おおとものすくねやかもちのみまかりしおみなめ）……………八八
大伴田主（おおとものたぬし）……七一
大伴田主中郎（おおとものたぬしちゅうろう）…………七一
大伴田主中郎（おおとものたぬしのなかちこ）…………七一
大伴淡等（おおとものたびと）……七三
大伴田村家之大嬢（おおとものたむらのいえのおおいらつめ）……八八
大伴田村大嬢（おおとものたむらのおおいらつめ）……………八八
大伴利上（おおとものとしかみ）……七九
大伴書持（おおとものふみもち）……七八
大伴卿（おおとものまえつきみ）七三・八〇
大伴大夫（おおとものまえつきみ）……九一
大伴道足宿禰（おおとものみちたりのすくね）…………七九
大伴連長徳（おおとものむらじながとこ）……………八九
大伴家持（おおとものやかもち）……八二
大伴安麻呂（おおとものやすまろ）……八九
大伴四綱（おおとものよつな）……九一
大伴部少歳（おおともべのおとし）……九二
大伴部小羊（おおともべのこひつじ）……………九二
大伴部広成（おおともべのひろなり）……………九二
大伴部節麻呂（おおともべのふしまろ）……………九二
大伴部真足女（おおともべのまたりめ）……………九三
大伴部麻与佐（おおともべのまよさ）……………九三
大中姫（おおなかつひめ）………二〇二
大名児（おおなこ）……………二七
大汝（おおなむち）……………九三
於保奈牟知（おおなむち）……九三
太朝臣徳太理（おおのあそみとこたり）……………九四
邑婆（おおば）→石川郎女を見よ……………二七
大泊瀬幼武天皇（おおはつせわかたけのすめらみこと）……三三六
大泊瀬稚武天皇（おおはつせわかたけのすめらみこと）……三三六

大長谷若建命（おおはつせわかたけのみこと）……三二六
大原今城真人（おおはらのいまきのまひと）……………九四
大原大刀自（おおはらのおおとじ）…………………二九七
大原桜井真人（おおはらのさくらいのまひと）…………九三
大原高安真人（おおはらのたかやすのまひと）…………九三
大原真人赤麿（おおはらのまひとあかまろ）……………一〇一
大原真人今城（おおはらのまひといまき）………………九四
大原真人門部（おおはらのまひとかどべ）………………一三四
大原真人桜井（おおはらのまひとさくらい）……………九三
大原真人高安（おおはらのまひとたかやす）……………九三
大神朝臣奥守（おおみわのあそみおきもり）……………九六
大神女郎（おおみわのいらつめ）………………………九六
大神大夫（おおみわのまえつきみ）……………………三一五
大宅（おおやけ）……………………………………九七
大宅女（おおやけめ）…………………………………九七
大倭根子天之広野日女尊（おおやまとねこあめのひろのひめのみこと）…………………一八七
岡本天皇（おかもとのすめらみこと）…………………九七
崗本天皇（おかもとのすめらみこと）…………………一九六
岡本宮御宇天皇（おかもとのみやにあめのしたしらしめししすめらみこと）…………九七
崗本宮御宇天皇（おかもとのみやにあめのしたしらしめししすめらみこと）…………一九六
岡宮御宇天皇（おかのみやにあめのしたしらしめししすめらみこと）……………二八一
置始東人（おきそめのあずまひと）……………………九八
置始多久美（おきそめのたくみ）………………………一四〇
置始連長谷（おきそめのむらじはつせ）………………九九
息長足日広額天皇（おきながたらしひひろぬかのすめらみこと）…一九六
息長足日女命（おきながたらしひめのみこと）………一〇〇
息長丹生真人国嶋（おきながのにうのまひとくにしま）………一〇一
息長真人国嶋（おきながのまひとくにしま）…………一〇一
息部息道（おきべのおきみち）………………………一一
意吉麿（おきまろ）…………………………………二五六
奥麻呂（おきまろ）…………………………………二五六
奥麿（おきまろ）……………………………………二五六
興麿（おきまろ）……………………………………二五六
乎久佐乎（おくさお）………………………………一〇〇
乎具佐受家乎（おぐさすけお）…………………………一〇〇
憶良（おくら）………………………………………三三三
憶良臣（おくらのおみ）………………………………三三三
憶良大夫之男（おくらのたいふのこ）…………………一〇一
憶良大夫（おくらのまえつきみ）……………………三三三
憶良大夫之男（おくらのまえつきみのこ）……………一〇一
忍坂王（おさかのおおきみ）…………………………一〇一
刑部直千国（おさかべのあたいちくに）………………一〇一
刑部直三野（おさかべのあたいみの）…………………一〇一
忍坂部乙麻呂（おさかべのおとま

ろ）…………一〇一
刑部志加麻呂（おさかべのしかまろ）…………一〇一
刑部垂麻呂（おさかべのたりまろ）…………一〇二
忍壁皇子（おさかべのみこ）……一〇二
忍坂部皇子（おさかべのみこ）…一〇二
刑部虫麻呂（おさかべのむしまろ）…………一〇二
他田舎人大島（おさだのとねりおおしま）…………一〇三
他田日奉直得大理（おさだのひまつりのあたいとこだり）………一〇三
他田広津娘子（おさだのひろつのおとめ）…………一〇三
他田部子磐前（おさたべのこいわさき）…………一〇三
忍坂王（おしさかのおおきみ）…一〇一
忍海部五百麻呂（おしぬみべのいおまろ）…………一〇三
小鯛王（おだいのおおきみ）……一〇四
小田朝臣諸人（おだのあそみもろひと）…………一〇五
小田王（おだのおおきみ）………一〇五
小田事（おだのつかう）…………一〇五
男（おとこ）…………一〇五
雄（おとこ）…………一〇五
壮士（おとこ）…………一〇五・一〇六
少郎子（おとつこ）…………二五
弟日娘（おとひおとめ）…………一〇七
弟姫（おとひめ）…………二〇二
弟麻呂（おとまろ）…………三〇
娘子（おとめ）一〇七・一〇八・一〇九・一五五・一六五
童女（おとめ）…………一〇八
娘（おとめ）…………一〇八
小野氏国堅（おのうじのくにかた）…………一一〇
小野氏国方（おのうじのくにかた）…………一一〇
小野氏国賢（おのうじのくにかた）…………一一〇
小野氏淡理（おのうじのたもり）…一一〇
小野朝臣老（おののあそみおゆ）…一一〇
小野朝臣田守（おののあそみたもり）…………一一〇
小野朝臣綱手（おののあそみつなて）…………一一〇
小長谷部笠麻呂（おはつせべのかさまろ）…………一一〇
小墾田宮御宇天皇（おはりだのみやにあめのしたしらしめししすめらみこと）…………一九九
麻績王（おみのおおきみ）…………一一一
老（おゆ）…………三四
小治田朝臣東麻呂（おわりだのあそみあずままろ）…………一一二
小治田朝臣広耳（おわりだのあそみひろみみ）…………一一三
小治田朝臣諸人（おわりだのあそみもろひと）…………一一三
小治田広瀬王（おわりだのひろせのおおきみ）…………一一三
尾張小咋（おわりのおくい）……一一三
尾張連（おわりのむらじ）…………一一四

か　行

鏡王女（かがみのおおきみ）……一一四
鏡女王（かがみのおおきみ）……一一四
鏡姫王（かがみのおおきみ）……一一四
柿本朝臣人麻呂（かきのもとのあそみひとまろ）…………一一七
柿本朝臣人麻呂妻（かきのもとのあそみひとまろのつま）……一一三

柿本人麻呂妻（かきのもとのひとまろのつま）……一三三
楽広（がくこう）……一三三
夏侯太初（かこうたいしょ）……二〇三
夏侯泰初（かこうたいしょ）……二〇三
笠縫女王（かさぬいのおおきみ）……一三三
笠朝臣金村（かさのあそみかなむら）……一三三
笠朝臣子君（かさのあそみこきみ）……一二六
笠朝臣麻呂（かさのあそみまろ）……三一〇
笠女郎（かさのいらつめ）……一二七
笠沙彌（かさのさみ）→満誓（まんせい）を見よ……三一〇
鹿島神（かしまのかみ）……一二九
膳王（かしわでのおおきみ）……一三〇
膳部王（かしわでのおおきみ）……一三〇
膳夫王（かしわでのおおきみ）……一三〇
奉膳（かしわでのかみ）……一三〇
春日（かすが）……一三〇
春日王（かすがのおおきみ）……一三〇
春日蔵（かすがのくら）……一三〇
春日蔵首老（かすがのくらのおびとおゆ）……一三〇
春日椋首老（かすがのくらのおびとおゆ）……一三〇
春日倉首老（かすがのくらのおびとおゆ）……一三〇
春日蔵老（かすがのくらのおゆ）……一三〇
春日部麻呂（かすがべのまろ）……一三一
縵児（かずらこ）……一三一
縵之児（かずらのこ）……一三一
華他（かた）……一三三
形見（かたみ）……六八
勝鹿真間娘子（かつしかのままのおとめ）……三〇八
可豆思賀能麻末乃弖胡（かつしかのままのてこ）……三〇八
勝壮鹿之間々能手児名（かつしかのままのてこな）……三〇八
勝壮鹿乃真間乃手児奈（かつしかのままのてこな）……三〇九
可都思加能麻末能手児奈（かつしかのままのてこな）……三〇九
可豆思賀能麻万能手児奈（かつしかのままのてこな）……三〇九
葛稚川（かっちせん）……一三三
葛城王（かつらぎのおおきみ）……一三三
葛木之其津彦（かつらぎのそつひこ）……一三三
門氏石足（かどうじのいそたり）……一三五
門部王（かどべのおおきみ）……一三四
門部連石足（かどべのむらじいそたり）……一三五
可刀利乎登女（かとりおとめ）……一三五
鹿人（かひと）→紀朝臣鹿人を見よ……一四三
鹿人大夫（かひとのまえつきみ）→紀朝臣鹿人を見よ……一四三
家婦（かふ）……六三
鎌麻呂（かままろ）……一三五
神麻績部嶋麻呂（かむ〈ん〉おみべのしままろ）……一三六
神社忌寸老麻呂（かみこそのいみきおゆまろ）……一三五
上毛野牛甘（かみつけののうしかい）……一三六
上毛野君駿河（かみつけののきみするが）……一三六
上総国防人部領使少目従七位下茨田連沙彌麻呂（かみつふさのくにのさきもりのことりづかいしょうさかんじゅしちいのげまんだのむらじさみまろ）……四三五
上総末珠名娘子（かみつふさのす

えのたまなのおとめ）……………二〇〇
上道王（かみつみちのおおきみ）…一三六
上宮之厩戸豊聡耳命（かみつみやのうまやとのとよとみみのみこと）……………………一九一
上宮聖徳皇子（かみつみやのしょうとこのみこ）…………………一九一
上古麻呂（かみのこまろ）………一三六
上古麻呂（かみのふるまろ）……一三六
神人部子忍男（かむ〈ん〉とべのこおしお）…………………………一三七
巫部麻蘇娘子（かむ〈ん〉なぎべのまそおとめ）……………………一三七
甘奈備伊香真人（かむ〈ん〉なびのいかごのまひと）………………一三七
神人部子忍男（かむ〈ん〉ひとべのこおしお）………………………一三七
蒲生娘子（がもうのおとめ）……一三七
賀茂女王（かものおおきみ）……一三七
鴨君足人（かものきみたるひと）…一三八
草嬢（かやのおとめ）……………一四七
軽太郎女（かるのおおいらつめ）…二〇三
軽太郎女（かるのおおいらつめ）…二〇三
軽太子（かるのひつぎのみこ）…一四一
軽皇子（かるのみこ）……………三一八
軽皇太子（かるのひつぎのみこ）…三一八
川上臣老（かわかみのおみおゆ）…一三八
河清（かわきよ）…………………二八八
川島皇子（かわしまのみこ）……一三八
河島皇子（かわしまのみこ）……一三八
河内王（かわちのおおきみ）……一三八
川内王（かわちのおおきみ）……一三八
河内女王（かわちのおおきみ）…一三九
河内百枝娘子（かわちのももえのおとめ）……………………………一三九
河内女（かわちめ）………………一三九
川原（かわはら）…………………一三九
川原虫麻呂（かわはらのむしまろ）……………………………………一三九
河辺朝臣東人（かわべのあそみあずまひと）…………………………一四〇
河辺宮人（かわべのみやひと）…一四〇
河村王（かわむらのおおきみ）…一四〇
緩（かん）………………………一四〇
元興寺僧（がんごうじのほうし）…一四一
元仁（がんにん）…………………一四一
紀卿（ききょう）…………………一四六
鬼谷先生（きこくせんせい）……一四一
私部石嶋（きさきべのいそしま）…一四一
基師（きし）………………………一六四
木梨軽皇子（きなしのかるのみこ）……………………………………一四一
木梨軽太子（きなしのかるのみこ）……………………………………一四一
絹（きぬ）…………………………一四二
紀朝臣飯麻呂（きのあそみいいまろ）…………………………………一四三
紀朝臣男梶（きのあそみおかじ）…一四三
紀朝臣鹿人（きのあそみかひと）…一四三
紀朝臣清人（きのあそみきよひと）……………………………………一四四
紀朝臣豊河（きのあそみとよかわ）……………………………………一四四
紀女郎（きのいらつめ）…………一四四
紀少鹿（きのおじか）……………一四四
紀少鹿女郎（きのおじかのいらつめ）…………………………………一四四
紀皇女（きのひめみこ）…………一四五
紀卿（きのまえつきみ）…………一四六
吉備津采女（きびつのうねめ）…一四六
魏文（ぎぶん）……………………一四七
宮子（きゅうし）…………………二九七
喬（きょう）………………………一四七
京職藤原大夫（きょうしきふじわらのたいふ）………………………二九三

京職藤原大夫（きょうしきふじわらのまえつきみ）……二九三
清河（きよかわ）……二八八
清足姫天皇（きよたらしひめのすめらみこと）……一五五
清継（きよつぐ）→大伴宿禰清継を見よ……六八
浄御原宮御宇天皇之夫人（きよみはらのみやにあめのしたしらしめししすめらみことのぶにん）……二九七
日下部使主三中（くさかべのおみみなか）……一四七
日下部使主三中父（くさかべのおみみなかのちち）……一四七
草壁皇子尊（くさかべのみこのみこと）……二八一
草嬢（くさのおとめ）……一四七
百済安宿公奈登麻呂（くだらあすかのきみなどまろ）……九
国方（くにかた）……一一〇
国賢（くにかた）……一一〇
熊凝（くまこり）……五七
熊志禰（くましね）……四四
久米朝臣継麻呂（くめのあそみつぎまろ）……一四七
久米朝臣広縄（くめのあそみひろなわ）……一四七
久米女郎（くめのいらつめ）……一四九
久米女王（くめのおおきみ）……一四九
久米禅師（くめのぜんじ）……一四九
久米能若子（くめのわくご）……一三〇
桉作村主益人（くらつくりのすぐりますひと）……一三〇
内蔵忌寸縄麻呂（くらのいみきなわまろ）……一三〇
椋椅部荒蟲（くらはしべのあらむし）……一三一
倉橋部女王（くらはしべのおおきみ）……一三一
椋椅部弟女（くらはしべのおとめ）……一三三
椋椅部刀自売（くらはしべのとじめ）……一三三
車持朝臣千年（くるまもちのあそみちとせ）……一三三
車持氏娘子（くるまもちのうじのおとめ）……一五五
黒人（くろひと）……二一五
黒人妻（くろひとのつま）……二一九
黒人妻（くろひとのめ）……二一九
景公（けいこう）……一五五
辟観妙（けちのたえみ）……一七八
辟妙観（けちのみょうかん）……一七八
牽牛（けんぎゅう）……二〇〇
玄勝（げんしょう）……一五五
元正天皇（げんしょうてんのう）……一五五
元明天皇（げんみょうてんのう）……一五六
元明天皇（げんめいてんのう）……一五六
孔（こう）……一五九
皇極天皇（こうぎょくてんのう）……一五七
弘景（こうけい）……二四三
孝謙天皇（こうけんてんのう）……一五八
皇后（こうごう）……一五九
孔子（こうし）……一五九
講師僧恵行（こうしそうえぎょう）……四六
皇太后（こうたいごう）……一五九
光明皇后（こうみょうこうごう）……一五九
光明子（こうみょうし）……二九七
古歌集（こかしゅう）……一六〇
碁師（ごし）……一六四
児島（こじま）……一六五
巨勢朝臣（こせのあみ）……一六六

巨勢朝臣宿奈麻呂（こせのあそみすくなまろ）……………一五六
巨勢朝臣少奈麻呂（こせのあそみすくなまろ）……………一六五
巨勢朝臣豊人（こせのあそみとよひと）……………一六五
巨勢朝臣奈氐麻呂（こせのあそみなでまろ）……………一六六
巨勢郎女（こせのいらつめ）……一六六
巨勢小黒（こせのおぐろ）………一六五
巨勢斐太朝臣（こせのひだのあそみ）………………一六六・二〇〇
巨勢斐太朝臣島村（こせのひだのあそみしまむら）→島村大夫を見よ……………………一九〇
巨勢人卿（こせのひとのきょう）…一六六
巨勢人卿之女（こせのひとのきょうのむすめ）……………一六六
巨勢人卿（こせのひとのまえつきみ）………………一六六
巨勢人卿之女（こせのひとのまえつきみのむすめ）………一六六
曾許倍（こそべ）………………一六六
臣曾倍朝臣対馬（こそべのあそみつしま）………………一六六
小鯛王（こだいのおおきみ）……一〇四
故太政大臣（こだじょうだいじん）→藤原朝臣不比等を見よ……二九三
琴娘子（ことのおとめ）…………一六七
碁檀越（ごのだにおち）…………一六七
碁檀越妻（ごのだにおちのつま）…一六七
子部王（こべのおおきみ）………一六七
児部女王（こべのおおきみ）……一六七
高麗朝臣福信（こまのあそみふくしん）………………………一六八
古老（ころう）→古老（ふるおきな）を見よ…………………三〇三
金明軍（こんのみょうぐん）……三四五

さ　行

佐為王（さいのおおきみ）………一六八
佐為王婢（さいのおおきみのまかたち）………………………一六八
斉明天皇（さいめいてんのう）一五七・一九六
佐伯宿禰赤麻呂（さえきのすくねあかまろ）………………一六八
佐伯宿禰東人（さえきのすくねあずまひと）………………一六九
佐伯宿禰東人妻（さえきのすくねあずまひとのつま）…………一六九
境部王（さかいべのおおきみ）…一六九
坂合部王（さかいべのおおきみ）…一六九
境部宿禰老麻呂（さかいべのすくねおゆまろ）……………一六九
坂田部首麻呂（さかたべのおびとまろ）………………………一七〇
坂門（さかと）…………………一七〇
尺度氏（さかとうじ）…………一七〇
坂門人足（さかとのひとたり）…一七〇
坂上家之大嬢（さかのうえけのおおいらつめ）………………六三
坂上家二嬢（さかのうえのいえのおといらつめ）……………一七〇
坂上忌寸人長（さかのうえのいみきひとおさ）………………一七〇
坂上忌寸人長（さかのうえのいみきひとなが）………………一七〇
坂上郎女（さかのうえのいらつめ）…………………………一五七
坂上大娘（さかのうえのおおいらつめ）…………………六三
坂上大嬢（さかのうえのおおいらつめ）…………………六三

くい）……………………一一三
子都（しと）……………………二三四
持統天皇（じとうてんのう）……一八六
信濃国防人部領使（しなののくにのさきもりのことりづかい）……一八九
倭文部可良麻呂（しとりべのからまろ）……………一八九
慈氏（じのうじ）……………一八三
志氏大道（しのうじのおおみち）…一八九
小竹田丁子（しのだおとこ）……一八九
志婢麻呂（しびまろ）…………二七八
治部大輔市原王（じぶたいふいちはらのおおきみ）…………二四
慈母（じぼ）……………二九五
島足（しまたり）…………一九〇
島津（しまつ）……………一九〇
島村太夫（しまむらのまえつきみ）……………一九〇
釈迦如来（しゃかにょらい）……一九〇
釈迦能仁（しゃかのうにん）……一九〇
釈（しゃく）……………一九〇
釈氏（しゃくし）…………一九〇
釈通観（しゃくつうかん）……二三五
周（しゅう）……………一九〇
主人（しゅじん）→大伴宿禰旅人を見よ……………………一七三
主人（しゅじん）→大伴宿禰家持を見よ……………八三
主人卿（しゅじんきょう）……二九六
淳仁天皇（じゅんにんてんのう）…一九一
松（しょう）…………一九〇
聖徳太子（しょうとこのひつぎのみこ）……………一九一
聖徳太子（しょうとこのみこ）…一九一
小判官（しょうはんがん）→大蔵忌寸麻呂を見よ…………三三
小弁（しょうべん）…………一九三
少弁（しょうべん）…………一九三
聖武天皇（しょうむてんのう）…一九三
聖武天皇夫人（しょうむてんのうのぶにん）…………二九七
徐玄方（じょげんぼう）…………一九五
徐玄方之女（じょげんぼうのむすめ）……………一九五
舒明天皇（じょめいてんのう）…一九六
任徴君（じんちょうくん）……一九九
神功皇后（じんぐうこうごう）…二〇〇
神農（しんのう）…………一九九
推古（すいこ）…………一九九
推古天皇（すいこてんのう）……一九九
末乃珠名（すえのたまな）……二〇〇
周准珠名娘子（すえのたまなのおとめ）…………二〇〇
少彦名（すくなひこな）…………二〇〇
宿奈麻呂宿禰（すくなまろのすくね）…………七〇
少御神（すくなみかみ）…………二〇〇
小弁（すないおおともい）……一九三
小弁（すなきおおどもい）……一九三
清江娘子（すみのえのおとめ）…二〇一
天皇（すめらみこと）……一九三・一九六・二三七・三一八
駿河采女（するがのうねめ）……二〇一
駿河丸（するがまる）…………七〇
駿河麻呂（するがまろ）…………七〇
清見（せいけん）…………二〇一
陟妙観（せちのたえみ）……一七八
陟妙観（せちのみょうかん）……一七八
消奈行文大夫（せなのぎょうもんのたいふ）……二〇一
消奈行文大夫（せなのぎょうもんのまえつきみ）……二〇一
曾子（そうし）…………二〇一
造酒司令史田辺福麻呂（ぞうしゅしりょうしたなべのさきま

ろ）…………二三九
僧弁正（そうべんしょう）………二七五
帥大伴卿（そちおおともきょう）……七三
帥大伴卿（そちおおとものまえつきみ）…………七三
帥老（そちのおきな）…………七三
衣通郎姫（そとおしのいらつめ）…二〇二
衣通郎女（そとおしのいらつめ）…二〇二
衣通王（そとおしのおおきみ）……二〇二
衣通王（そとおしのみこ）………二〇二
衣通王（そとおりのおおきみ）……二〇二
苑臣（そののおみ）…………二〇二
園臣生羽（そののおみいくは）…二〇二
園臣生羽女（そののおみいくはのむすめ）…………二〇二
ム（それ）…………二〇三
某（それ）…………二〇三

た　行

大監（だいけん）…………八一
太后（たいこう）…………一五九
大使（たいし）…………一三
大使之第二男（たいしのだいになん）…………四七
泰初（たいしょ）…………二〇三
太初（たいしょ）…………二〇三
太上天皇（だいじょうてんのう）…………一五五・一八七・一九三
大唐大使卿（だいとうたいしきょう）…………二〇三
大納言大伴卿（だいなごんおおともきょう）…………七三
大納言大伴卿（だいなごんおおとものまえつきみ）…………七三
大納言卿（だいなごんきょう）……七三
大納言大将軍卿（だいなごんだいしょうぐんきょう）…………九〇
大納言卿（だいなごんのまえつきみ）…………七三
大納言藤原（だいなごんふじわら）…………二九六
大弐紀卿（だいにきのきょう）…一四六
大弐紀卿（だいにきのまえつきみ）…………一四六
大判官（だいはんがん）→壬生使主宇太麻呂を見よ…………三一五
大夫（たいふ）…………三三三
高丘河内連（たかおかのかわちのむらじ）…………二〇三
高丘連河内（たかおかのむらじかわち）…………二〇三
高階真人（たかしなのまひと）……七
田形内親王（たがたないしんのう）…………二〇四
高田女王（たかだのおおきみ）…二〇四
田形内親王（たがたのひめみこ）…二〇四
田形皇女（たがたのひめみこ）…二〇四
高氏海人（たかのうじのあま）…二〇四
高氏老（たかのうじのおゆ）……二〇四
高氏義通（たかのうじのぎつう）…二〇五
高橋朝臣（たかはしのあそみ）…二〇五
高橋朝臣国足（たかはしのあそみくにたり）…………二〇五
高橋連虫麻呂（たかはしのむらじむしまろ）…………二〇五
高橋朝臣安麻呂（たかはしのあそみやすまろ）…………二一一
高円朝臣（たかまとのあそみ）→石川朝臣広成を見よ…………二六
高宮王（たかみやのおおきみ）……二一一
高安（たかやす）…………九五
高安王（たかやすのおおきみ）……九五
高安大島（たかやすのおおしま）…二一一

高安倉人種麻呂（たかやすのくらひとたねまろ）……二一一
多紀皇女（たきのひめみこ）……二一三
當耆皇女（たきのひめみこ）……二一三
託基皇女（たきのひめみこ）……二一三
当麻真人麻呂（だぎまのまひとまろ）……二一二
当麻真人麻呂妻（たぎまのまひとまろのつま）……二一二
当麻麻呂大夫（たぎまのまろのたいふ）……二一二
当麻麻呂大夫妻（たぎまのまろのたいふのつま）……二一二
当麻麻呂大夫（たぎまのまろのまえつきみ）……二一二
当麻麻呂大夫妻（たぎまのまろのまえつきみのつま）……二一二
田口朝臣馬長（たぐちのあそみうまおさ）……二一二
田口朝臣大戸（たぐちのあそみおおと）……二一三
田口朝臣家守（たぐちのあそみやかもり）……二一三
田口広麻呂（たぐちのひろまろ）……二一三
田口益人（たぐちのますひと）……二一三
田口益人大夫（たぐちのますひとのたいふ）……二一三
田口益人大夫（たぐちのますひとのまえつきみ）……二一三
内匠大属桉作村主益人（たくみのかみくらつくりのますひと）……一五〇
高市（たけち）……二一五
高市大卿（たけちだいきょう）……八〇
高市大卿（たけちのおおまえつきみ）……八〇
高市岡本宮御宇夫皇（たけちのおかもとのみやにあめのしたしらしめししすめらみこと）……一九六
高市黒人妻（たけちのくろひとのめ）……二一九
高市黒人妻（たけちのくろひとのつま）……二一九
高市里人（たけちのさとひと）……二一五
高市古人（たけちのふるひと）……二一五
高市皇子（たけちのみこ）……二一四
高市皇子尊（たけちのみこのみこと）……二一四
高市連黒人（たけちのむらじくろひと）……二一五
竹取翁（たけとりのおきな）……二一九
建部牛麻呂（たけべのうしまろ）……二一九
大宰帥大伴卿（だざいのそちおおともきょう）……七三
大宰帥大伴卿（だざいのそちおおとものまえつきみ）……七三
丹墀（たじひ）……二〇三
丹比（たじひ）……二二〇
丹比県守（たじひのあがたもり）……二二〇
丹比国人真人（たじひのくにひとのまひと）……二二一
丹比大夫（たじひのたいふ）……二二二
丹比広成（たじひのひろなり）→大唐大使卿（だいとうたいしきょう）を見よ……二〇三
丹比大夫（たじひのまえつきみ）……二二二
丹比真人（たじひのまひと）……二二〇
多治比真人県守（たじひのまひとあがたもり）……二二〇
丹比真人乙麻呂（たじひのまひとおとまろ）……二二〇
丹比真人笠麻呂（たじひのまひとかさまろ）……二二〇
丹比真人国人（たじひのまひとくにひと）……二二一
多治比真人祖人（たじひのまひと

そひと）……二五三
多治比真人鷹主（たじひのまひとたかぬし）……二三三
多治比真人土作（たじひのまひとはにし）……二三一
多治比真人広成（たじひのまひとひろなり）……二〇三
丹比屋主真人（たじひのやぬしのまひと）……二三三
多治比部北里（たじひべのきたさと）……二三三
丹比部国人（たじひべのくにひと）……二三三
但馬内親王（たじまないしんのう）……二三三
但馬皇女（たじまのひめみこ）……二三三
但馬内親王（たじまのひめみこ）……二三三
田道間守（たじまもり）……二三六
太政大臣藤原（だじょうだいじんふじわら）……二九二
橘朝臣（たちばなのあそみ）……一三一
橘朝臣奈良麻呂（たちばなのあそみならまろ）……二三六
橘卿（たちばなのきょう）……一三一
橘少卿（たちばなのしょうきょう）……一六八
橘宿禰（たちばなのすくね）……一三一
橘宿禰佐為（たちばなのすくねさい）……一六八
橘宿禰奈良麻呂（たちばなのすくねならまろ）……二三六
橘宿禰文成（たちばなのすくねふみなり）……二一八
橘奈良麻呂朝臣（たちばなのならまろあそみ）……二三六
橘諸兄（たちばなのもろえ）……一三一
橘少卿（たちばなのわかまえつきみ）……一六八
龍田彦（たつたひこ）……二一八
織女（たなばた）……二一八
棚機（たなばた）……二一八
多奈波多（たなばた）……二一八
織女（たなばたつめ）……二一八
田辺秋庭（たなべのあきにわ）……二一九
田部忌寸櫟子（たなべのいみきいちい）……二三一
田部忌寸櫟子（たなべのいみきいちいこ）……二三一
田辺福麻呂（たなべのさきまろ）……二一九
田辺史福麻呂（たなべのふひとさきまろ）……二一九
丹波大女郎子（たにはのおおめおとめ）……二三一
田氏肥人（たのうじのうまひと）……二三三
田氏真上（たのうじのまかみ）……二三三
田部忌寸櫟子（たべのいみきいちい）……二三一
田部忌寸櫟子（たべのいみきいちいこ）……二三一
玉槻（たまつき）……二三三
玉作部国忍（たまつくりべのくにおし）……二三一
玉作部広目（たまつくりべのひろめ）……二三三
田村大嬢（たむらのおおいらつめ）……八八
手持女王（たもちのおおきみ）……二三三
多良思比売（たらしひめ）……一〇〇
多良志比売（たらしひめ）……一〇〇
多良志比咩（たらしひめ）……一〇〇
丹氏麻呂（たんじのまろ）……二三三
筑後守外従五位下葛井連大成（ちくごのかみげじゅごいのげふじいのむらじおおなり）……二八四
筑後守葛井大夫（ちくごのかみふ

舎人吉年（とねりのきね）……… 二四六
舎人吉身（とねりのきみ）……… 二四六
舎人千年（とねりのちとし）…… 二四六
舎人皇子（とねりのみこ）……… 二四六
舎人吉年（とねりのよしとし）… 二四六
伴氏百代（とものうじのももよ）……八一
豊聡耳法大王（とよとみみのりのおおきみ）……………… 一九一
豊御食炊屋姫天皇（とよみけかしきやひめのすめらみこと）…… 一九九
豊耳聡聖徳（とよみみとしょうとこ）………………………… 一九一
刀理宣令（とりのみのり）……… 二四七
刀利宣令（とりのみのり）……… 二四七
土理宣令（とりのみのり）……… 二四七

な　行

内大臣藤原卿（ないだいじんふじわらきょう）……………… 二八七・二九八
内大臣藤原朝臣（ないだいじんふじわらのあそみ）……………… 二八七
内大臣藤原卿（ないだいじんふじわらのまえつきみ）……… 二八七・二九八
内命婦石川朝臣（ないみょうぶいしかわのあそみ）……………… 一六八
長田王（ながたのおおきみ）…… 二四八
仲郎（なかちこ）………………… 一七一
中皇命（なかつすめらみこと）… 二四八
中臣東人（なかとみのあずまひと）……………………… 二三一
中臣朝臣東人（なかとみのあそみあずまひと）……………… 二三一
中臣朝臣清麻呂（なかとみのあそみきよまろ）……………… 二三三
中臣朝臣武良自（なかとみのあそみむらじ）……………… 二三三
中臣朝臣宅守（なかとみのあそみやかもり）……………… 二三三
中臣女郎（なかとみのいらつめ）… 二三五
中臣清麻呂朝臣（なかとみのきよまろあそみ）……………… 二三三
中臣連鎌足（なかとみのむらじかまたり）……………… 二九八
中臣宅守（なかとみのやかもり）… 二三三
中臣部足国（なかとみべのたるくに）……………………… 二五六
長忌寸意吉麿（ながのいみきおきまろ）……………………… 二五六
長忌寸與麿（ながのいみきおきまろ）……………………… 二五六
長忌寸奥麻呂（ながのいみきおきまろ）……………………… 二五六
長忌寸意吉麻呂（ながのいみきおきまろ）……………………… 二五六
長忌寸奥麿（ながのいみきおきまろ）……………………… 二五六
長忌寸娘（ながのいみきのおとめ）……………………… 二五九
中大兄（なかのおおえ）……… 二三七
長皇子（ながのみこ）………… 二五九
長屋王（ながやのおおきみ）…… 二六〇
難波天皇妹（なにわのすめらみことのいも）……………… 二六一
寧楽宮即位天皇（ならのみやにあまつひつぎしらしめししすめらみこと）……………… 一九三
楢原東人（ならはらのあずまひと）……………………… 二六二
楢原造東人（ならはらのみやつこあずまひと）………………… 二六二
鳴波多嬬嬬（なりはたおとめ）… 二六二
難達（なんだつ）……………… 二六二
新田部親王（にいたべのみこ）… 二六二

新田部皇子（にいたべのみこ）…二六三
新田部皇子之母（にいたべのみこのはは）…二九七
丹生女王（にうのおおきみ）…二六三
丹生王（にうのおおきみ）…二六三
仁教（にんきょう）…二六四
仁敬（にんきょう）…二六四
仁敬之子（にんきょうのこ）…三四四
仁徳天皇（にんとくてんのう）…二六四
額田（ぬかた）…一九九
額田王（ぬかたのおおきみ）…二六四
額田姫王（ぬかたのひめおおきみ）…二六四
額田部姫王（ぬかたべのひめおおきみ）…二六四
抜気大首（ぬきけのおおびと）…二六九
主人（ぬし）→大伴宿禰旅人を見よ…七三
主人（ぬし）→大伴宿禰家持を見よ…八三
後岡本宮御宇天皇（のちのおかもとのみやにあめのしたしらしめししすめらみこと）…一五七
後皇子尊（のちのみこのみこと）…二一四
能登臣乙美（のとのおみおとみ）…二六九
野氏宿奈麻呂（ののうじのすくなまろ）…二七〇
法主王（のりのうしのおおきみ）…一九一

は　行

倍俗先生（ばいぞくせんせい）…二七〇
廃帝（はいてい）…一九一
帛公（はくこう）…二七〇
博通法師（はくつうほうし）…二七〇
羽栗（はぐり）…二七〇
間人宿禰（はしひとのすくね）…二七一
間人宿禰大浦（はしひとのすくねおおうら）…二七一
間人連老（はしひとのむらじおゆ）…二七一
丈部直大麻呂（はせつかべのあたいおおまろ）…二七三
丈部稲麻呂（はせつかべのいなまろ）…二七三
丈部川相（はせつかべのかわあい）…二七三
丈部黒当（はせつかべのくろまさ）…二七三
丈部龍麻呂（はせつかべのたつまろ）…二七三
丈部足人（はせつかべのたりひと）…二七四
丈部足麻呂（はせつかべのたりまろ）…二七四
丈部鳥（はせつかべのとり）…二七四
丈部真麻呂（はせつかべのままろ）…二七四
丈部造人麻呂（はせつかべのみやつこひとまろ）…二七四
丈部山代（はせつかべのやましろ）…二七四
丈部与呂麻呂（はせつかべのよろまろ）…二七五
波多朝臣小足（はたのあそみおたり）…二七五
秦忌寸石竹（はたのいみきいわたけ）…二七五
秦伊美吉石竹（はたのいみきいわたけ）…二七五
秦忌寸伊波太気（はたのいみきいわたけ）…二七五
秦忌寸朝元（はたのいみきちょうがん）…二七五

秦忌寸八千嶋（はたのいみきやちしま）……二七六
秦許遍麻呂（はたのこえまろ）……二七六
秦田麻呂（はたのたまろ）……二七六
秦間満（はたのはしまろ）……二七六
秦間満（はたのままろ）……二七六
長谷部内親王（はつせべのないしんのう）……二七七
泊瀬部皇女（はつせべのひめみこ）……二七七
波豆麻（はづま）……二七七
服部呰女（はとりべのあさめ）……二七七
服部於田（はとりべのうえだ）……二七七
服部於由（はとりべのおゆ）……二七七
土師氏御道（はにうじのみみち）……二七八
土師（はにし）……二七七
土師稲足（はにしのいなたり）……二七八
土師宿禰道良（はにしのすくねみちよし）……二七八
土師宿禰水通（はにしのすくねみみち）……二七八
土師宿禰水道（はにしのすくねみみち）……二七八
母（はは）……二七九
親母（はは）……二七九
林王（はやしのおおきみ）……二七九
婆羅門（ばらもん）……二七九
婆羅門僧（ばらもんのそう）……二七九
播磨娘子（はりまのおとめ）……二八〇
伴氏百代（ばんじのももよ）……八一
氷上娘（ひかみのいらつめ）……二九七
氷上大刀自（ひかみのおおとじ）……二七九
彦星（ひこほし）……二八〇
孫星（ひこほし）……二八〇
牽牛（ひこほし）……二八〇
男星（ひこほし）……二八〇
比故保思（ひこほし）……二八〇
土形娘子（ひじかたのおとめ）……二八〇
常陸娘子（ひたちのおとめ）……二八〇
斐太乃大黒（ひだのおおぐろ）……二八〇
斐太乃大黒（ひだのおおぐろ）……一六六
左大臣（ひだりのおおきおとど）……一三三
皇太子（ひつぎのみこ）……一九一・二四一
大皇弟（ひつぎのみこ）……二四一
鄙人（ひなひと）……二八一
日並知皇太子（ひなみしのひつぎのみこ）……二八一
日並皇子（ひなみしのみこ）……二八一
日並知皇子尊(命)（ひなみしのみこのみこと）……二八一
日並皇子宮舎人（ひなみしのみこのみやのとねり）……二八二
檜隈女王（ひのくまのおおきみ）……二八三
檜前舎人石前（ひのくまのとねりいわさき）……二八三
紐児（ひものこ）……二八三
兵衛（ひょうえ）……四三
平栄（ひょうえい）……三〇三
兵部川原（ひょうぶかわはら）……一三九
馮馬子（ひょうまし）……二八三
広河女王（ひろかわのおおきみ）……二八四
広瀬王（ひろせのおおきみ）……一一三
広湍王（ひろせのおおきみ）……一一三
吹芡刀自（ふきのとじ）……三〇一
副使（ふくし）……七九
房前（ふささき）……二九一・二九八
葛井大夫（ふじいのたいふ）……二八四
葛井大夫（ふじいのまえつきみ）……二八四
藤井連（ふじいのむらじ）……二八四・二八五
葛井連大成（ふじいのむらじおおなり）……二八四
葛井連子老（ふじいのむらじこおゆ）……二八五
葛井連広成（ふじいのむらじひろなり）……二八四・二八五

葛井連諸会（ふじいのむらじもろあい）……二八五
藤原卿（ふじわらきょう）……二九二・二九八
藤原朝臣宇合（ふじわらのあそみうまかい）……二八五
藤原朝臣鎌足（ふじわらのあそみかまたり）……二八七・二九八
藤原朝臣清河（ふじわらのあそみきよかわ）……二八八
藤原朝臣久須麻呂（ふじわらのあそみくすまろ）……二八九
藤原朝臣宿奈麻呂（ふじわらのあそみすくなまろ）……二九〇
藤原朝臣継縄（ふじわらのあそみつぐなわ）……二九〇
藤原朝臣執弓（ふじわらのあそみとりゆみ）……二九一
藤原朝臣広嗣（ふじわらのあそみひろつぐ）……二九一
藤原朝臣房前（ふじわらのあそみふささき）……二九一
藤原朝臣不比等（ふじわらのあそみふひと）……二九二
藤原朝臣麻呂（ふじわらのあそみまろ）……二九三
藤原朝臣八束（ふじわらのあそみやつか）……二九四
藤原郎女（ふじわらのいらつめ）……二九五
藤原宇合卿（ふじわらのうまかいきょう）……二八五
藤原宇合卿（ふじわらのうまかいのまえつきみ）……二八五
藤原皇后（ふじわらのおおきさき）……一五九
藤原弟貞（ふじわらのおとさだ）……三三一
藤原北卿（ふじわらのきたのまえつきみ）……二九一
藤原皇后（ふじわらのこうごう）……一五九
藤原二郎（ふじわらのじろう）……二九〇
藤原二郎母（ふじわらのじろうのはは）……二九五
藤原宿奈麻呂朝臣（ふじわらのすくなまろのあそみ）……二九〇
藤原太后（ふじわらのたいこう）……一五九
藤原豊成朝臣（ふじわらのとよなりあそみ）……二九五
藤原二郎（ふじわらのなかちこ）……二九〇
藤原二郎母（ふじわらのなかちこのはは）……二九五
藤原永手朝臣（ふじわらのながてあそみ）……二九五
藤原仲麻呂朝臣（ふじわらのなかまろあそみ）……二九六
藤原房前の娘（ふじわらのふささきのむすめ）……二九七
藤原夫人（ふじわらのぶにん）……二九七
藤原卿（ふじわらのまえつきみ）二九二・二九八
藤原麻呂大夫（ふじわらのまろのたいふ）……二九三
藤原宮御宇天皇（ふじわらのみやにあめのしたしらしめしすめらみこと）……一八七
藤原武智麻呂の娘（ふじわらのむちまろのむすめ）……二九七
藤原八束朝臣（ふじわらのやつかのあそみ）……二九七
藤原部等母麻呂（ふじわらべのともまろ）……二九九
婦人（ふじん）……二九九
布勢朝臣人主（ふせのあそみひとぬし）……三〇〇
豊前国娘子紐児（ぶぜんのくにのおとめひものこ）……二八三
道祖王（ふなどのおおきみ）……三〇〇
船王（ふねのおおきみ）……三〇〇

史氏大原（ふひとうじのおおはら）……三〇一
吹茨刀自（ふふきのとじ）……三〇一
吹黄刀自（ふふきのとじ）……三〇一
文忌寸馬養（ふみのいみきうまかい）……三〇一
書持（ふみもち）……七八
古老（ふるおきな）……三〇二
振田向宿禰（ふるのたむけのすくね）……三〇二
布留尊（ふるのみこと）……一〇
古日（ふるひ）……三〇二
文室智奴真人（ふんやのちぬのまひと）……三〇二
文室知努真人（ふんやのちぬのまひと）……三〇二
文屋真人邑珍（ふんやのまひとおおち）……五三
文屋真人大市（ふんやのまひとおおち）……五三
平栄（へいえい）……三〇三
日置少老（へきのおおゆ）……三〇三
日置少老（へきのすくなおゆ）……三〇三
日置長枝娘子（へきのながえのおとめ）……三〇三

平群氏女郎（へぐりうじのいらつめ）……三〇三
平群朝臣（へぐりのあそみ）……三〇四
平群文屋朝臣益人（へぐりのふみやのあそみますひと）……三〇四
弁基（べんき）→春日蔵首老を見よ……一三〇
扁鵲（へんじゃく）……三〇四
弁正（べんしょう）……二七五
法師（ほうし）……三〇四
蓬萊仙媛（ほうらいせんえん）→（とこよのやまひめ）を見よ……二四四
乞食者（ほかいびと）……三〇四
穂積乃阿曾（ほずみのあそ）……三〇六
穂積朝臣（ほずみのあそみ）……三〇六
穂積朝臣老（ほずみのあそみおゆ）……二五三
穂積朝臣老（ほずみのあそみおゆ）……三〇六
穂積皇子（ほずみのみこ）……三〇六
穂積親王（ほずみのみこ）……三〇六
梵行（ほんこう）……三三

ま行

大夫（まえつきみ）……二二三
益人（ますひと）……一五〇
松浦佐用媛（まつらさよひめ）……三〇八
麻通良佐用比米（まつらさよひめ）……三〇八
麻都良佐欲比売（まつらさよひめ）……三〇八
松浦佐用嬪面（まつらさよひめ）……三〇八
麻通羅佐用嬪面（まつらさよひめ）……三〇八
松浦仙媛（まつらのやまひめ）……三〇八
円方女王（まとかたのおおきみ）……三〇八
真間娘子（ままのおとめ）……三〇八
真間之手児名（ままのてこな）……三〇八
万呂（まろ）……五二
万里（まろ）……二九三
麻呂（まろ）……二九二・二九八・三〇九
丸子連大歳（まろこのむらじおおとし）……三〇九
丸子連多麻呂（まろこのむらじおおまろ）……三〇九

丸子部佐壮(まろこべのすけお)…三一〇
麻呂妻(まろのつま)…………三一〇
満誓(まんせい)……………三一〇
満誓沙彌(まんせいさみ)………三一〇
茨田連沙彌麻呂(まんだのむらじさみまろ)…………………四五
御母之命(みおやのみこと)……二九五
三形王(みかたのおおきみ)……三一一
御方王(みかたのおおきみ)……三一一
三方沙彌(みかたのさみ)………三一一
三形沙彌(みかたのさみ)………三一一
右大臣(みぎのおおきおとど)……一三三
三国真人五百国(みくにのまひといおくに)…………………三一二
三国真人人足(みくにのまひとひとたり)…………………三一二
皇子尊宮舎人(みこのみことのみやのとねり)………………二八二
三島王(みしまのおおきみ)……三一二
水江之浦島児(みずのえのうらしまのこ)…………………三一三
水江浦島子(みずのえのうらのしまこ)…………………三一三
三手代人名(みてしろのひとな)…三一三
御名部皇女(みなべのひめみこ)…三一三

水主内親王(みぬしのひめみこ)…三一八
三野王(みののおおきみ)………三一四
三野連(みののむらじ)…………三一四
三野連石守(みののむらじいそもり)……………………三一四
三原王(みはらのおおきみ)……三一四
御原王(みはらのおおきみ)……三一四
壬生使主宇太麻呂(みぶのおみうだまろ)…………………三一五
生部道麻呂(みぶべのみちまろ)……四八
亡妾(みまかりしおみなめ)………八八
三諸神(みもろのかみ)…………三一五
三諸之神(みもろのかみ)………三一五
三諸乃神(みもろのかみ)………三一五
命婦(みょうぶ)………………三一五
三依(みより)…………………八〇
御依(みより)…………………八〇
神人部子忍男(みわひべのこおしお)………………………一三七
三輪朝臣高市麻呂(みわのあそみたけちまろ)……………三一五
神社忌寸老麻呂(みわもりのいみきおゆまろ)……………一三五
六鯖(むさば)…………………三一六
武智麻呂(むちまろ)……………二九八

正月麻呂(むつきまろ)…………一六五
身人部王(むとべのおおきみ)……三一六
六人部王(むとべのおおきみ)……三一六
宗形部津麻呂(むなかたべのつまろ)……………………三一六
村氏彼方(むらのうじのおちかた)……………………三一六
物部秋持(もののべのあきもち)…三一六
物部朝臣宅嗣(もののべのあそみやかつぐ)………………三三
物部乎刀良(もののべのおとら)…三一七
物部古麻呂(もののべのこまろ)…三一七
物部龍(もののべのたつ)………三一七
物部歳徳(もののべのとしとこ)…三一七
物部刀自売(もののべのとじめ)…三一七
物部広足(もののべのひろたり)…三一七
物部真島(もののべのましま)……三一七
物部真根(もののべのまね)……三一八
物部麻呂朝臣(もののべのまろのあそみ)…………………三三
物部道足(もののべのみちたり)…三一八
物部連麻呂(もののべのむらじまろ)……………………三三
物部連摩呂(もののべのむらじまろ)……………………三三

や　行

ら　行

わ　行

執筆者一覧

（＊五十音順）

青木周平（あおきしゅうへい）
青木生子（あおきたかこ）
阿蘇瑞枝（あそみずえ）
新里博樹（あらざとひろき）
飯島一彦（いいじまかずひこ）
居駒永幸（いこまながゆき）
稲垣富夫（いながきとみお）
犬飼公之（いぬかいきみゆき）
井村哲夫（いむらてつお）
内山咲一（うちやまさくいち）
江野沢淑子（えのさわよしこ）
遠藤　宏（えんどうひろし）
扇畑忠雄（おうぎはたただお）
大久保広行（おおくぼひろゆき）
大久間喜一郎（おおくまきいちろう）
大室精一（おおむろせいいち）
岡野弘彦（おかのひろひこ）
尾崎暢殃（おざきのぶお）
小野　寛（おのひろし）
小野寺静子（おのでらせいこ）
尾畑喜一郎（おばたきいちろう）
梶川信行（かじかわのぶゆき）
片山　武（かたやまたけし）
加藤静雄（かとうしずお）
狩俣恵一（かりまたけいいち）
川上富吉（かわかみとみよし）
神堀　忍（かんぼりしのぶ）
北野　達（きたのさとし）
清原和義（きよはらかつよし）
後藤利雄（ごとうとしお）
近藤健史（こんどうけんし）
近藤信義（こんどうのぶよし）
斎藤静隆（さいとうしずたか）
桜井　満（さくらいみつる）
佐々木民夫（ささきたみお）
佐藤元信（さとうもとのぶ）
末内紀子（すえうちのりこ）
曾倉　岑（そくらたけし）

高野　正美（たかのまさみ）
高橋　六二（たかはしろくじ）
滝口　泰行（たきぐちやすゆき）
多田　元（ただげん）
露木　悟義（つゆきのりよし）
東野　治之（とうのはるゆき）
戸谷　高明（とやたかあき）
中川　幸広（なかがわゆきひろ）
永藤　靖（ながふじやすし）
中村　昭（なかむらあきら）
並木　宏衛（なみきひろえ）
奈良橋　善司（ならはしぜんじ）
縄田　一郎（なわたいちろう）
野田　浩子（のだひろこ）
橋本　達雄（はしもとたつお）
服部　貴美子（はっとりきみこ）
林田　正男（はやしだまさお）
原田　貞義（はらださだよし）
針原　孝之（はりはらたかゆき）
比護　隆界（ひごりゅうかい）
平山　城児（ひらやじょうじ）
廣岡　義隆（ひろおかよしたか）
堀野　寿彦（ほりのとしひこ）

町方　和夫（まちかたかずお）
松原　博一（まつばらひろいち）
三浦　佑之（みうらすけゆき）
水島　義治（みずしまよしはる）
三好　彰彦（みよしあきひこ）
村瀬　憲夫（むらせのりお）
村山　出（むらやまいずる）
森　朝男（もりあさお）
森　淳司（もりあつし）
山崎　馨（やまざきかおる）
吉村　誠（よしむらまこと）
米内　幹夫（よないみきお）

平成19年５月30日　拡大版発行　《検印省略》

万葉集歌人事典　【拡大版】
（まんようしゅうかじんじてん）

編　者　©　大久間喜一郎《おおくまきいちろう》・森淳司《もりあつし》・針原孝之《はりはらたかゆき》
発行者　宮田哲男
発行所　㈱雄山閣
〒102-0071　東京都千代田区富士見２―６―９
電話　03-3262-3231㈹　FAX　03-3262-6938
振替：00130-5-1685
http://www.yuzankaku.co.jp
印　刷　株式会社熊谷印刷
製　本　協栄製本株式会社

Printed in Japan 2007
ISBN978-4-639-01988-6 C0592